지상에 척도는 있는가

횔덜린의 후기문학

지상에 척도는 있는가

-횔덜린의 후기문학

초판 인쇄 : 2003년 03월 20일

초판 발행 : 2003년 03월 25일

지은이 : 장영태

펴낸이 : 배정민

Publishing Director : 오은정 (Eunjung@bookeuro.com)

편집 디자인 : 수연 (hadisla@bookeuro.com)

펴낸곳 : 유로서적

출판 등록일 : 2002년 8월 24일 제 10-2439호

주소 : 서울시 마포구 합정동 364-27번지 대주빌딩 202호

TEL · 02-3142-1411   FAX · 02-3142-5962

E-mail : bookeuro@bookeuro.com

ISBN : 89-953550-3-4 03850

지상에 척도는 있는가

———————————————— 횔덜린의 후기문학

장영태 지음

책머리에

고등학교 국어 교과서에 실린 안톤 슈낙의 「우리를 슬프게 하는 것들」을 통해서 그 이름을 알게 되고, 대학시절 『휘페리온 斷片』을 통해 처음 만난 이래 거의 40년 동안 휠덜린은 내 삶의 동반자였다. 분열의 시대를 살면서 휠덜린 독서는 아주 작은 일상의 문제에서부터 무슨 결단이 필요한 순간에 이르기까지 나에게 용기와 위안의 샘이었으며, 흩어지는 덩굴을 붙잡아 감아 올려 열매를 맺게 하는 포도나무 밭의 버팀목 이였는가 하면 무디어지는 나의 의식이 그 날을 갈아 세울 숫돌이기도 했다. 따라서 앞으로도 나는 그 닳지 않는 휠덜린의 우물곁을 떠나지 않을 것이며 떠날 수도 없을 것이다.

휠덜린의 나에 대한 이러한 의미에 비한다면 독문학도로서 내가 해야 할 구실을 다하지 못한 것 같다. 1987년 『휠덜린, 생애와 문학 · 사상』(문학과 지성사)이라는 입문서 겸 시학관련의 책을 내고 1990년 69편의 시를 번역하여 원문과 함께 실은 『궁핍한 시대의 노래』(혜원출판사)를 발간한 이래 더 이상 휠덜린에 관한 책을 펴내지 못한 채 어느덧 10여년이 흐른 것이다. 고전에 대한 연구가 우리의 세상살이에 하등의 도움도 주지 못하는 것으로 인문학자 스스로 비탄하고 거의 자포자기하는 상황에 이른 이즈음, 나는 휠덜린의 한 시구 "궁핍한 시대에 시인은 무엇을 위해 존재하는가?"(Wozu

Dichter in dürftiger Zeit?)라는 물음 앞에 나 스스로를 세우면서 인문학도의 한사람으로서 자괴감을 피할 수 없었다. 그리하여 부끄럽지만 그 동안 썼던 횔덜린에 관한 글들 가운데 아홉 편을 모아 감히 책을 내기로 마음을 먹었다.

이 책에 실린 아홉 편의 글은 모두 독일의 시인 횔덜린(Friedrich Hölderlin 1770-1843)의 후기작품을 다루고 있다. 여기서 횔덜린의 "후기"는 그의 생애의 말년을 의미하지 않는다. 그는 생애의 꼭 절반을 정신착란의 어두움 가운데 보내야 했기 때문이다. 따라서 그의 후기는 아직 온전한 정신으로 창작에 몰두했던 그의 청년기의 마지막 몇 해를 의미한다. 그렇다고 해서 그의 후기가 단순히 생애기적·병리적인 의미만을 가지고 있는 것은 아니다. 그의 후기문학에는 그의 문학세계 뿐 아니라, 문학사의 관점에서도 주목할만한 "사고방식과 표현의 대전환"이 시도되고 있는 것이다.

횔덜린 문학의 마력은 그 주제의 크기에 있다. 그는 시인으로서 개인적인 일상의 고통과 희망을 노래하지 않았다. 그는 인간과 신, 자연과 역사, 시대의 고통과 희망에 대해서 노래한다. 또한 그 시대에 벌써 문학의 위기를 예감하고 그럼에도 인간의 구원의 가능성은 오로지 "가장 무죄한" 문학에 있음을 문학을 통해서 말하고 있다. 하이데가가 횔덜린을 "시인중 시인"이라고 부르며 경외심을 바치고 있는 것도 여기에 기인한다.

횔덜린은 인간의 내면에 자리한 신성성의 상실-따라서 신의 상실-에 대해 비탄하고 그 회복을 향해 시인의 길을 걷기 시작했다. 문학을 통해서 "신의 나라"를 세우겠다면서 명예와 안정된 생활이 보장된 목사직을 사양하고 시인의 길을 걸었다. 횔덜린은 그러나 신의도래를 노래하며 민중의 司祭가 되리라는 포부와 충천하는 자신감을 차츰 잃고 있다. 1802년 프랑스 남부의 보르도로부터 걸어서 고향에 돌아온 이후 그는 "천상적 시인"이라는 자의식을 버림으로서 그 이전의 문학세계와는 완전히 다른 음조를 띄우기 시작한다. 이리하여 그리스 시인 핀다르의 9개 斷片을 번역하고 각각에 대해 심오한 주석을 붙이는 작업을 끝으로 현실 세계로부터 벗어나 정신착란의 반평생으로 접어들 때까지의 후기문학은 성립된다. 후기문학에서 그는 완전성에 대한 요구를 스스로 거두고, 세속의 무상과 잠정성도 그가치를 인정하며, 문학의 조건이자 가능성으로서 파괴적인 힘조차 인정하기에 이르고 있다. 시인은 자신의 개성을 부정하고 자율성도 포기한다. "지상의 척도"를 단념한다. 시인은 단지 하나의 도구로 자신을 의식한다. 태양을 향해 날아오르다가 녹아 내린 날개로 인해서 추락하고 마는 이카로스, 그러한 횔덜린의 비극적인 시인 상에서 릴케와 첼란과 같은 현대의 시인들이 자신의 모습을 발견하게 된 것은 우연한 일이 아니다. 그의 후기문학은 20세기에 들어 망각의 늪에서 벗어나 부활하기에 이른 것이다.

한편 그의 문학의 부활은 우리가 아직도 잃어버린 인간의 신성을 되찾지 못했을 뿐 아니라, 더 깊은 밤이 우리를 뒤덮고 있는 사실과 무관하지 않다. 사실 그러한 밤에 우리가 살고 있다는 사실조차 망각했을 때 우리에게 구원은 없다. 횔덜린의 문학이 소중한 이유가 바로 여기에 있다. "위험이 있는 곳에 구원도 함께 자란다"는 횔덜린의 시구는 위안이자 경고인 것이다. 그의 문학은 시대와 관련되지만, 또한 시대를 초월한다. 횔덜린의 후기 문학도 이러한 본령을 떠나지는 않는다. 그의 문제의식과 더불어 그의 문학은 시간 초월적이다. 횔덜린 자신 소포클레스의 희곡들을 독일어로 번역하여 그 생명을 당대에 부활시켰을 때, 참된 문학은 본래 시공의 제약을 받지 않음을 증언하고 있다. 횔덜린의 문학은 현존한다. 칼 하인츠 보러의 말을 빌리자면 그의 문학은 "절대적 현존 das absolute Präsens"의 한 현상이다. 이러한 횔덜린 후기문학에 대한 글들을 중심으로 엮어진 이 책을 통해서 그의 문학의 현대성–이 개념자체가 논쟁의 대상이지만–과 시간을 꿰뚫고 있는 영원한 현존으로서의 그의 문학세계가 밝혀지기를 나는 희망한다. 그러나 횔덜린의 문학은 여전히 고독할 것이다. 왜냐면 옥타비오 파스의 말대로 그의 문학세계는 "모든 사람들의 손이 닿는 곳에 있지 않기" 때문이다.

이 책의 첫 장은 철학자이자 시인으로 평가되는 횔덜린이 심미적 감각도 없이 문자나 따지는 철학자들의 공허함을 비판하면서 철학과 문학, 그리고 종교의 관련을 논하고 있는 斷片「종교론」을 다루고 있다. 문학에 대한 횔덜린의 경건한 믿음을 가장 잘 보여 주는 이 단편을 살피는 가운데 20세기에 들어 제기된 호크하이머와 아도르노의 계몽의 변증법을 이미 횔덜린의 "보다 높은 계몽"이라는 이념이 선취하고 있음을 우리는 확인하게 된다. 단편「종교론」은 그 집필시점이 후기에 해당하지는 않으나, 그 내용이 횔덜린 문학을 관통하는 것으로서 이후 다루어 질 후기문학과 밀접하게 관련되어 있다.

두 번째에서 네 번째에 이르는 글은 헬링라트가 "횔덜린 문학의 심장이며, 핵심이자 정상"이라고 부른 후기찬가 가운데「평화의 축제」,「므네모쥔네」,「회상」을 각각 다루고 있다.「평화의 축제」는 1954년에 발견되어서 해석을 둘러싸고 격렬한 논쟁을 불러 일으켰던 작품이다. 이 작품에 대한 논쟁을 통해서 횔덜린은 프랑스혁명을 지지한 정치적인 시인으로, 또는 독일의 민족정신을 일깨우려한 애국적 시인으로, 또는 그리스도의 재림을 역사의 종점으로 노래한 기독교 정신의 시인으로 내세워 졌다. 나는 신적 존재는 영원히 이름으로 제시될 수 없다는 시인의 생각을 존중하고 근원적인 존재는 실증적이며 이성적인 판단의 대상일 수 없다는 입장에서「평화의 축제」를 읽고자 했다.「므네모쥔네」는 횔덜린의 비극적인 삶이 투영되어 있는 작품이다. 남부 프랑스 보르도에 가서 몇 개월간 가정교사로 머물다가 귀향하여 그는 정신착란에 빠지게 되었으며, 이 여행 이후 그의 작품의 음조는 크게 변화된 것이다. 우리가 쉽게 예상할 수 있는 것처럼 죽음을 향한 강한 유혹을 느꼈을 것이다. 그러나 그는 시를 통해서 그 유혹에 항거한다. 사실은 이 처절한 저항이 더욱 비극적으로 보인다. 나의 글은 개인적 비극을 딛고 지상에 머물어 한 도구가 되고자하는 시인된 자세를 읽고자 했다. 시「회상」은 보르도에서의 체험을 노래하고 있는, 횔덜린의 작품 가운데 가장 아름다운 시이다. 그러나 나는 이 시를 보르도의 전경과 그 인상을 담은 목가적인 시로 해석하지 않으려고 한다. 시인의 작품생성의 근원인 회상에 대해서 이 시는 노래하고 있는 것이다. 회상의 파편들은 어떻게 한 편의 시로 모이고 그것들은 보존되어 영원히 현존하는가를 그 자신 보여주는 시로 읽고자 했다. 나는 상호텍스트성이라는 텍스트이론의 도움을 통해서 시 생성의 배후를 밝혀보려 했다.

다섯 번째 글은 간접적으로만 횔덜린이 쓴 것으로 증언되고 있는 산문형식의 시 「사랑스러운 푸르름 안에…」를 다루고 있다. 횔덜린이 이 작품의 진정한 작자인지는 육필원고가 발견되지 않는 한 누구도 확답할 수 없다. 그러나 등장하는 시어들과 모티프들은 횔덜린의 고유한 문학세계를 그대로 보여주는 것들이다. 오히려 정신착란의 궁지에서 등에 짊어진 자신의 운명의 짐과 소중한 기억들이 쏟아져 흩어지기 전에 애써 은유하고 표상하는, 다시 말하면 말을 상실하는 시인의 최후의 몸부림을 이 시에서 읽을 수 있다. 현대적 시인의 한 표본을 보는 것이다. 이 책에 실린 글에서 '나는 이 시의 작자가 횔덜린일 수밖에 없는 근거를 제시하고 애매한 비의적인 시구들을 그의 문학세계의 맥락으로부터 해석하고 이를 통해서 우리말로 옮겨 읽은 만한 것인지를 실험해 보았다. 여섯 번째 글은 횔덜린 문학이 가지고 있는 초월적인 측면, 말하자면 경험의 지평을 넘어서 가는 문학적 특성을 슐레겔의 초월문학 개념에 비추어 살펴 보고 있다. 그렇다고 횔덜린을 낭만주의 시인으로 보려는 것은 아니며, 다만 초기낭만주의의 현대성이라는 관점에서 횔덜린의 사상적 연대를 밝히려고 했다.

일곱 번째와 여덟 번째의 글은 횔덜린 후기시, 특히 보르도 여행이후 정신착란으로 소위 튀빙엔 옥탑방에 유폐되기 전의 작품에 나타나는 현대적 문체양식의 징후들을 살펴 본 글들이다. 횔덜린 문학의 현대성은 그가 현대시인들에게 끼친 영향으로 이미 널리 알려 진 일이기는 하지만, 아도르노의 병렬문체에 대한 해석을 통해 제기된 형식에 드러나는 현대적 자세와 의도는 진지한 논의로 이어지지는 않았다. 나는 현대성에 대한 간단한 논의에 이어서 후고 프리드리히가 현대시 구조를 해명하면서 제시한 열쇠어를 따라 횔덜린 후기 시의 현대성을 제시해 보았다. 말하자면 횔덜린 후기 시의 난해성은 현대시의 난해성과 그 뿌리가 다르지 않다는 것을 밝히고자 한 것이다. 인용과 조립에 대한 관찰도 횔덜린 최후의 작품들의 단편성을 단순히 정신착란의 산물로 치부하고 마는 위험으로부터 그것의 심미적 가치를 옹호해보려고 했다.

마지막 장에서는 횔덜린의 소포클레스 비극 『안티고네』의 번역을 다루고 있다. 횔덜린은 고대 그리스문학을 독일어로 번역한 번역가이기도 하다. 그의 번역은 그러나 단순한 옮김이 아니며 일종의 해체이자 비평 행위였다. 문화적 차이에 대한 통찰이자, 소통을 통한 타자의 자기화였던 것이다. 우리시대 문화의 수준은 번역의 수준으로 가늠할 수 있다는 니이체의 말이 아니더라도 참된 번역의 한 패러다임을 횔덜린의 번역활동에서 읽어내려고 했다.

요컨데 나는 이 책을 통해서 문학을 사유하는 철학자로서의 횔덜린, 정치적이며 혁명적인 시인으로서가 아니라, 근원을 노래하고 언어에 목말라하며 잃어버린 순수를 고통스럽게 껴안으며 그 고통을 문학형식 안에 시위하듯 드러내기를 꺼리지 않았던 현대시인으로서의 횔덜린, 그리고 번역을 통해 시공을 넘어서 타자와의 대화를 모색한 번역가로서의 횔덜린을 보여 주려고 했다. 그렇게 하여 이 책이 낯선 서구의 한 시인이면서 세계시민인 횔덜린을 우리의 곁에 조금이라도 더 가까이 다가 설 수 있도록 해 주기를 소망한다.

한 권의 책으로서 통일성을 갖추기 위해, 그리고 좀 더 넓은 독자층을 상정하면서 여기저기 발표했던 글들을 보충하고 손질해야만 했는데, 이 과정에서 아무리 객관성을 추구하는 메타텍스트라 할지라도 대상에 대한 내 자신의 감동의 크기에 따라서 글의 밀도가 매우 다르다는 사실을 재확인했다. 학문도 역시 대상에 대한 사랑과 열정의 열매일 따름인가 보다.

이 책을 내는 데에는 원고를 읽고 정리해 준 홍익대 독문과 이미선 박사와 일반독자의 입장이 되어 문장을 다듬어 준 홍익대 국문과 박사과정의 최지연 양의 도움이 컸다. 잘 팔리지도 않을 이 책의 출판을 맡아 준 유로서적의 배정민 사장님과 편집을 맡아 수고한 직원 여러분들께 감사드린다.

2003년 새봄에 와우동산에서 저자 장 영 태

차례

I

〈보다 높은 계몽〉

〈보다 높은 계몽〉

– 단편 「종교론(=철학적 서한)」에서의 종교 · 신화 · 문학

1. 횔덜린에 있어서 철학의 의미

시인 횔덜린은 문학작품들뿐만 아니라, 몇 편의 철학적 에세이와 단편들을 썼다. 이 철학적 에세이와 단편들은 최근에 들어서 비로소 그것들이 당연히 받았어야 했던 조명을 받기 시작했다. 이 자리에서는 그의 철학적 단편 중에서 한 편을 읽고 해석해 보려고 한다. 여기서 읽어보고자 하는 단편은 슈투트가르트 판의 전집에는 「종교론」이라는 제목으로 실려 있고, 자틀러가 편집 발행한 프랑크푸르트 판에는 「철학적 서한의 단편」이라는 표제로 실려 있는 글이다.

제목으로 보면 이 횔덜린의 글은 마치 종교 또는 이것을 포함한 철학이라는 분과와 관련된 것처럼 보인다. 그러나 횔덜린의 모든 다른 글이 그러하듯 이 글도 시 또는 문학을 그 사유의 종결점으로 삼고 있다. 그의 철학적 논고들은 어떤 사유과정의 요소들일 뿐이고, 그 사유과정은 항상 문학에서 종결되고 있다. 횔덜린은 플라톤을 좋아했고, 스피노자, 루소, 칸트와 피히테를 존경 하였으며, 라이프니츠에 대해 감탄을 금치 않았던 철학의

애호자이다.[1] 특히 헤겔과 나눈 우정은 철학에 대한 휠덜린의 관계를 그대로 투영한다. 1794년 발터스하우젠에서 헤겔에게 보낸 편지에는 〈그대는 그처럼 자주 나의 수호신이었다〉[2] 라고 고백했는가 하면, 다른 편지에서 헤겔과의 관계를 들어 〈나 자신과 세상에 대고 무엇을 할지 잘 알지 못할 때 제 길을 잘 찾을 수 있는 침착한 오성의 인간〉[3]을 사랑하는데, 헤겔이 바로 그러한 사람이라고 말하고 있다. 헤겔에 대해서와 마찬가지로 철학에 대해서도 〈문학을 통해서, 문학에서 생동하는 것〉을 적중시키는 일이 쉽지 않기 때문에 〈불행을 당한〉 사람에게 철학은 〈일종의 요양소〉[4] 라고 친구 노이퍼에게 쓴 적도 있다.

그러나 같은 편지에서 이미 이 〈요양소〉라는 은유가 진정 무엇을 뜻하는지를 벌써 암시하고 있다. 〈그러나 나는 나의 첫사랑으로부터, 나의 청년기의 회상으로부터 떠날 수가 없네. 그리고 우연히 내가 떠나게 되었던 그 뮤즈의 달콤한 고향으로부터 나를 아주 떼어 내느니 차라리 이룩한 것 없이 그냥 사그라져 버리기를 바라겠네〉라고 쓰고 있는 것이다. 철학은 지친 심신을 쉬게 한 후 다시금 본래의 과업으로 돌아가기 위한 하나의 휴식처였다. 〈공허한 시인이라는 이름이 두려워〉[5], 또한 예술이란 단지 가상에 지나지 않으며 진리를 인식하는 능력이 없다고 하는 플라톤의 그 두려운 평결(Politeia, 595a–608b) 앞에 서지 않기 위해서 휠덜린은 문학을 사색하려 한 것이다.

---

1) 이들 철학자들과 휠덜린의 관계를 논하는 저술은 적지 않다. 가장 최근 발행된 저술들 가운데 한 두 개만 예시하면, Andreas Graeser, Studien zu Spinoza, Herder, Hölderlin und Hegel. Sankt Augustin1999 그리고 Viloetta L. Waibel, Hölderlin und Fichte(1794-1800), München-Wien-Zürich 2000 등이 있다
2) StA. VI, S. 127
3) StA. VI, S. 236
4) StA. VI, S. 289
5) StA. VI, S. 311

한편 단순한 추상으로서의 철학에 대해서는 이미 1795년 철학자 니이트함머에게 보낸 편지에서 〈철학은 일종의 독재자입니다. 나는 그것에 자유의지로 복종한다기 보다는 그의 강압을 인내하고 있는 중입니다〉[6] 라고 쓴 바 있다. 문학을 말하지 않는 철학적 논증은 그에게 있어서는 〈냉엄한 개념들을 지닌〉 사유일 뿐이다. 철학 자체는 모든 생동하는 것으로부터 일종의 전제적이며 계산적인, 이성이 깨끗이 정화시킨 〈추상적 영역〉[7] 이다. 합리주의적 미학으로부터 〈한층 열등한 인식능력 facultates cognoscitivae inferores〉[8] 으로 내몰린 문학창작의 추락된 지위의 회복을 위해서 횔덜린은 문학에 대한 메타-담론으로서의 철학을 뛰어넘으려고 한다. 그렇기 때문에 횔덜린이 시인으로서 자신을 의식하면서 철학을 이해하고자 했다면, 그것은 예술의 옹호를 위해서였을 뿐이다.

그에게 철학은 인간정신의 필수불가결한 노력의 하나이지만, 제약된, 한 면으로만 합리적인 수고로움이다. 「안티고네에 대한 주석」에서 철학은 그렇게 서술되어 있기도 하거니와, 통합적인, 보다 우위에 있는 문학과 맞세워지게 되는 것이다.

> 언제나 그러하듯이 철학은 오로지 영혼의 한쪽 능력만을 다루고 있어서 그 결과 이 하나의 능력에 대한 표현이 전체를 구성해 버리게 된다. 또한 이러한 하나의 능력의 여러 갈래들의 단순한 결합이 논리라고 불리게 된다. 그런데 시문학은 인간의 여러 다양한 능력을 다루며, 이러한 다양한 능력의 표현이 하나의 전체를 만들어 내는 것이다.[9]

---

6) StA. VI, S. 203
7) StA. VI, S. 113
8) A. G. Baumgarten, Aesthetica, Frankfurt/O. 1750-58, §30
9) StA. V, S. 265

철학이 그 추상화와 보편화의 강압 가운데서 개별성을, 이와 더불어 생동하는 것을 잊고 마는데 반해서, 현실적인 문학은 〈생동하는 예술〉이다. 〈천재성과 체험과 성찰로부터 생성되고 이상적이면서 체계적이며 개별적인〉[10] 시문학은 한층 나은 철학인 셈이다. 우리가 여기서 읽고자 하는 한 편의 철학적 논고 단편인 「종교론」(또는 프랑크푸르트 판에 따르면 「철학적 서한 단편」)은 보다 나은 철학으로서의 문학에 대한 단상으로 이해되어야만 할 것이다.

2. 철학으로부터 문학과 종교로

「종교론」은 단편적으로만 전래되고 있다. 「종교론」이란 제목은 1911년에 이 텍스트의 한 부분을 처음으로 발간했던 뵘으로부터 유래된다. 뵘은 이 단편을 1798년에 쓴 것으로 보고 있으며 엠페도클레스-계획의 제3초고와 연관시키고 있다.[11]

그러나 횔덜린 연구에서 이 단편의 텍스트 구성이나 그 생성연대 그리고 주제의 결합과 상호연관성은 이론이 분분하고 현재까지도 완전히 해명된 것으로 평가할 수 없다. 슈투트가르트 판은 생성연대에 대해서 유보적인 태도를 보이면서도[12] 다른 논고 「소멸 중의 생성」과 연관시키고 있다. 「종교론」을 횔덜린의 홈브르크 체재시기(1798. 9~1800. 6)에 쓴 것으로 보고 있는 것이다. 함마허 역시 첫 홈브르크 시기를 생성연대로 보는 쪽에

---

10) StA. VI, S. 346, Briefnr.186(An Schelling)

11) Hölderlin, Gesammelte Werke, Bd. 3, hrsg. v. W. Böhm, Jena 1911, S. 366f; vgl. W. Böhm, Hölderlin, Bd. 2, Halle 1930, S. 119ff.

12) StA. VI, S. 416: 〈생성연대의 확인은 어려운 상황이다 Die Datierung ist schwierig...〉

가담하고 있다.[13] 슈미트는 자신이 편집한 휠덜린 전집에서 슈투트가르트 판과 마찬가지로 〈생성연대는 불확실하다〉[14]고 밝히고 있다. 그런데 「종교론」의 생성연대를 훨씬 앞당겨 제시한 것은 프랑크푸르트 판이다. 그로데 크와 자틀러가 편집 발간한 프랑크푸르트 판 제14권에는 「종교론」을 「철학적 서한의 단편」으로 개칭하고 예나의 니이트함머에게 보낸 1796년 2월 24일자 편지에서 휠덜린이 제시하고 있는 〈인간의 심미적 교육에 대한 새로운 서한〉의 집필 계획과 밀접하게 관련시키고 있다. 프랑크푸르트 판은 따라서 이 「새로운 심미적 교육에 대한 철학적 서한」은 1796/97 겨울에 쓰여진 것으로 보고 있다. 특히 아직 논쟁의 여지가 많으나, 휠덜린을 그 부분적 저자로 보는 것이 타당한 「독일 이상주의의 가장 오랜 체계선언」과도 밀접한 관계에 놓고, 이 「철학적 서한」 단편은 〈말하자면 새로운 신화라는 그곳(체계선언)에 제시되고 있는 요청을 충족시키기 위한 기초〉를 놓고 있다고 주장한다.[15]

프랑크푸르트 판의 「철학적 서한」의 생성연대 주장에 대한 증거가 되고 있는 니이트함머에게 보낸 편지의 중요한 부분은 다음과 같다.

---

13) Werner Hamacher (Hg.), Georg Wilhelm Friedrich Hegel, ≫Der Geist des Christentums≪ Schriften 1796-1800, Frankfurt/M. 1978. S. 188f: "[...] wie die schriftliche Fortsetzung von mit Hegel geführten unabgeschlossenen Gesprächen - die auch nach Hölderlins Trennung von Susette Gontard bei seinem Besuchen in Frankfurt zwischen September 1798 und dem Mai 1800 stattgefunden haben dürften."
14) Friedrich Hölderlin, Sämtliche Werke und Briefe, in 3 Bde, hrsg. v. Jochen Schmidt, Frankfurt/M. 1994, 2. Bd., S. 1254
15) FHA. Bd. 14, S. 45-49

나는 철학적 서한들을 통해서 우리가 사유하면서 실존하고 있는 분리들을 나에게 해명해 주고, 주체와 객체사이, 우리들 자신과 세계사이, 이성과 계시사이의 갈등을 굳이 우리의 실천적 이성의 도움을 받을 필요 없이 이론적으로, 지적 직관을 통해서 해소시킬 수 있는 원리를 찾아내고자 합니다. 이를 위해서 우리는 심미적 감각을 필요로 하며, 나는 나의 철학적 서한들을 〉인간의 심미적 교육을 위한 새로운 서한들〈 이라고 부르고자 합니다. 그리고 그 안에서 나는 철학으로부터 문학과 종교로 넘어가게 될 것입니다.[16]

여기서 〈우리가 사유하면서 실존하고 있는 분리들〉을 극복하는 가운데 쉴러를 넘어서리라는 그 계획에 따른 새로운 심미적 서한이 바로 「종교론」, 즉 새로운 「철학적 서한」일 가능성은 매우 높다. 그리하여 프랑크푸르트 판의 새로운 생성연대는 납득할만한 근거를 가지게 된다. 특히 2개의 근거가 믿을 만 하다. 첫째, 횔덜린은 계획된 서한들에서 〈철학으로부터 문학과 종교로 넘어가고 싶다〉고 말하고, 이것이 이성과 계시사이의 분리를 지양하려는 목적을 가진다고 하고 있는데, 이 철학, 문학, 종교의 전개 순서가 내용상으로 「철학적 서한」의 주제 전개와 일치를 이루고 있다는 점을 들 수 있다. 또한 횔덜린은 1795년 봄, 〈지적 직관 Intellectuale Anschauung〉에 대한 그의 관점을 철학적 차원에서 전개하고 이것을 통해서 자아와 세계, 감각과 오성의 이중성을 지양시킬 수 있다고 생각했다.[17] 곧이어 이러한 극복의 가능성을 종교의 영역에서 찾으려 했던 것으로 충분히 유추할 수 있다.

횔덜린이 이 시점에서 종교와 신화에 열중했던 사실은 1796년 4월에

---

16) StA. VI, S. 203
17) Vgl. StA. IV, S. 216ff, "Urtheil und Seyn"

쓰여 진 「독일 이상주의의 가장 오래된 체계 선언」에서의 새로운 신화에 대한 요구를 통해서 확인된다.[18] 「체계 선언」의 저자 문제가 아직은 미결인 상태이지만, 1795년 9월 이후 3차례에 걸쳐 횔덜린은 쉘링과 더불어 미의 개념에 대해서 많은 대화를 나누었으며, 이 대화가 일 년 후 헤겔의 육필로 전래되는 「체계 선언」의 출발점인 것은 거의 확실시된다.[19] 이 「체계 선언」의 저자에 대한 더 이상 논쟁은 사실상 부질없는 것으로 생각되는데, 그것은 결국 「체계 선언」은 어느 한 사람의 저술이 아니라 합동산물로 보는 것이 타당하기 때문이다. 「새로운 철학적 서한」을 예고하고 있는, 앞에 인용한 니이트함머에게 보낸 서한에서도 쉘링과 편지형식의 서술방식에 대해서 상의하였음을 알리면서 〈언제나 서로 의견이 조화를 이루는 것은 아니다〉고 고백한 적이 있다. 「체계 선언」은 니이트함머에게 편지를 보낸 한 달 후에 집필된 것으로 전해지고 있다. 슈트라크는 이런 의미에서 「체계 선언」을 횔덜린이 계획했던 「새로운 철학적 서한」의 전단계라고까지 보고 있는 것이다.[20] 그렇기 때문에 「체계 선언」을 횔덜린의 소설 「휘페리온」 및 「철학적 서한」과 비교하면서 헤겔과 횔덜린의 사상적 공통성을 추구하고 있는 야메의 논리는 적절하지만 사실상 상당한 부분 동의반복에 머물고 있

---

18) Vgl. Andreas Thomasberger, Mythos, Religion, Mythe. Hölderlins Grundlagen einer neuen Mythologie in seinem "Fragment philosophischer Briefe", in: Christoph Jamme / Otto Pöggeler(Hg.), "Frankfurt aber ist der Nabel dieser Erde". Das Schicksal einer Generation der Goethezeit, Stuttgart 1983, S. 293ff: Thomasberger는 이 글에서 「종교론 (새로운 철학적 서한)」을 「체계 선언」에서 언급된 새로운 신화 요구의 첫 번째 실현이라 고 해석한다

19) Stefanie Roth, Friedrich Hölderlin und die deutsche Frühromantik, Stuttgart 1991, S. 139

20) Friedrich Strack, Das System-Programm und kein Ende. Zu Hölderlins Entwicklung in den Jahren 1795/96 und zu seiner Schellingkontroverse, in: Rüdiger Bubner(Hg.), Das älteste Systemprogramm. Studie zur Frühgeschichte des deutschen Idealismus, Bonn 1973, S. 133

다고 할 것이다.[21]

3. 종교론=철학적 서한: 종교, 문학; 신화의 동질성

문학은 [...] 끝에 이르러 그 시발이었던 대로 될 것이다. — 즉 인류의 교사가
될 것이다. 왜냐면 어떤 철학도, 어떤 역사도 더 이상 존재하지 않으며, 문학예
술만이 다른 모든 학문들과 예술들보다 더 오래 살아남을 것이기 때문이다.
동시에 우리는 대중들이 어떤 구체적인 종교를 지녀야만 한다는 말을 자주 듣는
다. 대중들뿐만 아니라, 철학자도 종교를 필요로 한다. 이성과 감성의 유일신주
의, 상상력과 예술의 다신주의, 우리가 필요로 하는 것은 바로 이것이다!
우선 여기서 나는 알고 있지만, 어떤 사람의 생각에는 아직 미치지 못한 한 이념
을 언급하게 될 것이다 — 즉 우리는 새로운 신화를 가지지 않으면 안 된다. 그
러나 이 신화는 이념에 봉사해야만 한다. 그것은 이성의 신화가 되지 않으면 안
되는 것이다.
우리가 이념을 심미적으로, 즉 신화적으로 만들기 전에는 이념들은 민중들에게
관심이 없으며, 거꾸로 신화가 이성적이기 전에는 철학자가 신화를 꺼리게 될
것이 분명하다. 그렇기 때문에 계몽된 자들과 계몽되지 못한 자들은 서로 손을
내밀어야만 한다. 민중을 이성화시키기 위해 신화는 철학적으로 되어야 하고,
철학자들을 감각적으로 만들기 위해 철학은 신화적으로 되지 않으면 안 된다.[22]

「체계 선언」 중 한 부분이다. 이 부분은 횔덜린의 「체계 선언」의 부분적
참여를 뒷받침하는 근거이기도 하고, 또한 횔덜린의 「종교론」과는 다른 사

---

21) Vgl. Christoph Jamme, "Ein ungelehrtes Buch". Die philosophische Gemeinschaft
zwischen Hölderlin und Hegel in Frankfurt 1797-1800, Bonn 1983. Hegel Studien, Beiheft 23,
특히 S. 150ff. Hegels Bruch mit dem Kantianismus: Von der Ethik zur Ästhetik
(Hyperion, Systemprogramm, Fragmente philosophischer Briefe)
22) StA. IV, S. 298f.

상의 편린을 보여 주는 구절로 평가되기도 한다.[23] 또 다른 부분들, 예컨대 첫 부분의 〈모든 형이상학은 미래에 도덕으로 바뀌게 될 것〉[24]이라는 문구는 횔덜린의 사고방식과는 매우 다르며[25] 〈절대적으로 자유로운 존재로서의 내 자신에 대한 표상인 최초의 이념〉 또는 〈자유롭고도 자의식적인 존재와 함께 동시에 등장하는 — 무로부터 생성되는 — 전체적 세계, 유일하게 참되고 생각해 볼만한 무로부터의 창조〉[26]와 같은 피히테적인 파토스도 이 시기의 횔덜린에게는 거리가 먼 사고이다. 더욱이 〈지적 세계를 자체 안에 지니고 있으며, 신도 영생불멸도 자신의 외부에서 찾아서는 안 되는 모든 정신의 절대자유〉[27]는 결코 횔덜린의 모토가 아니다. 이런 가운데에서도 앞서 인용된 구절들은 — 자체가 모순된 것으로 읽히는 것이지만 — 문학, 종교 그리고 신화에 대한 횔덜린다운 사고의 윤곽을 담고 있다. 여기서 제시되는 요구나 예고들은 횔덜린이 프랑크푸르트 시절에 썼으며, 그의 이어지는 창작활동이나 사유의 이론적 기초를 형성하고 있는 소위 〈신화 Mythe〉에 대한 숙고와 깊은 관련을 맺고 있다. 이 숙고가 바로 「종교론(= 철학적 서한)」이라는 제목으로 알려져 있는 것이다.

---

23) Helmut Hühn, Mnemosyne. Zeit und Erinnerung in Hölderlins Denken, S. 107f. 특히 Ludwig Strauß는 Hölderlins Anteil an Schellings frühem Systemprogramm, in: Deutsche Vierteljahrschrift für Literaturwissenschaft und Geistesgeschichte 5 (1927)를 통해서 「종교론」과 「체계선언」사이의 불협화 Mißklang를 논한 적이 있다.

24) StA. IV, S. 297

25) Vgl. StA. VI, S. 203; 앞에 인용한 Niethammer에게 보낸 편지에서 형이상학의 기본 문제는 〈이론적으로, 지적직관을 통해서 theoretisch, in intellektualer Anschauung〉 해명되어야 한다고 했고, 특히 〈우리의 실천적 이성의 도움을 받을 필요도 없이〉 라고 횔덜린은 언급하고 있다.

26) StA. VI, S. 203

27) StA. IV, S. 298

〈삶의 보다 내면적인 연관성〉과 오성의 한계

「체계 선언」의 인용된 문구나 횔덜린의 「종교론(=철학적 서한)」은 다같이 계몽주의의 배후로 되돌아가려는 것이 아니라, 오히려 계몽주의를 넘어서 나가는 신화의 개념을 전개시키고 있다. 두 텍스트는 다같이 성찰이나 논증에 대한 불만족을 통해서 신화에 도달하고 있다. 「체계 선언」은 〈이성이 모든 이념을 포괄하는 가운데, 이성의 가장 지고한 행위는 심미적 행위〉라는 신념을 토로하고 있는 것이다. 위에 인용된 문구의 바로 앞 문단에는 횔덜린의 주도적인 개념들을 중심으로 유기화된 하나의 문장, 뵘에 의해서 「체계선언」의 핵심적 부분이자, 횔덜린의 참여를 어떤 다른 부분보다도 명백히 뒷받침하는 문구로 지적된 문장이 위치해 있다.[28]

철학자는 시인만큼 많은 심미적 능력을 가지고 있어야만 한다. 심미적 감각이 없는 인간들은 바로 문자나 따지는 우리 철학자들이다. 정신의 철학은 심미적 철학이다. 심미적 감각 없이는 우리는 그 어느 것에서도 정신적으로 풍요로울 수 없으며 역사에 대해서조차 정신적으로 풍부하게 사유할 수 없다.[29]

오성만을 가지고 역사를 파악할 수 없다는 명제는 단편 「철학적 서한」에서도 논쟁의 대상이다. 횔덜린은 여기서 우주적인 에로스라는 튀빙엔 시대의 개념으로 되돌아가서 그것을 교양충동의 이론으로 형성해 내고 있다.[30] 이것에 따르자면 인간의 내면에는 문화적인 상승에 대한 천성적인 지향성이 들어 있다는 것이다. 「철학적 서한」은 〈인간은 그 천성으로부터 궁핍을 넘어서 고양되며, 세계와의 보다 다양하고 보다 내면적인 연관 안에 존재한다〉[31]고 말한다. 이러한 〈보다 내면적인 연관들〉은 〈인간적으로 보

28) Otto Pöggeler, Hölderlin, Hegel und das älteste Systemprogramm, in: Das älteste Systemprogramm. Hegel-Studien, Beiheft 9, Bonn 1973, S. 231
29) StA. IV, S. 298
30) Vgl. Dieter Henrich, Hegel im Kontext, 4. veränd. Aufl. Frankfurt/M. 1988
31) StA. IV, S. 275.

다 높은 삶〉 그리고 인간과 세계사이의 〈보다 높은 숙명〉이라고 불린다.[32] 삶의 이렇게 고차적으로 유기화된 형식은, 횔덜린의 말을 빌리자면, 필연적으로 추상화를 일삼는 오성으로는 적합하게 파악될 수 없다는 것이다.

> 그러나 그[인간]와 그의 요소들 사이의 보다 높고 보다 무한한 연관성이 그의 현실적인 삶 안에 존재하고 있는 한, 그 연관성은 단순히 사유하는 가운데도, 또 단순히 기억하는 가운데서 반복될 수가 없다. 왜냐면 단순한 사유는 그것이 고상한 것일지라도, 단지 필연적인 연관성만을, 단지 범할 수 없는, 보편타당한, 없어서는 안 되는 삶의 법칙만을 반복할 수 있을 뿐이기 때문이다. 그리고 그 단순한 사유가 그것의 고유한 영역을 벗어나서 삶의 보다 내면적인 연관을 감히 생각하려는 바로 그 수준에서, 그 사유는 특별한 예시가 없이도 관찰될 수 있고 증명될 수 있다는 것으로 성립되는 자신의 본래적인 특성을 부정하게 되는 것이다. 삶의 필연적인 연관들 이상의 보다 무한한 연관들은 결코 단순한 그 무엇으로 사유될 수 없는 것이다. 사유는 그러한 연관들을 남김없이 논구하지 못한다.[33]

횔덜린은 순수한 지적 반복의 불가능성을 증명하려고 한다. 이것은 철학에 대한 그의 비판과도 궤도를 같이 하고 있다. 오성은 ─ 그러니까 사유 Gedanke는 보편성만을, 즉 〈삶의 법칙〉만을 지향한다. 이렇게 하여 오성은 〈삶의 보다 내면적인 연관성〉을 파악할 수 없거나, 파악한다해도 온전히 다 파악할 수 없다. 또한 기억 Gedächtniß은 회상 Erinnerung과는 달리 실증적이며 사실적인 인식일 뿐이다.[34] 〈보다 높은 숙명〉은 올바르게 사유되

---

32) StA. IV, S. 275

33) StA. IV, S. 276

34) 「철학적 서한」에서의 회상과 기억의 개념에 대해서는 Gerhard Buhr, Hölderlins Mythebegriff. S. 21f; Helmut Bachmaier, Hölderlins Erinnerungsbegriff in der Homburger Zeit, in: Jamme / Pöggeler, Homburg von der Höhe in der deutschen Geistesgeschichte, S. 131-160, 특히 157f; Ders, Der Mythos als Gesellschaftsvortrag, in: Bachmaier/Rentsch, Poetische Autonomie. Zur Wechselwirkung von Dichtung und Poesie in der Epoche Goethes und Hölderlins, S. 131-161, 특히 136-142참조

지 못한다. 왜냐면 그것은 분석적인 분해의 표상형식을 벗어나 있기 때문이다. 오성과 그 대상의 구조적인 부적합성을 둘러싸고 논쟁하고 있는 이러한 합리성비판의 이론적인 토대는 이미 엠페도클레스나 플라톤에 의해서 대표되는, 동일한 것은 동일한 것을 통해서 인식될 수 있다는 명백한 관점이다. 개념들의 명징성과 무미건조성에 대한 시인의 근원적인 불신이 표명되고 있는 셈이다. 개념의 일의적이고 명료한 작용을 통해서는 개념이 대상을 파악하자마자 대상의 실질적인 질감은 상실될 수밖에 없다는 것이다. 사회와 역사에 대한 사유와 마찬가지로 삶에 대한 사유도 생동하지 못한다. 그러나 휠덜린은 삶에 대한 생동하는 개념을 요구하는 것이다. 이 점에서 그의 사상은 니이체, 딜타이 그리고 베르그송과 같은 철학자들의 소위 삶의 철학과 유사성을 지닌다. 이 삶의 철학적 요소는 후일 그의 작품수용에서 결정적인 의미를 지니게 된다.[35]

종 교

휠덜린은 인류문화에 대해서 언급하면서 계속하기를, 오성이 파악하고 있는 것은 사회적, 도덕적 혹은 법적인 규칙들뿐이며, 이러한 추상을 가지고 우리는

> 실제로 삶의 섬세하고 무한한 연관들로부터 한편으로는 일종의 권위적인 도덕을, 다른 한편으로는 공허한 예의범절이나 공허한 취미규칙을 만들어 왔는지도 모른다. 또한 우리는 우리들의 무쇠처럼 단단한 개념들을 통해서, 예의 부드러운 관계를 종교적인 관계로부터, 그러니까 그 자체로서 라기보다는 그 관계들이 놓여있는 삶의 영역을 지배하고 있는 정신으로부터 파악했던 것이 틀림없는 옛사람들보다 더 계몽되어 있다고 믿고 있는 것이다.[36]

---

35) Vgl. H. Bothe, ≫Ein Zeichen sind wir, deutungslos≪. Die Rezeption Hölderlins von ihren Anfängen bis zu Stefan George, Stuttgart 1992, S. 75ff.
36) StA. IV, S. 277

이것은 「체계 선언」에서 언급하고 있는 하나의 예고, 즉 〈어떤 이념도 이해하지 않으며, 도표와 목록을 넘어서기만 하면 모든 것이 애매해지고 만다고 털어놓고 있는 인간에게 무엇이 결핍되어 있는지를 보여주겠다〉[37]고 한 예고를 보다 더 명료하게 부연하고 있는 것이다. 「철학적 서한」은 이러한 사람들에게 결핍되어 있는 것이 현실적인 삶의 〈종교적인〉 구조에 대한 의식이라고 말한다. 이 논고에서는 삶의 보다 높은 그리고 보다 내면적인 유기적 형식, 즉 종교적인 현존이 종교적 의식의 조건으로 선언되고 있는 것이다.

제 자신만으로부터도, 자신을 둘러싸고 있는 대상들로부터도 인간은 기계적인 과정 이상의 것, 즉 하나의 정신, 신이 세계 안에 존재한다는 것을 체험할 수가 없다. 그러나 보다 생동하는, 곤궁을 넘어서 고양된, 자신을 에워싼 것과 함께 하는 연관에서는 이를 충분하게 체험할 수 있다.[38]

여기서 횔덜린의 의식비판적인 논쟁이 명백하게 인식된다. 즉 그의 생각에 따르면, 인간은 오래 전부터 그들에게 알맞은 자기의식과 세계인식을 허용해 주는 연관들 안에서 객관적으로 살고 있다는 것이다. 인간은, 이미 찬가 「평화의 축제」에서 읊고 있는 것처럼, 〈많은 경험〉을 하고, 〈대화〉로서 은유하고 있는 앎과 삶의 단계에 도달해 있다는 것이다.

---

37) StA. IV, S. 298
38) StA. IV, S. 278

아침에서부터
우리는 하나의 대화이며 서로 귀 기울인 이래
인간은 많은 것을 경험했다. 그러니 우리는 곧 합창이어라.

Viel hat von Morgen an,
Seit ein Gespräch wir sind und hören voneinander,
Erfahren der Mensch ; bald sind wir aber Gesang.[39]

이미 그의 튀빙엔 시절의 찬가들에서, 시인은 초자연적인 도그마에 맞서서 자연과 사회의 체험에서부터, 인간에 대한 사랑으로부터 세계 내재적인 신의 현존재를 이끌어낸 바 있었다. 칸트와 피히테의 학교를 거쳐온 휠덜린에게는 정신의 현실성을 보존하고, 자신의 세계구상을 허무주의의 〈심연〉으로부터 보호하는 일이 형이상학의 본질적인 문제가 된다.[40] 이러한 보장은 어떻게 해서 얻어질 수 있는 것인가 하는 것이 「철학적 서한」의 주제인 셈이다. 여기에 하나의 기본적인 전제가 스쳐 지나가듯이 언급되어 있다.

인간은 다른 사람의 입장에 스스로를 옮겨 놓을 수 있고, 다른 사람의 상황을 자신의 상황으로 만들 수 있다.[41]

---

39) StA. III, S. 536
40) Vgl. Thomas Immelmann, Der unheimlichste aller Gäste. Nihilismus und Sinndebatte in der Literatur von der Aufklärung zur Moderne, Bielefeld 1992, S. 118ff:
임멜만은 휠덜린은 허무주의적인 권태, 전망의 결여에 대한 두려움, 제 자신의 삶의 의미 상실 그리고 사회적인 계약의 붕괴에 대한 두려움, 정의, 진리의 해체에 대한 두려움으로부터의 탈출구로서 종교와 신화를 보루로 삼았다고 말한다. 동기에 대한 해석은 다르겠으나, 결과적으로 휠덜린이 인간의 현실적인 삶으로부터 종교를 보고 있다는 점에서는 휠덜린의 근본적인 사고를 보여주고 있다.
41) StA. IV, S. 278

이러한 인간의 해석학적 능력, 추체험(追體驗)하고 감정이입하면서 이
해하는 능력에 대한 신뢰가 횔덜린의 작품에서는 전체 형이상학의 초석인
것이다. 이 능력은 또한 단지 인간의 능력일 뿐만 아니라 삶의 구조적인 원
리이기도 하다. 횔덜린의 hen kai pan(하나이자 모두)에 대한 이해[42]는 이와
밀접하게 관련된다. 횔덜린에게 있어서 모든 것은 하나이다. 모든 개별적
존재들은 총체적인 삶에 참여하고 있다. 각 개체는 그때마다의 총체적 삶
의 현상 형식이다. 〈삶의 방식〉은 바뀐다. 그러나 〈가장 내면적으로 가장
내면적인 안에서 우리는 동일하다〉[43]. 각 개체는 제 자신의 고유한 개성을
가진다. 그러나 모든 것들은 〈같은 근원적 성격, 같은 운명〉[44]을 가지고 있
을 뿐이다. 그럼으로 〈직접적으로 대립된 것〉은 존재하지 않는다. 오로지 〈
조화된 대립〉만이 존재한다. 달리 말하자면 모든 것은 특정한 관점에서만,
즉 그것의 형상 Gestalt에서만 대립되어 있으며, 근본에서는 즉 그의 정신
Geist에서는 결합되어 있다. 이 〈조화된 대립〉은 바로 〈Hen Diapheron
Heauto〉의 번역으로 이해된다.[45] 〈보다 높은 연관성 höherer
Zusammenhang〉 또는 내면성 Innigkeit과 같은 용어들이 모두 이것에 연관
되어 있다. 〈상이한 것의 일치성 unterschiedene Einheit〉은 횔덜린의 후기
작품의 기본구조이다.[46] 후기 찬가는 이러한 기초세우기의 문제로 「종교론
(=철학적 서한)」에서도 문제의 중심을 이루고 있는 것이다.

---

42) StA. III, S. 236, und IV, S. 207
43) StA. III, Hyperion, S. 159 und II, S. 123
44) StA. VI, S. 327
45) M. Konrad, Hölderlins Philosophie im Grundriß, Bonn 1967, S. 33; Konrad는 〈조화된
대립〉은 플라톤의 Symposion 187a의 HEN DIAPHERON HEAUTO를 인용하고 있는 소
설 『휘페리온』의 맥락에서 그것의 번역으로 보고 있다
46) Vgl. Detlev Lüders, Die Welt im verringerten Maasstab. Hölderlin-Studien, Tübingen
1968, darin: Unterschiedene Einheit, S. 19-77

신화

인간의 역사와 문화가 오성만으로는 파악될 수 없는, 그러나 이것을 표현
해낼 줄 아는 인간에 의해서 파악되어야 하는 자연내재적인 정신의 산물이
라면, 이것에는 다른 인식의 능력, 또는 횔덜린의 용어대로는 다른 〈표상형
태 Vorstellungsart〉가 필요하다. 거기다가 객관적인 사실들이 그 현실에 적
합한 인식의 도구를 만들어 내야 하는 상황으로 우리들을 옮겨 놓는다면,
우리는 이것을 실현시켜야할 과제를 가지게 된다. 이 새로운, 현실성에 알
맞은 표상형태를 횔덜린은 〈신화 Mythe〉라고 부르고 있는 것이다. 이 신화
는 〈종교적인〉 삶의 연관들을 재생산한다. 왜냐하면 종교적 삶의 연관들과
마찬가지로 신화는 부분(지성, 개별적 의지)과 초개별적인 사건(자연, 정
신)의 내면적인 앙상블이기 때문이다. 이렇게 보면 횔덜린에게서 〈신화〉
개념은 발터 브뢰커가[47] 횔덜린은 자신의 〈신화〉에 도달하는 사유를 「철학
적 서한」의 후반부를 구성하고 있는 「계속을 위한 힌트」에서 이렇게 개괄
적으로만 피력하고 있다.

> 종교적인 관련들이 가지고 있는 한편으로는 지적 도덕적 법률적인 관련들과 또
> 다른 한편으로는 물리적 기계적 역사적 관련들과의 차이점, 그리하여 종교적인
> 관련들은 한편으로는 그 부분들 안에 개성, 상호간의 제약, 지적 관련들, 부정
> 적이며 동시적인 병렬적 존재를, 다른 한편으로는 내면적 연관, 다른 것에 대한
> 의존, 물리적인 관련들의 부분들을 특징짓는 부분들 안에서의 불가분성을 지니
> 고 있다. 그리하여 종교적인 관련들은 그 표상에서 지적이지도 역사적이지도
> 않고, 지적 역사적 즉 신화적이다. 이러한 사실은 그 소재나, 그것의 표현에 다
> 같이 해당된다. 그것은 이 표현이 하나의 영상을 통해서 보다 명백히 또는 보다

---

47) 이렇게 보면 횔덜린에게서 〈신화〉개념은 발터 브뢰커가「Das was kommt, gesehen
von Nietzsche und Hölderlin」에서 보고 있는 것처럼 그리스의 신적 세계의 재생과 부활
과는 아무런 관련이 없다

애매하게 파악하는 것과 일치된다. 그 영상의 특성은 각자가 각자의 방식대로
무한히 살아 나갈 수 있고 또 살고 있는 본래적인 삶의 특성을 표현하는 것이
다. 종교적 관련들은 소재의 관점에서 단순한 이념 혹은 개념 혹은 특성을 포함
하는 것도 아니고, 단순한 사건들, 사실들을 포함하는 것도 아니며, 이 양 측면
을 분리해서가 아니라 하나 안에 담게 되는 것이다.[48]

종교적 관련들은 〈역사적〉으로도 〈지적〉으로도 파악할 수 없다. 또한
기억을 통한 반복도, 그러니까 역사도 그리고 '사유'를 통한 반복도, 즉 철
학도 그것을 파악할 수 없다. 오로지 영상/이미지 Bild를 통한 반복만이 그
것을 파악할 수 있다. 「시적 정신의 수행방식」에서도 횔덜린은 〈지적 직관
과 그것의 신화적 영상적 주체—객체〉에 관해 언급하면서 신화적 mythisch
이라는 표현과 영상적 bildlich이라는 단어를 나란히 쓰고 있다.[49] 신에 대
한 문학적인 명명 Nennen과 이야기 Sagen가 그리스인들에게서는 $\mu\tilde{\upsilon}\delta\varepsilon\iota\upsilon$
Mythein이라고 불렸던 것이고, 그 때문에 횔덜린은 종교적 연관의 이중적
성격을 지적—보편적 그리고 역사적—특수성으로 파악할 수 있는 그 표상을
〈신화적〉이라고 말하고 있는 것이다. 신화적인 표상 내지는 회상은 역설적
인 구조를 가진다. 그것은 지(知)와 역사를, 사유와 기억을, 앞의 인용에서
나오는 횔덜린의 용어를 빌려 말하자면, 〈개성〉, 〈상호간의 제약〉, 〈부정적
이며 동시적인 병렬적 존재들〉, 〈내면적인 연관성〉, 〈타자에의 맡김〉, 줄여
말하자면 〈부분들 안에서의 불가분성〉과 결합시킨다. 신화는 단지 역사와
이념뿐만 아니라, 공동체와 개별을, 결합과 분리를 결합시키는 것이다. 그
표상방식은 반이성적인 것이 아니라, 이성초월적이라고 해야만 옳다. 이
표상방식의 정신적인 조직[50]은 능력으로서의 오성을 포함하고 아직 파악

---

48) StA. IV, S. 280
49) StA. IV, S. 259
50) 이러한 광의의 의미로 〈소재〉가 이해될 수 있다. 그 반대개념인 〈표현〉은 현상의 외적
형식을 나타낸다.

되지 않은 우리와 관계 있는 사물 Pragmata의 감각적인 질료와 이 오성을
결합시킨다. 그 결과 표상의 보다 높은 질감은 생성되는 것이다.

문 학

따라서 신화적인 표상방식은 문학적 인식과 사고와 일치된다. 그 표상방식
의 실천이 바로 문학예술인 것이다. 횔덜린이 위의 인용에서 〈하나의 영상
ein Bild〉이라고 부른 것은 감각적으로 관찰되는 〈이념 Idee〉일 수도 있는
데, 칸트는 이것을 〈미감적 이념〉이라고 부른 적이 있다. 이 미감적 이념은
무한히 많은 해석의 동기를 부여하면서도 전적으로 어떤 개념으로 서술되
지 않는다. 따라서 칸트는 〈어떤 언어에 의해서도 완전히 도달되지도 않으
며 설명가능하지도 않다〉[51]고 말했다. 미감적 이념들은 드러낼 수 없는 것
이다. 바로 그렇기 때문에 이 미감적 이념들은 신성으로서, 또는 무한한 것
으로서 개념적 세계의 분리에 맞서 있는 것을 대신해서 〈상징적〉으로 모습
을 나타낼 수 있다. 그리하여 「철학적 서한」의 끝에 이르러 〈그처럼 모든
종교는 그 본질에 따라서 문학적일 것이다〉[52] 라고 횔덜린은 말하고 있는
것이다. 이 언급은 종교와 문학은 바로 같은 것이라는 말이기도 하고 또는
문학은 신앙으로 넘어가야만 한다는 것을 의미하기도 한다. 종교와 문학은
그것이 동일한 내면성을 제시하는 한 구조상 동일하다. 횔덜린의 관점에
따르면, 그러한 시적 능력이 이 「철학적 서한」이 문제 삼고 있는 인간 세계
의 〈종교적인〉 연관들을 파악할 수 있는 위치에 있는 것이다. 그렇게 해서
문학은 「체계 선언」에서 〈보다 높은 품위 höhere Würde〉[53]를 부여받았던
것이다.

---

51) Kant, Kritik der Urteilskraft §49
52) StA. IV, S. 281
53) StA. IV, S. 298

문학의 기능

앞에서 본 것처럼 「체계 선언」에서 문학은 〈인류의 교사〉[54]가 되어야 한다
고 요구하고 있다. 인간에게 가르칠 수 있는 것이 무엇인지를 「철학적 서
한」은 자기 인식과 세계인식으로 더욱 면밀하게 규정하고 있다. 이것은 왜
인간들은 자신들의 삶의 형식에 대해서 표상해야만 하고 그것을 널리 알리
고자 하는지, 말하자면 예술은 왜 존재하는지에 대한 물음을 불러일으킨
다. 휠덜린은 이러한 물음에 대해서 일종의 영향미학 Wirkungsästhetik의
개념을 가지고 답하고 있다. 즉 「철학적 서한」에는 인간은 삶의 연관의 의
식화를 통해서 〈궁핍의 충족보다 더욱 무한한, 더욱 철저한 만족을 체험 한
다〉[55]고 기술하고 있는 것이다. 표상행위를 통해서 인간은 〈이러한 정신적
인 반복에 고유한 완전성과 불완전성이 자신을 다시금 현실적인 삶으로 몰
고 갈 때까지〉[56] 현실적인 삶을 반복한다는 것이다. 예술은 스스로 이미 만
족하고 있는 어떤 만족감을 마련해 주는 것이 아니라, 현실적인 삶의 형성
화에 대한 필요성을 생성한다. 개인적으로나 인류 역사적으로 예술은 삶의
고양이 그 목표이다. 휠덜린에 있어서 이 사상은 일종의 사회혁신적인 프
로필을 지니고 있다. 있는 그대로의 사회적 상태는 아직 최선의 상태가 아
니다. 예술은 사회적 이상의 실현에 기여해야만 한다. 이런 의미에서 신화
의 속성으로서의 회상개념이 문학에 접합점을 이룬다. 즉 휠덜린은 회상개
념을 '왜 인간들은 도대체가 기계적인 세계를 극복하고 가장 내면적인 연
관에 대한 표상을 가지게 되는가'에 대한 대답으로 사용했던 것이다. 회상
은 두 가지의 차원을 가지고 있다. 그 하나는, 우리들의 노력의 목표로서

---

54) StA. IV, S. 298
55) StA. IV, S. 275
56) StA. IV, S. 276

회상을 통해서 느껴진 절대적인 일치성이고, 또 하나는 현실적인 삶 안에 있는 불협화의 반복과 결합으로서의 회상이다.[57] 이렇게 해서 회상개념의 미래와의 연관은 주어지게 된다. 말하자면 회상은 일종의 유토피아적인 선취이다. 과거, 현재, 미래의 동시성이 문학에서의 인간적 · 사회적 상태의 새로운 이상들로서 휠덜린의 회상개념에 포함되어 있는 것이다.[58] 슐레겔의 「신화에 대한 강연」에는 신화적 언술만이 〈그렇지 않으면 의식으로부터 영원히 달아나 버릴 것을 여기에서는 감각적으로 정신적으로 관찰되고 붙잡을 수 있다〉고 말함으로써 신화와 시문학은 같은 기능을 가진 것으로 서술되고 있다. 그런 의미에서 신화와 시문학은 〈하나이면서 분리될 수 없다〉[59]는 것이다.

이제 왜 휠덜린은 문학적 표상방식과 같이 고도로 인위적인 표상방식을 〈신화〉라고 부르고 있는가 라는 점이 이해된다. 인식의 감각적이고 영상적인 측면을 높게 평가하려는 생각 때문에 소박한, 계몽 이전의 사고형식을 상기하게 된 것은 분명 아니다. 〈신화〉라는 어휘가 이러한 내포적 의미로 선택된 것이 아니라는 점은 개괄된 「계속을 위한 힌트」 안에 들어 있는 한 문장에 의해 증언된다.

---

57) Vgl. Stefanie Roth, Hölderlin und Frühromantik, S. 265

58) Helmut Bachmaier, Der Mythos als Gesellschaftsvertrag. Zur Semantik von Erinnerung, Sphäre und Mythos in Hölderlins Religions-Fragment, in: Ders u. a., Poetische Autonomie? Zur Wechselwirkung von Dichtung und Philosophie in der Epoche Goethes und Hölderlins, Stuttgart 1987, S. 135: <[...] als Erinnerung »nach vorn« antizipiert sie im Gedenken bereits neue Ideale menschenheitlicher und geschichtlicher Zustände, die in der Dichtung ins Werk gerufen werden> <Erinnerung>의 자세한 개념과 논의는 휠덜린의 「철학적 서한」을 중심으로 상세히 논하고 있는 Helmut Hühn, Mnemosyne. Zeit und Erinnerung in Hölderlins Denken, Stuttgart-Weimar 1997 참고할 것.

59) KA Bd. 2, S. 318

여기서 다수의 종교가 하나의 종교로 통합되는 것에 대해서 언급될 수 있다. 이 종교에서는 각자가 자신의 신을 공경하고 모두는 문학적 표상 안에서 하나의 공통된 신을 공경하며, 또 각자가 자신의 보다 높은 삶을, 그리고 모두가 하나의 공동체적인 삶을, 삶의 축제를 신화적으로 펼치는 것이다.[60]

여기서 〈다수의 종교가 하나의 종교로 통합되는 것〉이 주제화 되고 있다. 〈삶의 신화적 축제〉는 종교적 체험의 서로 다른 문학적 형상화들의 성공적인, 그리하여 일치적인 소통인 것이다. 그 소통은 〈보다 높은〉 삶의 연관을 구성시켜 주어서 개체들의 자율성과 고유성들이 사회적 통합의 최고 수준으로 결합되는 그러한 삶의 연관을 가능하게 만들어 줄 것이다.[61]

앞에서 본 바대로 횔덜린에게는 통합 안에서도 다름이 유지되는 분리의 극복이 중요한 과제다. 따라서 신화적인 잔치에는 어떠한 삶도 배제되지 않는다. 이 잔치는 인간 상호간 그리고 인간들의 세계와의 실제적인 공동체, 그리고 〈완성된 형식을 통한 일치감의 표현〉[62]일 것이다. 이 자리에서 문제삼고 있는 것은 여러 종교들의 통합주의적인 결합이 아니다. 횔덜린에 있어서 종교의 다양성은 오히려 〈인류의 풍요로움〉일 뿐이다. 그리고 여기서 제시되고 있는 사회적인 유토피아는 예술과 예술가에게 각별한 과제를 부여하고 있다. 예술가는 자신의 인간적 규정을 실현하는 가운데, 타인의 삶의 영역 안에 자신을 옮겨놓고, 그 삶의 영역을 〈제 자신의 영역으로 만들어 내야〉 한다. 예술은 개인들 상호를 접근시키고 그들의 일치를 가능하게 해야 하는 것이다. 이 「철학적 서한」과 매우 유사하게 1799년 1월 1

---

60) StA. IV, S. 281

61) Manfred Frank, Hölderlin über Mythos, in: HJb. 27(1900/91), S. 26

62) Hans-Georg Gadamer, Die Aktualität des Schönen. Kunst als Spiel, Symbol und Fest, Stuttgart 1977, S. 52

일 동생에게 보낸 편지에서 횔덜린은 예술에 대한 자신의 생각을 명료하게 피력하고 있다.

> 사람들은 미적 예술의 고양에 대한 영향에 관해 많이 말해 왔다. 그러나 결론은 언제나 거기에 어떤 진지함도 함께 하지 않은 듯 하는 것이었다. 그것은 자연스러운 일이었다. 왜냐면 사람들은 예술, 특히 문학이 본성적으로 무엇인지를 생각하지 않았기 때문이다. 사람들은 오로지 예술의 소박한 외형에 머물러 있다. 이 외형은 물론 예술의 본질과 분리될 수 없는 것이지만, 그 예술의 전체적인 특성을 형성하는 것과는 관계가 없다. 우리는 예술을 유희로 여겨왔다. 왜냐면 예술은 유희라는 겸손한 형태로 나타나기 때문이다. 그리하여 사람들은 이성적으로 예술로부터 유희의 효과, 즉 오락이외의 어떤 다른 효과를 그 결과로 얻어내지 못했다. 그러나 이것은 예술이 그 참된 본성에 위치할 때, 그것이 작용하는 것과는 바로 반대의 것이다. 그리고 나서야 인간은 예술을 접하고 정신을 집중한다. 그러면 예술은 그에게 평온을, 그것도 공허한 평온이 아니라, 생동하는 평온을 준다. 이 평온에서는 모든 힘들이 역동하며 다만 그것의 내면적 조화로 인해서 활동적인 것으로 인식되지는 않는다. 유희와는 달리 예술은 인간들은 접근시키고 그들을 결합시킨다. 각자는 자신을 잊고 어느 누구의 활발한 고유성이 전면에 부각되지 않음을 통해서만이 이들은 하나로 결합되는 것이다.[63]

횔덜린은 루소처럼 — 다만 그의 〈사회 계약〉은 일종의 법률적 사항이며, 이러한 이념은 횔덜린의 계획과는 동떨어져 있기 때문에, 그 계약 이념을 제외하고 본다면 — 인간들의 평화로운 공존은 개별자들이 하나의 공동의지에 의존할 때에만 가능하다는 생각을 가지고 있다. 횔덜린은 신화의 사회적 교환 가운데서 이러한 공동의지를 발견해 낸다. 문학적인 신화는 개별적인 자기감정과 세계감정을 표현할 뿐만 아니라, 다른 개별자들에게 표현되고 있는 삶에의 공감을 가능하게 해 주어야 한다. 인간들이 다른 사

---

63) StA. VI, S. 305

람의 신화 속에서 자신을 재발견할 수 있을 때, 종교적 신화의 소통은 개별
자들로 하여금 자신의 내면에서 보편의지를 발견할 수 있도록 해주는 것이
다. 횔덜린의 〈신화〉는 그것이 초월적인 근거의 비유인 한 — 신화는 시발
(始發), 시작(始作)의 비유이다 — 전통적인 의미에서도 신화적이다.[64] 신화
는 이제 비로소 사유되어야 하는 근원을 제시한다. 이 근원은 신화적 삶의
축제 안에 현시되는 그 어떤 것이다. 나의 내면에는 다른 사람의 내면에도
들어 있는 그 무엇인가가 있고, 그것은 우리들 이상의 그 무엇이다.

4. 〈보다 높은 계몽〉

이러한 체험의 전달수단은 신화적 언어이다. 따라서 슐레겔의 말에 따르자
면 신화와 시문학은 하나이자 분리될 수 없기에 이른다. 그리고 무엇보다
이를 통해서 생동하는 연관을 온전히 합리적으로만 파악하려고 하는, 그리
하여 옛사람들에 비해서 당당히 우위에 있다고 느끼고 있는 계몽 속의 신
학에 맞서고 있다. 「철학적 서한」은 이렇게 말하고 있다.

> 우리는 실제로 삶의 섬세하고 무한한 연관들로부터 한편으로는 권위적인 도덕
> 을, 다른 한편으로는 공허한 예의범절이나 공허한 취미규칙을 만들어 왔다. 그
> 리고 우리는 우리들의 딱딱한 무쇠와 같은 개념들을 가지고 옛사람들보다 더
> 계몽되어 있다고 믿는 것이다.[65]

---

64) 신화는 Poiesis의 힘으로, 생성의 한 힘으로도 이해된다. Vgl. Georg Picht, Die Kunst
des Denkens, in: Wahrheit, Vernunft, Verantwortung. Philosophische Studien, Stuttgart
1969, S. 428: <Poiesis ist [...] jedes Tun, das ein Werk hervorbringt, welches vorher nicht
da war, und welches, wenn es hervorgebracht ist, für sich selbst besteht.>
65) StA. IV, S. 277

휠덜린의 신학비판은 다 알고 있는 바처럼 그의 생애기적인 경험의 산물이다. 그는 튀빙엔 신학교에서 목사로서 교육 받았지만, 동생에게 쓴 편지에서 〈신학의 전시장에서 한숨 짓는다〉[66]고 쓴 바 있고, 후일 목사직을 한사코 거부했다. 문학에의 사랑이나 문학자로서 위대해지려는 욕망이라는 개인적인 이유도 없지 않았지만, 당대의 독단적인 신학에 대한 그의 비판적 입장이 더 큰 이유였다. 그의 신학비판은 종교로부터 신화적인 아우라를 벗겨 버리고, 오로지 이성적으로 접근함으로써 종교를 필연코 파괴시키고 있는 계몽주의적 신학에 향해 있었다. 휠덜린이 보기에는 고대의 신화는 초월성과 현실적인 내재성을 결합한다. 계몽주의적 신학은 인간과 인간의 종교를 논증적으로 기술 가능한 세계연관 내지는 삶의 연관으로 환원시키고 있지만, 진지하게 종교를 바라다보는 입장에 선다면 고대인들처럼 종교적 태도를 〈보다 섬세하고 무한한 연관들로〉 파악해야만 할 것이고, 거기에 깃들어 있는 같은 정신으로부터 그 연관들을 고찰하지 않으면 안 된다.[67] 그러한 연관들이 깃들어 있는 삶의 영역을 지배하고 있는 공동의 정신은 신과 다르지 않다. 그 공동의 정신은 다르게 표현하자면, 서로 다른 것 안에 들어 있는 일치성이다. 그렇게 해서 삶과 종교가 분리되지 않는다. 고대인들은 바로 이처럼 삶과 종교의 일치를 받아들이고 있다는 장점을 가지고 있다. 그들의 〈삶은 종교적이고, 그들의 종교는 생동하는 것이다〉. 이것이 휠덜린이 말하고 있는 〈보다 높은 계몽 höhere Aufklärung〉[68]이다. 말하자면 〈hen kai pan〉을 현실 안에서 새롭게 파악하는 일이야말로 계몽을 넘어서는 계몽인 것이다. 따라서 〈보다 높은 계몽〉은 후기 계몽주의에 이르러 일컬어진 〈참된 계몽주의〉를 뜻하는 것이 아니다. 그것은 휠덜린이

---

66) StA. VI, S. 89
67) StA. IV, S. 277f.
68) StA. IV, S. 277

그 확산을 위해 자신의 작품을 헌정 할, 바로 그러한 계몽주의에 대한 그의 고유한 용어이다.[69] 횔덜린은 문학이 이를 수행할 수 있으며, 수행해야한다 고 믿었고, 그 범례를 소포클레스에서 찾기도 한다. 〈그 무한한 삶의 연관 을 규정해 주는 더 높은 법칙이 있다면, 안티고네가 공개적이고 엄격한 금 지에도 불구하고 그녀의 오빠를 장례 지내고 말한, 쓰여져 있지 않은 법칙 이 있다면〉[70], 그것이야말로 유일하게 참된 법칙이며, 이를 통해서 특수한 것의 모든 잘못된 추상화를 넘어서게 된다. 횔덜린은 안티고네의 이 쓰여 져 있지 않은 종교적인 법칙에의 의지와 이와 대치되는 크레온의 실증적인 형식적인 법칙에의 집착, 실제적인 삶의 상황을 고려하지 않은 채 의무만 을 요구하고 있는 칸트의 정언명령(定言命令)과 같은 18세기의 합리주의적 인 윤리를 비판하고 있는 것이다.[71] 이리하여 튀빙엔의 주제는 새로운 성찰 의 수준에 달한다. 즉 근대적인 계몽주의는 삶을 말살하는 추상화로 심판 된다. 이 계몽주의는 그 기본적인 착오 가운데에서 그가 제어해야할 것으 로 떠맡고 있는 것, 즉 실증성을 촉진하고 만다는 것이다. 이러한 사실을 명심하지 못하고 있는 계몽주의를 횔덜린은 일찍이 〈아주 깜깜한 계몽주 의〉[72]라고 언급한 바 있다. 근대적인 계몽주의를 거의 〈암흑〉의 중세와 비 견해서 폄하하고 있는 것이다. 형이상학으로 떨어져 버린 종교, 문자에 머 물고 있는 철학에 대해서 횔덜린은 〈보다 높은 계몽주의〉 — 심미적 계몽 주의를 주장하고 있는 것이다. 야메의 말을 빌리자면, 〈윤리로부터 미학으

---

69) Gerhard Kurz, Höhere Aufklärung. Aufklärung und Aufklärungskritik bei Hölderlin, in: Idealismus und Aufklärung, hrsg. v. Christoph Jamme u. Gerhard Kurz, Stuttgart 1988, S. 272

70) StA. IV, S. 276

71) 횔덜린의 소포클레스 비극 「안티고네」에 대한 해석과 번역 — 비극적인 것의 규정과 해석으로부터의 번역, 이책 398쪽 참조

72) StA. VI, S. 138

로의 전환〉[73]이다. 이제 이 자리에서 앞서 「종교론」의 씨앗으로서 언급된 「체계선언」에서의 신화와의 아주 섬세한 개념 차이를 언급할 수 있을 것이다. 「체계선언」에서 〈이념에 봉사하는 신화〉 또는 〈이성의 신화〉가 여전히 이성의 주변을 벗어나지 못하고 있다면, 횔덜린의 신화는 이성이념의 의상을 조금도 걸치지 않고 있다. 또한 횔덜린이 세우고 있는 〈신화〉 개념은 종교적 연관을 표상하고 이를 표현할 뿐 결코 이성이념을 표상하거나 표현하는 것이 아니다. 이것이 「체계선언」에서의 신화개념과 본질적인 차이를 구성한다.

〈지적–사적〉이라는 공식으로 구조화되어 있는 횔덜린의 신화는 인간이 그의 삶 속에서 체험하고 언어를 매개로 해서 형상화시켜 표현하려고 하는 신적인 것의 상이다. 단순히 사유하거나 단순히 기억 속에서 반복할 경우에는 참되게 표현될 수 없는 상인 것이다. 〈신화의 신〉을 갖추고 있는 문학적 신화는 합리적 논쟁이 진술해 낼 수 없는 것을 가시화 시킨다. 횔덜린은 시적 신화의 표상과 표현방식을 현대적인 조건아래에서 실현 가능한 신적인 것의 표현방식으로 생각하고 있다. 그의 신화는 종교적 진리의 은유나 알레고리와 같은 비유적인 표현이 결코 아니다.

횔덜린은 이것을 주장할 뿐만 아니라, 실천하고 증명해 보여야 하는 시인으로 남아 있으며, 그의 작품들은 바로 이러한 노력의 증언들인 것이다.

그리하여 〈다가오는 신의 날 Der kommende Göttertag〉[74]은 후기 횔덜린 찬가 문학의 중심적 테마이다. 횔덜린의 신화의 특징이 잘 표현된 찬가의 하나인 「유일자」는 신들의 결합을, 그리하여 서로가 자신의 신들을 경

---

73) Christoph Jamme, "Ein Ungelehrtes Buch", Bonn 1983, S. 150
74) Stefanie Roth, Friedrich Hölderlin und die deutsche Frühromantik, Stuttgart 1991, S. 299

배하면서도 일체가 되는 세계를 이렇게 그리고 있다.

> 그러나 나는 내 자신의
> 잘못임을 알고 있도다! 왜냐면 너무도
> 오 그리스도여! 나는 그대에 매달렸기 때문,
> 하여 내 감히 고백하건대
> 그대 얼마나 헤라클레스의 형제며
> 마차에 범들을 잡아 매
> 인더스 강에 이르기까지
> 환희에 찬 봉사를 주제하며
> 포도원을 일으키고
> 백성의 우울을 다스리는 그 디오니소스의 형제인 것을.

> 그러나 부끄러움이
> 나로 하여금 그대를
> 세속적 인물들과 비교함을 저어케 하노라.
> 허지만 나는 분명, 그대를 낳은 이
> 그대의 아버지
> 동일한 분임을 알고 있도다.

> Ich weiß es aber, eigene Schuld
> Ists! Denn zu sehr,
> O Christus! häng' ich an dir,
> Wiewohl Herakles Bruder
> Und kühn bekenn' ich, du
> Bist Bruder auch des Eviers, der
> An den Wagen spannte
> Die Tyger und hinab
> Bis an den Indus
> Gebietend freudigen Dienst

Den Weinberg stiftet und
Den Grimm bezähmte der Völker.

Es hindert aber eine Scham
Mich dir zu vergleichen
Die weltlichen Männer. Und freilich weiß
Ich, der dich zeugte, dein Vater,
Derselbe.[75]

디오니소스, 헤라클레스, 그리스도를 〈클로버의 잎 Kleeblätter〉[76]으로 상징하며 이들이 한 뿌리임을 이처럼 처음으로 신화적으로 말할 수 있는 것은 문학이외 또 무엇이 있겠는가? 이 시는 이제 비로소 우리들의 숙고의 대상이 되고 있다는 의미에서 그리고 논증을 벗어나 있다는 의미에서 문학적 신화이다. 우리에게 오늘날에도 계몽이 필요하다면, 그것은 바로 횔덜린의 〈보다 높은 계몽〉일 것이다.

---

75) StA. II, S. 163
76) StA. II, S. 162

II

찬가「평화의 축제」

찬가 「평화의 축제」

― 신의 익명성 또는 의도된 애매성

1.

찬가 「평화의 축제」는 휠덜린 자신이 그 서문과 출판업자에게 보낸 편지에서 시사하고 있는 대로, 〈서정시 이상의 시〉로 여겨져 왔다.[1]

쓰여 진지 150년이 지난 1954년, 이 찬가가 처음 출판되었을 때, 이 찬가의 제목에 나타나는 평화의 축제 혹은 그 주체가 무엇인지를 가르고자 하는 논쟁이 격렬하게 일어났던 것은 바로 이 〈서정시 이상의 시〉에 대한 편중된 관심 때문이었던 것으로 생각된다.

이 찬가의 두 곳에 나타나는 〈축제의 영주 Fürst des Festes〉가 집중적인 논쟁을 일으키게 된 것도 이에 합당한 이름 찾기가 〈서정시 이상의 시〉인 이 찬가를 옳게 이해하고, 여기서 의미되는 평화 내지는 평화의 축제를 의문의 여지없이 밝힐 수 있으리라는 희망 때문이었다. 그러나 〈평화〉의 표상은 결코 하나일 수 없었다. 〈축제의 영주〉는 나폴레옹에서부터 민족의 정신에 이르기까지 다양한 이름으로 해석되었고, 참으로 〈서정시 이상의

---

1) Peter Szondi, Einführung in die literarische Hermeneutik, Frankfurt /M. 1975, S. 324

시〉라는 공식이 우연치 않은 것으로 생각되기에 이르렀던 것이다. 급기야 찬가 「평화의 축제」는 〈축제의 영주는 누구인가〉라는 퀴즈풀이 놀이의 대상이 되었고,[2] 아마추어적인 해석으로 얼룩지게 되었다.[3] 그 결과 독일 문학 논쟁사에서 한편의 시에 대한 가장 격심한 논쟁을 기록하면서도[4] 이 새롭게 발견된 찬가의 순수한 해석은 오히려 방해받고 파괴되었다.

이 자리에서는 결코 이러한 논쟁을 되짚어 시비하려 하거나, 분석적인 탐구를 통해서 〈축제의 영주〉에 새로운 이름을 부여하려는 것이 아니라 오히려 이러한 논쟁을 떠나, 가능한 한 쓰여 있는 대로의 읽기를 통해서 일차적인 성찰에 이르고자하는 소박한 의도를 가지고 출발한다. 이러한 일차적 성찰의 시도에는 시인 자신의 요청과 더불어 나름대로 타당한 의미를 지니고 있음은 물론이다.

우선 횔덜린의 시작(詩作)에 대한 자신의 언급을 살펴볼 때, 시에 있어서 유기적이고 통일적인 시어의 결합이 무엇보다 중요하다는 주장을 읽을 수 있다. 낱낱이 떼어놓은 부분들이 아무리 명료하고 훌륭한 표현이라 할지라도 〈총체적 인상의 생동감〉[5]에 도달하지 않으면 안 된다는 것이고, 그 부분들이 연관을 통해 〈예감되는〉[6] 총체적 인상에 도달해야 한다는 것이다. 총체성은 시작에만 강조된 것이 아니다. 횔덜린은 문우 노이퍼에게 독자들의 읽기의 태도에 대해 말하면서, 〈사람들은 단지 감동을 주거나 흥분을 자아내는 문구와 그러한 상황설정만을 원할 뿐, 전체적 의미와 인상에 대해서는 글쓰는 사람이나 독자들도 별로 관심을 가지지 않는다〉[7]고 개탄

---

2) L. Kempter, Das Leitbild in Hölderlins Friedensfeier, in: HJb. 1995, S. 88

3) F. Beißner, Streit um Hölderlins Friedensfeier, in: Sinn und Form 7,1995, S. 636

4) Szondi, S. 325

5) StA. IV/1, S. 252f, "Anmerkung"

6) StA. IV/1, S. 268

7) StA. VI, S. 339 (An Neuffer am 3. Jul. 1799)

한 바 있는 것이다.

전체와 부분의 유기적 연관에 대한 그의 강조는 모든 작품들이 중심적 시행과 시어를 지니고 있으나 그 중심적 시행과 시어의 생명력은 부수적이며 주변적이라고 생각되는 시어들로부터 비로소 얻어진다는 문학일반론의 주장과 다르지 않다. 이는 한 작품을 처음부터 끝까지 차분히 읽어 나가는 것보다 더 확실한 접근방법은 없으며, 어떤 분석적인 해석보다 이를 우선 시켜야 한다는 말과 다르지 않다고 생각된다. 이러한 읽기가 외국어로 된 시에 적용된다면 그것은 모국어로의 옮김이 될 것이며, 이것이 바로 일차적 이해라 할 것이다. 왜냐하면 언어 자체가 문제되는 번역은 이해에 철저히 젖어들었을 때에만 가능할 것이기 때문이다.

요컨대 〈거친 구조〉[8]로 특징되는 횔덜린의 후기 시에 있어 그 작품의 총체인상에 달하기 위해 우리말로의 번역은 필요하고도 중요한 일이라 하겠거니와 이 번역과 함께 그 번역의 윤곽을 밝히는 주석까지를 합해 일차적 성찰로 제시될 수 있다고 생각된다. 이러한 주석이 〈다른 말로 받아 읽기〉에 불과하다 할지라도, 이를 통해서만이 해석이라는 이차적 성찰의 대상이 비로소 얻어질 수 있을 것이다. 〈오로지 의역 Paraphrase만이, 텍스트의 해석이 아니라 의역만이 귀와 얼굴과 정신을 가지게 한다〉고 리브르크스도 주장한 바 있다.[9]

찬가 「평화의 축제」에 대한 이러한 소박한 일차적 성찰은 해석의 가능성을 그 〈총체적 인상〉으로 환원시킴으로써 〈평화〉, 〈평화의 축제〉 그리고

---

8) Friedrich Nobert von Hellingrath, Pindarübertragungen von Hölderlin, Jena 1911, S. 24f.: 헬링라트는 이 〈거친 구조〉가 횔덜린이 핀다르의 영향 받았음을 유추하게 만드는 특성이라고 말한다. 그러나 이제 와서는 전체 문예학의 한 개념으로 보편화되고 있다. 이에 대해서는 Jürgen Link, Literaturwissenschaftliche Grundbegriffe, UTB 305 참조
9) Bruno Liebrucks, Sprache und Bewußtsein, VII, Frankfurt /M. 1979, S. 794

〈축제의 영주〉가 오로지 작품내의 부분들의 유기적인 결합에 따라서만이 해명될 수 있다는 사실을 확인하게 될 것이다. 찬가 「평화의 축제」에서 논쟁의 대상이 되는 〈축제의 영주〉에 대한 해석도 — 따라서 이 작품의 전체적 의미 파악은 — 그 이름 찾기에서 해소될 수 있는 것이 아니라, 오히려 그 익명성과 이것의 필연성으로부터 설명될 수 있음이 밝혀질 것이다.

찬가 「평화의 축제」가 〈서정시 이상의 시〉이기는 하되 그것은 서정시에 대한 전통적인 표상을 깨뜨리고 장르의 개념에 새로운 지평을 연다는 의미일 뿐, 결코 문학의 한계를 넘어서는 논쟁의 제기를 뜻하는 것은 아님이 밝혀지리라고 본다.

2. 「평화의 축제」: 생성과 구조

이 찬가가 해석에 있어 논란이 격심했던 작품인 만큼[10] 번역과 주석에 앞서 가능한 객관적인 개괄이 필요하다. 이 개관을 통해 번역과 주석의 방향이 개진될 수 있을 것이다.

「평화의 축제」 원고가 발견된 것은 1954년이지만, 이 작품은 전혀 낯선 작품은 아니었다. 이미 이전에 발행된 전집이나 작품집에 실려 있었던 「너 믿기지 않았던 화해자여」[11] 라는 시가 바로 이 작품의 초고였기 때문이다.

---

10) 「평화의 축제」에 관련된 논문은 1954~1982년 사이 약 110편에 달하며 (Vgl.Internationale Hölderlin-Bibliographie, Stuttgart 1985, S. 438-445), 논쟁초기의 해석들은 『Der Streit um den Frieden. Beiträge zur Auseinandersetzung um Hölderlins "Friedensfeier", 1957』에 게재되어 있다.

11) StA. II. S. 130ff. 에 실려있다. 바이스너는 이 「화해자」가 3개의 초고를 가지고 있고 이들 사이 모티브나 구성에 큰 차이가 없음을 지적하고 있으며, 브뢰커는 이 시가 2개의 초고로 되어 있다고 주장한다.

「평화의 축제」는 「화해자」라는 초고를 바탕으로 시연의 재배열, 몇몇 시연의 첨삭, 그리고 정서과정을 거쳐 최종적으로 탄생한 것이다. 이 과정이 끝난 것은 초고 「화해자」가 씌어진 지 1년 반이 지난 1802년 가을로 추정되고 있다.

초고 「화해자」에서도 의도되었지만, 「평화의 축제」는 삼연을 한 단위 Triade로 해서 구성되어 있다. 전체가 12연이니, 4개의 Triade를 가지고 있는 것이다. 각 Triade는 12행을 가진 1~2연, 그리고 15행의 세 번째 연으로 구성되어 있다. 총 분량은 156행에 이른다. 이러한 외적 구조는 의도적인 것으로 보이는데, 이 작품의 육필원고 복사본을 보면, 시연의 구분과 Triade의 구분이 분명하게 드러나며 시행의 규칙적 배분을 위해 제8연과 9연 사이에는 시연연장까지도 불사한 것이 이를 뒷받침한다.[12]

삼연일단의 구성원리는 횔덜린 후기 시에서 자주 만나게 된다. 그는 그리스의 비극에 나오는 합창가의 형식에서 이를 따오고 있다. 즉, 합창단원이 좌로 회전하며 부르는 좌회전 시연 Strophe, 우로 돌며 부르는 우회전 시연 Antistrophe, 종결시연 Epode, Abgesang의 3개 연을 단위로 하는 합창가의 양식을 따르고 있는 것이다. 여기서 삼연일단의 창조적 원리를 상론할 필요는 없겠으나, 우리는 그리스비극에 있어서 합창가가 가지는 의미와 그 내용구성에 주목함으로써 횔덜린의 이 창작원리의 적용의도를 읽을 수 있을 것이다. 횔덜린의 소포클레스 비극의 주석에서 인간의 개인적인 갈등은 대화로 진행되는데 반해서 인간과 신의 만남은 합창 Chor이라는 독백에서 이루어짐으로써 그리스 비극이 인간과 신의 갈등과 화해를 지향하게 된다

---

12) Wolfgang Binder u. Alfred Kelletag, Hölderlin, Friedensfeier. Lichtdrucker der Reinschrift und ihrer Vorstufen, Tübingen 1959에서 육필본의 전사를 볼 수 있다.

13) StA. V. S. 201f., "Anmerkungen zum Ödipus" 및 Gernot Hempelmann, Dichtung und Denkverzicht. Hölderlin als Tragiker, Hamburg 1972, S. 107 참조

는 점을 지적하고 있다.[13] 또 합창의 구성은 3개의 부분에서 각기 음조를 달리하여 찬미와 경고를 혼합하고 있음을 발견하고 그의「음조교체론」의 논거로 삼기도 한다.[14] 말하자면 Triade의 채용은 그 형식이 신과 인간의 만남을 가능케 한다는 점에서 후기 시들의 내용을 암시해 주는 것이다. 이 점은「평화의 축제」의 해석에서도 특히 고려될 만한 요점이라고 생각된다. 앞에 말한 대로 시연연장을 초래하고 각 시연에서는 빈번한 시구 걸치기 Enjambement를 하면서까지 규칙적 구조를 지키려 했던 것에는 단순한 외형의 모방과 실험 외에 깊은 의도가 숨겨져 있다는 말이다.

한편 초고와 최종고 사이의 추고를 통한 시연의 첨삭도 살펴 볼 가치가 있다. 3개의 초고를 ─「화해자」는 3번 고쳐 쓰여진 것으로 판독되고 있는 바 ─ 꿰뚫고 있는 주제는 현재, 과거 및 미래의 화해이다. 설명을 위해 내용을 요약한다면 이 초고들에서는 평화라는 우정어린 모습을 한 세계의 정신의 잔치에 예수 그리스도가 초대된다. 그는 〈과거〉에 인간과 신을 화해시켰던 화해자인 까닭이다. 그러나 그리스도 역시 그리스의 여러 신들과 화해해야 하는데, 그것은 〈미래〉에 도래할 화해라는 내용을 지니고 있기 때문이다.

그런데 제1초고는 제 자신 화해된 자의 한 사람인 시인에 의해 화해가 노래되고 있다. 시인은 정통기독교 아래 보냈던 청년시절의 고통을 신의 섭리로 노래하면서 화해하고 있는 것이다.[15]

그러나 이 시인의 화해는 제2 초고로부터 삭제된다. 이 시인의 화해의 시연이 삭제되고 있다는 사실은「평화의 축제」의 기본구조를 암시해 준다. 개인적 종교체험의 토로를 삭제한 것은 이 찬가가 초개인적인 구원을 향하

---

14) StA. IV/1, S. 238f, "Wechsel der Töne"
15) StA. II, S. 130, 제 2연

는 하나의 역사과정을 그리려하고 있음을 확인시켜 주는 셈이다. 이와 연관해서 초고에 명백히 지시해 보였던 평화 — 2차 연합전쟁의 종말로 체결되었던 르네빌 Lunéville평화협정 — 도 삭제되고 있음을 지적해야 할 것이다. 초고의 첫머리에 등장하는 〈화해자여, 너 결코 믿기지 않았던 자 / 이제 여기에 와 있도다 Versöhnender der du nimmergeglaubt / Nun du bist〉[16]는 결코 믿기지 않았으나 실제로 찾아 온 역사 속의 평화를 지칭했다 하겠는데, 이 시구가 최종고에서는 삭제되고 만다. 최종고 「평화의 축제」에서는 관사 없는 시제(詩題)가 사용되고 있으며 〈평화〉가 부름 Anrede의 대상으로 나타나지도 않는다. 르네빌 평화협정과 같은 역사적 사건도 개인적 체험처럼 이미 과거로 침몰하고 〈적은 수효의 사람들만이 예감하고 있는 평화〉[17]의 한 징후로 물러서게 되는 것이다. 따라서 「평화의 축제」에서의 평화는 더 이상 정치적·실재적 평화가 아닌 것이다.

평화의 의미의 변화와 더불어 이 찬가의 해석에 어려움을 안겨주는 또 하나의 인상적 특성은 기독교적인 색채이다. 앞서 초고의 요약 가운데 예수 그리스도의 초대가 있었다고 했지만, 이 시가 기독교적 지평[18]을 가진 것이라고 주장하는 데에는 전혀 일리가 없는 것이 아니다. 예컨대, 아버지 Vater, 아들 Sohn혹은 성령 heilige Seele과 같은 단어들이 등장하고, 한 시구에서는 지카르 Sichar 샘가에서 사마리아 여인과 이야기를 나누는 예수 그리스도의 모습이 그려져 있다. 그것은 이 작품이 명백하게 내 보이는 유일한 사실(史實)이다. 뿐만 아니라 어법에 있어서도 신구약성서의 어법을

---

16) StA. II, S. 133
17) StA. VI/1, S. 407 (An den Bruder)
18) 예컨대, Eduard Lachmann, Der Versöhnende. Hölderlins Christus-Hymnen, Salzburg 1968. 또는 Erika Reichle, Der Streit um Hölderlin als christologischer Streit, in: Martin Buhr, Hölderlin und Jesus von Nazareth, Pfullingen 1977.등이 기독교적 지평을 보여준다.

그대로 따르는 곳도 많다. 그러나 이 정통기독교적 색채는 이교적인 분위기와 섞이며 변색되고 있음을 보게 된다. 기독교의 삼위일체 가운데 으뜸인 아버지의 위치와 그의 이름이 명확하게 비기독교화되고 있음을 보게 된다. 아버지의 곁에 어머니 자연이 서 있고, 〈천국적인 것들〉 — 따라서 다양한 이교적 신들이 모두 이 둘 사이의 자식으로 그려져 있는 것이다. 초고들에서보다 「평화의 축제」에서는 이 이교적 색채가 더욱 강조되고 있다. 이러한 기독교와 이교의 혼용이 그의 정신적 착란을 예고해 준다거나 시적 유희 내지는 별난 효과를 노린 것이라 말할 수 없다. 횔덜린은 이 시에 서문을 붙였는데, 그 안에서 자신의 자의적 신어가 불가피했음을 토로하고 있기 때문이다.

> 나는 이 글을 그저 너그럽게 읽어 주기를 바란다. 그렇게 되면, 분명 뜻이 파악될 수 있을 것이며, 거슬리는 것도 훨씬 줄어들 것이다. 그럼에도 몇몇 사람들이 그러한 말들이 극히 전통적이지 못하다고 생각하게 된다면, 나는 그들에게, 달리는 어찌할 수 없노라고 고백할 수밖에 없다.[19]

말하자면, 시인 자신의 이 전통에의 충돌에 대한 명백한 의식과 그 충돌의 불가피성, 그렇게 노래함의 필연성을 밝히고 있는 것이다. 앞서 말한 대로 「평화의 축제」는 4개의 Triade로 구성되어 있는데, 각 Triade의 중심적인 주제들은 아래와 같다.

제1 Triade : 축제의 예고
제2 Triade : 예수 그리스도의 초대
제3 Triade : 아버지, 세계정신의 찬양

---

19) StA. III, S. 532, "Nachträge, Friedensfeier" v. F. Hölderlin

제4 Triade : 어머니 자연의 찬미

이 4개의 Triade는 논리적 순환을 보여 주고 있다. 〈왜-어떻게-어디서-무엇을〉이라는 내용을 각 Triade가 나눠 가지면서, 찬가 자체가 스스로 노래하는 이유와 그 방식과 장소를 드러내는 것으로 구성되어 있는 것이다. 이러한 서정시는 우리에게 낯선 것이기는 하지만, 찬가의 발원에서 본다면 전혀 새롭다거나 유별난 노래방식은 아니다.[20]

정확하게 각 Triade가 위의 논리적 고리를 분담한다고 할 수는 없으나 대체로 제1 Triade는 〈어디서 무엇을〉, 제2 Triade는 〈왜〉 그리고 마지막 Triade는 다시 〈어디서 무엇을〉을 각기 중심 내용으로 하고 있다. 물론 제1 Triade와 마지막 Triade의 〈어디서 무엇을〉은 단순한 반복이 아니라 일종의 되찾음 Reprise의 형태로 되풀이되고 있다.

여기서 우리에게 익숙한 논리에 따르자면, 〈왜 Grund〉로부터 말문을 여는 것이 자연스러워 보인다. 그러나 횔덜린은 제3 Triade로 그것을 돌리고 있다. 그 이유를 횔덜린은 「성찰록」 가운데서 이렇게 설명한다.

한 문단에는 단어들의 전치(轉置)가 존재한다. 그러나 문단자체의 전치는 분명히 보다 더 광범위하고 작용력이 클 것이다. 전개가 이유에 이어지고 목적이 전개에 이어진다던가, 부문장은 항상 관련이 깊은 주문장 뒤에 온다는 등의 문단의 논리적 위치는 시인에게 가장 불필요한 일이다.[21]

시인은 문단 내에서의 단어들의 위치에 뿐만 아니라, 문단 Periode —

---

20) hymnisch라는 말에는 priesterlich-feierlich 하다는 의미가 들어 있고, 그 발생근원으로 보이는 핀다르의 승리가 Epinikon에 따라 pindarisch 하다는 이중적 어의를 가진다. 문체상으로는 pindarisch 하다는 것으로 생각하는 것이 근본적인 것으로 보인다. Vgl. Albrecht Seifert, Untersuchungen zu Hölderlins Pindar-Rezeption, München 1982, S. 11
21) StA. IV/1, S. 233

즉 Triade —의 전치 Inversion에서 자유를 확보해야만 한다는 것이다. 위의 논리적 고리는 문단의 비논리적 배열을 통해 시문학으로 지양된다고 할 수 있을 것이며, 휠덜린의 시에서 언어들의 자유분방한 위치는 그의 이러한 논리의 비논리화에 기인하는 것이다. 「평화의 축제」 가운데 이러한 문법적, 고정적 논리를 뛰어넘는 문체양식은 수없이 많다.

이 시의 내적 구성에 한마디 덧붙일 것은 각 Triade가 다루는 중심내용 때문에 각 Triade의 분위기 Sphäre/Stimmung 역시 서로 달라진다는 사실이다. 예컨대 제1 Triade는 〈어디서·무엇을〉 노래하는 가운데 매우 객관적인 서술로서 소박한 분위기를 형성한다. 〈어떻게〉는 역동적인 형성과정을, 〈왜〉는 분석적인 의미부여로 인해서 이념적인 분위기를 낳는 것이다. 이것은 휠덜린이 말하는 소위 음조 Ton의 교체이론에 상응하는 것으로서, 각기 소박한 naiv 음조, 장렬한 heroisch 음조, 그리고 이념적idealisch 음조에 해당한다. 휠덜린은 이 음조들이 교차하는 가운데 하나의 전체성이 형성된다고 하면서, 문학 장르에 걸쳐 각기 다른 배열을 제시하고 있는데, 소박한 음조로 시작해서 다시 그 첫 음조로 일순해 오는 문학의 형태를 서정시의 전형적 음조배열로 제시한 바 있다.[22]

이와 같은 외적 구조를 염두에 두고, 간단한 주석과 함께 「평화의 축제」를 읽어보기로 한다.

---

22) Vgl. StA. IV/1, S. 272. 및 장영태: 휠덜린. 생애와 문학·사상, 문학과 지성사 1983, 321쪽 참조

3. 「평화의 축제」 – 시연별 평역

1) 축제의 예고

제1의 Triade에서는 평화의 축제가 열리는 곳과 이 축제에 다가오는 자의 모습이 그려져 있다. 또한 이 다가오는 자에 대한 인식의 실마리도 제시된 다.

[제1연]
> 은은하게 메아리치며
> 유유히 떠도는 천상의 소리로 가득 차
> 오래 전에 지어지고 지복하게 깃들인 회당
> 우뚝 솟아 있다. 푸르른 양탄자 에워싸고
> 환희의 구름 피어오르고, 저 멀리 반짝이며
> 잘 익은 과일, 황금 테 수놓은 술잔들 그득 채워져
> 정연하며 당당하게 열 지어 한결 평평한 분지 위에 솟아난 듯
> 식탁들은 이곳저곳에 놓여있다.
> 저녁 무렵이면 멀리서, 오늘
> 사랑하는 손님들
> 여기에 모습을 드러낼 터이기 때문이다.

[1. Str.]
> Der himmlischen, still wiederklingenden,
> Der ruhigwandelnden Töne voll,
> Und gelüftet ist der altgebaute,
> Seeliggewohnte Saal ; um grüne Teppiche duftet
> 5   Die Freudenwolk' und weithinglänzend stehn,
> Gereiftester Früchte voll und goldbekränzter Kelche,
> Wohlangeordnet, eine prächtige Reihe,
> Zur Seite da und dort aufsteigend über dem
> Geebneten Boden die Tische.

10   Denn ferne kommend haben
       Hieher, zur Abendstunde,
       Sich liebende Gäste beschieden.

초고에는 없었던 새로운 시연이다. 이제 열리게 될 평화의 축제가 펼쳐
지는 곳은 이름없는 고향의 어느 산천이다. 시 「빵과 포도주」와 「파트모스
섬」의 초고에서도 산들은 식탁으로 묘사되고 있다.[23] 우뚝 솟은 산들로 둘
러싸인 푸르른 분지, 뇌우가 지나가고 신선한 대기가 가득한 곳이 묘사되
고 있다

자연정경의 이러한 예비는 사람들의 감각을 수반한다. 새들의 우짖는
소리, 반짝이는 광채, 잘 익은 열매는 우리의 시각, 청각, 미각을 함께 불러
일으킨다. 그러나 이러한 우리의 감각들도 어떤 특정한 표상을 확실히 붙
잡지 못한다. 신적 모습은 구름 속에 가려져 있다. 이제 비로소 체험해야
할 무엇에 대한 예감만이 확실하며, 앞으로 채워야 할 〈비어 있음〉을 느끼
게 해 줄 뿐이다.

그러나 오히려 이 확정되지 아니한 것에 대한 예비적 태세야말로 신성
의 〈이곳에로의〉 나타남에 대한 올바른 수용태세이다. 미지의 신성만을 우
리는 〈사랑하는 손님〉으로 느낄 수 있는 것이다. 왜냐하면, 휠덜린 자신의
설명대로 모든 확고한 형상은 사랑으로서가 아니라 오로지 파괴적 힘으로
나타나기 때문이다.[24]

---

23) StA. II, S. 91f, "Brod und Wein" : <der Boden ist Meer! und Tische die Berge> 및
S. 174 "Patmos" : <Mit Schritten der Sonne / Von tausend Tischen duften>
24) StA. IV/1, S. 286

[제2연]

어른거리는 눈길로 내 벌써
진지한 한낮의 역사로부터 미소 짓는
그 사람, 축제의 영주를 보는 듯 하다.
그러나 그대, 그대의 낯선 곳을 기꺼이 거부하고
길고 긴 행군으로부터 지쳐
눈길 떨어뜨리고, 잊으며, 가볍게 그늘 덮이어
친구의 모습을 띨 때, 그대 두루 알려진 자여,
그 드높음이 무릎을 꿇게 한다. 그대 앞에서 내 오직 한가지,
그대 유한한 자 아니라는 것 외에 아는바 없다.
현명한 자 나에게 많은 것을 해명할지라도
이제 하나의 신 또한 모습 나타내니
다른 광채 있으리라.

[2. Str.]

Und dämmernden Auges denk' ich schon,
Vom ernsten Tagwerk lächelnd,
15 Ihn selbst zu sehn, den Fürsten des Fests.
Doch wenn du schon dein Ausland gern verläugnest,
Und als vom langen Heldenzuge müd,
Dein Auge senkst, vergessen, leichtbeschattet,
Und Freundesgestalt annimmst, du Allbekannter, doch
20 Beugt fast die Knie das Hohe. Nichts vor dir,
Nur Eines weiß ich, Sterbliches bist du nicht.
Ein Weiser mag mir manches erhellen ; wo aber
Ein Gott noch auch erscheint,
Da ist doch andere Klarheit.

여기서는 신성의 정체가 추구된다. 그러나 그 신성은 〈유한한 자〉가 아
니라는 동의어의 반복에 귀착되고 있다. 이런 가운데 신성의 본래적인 속

성의 해명은 진전되고 있다.

그는 한낮의 일을 마치고 저녁시간에 돌아오고 있다. 그의 본령은 일상의 역사(役事)가 아니라 축제이기 때문에, 일상의 역사라는 낯선 영역 Ausland[25]을 거부하고 길고도 고된 역사의 행군으로부터 돌아오고 있는 것이다.

그는 축제의 으뜸가는 손님으로 〈축제의 영주 Fürst des Fests〉이다. 이 영주에게 역사적이며 현세적 이름을 붙여 보려는 시도는 이 작품의 해석에 논란을 일으켰던 근원이기도 했다. 예수 그리스도, 혹은 르네빌 평화협정의 장본인 보나파르트 나폴레옹 등의 이름이 일컬어졌던 것이다.[26] 그러나 이 역사적 현세적 이름 붙이기는 〈가물거리는〉 시인의 〈눈길〉이 바라다보며, 〈오로지 그대 유한한 자 아님〉 밖에는 모른다는 대목이 이르면, 부질없는 것임이 분명해 진다.

〈축제의 영주〉는 다만 그 자신이며, 성서 〈이사야서〉 9장 6절에 등장하는 묘사, 전능한 힘을 지닌 자, 영원한 아버지, 평화의 왕에 더 가까워 보인다. 이 〈이사야서〉의 영웅이 이름 알려진 자 아니듯 여기서도 오로지 신성 자체로 불리고 있을 뿐이다.

그의 나타남은 〈가볍게 그늘에 드리워져 leichtbeschattet〉 있다. 첫 연에서도 구름이 햇살을 가리고 있었음을 기억해 낸다면, 여기서 천상적인 것이 아직 무엇에 휩싸여 있음을 알게 된다.

25) Paul Böckmann, Formensprache, Hamburg 1966, S. 355: 뵈크만은 Ausland가 〈고유한 영역이 아닌 영역〉을 지칭하는 것일 뿐, 정치적 경계와는 무관하다고 말하고 있다.
26) Karl Kerényi, Der Dichter und sein Heros, »Die Tat«, Zürich 1954. 11. 27일자 및 Beda Allemann, »Friedensfeier«, »Neue Züricher Zeitung«, 1954, 12. 24일자에서 주장, Hamburger, Pannwitz, Angelloz 등이 이러한 주장에 동조함.

그럼에도 불구하고 그는 〈두루 알려진 자〉이다. 왜냐하면 그는 세계사의 주인이며 수천년의 역사를 마치고 나타나 우리의 무릎을 꿇게 하기 때문이다. 그 앞에 무릎 꿇음은 두려움 때문이 아니다. 믿음 어리게 하는 친우의 모습 가운데 신적인 위엄을 보이기 때문일 뿐이다.

[제3연]
그러나 오늘부터가 아니라, 그는 먼저 예고되어 있었노라.
또한 홍수도 불길도 겁내지 않았던 한 사람
놀라움을 자아내니, 옛 같지 않게 고요해지고
신들과 인간들 사이 어디에서도 지배를 찾을 수 없기 때문이다.
그들 이제 비로소 역사의 소리 듣나니
아침에서 저녁으로 오래 전에 펼쳐진 역사
이제 심연에서 울리며
천둥 울리는 자의 반향, 천년의 기후 가이없이 끓어올라
평화의 소리아래 잠들어 가라앉는다.
그러나 그대들, 귀중한 오 그대들 순수의 나날이여,
그대들 또한 오늘 축제를 만드나니, 그대들 사랑하는 것들이여! 하여
저녁 무렵 이 정적 가운데 정신은 사방에서 꽃피어 오른다.
때문에 내 간청하나니, 머리단은 은회색일지라도
오 친우들이여!
이제 영원한 젊은이들처럼 화환과 만찬을 준비할 일이다.

[3. Str.]

25 Von heute aber nicht, nicht unverkündet ist er ;
  Und einer, der nicht Fluth noch Flamme gescheut,
  Erstaunet, da es stille worden, umsonst nicht, jezt,
  Da Herrschaft nirgend ist zu sehn bei Geistern und Menschen.
  Das ist, sie hören das Werk,

30 Längst vorbereitend, von Morgen nach Abend, jezt erst,

Denn unermeßlich braußt, in der Tiefe verhallend,
Des Donnerers Echo, das tausendjährige Wetter,
Zu schlafen, übertönt von Friedenslauten, hinunter.
Ihr aber, theuergewordne, o ihr Tage der Unschuld,
35   Ihr bringt auch heute das Fest, ihr Lieben! und es bluht
Rings abendlich der Geist in dieser Stille ;
Und rathen muß ich, und wäre silbergrau
Die Loke, o ihr Freunde!
Für Kränze zu sorgen und Mahl, jezt ewigen Jünglingen ähnlich.

앞의 미지의 신성은 예감 앞에 한층 다가와 있다. 〈천년의 기후〉 — 앞의 길고 긴 행군이기도 한 기후는 아침에서 저녁을 향해 오다가 마침내 끓어올라 소용돌이 친 후 평화의 소리아래 잠들어 간다. 세계역사의 진행과 이곳 서구에 멈추어 선 종결의 순간이 그려져 있다. 역사의 주인은 홍수나 불길을 불사하며, 뇌우 속에서 일함을 본성으로 한 듯 했건만, 이제 지배가 멈추어 선 종결의 순간이 그려져 있다. 신성은 평화의 소리를 〈이제 비로소〉 들을 수 있도록, 또 스스로도 인간들과 함께 듣기 위해서 역사를 마쳤다. 그러나 이 고요함 또한 신성의 역사이다.천둥 울리는 자의 위력은 천둥 가운데서 만이 아니라, 그 울림의 정지로서 더욱 명료해진다. 이 정적의 값어치를 아는 때, 〈저녁 무렵 정신은 이 정적 가운데 / 사방에서 꽃피어 난다〉 이러한 체험의 해명과 인식아래서 시인은 축제의 예비를 권하는 것이다. 나이 들어 머리단은 회색일망정 이 체험은 우리를 회춘시키며 희망으로 인도하고 있기 때문이다.

2) 한 아들, 예수 그리스도

제2 Triade는 아버지의 한 아들 예수 그리스도가 노래된다. 그러나 역시 이름으로 불리어지지 않고 있으며, 간접적으로 그리스도의 세상에 태어남과 고난이 그려져 있다. 시인은 그리스도의 행적을 통해서 아버지의 본성을 시사하려 한다.

[제4연]

하여 나는 많은 이들을 초대코자 한다. 그러나 오 그대,
인간들에게 친절과 진지함을 베풀며
마을 가까이 있었던 우물곁
거기 시리아의 야자수 아래 기꺼이 머물었다.
밀밭은 사방에서 살랑대었고, 성스런 산맥의
그늘로부터 말없이 시원함을 숨쉬었다.
또한 사랑하는 친구들, 충실한 구름 떼
그대를 에워싸 그늘 짓고, 하여 성스럽게 대담한 빛살
광야를 통해 따뜻하게 인간에 와 닿았다. 오 젊은이여!
아! 그러나 더욱 어둡게, 말씀의 한가운데, 죽음의 숙명은
두렵게 결단하며 그대를 가리 웠다. 모든 천상적인 것은
그리도 빠르고 무상하다. 그러나 헛됨도 없도다.

[4. Str.]

40   Und manchen möcht' ich laden, aber o du,

Der freundlichernst den Menschen zugethan,

Dort unter syrischer Palme,

Wo nahe lag die Stadt, am Brunnen gerne war ;

Das Kornfeld rauschte rings, still athmete die Kühlung

45   Vom Schatten des geweiheten Gebirges,

Und die lieben Freunde, das treue Gewölk,

Umschatten dich auch, damit der heiligkühne

Durch Wildniß mild dein Strahl zu Menschen kam, o Jüngling!

Ach! aber dunkler umschattete, mitten im Wort, dich
50   Furchtbarentscheidend ein tödtlich Verhängniß. So ist schnell
Vergänglich alles Himmlische; aber umsonst nicht ;

모든 이들을 축제에 초대하는 말로 이 시연은 시작된다. 그 가운데 예수 그리스도도 포함되어 있다. 이름으로 부른 것은 아니지만, 묘사된 행적은 〈요한복음〉의 4장에 나오는 예수 그리스도의 행적과 일치하고 있다. 다만 〈그러나 오 그대 Aber o du〉라는 유보적 시구는 논란의 대상이 됨직하다. 그러나 이 말투가 과연 그리스도의 초대에 대한 유보적 태도의 표명인가는 초고의 바로 이 자리가 〈나타날지어다 Sei gegenwärtig〉[27]라는 점을 상기할 때 해답될 수 있다. 〈그러나 그대〉라는 어법은 오히려 예수 그리스도 이외 누가 초대될 수 있겠는가, 그는 화해자이며 모두가 화해하는 자리에 빠져서야 될 것인가라는 반문으로 읽혀지는 것이다. 더욱이 9연에 이르러 〈그때 그런 이유로 나는 그대를 불렀었노라〉고 다시 회상되기도 한다.

이름 대신 요한복음의 행적으로 이를 대신한다든지, 〈그러나, 오 그대〉처럼 유보적 인상을 주는 어법을 사용한 것은 오히려 〈성스럽게 대담한 빛살 광야를 통해 인간에게 와 닿게〉 해 준 충실한 구름 떼의 간접적인 매개와 견줄 수 있을 것이다.

신성의 현존은 어디까지나 간접성을 본질로 한다. 〈내면적인 것, 신적인 것은 그 바탕에 깔려 있는 감각이 내면적일수록 다름의 정도가 보다 큼을 통해서 언급될 수 있을 뿐, 다른 방법이 없다〉[28]고 횔덜린은 말하며

---

27) StA. II, S. 131. 39행, 제 4 연의 첫머리
28) StA. IV/1, S. 151, "Grund zum Empedokles"

영혼은 가장 드높은 의식을 통해 일상적 의식을 피하고 심지어 모독적인 말을 통해서 신을 만난다. 이렇게 해서 시적 정신의 성스럽고 생동감 있는 가능성을 보전하는 것은 바로 은밀히 작업하는 영혼의 위대한 명령이다.[29]

라고 말하고 있는 것이다. 이 유보적 어법을 통해서 시사하고 있듯이 시인은 신성의 간접성을 예수 그리스도의 죽음으로까지 연결시킨다. 인간이 제멜레의 운명[30]을 답습하지 않도록 하려 할 때, 〈사랑하는 친우들, 충실한 구름 떼〉가 신성의 나타남을 인간이 파악할 수 있도록 중재하기 위해 아들 예수 그리스도는 〈죽음의 숙명〉을 통해 구체적 모습 Gegenwart을 벗어난 것이다.

예수 그리스도의 행적은 신성의 삼중적 특성을 말해준다. 즉, 신성은 재빨리 지나가 우리에게 무상한 것이다. 그러나 부질없는 것은 아니다.

[제5연]

왜냐면 신은 항시 절제를 알리며
오로지 한순간 인간의 거처를 어루만지니
알듯하나 아무도 모른다. 그것이 언제인지?
그때 되면 오만함도 스쳐 넘어가며
또한 미개함도 성스런 것으로 다가올 수 있나니
저 끝 멀리서, 거칠게 손길 뻗으며 광란한다. 그러면 한 숙명

---

29) StA. V. S. 267, "Anmerkungen zur Antigone"
30) Vgl. StA. II, S. 119. "Wie wenn am Feiertage..." : 50행 이하. 그리스 신화에서 카드모스의 딸 제멜레는 정체를 숨긴 제우스신에 의해 임신한 뒤, 헤라의 꾐 때문에 제우스의 정체를 꼭 확인하려한다. 그러자 제우스신은 벼락을 쳐 제멜레를 타죽게 만들고, 그 뱃속에서 태아를 건져 자신의 넙적다리에 넣었다가 박커스를 출생케 한다. 횔덜린은 위 시 『마치 축제일에서처럼』에서 〈신의 모습을 / 확인하여 보기를 갈망했을 때, 그의 번개 제멜레의 집에 떨어져 So fiel, ... Den Gott zu sehen begehrte, sein Bilz auf Semeles Haus〉라 노래하고 있다.

주어진 것에 곧바로 따르지 않는 법이니
붙들기엔 깊은 음미 있어야 하리.
또한 우리에겐 마치 그 증여하는 자
이미 오래 전에 부뚜막의 축복으로
산정과 대지에 불당김 아끼지 않는 듯 하여라.

[5. Str.]

Denn schonend rührt des Maases allzeit kundig
Nur einen Augenblick die Wohnungen der Menschen
Ein Gott an, unversehn, und keiner weiß es, wenn?
55 Auch darf alsdann das Freche drüber gehn,
Und kommen muß zum heilgen Ort das Wilde
Von Enden fern, übt rauhbetastend den Wahn,
Und trift daran ein Schicsaal, aber Dank,
Nie folgt der gleich hernach dem gottgegebnen Geschenke ;
60 Tiefprüfend ist es zu fassen.
Auch wär' uns, sparte der Gebende nicht,
Schon längst vom Segen des Herrds
Uns Gipfel und Boden entzündet.

앞에서 잠깐 보았듯이 신적 존재의 직접적인 등장이 빠진 것은 신성의
과잉으로 불타 버릴지도 모를 인간에 대한 아낌 때문이다. 신들은 인간의
그릇을 알고 있는 것이다. 그렇기 때문에 비밀에 찬 신적 증여를 뒤늦게 체
험하는 인간의 굼뜸을 신은 탓하지 않는다. 그러나 끝내 인간은 이를 벗어
나야 한다.

신성의 〈짧으나〉 동시에 작용력 있는 현재화 — 그것은 예측할 수도 없
고 더욱이 신성의 계산에 의해 파악할 수 있는 것도 아니다. 인류의 역사와
우리의 삶 가운데 현실적으로 체험하는 것에서부터, 그 시사된 보이지 않
는 힘에 대한 믿음으로서만이 이 굼뜸을 극복할 수 있는 것이다. 〈부뚜막〉

의 따스함과 산정과 대지에의 불 당김이 다르지 않다는 인식이 필요한 것이다. 말하자면 예비적인 태세의 문제이다. 이 예비적 태세가 신성의 직접적인 등장에 앞서 있다는 것은 신학적 논리에서 보자면 대담한 것이다. 그것은 적어도 인간의 자각으로부터 기인되기 때문이다.

이제 신성에의 잘못된 깨달음이 무례와 오만 Freche, Hybris을 낳아 절제와 척도를 벗어나는 것을 막아야 한다. 이성의 거칠고 충동적인 앎에의 갈구가 외디프스에게는 〈한 눈마저 너무 많음〉을 깨닫게 해주었음을 회상케 된다. 횔덜린은 합리적 사고가 숭상되는 것이 바로 신성마저 내쫓는 자멸의 장소임을 말한다. 오히려 〈거칠게 손길을 대면서 광란하는〉 미개함이 구원의 가능성을 더 많이 가지고 있음을 시인은 말하고 있다.

오만함은 스쳐 사라지며, 미개함이 성스런 장소로 옮겨지는 운명의 꿰뚫음은 역사적 체험과 신성의 작용에 대한 횔덜린의 끈질긴 주장이다. 이 작용의 요소들과 이로부터 나오는 현상들은 간단히 사실적으로 간과될 수 있는 것이 아니라, 오로지 〈깊은 음미와 더불어〉 파악될 수 있다. 이 음미의 순간은 회고가 가능한 정지의 순간이며 축제를 예비하는 순간이다.

이 시연의 마지막 3행은 제멜레 신화와 명백한 연관을 맺으면서 신적인 힘의 억제를 다시 한번 근거해 주고 있다. 신성의 증여는 예측되지 않는 접촉과 인간에 대한 아낌이라는 양극 사이에서만 파악될 수 있다는 것이다. 그리스도의 죽음 이후 역사에서의 끊임없는 작용들은 〈부뚜막〉의 따스함이 말해 주는 점진적인 진리의 심화와 이에 대한 명료한 인식의 배양으로 이해된다.

신성의 작용에 대한 인식의 가능성과 파악 불가능성 사이의 긴장은 다음 시연에도 이어지고 있다.

[제6연]

　　그러나 우리는 신적인 것을 또한

　　너무 많이 받았다. 그것은 불꽃으로

　　우리 손에 쥐어졌고, 江岸과 바다의 밀물로 주어졌다.

　　그 낯선 힘들 인간으로서

　　우리가 친숙하기엔 너무도 많다.

　　하여 천체들도 그대에게 가르치나니, 그대

　　눈앞에 놓여있으나 결코 그것을 금새 알 수 없음을.

　　그러나 두루 생동하는 자, 그 자에 대해

　　많은 환희와 노래 이루어진다.

　　그 가운데 한사람, 한 아들이며 은연히 강한 자이다.

　　하여 이제 우리 그를 인식하나니

　　그 아버지 우리가 알기 때문이며

　　또한 축제일을 행사하려

　　드높은 자, 세계의

　　정신은 인간을 향했기 때문이다.

[6. Str.]

　　　Des Göttlichen aber empfiengen wir

65　　Doch viel. Es ward die Flamm uns

　　　In die Hände gegeben, und Ufer und Meersfluth.

　　　Viel mehr, denn menschlicher Weise

　　　Sind jene mit uns, die fremden Kräfte, vertrauet.

　　　Uns es lehret Gestirn dich, das

70　　Vor Augen dir ist, doch nimmer kannst du ihm gleichen.

　　　Vom Allebendigen aber, von dem

　　　Viel Freuden sind und Gesänge,

　　　Ist einer ein Sohn, ein Ruhigmächtiger ist er,

　　　Und nun erkennen wir ihn,

75　　Nun, da wir kennen den Vater

　　　Und Feiertage zu halten

Der hohe, der Geist
Der Welt sich zu Menschen geneigt hat.

신적 요소들 — 빛과 대기, 천공과 대지와 바다 — 이 그리스도의 임재
와 홀연한 죽음과 병렬되고, 자연의 현상과 결합된다. 자연의 요소들에 대
한 체험은 『엠페도클레스의 죽음』을 쓴 이래 횔덜린이 크게 관심을 기울인
체험들인 바, 그것은 이 요소들이 결코 〈인간적 방식〉[31]으로 모든 사람들이
자명하게 이해하는 것으로 존재하는 것은 아니라는 것이다.

그리스의 신들이나 예수 그리스도도 이 지상을 떠났으나 신적 자연은
아직 남아 있으니, 회상의 실마리는 남겨 있는 셈이다. 단지 우리의 눈멀음
이, 생명 없는 물질만을 보며 유한한 자들의 세력만을 보는 눈멀음이 자연
의 정신이 가지는 실마리를 보지 못할 뿐이다.

보지 못하는 가운데도 자연의 신적 · 총체적 생명력을 통해 신성은 〈두
루 살아 있다〉. 자연에서 신성의 체험과 역사 속에서의 신성의 체험은 다르
지 않다. 역사와 마찬가지로 자연도 우리의 교사이다. 자연 가운데 〈두루
살아 있는 자〉가 있다면, 오히려 그것은 역사보다 멀며, 그것이 하나의 아
들을 이 세상에 보냈다면 그 아들은 〈은연히 강한 자〉일 터이다. 그는 말없
이 편재하는 자로부터 생명을 이어 받은 탓으로 〈은연〉하며, 충만으로부터
힘을 이어 받은 〈강한 자〉이다.

시인은 기독교의 시대에 이렇게 기독교의 역사를 세계사의 신화로 바
꿔 놓으며 자연의 정신으로 연관시키고 있다. 그는 확정되지는 않았으나
도처에 현재하는 힘의 발현에 예수 그리스도의 행적과 같은 역사적 사실을
가담시키고 있다. 따라서 예수 그리스도는 이 힘의 유일한 아들이라 하지

---

31) StA. III, S. 14, "Hyperion"

않고 〈한 아들〉이라 말하는 것이다. 또한 아버지에 대한 앎이 아들의 인식에 전제되고 있다. 신성의 보편적이며 완벽한 개방으로부터 만이 개별적 현상의 의미가 성숙될 수 있으며 자연과 역사에서의 신성의 경험을 통해서만이 그리스도를 이 땅에 보낸 은총의 의미가 인식된다는 생각이다. 무릎을 꿇게 만든 드높은 이 〈세계의 정신〉은 이제 분명 〈또 다른 광채〉로 여기서 모습을 드러내는 것이다.

3) 아버지, 세계의 정신

두루 편재하는 아버지, 세계의 정신이 제3 Triade에서 노래되고 있다. 세계 정신의 현현에서부터 그 인식에 이르는 합당한 방식이 차츰 드러나기 시작한다. 시간성 Zeitlichkeit과 영원성 Ewigkeit의 결합이 추구되고 이로서 역사는 중지되지 않고 그 충만으로 진행되도록 구성의 힘을 얻고 있다.

[제7연]
왜냐하면 그는 오래 전부터 시간의 주인 되기에 너무 위대했고
그의 영역을 훨씬 넘었기 때문이다. 헌데 언제 그를 스러지게 했단 말인가?
그러나 한때 신 역시 한낮의 일을 택하고자 하니
사멸하는 자들처럼 모든 운명을 함께 나누고자 한다.
운명의 법칙이란 모두가
침묵이 돌아오면 역시 하나의 말씀 있음을 경험하는 것.
그러나 신이 역사하는 곳에 우리도 함께 하여
무엇이 최선인지를 다툰다. 하여 내 회상하거니
이제 거장이 자신의 영상을 완성하여 일을 마치고
스스로 그것을 후광 삼아, 시간의 말없는 신, 일터로부터 나오며,
오직 사랑의 법칙,
아름답게 균형케 하는 것, 여기서부터 천국에 이르기까지 효능 있으리라.

[7. Str.]

Denn längst war der zum Herrn der Zeit zu groß

80 Und weit aus reichte sein Feld, wann hats ihn aber erschöpfet?

Einmal mag aber ein Gott auch Tagewerk erwählen,

Gleich Sterblichen und theilen alles Schicksal.

Schiksaalgesetz ist diß, daß Alle sich erfahren,

Daß, wenn die Stille kehrt, auch eine Sprache sei.

85 Wo aber wirkt der Geist, sind wir auch mit, und streiten,

Was wohl das Beste sei. So dünkt mir jezt das Beste,

Wenn nun vollendet sein Bild und fertig ist der Meister,

Und selbst verklärt davon aus seiner Werkstatt tritt,

Der stille Gott der Zeit und nur der Liebe Gesez,

90 Das schönausgleichende gilt von hier an bis zum Himmel

〈왜냐하면〉이라고 이 시연은 시작된다. 세계의 정신이 인간을 향한 것은 지친 탓도, 그 영역의 한계 때문만도 아니다. 이 정신이 〈시간의 주인 Herr der Zeit〉[32]으로서 〈시간의 아들인 우리들〉[33]에게로 〈축제의 의상을 차려 입고〉[34] 나타나는 것은 당연한 일이다. 〈시간의 아버지, 혹은 대지의 아버지인〉 제우스처럼[35], 신성은 우리가 사는 시간과 공간 안에 함께 있다. 신성의 인식은 결국 인간의 자기규정이다. 그러면서도 〈모두가 스스로를 체험해야 하는〉 운명은 굳이 인간에게만 한정된 운명은 아니다. 그 운명의 법칙은 신에게도 돌아가는 것이다.

---

32) StA. II, S. 706

33) StA. II, S. 38: "Natur und Kunst oder Saturn und Jupiter" 에서 <Wie wir, ein Sohn der Zeit>라 하여 우리가 시간의 아들임을 말하고 있다.

34) StA. II, S. 132: <Ein festliches ziehet er an /Zeichen, daß noch anderes auch/ Im Werk ihm übrig gewesen.>

35) StA, II, S. 266

또한 스스로를 체험하는 일은 침묵과 정적의 계속에서가 아니라, 하나의 말씀이 〈역시 auch〉 있다는 것으로 확인된다. 정적과 침묵에 대응하는 말 Sprache의 대답 가운데 운명의 법칙은 세워지는 것이다. 〈무엇이 최선인가〉라는 물음에 대답하는 일은 우리 인간의 자기규정이다. 〈모든 것 위에 군림하는 / 아버지, 제일 사랑하는 것은 / 확고한 문자가 세워지며 / 존속하는 것이 훌륭하게 해석되는 일〉[36]이라고 「파트모스 섬」에서 말하고 있다.

그러나 침묵과 말의 결합은 〈단지 사랑의 법칙. 그 아름답게 균형케 하는 것이 이곳에서부터 하늘에까지 미칠 때〉 비로소 가능하다. 시인은 다시 한번 상대를 예속하지 않는 사랑의 법칙을 하늘과 땅이 고루 나누어 짊어지도록 요청하고 있다.

거장이 자신의 의도를 담아 바라는 대로 영상 Bild을 완성하고 그것을 후광 삼아 일터에서 나와 여전히 말없이 침묵하는 시간의 신으로 모습을 보였다면 그 안에 영속을 굳힐 일이다. 〈천둥을 치는 자〉에서부터 〈시간의 침묵의 신〉으로 제 위치에 서고, 〈침묵의 시간〉을 잠자지 않는 시간으로 인간이 나눠 가지는, 〈아름답게 균형케 하는〉 사랑의 법칙이 소망되고 있는 것이다.

[제8연]
　　아침에서부터,
　　우리가 하나의 대화이며 서로 귀기울인 이래
　　인간은 많은 것을 경험했다. 그러니 우리 곧 합창이어라.
　　또한 위대한 정신이 펼치는 시간의 영상
　　하나의 징후로 우리 앞에 놓였으니, 그와 다른 이들 사이

---

36) StA. II, S. 172

그와 다른 힘들 사이 하나의 유대 있음이라.

그 자신뿐 아니라, 누구에게서도 태어나지 않은 자들, 영원한 자들

모두 그를 통해 알 수 있나니, 마치 초목들을 통해

어머니 대지, 빛과 대기가 알려짐과 같도다.

끝내 너희들, 성스런 모든 힘들

너희를 위해, 너희들 아직 있음을 증언하는

사랑의 징표, [모두 모이게 하는]

축제일이어라.

[8. Str.]

Viel hat von Morgen an,

Seit ein Gespräch wir sind und hören voneinander,

Erfahren der Mensch ; bald sind wir aber Gesang.

Und das Zeitbild, das der große Geist entfaltet,

95　Ein Zeichen liegts vor uns, daß zwischen ihm und andern

Ein Bündniß zwischen ihm und andern Mächten ist.

Nicht er allein, die Unerzeugten, Ew'gen

Sind kennbar alle daran, gleichwie auch an den Pflanzen

Die Mutter Erde sich und Licht und Luft sich kennet.

100　Zulezt ist aber doch, ihr heiligen Mächte, für euch

Das Liebeszeichen, das Zeugniß

Daß ihrs noch seiet, der Festtag,

이 시연은 완성된 시간의 영상이 여러 신들, 모든 천상적인 것들과 아버지 사이의 유대를 나타내 준다고 노래한다.

인간들은 이제 무엇이 최선인지 다투지도 않는다. 우리 자체가 〈곧 bald〉 합창이 된다. 사랑의 법칙을 따라서 천상적인 것들을 인식하고 대화를 통해서 최선의 것을 찾아 많은 경험을 얻은 마지막 결과는 합창에 다다른다. 〈침묵-말-대화-합창 Stille-Sprache-Gespräche-Gesang〉은 역사 발전의 이상이기도 하다. 〈디오티마 그녀가 노래 불렀을 때, 말을 통해 이해

시키려 들지 않았던 그 사랑하는 침묵의 여인을 사람들은 깨달았다〉[37]고 소설 『휘페리온』의 한 구절은 쓰고 있다.

합창 안에 인간들과 신성의 역사가 비로소 함께 자리한다. 이 합창은 결코 개인의 노래가 아니다. 시인도 〈열린 공동체를 대신해서 노래 부른다〉.[38] 그리고 이 노래는 끝난 것도 아니며, 이미 진행되고 있는 것도 아니다. 산문으로 된 초고의 보충부분에서 〈우리는 이제 하나의 합창이도다 Ein Chor nun sind wir〉[39]라고 했으나, 여기서는 〈그러니 우리는 곧 합창이어라 bald sind [wir][40] aber Gesan〉라고 고쳐 쓰고 있는 만큼 이 합창은 다가 올 노래인 것이다.

이 합창 가운데 시간 속에 드러나는 형상들을 통해 인간은 신적 정신이 자신에 향해 있음을 인식한다. 이 형상들은 〈그와 다른 이들 / 그와 다른 힘들 사이 하나의 유대 있음〉의 표식이다. 96행의 첫머리 〈하나의 유대 Ein Bündniß〉는 영원한 것들로부터 가능한 현실성이, 시간 속에 등장하는 표지를 통해 무한성에 대한 인식이 중재될 수 있음을 그 위치로부터도 알려주고 있다. 이제 근원을 밝힐 수 없는 힘은 우리 눈앞에 전개되는 자연가운데서도 확인된다. 또한 〈성스런 여러 힘들〉에 상응하는 표지는 9연으로 넘어가는 마지막 시행들에서 바로 〈축제일〉로 나타난다. 역사의 완성과 여기서 성취되는 전체적인 세계사의 이해, 그리고 신적인 역사에 대한 의미해석은 아직 궁극적인 것은 아니다. 하나의 상승되는 차원이 뒤따라야 하는데, 모든 신들이 한 자리에 모이는 〈축제일〉이 바로 그것이다.

---

37) StA, III, S. 55, "Hyperion"

38) StA, II, S. 123, "Der Mutter Erde" : < 'Statt offner Gemeinde sing' ich Gesang>

39) StA, II, S. 545

40) Vgl. StA, III, S. 562: 대명사 〈wir〉는 육필본에 빠져 있으나, 바이스너는 그것이 의도적이라기보다는 실수에 의한 것이라고 보고 보완해서 해독하고 있다.

[제9연]

    모두들 모이게 하는 [축제일], 천상적인 것은

    기적을 통해 나타나지 않으며, 기후 가운데 예측 못할 바도 아니었다.

    그러나 노래 있음에 서로 반기며

    합창 가운데 모습 나타내니, 성스런 수효 이루도다.

    축복 받은 자들 그처럼

    함께 자리하고, 그들 모두 매달려 있는

    그들의 가장 사랑하는 자 역시 빠짐이 없도다. 하여 내 불렀노라,

    만찬으로, 예비 된 그 만찬으로

    그대를, 잊을 수 없는 자, 그대를 저녁의 시간에

    오 젊은이여, 그대를 축제의 영주에게로 불렀노라. 또한

    그대들 불리운 자 모두

    그대 불멸하는 자 모두

    그대들 천국을 우리에게 말하며

    우리의 거처에 모습을 보일 때까지

    우리 인류 잠들어 눕지 않으리라.

[9. Str.]

    Der Allversammelnde, wo Himmlische nicht

    Im Wunder offenbar, noch ungesehn im Wetter,

105   Wo aber bei Gesang gastfreundlich untereinander

    In Chören gegenwärtig, eine heilige Zahl

    Die Seeligen in jeglicher Weise

    Beisammen sind, und ihr Geliebtestes auch,

    An dem sie hängen, nicht fehlt ; denn darum rief ich

110   Zum Gastmahl, das bereitet ist,

    Dich, Unvergeßlicher, dich, zum Abend der Zeit,

    O Jüngling, dich zum Fürsten des Festes ; und eher legt

    Sich schlafen unser Geschlecht nich

    Bis ihr Verheißenen all,

115   All ihr Unsterblichen, uns

Von eurem Himmel zu sagen,
Da seid in unserem Hause.

이 시연을 통해서 앞서 모호하게 말해졌던 합창의 본질과 형태가 한층 명료해진다. 시인은 기적 가운데서 나타나지도 않았고, 기후 가운데 예감될 수 있었던 천상적인 것 모두는 〈노래〉 속에서 성스런 수효를 다 채워 축제에 이른다고 말한다. 그것은 지금 바로 이 「평화의 축제」와 같은 시를 두고 이르는 말일 것이다.

이 노래 안에 예수 그리스도가 말해진 것은 그가 화해자였기 때문이기도 하며 우리에게 가장 가까이 현재화되었던 신성의 마지막 체현이었기 때문이기도 하다. 그를 통해서 그보다 먼저 앞서 있었던 신들의 등장이 보다 더 현실감을 가질 수 있다. 왜냐하면 같은 아버지의 한 아들로, 다른 아들들 역시 가장 사랑했던 예수 그리스도이기 때문이다.[41]

시인은 공동의 노래가 이렇게 하여 모든 천상적인 것의 현실성을 불러일으킬 때까지 잠들지 않을 것을 말하고 있다. 혹은 우리의 체험에 가까이 놓인 예수 그리스도를 통해 벌써 먼 곳의 여러 신성의 현시가 실현되고, 서구적 체험의 한 가운데로 다른 축복 받은 신성의 체험이 실현될 때까지 노래 부르기를 그치지 않으려 한다.

이 때문에 예수 그리스도, 〈그대를 불렀었다〉. 반복해서 〈하여 그대를 축제의 영주에게로 불렀었다 rief ich dich zum Fürsten des Fests〉(112행).

---

41) Vgl. StA, II, S. 162: "Der Einzige"에서 <O Christus!... / Wiewohl Herakles Bruder..., du / Bist Bruder auch Eviers>라 하고 <Und freilich weiß / Ich der dich zeugte, dein Vater ist / Derselbe.>라 하고 있다. 이 시구에 대해서는 〈보다 높은 계몽〉, 이책의 42-43쪽 참조

여기서 〈rief ich dich zum Fürsten des Fests〉는 매우 다른 두 가지 해석
의 가능성을 가진다.[42] 〈zu〉를 '~에게로'라 할 수도 있지만, '~의 자격을
갖춘 자로, ~이라고'할 수도 있기 때문이다. 그러나 이미 축제의 영주는
세계의 정신인 것이 드러났다. 그리스도와 축제의 영주는 동일화 될 수는
없는 것이다. 따라서 〈부르다 rufen〉는 〈초빙하다 berufen〉의 뜻이 될 수 없
으며, 〈zu〉가 '~으로서'가 될 수도 없다.

한편 이 시연에서 신성의 역사화된 표상은 지워지지 않고 있다. 그것
은 〈저녁의 시간〉이라는 역사적 시간과 또 그러한 장소가 의미되고 있기
때문이다. 또한 이와 함께 다가오는 신성의 〈닳지 않는, 또 닳아 버릴 수 없
는〉[43] 미래가 해석된다. 인류의 미래 역사가 과거와 현재에 〈인간의 거처〉
와 접촉하고 있는 영원불멸하는 자들의 계속적인 작용처럼 명백히 조망될
수는 없으나 노래를 통한 암시 가운데 인간이 스스로 행할 자기파악의 역
사이자, 신성 체험의 역사로서 계속될 것임을 시사한다. 우리들의 거처, 우
리들의 우주는 결코 불변하는 폐쇄적 영역일 수 없기 때문이다. 그러므로
이 시연의 마지막 시구들은 결코 예측이거나 예언이 아니며 가능성에 대한
경건한 표현일 뿐이다.

4) 어머니 자연 — 평화로서의 본성

초고에는 없었던 이 마지막 Triade에서는 자연이 노래된다. 앞의 시연에서
실제로 작용하는 신성의 표식들이 체험된 평화 안에 근거되고 있다면, 이
제 평화의 본성인 자연으로 돌아가 첫 시연에 맞물려 진다.

---

42) 이에 대한 논란을 여러 논문들에 나타나지만, 특히 Jost Schillemeit, "...ich zum
Fürsten des Fests", in: DVjS. Hefte 4(1977), S. 607~627에서 쟁점이 잘 다루어져 있다.
43) StA. IV, S. 295

자연이 내 보이는 평화의 영상은 신화의 모습을 갖추면서 자연과 정신이 근원적 한 쌍을 이루고 있다.

시인은 한때 가장 드높은 힘으로서 자연을 들었는가 하면[44] 또 다른 때에는 모든 것 위에 군림하는 아버지 하나님을 정점에 세우기도 했다.[45] 그러나 여기서 이들이 하나의 쌍을 이루게 됨으로서 기독교적 교리와 자연신앙 Naturglaube은 융해를 지향한다.

[제10연]

가볍게 숨쉬는 대기
벌써 너희들에게 예고하며
소리 내는 계곡과
기후에 아직 울리는 대지 그들에게 말해준다.
그러나 희망은 뺨을 홍조 띠게 하고
집의 문 앞에는
어머니와 아들 앉아
평화를 바라본다.
또한 죽어 쓰러지는 것 거의 없어 보이고
영혼은 황금빛 빛살로 보내진
하나의 예감을 붙들며
하나의 약속은 나이든 자들을 붙든다.

[10. Str.]

Leichtathmende Lüfte
Verkünden euch schon,
120   Euch kündet das rauchende Thal
Und der Boden, der vom Wetter noch dröhnet,

---

44) StA,II, S. 118, "Wie wenn am Feiertage", 11~13행
45) StA, II, S. 172, "Patmos", 223~224행

Doch Hoffnung röthet die Wangen,
Und vor der Thüre des Haußes
Sizt Mutter und Kind,
125 Und schauet den Frieden
Und wenige scheinen zu sterben
Es hält ein Ahnen die Seele,
Vom goldnen Lichte gesendet,
Hält ein Versprechen die Ältesten auf.

첫 4행에까지 신성의 시간적·역사적 업보가 되새겨 진다. 이어서 9연의 마지막 시행에서 피력된 희망이 따르고 있다. 이 희망은 뺨을 붉게 만들어 준다. 말하자면 회춘인 셈이다.

이어 눈앞에는 자연의 평화가 펼쳐진다. 이 평화의 모습은 평화스러운 자연의 묘사로서가 아니라 〈어머니와 아들〉이 함께 바라다본다는 것으로 말하면 넉넉하다. 오성의 법칙이 지배하는 집안에 틀어박힌 자들에게는 보이지 않는 평화인 것으로서 충분한 것이다.

〈황금빛 빛살〉로써 역사 이전, 자투른 Saturn의 지배를 암시한다.[46] 자연은 시간을 넘어 그 오래 전에 있어 온 것이다. 자연이 주는 영속의 희망 가운데 나이든 자들까지도 생명을 연장해 간다. 휠덜린은 외할머니의 72회 생일을 맞아 이렇게 노래했다. 〈고요한 영혼과 고통 가운데 당신을 이끌어 온 희망은 / 당신에게 오랜 삶을 사시게 했으니 / 당신께서 만족하시며 경건하신 덕이로소이다〉[47]

---

46) Vgl. StA. II, S. 37, "Natur u. Kunst oder Saturn u. Jupiter":〈시간의 신 쥬피터(제우스)〉는 황금기의 신이자 아버지인 자투른을 지하로 쫓았다. 자투른의 시대를 순수무구한 시대로, 쥬피터의 시대 역시 〈법칙〉, 〈공평〉의 시대로 시인은 노래한다.
47) StA. I, S. 272, "Meiner Verehrungswürdigen Grossmutter", 5~7행

[제11연]

삶의 향료 천국으로부터

예비 되었고, 그 수고로움 또한

행해졌도다.

이제 모든 것 만족하고

그중 만족한 것은

간결함이라, 왜냐면 오랫동안 찾았던

황금빛 열매

오래고 오랜 가지로부터

뒤흔드는 폭풍 가운데 떨어져 내린 까닭이도다.

그러나 이제, 가장 소중한 재물로서, 성스런 운명 자체로부터

감미로운 무기로 감싸 막으니

그것은 바로 천상적인 것의 형상이도다.

[11. Str.]

130   Wohl sind die Würze des Lebens,

       Von oben bereitet und auch

       Hinausgeführet, die Mühen.

       Denn Alles gefällt jezt,

       Einfältiges aber

135   Am meisten, denn die langgesuchte,

       Die goldne Frucht,

       Uraltem Stamm

       In schütternden Stürmen entfallen,

       Dann aber, als liebstes Gut, vom heiligen Schiksaal selbst,

140   Mit zärtlichen Waffen umschüzt,

       Die Gestalt der Himmlischen ist es.

수고로움을 함께 하여 천상에서부터 예비 된 삶의 향료 — 이 말로써 다툼의 역사가 우리의 삶에 결코 부정적인 것만은 아니었음이 의미된다.

그러나 그 가운데에도 가장 만족한 것은 자연의 조화가 보여주는 〈간결함〉
이다.

휠덜린은 르네빌 평화협정의 소식을 듣고 〈이 평화가 나에게 특별히
기쁨을 주는 것은 이로써 간결함이 그 속성을 이루는 반가운 시작을 알려
준다는 점이다〉[48]라고 했으며 3년 후 다시 한 번 〈앞으로 다가올 간결하고
조용한 나날을 나는 생각하고 있다〉[49]고 말하고 있다. 어려운 역사의 과정
이 삶의 향료가 되고, 이제 만족스러운 충만의 시간이 돌아 왔으니 역사의
과정, 시인의 개인적 생애의 고난과도 간결하고 단순한 결말 앞에 서 있음
을 말한다.

이제 사나운 역사의 폭풍우 가운데 오랜 가지의 끝에서 떨어져 내린
〈황금빛 열매〉 — 황금빛 빛살이 약속했고 역사의 진행 가운데 깊이 음미해
야 했으며 성스런 운명 자체의 성급한 수확으로부터도 사랑스럽게 보호되
었던 그 열매는 〈가장 소중한 재물〉로서 노래 속에 거두어지고 있다. 영원
한 자연의 오랜 가지로부터 시간의 뒤흔드는 폭풍우를 통해서 이 둘의 아
들들 — 천상적인 것들은 노래 안에 그 형상을 드러내게 된다. 말하자면 부
정할 수 없는 견고한 현실성으로 열매 맺게 된 것이다. 〈감미로운 무기〉(140
행)와 같은 모순형용법은 〈성스런 운명〉(139행)과 함께 시간의 양의성을 나
타내 주고 있기도 하다.

[제12연]
　　　암사자인양, 그대
　　　오 어머니, 그대 자연이여,
　　　어린아이들을 잃었을 때, 그대 비탄했도다.

---

48) StA. VI/1, S. 416f. (An Christian Landauer)
49) StA. VI/1, S. 438 (An Leo von Seckendorf am 12. März 1804)

왜냐면, 마치 신들을 사티로스들과

어울리게 했듯, 그대의 적을

자식처럼 여겼으나, 그 적들이

가장 사랑하는 그대의 자식들을 훔쳐갔기 때문이다.

그처럼 그대 많은 것을 세웠고

또한 많은 것을 땅에 묻었다.

그것은 그대 두루 힘센 자여,

때 이르게 빛으로 이끌어낸 것

그대를 증오하는 탓이다.

이제 그대 이를 알며 또한 용납하나니

그 두렵게 일하는 것, 성숙할 때까지

기꺼이, 느낌도 없이 쉬일 것이로다.

[12. Str.]

Wie die Löwin, hast du geklagt,

O Mutter, da du sie,

Natur, die Kinder verloren.

145 Denn es stahl sie, Allzuliebende, dir

Dein Feind, da du ihn fast

Wie die eigenen Söhne genommen,

Und Satyren die Götter gesellt hast.

So hast du manches gebaut,

150 Und manches begraben,

Denn es haßt dich, was

Du, vor der Zeit

Allkräftige, zum Lichte gezogen.

Nun kennest, nun lässest du diß ;

155 Denn gerne fühllos ruht,

Bis daß es reift, furchtsamgeschäfftiges drunten.

이 마지막 시연에서 비로소 한 신성이 공공연하게 이름 된다. 〈어머니,

자연〉이다. 〈우리 그대를... 이름 부르노라 / 자연이여! 그대에게 / 신성으로 태어난 모든 것 / 마치 물 속에서 갓 솟아 오른 듯 새롭도다〉.[50] 모든 태생의 근원인 어머니 자연, 인간도 여러 신들도 그의 자식이다. 그러나 이 어머니 자연은 제 자식으로 여긴 인간에 의해서 신들을 빼앗기고 말았다. 자연은 자신의 아이들을 잃고 잠자는 암사자처럼 비탄한다.

자연의 적인 인간, 모든 인간들 가운데 신들을 유린하는 인간은 다름 아닌 오만한 자들을 말한다. 다른 한편으로 자연의 적은 불안의 정신, 그리고 초조와 염려이기도 하다.

횔덜린은 시 「안락」 가운데서 〈은밀한 불안의 정신〉[51]은 서둘고 파괴적인 힘이라 하고 다른 시에서 분명 〈자연의 두려운 / 아들, 불안의 오랜 정신〉[52]이라고 말하고 있다. 이 불안의 정신은 피동적 자연 natura naturata의 자업자득만은 아니다. 자연은 〈때 이르게〉 인간들을 영원으로부터 끌어내서 시간성으로 내 몰았기 때문에 불안의 정신이 싹튼 것이며, 따라서 신성의 능동적 자연 natura naturans을 미워하게 된 것이다.

자연은 이 불안의 정신을 지닌 인간들을 자식처럼 용인해 왔다. 오인된 신[53]사티로스가 바로 이러한 잘못된 관용의 표지이다. 그러나 사틸로스들은 그 역시 자연의 현존에 힘입고 있으니 〈시간에 앞서〉 서둘러 태어나게 한 자연의 소산일 뿐이다. 자연은 많은 것을 일구어 세웠지만, 또 그만큼 묻어 버려야 할 것들도 지니고 있다.

시인은 화해의 가능성을 말하고 있다. 〈때 이름〉과 이와 함께 초조, 불

---

50) StA. II, S. 128, "Am Quell der Donau", V. 89ff.
51) StA. I, S. 236, 29행
52) StA. I, S. 238, "Die Völker schwiegen, schlummerten[...]", 3~4행
53) Benjamin Haderich, Gründliches mythologisches Lexikon, Leipzig 1770. Nachdruck, Darmstadt 1967, Sp. 2170:〈사틸로스는 숲, 산, 그리고 들판의 신으로서 정숙치 못하고 난폭한 신이다. 때문에 님프나 다른 여신족은 그 앞에 모습을 보여서는 안되었다〉고 기록되어 있음.

안, 염려 가운데 오로지 〈두렵게 일함〉이 제자리를 찾아 아무런 느낌 없이
기꺼이 쉴 때, 그것도 성스럽게 바꿔질 수 있음을 말하고 있는 것이다. 시
간 속에 내 쫓겨 무섭게 일하는 가운데 자기중심주의와 시기 질투로 얼룩
진 세계에서 평화의 축제는 불가능한 것이다. 시 「아르키펠라구스」에서

> 오로지 자신의 충동에
> 길들여져, 날뛰는 일터에서 각자는 제소리만 듣고
> 난폭한 자들 힘찬 팔로 쉼 없이 많은 일을 한다
> 그러나 영원히 열매 맺지 못하고,
> 복수의 여신처럼, 팔들의 고난만 남는다.[54]

고 횔덜린은 읊고 있다.

서두름과 성취의 과욕은 영생의 믿음 앞에서 성숙이 올 때까지 기꺼이
쉬어야 한다. 왜냐하면 우리의 역사체험과 자연에의 체험에서 평화는 〈그
수많은 형태로 나타나는 이기주의, 이제 사랑과 선함의 성스런 지배 아래
복종할 때〉[55]참된 가치를 지니기 때문이다.

이제 역사 가운데의 천둥소리는 〈평화의 소리에 눌리어 잠들었고〉(31행
이하) 불안과 근심과 염려의 정신도 때를 기다려 기꺼이 쉬고 있다. 이로써
이 시는 그 서두 〈천상의 소리로 가득 찬〉 자연으로 되돌아가 이어진다.

이렇게 하여 평화의 축제는 이 시에서 열린 것이 아니라, 이 시안에서
이 시를 통해서 다만 예비 되고 있을 뿐이다.

---

54) StA, II, S. 110, "Archipelagus", 241~245행
55) StA. VI/1, S. 407 (An den Bruder)

4. 〈이름 지을 수 있는 이름은 영원한 이름이 아니다〉

지금까지 156행에 달하는 짧지 않은 시 한 편을 읽었다.

이 과정을 통해서 「평화의 축제」와 같은 시가 서정시의 통상적 개념으로 설명될 수 없음을 느끼게 된다. 휠덜린 자신도 이런 유의 시를 〈사랑의 지친 날갯짓〉에 불과한 서정시와 구분해서 〈조국적 찬가 die vaterländischen Gesänge〉라 불러 구분하고 있다.[56] 「평화의 축제」에서 볼 수 있었듯이 〈조국〉이라는 말은 전적으로 인간과 신들의 화해가 이루어진 이상적 · 이념적인 영역일 뿐 결코 정치적 · 지리적 영역이 아니다.

또한 이 시가 역사의 평화적 종결을 축하하는 것이 아니라, 역사의 평화적 종결을 예비하여, 그 안에 우리가 취할 삶의 양식을 읊고 있음을 보았다. 이러한 삶의 양식은 자연으로 되돌아가고 있는 이 시의 전개가 암시해 준다. 따라서 〈축제의 영주〉를 누구로 보느냐는 문제 등은 이 시의 전체적 이해에서 결정적인 것이 되지 못한다.

이 시안에서 자연이라는 포괄적인 신성 이외 신성의 독단적 · 절대적인 이름을 찾을 수 없다. 가장 지고한 신은 어떤 때는 시대의 신이며 시간의 아버지이고 어떤 때에는 축제의 영주이며 또 거장이며 어떤 때에는 단순한 〈어떤 신 Ein Gott〉이다. 휠덜린은 이 〈이름 없음〉의 간접성 Mittelbarkeit이야말로 〈지고한 것을 느끼게 하고 또 생겨나게 하는〉[57] 시인의 방편이자, 그리스 시인들로부터 서구 시인이 구분되는 요체라고 말하고 있다. 요컨대, 지고한 신의 이름을 확정하려는 시도는 애당초부터 이 시의 총체적 인상을 가볍게 생각한 때문이라 할 것이다. 노자(老子)의 『도덕경』 첫 장에 〈도라고 할 수 있는 도는 영원한 도가 아니고, 이름 지을 수 있는 이름은 영

56) StA. VI/1, S. 436 (An Friedrich Wilmans)
57) StA, V, S. 267

원한 이름이 아니다 《道可道非常道; 名可名非常名》라고 했으니 이는 동서
의 진리라 할 것이다.

이러한 신의 익명성 내지는 무명성에 대한 해명은 이 찬가의 밖에서가
아니라, 오로지 그 안에서 찾아질 수 있으며, 평화의 참된 의미 위에서만
그 타당성을 가지게 된다. 아직 도래하지는 않았으나 미래에 나타날 평화
의 신에게 이름 부를 수 없음은 당연한 일이다. 그러나 그 평화는 도래할
수밖에 없다. 우리의 역사가 자연에로 환원되고 화해할 때 말이다. 그 환원
과 화해는 인간의 자연회복, 횔덜린의 뜻대로 말한다면, 인간의 신들에 대
한 화해와 다르지 않다. 〈하늘의 뜻대로〉 역사하는 것을 받아들일 때, 이
화해는 가능하다고 말할 수 있다. 만일 이 무명성을 이름 부르기로 대응한
다면, 이러한 화해의 가능성은 사라져 버릴 것이다.

이 「평화의 축제」를 우리말로 옮김에 있어서 발견되는 거친 구조 — 시
어들의 자유분방한 위치, 부름 Anrede의 잦은 등장, 명사와 형용사의 위치
바꿈, 2격 관련어의 모호한 위치, 접속사의 잦은 사용과 모순형용법의 잦은
등장 등 — 는 찬가이해에 곤란을 일으키기는 하지만 그것이 시적 효과에
기여하고 있음을 간과할 수 없으며, 이러한 문체적 특성들이 체계적으로
— 특히 앞서 언뜻 언급했던 찬가문학의 원천인 핀다르의 수용과 관련해서
— 연구되었을 때, 횔덜린의 후기 시는 논쟁의 대상이 아니라 참된 향유의
대상이 되리라 생각된다.

III

찬가 「므네모쥔네」

찬가 「므네모쥔네」

― 머무름의 시학

1. 예비적 고찰

1) 생성의 배경

「므네모쥔네」는 횔덜린이 완성해 남겨 놓은 후기찬가 가운데서도 최후의 작품이다. 이 찬가는 1803년 가을에 쓰여 진 것으로 짐작되고 있다.[1]

1803년 가을, 이 작품이 쓰여 진 이 시점이 무엇을 의미하는지는 그의 생애기를 통해서 우리가 아는 대로이다. 1801년 12월 횔덜린은 가정교사로 일하기 위해서 멀리 남 프랑스의 보르도를 향해 조국을 떠났었다. 다음해 5월 중순 뚜렷한 이유 없이 보르도를 떠난 그는 6월 중순 고향에 돌아왔다. 〈시체처럼 창백하고 마를 대로 마른 몸에 움푹 꺼진 거친 눈〉[2]으로 귀향한 횔덜린을 보고, 그의 의붓동생 칼 고크는 〈정신분열의 명백한 징후〉[3]를 보았다고 쓰고 있다. 그해 여름부터 횔덜린은 슈투트가르트의 정신과의사 플랑크의 치료를 받기 시작했다.

---

1) StA. II/2, S. 816
2) StA. VII/3, S. 60 (Waiblinger: Friedrich Hölderlin)
3) StA. VII/2, S. 223ff. 참조

그러나 그의 이 명백한 정신분열의 징후는 창조적 힘의 마지막 분출을 동반하고 있었다. 1802년 가을 레겐스부르크에서 열리고 있었던 제국 대표자 회의에 휠덜린을 데리고 갔던 친구 징클레어는 〈당시의 그에게서보다도 더 위대한 정신력과 영혼의 힘을 결코 본 일이 없다〉[4]고 쓰고 있으며, 1803년 여름 언뜻 나타난 휠덜린을 만났던 튀빙엔 신학교의 학우 쉘링은 헤겔에게 보낸 편지에서 그의 피폐한 외모와 일관성을 잃은 언동을 보고 〈망가진 악기〉라고 슬퍼하는 가운데서도 〈그는 침착했고 제 자신으로 되돌아와 있었다〉고 쓰고 있다.[5]

이러한 증언들은 결코 과장된 것이 아니었다. 1802년 겨울부터 1803년에 이르는 사이 휠덜린의 시적 창조력은 실제 그 절정을 보였던 것이다. 〈휠덜린 문학의 심장이며, 핵심이자 정상〉[6]이라고 평가되는 후기찬가, 그 가운데에서도 가장 중요한 작품으로 여겨지는 「유일자」, 「파트모스 섬」, 「평화의 축제」, 「회상」, 「이스터 강」 그리고 「므네모쥔네」가 이즈음에 쓰여졌다. 뿐만 아니라, 소포클레스의 비극 『외디프스 왕』과 『안티고네』를 독일어로 번역하고 비평적 주석과 함께 출판에 넘긴 것도 이때였다.

우리의 상식적인 스펙트럼을 벗어난, 명백한 정신착란의 징후와 창조력의 만개라는 상반된 현상의 대두와 함께 그의 문학지평에는 전혀 새로운 자아의식이 떠오르고 있다는 사실도 또한 주목할 만한 일이다. 그것은 한층 〈특수한 것〉을 향하는 시어와 보다 확고한 현실계를 바탕으로 견고한 이미지를 형성하고자 하는 노력이 예전보다 더욱 강렬했다는 사실로부터 설명된다.

---

4) StA. VII/2, S. 254 (Sinclair an Hölderlins Mutter am 17. Juni 1803)

5) StA. VII/2, S. 261 (Schelling an Hegel am 11. Juli 1803)

6) Norbert von Hellingrath, Vorreden zu der historisch-kritischen Ausgabe der sämtlichen Werke Hölderlins, in: Hölderlin, Beiträge zu seinem Verständnis in unserm Jahrhundert, hrsg. v. Alfred Kelletat, Tübingen 1961, S. 22

휠덜린이 〈두려우나, 신적인 꿈〉[7] 이라고 표현하고 있는 문학적 이상
은, 〈소멸과 생성에 대한 감각〉[8]을 지닌 존재로서의 시인이 존재와 비존재,
유한한 것과 무한한 것의 결합을 통해서 〈새로운 개체〉[9]를 형상화시켜야
할 과제를 낳는다. 신성(神性)의 환기를 통한 새로운 미래의 앞선 형성이라
는 의식된 시인의 이러한 과제를 늘 수행하고 있다고 휠덜린은 스스로 믿
어왔다. 그러나 보르도에의 여행 이후, 그는 이러한 과제에 따른 문학적 실
천 가운데서 유한한 지상에의 머무름보다는 무한한 신적 세계, 아무런 제
약도 없는 전체적 자연에의 목마름으로 일관해 왔음을 깨닫기에 이른다.

현실계를 바탕으로 하는 견고한 이미지의 추구와 궤도를 같이하는 휠
덜린의 이러한 자각은 그의 문학세계를 돌이켜 볼 때, 시사하는바 매우 크
다. 휠덜린의 문학세계는 대지와 빛, 땅과 하늘로 은유되는 뚜렷한 양극성
을 지니고 있다. 현실성과 이상, 존재와 의식, 객관성과 주관성, 운명과 자
유 등 이 세계의 활기와 생명의 원인이기도 한 온갖 대립도 이 양극성으로
부터 기원한다. 휠덜린의 문학적 이상은 이러한 대립적 요소들의 각기를
그대로 보존하면서도 한층 높은 차원에서 그 대립을 화해시키려는 데 있었
다. 그러나 사실에 있어서 그의 문학적 실천은 무제약성, 무시간성에로의
편향된 동경으로 채워져 왔다.

예컨대, 그의 시 세계에서 모든 지상의 존재들은 천공을 향해 팔을 뻗
고 강물은 대양을 그리워하며 서둘러 그곳을 향해 흘러간다. 소설 『휘페리
온』에서 주인공은 마치 태양이나 되려는 듯, 전체성의 의식을 향해서 분기
충천하며, 미완성의 희곡 『엠페도클레스의 죽음』에서 엠페도클레스는 잃
어버린 전체적 자연의 삶으로 들어가기 위해 활화산 애트나의 불타는 심연

---

7) StA. IV/1, S. 283
8) StA. IV/1, S. 284
9) StA. IV/1, S. 286

에 몸을 던진다. 그가 지극히 매혹되었고 드디어는 번역해서 출판했던 소
포클레스의 비극의 주인공 외디프스와 안티고네도 비극적 운명을 통해서
신성과 하나가 된다.

의식된 중재적 과제에도 불구하고 이처럼 문학세계에 충만한 무제약과
근원적 일치성에 대한 동경은 삶의 이상으로까지 발전해 간다. 그에게 있
어서 죽음은 삶을 향한 해방이다. 시 「운명」에서 시인은 노래한다.

> 폭풍우 가운데 가장 성스러운 폭풍우중에
> 나의 감옥의 벽 무너져 내려라.
> 하여 보다 찬란하고 보다 자유로운 물결
> 나의 정신을 미지의 나라로 데려가도록!

> Im heiligsten der Stürme falle
> Zusammen meine Kerkerwand,
> Und herrlicher und freier walle
> Mein Geist in's unbekannte Land![10]

시인은 신성과의 완전한 합일을 위해 지상에 그를 가두고 있는 현세적
인 삶의 감옥이 무너져 내리기를 소망한다. 플라톤의 〈육체는 영혼의 무
덤〉[11]이라는 말을 상기시키는 감힘의 모티브가 그의 문학을 꿰뚫고 있으며,
시 「민중의 목소리」는 자살의 예시들을 담고 있다. 소포클레스가 『크로노
스의 외디프스』에서 인용하고 있는, 한 종자가 미다스 왕에게 말했다는
〈태어나지 않는 것이 최선이며, 태어났다면 가능한 한 빨리 죽음을 찾는 것
이 차선〉이라는 문구를 횔덜린은 소설 『휘페리온』 제2권의 모토로 쓰고 있

---

10) StA. I/1, S. 186
11) Platon, Kratylos 400b-c참조: 육체($\sigma\tilde{\omega}\mu\alpha$)는 영혼의 무덤($\sigma\tilde{\eta}\mu\alpha$)이며 따라서 영혼의 감
옥($\delta\epsilon\mu\omega\tau\eta\rho\,o\nu$)

다.[12] 자연이라는 전체성에로의 무조건적 귀환의 요청으로 횔덜린은 이 말
을 해석했던 것이다.

　그러나 보르도에서부터 고향에 돌아온 후, 이러한 무제약에의 동경은
제 자신의 죽음에로의 진행을 예감하는 가운데 맞서야 할 거대한 유혹으로
인식되고 있다. 시인이 문학적 실천을 통해서 스스로 이끌려 갔던 무제약
성은 시인의 존재의미에 대한 위협으로 인식되고 그만큼 자연에 맞선 예술
의 확실성을 골똘히 생각하기에 이른다. 〈비유기적 aorgisch〉 죽음의 세계
와 〈유기적 organisch〉 예술세계의 맞섬,[13] 무제약에의 동경과 머무름에의
필연이 서로 갈등하는 사이 그의 최후의 문학은 전개되고 있다. 죽음에 대
한 회상을 노래하는 찬가 「므네모쥔네」는 따라서 자전적 기록물이자 시학
적 작품[14]으로 읽히는 것이다.

2) 「천상의 불꽃」, 그 파괴적 힘의 체험 — 뵐렌도르프에게 보낸 한 편지

당시 그의 정신세계를 지배했던 머무름의 필연과 예술법칙 간의 뗄 수 없
는 연관성은 그가 보르도로부터 돌아와 얼마 후 친구 뵐렌도르프에게 보낸
편지에 잘 나타나 있다. 이 편지에서 횔덜린은 자신을 운명에 의해 부름 받
은 자로 스스럼없이 인정하면서, 머무름에의 가능성, 삶에의 가능성을 예

---

12) StA. III, S. 93, "Hyperion"
13) StA. IV /1, S. 149ff, "Grund zum Empedokles". 특히 S. 158f.; 횔덜린은 여기서 자연
의 특성인 비유기적인 것 Aorgisches과 파악할 수 없는 것 Unbegreifliches 그리고 무한한
것 Unbegrenztes과 같은 개념으로 설명하면서 〈유기적이며 기예적 인간은 자연의 꽃이
다. Der organischere künstlichere Mensch ist die Blüte der Natur〉라 말하고 있다. 비유기
적인 자연은 유기화 된 교양을 쌓은 인간에 의해 순수하게 느껴지게 될 때 인간에게 완성
의 감각을 부여한다고 말한다. 자연과 예술의 뗄 수 없는 연관성을 의미하고 있는 것이다.
14) Jochen Schmidt, Hölderlins letzte Hymnen. Andenken und Mnemosyne, Tübingen
1970이 이러한 관점에서 두 개의 시에 접근하고 있거니와, 베르토 및 자틀러도 같은 관점
을 지닌 듯 보인다.

술영역으로의 복귀에서 찾고 있는 것이다. 찬가 「므네모쥔네」가 이미 죽어
간 자들에 대한 회상으로 채워져 있음에도 불구하고 그 안에서 〈얻을 만한
일을 하면서 시인처럼 지상에 살고 있는〉[15] 충실한 인간에로의 되돌아옴이
라는 에토스를 읽어 낼 수 있는 것은 바로 이 편지의 내용과 맥락을 같이하
고 있다.

다소 장황하고 난해하지만 1802년 11월에 쓴 이 편지를 찬찬히 읽어보
는 것이 시 「므네모쥔네」의 이해에 유익할 것이다.

> 나는 오랫동안 그대에게 편지를 쓰지 않았네. 그 사이 나는 프랑스에 가 있었고
> 또 비애의 고독한 대지를 보고 왔기 때문이었네. 남 프랑스의 목동들과 모든 아
> 름다움들, 애국적인 의구심과 배고픔의 두려움 가운데서 성장한 남자들과 여인
> 네들을 보았던 것이네.
> 거대한 요소인 천국의 불길과 인간의 침묵, 자연 가운데서의 이들의 삶과 이들
> 의 속박 그리고 민중이 나를 끈질기게 감동시켰다네. 영웅의 이야기를 따라 말
> 하자면, 아폴론이 나를 내리쳤다고 말할 수 있을 것이네.
> 〈뱅데〉와 경계하고 있는 지역에서 거칠고 호전적인 그 무엇이, 순수한 남성적
> 인 것이 나의 흥미를 끌었네. 삶의 빛살이 이러한 남성적인 것의 눈길과 사지
> (四肢)에서는 직접적인 것이 되었고 마치 능수능란한 중에서인 양 죽음의 감정
> 속에서 스스로를 느끼고, 알고자 하는 갈증을 채우고 있었다네.
> 남쪽 사람들의 다부진 육체적인 것, 고대 정신의 폐허 가운데 놓여 있는 그것이
> 그리스인의 본래적 특성을 더욱 잘 알 수 있도록 만들어 주었다네. 말하자면 나
> 는 그들의 천성과 현명함, 그리고 그들의 육체를, 그들의 기후에서 어떻게 성장
> 했는지를, 또 그들이 그 호기 넘치는 정령을 요소의 힘 앞에서 지켜 낸 규칙을
> 나는 배웠던 것이네.[16]

---

15) StA. II/1, S. 372, "In lieblicher Bläue…"
16) StA. VI/1, S. 432 (An Casimir Ulrich Böhlendorff)

이 편지는 프랑스에서의 내면적 체험을 쓰고 있다. 시인이 기울이고 있는 무제약에의 동경에 새로운 지평으로 나타나는 확고함의 체험이 서술되고 있는 것이다. 이것은 우리가 이제 읽게 될 시 「므네모쉰네」의 핵심적 테마를 미리 보여 준다.

해석이 어려워 보이는 이 편지는 당시 그가 진행하고 있었던 소포클레스의 비극 『외디프스왕』과 『안티고네』에의 주석과 비교해서 설명된다. 〈애국적인 의구심〉은 남 프랑스에서 어렵게 진행되고 있었던 전제 국가에서부터 공화정으로의 혁명적인 전환과 연관된다. 이 전환은 〈모든 사고방식의 전환〉으로서 불확실과 두려움을 자아내고 있는 〈조국적 전향〉[17]을 의미하는 것이다. 공포와 의구심은 횔덜린이 「안티고네의 주석」에서 말하고 있는 바처럼, 〈머물러 정지함〉[18]에 대한 인간의 불변하는 자연적 욕구가 걷잡을 수 없는 변화에 처해서 가지는 당연한 현상이다. 남 프랑스 사람들의 의구심은 억제할 길 없는 사건으로 생각되는 조국의 변혁이라는 상황에서 이러한 정지에 대한 추구가 파탄되었기 때문에 생긴 것이다. 그 추구는 이제 더 이상 존재하지 않는 새로움으로 나아가거나 할 것으로, 이러한 두 갈래로의 갈라짐 zwei-feln을 횔덜린은 의구심을 가진 상태라고 표현한다.

〈비탄의 고독한 대지〉 역시 「안티고네의 주석」을 상기시킨다. 비유기적이며 무한한 것에 사로잡힌 안티고네를 이 주석은 이렇게 해석한다.

하여 한 사람(안티고네)은 근원적이며 풍요로운 열매를 맺는 가운데 태양의 작용으로 너무도 굳세어져서 그 때문에 메말라버린 황폐한 대지와 같다. 니오베의 운명, 죄 없는 자연의 도처에서 발견되는 운명처럼… [19]

이제 이 편지의 첫 구절이 두 개의 상황을 갈라 말하고 있음을 알게 된

---

17) StA. V, S. 271, "Anmerkungen zur Antigonae"
18) Ebd.
19) StA. V, S. 267f.

다. 혁명의 폭풍우 가운데 무한히 감동되어 불타 버리거나, 아니면 단순한 식물적 현존으로 몰락한 〈비애의 고독한 대지〉와 거친 요소의 철저한 감동에 결코 몸을 맡기지 않고 멈춤을 찾고 있는 목동의 상황이 그것이다. 각 개체가 자신을 구출할 수 있었고, 〈모든 아름다움으로 성장한〉 목동의 상황은 〈남자들과 여인들〉이라는 구체적인 형상체를 보존하는 것으로 나타나 있다.

이제 무한하고 〈비유기적 aorgisch〉으로 한계를 부수어 버리는 파괴적인 요소와 유기적으로 한계를 짓고 보존하는 개체의 긴장이 시인의 근본문제가 된다. 이 편지의 두 번째 구절은 이 대립된 요소를 명백히 내보인다. 한쪽에는 〈힘찬 요소, 천국의 불길〉이, 다른 한쪽에는 〈침묵〉, 인간들의 〈억제〉가 놓여 있는 것이다. 〈자연 가운데〉, 억제할 길 없는 요소적인 사건들 속에서의 인간의 삶, 「안티고네의 주석」에서 말하고 있는 〈영원한 인간 적대적인 자연의 행로〉[20] 속에서의 인간적 삶과 개별적 현존재를 보존하고 감싸는 〈제약과 만족〉에 맞세워져 있다. 하늘과 인간이 대립되어 있는 것이다. 시인은 이러한 우주적 긴장이 자신을 끊임없이 감동시켰다고 말하고 있다. 위대한 자연의 요소, 〈천국의 불길〉은 이미 자신을 뚫고 들어 왔으며 〈영웅에 대고 말하자면, 아폴론이 내리쳤다고 말할 수 있다〉고 덧붙이고 있는 것이다. 여기서 그는 분명히 자신을 외디프스에 비견하고 있다. 횔덜린은 주석에서 외디프스의 불길 같은 진실에의 추구를 죽음에 이르는 절대적인 것을 향한 무의식적 돌진으로 해석했다. 소포클레스의 『외디프스 왕』에서 〈모든 것이 명백히 드러났을 때〉[21] 외디프스가 자신의 눈을 찌르고, 코러스가 운명의 데몬에 대해 묻자 〈아폴론이었다, 아폴론, 오 그대를 사랑

---

20) StA. V, S. 294
21) StA. V, S. 179, "Oedipus der Tyrann"

하는 사람들이여, 그러한 불행을 가져 온 것은 아폴론이었다〉[22]고 한 외침
을 상기했던 것이다.

「외디프스의 주석」은 이 비극을 〈감각의 조직체인 전체적인 인간이 요
소의 영향 아래 어떻게 전개되어 나가는가하는 방식〉[23]이라고 규정하고 있
다. 즉 인간은 신적이며 무한한 삶의 에너지라는 요소(근원적인 힘)에 의해
서 압도되고 붙잡히게 되는 하나의 개별적 감각체계라는 것이다. 외디프스
역시 아폴론에 의해서 격렬하고 거친 진실추구로 이끌림을 당하고 있다.
그리고 진실의 체험과 그것에 대한 깨우침에서 그 추구는 끝난다. 횔덜린
은 이 추구의 완결, 외디프스의 최후를 신적이며 무한한 요소와의 결합이
며, 동시에 비극적 몰락으로 파악하고 있다. 『외디프스 왕』에 대한 그의 해
석이 위의 편지 안에 얼마나 투영되고 있는지는 주석에서의 〈요소〉와 편지
에서의 〈강력한 요소〉 그리고 〈요소의 힘〉과 같은 단어들의 상응성이 증명
해 준다.

이제 이 편지의 세 번째 구절은 「외디프스의 주석」을 참조하는 가운데
생각해 볼 수 있다. 이 구절은 바로 주석의 다음 문장을 상기시키는 것이다.

> 그 때문에 이어지는 티레지아스와의 대화 가운데, 앎이 아직도 머무를 수 있는
> 그 자체의 한계를 벗어나서 마치 그 찬연한 조화된 형식 가운데 도취한 듯했을
> 때, 그 놀랍고도 분기충천하는 호기심은 우선 자신이 감당할 수 있고 붙들 수
> 있는 것보다 더 많은 것을 알고자 촉발된다.[24]

이 외디프스의 〈놀랍고도 분기충천하는 호기심〉은 편지에서 죽음에 이

---

22) StA. V, S. 185
23) StA. V, S. 195, "Anmerkungen zum Oedipus"
24) StA. V, S. 198

르도록 〈알고자 하는 갈증〉으로 나타난다. 죽음에 이르는 경로에서 조급히 서두르는 외디프스의 앎에의 갈증이 〈그 찬연하게 조화 이룬 형식에 도취한 듯〉 나타나는 것처럼 편지에서 〈죽음의 감정 가운데서 마치 노련함에 놓여 있는 양 자신을 느끼고 있는〉 투박한 본질양식이 언급되고 있는 것이다.

네 번째 문단은 이러한 요소적 위협에서부터 삶의 가능성 문제로 되돌아온다. 이미 두 번째 구절에서 그러했듯, 여기서도 요소적인 힘은 구원하는 인간적 능력에 대립해 있다. 〈자연〉이 〈현명함〉에, 〈요소의 힘〉이 〈규칙〉에 대립해 있다. 그리스인의 본래적인 천성을 재인식하게 한 〈남방 사람들의 다부진 육체적인 면〉을 그는 이들이 현명함을 통해서 자연을, 규칙을 통해서 요소의 힘을 제약하는 힘찬 양식의 증거로 해석하고 있다. 횔덜린은 「안티고네의 주석」에서도 그들의 불길과도 같은 숙명에 저항하고 스스로를 붙들기 위해 그들에게는 필연적이었던 〈육체적 덕목〉[25]을 언급하고 있다. 이로부터 그리스적 예술의 특별한 형태가 도출된다. 〈육체적이며 조형적인 정신 가운데 파악 가능한〉[26] 것이 그리스 예술의 특성이라는 것이다. 말하자면 그들의 예술은 요소적인 위협에의 맞섬, 힘찬 형식을 통한 안전, 제약적인 〈붙듦〉을 그 속성으로 한다.

그리스인들의 천성과 그리스 예술의 특성을 연관시키고 있는 이 편지에서 그는 단지 그리스 예술만을 말하고 있는 것이 아니다. 그는 〈예술의 궁극성 자체〉를 언급하기에 이른다.

고대를 살펴보는 일은 나에게 하나의 인상을 남겨 주었다. 그 인상은 나로 하여금 그리스인들을 더욱 이해가능하게 해줄 뿐 아니라, 예술의 궁극성 자체를 이

---

25) StA. V, S. 270
26) Ebd.

해토록 만들어 준다. 그 예술은 개념의 지극한 유동성이나 현상화 가운데서도 그리고 모든 진지한 의미성 가운데서도 보전하며 제 자신을 붙들고 있는 예술이다. 따라서 이러한 확실성은 모든 표지의 가장 으뜸 되는 양식인 것이다.[27]

휠덜린은 이처럼 예술을 한계 지으면서 보존해 나가는 형식으로 보고 있다. 개체의 전체성에의 돌진을 막아서고 그 개체를 보존하며 확실성을 부여하는 형식이 바로 예술이다. 시인은 절실한 개인적 삶의 필연성으로 급기야 확고한 〈정지〉를 강조한다.

많은 격동과 영혼의 감동에 이어서 나를 단단히 부여잡을, 얼마 동안이라도 그렇게 하는 일이 나에게는 필요했다. 나는 그동안 나의 조국의 도시에 살고 있다.[28]

시인은 한계를 넘어서는 위험과 파괴의 체험으로부터 예술의 확실성으로 돌아가고자 한다. 1802년 시인이 당면하고 예감하는 극도의 위협적인 정신상황을 반증해 주는 것이다.

---

27) StA. VI/1, S. 432 (An Casimir Ulrich Böhlendorff)
28) Ebd.

2. 시 「므네모쥔네」의 해석

찬가 「므네모쥔네」는 위에 서술한 후기 문학의 지평 위에서 그리고 뷜렌도
르프에게 보낸 편지에서의 체험의 지평 위에서 읽어야 할 작품이다. 그는
이 작품에서 무한성에의 동경을 감추지 않으면서도 모든 현실적 좌절과 무
상함을 머무름의 가능성으로 되돌리고자 한다. 〈해체의 고통〉[29]과 〈사라짐
에 대한 분노〉[30]로부터 새로운 삶으로 넘어갈 가능성을 추구한다. 그것은
이미 〈해체되어 버린 것에 대한 회상〉[31]으로 실현된다. 그런데 이 회상은
다분히 시간적·역사적 특성을 지닌 회상이다. 그리스어 시 제목 「므네모
쥔네」가 신화에서 뮤즈의 어머니이자, 예술의 모태로서의 기억과 회상을
연상시키고 있기는 하지만 횔덜린에 있어서의 회상은 일반화시켜 말하는
시적 영감으로서의 플라톤적인 회상 anammesis이나 인식과 계시의 연관
을 의미하는 아우구스티누스의 회상 memoria과는 구분된다.[32] 횔덜린의
회상과 기억은 인간적 체험세계 안에 그 대상을 가지고 있는 것이다.

　찬가 「회상」이 보르도에서의 구체적 체험을 회상하는 가운데 모든 무상
함을 넘어서는 가능성을 노래하고 있다면, 「므네모쥔네」는 먼 그리스세계
의 영웅들의 죽음을 회상하는 가운데 무한성에로의 유혹에 맞설 수 있는
머무름의 가능성을 추구하고 있다.

---

29) StA. IV, S. 283, "Werden im Vergehen"
30) Hegel, Phänomenologie des Geistes, 6. Auflage, Hamburg 1952, S. 413
31) StA. IV, S. 284
32) Cyrus Hamlin, Die Poetik des Gedächtnisses, in: HJb. 24(1984-85), S. 119ff.

1) 죽음에의 욕구와 충실

찬가 「므네모쉰네」의 제3초고(최종원고)[33]제 1연의 서두는 시인 스스로가 제압 당하고 있다고 느끼는 혼돈을 신의 다가섬으로 그리고 신과의 직접적인 대면이 초래할 위험성의 징후로 노래한다.

> 열매들 불길에 달구어지고 끓여져
> 또한 지상에서 시험받아 무르익었다.
> 모든 것이, 뱀처럼
> 예언적으로, 꿈꾸며
> 천국의 언덕 위에서 사라져 감은 또한 하나의 법칙이다.

> Reif sind, in Feuer getaucht, gekochet
> Die Frücht und auf der Erde geprüfet und ein Gesez ist
> Daß alles hineingeht, Schlangen gleich,
> Prophetisch, träumend auf
> Den Hügeln des Himmels.

지상에서 익을 대로 익은 열매들은 몰락을 향해 있다. 어떤 낯선 힘, 불길같이 타오르는 힘에 의해서 열매들은 익는다. 천국의 불길 같은 힘은 세속적인 지상의 삶을 시험한다. 비가 「빵과 포도주」의 한 퇴고에서

---

33) StA. II/1, S. 197-198: 바이스너의 판독에 따르면 시 「므네모쉰네」는 3개의 초고로 되어 있다. 매 초고는 다같이 3연×17행으로 구성되어 있는데 가장 심한 수정을 보여주고 있는 연은 제1연이다. 따라서 제3초고(최종원고)의 제1연은 가장 늦게 쓰여졌다 할 수 있고, 바이스너나 슈미트는 이 작품을 2-3-1연의 순서로 해석하고 있기도 한다. 이 작품의 제목은 「뱀 Die Schlange」이었다가 「님프 Die Nymphe」, 그리고 「므네모쉰네」로 바꾸어졌다.

마치 불길처럼, 신은
지상을 향해 온다. 지상에는 장미처럼
천국적인 것에 서툴러 대지는 무상하게 놓여 있다.
그러나 불길처럼 천국에서 우리에게 役事하며
불태우는 가운데 삶을 시험한다.

Unt[en] liege wie Rosen, der Grund
Himmlischen ungeschikt, vergänglich, aber wie Flammen
Wirket von oben, und prüft Leben verzehrend, uns aus.[34]

고 읊고 있으며, 찬가 「이스터 강」에서는

이제 오라, 불길이여!
우리는 한낮을 보기를 갈구하노라
또한 시험이 무릎을 스쳐 지나가면
한 사람 숲의 외침을 따르기 원하나니.

Jezt komme, Feuer!
Begierig sind wir
Zu schauen den Tag,
Und wenn die Prüfung
Ist durch die Knie gegangen,
Mag einer spüren das Waldgeschrei.[35]

라고 한다.

　피안에 살며 세속적인 것을 그 피안의 영역으로 넘어 오도록 역사하고
있는 힘 — 그것이 바로 불길로 상징되고 있는 천상의 힘이다. 이 힘은 세
속적인 것을 불 속에 담그고 불길 속에 타오르게 한다. 그리고 무제약의 영

---

34) StA. II/2. S. 600 (Lesarten, Brod und Wein)
35) StA. II/1, S. 190

역으로 넘어 오도록 유혹한다. 바이스너가 이 시구를 보편적인 〈죽음에의 욕구〉를 그리고 있다고 해석하는 것도 이 때문이다.[36]

　모든 것이 억제할 길 없는 운명의 힘 앞에서 상실되고 말 것이라는 위험이 이 시구에서 예감되고 있다는 것이다. 횔덜린에 있어서 〈하늘〉과 〈불길〉은 파괴적인 힘으로 나타난다. 「외디프스의 주석」에서 하늘은 불가항력의 〈자연력, 비극적으로 삶의 영역 안에 있는 인간들로 하여금 그 내면적 삶의 중심점을 다른 세계로 돌려놓고, 죽은 자들의 중심을 벗어난 영역으로 데려가는 그러한 자연력〉[37]이라고 해석되고 있다. 이미 앞서 뵐렌도르프에게 보낸 편지에 나타나듯 〈불길〉은 근원적인 힘의 지상에서의 삶에 대한 파괴적 에너지를 가장 순수하게 나타내 주는 은유이다. 후기 시에 들어서 〈도시들의 몰락〉이라는 주제가 자주 등장하고 그것이 〈불길〉을 통해 야기되는 것은 한편으로는 억제할 길 없는 인간적 천성을, 또 한편으로는 자연력의 불가항력적인 힘의 크기를 분명히 보이려 한 때문이다. 시 「민중의 목소리」나 「연륜」에서처럼 이러한 힘에의 붙잡힘은 개인에서부터 도시와 민중의 붙잡힘으로 상승되어 나간다.[38]

　그것은 〈불길〉의 은유가 신적인 힘에 연관되어 있다는 표상과 맥락을 같이 한다. 불길에 의한 파괴가 횔덜린의 시에서 무의미한 파멸이 아니라 새로 태어남의 전제로 읽히는 것은 그 까닭이다. 찬가 「파트모스 섬」의 한 초고에서 신적인 힘으로서의 불길은 〈죽도록 사랑하는 tödtlich liebend〉 신의 목소리로 표현되고 있다.

36) Friedrich Beißner, Hölderlins letzte Hymne, in: HJb. 1948/49, S. 95, auch in: Beißner, Hölderlin. Reden und Anfsätze, Köln-Wien 1969, S. 239f.
37) StA. V, S. 197
38) Jochen Schmidt, Hölderlins letzte Hymnen, S. 64f.

도시들에서, 신들의 목소리
죽도록 사랑하는 가운데 마치 불길과 같도다.

Wie Feuer, in Städten, tödtlich liebend
Sind Gottes Stimmen.[39]

「므네모쥔네」의 첫 구절은 이처럼 용인되는 불길의 무제약성과 세속의
한정된 것 사이, 뵐렌도르프에의 편지에 나타나는 천국과 지상의 파괴적
긴장을 노래하고 있는 것이다. 지상에서의 삶이 파괴되고 모든 것이 천국
을 향해서 죽음의 의욕에 사로잡히는 최후의 시간을 연상하게 만든다. 그
러나 〈뱀들처럼, 예언적으로 꿈꾸며〉라는 시구를 놓쳐서는 안 된다.

슈미트는 이 뱀들을 불길의 형상을 닮은 모습으로 죽음과 연관시키고
있으며,[40] 바이스너는 〈죽음의 동물〉로 해석하고 있다.[41] 그러나 해리슨은 〈
뱀의 지혜〉로 해석한다.[42] 불타는 혼돈 가운데서 보호를 제공하는 대지로
숨어들어 가는 뱀의 지혜는 모든 의구심 가운데 천국으로 넘어가는 열정과
맞세워져 있다는 말이다. 불길의 한 영상을 나타내는 뱀들을 시인이 시제로
까지 생각하지는 않았을 것이다. 이 시구는 차라리 찬가 「파트모스 섬」의

그러나 위험이 있는 곳에
구원도 따라 자란다.

Wo aber Gefahr ist, wächst
Das Rettende auch.[43]

---

39) StA. II/1, S. 185
40) Schmidt, S. 72
41) Beißner, S. 97
42) Robin Harrison, "Das Rettende" oder "Gefahr", in: HJb. 24(1984/85), S. 197
43) StA. II/1, S. 165

라는 구절을 연상시킨다. 이러한 의미에서만이 〈꿈꾸며, 예언적으로〉라는
말은 이해될 수 있다. 이제 시인은 죽음에의 유혹을 수긍하면서 한 가닥 구
원의 길도 예감하는 가운데, 하늘의 법칙에 상응하는 개인의 올바른 태도
방식을 노래한다.

> 그리고 많은 것은
> 마치 어깨 위에 지워진
> 장작더미의 짐처럼
> 보존되어야만 하나니.

> Und vieles
> Wie auf den Schultern eine
> Last von Scheitern ist
> Zu behalten.

지키고 보존해야 할 것은 많다. 도대체 시인이 지켜야 할 많은 것은 무
엇인가. 이 시의 제목과 연관시켜 볼 때, 그것은 회상 Gedächtnis이다. 그런
데 회상의 보존이 앞 선 시구의 혼돈에 대한 반립으로 나타난 것이 아니라,
그 연장선 위에 있는 것을 간과해서는 안 된다. 〈그리고 또한 und〉으로 이
어져 있는 것이다. 아도르노는 혼돈과 그 맞섬의 택일이 아니라, 이처럼 그
가운데 서서, 그 연장선에서 〈무엇을 잊지 않고 기억하는 자로서의 시인됨
의 존재증명〉이야말로 횔덜린의 특징적인 시인관이라고 지적하고 있다.[44]
성숙과 역사적 전개의 자연스러운 진행 가운데서 인간으로 하여금 신적인
무제약성으로의 유혹으로부터 보존하면서 위태롭지 않도록 그 신적인 것
을 중재하고자 하는, 횔덜린에게는 의문의 여지없는 시인됨의 과제이자 예

---

44) Th. W. Adorno, Parataxis. Zur späten Lyrik Hölderlins, in: Über Hölderlin, hrsg. v. J.
Schmidt, Frankfurt /M. 1970, S. 371

술의 법칙을 이 첫 구절은 역시 말하고 있는 것이다. 그러나 시인은 이 예술의 법칙으로부터 혼돈의 상태로 다시 눈길을 돌린다.

> 그러나 작은 길들은
> 험난하다. 말하자면 고삐 풀린 말들처럼
> 붙들린 요소들과 지상의 옛 법칙은
> 바르게 가지 않는다. 하여 언제나
> 하나의 동경은 무제약으로 향해 있다.

> Aber bös sind
> Die Pfade. Nemlich unrecht,
> wie Rosse, gehn die gefangenen
> Element' und alten
> Geseze der Erd. Und immer
> Ins Ungebundene gehet eine Sehnsucht.

넓고 평탄한 진로 대신 겸허하게 표현된 〈작은 길〉은 시인이 가는 길이다. 찬가 「파트모스 섬」의 한 단편에서 이 작은 길은 그림자도 없이 천국의 타는 듯 하는 열기에 내맡겨져 인간의 한계로서는 다닐 수도 없고 방향도 없는 것으로 나타나 있다.[45] 시인이 가는 길은 본래가 험난하고 위험한 길이다. 그럼에도 최소한 〈무제약적인 것〉에 반대 되는 제약의 의미를 내포하고 있다. 이러한 길이 「므네모쥔네」에서는 험난하다고 한다. 〈지상의 법칙〉이 그 힘을 잃고, 여느 때에는 붙들려 있었던 근원적인 자연력은 마치 고삐를 풀고 달아나려는 말들처럼 통제를 잃었기 때문이다.

비가 「빵과 포도주」에서 성스러운 광기를 지니고 있었던 디오니소스는 후기에 들어서면서 확고한 방향, 올바른 길, 제약된 공간, 잘 가꾸어지고

---

45) StA. II/1, 180, 62행 이하 및 이 장의 주 102) 참조

제 힘으로 서 있는 삶의 영역을 의미하는 신으로 재해석되고 있는 것도 잘
알려진 일이다.[46] 디오니소스는 휠덜린의 후기 시에서 잘못된 방향을 바로
잡는 〈지상의 신〉이다. 지상의 법칙이 더 이상 존재하지 않는다는 것은 이
지상의 신에 의해서 제시된 올바른 길이 더 이상 존재하지 않는다는 말이
다. 도취와 명정(酩酊)의 예술영역은 흔들림에 빠져 버리고 무제약에의 유
혹 가운데 인간은 〈기꺼이 총체성을 향해 가장 짧은 평탄한 길을 통해서 되
돌아가고자〉[47]한다.

이 길은 찬가 초안의 하나인 「그리스」의 제3초고에서 그려지고 있는 길
과 대조를 이루고 있다.

> 오 그대 운명의 목소리여, 그대 방랑자의 길들이여.
> O ihr Stimmen des Geschiks, ihr Wegen des Wanderers.[48]

이렇게 시작되는 시 「그리스」는 불길처럼 사랑하는 가운데 치명적인 신
의 목소리가 〈무한한 것〉으로 방랑하도록 이끌어가고 있다는 표상을 가지
고 있다. 그러나 시인은 신성의 도움으로 세속적인 삶을 지키려는 확고한
태세로 넘어간다. 즉,

---

46) J. Schmidt, Hölderlins später Widerruf in den Oden ≫Chiron≪, ≫Blödigkeit≪ und ≫
Ganymed≪, Tübingen 1978, S. 8. 참조: 슈미트는 휠덜린의 1803년 디오니소스에 대한
재해석을 그의 문학적 진행에서 취소 Widerruf를 대표적으로 제시해 보이는 것으로 해석
하고 있다. 특히 시 「유일자」에서 디오니소스는 〈척도와 확고한 정지의 신〉으로 변화되
고 있음을 주목하고 시인 스스로가 위협받고 있는 죽음에의 유혹에 맞서기 위한 한 방식
임을 설명하고 있다.
47) StA. II/1, S. 51, "Stimme des Volks"
48) StA. II/1, S. 257

그러나 신은 무한한
발걸음을 제약하나니.

[...] Ungemessene Schritte
Begränzt er aber,[49)]

라고 읊고 있는 것이다. 이 구원과 치유로써 제약은 역시 〈길〉로 상징된다.

그때 나무들의 드높은 그늘과 언덕 아래서 사는 일
감미로우며, 길이 교회당을 향해 포석으로 깔린 곳에
햇빛 비춰든다. 그러나 삶의 사랑으로부터
항시 침착하게 발걸음 복종하는 행려자에겐
길들 더욱 아름답게 피어난다.

Süß ists, dann unter hohen Schatten von Bäumen
Und Hügeln zu wohnen, sonnig, wo der Weg ist
Gepflastert zur Kirche. Reisenden aber, wem,
Aus Lebensliebe, messend immerhin,
Die Füße gehorchen, blühn
Schöner die Wege,[...][50)]

길에 보조를 맞추어 침착한 발걸음은 도를 넘은 한없는 걸음걸이와는 대조를 이룬다. 무분별한 발걸음이 무제약성을 향한 죽음에의 욕구라 한다면, 도량에 맞는 발걸음은 삶 가운데의 머무름, 삶에의 사랑에 속한다. 〈포석 깔린 gepflastert〉길은 확고함의 강조된 표현이다. 「므네모쥔네」의 〈험난한 böse〉 길은 이 도량에 맞는 발걸음이 따르지 않는 길이다.

---

49) StA. II/1, S. 258
50) Ebd.

〈갇힌 요소〉에 대해서도 살펴 볼 필요가 있다. 횔덜린이 말하는 요소는 형태도 없이 무한히 흐르는 원초적 힘으로 이해된다. 이 원소는 모든 형상화된 삶을 영적으로 감화시켜 그 형상의 해체를 초래한다. 〈천국의 불길〉이 이 원소와 같다는 사실은 말할 필요도 없다. 이 힘찬 요소는 「므네모쥔네」에서는 본디 갇혀 있는 것으로 그려져 있다. 인간적 삶이 계속 유지되자면 이 원소의 힘은 갇혀서 제약되어야 한다. 찬가 초안 「그리스」에서 지상의 확고함은 화산과 같은 요소들의 갇힘으로 비유되고 있다.

대지의 배꼽은
단단하기 때문이다. 말하자면 풀밭의 江岸에
불길과 보편적 요소들은
붙잡혀 있는 것이다.

Denn fest ist der Erde
Nabel. Gefangen nemlich in Ufern von Gras sind
Die Flammen und die allgemeinen
Elemente.[51]

지상의 신, 디오니소스의 옛 법칙이 사라져 버리고, 갇혀 제약된 요소들이 고삐를 풀고 날뛰는 말들처럼 길을 갈 때 그 길은 곧바르지도 않고 험난할 뿐이다. 이러한 혼돈 가운데 〈한 가닥 동경은 무제약을 향하게 된다〉. 그러나 다시 한 번 시인은 이러한 의구로부터 앞선 믿음을 반복한다.

---

51) StA. II/1, S. 258

그러나 많은 것은
붙들고 있어야 하나니. 그리고 충실함은 필연이로다.

Vieles aber ist
Zu behalten. Und Noth die Treue

앞에서 〈짐〉으로 규정된 많은 것의 붙듦이 혼돈과 죽음에의 유혹에 맞
세워지고 있다. 그리고 충실은 필연이라고 한다. 붙듦이 회상을 의미하는
것은 앞에서 본 바와 같다. 그러나 〈충실〉은 무엇을 말하는가.

이 충실은 이 시 자체의 맥락으로 보아서 지상에서의 삶에의 충실, 나
아가 예술영역에의 충실로 해석된다. 〈시간의 / 한 아들〉[52]로서 인간이 속
한 영역에의 충실이다. 그러나 이 충실은 횔덜린에 있어서 보다 각별한 의
미를 가진다. 그것은 〈불충실 Untreue〉에 대한 횔덜린의 의미부여와 연관
되어 있기 때문이다. 횔덜린은 「외디프스의 주석」에서 모든 비극의 근본을
〈신적인 불충실〉[53]이라 한다. 자신이 살고 있는 시대처럼 공허한 영혼이 신
적인 힘과 어떤 생생한 접촉을 느끼지 못하는 시대에 있어서 〈무위의 시간,
천국에의 회상이 빠져나가지 않도록〉,[54] 그리고 〈축복에 너무 넘쳐서 각자
가 스스로 만족하고 오만하게도 천국을 잊는〉[55] 위험으로부터 구출하고자
인간적인 삶 가운데 신은 직접적으로 모습을 드러내게 되는데, 그것이 바
로 신적인 불충실이다. 왜냐면 신의 직접적 출현은 인간으로서는 가증스럽
게 여길 만한 일이기 때문이다. 그것은 세계의 변혁이며 지금까지 존재해
온 모든 것에 대한 철저한 모순을 의미한다. 죽음과 파멸을 통해서 인간과
신이 만나는 현상이 신적 불충실의 한 양태인 것이다. 횔덜린이 『외디프스

52) StA. II/1, S. 38, "Natur und Kunst oder Saturn und Jupiter"
53) StA. V, S. 202
54) Ebd.
55) StA. II/1, S. 132, "Versöhnender der du nimmergeglaubt…" 1. Fassung

왕」을 가정비극으로서가 아니라, 전체적인 세계운명으로 파악한 것도 이를
근거로 한다. 〈불충실〉은 인간과 신이 일체를 이루면서 스스로를 망각하는
찰나적 현상이기도 한다. 신적인 것이 제 자신을 드러내는 현상을 〈모든 것
을 잊게 하면서〉[56] 라고 횔덜린이 말 한 것은 이 때문이다.

충실은 따라서 의식 가운데 인간적 한계에 머물러 신적 불충실을 가로
막으려 하는 노력이다. 〈필연〉이라는 말이 필연성보다는 오히려 애씀으로
이해된다는 말이다. 그런데 많은 것을 보존하려는 시인의 어려움은 이러한
노력 대신 시인 자신과 그 시대인들이 무시간성, 즉 〈불충실〉에 쉽사리 몸
맡기고자 하는 유혹 때문에 생겨난다.

시인은 다시금 그 보존의 어려움을 말한다.

그러나 우리는 앞을 향해서도 뒤를 향해서도
보려고 하지 않는다. 마치 호수의 흔들리는 배 위에서인 양
우리는 흔들림에 맡기고자 한다.

Vorwärts aber und rükwärts wollen wir
Nicht sehn. Uns wiegen lassen, wie
Auf schwankem Kahne der See.

처음으로 복수의 인칭대명사 〈우리〉가 등장하는 이 시구는 다시금 〈그
러나〉로 앞선 시구의 반전을 의미하고 있다. 케레니가 의미하는 대로 이 시
구가 어떤 완성의 경지[57]를, 뤼더스가 해석하고 있는 대로 〈충실〉의 형식을[58]
그리고 있다고 할 수 없는 것은 바로 이 〈그러나〉 때문이다. 오히려 바이스

---

56) StA. V, S. 202
57) K. Kerenyi, zit. nach Lüders Kommentar, S. 356
58) D. Lüders, Kommentar zu: Hölderlin, Sämtliche Gedichte, Bad Homburg 1970, S. 356

너와 네겔레가 해석하고 있는 것처럼[59] 충실에의 어려움 때문에 생겨난 일종의 절망적인 무감동의 상태 혹은 비탄으로의 전락이 더 타당하다고 할 수 있을는지 모른다. 아니면 목가적 안주일 수도 있다. 부르거와 드 망은 찬가 「라인 강」과 이 시구를 결부시켜 보고 있다.[60]

> 그 때문에 유한한 자는
> 놀라고 경악하는 것이니
> 그가 사랑하는 팔로
> 자신의 어깨 위에 올려놓은 하늘을 생각하고
> 그 기쁨을 짐으로 느낄 때,
> 그럴 때면 자주 그에게 최선의 것으로 여겨지는 것 있으니,
> 거의 온전히 잊혀진 채,
> 빛살이 불타지 않는 곳
> 빌러 호숫가 숲의 그늘 속
> 신선한 푸르름 가운데 있는 것,
> 그리고 아무렇게나 보잘 것 없는 음조로
> 초보자인 양 나이팅게일에게서 배우는 것이 그것이다.

> Drum überraschet es auch
> Und schrökt den sterblichen Mann,
> Wenn er den Himmel, den
> Er mit den liebenden Armen
> Sich auf die Schultern gehäufft,
> Und die Last der Freude bedenket ;
> Dann scheint ihm oft das Beste,
> Fast ganz vergessen da,

---

59) Beißner, ebd., S. 99 및 Rainer Nägele, Literatur und Utopie. Versuche zu Hölderlin, Heidelberg 1978, S. 148

60) H. O. Burger, Die Hölderlinforschung der Jahre 1940-1955, in: DVjS 30(1956), S. 363: Paul de Man, Hölderlins Rousseaubild, in: HJb. 15(1967/68), S. 208

Wo der Stral nicht brennt,
Im Schatten des Walds
Am Bielersee in frischer Grüne zu seyn,
Und sorglosarm an Tönen,
Anfängern gleich, bei Nachtigallen zu lernen.[61]

직분의 인식을 의미하는 〈어깨 위의 짐〉과 빌러 호수의 목가적 정경이
이 찬가에서는 대립해 있다. 말하자면 신성의 빛살을 피해서 뒤로 물러서
는 일[62]이 관심의 대상이다. 「므네모쥔네」의 앞과 뒤를 바라다보지 않으려
는 태도는 나름의 직분에 대한 모든 사고를 부정하고 중단하려는 태도와
일치한다. 목가적 충동이다. 그러나 이 목가적 충동은 〈우리〉의 보편적 충
동일 뿐 결코 시인 자신만의 충동이 아니다. 찬가 「회상」에서도 시인 자신
의 목가적 휴식의 충동이 노래된다.

그러나 나에게
짙은 빛깔로 가득 찬
향기 나는 술잔 하나 건네어 달라
그것으로 내 쉬고 싶으니,
그늘 아래의 한잠은 감미로울 터이기에.

Es reiche aber,
Des dunkeln Lichtes voll,
Mir einer den duftenden Becher,
Damit ich ruhen möge ; denn süß
Wär' unter Schatten der Schlummer.[63]

---

61) StA. II/1, S. 146f., "Der Rhein"
62) Mahr, Mythos and Politik in Hölderlins Rheinhymne, München 1972, S. 91ff. 참조. 여
기서 Mahr는 이러한 물러섬이 아닌 것으로 해석하고 있다.
63) StA. II/1, S. 188f., "Andenken"

우리는 시인 자신의 소박하고 간절한 소망이 그러나 단순히 가정법으로 〈denn süß / Wär' unter Schatten der Schlummer〉 표현되어 있음을 간과해서는 안될 것이고 〈그러나 머무는 것은 시인들이 짓는다〉는 결구를 다시 생각해야만 할 것이다.

「므네모쥔네」의 목가적 충동도 하나의 유혹일 따름이다. 그러한 유혹에의 답변을 우리는 제2연에서 듣게 된다.

2) 영혼의 상처 — 그 이중적 의미

> 그러나 이 사랑스러운 삶은? 대지 위에
> 우리는 햇볕을 보며 또한 메마른 먼지와
> 고향처럼 숲들의 그늘을 본다. 그리고 또한
> 첨탑의 오랜 덮개 곁 지붕들에서는 연기 평화롭게 피어오른다.

> Wie aber liebes? Sonnenschein
> Am Boden sehen wir und trockenen Staub
> Und heimatlich die Schatten der Wälder und es blühet
> An Dächern der Rauch, bei alter Krone
> Der Thürme, friedsam ; [...]

잠재우는 향기로운 술잔과 물결치는 빌러호수를 연상시키는, 혹은 무감동의 상태로 해석될 수도 있는 제1연의 종결구는 여기서 다시 한 번 〈그러나 aber〉로 반전된다. 이 〈그러나〉는 명백히 상반적 용법으로 해석된다.[64] 왜냐면 위의 시구는 현실을 잊고 사고를 정지시키는 목가적 특성보다

---

[64] Gregor Thurmair, Einfalt und einfaches Leben. Der Motivbereich des Idyllischen im Werk F. Hölderlins, München 1980, S. 210에서는 계속적 용법으로 보고 있다. 따라서 Idylle로의 계속적인 진전으로 제2연을 해석한다. Schmidt, 앞의 책. S. 56에서는 상반적 용법으로 보고 있다. 따라서 제2연은 무제약에의 혼란된 경향을 벗어난 사실적 가능성으로 해석한다.

는 전형적인 독일의 한 정경과 〈메마른 먼지〉처럼 현실적 상황을 환기시켜
주기 때문이다. 이러한 정경이 가지는 참된 의미는 독일의 〈본래적이며 국
민적인 것〉이며, 잠들게 하는 술잔이 아니라 잠 깨우는 〈서구적 주노적 명
징성〉[65]을 환기시키는 일이다. 이 정경이 그려내는 이미지는 태양을 직접
적으로 혹은 그 작용을 통해서 간접적으로 체험케 되는 가능성과 아울러
숲들이나 피어오르는 연기를 통해서 그늘 아래 그 태양으로부터 보호될 수
있는 가능성을 제기해 준다.

　　이어지는 시구는 이러한 해석을 뒷받침한다.

　　말하자면 천국적인 것
　　대답하면서 영혼에 생채기를 내었다면,
　　한낮의 표지들은 좋은 것이다.

　　[...] gut sind nemlich
　　Hat gegenredend die Seele
　　Ein Himmlisches verwundet, die Tageszeichen.

〈말하자면 nemlich〉이라고 이 시구는 시작된다. 앞선 시구에 대한 자신
의 해명이다. 한낮의 표지들은 〈하나의 천국적인 것이 영혼에 상처를 주었
을 때〉, 그 위협적인 한밤의 혼동에 있어 힘을 북돋는 하나의 자극이다. 이
러한 상처내기는 초고에는 애초에 〈한 천국적인 것 / 정신을 혼미케 했을
때〉[66]라고 쓰여 있던 것을 통해서 한층 명백해진다. 아폴론 신이 파트로클
로스를 혼미하게 만드는 호머의 「일리아스」 16권의 한 장면[67]과 뵐렌도르
프에게 보낸 편지에서의 〈아폴론 신이 나를 내리쳤다〉고 한 말을 상기시키

65) StA, VI/1, S. 426 (An Böhlendorff am 4. Dez. 1801)
66) StA. II/2, S. 822
67) Homor, Ilias XVI. 천병희 역, 「일리아스」, 종로서적 1982, 314면

는 것이다. 신성의 내리침으로서의 독일적 전경의 이미지는 〈천상의 불길〉
로부터 보호하고 국민적인 것, 그 고유한 것으로 되돌아가기를 재촉하는
한낮의 표지들이다. 이렇게 해석할 수 있는 것은 첫 번째 초고의 위 시구에
대신한 시구가 그 가능성을 제시해 준다.

> 그리고 종달새들
> 공중에 사라져 가며 우짖고, 한낮 가운데
> 천국의 양떼들 잘 인도되어 풀을 뜯도다.

> [...] und es girren
> Verloren in der Luft die Lerchen und unter dem Tage waiden
> Wohlangeführt die Schaafe des Himmels.[68]

종달새는 찬가 단편 「거인들」에서 〈빛을 향해서〉[69] 우짖으며, 그들은 바
라다보는 시인과 태양사이를 중재하는 새들과 다르지 않다. 〈한낮〉에 풀을
뜯는 〈천국의 양떼〉는 태양의 작렬하는 빛을 가로막고 있는 구름들이다.
이러한 이미지는 앞선 시구와 동일한 의미연관을 지니고 있는 것이다. 이
제 이러한 이미지들은 대지에서 나무들, 지붕, 첨탑, 공중을 나는 종달새와
구름으로 상승되는 시인의 눈길을 끝내 알프스의 정경으로 인도해 간다.

> 왜냐면, 마치 은방울꽃처럼
> 고귀한 품성 어디에 있는지
> 뜻하면서, 알프스의
> 푸르른 풀밭 위, 절반쯤
> 눈(雪)이 반짝이고 있기 때문이다.

---

68) StA. II/1, S. 193
69) StA. II/1, S. 218

Denn Schnee, wie Majenblumen
Das Edelmüthige, wo
Es seie, bedeutend, glänzet auf
Der grünen Wiese
Der Alpen, hälftig,

〈왜냐면 denn〉으로 이 시구는 시작된다. 〈한낮의 표지〉가 왜 좋은지를 말하려 한다. 시인은 알프스산맥에서 남방과 북방의 만남의 장소를 보고 있다. 세계정신의 독일을 향한 운행으로 자주 사용되는 횔덜린의 이러한 은유를 근거로 해서 바이스너나 뤼더스도 다같이 이 알프스의 정경으로부터 고대 그리스 Hellas와 서구 Hesperien의 범역사적 연관을 이끌어내고 있다.[70] 이 은유에서 초여름 녹아내리는 눈과 푸르른 초원의 균형이 야기 시키는 어떤 조화를 읽을 수 있으며, 그것은 그리스적 아폴론제국과 서구적인 명징성 사이의 균형으로 해석되는 것이다. 사실 이러한 균형을 지시하는 〈고귀한 것〉이라는 시어는 제 2연의 중심, 따라서 전체 찬가의 가장 중심에 놓여 있기도 하다. 횔덜린의 뜻은 제자신의 것으로의 완전한 회귀가 아니라, 바로 낯선 것과 새롭게 깨우친 제 자신의 것 사이의 균형을 말하고자 했다. 첫 번째 초고에 〈그리고 und〉로 쓰여 진 자리에 〈왜냐면 denn〉이라고 고쳐 쓴 것은 〈한낮의 표지〉가 지시해 보이고 촉구한 것이 바로 이러한 균형의 가능성, 말하자면 제 자신으로의 돌아감이었기 때문이다.

횔덜린에 있어서 〈천상의 불길〉은 그리스인의 천성이다. 호머에서 볼 수 있는 주노적(junonisch) 명징성, 표현의 명료성은 그들이 무제약적 천성으로부터 보호하기 위해서 외래적인 것을 익히고 자기화한 것일 뿐이다.

---

70) Lüders, ebd., S. 359. 및 Beißner, ebd., S. 83: 뤼더스는 〈hälftig〉를 겨울과 새로운 계절의 균형으로, 바이스너는 〈Schnee〉를 역사적 동절기의 종말로 읽고 있다.

서구인은 반대로 주노적 명징성을 천성으로 하고 〈천상의 불꽃〉을 무한히 동경한다. 횔덜린은 이제 뒤바뀐 천성의 현상에 당면해서 그리스인에게 특출한 것이 되어 버린 지상의 명징성을 되찾기 위해서 그들로부터 어쩔 수 없이 배워야 한다고 역설하고 있다.[71]

바로 이러한 근거로 시인은 이제 제 자신의 것을 찾아서 정신적 여행의 과정에서 알프스에 다다른 것이다. 시인은 이제 동반자를 상정하고[72] 그곳에서 읊는다.

> 거기 도중에 언젠가
> 죽어간 자들에게 세워진 십자가를 말하면서
> 드높은 거리를
> 한 방랑자 분노하며
> 그 다른 이와 더불어 멀리 예감하며
> 가고 있다. 그러나 이것은 무엇인가?

> [...] da, vom Kreuze redend, das
> Gesezt ist unterwegs einmal
> Gestorbenen, auf hoher Straß
> Ein Wandersmann geht zornig,

---

71) StA, VI/1, S. 426 (An Böhlendorff am 4. Dez. 1801)
72) 횔덜린의 어법 중 상대의 부름 Anrede은 특징적이다. 이러한 Anrede는 대화의 상대를 시안에 상정하려 하기 때문인데, 헤겔은 예술작품이란 〈반향 하는 가슴에의 물음과 말붙임 eine Frage, eine Anrede an die wiederklingende Brust〉이라고 정의한 바 있다. (참조. Hegel, Ästhetik, 2Bd., Frankfurt /M. 1955, Bd. 1., S. 79) 특히 물음은 상대 Du를 상정한 가운데 이루어진다 (참조. 시 「빵과 포도주」에서 〈그리고 이 궁핍한 시대에 시인은 무엇 때문에 존재하는가? und wozu Dichter in dürftiger Zeit?〉 등) 이러한 물음과 말붙임은 횔덜린의 후기문학에 특히 두드러져 보인다. Paul Böckmann, Der hymnische Stil in der deutschen Lyrik des 18. Jahrhunderts, in: Hymnische Dichtung im Umkreis Hölderlins, Tübingen 1965, S. 20f; Gerhard Kurz, Hölderlins poetische Sprache, in: HJb. 23(1982/83), S. 37

Fern ahnend mit
Dem andern, aber was ist diß?

방랑자, 다시 말해 시인은 분노에 차 있다. 그는 무제약을 향한 동경 가운데 자신의 동질성을 잃을 위험에 봉착해 있다. 마치 〈파괴를 기꺼워하면서, 급변하는 시간을 다만 뒤따르고 있는 분노하는 과잉으로 외디프스를 인도하는 분노하는 예감〉[73]을 상기시키는 듯하다. 그러나 시인은 안티고네나 외디프스와는 달리 하나의 명백한 확신을 동반하고 있다. 그는 〈드높은 길〉을 가고 있는 것이다. 이제 〈길〉은 험난해 보이지 않는다. 「파트모스섬」의 첫 시연에 노래되고 있는 〈알프스의 아들들 / 두려움 없이 건너는〉[74] 위험한 심연 위의 높은 길 위에 서 있다. 그런데 다른 이들은 여기서 — 혹은 비슷한 정신적 상태 가운데서 죽었다. 십자가, 혹은 수난비(受難碑)로 보이는 십자가가 이를 말해 준다. 이 수난비는 동일한 정신적 상태에서 죽어간 사람들에 대한 하나의 추념비이다. 그 수난비는 과거를 회상케 하고 무시간성 가운데 몸 맡겨 보려는 유혹에 대해서 경고한다. 죽어간 사람들은 과거를 대표하여 시간의 영역 안에 머물러 있는 한 방식을 제공할 뿐만 아니라, 맞서야 할 위험을 지시해 보인다. 알프스의 산맥에 놓여 있는 십자가는 기념이기도 하거니와 하나의 경고인 것이다. 시인은 조화된 예술의 영역에서 그 법칙에 충실하면서 두려움 없는 길 위에 살다가 역시 시간으로 인해서 죽어간 사람들의 표지를 보면서 묻고 있다. 〈그러나 이것이 무엇이란 말인가?〉 시인은 십자가에의 대화에 만족하지 않으며 그의 여행을 계속하고자 한다.

---

73) StA. V, S. 197f.
74) StA. II/1, S. 165

3) 죽음에의 회상과 머무름의 필연

시인은 〈멀리 예감하면서〉 십자가에 대해서 말하는 동안 알프스의 수난비만을 생각하고 있었던 것이 아니라, 어쩌면 역사적 신들의 세상, 그 종말을 알리는 그리스도의 십자가에 매달림을 생각했을지도 모른다. 그러나 이제 3연은 한층 더 먼 과거로 나아간다. 그는 신들의 세상 초기에 죽어간 그리스의 영웅들을 생각한다.

> 무화과나무에 나의 아킬레스는
> 나로부터 죽어갔고
> 아이약스는
> 해변의 동굴 곁
> 스카만드로스 가까운 곳 냇가에 죽어 있다.
> 관자놀이에 한때 부는 바람, 미동도 하지 않는
> 사라미스의 단단한 습속에 따라
> 낯선 곳에서 위대하게 아이약스는
> 죽었다.
> 파트로클로스는 그러나 왕의 갑옷을 입은 채 죽었다. 그리고 또한
> 많은 다른 이들도 죽었다. 그러나 키타이론 산 곁에는
> 므네모쥔네의 도시, 에레우터라이가 쓰러져 있었다.

Am Feigenbaum ist mein
Achilles mir gestorben,
Und Ajax liegt
An den Grotten der See,
An Bächen, benachbart dem Skamandros.
An Schläfen Sausen einst, nach
Der unbewegten Salamis steter
Gewohnheit, in der Fremd', ist groß
Ajax gestorben
Patroklos aber in des Königes Harnisch. Und es starben

Noch andere viel. Am Kithäron aber lag
Elevtherä, der Mnemosyne Stadt.

제2연에서 제기된 죽은 자들에 대한 회상은 제3연에 들어서 전체시연을 온통 죽음의 표상 아래 놓이게 한다. 죽음을 말하는 동사들 〈gestorben〉, 〈starben〉, 〈lag〉은 매번 시행의 끝에 놓여서 그 강렬한 반복과 병렬을 드러내고 있다. 아킬레스, 파트로클로스 그리고 아이야스의 죽음에 대한 묘사는 전설 그대로이다.[75]

〈나의 아킬레스 나로부터〉와 같은 표현에서 느낄 수 있는 바처럼 영웅과 시인의 밀접한 관련성이 이 시구에 흐르고 있다. 회상 안에서 차츰 발현되는 시인적인 것과 영웅적인 것의 동일화는 종국적으로 역시 시간 안에 존재하는 필멸의 운명에 귀속된다.

알프스산맥의 중간에서 죽어간 사람들처럼 이들 영웅들은 하나의 경고를 나타낸다. 왜냐면 이들은 시 「민중의 목소리」에서 크산토스의 사람들이 스스로 죽음에의 욕구에 제물이 된 것과 다름없이 〈무제약〉에의 매혹에 자극 받아서 전쟁터에서 혹은 스스로 죽어간 사람들이기 때문이다. 아킬레스나 파트로클로스는 죽음을 피하려 하지 않았다. 호머의 「일리아스」에서 죽어 가는 헥토르가 죽음을 예언하자 아킬레스는 〈내 자신의 운명을 제우스와 다른 불사신들이 이를 이루기를 원할 때에 언제든지 받아들이겠다〉[76]고 말한다. 파트로클로스는 트로야인들을 배로부터 내쫓고 나서 그들을 추격하지 말라는 아킬레스의 지시를 어긴 나머지 아폴론의 공격을 받고 결국 헥토르에 의해 살해당한다.[77] 이제 시인에게 더욱 중요한 영웅은 아이야스

---

75) StA. II/2, S. 828f. 바이스너의 주석
76) Homer, Ilias 천병희역, 410면
77) 같은 책, 293면이하 제16권

이다. 아테네 여신이 정신착란으로 몰아 자살에 이르고 마는 이 아이약스의 죽음을 횔덜린은 파트로클로스가 왕의 갑옷(아킬레스의 갑옷)을 입고 만인이 보는 전쟁터에서 죽어간 것과 대조시켜 강조하고 있다. 아킬레스의 죽음과 파트로클로스의 죽음을 앞뒤에 놓고 그 사이에 가장 많은 언급을 아이약스의 죽음에 던지고 있는 것도 그의 죽음을 강조하려는 뜻이다. 아마도 다른 두 영웅의 죽음보다 아이약스의 죽음이 보다 더 많이 시인의 마음을 끌고 있는 것 같다. 그의 죽음은 시인 자신을 위협하고 있는 바로 그러한 죽음으로도 보인다. 〈낯선 곳〉에서 〈미동도 하지 않는 사라미스의 확고한 습속에 따라〉 죽어간 아이약스의 죽음은 낯선 아폴론의 나라에 내맡겨진 서구의 시인을 위협하는 죽음을 연상케 하기 때문이다. 그러한 아이약스의 죽음은 위대했다고 한다. 시인은 분명 제 스스로 택한 그의 죽음을 비난하고 있는 것이 아니라, 오히려 더욱 장렬한 것으로 보고 있다. 제 2초고에서는 그 죽음에의 찬사가 이렇게 노래되고 있다.

> 바람결에 정령으로부터 용감해져서
> 고향 사라미스의 감미로운 습속에 따라
> 낯선 곳에서
> 아이약스는 죽었다.

> Vom Genius kühn ist bei Windessausen, nach
> Der heimatlichen Salamis süßer
> Gewohnheit, in der Fremd'
> Ajax gestroben[78]

마지막 원고에서 〈관자놀이에 부는 바람〉으로 바뀌진 〈정령 Genie〉이

---

78) StA. II/1, S. 194

라는 단어는 인간의 힘으로는 억제할 길 없고 파악할 길 없는 거대한 힘이
다. 후기의 한 단편에서 〈그러나 자주 / 관자놀이의 주위에는 무엇인가 일
어나고 / 그것은 알 길 없어라〉[79]고 했을 때, 관자놀이에 부는 바람과 정령
은 같은 심상을 가지고 있다. 이 바람과 정령은 우리 인간이 체험할 수 있
는 마지막 감동의 마법화이다. 소설 『휘페리온』에서 〈신비하게 느껴 오는
정신적 바람결〉[80]로 표현되고 있는 바람 Sausen/Wehen과 정령의 상징적
일치성은 송가 「시인의 사명」에 이르러서는 소명의 순간을 형상화시키는
데에 적용된다.

> 맨 먼저 경이롭게,
> 그대 머리단을 붙잡고 잊지 못하도록
>
> 예기치 않은 정령
> 창조적인 자 우리에게로 신적으로 다가왔을 때 [...]

> Wo wunderbar zuerst, als du die
> Loken ergriffen, und unvergeßlich
>
> Der unverhoffte Genius über uns
> Der schöpferische, göttliche kam,[...][81]

아이약스의 죽음은 따라서 시인적 죽음의 한 모습으로 회상되고 있는
것이다. 그의 죽음이 〈흔들리지 않는 사라미스의 감미로운 습속에 따라〉
일어났다는 표현은 분명하게 해석하기 어렵다. 그러나 아킬레스에 이어 두

---

79) StA. II/1, S. 333, "Pläne und Bruchstücke" Nr. 60
80) StA. III, S. 50, "Hyperion"
81) StA. II/1, S. 46

번째로 위대한 영웅인[82] 아이약스의 힘찬 저항과 단단한 의지와 연관시키
고 있다고 볼 수 있다. 핀다르의 승리가 Siegesgesang들이 전개시키고 있는
것처럼, 영웅적 행위를 태어난 고향의 자연과 밀접하게 연관시키는 것이
여기에도 반복되고 있는 듯하다. 다 아는 바처럼 횔덜린은 핀다르의 승리
가들을 번역한 바 있거니와 찬가 「라인 강」에서는 〈왜냐면 / 그대 시작했던
대로 머물게 될 터이기 때문이다 / [...] / 대부분은 말하자면 / 태생을 좋아
하나니〉[83] 라고 그 역시 읊고 있는 것이다.

위 시구에 이어서 제 1초고는 이렇게 계속해서 노래하고 있었다.

그리고 또한
많은 이들도 죽었다. 제 자신의 손으로
많은 슬픈 자들, 거친 용기에 따라, 그러나
결국 신적으로 강요받아 죽었다. 허나
다른 사람들 숙명의 한가운데 서서 전쟁터에서 죽었다.

[...] Und es starben
Noch andere viel. Mit eigener Hand
Viel traurige, wilden Muths, doch göttlich
Gezwungen, zulezt, die anderen aber
Im Geschike stehend, im Feld [...][84]

비극적으로 거친 용기에 따라 제 자신의 손으로 죽어간 사람들 — 크산
토스의 사람들, 시저의 승리에 분노를 느끼고 제 자신의 칼로 죽은 카토,
공화정적인 자유를 위해 싸웠던 시저의 살해자 부루투스의 운명들을 상기

82) Homer, Odyssee XI, S. 510f.
83) StA. II/1, S. 143
84) StA. II/1, S. 194. 제2초고 역시 동일함. S. 196

시키는바,[85] 이들은 삶 가운데서 싸워서 얻을 수 없는 자유를 죽음 가운데서 찾으려 했던 슬픈 자들이다. 아이약스도 포함되는 이들의 죽음에 대한 회상 가운데서 시인은 무조건적인 자유에로의 지향을, 무제약을 향하는 충동을 말하고자 했던 것이다.

그러나 마지막 초고는 위의 무제약을 향한 충동 가운데서의 죽음에 대한 회상 대신에 이렇게 고쳐 쓰고 있다.

그리고 또한
많은 이들도 죽었다. 그러나 키타이론 산 곁에는
므네모쥔네의 도시, 에레우터라이가 쓰러져 있었다. 또한
신들이 그 외투를 벗었을 때, 이어 저녁 어스름 머리단을
풀었도다.

Und es starben
Noch andere viel. Am Kithäron aber lag
Elevtherä, der Mnemosyne Stadt. Der auch als
Ablegte den Mantel Gott, das abendliche nachher löste
Die Loken.

이 시구는 이에 앞선 시구의 죽음에의 회상이 가지는 의미를 보다 명백하게 해주고 있다. 여전히 죽음의 인상이 계속 두드러진 가운데 이제 예술의 죽음이 영웅들의 죽음에 병렬되어 나타난다. 그 참된 의미는 그러나 병렬 가운데의 맞섬인 것으로 보인다.

---

85) 횔덜린은 플루타르크의 작품집을 가지고 있었다. 소설 『휘페리온』에서도 플루타르크 이야기를 하고 있으며, 노이퍼에게 보낸 편지(Brief Nr. 167)에서는 부루투스에 대해서 말하고 있다.

죽음에의 욕구가 하나의 유혹이었을 때 뮤즈의 어머니 므네모쥔네는
지상에 하나의 거처를 지니고 있었다. 뮤즈로 상징되는 예술이 무제약으로
의 동경에 균형점을 형성해 주고 있었던 것이다. 그러나 신들의 세상에 종
말이 다가 왔을 때, 그리스인들의 본래성이 상실되었을 때, 므네모쥔네의
도시는 폐허에 이르게 되었다. 단편 「그대 그렇게 되어야 한다고 생각한다
면…」에서는 전체 그리스의 폐허가 이 예술의 어머니 므네모쥔네의 폐허와
일치를 이루고 있다.

> 그들은 예술의
> 제국을 세우고자 했다. 그러다가 그들은
> 조국의 것을 소홀히 하게 되어
> 더없이 아름다운 그리스는
> 가련하게도 멸망하고 말았다.

> [...] Nemlich sie wollten stiften
> Ein Reich der Kunst. Dabei ward aber
> Das Vaterländische von ihnen
> Versäumet und erbärmlich gieng
> Das Griechenland, das schönste, zu Grunde.[86]

예술의 신, 뮤즈의 어머니인 므네모쥔네의 도시 에레우터라이의 폐허
— 그것은 무제약성에로의 동경에 대응하는 힘의 상실로 그려져 있는 것이
다. 한편 〈신들이 외투를 벗었을 때〉는 어떠한가.
인간적인 것이 천상적인 것에 의해서, 유한한 것이 무한한 것의 엄습으
로 인해 위협 당하지 않도록 중재하는 일이 시인의 으뜸 되는 직분인 것은
시 「마치 축제일에서처럼…」을 위시해서 도처에 나타나는 횔덜린의 시인

---

86) StA. II/1, S. 228

관이다. 이러한 중재자적인 시인의 사명은 차츰 신성의 숨김으로 표현된
다. 단편 「그리스」에서 하늘을 〈넓고 순수한 덮개 breit lauter Hülle〉[87] 라 하
고 하늘을 이와 같은 순수한 덮개로 표현해 내는 과제를 문학에 제시하는
것도 그 때문이다. 신성의 덮개에 가까운 은유는 옷(Kleid, Gewand, Mantel
등)이다.

> 나날이 그러나 경이롭게도 인간들을 지극히 사랑하여
> 신은 옷을 차려 입는다.
> 또한 그의 모습은 인식을 숨기고
> 기예로써 대기를 덮는다.
> 또한 대기와 시간도
> 두려워하는 자를 덮나니, 너무도
> 그를 기도와 함께 사랑치 않도록 하기 위함이라.

> Alltag aber wunderbar zu lieb den Menschen
> Gott an hat ein Gewand.
> Und Erkentnissen verberget sich sein Angesicht
> Und deket die Lüfte mit Kunst.
> Und Luft und Zeit dekt
> Den Schröklichen, daß zu sehr nicht eins
> Ihn leibet mit Gebeten óder
> Die Seele.[...][88]

이처럼 신은 인간을 사랑하기 때문에 그 직접성, 〈천국의 불길〉의 마법
적인 힘에 의해서 사멸하지 않도록 옷을 걸치고 자신의 모습을 숨긴다. 신
은 〈목소리와 함께 밖으로부터 / 자연처럼 나타나거나 간접적으로 성스런

---

87) StA. II/1, S. 257
88) StA. II/1, S. 257f.

문자를 통해서)[89] 모습을 나타낼 뿐이다. 따라서 〈신이 외투를 벗었을 때〉 저녁의 어스름이 머리단을 헤치는 것은 횔덜린의 표상세계에서 당연한 귀결이다. 〈저녁과 같은 것〉이라는 표현만이 한낮의 종말과 사멸을 나타내고 있을 뿐 아니라 〈머리단을 푸는 일〉 역시 죽음과 종말을 나타내는 은유인 것이다.[90]

「므네모쥔네」의 종결구는 이러한 무제약에의 동경과 그로 인한 종말에의 예감에 맞서서 〈예술〉의 실존을 선언한다.

> 말하자면 천국적인 것들
> 어느 누군가 영혼을 달래면서 가다듬지 아니하면
> 꺼려하나니, 그렇지 않아도 가다듬어야 할 일. 그와
> 같은 자에게 비탄은 잘못이도다.

> Himmlische nemlich sind
> Unwillig, wenn einer nicht die Seele schonend sich
> Zusammengenommen, aber er muß doch ; dem
> Gleich fehlet die Trauer.

저녁과 같은 어스름의 운명은 영혼의 힘들이 앞을 다투어 무제약으로 빠져 버리려 할 때 다가오는 법이다. 〈가다듬고 집중하다zusammennehmen〉는 이러한 무제약으로의 기울어짐에 대응하는 에너지의 표현이다. 이 에너지는 〈도를 넘침 Ungemessenes〉, 무제약을 향한 발걸음을 물리치고 지상에서의 아름다운 머무름을 보장하는 힘이다. 횔덜린은 그러나 이러한 에너지 역시 조력하는 신성의 은혜로 돌린다. 찬가 초안 「그리스」는 노래한다.

---

89) StA. II/1, S. 163, "Der Einzige"
90) Beißner, S. 101f.

도를 넘치는 발걸음
그러나 신은 제약하나니, 그러면 마치 황금빛으로
만개한 꽃들처럼 영혼의 힘 그 친화력을 모은다.
하여 기꺼이 지상에선
아름다움 깃들고 어디엔가 한 정신
보다 한뜻으로 인간에 어울리는 도다.

[...] Ungemessene Schritte
Begränzt er aber, aber wie Blüthen golden thun
Der Seele Kräfte dann der Seele Verwandtschaften sich zusammen,
Daß lieber auf Erden
Die Schönheit wohnt und irgend ein Geist
Gemeinschaftlicher sich zu Menschen gesellet.[91]

시 「민중의 목소리」에서도 〈드높은 자, 때때로 인간들의 가는 길을 방해하고〉[92]라 하며, 찬가 「유일자」에서는 〈그러나 무제약적인 것 / 신은 증오하나니〉[93]라고 읊고 있다. 그럼에도 불구하고 그리스의 영웅들은 그처럼 영혼을 가다듬고 집중하지 않아도 될 정당성을 가지고 있다. 자신의 조국적인 것에 알맞게 행동한 때문이다. 그러나 시인에 있어서 더구나 서구의 시인에 있어서 이러한 선례를 쫓아서 죽음의 유혹에 몸 맡기는 일은 하나의 잘못을 저지르는 것이다. 마지막 시구의 〈비탄 Trauer〉은 이러한 맥락에서 해석되어야 한다.

이 찬가의 열쇠말인 마지막 시구 〈그러한 자에게 비탄은 잘못〉이라는 표현에서의 〈비탄〉은 지금까지 죽음에 대한 비탄, 즉 애도의 의미로 해석

---

91) StA. II/1, S. 258
92) StA. II/1, S. 52
93) StA. II/1, S. 159

되어 왔다. 퍼니스는 물론[94] 슈미트도 〈위대한 자와 아름다운 자의 몰락에 대해 회상하는 시인을 엄습하고 있는 거친 비애〉[95]로 읽고 있으며, 렌슨 역시 〈그리스의 멸망에 대한 비탄〉[96]으로, 호프는 〈비극적 과정을 생각케 하는 거칠고 하소연이 깃든 비탄〉[97]으로 해석한다. 〈부족하다, 없다〉의 뜻으로 'fehlen'을 보지 않고 〈틀리다, 잘못되다, 과실을 범하다 irren, sündigen〉의 뜻으로 이 동사를 생각할 때, 'Trauer'를 죽음에의 비탄으로 보는 모든 해석들은 마치 시인이 그리스의 영웅들이나 므네모쥔네의 도시 에레우터라이의 사멸에 대해 회상하는 일이 잘못된 일로 결론짓게 만든다. 그러나 오히려 이 찬가에서는 과거를 회상하는 가운데 〈많은 것은 보존되어야 한다〉는 생각으로 가득 차 있다. 그 회상이 과오라는 어떤 암시도 이 찬가 안에서는 찾을 수 없는 것이다.

영혼을 추스려 모아야 할 자에게 오류와 잘못으로 드러나는 비탄은 어떤 비탄인가. 바이스너는 이 비탄을 인간이 빠져서는 안될 〈죽음에 이르는 비탄〉으로 해석하고 있다.[98] 이때 무감동의 경지는 이러한 비탄에의 유혹이라고 해석하고 있는 것이다. 그렇다면 죽은 자에 대한 비탄이라기보다는 초연한 무감동의 한 상태로서 이 마지막 시구의 〈비탄〉은 해석됨직도 하다. 횔덜린의 시에 등장하는 〈비탄〉은 두 가지 의미로 사용된다.

비통함 Traurigkeit이라는 일반적 의미로 쓰이기도 하지만, 근본적이며

---

94) Raymond Furness, The Death of Memory, An analysis of Hölderlin's hymn 'Mnemosyne', in: Publications of the English Goethe Society, New Series 40(1970), S. 30-68
95) Schmidt, ebd., S. 68
96) Flemming Roland Jensen, Hölderlins 'Mnemosyne'. Eine Interpretation, in: ZDP 98(1979), S. 221 및 228
97) Walter Hof, 'Mnemosyne' und die Interpretation der letzten hymnischen Vesuch Hölderlins, in: GRM 32(1982), S. 418ff.
98) Beißner, ebd., S. 88f. u. 91, 99

어원을 거슬러 가서야 파악되는 다른 의미로도 사용되고 있다. 클루게의
「어원 사전」에 따르면 〈비탄하다 trauern〉라는 말은 앵그로 색슨어족에서
〈맥풀리다 drüsian〉와 관련되어 있고, 파울의 「독일어 사전」에 따르면 고트
어족의 〈추락하다, 쓰러지다 driusan〉와 어원을 같이 한다. 〈(눈길을) 떨구
다 truren〉라고 표현하고 있는 오트프리트의 용법을 결부시킬 때, 〈(머리를)
떨구다〉라는 의미와도 상통하고 있다고 이 사전은 해설한다.[99] 횔덜린은
실제 이러한 의미로 〈비탄하다〉라는 동사를 쓰고 있다.

> 나무는
> 고향의 대지를 뚫고 솟아 있다. 그러나 그의
> 사랑스럽고 싱싱한 팔들은 아래로 가라앉고
> 또한 그는 (눈길을) 떨구어 머리를 숙이고 있다.

> [...] der Baum entwächst
> Dem heimatlichen Boden, aber es sinken ihm
> Die liebenden, die jugendlichen
> Arme, und *trauernd* neigt er sein Haupt.[100]

여기서 〈비탄하면서〉라는 시어는 이 구절의 맥락 속에서 〈눈길을 떨구
면서〉가 더 정확한 옮김이 되고 그렇게 해석된다. 시 「그녀의 치유」에서도
비슷한 용법은 보인다.

> 성스러운 자연, 오 그대, 그렇게 자주
> 내 머리 떨구고 주저앉았을 때, 미소 지으며
> 의혹하는 머리를 은혜의 화환으로 장식해 주었도다
> 청춘의 자연이여, 지금도 여느 때처럼 그렇게!

---

99) Zit. nach Harrison, ebd., S. 205
100) StA. II/1, S. 12, "Rousseau" (이탤릭체 필자)

Heilge Natur, o du, welche zu oft, zu oft,

Wenn ich *trauernd* versank, lächelnd das zweifelnde

Haupt mit Gaaben umkränzte,

Jugendliche, nun auch, wie sonst![101]

이때에는 〈머리를 떨구고서 trauernd〉와 〈의심하면서 zweifelnd〉가 동일한 의미망 안에 놓여 있는 것이 주목된다. 찬가 「파트모스 섬」 초고의 한 단편은 〈비탄함〉과 〈의심함〉이 서로 대체될 수 있는 말로서 생각되었음을 보여주기도 한다.

왜냐면 명성도 꺼져버리고 더 이상 사람들의 눈길도 끌 수 없을 때

그림자도 없이 길들은 의혹하고 [비탄하고] 또한 나무들도 그러하거니.

Denn wenn erloschen ist der Ruhm dis Augenlust und gehalten nicht mehr

Von Menschen, schattenlos, die Pfade zweifeln[LA: *trauernd*] und die Bäume.[102]

여기서 〈길〉의 표상은 「므네모쥔네」의 사나운 길을 연상시키며 한 자락 그늘도 주지 않는 숲들의 표상 역시 그러하다. 여기서의 〈trauern〉은 앞서 「므네모쥔네」에서 길의 영상에 주어진 것처럼 예술영역의 파멸과 연관되어 있다.

「므네모쥔네」에서의 〈비탄〉은 결국 죽음에의 욕구에 맞설 수 없어 고개 떨구는 무력함을 의미한다. 이러한 비탄이 잘못 내지는 오류라는 말이다. 죽어간 그리스 영웅들에 대한 회상은 오류가 아니다. 그 회상은 오히려 무제약을 향한 동경에 맞서게 하는 명백한 의식을 촉구시킨다.

---

101) StA. II /1, S. 23
102) StA. II/1, S. 180 및 II/2, S. 786

3. 머무름의 참뜻

「므네모쥔네」을 읽고 나면 거의 같은 때 쓰여진 찬가 「회상」의 한 구절이
연상된다.

> 영혼도 없이 죽음의
> 상념에 놓여 있는 것은
> 좋은 일이 아니다. 허나
> 하나의 대화는 좋은 것이며
> 가슴의 뜻을 말하고 사랑의 나날과
> 일어난 행위에 대해 많이 들음은 좋은 일이다.

> Nicht ist es gut,
> Seellos von sterblichen
> Gedanken zu seyn. Doch gut
> Ist ein Gespräch und zu sagen
> Des Herzens Meinung, zu hören viel
> Von Tagen der Lieb',
> Und Thaten, welche geschehen.[103]

그리고 〈죽음의 상념〉에 대해서는 일찍이 동생에게 쓴 바 있다.

허무, 마치 심연처럼 우리를 에워싸고 입 벌리고 있는 허무. 혹은 형상도 없고
영혼도 없으며, 또한 사랑도 없이 우리를 뒤쫓고 있는, 인간사회와 행위들 가운
데의 수많은 그 무엇으로부터 흩뿌려지고 있는 허무.[104]

이러한 죽음의 상념은 시적 상념이 아니다. 그것은 일상의 충동들처럼

---

103) StA. II/1, S. 189
104) StA. IV/1, S. 253 (An den Bruder)

무상한 상념일 따름이다. 이런 상념에 빠지지 않고 이것에 맞서는 일이 시적인 것을 보존하게 한다. 드높고 아름다운 과거에의 회상으로부터 현재의 허무에 맞서는 일은 삶의 가능성의 내면화인 것이다.

이제 나아가 찬가 「라인 강」의 한 구절도 떠오른다.

죽을 때까지
한 인간 역시
기억 속에 최선의 것을 지닐 수 있고
그때 그는 지고함을 체험하노라.
다만 인간 각자는 자신의 척도를 지니는 법
불행을 견디기도 어렵지만
행복을 견디기는 더욱 어려운 탓이다.

[...] bis in den Tod
Kann aber ein Mensch auch
Im Gedächtniß doch das Beste behalten,
Und dann erlebt er das Höchste.
Nur hat ein jeder sein Maas.
Denn schwer ist zu tragen
Das Unglük, aber schwerer das Glük.[105]

「므네모쥔네」의 종결구 〈그와 같은 자에는 비탄으로 무력해짐은 하나의 잘못이도다〉가 왜 제 1연에서 두 번 반복되는 〈그러나 많은 것은 지켜야만 하나니〉라는 회상의 당위와 맞물려 있는지 분명해진다.

지상의 견디기 어려운 현세적 〈불행〉과 더욱 견디기 어려운 천국에의 유혹, 자유에의 유혹, 무제약에의 감미로운 유혹 — 그 〈행복〉 — 사이에서 회상은 시인을 그 자리에 머물게 하는 것이다.

---

105) StA II/1, S. 148

이러한 머무름은 결코 목가적 체념을 의미하거나 무위의 식물적인 삶을 의미하지 않는다. 이즈음 쓴 것으로 보이는 찬가 「유일자」의 초고 한 구절은 이렇게 노래한다.

> 본디
> 환영에 가득 찬 광야는 언제나 힘찬 것
> 죽음을 유혹하는 것, 하여
> 순수한 진리 가운데 머무는 것은
> 하나의 고통이어라
>
> Ohne diß ist
> Gewaltig immer und versuchet
> Zu sterben eine Wüste voll
> Von Gesichten, daß zu bleiben in unschuldiger
> Wahrheit[106]

순수한 진리 가운데 머무름이 구원의 가능성이자 또한 커다란 고통인 것 — 이 머무름의 영원한 갈등을 「므네모쥔네」는 노래하고 있다. 이러한 갈등 가운데서 실로 어둡고 무망한 대지에의 머무름을 시인은 끝내 스스로에게 다짐한다. 그리고 그 머무름을 순수한 진리와 병렬해 놓고 있다.

이 머무름의 참뜻은 어디에 있는가. 〈어두움 가운데 / 독수리들이 살고 Im Finstern wohnen / Die Adler〉[107]있는 것처럼 우리는 심연에 살고 있으며 또 거기에 살아야 한다고 횔덜린은 노래한다. 본래성으로의 복귀로서 심연에 사는 일은 주장하고 계산하는 이성일변도의 삶에 마주 세워지는 삶이다. 횔덜린에 있어서 그것은 시적 삶의 고유한 양식인 것이다. 〈인간은 어

---

106) StA. II/2, S. 745, "Lesarten, Der Einzige"
107) StA. II/1, S. 165

떻든 시적으로 이 지상에 살고 있다〉는 앞서 인용된 시구의 의미도 이 심연에 깃듦과 연관되어 있다. 이 시구는 이성적 삶도 그렇다고 허구 속에 폐쇄된 삶도 의미하지 않는다. 모든 이데올로기와 불타는 열정과 이념적 공허와 감상을 포기하며 모든 것을 질서 안에 정리하고 한 손아귀에 붙들어 잡으려는 의지를 포기한 삶을 의미한다. 말하자면 개방된 삶에 편들고 개방된 자세로 사는 삶을 의미하는 것이다. 시인이 — 따라서 인간이 그 무엇이든 어떤 힘의 지배 아래 놓여 있을 때, 그것은 참된 진리 가운데의 삶을 산다고 할 수 없을 터이다.

시 「므네모쥔네」는 시인이 그처럼 매혹해 왔던 죽음에의 유혹과 천상의 불길로부터 등 돌리고, 괴로우나 참된 진리 가운데의 지상에서의 삶으로의 되돌아옴을, 천상의 불길을 향한 발걸음의 정지를 나타내 준다. 찬가 「회상」에서처럼 단호하고 명백한 목소리는 아니라 할지라도, 「므네모쥔네」 역시 시인됨의 과제에 대한 새로운 자각과 결의로 종결되고 있는 것이다. 이러한 자각과 결의는 시인의 척도이며 나아가 우리 인간의 척도일지도 모른다.

IV

시인은 어떻게
〈머무는 것〉을 짓는가

시인은 어떻게 〈머무는 것〉을 짓는가
─ 찬가 「회상」에서의 상호텍스트성

1.

찬가 「회상」은 1803년 봄에 쓴 것으로 추측된다. 따라서 「므네모쥔네」와 함께 횔덜린이 정신착란으로 튀빙엔의 아우텐리트 병원에서 치료를 받기 이전에 완결시킨 마지막 찬가에 속한다.

횔덜린은 1801년 12월 10일 경 남프랑스의 보르도를 향해서 고향 뉘르팅겐을 떠났다. 그는 600킬로미터의 길을 걸어서 다음해 1월 28일 가정교사로 일 할 다니엘 크리스토프 마이어의 집에 도착했다. 그러나 그는 5월 중순 뚜렷한 이유 없이 귀향 길에 올라, 6월 중순 정신착란의 징후를 지닌 채 슈투트가르트에 모습을 나타냈다. 친구 마티죤은 이때의 횔덜린의 모습을 〈시체처럼 창백하고 마를 대로 마른 몸에 움푹 꺼진 거친 눈, 기다란 머리카락과 수염을 하고 거지와 다름없는 옷차림으로 그는 나타났다〉고 서술하고 있다.[1] 슈투트가르트를 거쳐 고향 뉘르팅겐에 나타난 형의 상태를 보고 의붓동생 칼 고크는 〈정신분열의 명백한 징후〉를 보았다고 쓰고 있다.[2]

---

1) StA. VII/3, S. 60, "Waiblinger: Friedrich Hölderlin"
2) Vgl. StA. VII/2, S. 223ff.

이 여름부터 1803년 6월까지 횔덜린은 성인이 된 후 처음으로 1년이 넘는 기간을 모친 곁에 머물렀다. 그 사이 친구 징클레어의 초청으로 레겐스부르크에서 열리고 있었던 제국대표자회의에 동참하기도 했으나 슈투트가르트의 정신과 의사 플랑크의 치료를 계속 받아야 했다. 그러나 이 1년 동안 횔덜린의 문학은 그 마지막 개화기를 맞게된다. 소포클레스의 비극의 번역에 착수했으며, 이전에 써 놓았던 많은 송가들을 수정하고 「유일자」, 「파트모스 섬」, 「평화의 축제」와 같은 대규모의 찬가들을 썼으며, 「회상」과 「므네모쥔네」도 썼다. 횔덜린의 서정시 가운데 가장 아름다운 작품으로 꼽히는 「반평생」을 비롯하여, 「삶의 연륜」, 「하르트의 협곡」 등 소위 밤의 노래들 Nachtgesänge이 쓰여진 것도 이 때이다.

징클레어는 레겐스부르크에서의 횔덜린의 상태를 보고 〈당시의 그에게서 보다 더 위대한 정신력과 영혼의 힘을 결코 본 일이 없다〉고 쓰고 있다.[3]

시 「회상」은 이를 증명해 주기에 부족함이 없어 보인다. 전문을 읽어 보자.

회상

북동풍이 분다.
불타는 영혼과 탈없는 항해를
사공들에게 약속함으로써
나에겐 가장 사랑스러운 바람.
그러나 이제 가거라, 가서
아름다운 가롱 강과
보르도의 정원에 인사하거라.
거기 가파른 강변에
작은 오솔길 넘어가고 강으로는
시냇물 깊숙이 떨어져 내린다. 그러나 그 위를

---

3) StA. VII/2, S. 254, "Sinclair an Hölderlins Mutter"

떡갈나무와 백양나무 고귀한 한 쌍이
내려다보고 있다.

지금도 잘 기억하고 있거니
느릅나무 숲의 넓은 우듬지
물레방아 위에 머리 숙이고
마당에는 그러나 무화과나무 자라고 있음을.
축제일이면
그 곳 갈색 피부의 여인들
비단 같은 대지를 밟고 가며
밤과 낮이 똑같은
삼월에는
느릿한 오솔길 위로
황금빛 꿈에 묵직해진
잠재우는 바람들 불어온다.

그러나 나에게
짙은 빛깔로 가득 찬
향기 나는 술잔 하나 건네어 달라
그것으로 내 쉬고 싶으니,
그늘 아래에서의 한 잠 감미로울 터이기에.
영혼도 없이
죽음의 사념에 놓이는 것은
좋은 일이 아니다. 그러나
하나의 대화 있어 진심 어린 뜻을
말하고
사랑의 나날과
일어난 행위에 대해 많이 들음은 좋은 일이다.
그러나 친우들은 어디 있는가? 동행자와 더불어

벨라르민은? 많은 사람들은
원천에 가는 것을 부끄러워한다.
왜냐하면 풍요로움은
바다에서 시작하기 때문. 또한 그들
마치 화가들처럼 대지의 아름다움
함께 모으고 날개 달린 싸움도
주저하지 않는다. 또한
홀로, 거둔 돛대 아래
밤으로 도시의 축제일
현금의 탄주와 몸에 익힌 춤이
빛나지 않는 곳에 수년을 사는 일도.

그러나 이제 사나이들
인도를 향해 갔다.
거기 바람 부는 곳(串)
포도원에서, 도르도뉴 강이
흘러와 장엄한
가롱 강과 합쳐 바다의 넓이로
강물은 흘러 나간다. 그러나
바다는 기억을 빼앗고 또 주나니
사랑은 또한 부지런히 눈길을 부여잡는다.
머무는 것은 그러나, 시인들이 짓는다.

      ANDENKEN
Der Nordost wehet,
Der liebste unter den Winden
Mir, weil er feurigen Geist
Und gute Fahrt verheißet den Schiffern.
Geh aber nun und grüße
Die schöne Garonne,

Und die Gärten von Bourdeaux

Dort, wo am scharfen Ufer

Hingehet der Steg und in den Strom

Tief fällt der Bach, darüber aber

Hinschauet ein edel Paar

Von Eichen und Silberpappeln ;

Noch denket das mir wohl und wie

Die breiten Gipfel neiget

Der Ulmwald, über die Mühl',

Im Hofe aber wächset ein Feigenbaum.

An Feiertagen gehn

Die braunen Frauen daselbst

Auf seidnen Boden,

Zur Märzenzeit,

Wenn gleich ist Nacht und Tag,

Und über langsamen Stegen,

Von goldenen Träumen schwer,

Einwiegende Lüfte ziehen.

Es reiche aber,

Des dunkeln Lichtes voll,

Mir einer den duftenden Becher,

Damit ich ruhen möge ; denn süß

Wär' unter Schatten der Schlummer.

Nicht ist es gut,

Seellos von sterblichen

Gedanken zu seyn. Doch gut

Ist ein Gespräch und zu sagen

Des Herzens Meinung, zu hören viel

Von Tagen der Lieb',

Und Thaten, welche geschehen.

Wo aber sind Freunde? Bellarmin
Mit dem Gefährten? Mancher
Trägt Scheue, an die Quelle zu gehn;
Es beginnet nemlich der Reichtum
Im Meere. Sie,
Wie Mahler, bringen zusammen
Das Schöne der Erd' und verschmähn
Den geflügelten Krieg nicht, und
Zu wohnen einsam, jahrlang, unter
Dem entlaubten Mast, wo nicht die Nacht durchglänzen
Die Feiertage der Stadt,
Und Saitenspiel und eingeborener Tanz nicht.

Nun aber sind zu Indiern
Die Männer gegangen,
Dort an der luftigen Spiz'
An Traubenbergen, wo herab
Die Dordogne kommt,
Und zusammen mit der prächt'gen
Garonne meerbreit
Ausgehet der Strom. Es nehmet aber
Und giebt Gedächtniß die See,
Und die Lieb' auch heftet fleißig die Augen,
Was bleibet aber, stiften die Dichter.[4]

---

4) StA. II, S. 188-189

이 아름다운 시에 대해서 아돌프 베크는 〈마법적인 소박함을 지닌 보르도 주변의 정경어린 인상들을 담고 또 '모으고' 있는 시〉[5]라고 말하는가하면 헬링라트도 이 시에 담긴 시인의 개인적 경험을 지적하면서 시 「회상」은 〈좁은 의미에서의 서정적 시〉[6]라고 강조했다. 말하자면 일종의 체험시라는 것이다. 르페브르는 〈시 「회상」은 프랑스적인 시〉[7]라고 평가하고 있다. 휠덜린이 보르도에 도착해서 고향에 보낸 편지들 가운데는 〈어느덧 아름다운 봄 속을 걸어온 듯 했다〉[8]거나 보르도에서의 그 긴장과 기대에 찬 〈바다의 광경〉과 같은 문구들이 등장하며[9], 〈3월〉로서 대서양의 봄을, 〈포도주〉로서 보르도를 연상시키는 데 부족함이 없이 보이는 것도 사실이다. 그러나 이 시의 말미에 하나의 수수께끼처럼, 그 경구적 잠언적인 어법을 통해 제시되는 〈머무는 것은 그러나, 시인들이 짓는다〉라는 시구는 이 시를 한꺼번에 휠덜린 시 세계의 보편적인 문제영역으로 편입시키고 있다.

1943년 하이데거는 이 시에 등장하는 역사성의 법칙에 주목하면서 타향 또는 지배지로부터 고향으로 〈되돌아옴〉을 적절히 활용 ─ 1801년 12월 4일 뵐렌도르프에게 보낸 휠덜린의 편지를 인용 ─ 하면서 이 시를 해석했다.[10] 하이데거의 해석에서 보르도에서의 체험은 아무런 의미를 가지고 있지 않다. 빈더, 추베어뷜러, 그리고 누구보다도 슈미트의 이 시에 대한 해

---

5) Adolf Beck(Hg.), Hölderlin. Chronik seines Lebens mit ausgewählten Bildnissen, Frankfurt /M. S. 91

6) Nobert. v. Hellingrath(Hg.), Hölderlin, Sämtliche Werke, Bd. 4, Leipzig-München 1916, S. 303

7) Jean-Pierre Lefebvre, Auch die Stege sind Holzwege, in: HJb. 26(1988/89), S. 202-223, 특히 S. 203

8) StA. VI/1, S. 429, Brief Nr. 283 (An die Mutter)

9) StA. VI/1, S. 427, Brief Nr. 236 (An Casimir Ulrich Böhlendorff)

10) Martin Heidegger, "Andenken", in : Erläuterungen zu Hölderlins Dichtung, Frankfurt/M. 1963, S. 75-143

석에서 보르도의 체험은 여러 소재 가운데의 하나에 불과하다. 햄린이나 가이어의 연구에서도 이 시는 체험시의 범주를 훨씬 벗어나 있다.[11]

슈미트는 횔덜린의 많은 다른 작품들의 인용을 통해서 〈그냥 두면 사라져 버리고 말 인간행위들, 널리 행해진 모든 개별적인 것을 전체로 연관시키려는 의식〉의 드러냄에 관심을 집중시키고 있다. 정말 우연하게도 추베어뷜러와 의견을 같이 하면서 슈미트는 마지막 시연의 마지막 시 구절

Es nehmet aber
Und giebt Gedächtniß die See,
Und die Lieb auch heftet fleißig die Augen,
Was bleibet aber, stiften die Dichter.

를 들어 〈바다 See〉, 〈사랑 Lieb〉 그리고 〈머무는 것은 그러나 시인들이 짓는다〉라는 함축적 시구를 이 시의 열쇠말로 살피고 있다. 횔덜린의 「음조교차론」에 따라 말하자면 〈바다〉는 영웅적인, 〈사랑〉은 소박한, 그리고 마지막 함축적 시구는 이념적인 음조로서 〈사랑의 나날 Tage der Lieb〉과 〈일어난 행위들 Thaten, welche geschehen〉을 모두 수렴한다는 것이다.[12] 이러한 음조교차를 통한 노래방식은 도처에서 발견할 수 있기 때문에 시 「회상」을 횔덜린 시 세계의 보편적인 문제성 안에서 읽고 해석해야 한다는 논의는 우선 모두 타당한 것으로 생각된다.

따라서 이 글에서도 시 「회상」을 횔덜린의 시 세계 가운데서 살피고자 한다. 다만 이 「회상」은 횔덜린의 어떤 다른 시작품보다도 더 많이 시인 자

---

11) 이들의 논문들이 시[회상]에 대한 주요한 해석들이다.
자세한 문헌 내용은 〈참고문헌〉 참조
12) Jochen Schmidt, Hölderlins letzte Hymnen. "Andenken" und "Mnemosyne", Tübingen 1970, S. 11ff.

신의 경험과 소망들, 흩어져있는 사유의 파편들은 조금씩 건드리고, 그것들을 〈회상〉하면서 시작(詩作)을 통해서 시작의 조건과 방식을 제시하고 있음을 주목하고자 한다. 즉 이 시가 포함하고 있는 많은 인용들과 다른 작품에서의 암시들을 상호텍스트성 Intertextualität의 측면[13]에서 읽어 나가고자 하는 것이다. 다만 이 상호텍스트적인 해석이 동일시어 목록에 치중한 나열로서는 충분하지 않다는 사실은 분명하다.

이 글에서의 논의는 시 「회상」을 인용 내지 암시로서의 텍스트로 보고, 그 참조텍스트들의 의미체계와의 상관관계를 추적하고자 한다. 이를 통해서 회상의 대상인 참조텍스트를 통해서 시 「회상」이 어떻게 〈머무는 것〉을 세우고 있는지를 살펴보려는 것이다.

---

13) 상호텍스트성 또는 간텍스트성이라는 용어는 1966년 크리스테바가 바흐찐에 대한 논문에서 처음 사용한 것으로 알려져 있다. 이 개념은 바흐찐의 대화론 dialogism과 다성론 Polyphony에 어느 정도 관련되어 있는 것이다. 이 개념의 가장 광범위한 정의에서 보면 문학적 담론은 독창적이거나 어떤 작가에게 특수한 것이 아니라 개별텍스트는 일반적 약호 code 내지는 기존의 관례에 의존해 있다는 점을 함축한다. 크리스테바의 공식은 〈모든 텍스트는 인용의 모자이크로 구축되어 있고, 텍스트는 다른 텍스트의 병합이며 변형이다〉라고 구체화하고 있다. 컬러에 있어서 상호텍스트성은 독서의 이론으로 이용되고 있다. 독서이론은 〈문학작품의 상호텍스트적인 성격에 의해서 정당화 된다〉는 것이다. 바흐찐에 있어서 소설은 적극적인 의미에서 상호텍스트적인데, 그것은 소설이 제시의 대상으로서 담론의 서로 다른 스타일을 활용하는 방식을 지니고 있기 때문이다. 바흐찐이 시의 단일음성적 특성을 주장하고 있는데도 불구하고 최근의 시 이론에서는 상호텍스트성이 논의의 중점을 이루고 있다. 블룸은 인용되는 대상의 범위 즉 상호텍스트 intertext의 범위를 단일한 시작품으로 축소해서 논의하고 있는 반면 리파테르는 이러한 제한을 넘어서고 있다. 모든 상호텍스트의 범위는 단 한 줄의 시구로부터 격언 또는 판에 박은 문구 cliche 그리고 전체 장르의 일반적 규칙에까지 이른다고 말한다. 그는 시들은 어떤 상호텍스트, 그의 용어로는 hypogram으로부터 추출된다고 본다. 그리고 그 시들의 의미는 미메시스를 통해서 혹은 내적인 정형화를 통해서 생산되는 것이 아니고 오로지 상호텍스트로부터의 추출과 상호텍스트의 참조를 통해서 생산된다고 한다. 〈시는 의미를 텍스트에서 텍스트로 참조하는 가운데만 소유한다.〉 문학사에서 상호텍스트성은 문학적 진보의 발판이다. 제니는 진부해진 문학적 관습을 상호텍스트성의 대상으로서 활용함으로써 문학은 진보한다고 주장하는 것이다. 문학적 위기의 순간에 이 과정은 문화가 제 자신을 혁

2.

제 1연에서는 횔덜린이 여러 차례 번역한 적이 있는 핀다르의 퓌토
Pytho=Delphi찬가 제1번에 대한 암시를 찾아볼 수 있다. 이 찬가는 퓌토에
서의 마차 경기에서 승리를 거둔 아트나이 출신 히에론에게 바친 시이다.
횔덜린이 옮긴 이 찬가 중 회상 제 1연과 연관되어 있는 구절(61–75행) 은
다음과 같다.

> 배에 태워진
> 그 사나이들에게 항해의 첫 기쁨은
> 시작부터 순풍의 바람이 불어오는 일. 이 일은 어쩌면,
> 항해의 끝에서도 한결 쉬운 귀환을
> 보내 줄 것이기 때문. 이때에
> 말은 희망을 담고 있으며
> 미래에 월계관과 말(馬)들로서
> 명성을 드러내고
> 화음 가득 찬 잔치로 알려지리라.

신시키는 것을 가능하도록 하는 텍스트들간의 일종의 정화로 작용한다는 것이다. 예컨대
세르반테스, 로트레아몽, 제임스 조이스가 그렇다. 이 논의의 연장선상에는 독일의 수용
이론도 서있다. 슈티얼레의 생산미학적 상호텍스트성과 수용미학적 상호텍스트성의 구
분 논의를 고려할 때 상호텍스트성은 그 작용범위가 매우 광범위함을 간파할 수 있다. 횔
덜린 문학에서의 상호텍스트성은 〈상호텍스트성〉이라는 명제아래에서는 최근에야 논의
가 제기되고 있으나 실제 횔덜린문학에 대한 많은 기존의 논의들에서 상호텍스트성의 경
향은 수없이 지적되어 왔다. 횔덜린에 있어서의 상호텍스트성은 언어현상이나 형식에만
국한되지 않고 매우 다양한 차원의 연관성을 지니고 있으며 상텍스트로부터 문화적, 역
사적, 지리적 내지는 사회적 특성들과도 교류하고 있다. 가다머와 가이어 같은 사람들이
횔덜린의 상호텍스트성을 직접 언급하고 있다. 이상 상호텍스트성에 대해서는 Thomas
A. Sebeok이 펴낸 Encyclopedic Dictionary of Semiotics, Berlin-New York-Amsterdam
1986의 intertextuality 항목과 Renate Rachmann의 Intertextualität als Sinnkonstitution, in :
Poetica 15, 1983 및 Stierle의 Werk und Intertextualität, in : Poetik und Hermeneutik 6.
Das Gespräch, München 1984을 참고함.

리키엔과 델로스의 지배자

푀브스, 그리고 파르나소스의 샘

카스타리아를 사랑하는 그대

이 소망을 가슴으로 받아 주시고

덕망의 사나이들을 이 땅에도 예비해 주시옵시라.

[...] Den schiffegetragnen

Aber den Männern die erste Freude

Zur Fahrt ist, daß ihnen im Anfang

　　förderlich komme ein Wind ; gewöhnlich nemlich ists

Auch zu Ende eine bessere Rükkehr

Werde sich schiken. Die Rede

In diesem Falle die Hofnung trägt,

Noch künftig werde sie seyn, mit Kronen

Und Rossen berühmt,

Und mit wohllautenden Gastmahlen genannt.

Lykischer und auf Delos Herrscher

Phöbus, und Parnassos Quelle

Die Kastalische liebend,

Mögest du diß zu Gemüthe

Nehmen und das männerbegabte Land.[14]

---

14) StA. V, S. 65 : 이 횔덜린이 번역한 부분의 불명료성을 해소하고 우리말 번역을 용이
하게 하기 위해서 Oskar Werner의 독역본을 참고로 했음을 첨언한다. 또한 〈선원들을 위
한 탈 없는 향해 gute Fahrt für die Schiffer〉나 〈돛을 부풀어 주는 바람 Der Wind, der die
Segel bläht〉의 시구들은 핀다르의 「찬가 Epinikien」 속에 반복해 등장한다. 그리고 여기 I.
Pyth의 인용된 부분 외에도 IV. Pyth에도 나타난다. 이 출항과 관련해서 여기 시 「회상」의
제1연의 intertext로 뿐 아니라, 제4연의 동기와도 병존해 있음을 언급해 두고자 한다.
Vgl. Hans-Dieter Jünger, Mnemosyne und die Musen. Vom Sein des Erinnerns bei
Hölderlin, Würzburg 1993, S. 283

사공들에게 좋은 출발과 귀환을 약속해 주는 바람과 화자인 시인에 의
한 아폴론을 향한 부름이 결합되어 있는 것, 선원들의 무사한 귀환이나 전
제로서 〈사나이들로 재능을 받은 땅〉에 대한 아폴론 Apollon=Phöbus의 연
관성, 리키엔과 델로스에 관련지어 동방적이며 또한 파르나소스와 관련지
어 뮤즈와 가까운, 따라서 〈불타는 정신〉으로서의 아폴론 — 이것은 횔덜
린의 시 「회상」에서도 중요한 모티브들이다.

이제 횔덜린의 시 「회상」의 첫 연은 이 핀다르의 시구를 수동적으로 모
방하고 있다기보다는 자신의 체험 영역과 결합시키는 가운데 이를 변용시
키고 있다. 핀다르는 아주 일반적으로 순풍의 출발과 성공적인 귀환 그리
고 아폴론의 도움을 노래하고 있다. 그러나 횔덜린은 이 바람을 북동풍이
라고 명명한다. 이 바람은 서쪽 혹은 남서쪽으로 항해하려는 뱃사공들에게
만 순풍이다. 따라서 좋은 출발과 귀환의 약속은 정해진 방향에게만 해당
된다. 핀다르가 노래하고 있는 일반적인 내용이 이처럼 새로운 적용의 한
계 때문에 제약되면서 확고해지는 것이다.

아름다운 가롱 강과 〈보르도의 정원〉에게 바람이 인사를 해야 한다면
여기서 발화의 당사자가 머물고 있는 곳은 그곳으로부터 북동쪽임이 틀림
없다. 그곳은 고향 독일의 어느 곳, 이 시가 지어진 장소와 유사한 곳이다.

제 5 연에서 남자들이 해안으로부터 〈인도를 향해서〉 갔다고 했는데 그
것은 북동풍을 따라 남서쪽의 방향이며, 예컨대 콜럼버스가 서인도세도를
향해 간 방향이기도하다.

단편 「가장 가까운 최선」에도 북동풍이 노래 된다. 여기서는 올리브가
피는 곳에 있는 지빠귀에 대해서 읊는 가운데 북동풍은 불어온다.

말하자면 그들은 고향을 느낀다.

싸랭트의 촉촉한
초원에 매섭게 불면서 북동풍이

그들의 눈을 씩씩하게 만들어 줄 때면,
그들은 날아오르는 것이다.

Sie spüren nemlich die Heimath,
Wenn

Auf feuchter Wiese bey Charente,

Und ihnen machet waker
Scharfwehend die Augen der Nordost, fliegen sie auf,[15]

여기서 북동풍은 고향으로의 돌아갈 때를 알리는 신호이다.

따라서 북동풍은 시적 화자가 지금 있는 곳과 보르도와 더 나아가서는
먼 곳, 예컨대 아메리카와 같은 이방 사이의 의미론적인 복합성을 제시한
다. 우선 시적 화자가 북동쪽에서부터 말하고 있는 것은 생애기적인 측면
에서 사실이다. 앞서 말한 대로 보르도에서 횔덜린은 가정교사로 일했고
그곳에 돌아왔다. 이 시를 쓴 때 그는 독일의 고향 뉘르팅겐 또는 홈부르크
에 머물고 있었다.[16]

---

15) StA. II, S. 233
16) 횔덜린은 1803년 내내 그리고 1804년 6월까지 고향에 머물었으며 1804년 6월 징클
레어의 초청으로 홈부르크의 궁정사서로 임명되었다. 횔덜린은 1806년 11월까지 그곳에
머물렀다. 시 「회상」은 1803년 봄에 쓰여진 것으로 보이나, 이 시가 발행된 것은 1807년
늦가을 제켄도르프의 「시연감 1808」을 통해서이다. 이 연감에는 「회상」외에 「라인 강」,
「파트모스 섬」이 함께 실려 있다. 1803년 봄에서 1804년 사이에 이 「회상」이 쓰여 진 것
으로도 추측되지만, 확인할 수 없다.

이제 북동풍은 보르도를 넘어서 인도를 향하는 항해자의 행선을 아울러 의미할 수 있다. 그것은 문화사적으로 의미 있는 아메리카를 향해 있다.

횔덜린은 젊은 시절 1789년 봄 친구 노이퍼에게 콜럼버스에 대한 찬가를 쓰고 있다고 말한 적이 있거니와 콜럼버스는 한 후기찬가 단편의 주제였으며, 콜럼버스와 연장해서 바로 그 즈음 독립을 맞은 (1776년 독립선언, 1783년 독립) 아메리카가 떠오르는 것이다. 제 5연에서 이 사실이 암시되는 것을 우리는 보게 된다. 제 1연에서 출항하는 항해사들의 〈불타는 영혼〉을 통해서도 이 독립전쟁의 분위기가 함께 작용하는 듯하다.

화자는 그러나 반대 방향을 통해서 제자리로 돌아와 있다. 아마도 「가장 가까운 최선」에서의 북동풍에 의해 소환된 것인지도 모른다.

제 1연의 말미에서 떡갈나무와 백향나무의 한 쌍이 등장한다. 떡갈나무는 분명히 독일적인 나무인 반면 백향나무는 전형적인 정원수 또는 가로수로서 화자가 바람을 통해서 인사를 보낸 프랑스의 정원에 어울리는 나무이다. 아름다운 가롱강과 보르도의 정원에 이어, 급격하게 변화된 음조로 읊고 있는

Dort, wo an scharfen Ufer
Hingehet der Steg und in den Strom
Tief fällt der Bach⋯

의 급경사의 드러냄에 대해 그 대칭의 상으로 떡갈나무와 백향나무의 〈고귀한 한 쌍〉은 다시 한번 평온과 지속을 의미하며 등장하고 있다. 이것은 다소 인위적이지만 역시 먼 곳과 가까운 곳, 북방과 남방의 결합을 암시하고 있는 영상이다.[17]

17) Vgl. Jochen Schmidt, Hölderlins letzte Hymnen, S. 18f.; Hans-Dieter Jünger, Mnemosyne und die Musen, S. 286. <Eichen und Silberpoppeln>의 〈고귀한 한쌍〉은 나아가 deutsch-griechisch의 근원적인 결합을 의미하지는 않는가라고 반문한다.

3.

제 2 연에서 느릅나무와 무화과나무는 첫 시연에서 경치를 내려다보고 있
는 고귀한 나무의 쌍에 그 서있는 자세로 대립해있는 나무들이다. 혼자서
서있는 나무들과는 대칭을 보이면서 공간을 가득 채우면서 느릅나무 숲은
넓은 우듬지를 아래를 향해 숙이고 숲의 내면 공간을 형성한다. 무화과나
무는 농가의 마당에서 자라면서 울타리 쳐진 곳 안에 그늘을 드리우고 있
다. 이 두 나무는 횔덜린에게는 다같이 디오니소스적인 나무들이다. 느릅
나무는 포도나무 줄기에 받침대 역할을 하는 것으로 전해진다. 그러나 무
화과나무는 그리스 어의 시구를 잘못 번역한 결과 디오니소스의 신화적 탄
생을 회상시키는 나무가 되었다.

횔덜린은 에우리피데스의 「박커스의 시녀들」의 서두 디오니소스 등장
장면을 이렇게 번역하고 있다.

> 나 제우스 아들 여기 테에베에 들어서노라
> 디오니소스, 그 이전 카트모스의 딸
> 제멜레, 뇌우의 불길에 의해 잉태하여 낳은 자식이라
> 신의 모습은 취하지 않고 내 디르즈의 숲[원문:디르케의 샘],
> 　　이스메노스의 해변에서
> 인간의 모습을 가지고 태어났도다.
> 어머니의 묘지를 나는 보도다. 뇌우와 같은 어머니의.
> 거기 집들의 가까이, 거기 궁궐의 폐허 가까이
> 연기를 내며 아직 생생한 신의 불길의 불꽃을
> 그리고 내 어머니에 대한 헤라여신의 영원한 만행을 나는 보도다.
> 그러나 나는 여기 들판에 딸의 무화과나무를 심은
> 성스러운 카드모스를 찬미하노라. 나는
> 포도나무의 포도송이 향기와 푸르름으로 그 주변을 에워 쌓도다.

Ich komme, Jovis Sohn, hier ins Thebanerland,

Dionysos, den gebahr vormals des Kadmos Tochter

Semele, geschwängert von Gewittefeuer

Und sterbliche Gestalt, an Gottes statt annehmend

Bin ich bei Dirzes Wäldern, Ismenos Gewässer.

Der Mutter Grabmal seh' ich, der gewitterhaften,

Dort, nahe bei den Häusern, und der Hallen Trümmer,

Die rauchenden, noch lebend göttlichen Feuers Flamme,

Die ewge Gewaltthat Heres gegen meine Mutter.

Ich lobe doch den heilgen Kadmos, der im Feld hier

Gepflanzt der Tochter Feigenbaum. Den hab ich rund

Umgeben mit des Weinstoks Traubenduft und Grün,[18]

여기서 〈무화과나무 *συκη*, SYKE〉는 본래 원문의 〈Heiligtum 성지/묘역 *σηκός*, SEKbS〉을 잘못 보고 옮긴 결과이다.[19]

휠덜린은 이 오역을 통해서 무화과나무는 디오니소스의 탄생과 그 어머니 제멜레의 죽음을 회상하기 위해서 카드모스가 심어 놓은 나무로 이해했다. 디오니소스의 탄생과 시인의 과제를 함께 노래했던 것이다.

디오니소스에의 암시는 3월의 봄 축제로 인해서 더욱 강조된다. 디오니소스는 봄의 신이며 그의 축제는 3월에 열린다. 〈비단과 같은 대지〉는 이 봄철의 단단해 보이지 않는 땅이며 그 위에는 3월에 피는 백양나무와 수양버들의 꽃가루가 날린다. 이러한 풍경은 미완의 비가 「시골에로의 산책」에도 그려져 있다.

---

18) StA. V, S. 41

19) StA. V, S. 370 및 Jochen Schmidt(Hg.), Friedrich Hölderlins Sämtliche Werke und Briefe in 3 Bde, Bd. II, S. 1286, Anmerkungen. 따라서 이 부분의 옳은 독역은 "Ich lobe Kadmos, der dieses [durch den Blitzschlag] geweihte Gelände zum Heiligtum der Tochter erhoben hat" 이다.

그러나 그곳은 아름답다. 봄의 축제일에
계곡이 솟아오를 때면, 넥카 강과 더불어
초원과 숲이 푸르러 내리고 모든 푸르러 가는 나무들
수없이 하얗게 꽃피워 흔들리는 대기 속에 물결 칠 때면

Aber schön ist der Ort, wenn in Feiertagen des Frühlings
Aufgegangen das Tal, wenn mit dem Neckar herab
Weiden grünend und Wald und all die grünenden Bäume
Zahllos, blühend weiß, wallen in wiegender Luft[20]

제 2 연의 후반부는 꿈처럼 — 절실하게 지중해 봄의 경이를, 그 마법,
그 광채와 향기를 그리고 있다. 비단 같은 대지는 반짝이며 〈새로운 초원〉
을 마법으로 불러일으키고, 〈황금빛 꿈〉은 봄의 부드러운 빛을 불러내며,
잠재우는 대기들은 그 따뜻한 입김을 불러낸다. 이 모든 이미지들은 그러
나 정확하게 횔덜린의 세계관 안에 제값을 지닌다. 매 시구는 횔덜린이 의
미하는 〈영원함〉의 측면을 표시해 준다. 축제일, 아름다운 남국의 〈갈색의
여인들〉, 낮과 밤을 화해시키는 〈3월의 계절〉, 시간도 평온에 이르는 〈느릿
한 오솔길〉, 심정을 어린아이의 평화 속으로 이끌어 주는 〈잠재우는 바람〉
이 모두 그러하다.

이 영상들은 시간의 순간적인 균형, 따라서 시대의 밝은 면과 어두운
면이 균형 되고 계절의 연속도 중단되는 무시간적 순간을 의미한다. 찬가
「라인 강」에서 인간과 신들의 〈결혼잔치 Brautfest〉도 그러한 순간이다.

그때 인간들과 신들은 결혼잔치를 벌이니
모든 살아있는 이들 잔치를 열도다
또한 운명은 균형을 이룬다.

---

20) StA. II, S. 85, V. 35ff.

Dann feiern das Brautfest Menschen und Götter,
Es feiern die Lebenden all,
Und ausgeglichen
Ist eine Weile das Schiksaal[21]

축제일과 결혼잔치의 균형은 잠재우는 대기와 함께 쉼의 영상을 불러일으킨다.

시 「므네모쥔네」에서도 ― 이 시는 「회상」과 거의 같은 시기에 쓰여졌다 ― 이 축제와 쉼의 결합은 이렇게 나타난다.

앞을 향해서 그리고 뒤를 향해서 우리는
보고자 하지 않는다. 바다 위 흔들리는
배 위에서인 양 흔들림에 우리를 맡긴다.

Vorwärts aber und rückwärts wollen wir
Nicht sehn. Uns wiegen lassen, wie
Auf schwanken Kahne der See.[22]

이 상황은 루소가 그의 최후의 작품 『고독한 산책자의 몽상』의 다섯 번째 몽상에서 서술하고 있는 쉼과 행복의 순간이다. 인간의 현실 사회로부터 추방당한 운명에 괴로움을 겪었던 루소가 모든 체념으로부터 얻은 마음의 평온을 고백하는 가운데 빌러 호수에서의 쉼을 이렇게 기술하고 있다.

오전 중에 하는 노동과 그에 따르는 상쾌한 기분으로 인해서 점심 후의 휴식은
마음이 흡족하였다. 혹시 휴식 시간이 길 때는… 혼자 배를 타고 고요한 수면의
호심으로 나간다. 그럴 때면 배속에 길게 누워서 눈은 하늘을 바라보며 물결 따

---

21) StA. II, S. 147, V. 180ff.
22) StA. II, S. 197, V. 15ff.

라 서서히 배가 가는 대로 두고 때로는 몇 시간동안이나 온갖 몽상에 잠기곤 하
였다. 그것은 걷잡을 수 없는, 그러나 감미로운 몽상이며 어떤 확실한 대상이
있는 것도 아니면서 내가 느낀 인생의 쾌락 중 그지없는 상쾌한 것으로 느껴졌
다.[23]

휠덜린은 이 루소를 찬가 「라인 강」에서도 반신(半神)으로 부르며 이
다섯 번째 몽상을 암시하고 연관시키고 있다.[24]

고난을 알지 못하는 망각의 순간, 바람이 잠재우는 순간, 영웅적이며
활동적인 선원들의 정신을 불타게 한 〈북동풍〉 대신 〈잠들게 하는 대기〉,
싸워 뚫고 온 과거와 불확실하게 위협적인 미래 사이에 놓여있는 행복의
순간, 〈느릿한 오솔길〉에의 황금빛 꿈이 모두 루소의 고독한 산책자의 몽
상들이다. 이러한 행복의 순간은 실존의 순수한 감정에로의 귀환이며, 자
연에 포용되어 그것에 내맡겨진 상황이다.

이 제 2연은 그러니까 제 1연과 대칭을 이루고 있다. 제 1연은 아폴론,
핀다르의 인용과 함께 시라쿠스 출신의 마차를 모는 히에론 2세, 내다보고
있는 나무, 날카로운 분리, 불어와서 떠나고 있는 북동방향의 풍향에 바쳐
지고 있다면 제 2연은 디오니소스의 징후를 보이면서 행복과 쉼의 순간을
시적 자아가 회상하고 있는 것이다. 제 1연이 적극적인 인사를 보내는 대신
에 제 2연은 일종의 수동적인 회상으로 보인다. — 〈지금도 잘 기억하고 있
거니〉라고 읊고 있는 것이다. 그리고 디오니소스적인 이미지를 통해서 근
원으로의 회귀, 탄생과 요람으로의 회귀, 자연의 잠재우는 품안에서의 행
복한 순간의 황금빛 꿈으로의 회귀가 회상에 이르게 된다.

---

23) Jean Jacques Rousseau, Les Reveries du Promeneur Solitaire. 박규순 옮김; 고독한 산
책자의 몽상. 혜원출판사 1993. 88쪽
24) StA. II, S. 146, V. 135ff., "Halbgötter denk ich jetzt"

이런 가운데 1-2연은 핀다르, 에우리피데스, 루소와 같은 이방의 시인
과 작가가 인용, 회상되고 있다는 공통점을 가진다. 즉 다른 시인과 작가들
의 텍스트와 교류하고 있는 것이다.

4.

제 4연에서는 시인 자신의 텍스트로부터의 인용들이 등장한다. 회상은 남
부 프랑스의 잠재우는 꿈들로부터 불현듯이 처음에는 인사를 보냈던 근원
자인 화자의 상황으로 되돌아온다.

우선 포도주의 술잔을 청하는 것은 비가 「방랑자」의 종결구에서도 읽
을 수 있다. 방랑자인 시적 자아는 그가 방랑하는 동안 부모들이 세상을 떠
나고 친구들도 흩어져 버렸음을 알고 난 후 이렇게 읊는다.

> 그리하여 내 홀로 남아 있도다. 그러나 그대, 구름 너머의
>   조국의 아버지여! 힘찬 천공이여! 그리고 그대
> 대지와 빛이여! 다스리고 사랑하는 그대들 셋,
>   영원한 신들이여! 나의 유대 그대들과 인연 결코 끊지 않으리
> 그대들로부터 태어나 그대들과 더불어 내 방랑하였거늘
>   그대들, 환희하는 자들, 그대들에게로 더욱 경험에 차 돌아가리라.
> 때문에 이제 나에게 저 위 라인 강의 따뜻한 언덕에서 자란
>   포도주 가득 담긴 술잔을 건네어 달라!
> 하여 먼저 그 신들을 그리고 영웅들, 사공들을 회상하면서
>   술잔을 들도록, 그리고 그대 친밀한 자들 회상하면서! 또한
> 부모와 친구들을 회상하면서! 또한 고단함과 모든 고통을 오늘과
>   내일 잊고 빨리 고향의 사람들 가운데 내 서도록

Und so bin ich allein. Du aber, über den Wolken,
  Vater des Vaterlands! mächtiger Aether! und du
Erd' und Licht! ihr einigen drei, die walten und lieben,
  Ewige Götter! mit euch brechen die Bande mir nie.
Ausgegangen von euch, mit euch ich gewandert,
  Euch, ihr Freudigen, euch bring' ich erfahrner zurük.
Darum reiche mir nun, bis oben an von des Rheines
  Warmen Bergen mit Wein reiche den Becher gefüllt!
Daß ich den Göttern zuerst und das Angedenken der Helden
  Trinke, der Schiffer, und dann eures, ihr Trautesten! auch,
Eltern und Freund' und der Mühn und aller Leiden vergesse
  Heut'und morgen und schnell unter den Heimischen sei.[25]

부모와 친구들, 영웅들과 신들에의 회상은 디오니소스적인 포도주에
의해서 생겨나기 시작해서 고향에 돌아온 고독한 방랑자에게도 평온과 새
로운 용기를 가져다준다. 포도주의 작용과 회상은 이처럼 일체를 보이면서
횔덜린의 시상을 나타내어 준다. 찬가의 단편 「거인들」에서도 기억과 회상
은 평온을 가져다준다.

그러나 지금은
때가 아니네. 아직은 그들
묶이어 있지 않네. 신적인 것은 무관심한 자들을 맞히지 않네.
그러면 그들은 델피를
생각하고자 하네. 이 사이 축제의 시간 안에
또한 내 쉬고 싶어라, 죽은 자들을
생각하기 위해서. 많은 사람들이 죽었네.
옛날에는 장군들이

---

25) StA. II, S. 83, 97행이하 (이탤릭체 표기는 필자)

그리고 아름다운 여인들과 시인들이
그리고 최근에는
많은 남자들이 죽었네.
그리하여 나는 홀로이어라.

Nicht ist es aber
Die Zeit. *Noch sind sie*
Unangebunden. Göttliches trift untheilnehmende nicht
Dann mögen sie rechnen
Mit Delphi. Indessen, gieb ein Feierstunden
Und daß ich ruhen möge, der Todten
zu denken. Viele sind gestorben
Feldhern in alter Zeit
Und schöne Frauen und Dichter
Und in neuer
Der Männer viel
Ich aber bin allein.[26]

여기서 시적 화자가 잊고자하고 위안 받고자하는 고통은 부모를 모두 잃은 처지가 아니라, 아직은 신적인 것에 의해서 정복되거나 붙잡히지 않은, 또는 그것을 찬미하는 노래에 감화되지 않은 거인들에 에워싸여 있다는 사실이다. 그리고 거인은 신을 잃은 현재 상황을 대표하는 인물상이다. 거인주의는 횔덜린이 비탄해 마지않는 당대의 문화 상황을 의미한다. 개인주의, 무관심이라는 사회 상황을 말한다고 볼 수 있다. 물론 이러한 거인주의 자체를 이 시가 노래하고 있는 것은 아니다. 그렇지만 여기서 내비치고 있는 홀로 남은 자의 쉼에 대한 소망과 거인의 언급은 이 시가 개인적 회상의 차원에 놓여있는 것은 아니라는 점과 표면적 어의에 끝나지 않는다는

---

26) StA. II, S. 217, 1행이하 (이탤릭체 표기는 필자)

점을 증언해 준다. 앞에서 북동풍은 보르도를 향해 불어서 그곳으로부터 더 멀리 향하는 선원들에게 좋은 항해를 약속했으며, 순간적인 행복의 황금빛 꿈은 찬가 「라인 강」에서 보여주는 대로 당대 횔덜린을 매료시킨 루소의 꿈을 회상시키고 있다. 따라서 제 3연의 서두에서도 횔덜린의 개인적 운명이 문제시되는 것이 아니라, 이 시대의 모든 찬가들이 보여주는 대로 사회공동체의 운명, — 횔덜린의 말을 빌리자면 — 조국적인 운명이 암시되고 있음을 보여준다. 다시 말하면 쉼에의 열망은 매우 뛰어난 방식으로 직접적으로 시대에 관련하는 내용으로 선회하고 있는 것이다.

이제 비현실적인 접속법 시구

süß
Wär, unter Schatten der Schlummer

를 통해서 제 2연에서 회상되었던 루소의 몽상적이고 행복한 일상에의 꿈은 취소된다. 찬가 「라인 강」에서 노래된 루소의 모든 고통을 망각한 목가적이고 소박한 꿈,

빌러 호수 곁 신선한 푸르름 속에 있는 것
그리고 아무렇게나 보잘것없는 소리로
초보자 마냥 나이팅게일에게서 노래 배우는 것

그리고 그 다음 성스러운 잠에서
일어나 숲의 서늘함에서부터
깨어나, 이제 저녁
따스한 빛살을 향해 나아가는 것

Am Bielersee in frischer Grüne zu seyn,

Und sorglosarm an Tönen,
Anfänger gleich, bei Nachtigallen zu lernen.

Und herrlich ist's, aus heiligem Schlafe dann
Erstehen und aus Waldes Kühle
Erwachend, Abends nun
Dem milderen Licht entgegenzugehn,[27]

그 〈멋진〉 꿈은 취소되는 것이다. 그 행복의 순간은 반신인 루소에게나 가능한 일인지도 모른다. 시 「회상」에서의 서정적 자아는 그럴 수가 없다. 〈쉬는 일이 달콤할 수도 있으련만〉, 시 「회상」의 서정적 자아는 그런 꿈을 지만, 그 속에 머물 수는 없는 것이다.

「회상」의 서정적 화자는 〈죽음을 가져다주는〉 사념 Gedanken(염려 Sorgen와 의심 Zweifel)이, 루소처럼 반신이 아닌 자의 잘못 인도되는 회상이 영혼을 앗아가 버리게 된다는 사실을 인정한다. 그는 이 상태를 〈좋은 일이 아니다 Nicht gut〉라고 말한다.

추베어뷜러는 뵈센슈타인의 논의에 의존해서 횔덜린에 있어서 〈gut〉이라는 단어는 〈신의 뜻으로 in Gottes Sinne〉라는 점을 지적하고 있다.[28] 신 Gott과 〈gut〉이라는 단어의 유사성으로부터 횔덜린에 있어서 이 단어는 광채를 얻어내고 있는 것이다. 잘못된 회상, 죽음에 이르는 사념 때문에 영혼이 상실되면 그것은 신의 뜻이 아니다. 따라서 좋은 일이 아니다.

제 3 연의 서두에서 자신의 문학 「라인 강」, 「방랑자」와 「거인들」을 되돌아보는 가운데 그 자신이 위험에 처해있다는 인식에 도달한다. 그 자아는 반신처럼 잠시라도 평온에 이를 수가 없다. 방랑자를 다시금 고향에 익

---

27) StA. II, S. 147, V. 163ff.
28) Rolf Zuberbühler, Hölderlins Erneuerung der Sprache aus ihren etymologischen Ursprüngen, S. 97f.

숙케 해 준 한잔의 포도주도 그를 돕지 못한다. 제 1 연에서의 기꺼운 인사와 제 2 연에서의 행복의 순간에 대한 회상에 대조를 이루어 발생하고 있는 — 그러나 겉으로는 표현되지 않은 — 절대적 고독과 허약함의 인식은 절망을 낳고 있다. 화자는 자신을 구해야한다.

이제 〈대화 Gespräch〉가 등장하고 이것은 〈죽음을 가져다주는〉 사념의 〈좋지 않음 Nicht [...] gut〉에 대칭 한다.

> [...] Doch gut
> Ist ein Gespräch und zu sagen
> Des Herzens Meinung, zu hören viel
> Von Tagen der Lieb',
> Und Thaten, welche geschehen.

여기에는 자신의 시에 대한 회상이 밑바탕에 깔려있다. 「평화의 축제」가 그 회상의 대상이다.

> 운명의 법칙이란 모두가
> 침묵이 돌아오면 역시 하나의 말씀 있음을 경험하는 것.
> 그러나 신이 역사하는 곳에 우리도 함께 하여
> 무엇이 최선인지를 다툰다. 하여 내 회상하거니
> 이제 거장이 자신의 영상을 완성하여 일을 마치고
> 스스로 그것을 후광삼아, 시간의 말없는 신, 일터로부터 나오면,
> 오직 사랑의 법칙
> 아름답게 균형케 하는 것, 여기로부터 천국에 이르기까지 효능 있으리라.

아침부터
우리는 하나의 대화이며 서로 귀기울인 이래
인간은 많은 것을 경험했다. 그러나 우리는 곧 합창이어라.

Schiksalgesez ist diß, daß Alle sich erfahren,
Daß, wenn die Stille kehrt, auch eine Sprache sei.
Wo aber wirkt der Geist, sind wir auch mit, und streiten,
Was wohl das Beste sei. So dünkt mir jezt das Beste,
Wenn nun vollendet sein Bild und fertig ist der Meister,
Und selbst verklärt davon aus seiner Werkstatt tritt,
Der stille Gott der Zeit und nur der Liebe Gesez,
Das schönausgleichende gilt von hier an bis zum Himmel.

Viel hat von Morgen an,
Seit ein Gespräch wir sind und hören voneinander,
Erfahren der Mensch ; bald sind wir aber Gesang.[29]

　　〈gut〉이라는 단어를 통해서 우리는 일종의 믿기 어려운 집약성이 실현
되어있는 것을 파악할 수 있었다면, 〈대화〉에서도 우리는 똑같은 경험을
얻게 된다. 고독한 자는 접촉과 소통을 향한 모든 동경을 이 어휘 속에 투
영하고 있다. 이 어휘는 후기의 횔덜린에서 말의 소유 Sprache-Haben 자체
로 확장한다. 「반평생」에서 성벽은 〈말없이 차갑게 sprachlos und kalt〉 서
있고 「므네모쥔네」에서는 〈이방에서 말의 상실 Die Sprach in der Fremde
verloren〉을 읊고 있다.[30] 그러나 〈말〉이 있고 〈대화〉가 있는 곳에 분리는
극복되고, 분열된 삶은 다시 치유되고 생명은 다시 순환한다.

---

29) StA. III. S. 535f. (이탤릭체 표기는 필자)
30) StA. II, S. 187, "Hälfte des Lebens" 및 S. 195, "Mnemosyne, Zweite Fassung": 이 「반
평생」과 「므네모쥔네」에서의 언어 상실의 현상에 대해서는 Winfried Kudszus:
Sprachverlust und Sinnwandel, Stuttgart 1969, S. 83-89 및 S. 118-122, 그리고 S. 150f. 참조

그럼으로 회상하는 화자에게 있어서 대화는 구원의 사념이다. 대화는
제 자신과 다른 사람의 체험을 전제로 한다. 첫 두 개의 시연에서 회상하고
있는 자아는 이 체험으로 되돌아간다. 그리고 그 자아는 이 체험들이 단지
죽음으로 이끄는 사념에 이르게 할 뿐 아니라, 〈말〉과 〈대화〉와 그리고 〈노
래〉로 이어질 수도 있음을 알게 된다. 이 안에 신적인 것은 존재한다. 그것
은 좋은〈gut〉 일이다.

횔덜린은 언제나 진정한 대화를 〈말하기 Reden〉와 〈듣기 Hören〉라 생
각한다. 시 「라인 강」에서 루소를 가리켜

> 듣고 말하는 감미로운 천성 타고 나
> [...]
> 가장 순수한 자들의 언어를 베푸니
> 착한 자들에게만 이해될 수 있을 뿐
> Und süße Gaabe zu hören,
> Zu reden so, daß er [...]
> [...] sie Sprache der Reinesten giebt
> Verständlich den Guten [...][31]

이라고 말하고 위 「평화의 축제」 인용에서도 〈서로 들음 hören
voneinander〉을 말하고 있다.

대화를 통해서 〈진심〉을 말하고 〈사랑의 나날에〉에 대해서 그리고 〈일
어난 행위들〉에 대해서 듣기를 갈망한다. 이제 시「회상」에서 이 말하기와
듣기로서의 회상하는 일 자체가 주제화되기에 이른다. 제 5연의 종결구를
향한 울림이 예비 되고 있는 것이다.

---

31) StA. II, S. 146, 143행이하

5.

제 4 연은 횔덜린의 소설 『휘페리온』과 관련된다. 서한소설 『휘페리온』에서 벨라르민은 휘페리온의 편지를 받는 수신자이다. 휘페리온은 터키 지배로부터 조국 그리스를 해방시키려하나 좌절된 후 자신의 사랑과 행동들을 편지를 통해 이야기하는 가운데 자신과 자연의 평화를 다시 발견하고 있다. 이들 사이에는 우정어린 대화와 행동과 사랑에 대한 담론이 있었다. 그럼으로 이 시는 벨라르민과 그의 동행자를 통해서 소설 『휘페리온』이 관련되어 있다고 볼 수 있다. 한편 횔덜린은 이 소설 외에서 벨라르민이라는 이름을 사용한 적이 있다. 송가 「에두아르트에게」의 본래 제목으로 「벨라르민에게」가 고려된 적이 있는 것이다. 이 시는 카스토르와 폴룩스, 아킬레스와 파트로클로스를 생각하면서 징클레어와 시인과의 우정을 노래하고 있다. 따라서 이 시의 제목으로 벨라르민을 고려했다면 그 이름은 징클레어를 의미하고 있기도 하다. 징클레어는 경솔하게 혁명적인 인사들과 한패가 되었다가 뷔르템베르크의 선제후에 의해 체포·투옥된 적이 있다. 한편 이 징클레어는 바다와 깊은 관련을 맺고 있다. 그와 바다의 관계는 키르히너의 한 논문에서 횔덜린의 바다에 대한 표상의 시발점에 징클레어의 시 「나의 종족」의 내용을 그 친교의 초기인 1795년부터 알고 있었다는 점을 지적할 만큼 잘 알려진 일이다. 징클레어의 시는 이렇게 시작된다.

> 내 아직 어린 소년이었을 때
> 나는 바다에 오르고자 했었지,
> 폭풍의 위험이 나를 멈추게 되면
> 기꺼이 해변에 오르리.

Als ich noch ein kleiner Knabe war
Wollte ich die See besteigen,
Hielt bestimmt ich für des Sturms Gefahr,
Froh den Strand dann zu erreichen.[32]

징클레어와 겹쳐있는 벨라르민의 등장과 바다는 행동의 영역을 암시해준다.

소설 「휘페리온」에서 휘페리온도 디오티마의 생각, 즉 우선 민중의 교육자가 되고 그 길을 통해서, 유기적인 과정을 통해서 점진적으로 이념을 현실화시켜야 한다는 생각을 따르지 않았다. 휘페리온은 여행을 통해서 고대 그리스의 이상을 마치 화가가 그림을 그리듯 꾸며보려고 했고, 나중에는 서둘러 폭력을 통해서라도 그 목표에 이르기를 시도했으며 〈날개를 단전쟁도 사양치 않았다〉. 그는 이때 부상당하고 디오티마는 그가 죽었다고믿는 가운데 죽고 만다. 그의 행동들, 서둘러 아름다움을 모아보려는 행동, 다 완성된 풍요로움을 붙잡으려는 그의 행위들은 좌초되는 것이다. 원천으로부터, 드러나지 않은 유기적인 시발점으로부터 강물을 거쳐 바다에 이르는 길을 걷지 않으려 했기 때문이다. 〈오 내가 행동하지 않았더라면 좋았을것을〉[33]이라고 휘페리온은 은둔자로서 지나온 삶을 돌이켜보면서 이 소설의 앞머리에서 외치고 있다.

「회상」의 서정적 화자는 그의 친구 휘페리온과 벨라르민에 대한 비판과그들의 운명에 대한 회상 속에서 지나치게 서두는 행동, 아무런 예비적인교양교육 없이 힘을 사용한 정치적 변화로부터 물러서고자 하는 태도를 읽어낼 수 있다.

---

32) Werner Kirchner, Hölderlin, Aufsätze zu seiner Homburger Zeit, hrsg. v. Alfred Kelletat, Göttingen 1967, S. 34로부터 재인용
33) StA. III, Hyperion, S. 9

〈원천 Quelle〉과 〈바다 Meer〉의 대립에서 드러나는 것은 시적인 것과 영웅적인 것 사이의 긴장이다. 근원의 장소로서의 원천은 시인에게 주어진 본질적인 특징이다. 그것은 모든 것이 집결되어 있는 집약된 내면화의 장소이다. 〈바다〉는 광활하고 확장성을 가지고 있다. 그것은 대상들의 다양성으로 특징되는 세계의 표현이다. 여기를 향하는 〈사나이들〉은 언제나 〈중심을 벗어나는 궤도〉[34]에 의탁한다. 〈집중〉과 〈확장〉, 〈중심으로 돌아옴〉과 〈중심을 벗어나는 궤도〉의 대립이 제 4연에서 명백해진다. 이를 통해서 시적 자아는 원천으로 돌아가고자 하는 자기결단을 강화시키고 있는 것이다.

6.

제 5연은 앞선 시연에 대해서 상반적 접속사를 사용하여 대칭시키는 가운데 시작한다.

> Nun aber sind zu Indiern
> Die Männer gegangen,
> Dort an der luftigen Spiz' [...].

가롱 강과 도르도뉴 강이 만나서 만든 곳인 그라브 곶은 횔덜린에 의해서 회상되고 있는 출항과 관련된 하나의 역사적 사건을 연상시킨다. 라파예뜨가 1776년 무장한 배를 타고 미국독립운동지원을 위해서 이곳을 출발했다고 전해지는 것이다.

---

34) StA. III, Fragment von Hyperion, S. 163

휠덜린은 라파예뜨에 대해서 잘 알고 있었다. 휠덜린은 튀빙엔 신학교를 졸업하고 나서, 쉴러의 소개로 발터스하우젠의 칼프 가에 가정교사로 가게 되었다. 칼프 가에 도착해서 슈토이트린과 노이퍼에게 보낸 편지에서 가장(家長) 칼프 소령에 대해서 적고 있다.

> 나는 코부르크에서 금요일 새벽 3시에 특별우편마차를 타고 길을 떠나 저녁에 이곳에 도착했네. 그리고 칼프 소령(그는 프랑스군에 복무했고 라파예뜨 휘하에서 미국전쟁에 참여 했었다네), 그 인간적이고 교양 있는 사람을 만났네.[35]

며칠 후 어머니에게 보낸 편지에도 칼프 소령과의 대화를 적고 있다. 〈그는 평온을 매우 좋아합니다. 여행도 거의 하지 않고 사교도 적습니다. '나는 사람들 사이에 오랫동안 육지로 바다로 떠돌아 다녔어요. 이제는 아내와 아이가 나에게 있고 집과 정원이 그만큼 더 좋아졌지요' 라고 그는 말합니다. 그는 3년 전만 해도 프랑스군에 있었고 라파예뜨 휘하에 미국전쟁에 참여했습니다.〉[36]

그라브 곳은 라파예뜨의 출항과 그의 미국에서의 전승을 제외하고 생각할 수 없다. 라파예뜨는 독립운동에서 워싱톤 장군과 우정을 나누고 전승을 거둔 후 프랑스로 귀국했다. 1789년 프랑스혁명에서 그는 중요한 역할을 하게 되는데 무엇보다도 국민의회에서의 인권선언문을 미국의 선례에 따라서 만들었던 것이다. 프랑스혁명의 진전에 따라서 그는 단지 새로운 민주주의적 이념의 개척자로서 활동했을 뿐만 아니라 쟈코뱅주의자들의 급진적인 그리고 나아가서는 독단적인 정치활동에 대해 저항했다. 라파예뜨는 그러니까 하나의 실제적 영웅이다. 그는 해방전쟁에 처해 있는 식

---

35) StA. VI/1, S. 101, Brief Nr. 70 (An Stäudlin und Neuffer)
36) Ebd., Brief Nr. 71 (An die Mutter)

민지를 지원하기 위해 떠났고 그 식민지로부터는 인간권리의 옛 유럽의 이상들을 새로운 생명력으로 가득 채워 다시 가지고 돌아왔으며 전통에 연결되어 있는 국가헌법의 이념을 통해서 프랑스혁명에 하나의 전환을 제공할 수도 있었던 영웅이다.[37]

이 〈바다의 영웅〉은 휘페리온처럼 좌초되지 않고 조국의 〈원천〉으로 되돌아왔으며 여기서 그는 자신의 것, 식민지에서 그 사이에 변화된 형식으로 인식된 유럽계몽주의의 이념을 그 자유로운 구사를 통해서 보여주려고 시도했었다. 그러나 아직은 〈제약되지 않은〉, 무제약적인 거인주의에 의해서 거부되었던 것이다.

「회상」의 화자는 자신과 동일시되는 한 운명을 그에게서 보고 있다. 이 동일화는 이 시연에 담겨진 인용구를 통해서 명백해진다. 라파예뜨와 그의 사나이들은 〈인도로〉 갔던 것이라고 한다. 여기서 〈인도로〉는 그 목적지가 역시 인도였던, 그래서 그 자신이 중미의 섬들을 가리켜 〈서인도 제도〉라고 믿었던 콜럼버스에의 연결을 형성한다. 횔덜린이 남긴 콜럼버스에 관한 한편의 찬가 단편의 서두는 이렇게 시작된다.

콜럼버스
나는 영웅들 가운데 하나가 되기를 원했노라.
자유롭게 그것을 고백해도 된다면
그것은 아마도 바다의 영웅과 같은 것

---

37) 알베르 마띠에 Abert Mathiez 저, 김종철 역: 프랑스혁명사 上 , 창작과 비평사 1982. 77쪽 이하 제6장 〈궁중감독관 라파예뜨〉 참조

KOLOMB

Wünscht' ich der Helden einer zu seyn
Und dürfte frei es bekennen,
So wär' es ein Seeheld.[38]

　이국으로 떠나갔던, 그리고 새롭게 체험하고 자유롭게 구사할 수 있는
제자신의 것을 풍요로움으로 나누어 주고 있는 콜럼버스, 그리고 라파예뜨
와 같은 바다의 영웅은 서정적 화자의 제 자신에 대한 표상에 가장 가까이
다가선다. 라파예뜨는 휘페리온이 미완성인 채 남겨놓은 길을 따라서 원천
으로 되돌아왔고 새로 발견된 고유한 자신의 것, 인권의 이념, 국가입법의
계획들을 대화의 대상으로 만들었다.

　그러나

Es nehmet aber
Und giebt Gedächtniß die See.

에서 이 찬가의 발화방식은 또 한번의 전향을 취한다. 화자는 회상의 지속
성을 성찰하는 것이다. 라파예뜨의 예시는 화자자신에 의해서 가능했던 유
럽정신에 대한 회상이 단지 순간적이었음을 보여준다. 행동의 세계에 대한
은유로서의 바다는 기억을 빼앗고 또 준다. 인간에게는 그것을 조정할 능
력이 없는 것이다. 사랑도 〈주목을 끌지만〉, 그것은 〈부지런 할〉 때일 뿐이
다. 말하자면 상대방에게 언제나 새롭게 그 현존 안에 모습을 나타내 보여
야만 한다. 그렇다면 머무는 것은 누가 짓는 것인가.

Was bleibet aber, stiften die Dichter.

---

38) StA. II, S. 242

이 종결시구는 〈aber〉를 통해 특징된다.

앞선 발화로부터의 반전뿐만 아니라 그 극복과 진전을 의미하며 새로운 국면을 여는 핀다르적 접속사 〈aber〉를 통해서 성찰적인 대립이 드러난다.[39] 이 대립은 이중적인 관점에서 이해된다. 첫째는 〈바다〉와 〈기억 Gedächtniß〉의 연관을 통해서도, 〈사랑 Lieb'〉에서의 관련을 통해서도 〈머물러〉 있는 어떤 존재도 생성되지 않는다는 점과 두 번째는 이에 대해서 시인들은 머무는 것의 어떤 관련을 알고 있을 뿐만 아니라, 머무는 것에 대해 책임을 가지고 있음을 말해준다. 이 반전은 그러니까 앞선 시연들로부터 필연적으로 도달해야 했던 한 종결구로의 비약을 의미하는 것이다.

〈바다〉와 〈사랑〉에 대한 회상을 보존하고 있는 두개의 회상방식은 오로지 사실적으로, 성찰 없이, 〈부지불식간에〉[40]존재한다.

그러나 시인은 세계의 일시적으로 흘러가 버리는 삶을 언어로 붙잡아 〈아는 가운데〉, 다시 말해서 삶의 수행으로부터 벗어나 정신의 영역 안으로 들어서면서 시간 안에 〈하나의 머무는 것〉[41]를 세우는 과제를 떠맡는다.

후기의 횔덜린은 서한이나 시들을 통해서 자신의 과업을 확인하고 있다. 그러나 그에 있어서 어떤 것도 고정적이고 실증적인 것으로 고착되지

---

39) 횔덜린의 핀다르에 대한 근접은 이 〈aber〉의 사용에서도 드러난다. 시 「회상」에 8회 등장하는 〈aber〉의 의미에 대해서는, 즉 〈Aber-구조 Aber-Fuge〉 또는 〈Aber-장치 Aber-Gerüst〉에 대해서는 Hans-Dichter Jünger, Mnemosyne und die Musen. Vom Sein des Erinnerns bei Hölderlin, S. 272ff. 참조. 그는 횔덜린이 핀다르의 번역에서 어떤 경우 전혀 의미없는 &를 언제나 aber로 번역한 것은 결국 의미론적 측면에서 보다는 리듬상의 가치를 살리려한 것은 아닌지의 여부를 논의하고자 한다. 이 핀다르식의 쾌감에 관련된 euphonisch 기본 음조로서의 &에 대한 논의와는 달리 Roland Reuß, "…/Die eigene Rede des andern", Hölderlins 「Andenken」 und 「Mnemosyne」, Frankfurt /M. 1990, S. 339에서는 성찰적인 대칭을 의미하는 것으로, 즉 독일적인 〈aber〉로 받아들이고 있다. 그런 가운데서도 운율적인 〈aber〉의 가치도 제시하는 데 "Es reich aber"(59행), "Es nehmt aber"(57행) 그리고 "Was bleibet aber"(59행)의 배열을 증거로 제시한다. Vgl. S. 342

40) StA. II, S. 172, 222행

41) StA. II, S. 801, "Lesarten"

않는다. 그는 자신의 문학적 과제를 계속해서 새롭게 해석하고 있는 것이다.

그리고 「회상」의 마지막 함축적 시구에서 휠덜린은 문학적 언어를 통해서 시간을 오래 견딜 수 있는 것을 〈세우는〉 자로 시인을 규정한다. 이로서 휠덜린은 서구의 한 기본사상을 언급한 것이다. 그 사상은 핀다르에서 발견되고[42] 호라츠, 베르길, 오비드 등에게서도 발견된다. 클롭슈토크에서는 그 사상이 중심을 이루며, 헤르더에게서도 마찬가지이다. 이러한 사상의 줄기는 휠덜린에게서 정확하게 추적된다. 괴테의 『빌헬름 마이스터의 수업기 Wilhelm Meisters Lehrjahre』에서 시인들에 대한 그 유명한 대화를 그는 읽을 수 있었다. 빌헬름은 베르너와의 대화에서 이렇게 말하고 있다.

영웅도 그들의 노래에 귀기울였고, 세계의 정복자도 시인에게 경의를 표했었네. 왜냐면 시인 없이는 자신의 엄청난 존재도 마치 폭풍처럼 흩어져 버릴 것이라는 느낌이 들었기 때문이었네.[43]

휠덜린이 괴테의 생각으로부터 영향을 받으면서 영웅과 시인의 관계에 대해서 얼마나 똑같은 생각을 가졌던가는 나폴레옹에 바치는 송가의 한 초고가 잘 보여준다.

시인들은 성스러운 그릇이네
그 안에는 삶의 포도주, 영웅들의
영혼이 담겨져 있네.

---

42) 예컨대 Pindar의 Epinikien VII. Nem., 12ff., III. Pyth., 195ff.
43) Goethe Werke, Hamburger Ausgabe, B. VII, S. 84. 같은 생각은 그의 「Torquato Tasso」, 460행 및 801행 이하에도 등장한다.

Heilige Gefäße sind die Dichter,
Worinn des Lebens Wein, der Geist
Der Helden sich aufbewahrt,[44]

시는 영웅들이 살고 머물 수 있는 장소이다. 우리는 예술작품의 은유로서의 〈그릇 Gefäß〉을 그의 다른 시에서도 만나게 된다. 한 단편은 이렇게 읊고 있다.

도대체 그는 아무 곳에도 머물지 않는다
어떤 징표도
붙잡아 두지 않는다
그릇도 그를
언제나 붙잡을 수 있는 게 아니다.

Denn nirgend bleibt er.
Es fesselt
Kein Zeichen.
Nicht immer

Ein Gefäß ihn fassen.[45]

그리고 한 후기의 또 다른 찬가 초고 안에는 〈예술가는 그릇을 빚나니 Gefäße machet ein Künstler〉[46]라고 한다. 이러한 사유의 복합체가 극단적으로 축약되어, 다시 한번 오비드의 〈시인의 작품은 오래간다 Durat opus

---

44) StA. I/1, S. 239, "Buonaparte"
45) StA. II, S. 325
46) StA. II, S. 221, "Einst hab ich die Muse gefragt…"

vatum)[47]을 연상시키는 가운데 시 「회상」은 마지막 시구에 이르고 있는 것이다.

그러나 이제 우리는 시인이 〈머무는 것 Bleiben〉에 대해서 말하면서 〈지속하는 것〉이라 하지 않았음에 주목해야 한다. 지속하는 것이 — 그 어원인 라틴어의 〈durare〉가 의미하는 바대로 — 단단해 짐 Hart-Werden, 경화됨 Sich-Verfestigen을 의미한다면 〈머무는 것〉은 그 자체 내 역동적인 사건이다. 〈Bleiben〉과 〈육체 Leib〉 및 〈생명 Leben〉이 어원상 연관성을 가지고 있는 것은 우연이 아니다.[48]

특히 시 「회상」에서 이해는 이 마지막 시구 〈Was bleibet aber, stiften die Dichter〉를 그 자체로서가 아니라, 이 시에서 행해지는 회상의 진행과 함께 우리들의 회상도 함께 진행시키는 가운데 얻어낼 수 있을 때에만 가능한 것이다. 시라쿠스의 훌륭한 군주 히에른 2세를 노래한 핀다르의 「제1 퓌토 찬가」, 신을 믿지 않는 테에베의 지배자 펜테우스가 그 모친과 시녀들에 의해서 어떻게 파멸되는지를 보여주는 에우리페데스의 「박카스의 시녀들」, 돌아온 방랑자의 고향에 대한 찬미를 보여주는 「거인」 찬가, 그리고 루소가 노래되는 「라인 강」, 「평화의 축제」에서의 〈대화〉가 인용되며 또 이 찬가를 쓰게 된 역사적 계기인 르네빌의 평화협정에의 환기, 휘페리온을 통한 행동으로의 질주와 자유로운 정신의 전개에 대한 정치적 오류, 이런 가운데에 제기되는 프랑스 혁명의 진전에 대한 비판, 또한 징클레어도 포함

---

47) Ovid. Amores III. 9, 29; Pyritz, Zum Fortgang der Stuttgarter Hölderlin-Ausgabe, in: HJb. 1953, S. 105에서 이 오비드의 문구에 대한 해석참조. 〈시인의 작품만이 영속성을 지니고, 영속성을 부여하며, 시간을 극복하고 머무르는 존재를 창조한다 allein des Werk der Dichter hat Dauer, verleiht Dauer, überwindet die Zeit, schafft bleibendes Sein.〉; Bertaux, Hölderlin-Variationen, Frankfurt /M. 1984, S. 86에서도 Pyritz의 의견을 받아들이고 역시 이 마지막 문구를 오비드의 영향으로 봄.

48) Vgl. Kluge, Etymologisches Wörterbuch, 1967. 표제어 〈bleiben〉

하는 독일의 급진주의적 자유운동에 대한 비판, 라파예트의 출정과 귀환에 대한 회상 — 여기서 연관되는 영웅주의와 나폴레옹의 천민적이고 기만적인 독재에 대한 비판 — 이러한 인용과 암시들을 이 시의 내용 안에 작용하면서 사실적, 역사적인 순간을 넘어서도록 부단히 자극하고 있는 것이다. 이러한 소통적인 연관성을 통해서 현재, 과거 그리고 미래가 중재된다. 따라서 시 「회상」의 수행방법으로서 회상은 문헌적 의미에서의 근원에의 추구인 셈이다. 인용되는 텍스트들 안에 숨겨져 있는 암시를 발견하고 그 의미를, 그 문학적 진술들이 담겨져 있는 작품의 순화들을 현재화시키고 그 안에 시인에 의해서 〈세워진 것〉을 자신의 안에 작용토록 수용하는 가운데 그 온전한 뜻을 펴게 한다.

그러한 과정으로서의 회상이 시인 자신의 세움이며 설립이다. 이것은 이 집중화된 의미잠재성을 하나의 연관성 안에 모으고 있는 횔덜린 자신의 세움인 것이다. 이렇게 해서 세워진 노래는 살아있는 머무름으로 남아서 생명을 이어간다. 그리고 회상으로 또한 작용한다. 따라서 노래는 죽음과는 다른 길을 간다. 우리는 그의 한 찬가 단편 안에 숨겨져 있는 시인의 소망을 이 세움의 참뜻으로 이해할 수 있게 된다.

어찌 그들은 그대를 슬프게 하나
오 노래여, 순수한 것이여
나는 죽으나 그래도 그대는 다른 길을 가고, 시샘이
그대를 막으려 하나 헛되리라.

이제 다가올 시간에 그대 착한 이 만나거든 그에게 인사하라.
우리들의 나날 얼마나 행복으로 가득했고
또한 고뇌로 넘쳤는지 생각케 하라.

Was kümmern sie dich
O Gesang den Reinen, ich zwar
Ich sterbe, doch du
Gehest andere Bahn, umsonst
Mag dich ein Neidisches hindern.

Wenn dann in kommender Zeit
Du einem Guten begegnest
So grüß ihn, und er denkt,
Wie unsere Tage wohl
Voll Glüks, voll Leidens gewesen.[49]

7.

1800년 이후 횔덜린의 시에는 소통지향의 징후들이 여러 가지 형태로 표면
화된다. 그 첫 번째 징후는 일련의 시작품들을 친구들이나 후원자들에게
바치고 있는 현상이다. 징클레어, 하인제, 헷센-홈브르크 방백과 그의 딸
아우구스테가 그 대상들이다. 횔덜린은 시작품에서 이들과 공개적이고 실
제적인 대화를 계속한다. 그는 말을 건 상대자의 언술과 관심을 특별한 방
식으로 언급하고 표현한다. 예컨대 찬가 「파트모스」는 홈브르크 방백에게
바친 시인데, 이 방백의 경건주의적인 사고방식과 클롭슈토크에 대한 문학
적 관심을 텍스트 안에 융해시킨 성경구절의 인용을 통해서, 그리고 무엇
보다도 경건주의의 해석학적 성서해석이나 클롭슈토크의 문학에 대한 암
시를 통해서 언급하고 있는 것이다.[50]

---

49) StA. II, S. 215f. "An die Madonna"
50) Vgl. Jochen Schmidt, Hölderlins geschichtsphilosophische Hymnen »Friedensfeier«, »Der Einzige«, »Patmos«, Darmstadt 1990, S. 185-193

시인은 그 누구에겐가 가장 알맞은 것을 노래하고자 할 때 그 수신자의
〈분위기 Sphäre〉를 알고 그 수신자가 시를 통해서 자신의 삶의 영역을 다
시 인식하며 이를 통해서 더 높은 연관성을 파악해 내도록 해야 한다는 것
이 횔덜린 시학의 한 실천적인 주장이기도 하다. 이 횔덜린 시학의 기본적
사고는 시작품의 도처에 나타난다. 이러한 시작태도는 의미의 화행화
Pragmatisierung[51]라 칭할 수 있다. 횔덜린이 어원을 천착하고 그 내포적 의
미를 활용하는 것도 이러한 시작 태도의 한 현상이라고 볼 수 있다. 그가
근원적인 것, 〈제 자신의 것을 자유롭게 활용함〉[52]으로 관심을 집중시키면
시킬수록 개별적인 어휘들의 어원에로의 귀환은 더 필연적인 것이기도 했
다.

우리가 이 글에서 문제로 삼았던 시「회상」에서의 상호텍스트성도 바로
이러한 화행화된 의미론의 한 현상이다. 다른 시인들이나 작가의 텍스트에
대한 인용과 암시적인 회상들은 이들의 텍스트를 전체적이며 텍스트와 작
가에 대한 공공연한 가치평가와 함께 그 텍스트의 관심되는 부분이나 혹은
대칭되는 특성들과 더불어 기억 속으로 불러내고 현재화시키는 것이다. 이
러한 인용들과 암시들은 화용론적인 대화의 공간을 열어주었다. 그 공간
안에서 시「회상」은 타인의 텍스트들과 특정한 관련을 맺고 있는 것이다.
그 관계는 상호텍스트성의 두 가지 관계가능성 가운데서 연상 내지는 인접
관계를 더욱 두드러지게 보여주고 있다.[53] 횔덜린의 후기시에 드러나는 이

---

51) Ulrich Gaier, Hölderlin. Eine Einführung, Tübingen-Basel 1993, S. 246ff.

52) StA. VI/1, S. 426, Brief Nr. 236, "An Casimir Ulrich Böhlendorff"

53) Karheinz Stierle, Werk und Intertextualität, in: Poetik und Hermeneutik 6. Das Gespräch, München 1984, S. 141

러한 상호텍스트성의 확대와 그 산문적 관계[54]의 증대는 한편으로는 개방
적으로 시문학의 한계를 확장시키면서도 한편으로는 이것이 횔덜린의 시
어에 대한 위기의식의 징표는 아닌가하는 생각을 가지게 한다.

---

54) Kontiguitätsbeziehung은 로만 야콥슨의 이론에 따르자면 Metonymik의 특징이며 이
것은 시에서 우세한 Metaphorik과는 달리 산문에 더 우세한 현상이라고 설명된다. Vgl.
Roman Jakobson, Der Doppelcharakter der Sprach. Die Polarität zwischen Metaphorik und
Metonymik, in: Jens Ihwe(Hg.), Literaturwissenschaft und Linguistik, Bd.l, S. 323-333,
특히 S. 333

V

〈지상에 척도는 있는가〉

〈지상에 척도는 있는가〉
— 횔덜린 또는 작자미상의 시 「사랑스러운 푸르름 안에…」에 대한 해석

1.

슈투트가르트 판 횔덜린 전집 제2권에는 〈저자가 의심스러운 작품〉이 몇 편 실려 있다. 이중 한 편의 시 「사랑스러운 푸르름 안에…」가 눈길을 끈다.

이 작품은 횔덜린의 시대와 그의 작품세계에서는 낯선, 나중에 보들레르가 그처럼 애호했던 산문시의 형식을 가지고 있다. 그러나 이 낯선 외적 형식을 접어놓고 그 내용을 자세히 들여다보면 여기에 등장하는 어휘들과 시상으로부터 횔덜린 후기시의 분위기를 느끼게 된다.

이 시는 과연 횔덜린과 어떤 연관을 가지고 있는 것인가? 이러한 물음은 횔덜린의 시를 알고 있는 많은 사람들에게는 아주 매혹적인 주제이다. 여기서도 그 생성기로부터 제기되는 횔덜린 작품으로서의 작자 추정이 그 내용으로도 충분하게 뒷받침되는가, 그렇다면 이 작품이 횔덜린 문학세계에 어떤 위치를 차지할 수 있는가를 다루고자 한다.

시 「사랑스러운 푸르름 안에…」는 당시 19세 소년 작가 바이프링어가 1823년에 발표한, 문학사적으로는 별 의미가 없는 소설 『파에톤』에 등장한

다. 광기에 붙잡힌 조각가이자 시인인 파에톤을 주인공으로 하고 있는 이 소설 안에 「파에톤의 마지막 기록」이라는 표제 아래 세 부분으로 된 한 편의 시가 등장하는데 그것이 〈사랑스러운 푸르름 안에…〉로 시작되고 있는 것이다.

그런데 이 시가 횔덜린과 관련되는 것은 다음과 같은 연유에서이다. 당시 슈투트가르트 김나지움 최상급반 학생이었던 바이프링어는 1822년 6월 튀빙엔으로 정신착란에 놓여있었던 시인 횔덜린을 방문한다. 횔덜린은 1807년 아우텐리트 정신병원에서 퇴원한 이래 목수 침머의 보호 아래 소위 횔덜린–옥탑 Hölderlin-Turm에 기거하고 있었다. 바이프링어는 이곳으로 그를 처음 방문했었고 뒤이어 『파에톤』을 썼던 것이다. 한편 횔덜린 방문 후 2개월이 지난 그의 일기장에는 소설집필에 열중하고 있다는 것과 무엇보다도 〈횔덜린의 이야기를 말미에 이용 하겠다〉고 적혀 있다.[1]

그보다 앞서 횔덜린 방문 직후의 일기에 그는 이렇게 썼다. 〈그는 자신을 돌보는 목수와 함께 외출을 하거나 종이를 손에 넣게 되면 그것에다 참으로 무의미한 글을 가득히 써넣었다. 이 무의미한 것들은 그러나 때때로는 무한히 신기한 가상적 의미를 지니고 있다.〉 횔덜린의 이러한 생활의 단면은 아마도 침머에 의해서 바이프링어에게 전달되었던 것이 틀림없다. 이 일기장에는 계속해서 이렇게 기록되어있다.

나는 그의 원고 한 뭉치를 손에 넣게 되었는데, 여기서 아무런 뜻도 없는 그러나 아주 운율적으로는 틀림없는 알카이오스 형식을 만나게 되었다. 나는 그런 원고를 또한 청했다. 핀다르 식으로 자주 반복되는 '말하자면'이라는 단어가 아주 눈길을 끈다. 그는 이해할만한 때에는 고통에 대해서, 외디푸스에 대해서, 그리스에 대해서 말한다. 우리는 헤어졌다.[2]

---

1) StA. VII/3, S. 8
2) StA. VII/3, S. 5

그런데 여기서 언급되고 있는 어휘들인 〈고통〉, 〈외디푸스〉, 〈그리스〉와 같은 어휘들은 바로 「사랑스러운 푸르름 안에…」에 그대로 등장한다. 소설 가운데 파에톤이 남겨놓은 것으로 되어있는 「파에톤의 마지막 기록」을 정신착란기의 횔덜린이 써서 넘겨준 작품으로 생각하게 만드는 중요한 단서가 제시되는 대목인 것이다.

2.

한편 그러한 단서에도 불구하고 『파에톤』의 작자인 바이프링어가 이 시까지 직접 썼으리라고 가정해 볼 수도 있다. 그러나 이 시가 바이프링어에 의해서 직접 집필되었다고 주장하는 사람들은 없는 것 같다. 바이프링어의 작품들은 언어적으로나 형식적으로나 전혀 다른 특징을 보이고 있으며, 횔덜린의 시적 경향에 맞추어 그처럼 후기 횔덜린의 특성을 드러내는 시작품을 쓴다는 것은 상상하기 어렵기 때문이다. 횔덜린을 모방한 것은 아닌가라는 반문도 그렇다. 바이프링어는 1822년 5월 30일자 일기에서 〈나는 울란트의 집을 다녀왔다 […] 그는 횔덜린에 대해서 많은 것을 말했다〉[3]고 쓰고 있다. 또 바이프링어는 울란트를 방문한 후에서야 소설 『휘페리온』을 알았다는 사실이 밝혀진다. 6월 6일자의 일기에 〈그는(울란트) 나에게 횔덜린의 휘페리온을 주었다〉고 쓰고 있는 것이다.[4] 한마디로 바이프링어는 횔덜린을 알지 못하고, 그의 작품을 읽어 본 적이 없는 문외한으로서 다만 자신의 소설의 주인공을 〈횔덜린과 같은 사람〉으로 하기로 결정한 것이다. 따라서 횔덜린 작품의 모작은 그에게 가능하지 않다고 생각된다. 다만 「사

---

3) StA. VII/3, S. 1
4) StA. VII/3, S. 6

랑스러운 푸르름 안에…」의 형식이나 어휘가 횔덜린이 넘겨준 원본 그대로 소설에 전재된 것인지는 확인할 수 없다. 미헬은 바이프링어가 자신의 〈삽입 문구〉정도를 집어넣었으리라고 생각하고 있다.[5] 바이스너는 바이프링어가 〈척도 Maaß〉, 〈그리스 Griechenland〉와 같은 모티브를 첨가함으로써 어느 정도 〈그럴듯한 연관성〉을 제시했을 것이라는 의견을 피력하고 있다. 그는 이러한 연관성은 바로 보충적으로 손질을 통해서 두드러지게 보이려는 바이프링어의 첨가물일 수도 있다고 말하고 있는 것이다.[6] 그러나 바이프링어가 이 기록의 삽입을 통해서 그의 소설 주인공의 정신착란을 드러내 보이려는 데에 관심을 두었으리라는 전제아래서 보자면, 그가 의미의 연관성을 보충하려고 첨삭을 시도했다는 것은 모순이다. 오히려 연관성 없음을 그대로 놓아두었거나 아니면 언어적, 사상적인 무질서를 의도적으로 확대시키려 했다는 것이 더 신빙성 있는 주장이 될 것이다. 이것이 바이스너가 추측한 것보다 더 많이 우리의 관심을 끄는 가능성이다.

피에르 베르또는 그의 논문「하늘의 날개처럼 자유롭게…'」에서 (물론 이데올로기적인 이유에서이기는 하지만) 바이스너와는 정반대의 방향에서 바이프링어의 이 텍스트에 대한 관여를 살피고 있다. 베르또는 횔덜린이 결코 정신착란에 걸린 적이 없다고 주장한다. 그의 광기는 정치적인 이유

---

5) Wilmhelm Michel, Das Leben Friedrich Hölderlins, Bremen 1940, S. 538: <Verschiedene Einzelheiten können vermuten lassen, daß Waiblinger Einschiebsel vorgenommen habe>

6) StA. II, S. 991: 〈나아가서 이것이 원래 유일한 3개 부분으로 구성된 시인지에 대해서는 알아낼 수가 없다. Maaß라든가 Griechenland와 같은 모티브를 통해서 뒷받침되는 외적인 연관성에도 불구하고말이다. 이 연관성은 바이프링어의 조정되고 손질한 첨가물(성분)일 수도 있는 것이다. Ferner ist es nicht einmal auszumachen, ob es sich ursprünglich um ein einziges dreigegliedertes Gedicht handelt - trotz des durch die Motive des Maßes und Griechenlands gestifteten scheinbaren Zusammenhangs. Der könnte eben Waiblingers ausgleichende und aufhöhende Zutat sein〉

로 외적으로 그렇게 보이도록 가장한 행위에 불과했다는 것이다. 따라서 베르또는 이렇게 말한다.

> 그(바이프링어)는 휠덜린이 광기에 빠졌다는 전제로부터 출발했다. 그리고 휠덜린의 텍스트들을 이러한 방향에서 손질했다. 휠덜린의 자료들을 심하게 위치 변동시킴으로써, 그것들이 여기서 완전히 창작되도록 결과된 것이다.[7]

그런데 베르또가 자신의 이러한 논제에 대한 근거로서 제시하고 있는 유일한 쟁점은 〈독수리의 '노래' 가 나의 신경을 건드린다 Mich stört der Gesang des Adlers〉라는 시구이다.[8] 그러나 휠덜린의 광기를 보여주기 위한 바이프링어의 의도적인 왜곡 근거로 〈독수리의 노래〉가 제시된 것은, 바이프링어가 알지 못했던 『엠페도클레스의 죽음』의 한 구절인 〈독수리들과 더불어 나는 여기서 자연의 노래를 부른다 Mit Aldern sing ich hier Naturgesang〉를 돌이켜 생각해 보면 얼마나 설득력이 없는지 드러난다.[9]

이제 바이스너가 그의 〈주석〉[10]에서 언급하고 있는 내용을 재론해 볼 필요가 있다. 그는 이 작품이 여러 단편들 이상의 것이 아니라는 점을 확신하고 있다. 말하자면 결코 어떤 일관된 연관에 속하지 않는 시의 단편들의 모음이라는 것이다. 이렇게 말할 수 있는 것은 바이프링어의 말이 근거가된다. 〈그의 원고들 중에서 몇 장〉이라는 『파에톤』에서의 인용서두의 이 말은 많은 점에 걸쳐 시사하는 바가 있다는 것이다. 그런데 이때 바이스너는 바이프링어가 그의 일기 — 이것은 소설보다 훨씬 신빙성이 높은 자료이다

---

7) Pierre Bertaux, 'Frei wie die Fittige des Himmels …', in: HJb. 1981/82, S. 81
8) Ebd.
9) 이 구절은 그의 논문의 제목으로 인용된 〈하늘의 날개처럼 자유롭게 Frei, wie die Fittige des Himmels〉(StA. IV, "Der Tod des Empedokles", Dritte Fassung 24행)로부터 7행 앞에 있는 문구이기도 하다.
10) StA. II, S. 991f.

— 에서 그가 손에 넣었던 〈그의 원고의 뭉치〉와 그가 요청해서 집으로 가져온 한 뭉치를 명백하게 구분하고 있다는 점을 간과하고 있다. 바이프링어는 〈나는 하나의 그러한 원고 뭉치를 청했다〉라고 쓰고 있는 것이다. 이러한 오해로부터 바이스너는 잘못된 방향으로 나아가고 있다. 그는 이렇게 말한다.

> 시행 그리고 심지어 시연들을 재현시키려는 시도는 그만큼 결정적으로 부질없는 일이 된다. 각운 없고 운율적이지 않은 이 첫 발병 시기에서의 기록들은 그 구조법칙이 더 이상 지켜지지 않았다는 점에서 조국적 찬가와 구분되기 때문이다. 그렇기 때문에 어떤 법칙도 계산도 결핍되어 있다.[11]

바이스너는 이 텍스트가 각 부분들간 연관성을 가지고 있지 않다는 선입견을 강하게 가지고 있음으로써, 이 텍스트가 어떤 법칙성(규칙성)을 포기한 시점에 쓰여졌다는 사실로부터 출발하고 있다. 그러나 앞으로의 논의에서, 특히 보다 자세한 시행기술적인 검토를 통해서 밝혀질 것이지만, 횔덜린이 이 텍스트를 쓸 당시 소위 말해서 구조의 법칙을 완전히 배제해 버린 것은 결코 아니었다는 점, 그리고 이 시는 그가 아우텐리트 병원에 입원하기 전에 쓴 것이 거의 틀림없다는 점, 즉 〈조국적 찬가〉가 아직도 그의 관심사였을 시기에 쓰여졌다는 점, 그러니까 결코 1820년에 비로소 쓰여진 것은 아니라는 사실이 증명될 수 있을 것이다. 오히려 뵈쉔슈타인이 주장하는 바대로 〈신성(神性)을 둘러싼 싸움에서 끝내 여러 신상(神像)의 구분을 위해서 애쓰고 있는 마지막 시기의 찬가 단편들과의 근접성〉[12]이라는 이 텍스트의 특수한 위치가 주목되어야 할 것이다. 이 시는 어떤 〈법칙적인

---

11) Ebd.
12) Renate Böschenstein, Hölderlins Oedipus-Gedicht, in: HJb. 1990/91, S. 131

계산〉의 지배 아래 있고, 따라서 '단편'이 아니라 완전한 한편의 '시'로 해석될 수 있는 충분한 가능성을 지니고 있다. 이 가능성을 확인하기 위해서 우리는 이 시를 조국적 찬가들의 범주에 속하는, 미완성의 단편들과 시기적으로 매우 근접해 있는 작품이라는 점을 밝혀보아야 하는 것이다. 즉 이 텍스트는 1803년에서 1805년 사이에 쓰여진 거의 완성의 경지에까지 달한 찬가 중 유일한 것일 수 있다. 이러한 가정은 1803/05년의 서정시에 깊이 들어가 그 이전의 서정시와의 비교 가운데 보여주는 차이점을 인식하고 나면, 확인의 가능성은 커진다. 예컨대 갑작스러운, 그 근원을 추적하기 어려운 사유의 비약, 지나치게 많이 등장하는 〈그러나 aber〉와 〈말하자면 nämlich〉(횔덜린 표기법으로는 nemlich)으로 드러나게 되는 사유의 불연속성과 그 경로의 불명료성, 웅얼거리는 듯한 혼잣말로의 전환, 그리고 형식상의 특징인 모음 중복과 모음 연속의 잦은 등장, 청년기 횔덜린 시의 부드러운 리듬대신에 끊기는 듯 하는 스타카토 식의 시행의 흐름 등이 모두 1803/05년의 양식적 특징들인 것이다. 이것들은 이미 호프가 〈정신병의 문체양식 〉으로 제기한 적이 있다.[13] 또 하이데거가 이 「사랑스러운 푸르름 안에…」를 가리켜 〈거대하며 동시에 무서운 시〉라고 평가하면서[14] 제시하고 있는 요소들, 뵈쉔슈타인이 이 시를 가리켜 〈횔덜린의 위대한 외디푸스-시 〉[15]라고 하면서 제시하고 있는 요소들은 이 텍스트가 순수한 횔덜린 작품일 것이라는 점을 말해 주고 있는 것이다.

여기서는 이러한 생성기와 가정을 전제로 해서 하나의 위대한 그리고 그의 최후기의 문학세계를 응집하고 있는 작품으로서 「사랑스러운 푸르름 안에…」를 해석하고자 한다.

---

13) Walter Hof, Hölderlins Stil als Ausdruck seiner geistigen Welt, Meisenheim am Glan 1956, S. 365ff. 특히 S. 375
14) Martin Heidegger, Erläuterungen zu Hölderlins Dichtung, Frankfurt /M. 1963, S. 39
15) Renate Böschenstein, S. 131

3.

이 시는 3개의 부분으로 구성되어 있다. 그 부분들의 경계는 소설 『파에톤』에 처음부터 명백하게 구분되어 있었다. 각 부분별로 면밀하게 읽어나가고자 한다.

1) 제1부분: 신의 영상으로서의 인간, 인간의 삶

In lieblicher Bläue blühet mit dem metallenen Dache der Kirchthurm. Den umschwebet Geschrei der Schwalben, den umgiebt die rührendste Bläue. Die Sonne gehet hoch darüber und färbet das Blech, im Winde aber oben stille krähet die Fahne. Wenn einer unter der Gloke dann herabgeht, jene Treppen, ein stilles Leben ist es, weil, wenn abgesondert so sehr die Gestalt ist, die Bildsamkeit herauskommt dann des Menschen. Die Fenster, daraus die Gloken tönen, sind wie Thore an Schönheit. Nemlich, weil noch der Natur nach sind die Thore, haben diese die Ähnlichkeit von Bäumen des Walds. Reinheit aber ist auch Schönheit. Innen aus Verschiedenem entsteht ein ernster Geist. So sehr einfältig aber die Bilder, so sehr heilig sind die, daß man wirklich oft fürchtet, die zu beschreiben. Die Himmlischen aber, die immer gut sind, alles zumal, wie Reiche, haben diese, Tugend und Freude. Der Mensch darf das nachahmen. Darf, wenn lauter Mühe das Leben, ein Mensch aufschauen und sagen : so will ich auch seyn? Ja. So lange die Freundlichkeit noch am Herzen, die Reine, dauert, misset nicht unglüklich der Mensch sich mit der Gottheit. Ist unbekannt Gott? Ist er offenbar wie der Himmel? dieses glaub' ich eher. Des Menschen Maaß ist's. Voll Verdienst, doch dichterisch, wohnet der Mensch auf dieser Erde. Doch reiner ist nicht der Schatten der Nacht mit den Sternen, wenn ich so sagen könnte, als der Mensch, der heißet ein Bild der Gottheit.

이 부분은 자연의 묘사로 시작하고 있다. 이 자연의 묘사는 그러나 처음부터 인간적인 것, 인공적인 것을 그 안에 포함하고 있다. 교회가 맑게 개인 푸른 하늘 아래 마치 활짝 피어나는 꽃처럼 그 첨탑을 가지고 태양을 향해서 솟아있다. 활짝 피어남의 이미지가 주저함 없이 〈금속성의〉 또는 〈양철〉과 같은 기술적 용어들로 표현되고 있는 것은 주목할 만한 일이다. 그렇지만 이러한 표현이 시골의 목가적인 이미지를 깨뜨리지는 않는다. 시인은 하늘의 푸르름을 강조하는 데에 관심을 집중하고 있다. 교회의 첨탑은 이 푸르름을 돋보이게 한다. 이와 똑같이 제비도 그 〈우짖는 소리〉와 함께 그 푸르름 안으로 등장한다. 거기에 다른 소리도 들을 수 있다. 풍향기의 〈떨격거리는 소리〉, 즉 양철로 된 수탉 모양의 풍향기의 떨격거리는 소리가 그것이다. 그것도 평화로움을 깨뜨리지는 않는다.[16]

첫 시행에서의 높이 솟아있음의 표상은 이어지는 5–6행에서의 언젠가 자신이 올라갔던 〈그 계단을 내려오고 있는 어떤 사람〉의 표상과 대조를 이룬다. 계단을 따라서 그는 다시금 아마도 지상으로 내려오고 있는 것이다. 이렇게 내려오는 사람의 외로운 발걸음이 확연하게 느껴진다. 그것은 비인칭대명사이자 수사이기도 한 단어 〈einer〉로부터 오는 느낌이다. 이제 〈형상체가 그렇게 뭉뚝 떼어내어지게 되면〉 〈인간의 형상성〉이 드러난다고 시인은 읊고 있는데, 이것은 어떤 조용한 삶과 결부되어 있는 것처럼 보인다. 이 시행은 아주 이해하기 어려운 진술로 읽힌다. 지상에서의 조용한 삶을 찾아서, 인간은 홀로 태양에 바짝 다가갔다가 같은 길을 되짚어 내려오지 않으면 안 된다고 진술하고 있는 것으로 읽힌다. 그런데 시인이 관심을 두고 있는 것은 세계 안에 발 들여놓는 일 그 자체이며, 실재하는 무엇

---

16) 시 「반평생」에서 풍향기의 떨격거리는 소리는 무엇인가 심상찮은 일을 예감케 했었다. (Die Mauern stehen / Sprachlos und kalt, im Winde / Klirren die Fahnen)

이 아니다. 시인은 표면에 나타나는 것을 그의 〈형상성 Bildsamkeit〉이라고
말하고 있는 것이다.

bildsam- 이 말은 그 해당되는 인간을 쉽사리 구체적으로 묘사해낼 수
없다는 것을 암시하고 있다. 이것은 다만 그가 Bild(영상)로서 이용되는 것
을 용납한다는 뜻이기도 하다. 뵈쉔슈타인에 의하면, 이 Bildsamkeit라는
단어는 괴테 시대에 애호되던 용어로서 횔덜린에게 있어서나 당대의 다른
작가 · 시인들에 의해서도 〈신체적 구조 Körperstruktur〉의 의미로 증언된
적은 없다고 한다. 이것은 Bildung이 정신적 · 육체적인 형성이라는 이중
의 의미로 쓰인 것과는 대조를 이룬다. 그런데 횔덜린은 번역자로서 이 애
매한 Bildsamkeit라는 단어를 어휘의 독특한 재구성을 통해서
Bildhaftigkeit, 즉 영상화되는 것을 용납하는 속성으로 사용한 것으로 보인
다.[17] 그러면 이 영상성의 내용은 무엇인가. 즉 무엇에 대한 영상이란 말인
가. 그 대답은 〈신성(神性)의 영상 Bild der Gottheit〉이라고 해야할 것 같다.
이 신성의 영상은 이 시의 첫 부분의 중심 테마로 밝혀지기 때문이다. 이
첫 부분의 말미에 이렇게 읊고 있다.

> 그러나 별들로 가득한 밤의 그늘도 인간, 즉 신성의 영상인 인간보다 더 순수하
> 지는 않다.
> Doch reiner ist nicht der Schatten der Nacht mit den Sternen, wenn ich so sagen
> könnte, als der Mensch, der heißet ein Bild der Gottheit.

그렇기 때문에 이 첫 부분을 이렇게 해석함직하다. 즉 〈어떤 사람
einer〉은 저 높은 곳에서 만났던 그 어떤 것 또는 어떤 분을 그대로 닮을 수
도 있다. 〈어떤 사람〉은 저 높은 곳을 향해서 올라갔던 것이고, 이제는 새

---

17) Renate Böschenstein, S. 136f.

로운 삶으로 채워져 인간들 안으로 다시 내려오고 있다. 이 한사람, 이 〈어떤 사람〉은 누구이겠는가? 그 사람은 시인이다. 그에게는 인간의 〈Bildsamkeit〉를 〈드러내는〉 과제가 부여되어있는 것이다. 그는 자신이 예시적이고 표본적으로 이러한 인간이 되는 사명을 지니게 된 것이다.

이제 동사 〈밖으로 나오다 herauskommen〉는 각별한 의미를 가진다. 〈창문 Fenster〉과 〈문 Tore〉과 같은 명사를 주목하고 이 두 단어가 '들어가는' 일과 '나오는' 일의 반복과 연관되어 있음을 생각할 때 그 의미는 더 명백해진다. 〈창문〉을 통해서, 여기서는 아마도 종탑의 울림창 Schalloch을 통해서 〈밖으로 나오는〉 것은 종의 울림소리이다. 그러나 어디 이뿐인가. 종의 울림과 함께 〈아름다움〉도 밖으로 나온다. 아름다움은 〈문〉을 통해서만이 삶 안에 들어설 수 있다. ― 시인이 의미하려는 것은 아마도 이런 정도일 것이다. 아름다움은 어떤 방법이나 경로를 통해서인지는 모르겠지만 다른 곳으로부터, 그러니까 이승의 어디로부터 온다. 아름다움은 지상에 모습을 보이기는 하지만, 그것은 지상에 본시부터 존재하는 것이 아니다. 횔덜린에 있어서 아름다움은 어떤 것의 반사, 반영, '여운'이다. 신적인 것은 어떤 모상 Abbild으로서 현세에 표현될 때에 존재한다. 그의 생각에 따르면 이러한 일은 인간이 신에 대한 관계를 돌아다 볼 때에만 생긴다. 이에 대해서 교회, 교회의 종탑은 상징으로 대두된다. 그리고 이러한 사실이 '어느 누구의 내려옴' 안에 상징화되어 있는 것이다.

> 종소리 울려나오는 창문들은 아름다움에 맞닿아 있는 성문과 같다.
> Die Fenster, daraus die Glocken tönen, sind wie Tore an Schönheit.

우리들이 쉽게 기대하는 것처럼 '아름다움의 성문과 같다 wie Tore der

Schönheit' 가 아니라, 아름다움을 전달해주는 것은 〈아름다움에 맞닿아있는 성문들 Tore an Schönheit〉이다. 여기에는 특별한 전제가 주어져 있다. 즉 성문들은 아름다움을 투과시킬 수 있다. 그것은 아직 〈자연을 따르고〉 있으며, 〈숲의 나무들과 비슷한〉 점을 지니고 있기 때문이다. 후기 횔덜린에 있어서 이러한 연관성은 간혹 불투명하게 나타나기도 한다. 그러나 이전과 마찬가지로 그의 관심사가 자연을 신적인 것으로 해석하려한다는 사실이 우리로 하여금 이러한 진술을 횔덜린의 진술로 믿게 만든다. 그는 분명히 숲의 길을 생각하고 있다. 그 숲 속의 길에 나무들은 마치 성문들처럼 서 있고 그것은 어떤 터진 공간으로 인도되고 있다. 그러나 그것으로 끝나지 않는다. 이 공간에 속한 교회와 교회 종탑의 표상, 즉 자연에 가까운 성스러움의 표상은 확대된다. 이런 가운데 〈여러 다른 것들로부터 탄생하는〉, 즉 성스러움을 둘러싸고 있는 자연과는 다른 그 무엇으로부터 생성되는 새로운 인식을 그에게 전해주는 것이다.

이 새로운 인식은 〈순수성은 그러나 또한 아름다움이다〉라는 시구로 고양된다. 이것은 〈진지한 영혼〉의 탄생이 무엇을 위한 것인지를 말해준다. 그가 〈안에서〉 만났던 것은 〈영상들〉이다. 구체적으로는 교회의 안에 있는 조각품들이나 성화(聖畵)를 의미하는 것으로 보인다. 그것들로부터 그처럼 대단한 단순성과 성스러움이 그에게 현시되기 때문에 그는 이것을 필설로 다할 수 없을 정도이다. 그것들은 '천국적인 것'과 관련되어 있다. 그렇지만 이것들은 자신들에게 무엇이 본질적인 것인지를 인간들에게 알리지 않으려고 한다. 인간은 그것들에게 뒤지지 않으려고 노력할 따름이다. 이런 의미에서 〈인간은 그것을 본 떠도 무방하리라 Der Mensch darf das nachahmen〉는 〈인간은 그것들을 본 떠도 무방하리라 Der Mensch darf sie nachahmen〉로 읽는 것이 더 알맞아 보인다. 에베소 5장 1절, 〈여러분은 하나님을 닮으시오 Qinesthe mimètai tou theou〉 즉 하나님의 모방자, 표현자, 그 연기자가 되라는 요구를 연상시키는 구절이다.

그러나 인간적인 실존 상황으로부터 일종의 항변이, 피할 수 없는 질문이 울린다. 그렇지 않아도 궁핍한 인간이 정말 하나님을 본 떠도 되는 것인가? 하늘을 올려다보면서 〈나 (역시) 그렇게 존재해도 되는가?〉라고 말하는 것 자체가 지극히 오만불손한 일은 아닌가? 그런데 자신의 물음에 대해서 시인은 단호하게 대답한다. 〈그렇다〉 - 인간은 그래도 된다. 다만 〈심장에는 아직도 우정이, 순수함이 계속되고 있는 한 Ja. So lange die Freundlichkeit noch am Herzen, die Reine, dauert〉에서 말이다.

그러자 시인은 또 다른 고통스러운 물음에 부딪치고 있다. 도대체 하늘은 무엇인가? 신은 무엇인가? 그것은 인간에게 알려져 있는가? 횔덜린의 시대에도 신은 알 수 없는 존재라고 생각하는 사람들이 많았던 것이 틀림없다. 그러나 범신론에 감염된 정신의 소유자들에게는 하늘은 〈열려져〉 있는 것처럼 보였다. 어떤 견해가 진리에 해당하는가? 횔덜린은 자신의 주변 세계에서만이 아니라, 자신의 내면에서 가능성으로 생각되는 이 두개의 정신적 입장이 문제시되고 있다는 것을 한편의 단편적 작품을 통해 그대로 고백하고 있다.

신은 무엇인가? 알 수가 없다. 그렇지만
하늘의 얼굴은 그의 본성으로 가득하다.
말하자면 번개는 신의 분노이다. 어떤 것이
보이지 않으면 않을수록, 낯선 곳으로 자신을 보낸다. 그러나
천둥은 신의 명성이다. 불멸영원에 대한 사랑은
우리들의 것과 마찬가지로, 신의 재산이다.

Was ist Gott? unbekannt, dennoch
Voll Eigenschaften ist das Angesicht
Des Himmels von ihm. Die Blize nemlich
Der Zorn sind eines Gottes. Jemehr ist eins
Unsichtbar, schiket es sich in Fremdes. Aber der Donner
Der Ruhm ist Gottes. Die Liebe zur Unsterblichkeit
Das Eigentum auch, wie das unsere,
Ist eines Gottes.[18]

다시 반복해서 말하자면, 신은 무엇인가, 그것은 알 수 없다. 그렇지만, 〈하늘의 얼굴〉을 보면, 신의 〈본성〉이 읽혀진다. 거기에서는 신의 〈다정함〉은 물론 신의 〈분노〉와 같은 것도 볼 수 있다. '하늘이 열려져 있다'는 것은 하늘이 우리들에게 신을 내보이고, 하늘을 보면 하늘을 통해서 우리가 신을 알아 볼 수 있게 된다는 것을 의미한다. 이 단편 「신은 무엇인가?」로부터 이처럼 간략하게 언급할 수 있는 것이 「사랑스러운 푸르름 안에…」에서는 두 개의 인상적인 물음으로 나뉘어 나타나고 그에 대한 대답도 동일하다.

신은 알 수 없는 존재인가? 신은 하늘과 마찬가지로 열려 있는가? 나는 차라리 후자를 믿는다.
Ist unbekannt Gott? Ist er offenbar wie der Himmel? dieses glaub ich eher

그리고 나서 우리가 예상할 수 없었던 단호함을 가지고,

그것이 인간의 척도.
Des Menschen Maaß ist's.

---

18) StA. II, S. 210

라고 말한다. 즉 신적인 것이 인간의 척도이기 때문에 인간은 신적인 것의 본받음, 그 모방으로 소명되어 있다.

여기에 이어서 횔덜린의 어휘들 가운데 가장 특출한 어휘가 더욱 단호하게 뒤따르고 있다.

> 온통 이득을 찾으며, 그렇지만 시인처럼 인간은 이 땅 위에서 살고 있도다.
> Voll verdienst, doch dichterisch wohnet der Mensch auf dieser Erde.

시인됨에 대한 금언적인 어휘라고 할만하다. 이미 시 「회상」에서 〈그러나 머무는 것은 시인들이 짓는다 Was bleibet aber stiften die Dichter〉[19]고 읊은 바 있고, 찬가 「마치 축제일에서처럼…」에서는 〈그러나 우리들에게는, 신의 뇌우 아래서도 / 그대 시인들이여! 맨머리로 서 있음이 마땅하도다 Doch gebührt es, unter Gottes Gewittern, / Ihr Dichter! mit entblößtem Haupte zu stehen〉[20] 라고 했는가 하면, 「유일자」의 종결구에서는 〈시인들은 또한 성직자답고도 세속적이어야만 한다 Die Dichter müssen auch / Die geistligen weltlich sein〉[21]고 읊은 바 있다. 그러한 횔덜린이 여기서도 똑같이 읊고 있는 것이다.

여기서 또 한번 우리의 관심을 끄는 것은 〈인간 됨〉에 대한, 인간의 본질을 구성하고 있는 것에 대한 하나의 어휘이다. 〈깃듦 Wohnen〉이 그것이다. 인간의 본질은 '거주하는' 존재라는 것이다. 〈깃들다/거주한다 wohnen〉라는 동사는 그 명사형이 문명 Kultur이며, 또 다른 명사 Kultus의 기반이 되는 라틴어의 'colere' 의 의미로 이해되어야만 한다.

---

19) StA. II, S. 189
20) StA. II, S. 119
21) StA. II, S. 156

　문명은 그야말로 인간이 지상에 거주하는 방식·방법이다. 〈wohnen〉
은 따라서 이 지상을 거주할 만한 곳으로 만들고, 현실을 '살아 나가는' 인
간의 본질적인 행위인 셈이다. 하늘나라에 거주하는 일은 인간들에게 허락
되어 있지 않다. 하늘나라는 결코 인간적인 문명의 대상이 될 수 없다. 그
렇다고 해서 하늘나라가 우리 인간의 문명과 무관한 것은 아니다. 하늘나
라는 인간의 문명의 척도로써 연관을 맺고 있으며, 우리들에게 열려져 있
고 또한 인식 가능하다. 횔덜린의 생각에 따르자면, 우리의 문명은 결국 신
적인 것에 기초되어 있고, 이것의 〈가꿈 Kultus〉없이는 존재할 수 없다는
것이다.

　인간이 실제로 살아가는 방식·방법과 이러한 주장은 어떻게 상응하는
가? 시인은 인간이 살아가는 방식은 〈온통 이득을 찾으며 voll Verdienst〉
라고 말하고 있다. 이로써 우리의 삶이 〈순전한 수고로움 lauter Mühe〉이
라고 하는 앞선 진술, 혹은 시편 90장의 〈수고로움과 일 Mühe und Arbeit〉
과 같은 것에 접합되어 있는 듯하다. 인간의 수고로움이 하늘에 대한 순수
한 연관을 흐리게 하는가? 이 수고로움이 〈나 역시 (그처럼) 존재할 뜻을
가지는가?〉라는 발언 때문에 모든 실현가능성을 빼앗는 것은 아닌가? 시
인은 그것을 단호하게 부정하지는 않는다. 그러나 〈순전한 수고로움〉과
〈온통 이득을 찾으며〉 우리의 삶이 영위될지 모르지만, 그러면서도 우리의
삶은 본질적으로 〈시적이다〉. 시인이 이것으로서 무엇을 의미하려고 하는
지 어렵지 않게 알 수 있다. 즉 모든 현세적인 애씀에도 불구하고 또 그러
한 수고로움 가운데서 신적인 것에 대한 연관을 걱정하고, 천국적인 척도
를 인정하며 그것에 따라서 지상에서의 우리의 거처를 마련하는 일이 〈시
적〉이라는 것이다. 이러한 생각은, 다른 사람들에게 적용되지 않는 일은 시
인에게도 원칙상 아무 것도 적용되지 않는다는, 횔덜린의 다른 작품에서도
때때로 만나게 되는 견해와 일맥상통한다. 다만 〈궁핍한 시대〉에, 그러니

까 〈신의 결핍〉이 확연하게 드러나는 시대에, 이 문명의 과업의 온 무게가 시인에게 짊어지워진다는 것이다. 그러한 시대에 제 자신의 삶 속에서 인간적인 실존의 근원성을 표현하는 것, 즉 모범적으로 지상과 하늘 사이의 차원으로 들어서는 것, 그것이 시인의 과제가 되는 것이다. 따라서 첫 부분의 서두에서 〈계단들을 내려오는〉 자, 그러니까 그 이전에 종탑으로 올라갔던 자의 영상이 여기에 접합되는 것이다. 횔덜린은 이 자리에서 시인에 대해서 명백하게 언급하기를 완강히 회피하고 있다. 그는 처음부터 〈어떤 사람〉, 〈한 사람〉으로 말하면서, 거기서 끝나고 있다. 그러나 여전히 진실되게 인간적인, 자신의 문명 과제를 지키려고 하는 인간이 의미되고 있다. 횔덜린에게는 그 사람보다 더 순수한 것이 이 지상에 존재하지 않는다. 그 사람은 〈별들로 가득한 밤의 그림자 der Schatten der Nacht mit den Sternen〉에 비해서 손색없이 순수하다. 〈밤의 그림자〉 — 여기서 밤과 그림자는 동격의 나열이다 — 즉 별들로 가득한 밤은 그 자체가 그림자이다. 말하자면 밤은 그 사랑스러운 푸르름과 햇빛 투명하고 열린 하늘, 시인에게는 신적으로 축복된 삶의 총화가 되고 있는 그러한 하늘을 보여준 한 낮의 그림자인 것이다. 따라서 비가 「빵과 포도주」에서 노래하고 있듯이 횔덜린의 밤은 〈성스럽다 heilig〉[22]. 여기서는 〈순수한〉 것이기도 하다. 그림자가 그 무엇에 속하고 그 물체에 의해서 조건 지워지듯이 밤은 낮에 귀속하고 낮에 의해서 조건 지워진다. 그 역은 성립되지 않는다. 인간은 신에 귀속되고 신에 의해서 제약되며 〈신성의 상 ein Bild der Gottheit〉이라고 불린다. 별들로 가득한, 그러니까 여전히 빛을 가지고 있는 밤은 인간보다, 그러니까 신 없이는 존재할 수 없는 인간, 즉 〈신성의 영상〉인 인간보다 더 순수하다고 할 수는 없다. 근본적으로 그러한 인간은, 자신은 거의 의식하지 못

---

[22] StA. II, S. 91, 48행

하고 있음에도 불구하고 신적인 삶의 반사를 지니고 있기 때문에, 그는 '밤 같은' 혼돈과 길 잃음에도 불구하고 근본적으로 순수하다.

이 자리에서 횔덜린의 또 다른 찬가 단편의 하나인 「인간의 삶이란 무엇인가…」을 언급하지 않을 수 없다. 이 작품은 앞서 인용한 「신은 무엇인가?」와 마찬가지로, 또는 그것보다 더 확실하게 이 「사랑스러운 푸르름 안에…」가 횔덜린의 시적 주제 안에 있음을 증언하고 있는 것이다. 그가 받은 1800년 3월 5일자로 된 주제테 콩타르의 편지 뒷면에 기록한 — 따라서 이 시점 이후에 쓴 — 「인간의 삶이란 무엇인가…」는 그 시어와 시상에 걸쳐 「사랑스러운 푸르름 안에…」의 1부 마지막 부분과 거의 일치를 이루고 있다. 읽어보자.

인간의 삶이란 무엇인가 – 神性의 한 영상이다.
세속의 사람들이 모두 하늘아래를 떠돌 때 이들은 하늘을 본다.
그러나 어느 문자를 들여다보듯이, 읽는 가운데
인간은 무한을 본뜨고 풍요로움을 본 딴다
단순 간결한 하늘이 도대체 풍요롭단 말인가?
은빛 구름들은 활짝 핀 꽃과도 같다. 그러나 거기로부터
이슬과 습기가 비처럼 내린다. 그러나 푸르름이
꺼져 버리면, 그 단순성은 마치 대리석을 닮은, 단조로움은
광석처럼, 풍요로움의 표시처럼 보인다.
Was ist der Menschen Leben - ein Bild der Gottheit.
Wie unter dem Himmel wandeln die Irrdischen alle, sehen
Sie diesen. Lesend aber gleichsam, wie
In einer Schrift, die Unendlichkeit nachahmen und den Reichtum
Menschen. Ist der einfältige Himmel
Denn reich? Wie Blüthen sind ja
Silberne Wolken. Es regnet aber von daher

Der Thau und das Feuchte. Wenn aber

Das Blau ist ausgelöschet, das Einfältige, scheint

Das Matte, das dem Marmelstein gleichet, wie Erz,

Anzeige des Reichtums.[23]

시어들과 시상의 일치가 너무도 명백하여 더 이상 상론할 필요조차 느끼지 않는다. 무엇보다도 〈인간의 삶이란 무엇인가?〉라는 물음에 대해서 우리는 시인으로부터 즉각적으로 「사랑스러운 푸르름 안에…」의 제 1부 마지막 행에서와 똑같은 시어인 〈신성의 한 영상〉이라는 답을 듣는다. 이러한 표상은 횔덜린 사유의 핵심영역으로 우리를 인도하고 있다. 〈영상 Bild〉 그리고 〈신성의 영상〉 내지는 〈신의 영상〉은 그의 작품의 열쇠와 같은 개념인 것이다.[24] 시인으로서 횔덜린은 〈인간들 사이에 / 살고 있는 신의 영상 Gottes Bild […], das lebet unter / Den Menschen〉[25]을 노래한다. 또는 그 자신이 하나의 영상을 〈짓는다〉[26]. 그가 뵐렌도르프에게 보낸 한 편지에서 이렇게 확신에 차 말하고 있다.

그렇지 않아도 우리는 우리 스스로 어떤 〈생각〉도 지니고 있지 않다네. 오히려 생각은 우리가 짓는 성스러운 영상에 귀속되는 것이네.

Sonst haben wir keinen [Gedanken] für uns selbst; sondern er gehöret dem heiligen Bilde, das wir bilden.[27]

그러나 시인만이 가인(歌人)이자 형성자로서 기능하는 것이 아니라 〈위

---

23) StA. II, S. 209
24) Josefine Müllers, S. 238
25) StA. II, S. 153f.
26) Vgl. StA. II, S. 170
27) StA. VI, S. 433

대한 정신〉과 〈시대의 신〉도 형성자로 나타난다. 자연이, 즉 넓은 의미에서의 창조물이 신 자신이 완성시킨 신의 영상이듯이, 인간과 그의 삶은 성령이 완성시키는 신성의 영상이다. 앞에서 언급한 인간의 형상성 Bildsamkeit도 이러한 사유와 맥락을 같이 하는 것이다. 이어지는 시구에서 횔덜린은 이러한 완성이 어떻게 이루어지는지를 명백히 하고 있다.

세속의 사람들이 모두 하늘아래에 떠들 때 / 이들은 하늘을 본다

지상의 사람들이 하늘을 실제로 바라다 볼 때, 즉 하늘이 근본적으로 무엇인가를 이해하는 것을 배우게 될 때, 그들의 살림은 실제로 하늘 아래, 하늘의 법칙 아래 서 있는 것과 같이 된다. 비로소 그들은 아름다운, 신적 정신의 이 〈영상〉을 의식하기에 이르는 것이다.

이어지는 시구에서 이러한 〈보기 sehen〉는 한층 자세하게 특징지어 지고 있다.

그러나 어떤 문자를 들여다보듯이, 읽는 가운데
인간은 무한을 본뜨고 풍요로움을 본단다.

보기가 읽기와 비유되고 있다. 창조의 책 또는 자연의 책읽기는 잘 알려진 토포스이다.[28] 이 토포스는 18세기 낭만주의 때까지 중요한 역할을 했다. 인간들이 하늘을 마치 문자를 읽듯이 〈읽는〉 가운데 인간들은 하늘을 모방하고 하늘의 〈영원함〉과 〈풍요로움〉을 본뜬다. 하늘의 〈풍요로움〉을, 그 영원한 선량함과 그 〈덕망과 기쁨〉을 본뜨는 것을 인간은 허락 받고 있

---

28) Vgl. Ernst Robert Curtius, Europäische Literatur und lateinisches Mittelalter, Bern 1928, S. 323ff.

다고 「사랑스러운 푸르름 안에…」는 노래했던 것이다. 더 이상의 연관성을 언급할 필요가 없어 보인다.

제1부를 아래와 같이 한국어로 옮겨 이해함에 큰 무리가 없어 보인다.

사랑스러운 푸르름 안에 금속성 지붕을 한 교회의 탑이 피어오른다. 그 주위를 제비들 우짖는 소리 떠돈다. 감동스럽기 이를 데 없는 푸르름이 그 주위를 에워싸고 있다. 그 위로 태양은 높이 떠오르고 양철을 물들인다. 그러나 바람결에 저 위쪽에서는 풍향기가 조용히 운다. 종 아래에서 어떤 이가 그 계단들을 내려오면, 그것은 고요한 삶이다. 왜냐면, 그처럼 그 모습이 떼어내 구분되면, 인간의 형상성이 드러나기 때문이다. 종소리 울려 나오는 그 창문들은 아름다움에 닿아있는 성문과 같다. 즉, 자연을 따라서 말하자면, 성문들은 숲의 나무들과 비슷하며, 또 비슷한 점을 지니고 있다. 순수성은 그러나 또한 아름다움이다. 안쪽에는 여러 다른 것들로부터 진지한 영혼이 탄생한다. 그러나 그 영상들은 그처럼 단순하고, 그처럼 성스러워서 우리는 자주 그것을 서술하기조차 정말 두려워진다. 그러나 천국적인 자들, 언제나 선량한 자들, 풍요로운 자들처럼 이것을, 덕망과 환희를 지니고 있다. 인간은 그것을 본 떠도 무방하리라. 삶이 진정한 수고로움일 때 한 인간이 올려다보고: 나 역시 존재할 의사가 있는가고 물어도 되는 것인가? 그렇다. 우정이 아직도 심장에, 순수가 계속되고 있는 한, 인간은 불행하게 신성을 아쉬워하지 않을 것이다. 신은 알 수 없는 존재인가? 신은 하늘과 마찬가지로 열려 있는가? 나는 이 후자를 오히려 믿는다. 그것이 인간의 척도이다. 온통 이득을 찾으며, 그렇지만 인간은 시인처럼 이 땅 위에서 살고 있다. 내가 말할 수 있다면, 별들로 가득한 밤의 그늘도 인간, 즉 신성의 영상인 인간보다 더 순수하지는 않다.

2) 제2부분: 지상의 척도, 〈지상에 척도는 있는가?〉
두 번째 부분에 도달하게 되었다. 원문은 아래와 같다.

Giebt es auf Erden ein Maaß? Es giebt keines. Nemlich es hemmen den Donnergang nie die Welten des Schöpfers. Auch eine Blume ist schön, weil sie blühet unter der Sonne. Es findet das Aug' oft im Leben Wesen, die viel schöner noch zu nennen wären als die Blumen. O! ich weiß das wohl! Denn zu bluten an Gestalt und Herz, und ganz nicht mehr zu seyn, gefällt das Gott? Die Seele aber, wie ich glaube, muß rein bleiben, sonst reicht an das Mächtige auf Fittigen der Adler mit lobendem Gesange und der Stimme so vieler Vögel. Es ist die Wesenheit, die Gestalt ist's. Du schönes Bächlein, du scheinest rührend, indem du rollest so klar, wie das Auge der Gottheit, durch die Milchstraße. Ich kenne dich wohl, aber Thränen quillen aus dem Auge. Ein heiteres Leben seh' ich in den Gestalten mich umblühen der Schöpfung, weil ich es nicht unbillig vergleiche den einsamen Tauben auf dem Kirchhof. Das Lachen aber scheint mich zu grämen der Menschen, nemlich ich hab' ein Herz. Möcht' ich ein Komet seyn? Ich glaube. Denn sie haben die Schnelligkeit der Vögel ; sie blühen an Feuer, und sind wie Kinder an Reinheit. Größeres zu wünschen, kann nicht des Menschen Natur sich vermessen. Der Tugend Heiterkeit verdient auch gelobt zu werden vom ernsten Geiste, der zwischen den drei Säulen wehet des Gartens. Eine schöne Jungfrau muß das Haupt umkränzen mit Myrthenblumen, weil sie einfach ist ihrem Wesen nach und ihrem Gefühl. Myrthen aber giebt es in Griechenland.

첫 몇 행은 앞선 부분의 여운을 그대로 지니고 있다. 척도 Maß (원문에서의 Maaß)의 문제가 시인에게는 어떤 평온도 허용하지 않는다. 더욱 명백하게 하나의 절실한 물음이 던져진다.

지상에 척도는 있는가?
Giebt es auf Erden ein Maaß?

그리고 이 물음에 대해서는 마치 미리 준비된 대답을 위해 물음이 제기되기라도 했다는 듯이 가파른 대답이 울린다.

없다.
Es giebt keines.

머뭇거릴 여지를 용납하지 않는다. 여기서는 모든 사물의 척도로서의 인간이 문제시되고 있으며, 고대와 독일고전주의의 요구 ― 인본주의적인 사고 ― 가 매혹적으로 우리를 유혹하지만, 시인은 이것을 더 이상 용인하지 않는다. 후기의 횔덜린에게 있어서 인간은 척도도 아니며, 재고 판단하는 자 Messender도 아니다. 인간은 단지 〈재단의 대상 Gemessenes〉일 뿐이다. 오히려 신적인 '뇌우'는 지상의 척도를 완전히 벗어나 있고, 어떤 방법으로도 '저지' 되지 않는다는 것을 인간이 분명히 알 필요가 있다. 창조자는 우리들의 기준으로 잴 수 없을 뿐더러, 우리 인간의 척도로 환원되지도 않는다. 어떤 다수의 '세계들' 이 존재하더라도, 창조자는 그것들의 위에 위치한다. 창조자에게는 실제로 어떤 의미에서건 〈척도가 없다〉[29].

이어지는 시구에서는 다시 한번, 그러나 그 앞에서보다 더 심오하게 아름다움의 형상체로서 순수성이 인간 영역으로 투영된다. 다른 생명체들도 아무런 제약 없이 각각의 모습대로 아름다울 수 있다. 그런데 시인은 이것들의 아름다움을 아주 독특하게 표현하고 있다.

---

29) 소설 『휘페리온』에 삽입되어 있는 「휘페리온의 운명의 노래 Hyperions Schicksalslied」를 상기해 보라.

한 송이 꽃도 아름답다, 태양 아래 피기 때문에.
Eine Blume ist schön, weil sie blühet unter der Sonne.

아름다움이란 꽃의 고유한 질감이 아니고, 그 아름다움은 태양으로부터 유래한 것이며, 신적인 것의 반영이라는 사실을 이보다 더 명백하게 서술할 수는 없을 것 같다. 시인은 〈꽃들보다도 훨씬 더 아름답다고 할 만한〉 다른 존재로 넘어가면서, 그러니까 더욱 차원 높은 유기적인 생명체인 동물들, 특히 새들과 같은 것으로 넘어가면서 인간들을 의미해 보이려고 한다. 그의 눈은 〈삶의 가운데서 자주〉 그러한 존재를 발견한다. 그러나 이들 스스로는 그 아름다움을 더 이상 옳게 인식할 수 없는 것 같다. 시인은 그들이 〈꽃들보다도 훨씬 더 아름답다고 할 수 있을는지도 모른다 Sie wären viel schöner noch zu nennen als die Blumen〉고 말한다. 그러나 접속법으로 나타났던 모든 의구심을 내몰아버리려는 듯이 이어서 읊는다. 〈오! 나는 그것을 잘 알고 있도다 O! ich weiß das wohl!〉 그런데 시인은 꽃들보다 훨씬 더 아름다운 인간들을 정말 눈으로 보고 있는 것일까? 눈은 오히려 이 〈보다 아름다운 생명체〉의 〈형상과 가슴에서의 피 흘림 Bluten an Gestalt und Herz〉을, 그 형상체의 손상과 그 가슴의 고통을 만나고 있는 것은 아닌가. 그런 상황의 인간들은 신의 마음에 들지 않을 수 있다. 신에게는 태양 아래에서 아름답게 피어나는 꽃이 오히려 마음에 드는 것이 틀림없지 않은가? 디오티마와 그녀의 상실을 연상시키는 극단적인 고통을 시적 자아는 단순한 수사(修辭)가 아니라 천국적인 자들은 선량하다는 주장을 과감하게 의심하는 물음의 형식을 통해서 말하고 있는 것이다. 고통 속에서 시적 자아는 그 고통에 대한 엄청난 패러다임으로서 십자가의 그리스도와 또한 〈형상〉과 〈가슴〉에서 피 흘리고 있는, 자신의 눈을 찌르고 더 이상 〈존재〉하는

것도 아닌 외디푸스와 자신을 순식간에 융합시키고 있는 것이다.[30]

그러나 이 모든 고통에도 불구하고 영혼이 순수하게 남겨져만 있다면, 영혼은 〈힘 있고 강건함〉에까지 다다를 수 있다. 영혼은 신과의 소통의 경로인 것이다. 이제 종교적 · 시적 비상과 나란히 새의 날아오름이 등장한다. 시인은, 순수한 채로 남아있는 영혼은 독수리의 날개를 타고 많은 새들의 노래와 함께 신을 향해 솟구쳐 올라간다. 가뉘메트 신화가 연관된다. 노래하는 천사에 이끌려 신을 향해서 올라가는 영혼이라는 표상이 그 신화와 혼합되는 것이다.

이제 〈그것이 본질이다 Es ist die Wesenheit〉라는 말과 함께 이 제 2부의 중간 시연은 이어진다. 이로써 전체적으로도 한 가운데를 차지하는 시연은 시작된다. 이때 〈그것 es〉은 〈막강한 힘 das Mächtige〉이라기보다는 〈척도 Maß〉로 이해된다.[31] 대단히 난해한 이 시구의 의미는 창조자의 형상체들 가운데 인간이라는 형상체가 하나의 마음, 즉 내면적이며 영적인 생명을 지니고 있기 때문에 뛰어난 것이라는 생각과 맞닿아있다. 그런데 모든 본질성과 형상체들이 동일한 것은 아니다. 〈작은 시냇물 Bächlein〉의 본질성과 형상체는 인간의 그것과는 다른 형태이다. 그 차이는 참으로 너무나 커서, 시인은 이것을 〈아름답다〉고 찬미하지 않을 수 없고, 거기서 신의 유사성을 바라다보기에까지 이른다. 그 때문에 〈나는 그대를 잘 안다〉고 말했던 것이다. 무엇보다 시내의 아름다운 완결성에 대고 자신의 불완전을 지니도록 그는 강요받고 있다. 시냇물은 그 자신보다 신을 훨씬 더 빼 닮고, 훨씬 더 가까운 것처럼 보인다. 그리고 그의 눈에서는 〈눈물이 솟는다〉. 시냇물, 자연의 언어 표지는 신성의 눈(眼)에 대한 유사관계 안에 놓여있

---

30) Renate Böschenstein, S. 141
31) Ebd.

다. 고통에 찬 시적 자아는 시냇물의 해맑음과 신적인 눈의 맑음을 경고로
인식하고, 자신의 고통을 억제할 길이 없는 것이다.

> …그러나 눈으로부터 눈물이 솟는 구나
> …aber Thränen quillen aus dem Auge

시인은 메농 Menon을 통해 자신의 영혼의 굳어짐을 비탄해서 〈나의
눈으로부터 다만 차갑게 자주 눈물이 아직도 스며 나오네 Nur vom Auge
mir kalt öfters die Thräne noch schleicht〉[32]라고 읊은 적이 있다. 〈솟는다
quillen〉라는 동사는 단순해 보이지 않는다. 그 안에는 시냇물과 자신의 상
응성에 대한 확실한 근거가 깔려있는 것이다. 그처럼 큰 차이에도 불구하
고 그와 같은 상응성이 유지되는 것은 놀라울 뿐이다. 또 이 〈시냇물〉은 제
3부에 나오는 모든 것을 〈낚아채 가는 reißen〉 〈냇물 Bäche〉을 앞서 보여주
고 있기도 하다.

> 작은 시냇물, 태양은 궤도로 들어서도다.
> Bächlein, Sonnen treten in die Bahn.[33]

이제 〈…그러나 눈으로부터는 눈물이 솟아나는 구나〉라고 한 시인의
고백과는 대조적으로 〈어떤 명랑한 삶 in heiteres Leben〉, 작은 시냇물의
생명과 같은 그러한 삶이 시인의 주변에서 피어나고 있는 모든 형상체들에
게, 심지어는 〈교회의 뜰에 있는 고독한 비둘기〉에게도 주어져 있다.
그런데 그에게 견딜 수 없는 일은 인간들의 웃음, 엄밀하게 말하자면

---

32) StA. II, S. 77
33) StA. I, S. 131

인간들이 그렇게 웃을 수 있다는 사실 자체이다. 여기서 문득 〈말하자면 나는 하나의 심장을 지니고 있다〉고 시인은 말한다. 사람들이 웃는 것은 심장을 지니고 있지 않기 때문이라는 의미일 것이다. 모든 창조된 형상체들보다 시인을 더 특출하게 해주는 자, 그의 마음을 실제로 살아 움직이도록 해주는 자는 누구인가. 그리고 그러한 사람이 고통 받고 불행해지는 것 이외 다른 가능성이 또 있는 것인가를 시인은 이 순간 함께 생각하고 있는 것이다.

> 그러나 사람들의 웃음은 나로 하여금 몹시 슬프게 해주는 듯이 보인다,
> 　말하자면 나는 하나의 심장을 가지고 있다.

> Das Lachen aber scheint mich zu grämen der Menschen,
> 　nemlich ich hab' ein Herz.

우리는 현재 제 2부의 한가운데에 이르기까지 몇 차례에 걸쳐 매우 독특한 언어형식, 즉 건드리는 듯하면서도 스쳐 지나가는, 극단적으로 조심스러운 어법을 만났다. 〈오히려 나는 이것을 믿는다 Dieses glaub ich eher〉, 〈내가 그렇게 말할 수 있다면 Wenn ich so sagen könnte〉, 〈더 한층 아름답다고 말할 수 있을 것도 같은 그것 die viel schöner noch zu nennen wären〉 등과 같은 표현법이 그것이다. 이것은 깊은 불확실성을 내비치는 어법인 것이다. 이러한 어법으로 동사 〈~처럼 보이다 scheinen〉가 두 번에 걸쳐서 사용되고 있기도 하다. 두 번째 사용된 위의 〈scheinen〉 동사는 시인이 자신의 심정의 움직임 가운데에서 어찌할 바를 몰라하는 인상을 일깨워 주었다.

이러한 인상은 이어지는 문구에서 더욱 강하게 일깨워진다. 시인이 의식했던 것과 같이 인간이 가지는 보다 더 나은 점은 도대체 무엇인가, 차라

리 〈행성〉이 되는 것이 더 나은 것은 아닐까? 그러한 제 자신에 대한 물음
에 이어서 시인은 〈나는 그렇게 생각한다 Ich glaube〉라고 대답하고 있는
것이다. 이것은 명백하고 단호한 대답은 아니다. 그저 그렇게 생각해 봄직
한 것은 아닌가고 오히려 반문하는 듯이 대답하고 있는 것이다. 그런데, 무
엇 때문에 다름 아닌 행성에 생각이 미치게 되었는가? 어찌하여 시인은 그
렇게 엉뚱해 보이는 사념에 이르게 되었는가? 우리는 그 이유를 비교적 소
박하게 생각해 볼 수 있을 것 같다. 행성들은 태양으로부터 떨어졌을 때,
또 지구와도 떨어져서 아주 작아졌을 때에만 알아볼 수 있는 태양계에 속
하는 천체들이다. 이 행성에 대해서 횔덜린이 〈빠르기〉를 말한 것으로 미
루어 볼 때, 그가 운석(隕石)과 같은 것을 떠올렸을 수도 있지 않은가도 생
각해 볼 수 있다. 그런데 행성은 시인이 자신에게 부과된 시적 과제로 이해
하고 있는 것을 구체적으로 나타내주는 것으로서 매혹적이다. 즉 천국과
지상 사이를 가로지르는 일, 첫 부분에서 종탑으로부터 내려오는 어떤 사
람에게 주어진 과제와 다르지 않은 일이 그것이다. 그렇지 않아도 행성은
횔덜린에 있어서 자주 시인과 연관되어있는 새들을[34] 연상시킨다.

> 왜냐면 인간의 가슴이 찬란하게 날아오르면,
> 한층 자유롭게 숲의 새들은 숨쉬나니.

> denn freier athmen Vögel des Walds, wenn schon
> Des Menschen Brust sich herrlicher hebt.[35]

이 새들의 노래는 헛됨이 없는 말씀이기도 하다.

---

34) Vgl. Pierre Bertaux, "frei, wie Fittige des Himmels-", in: HJb. 1980/81, S. 69ff.
35) StA. I, S. 264

결코, 단 한번도 그대의 새들은 속임이 없었도다.
Nie täuschten, auch nicht einmal deine Vögel.[36]

무엇보다도 송가 「하이델베르크」에서 새들은 공중에 가장 확실하고 가장 아름다운 궤적을, 그러니까 인간이, 예컨대 하이델베르크의 건축가조차도 그대로 본뜨려고 한 그러한 궤적을 긋고 있다.

숲의 새가 산 정상을 넘어 날듯이 / 강물 위를 다리가 날듯이 걸쳐 있도다.
Wie der Vogel des Walds über den Strom [⋯] die Brüke.[37]

이처럼 가볍게 나는 새를 연상시키는 행성은 또 다른 특성인 그 뜨거운 불길과 그것의 순수성으로서 횔덜린의 고유한 시인관에 대한 암호 Chiffre 로 충분한 의미를 가진다. 그러나 행성이 되고자하는 소망은, 즉 〈위대해지려고 소망하는 것〉은 〈인간 천성의 주제를 넘을 수가 없다 Größeres zu wünschen, kann nicht des Menschen Natur sich vermessen〉. 행성을 가지고 우리가 우리를 견주는 것은 〈헛될〉 뿐이다. 인간은 모든 것에도 불구하고 인간적 존재를 벗어나거나, 그 존재의 범주를 넘어서기를 동경해서도 안 되는 법이다.

이 겸허한, 대지에 충실하게 머물러야하는 인간 됨의 본성을 정원에 있는 한 아름다운 성처녀의 상이 상징적으로 나타내 준다. 여기서는 여러 상들 가운데서 하나가 제 1부에서 〈그렇게 단순하고... 그렇게 성스러워〉라고 노래했듯이, 그런 연유로 다른 것들로부터 떨어져 나와 독립해 있다. 그것은 하나님 앞에 서있을 수 있는 인간 됨의 전형으로서 찬미되는 동정녀 마

---

36) StA. II, S. 56
37) StA. II, S. 14

리아의 상이다. 마리아에게 알맞은 〈은매화 꽃〉, 사철 푸른 꽃은 시들지 않는 아름다움과 청춘의 상징이며, 또한 순수성의 상징이기도 하다. 왜냐면 그녀는 그 〈본성에 따라 그리고 그 느낌에 따라 단순하기 때문이다 weil sie einfach ist ihrem Wesen nach und ihrem Gefühl〉. 후기 휠덜린에게 있어서 마리아에 대한 경의는 예외적인 것이 아니다. 유작으로 남겨진 단편 가운데에는 힘찬 찬가로 쓰여진 164행에 달하는 「마돈나에게」가 포함되어 있다는 사실이 이를 증명해 주고도 남는다.

　이 시의 이 부분은 제 1부와 밀접한 연관을 맺고 있으며 어휘선택에서의 상응성도 또한 매우 공공연하다는 사실이 눈에 띈다. 여기서의 〈der Tugen Heiterkeit〉와 제 1부의 〈Tugend und Freude〉, 여기서의 〈vom ernsten Geiste〉와 제 1부의 〈ein ernster Geist〉 그리고 여기서의 아름다운 동정녀의 단순함과 제 1부에서의 영상들의 단순함이 상응한다. 심지어 여기서 신비에 가까운 〈3개의 기둥 drei Säule〉은 미헬이 교회의 현관으로 해석하고 있는 제 1부의 성문을 닮은 〈숲의 나무들 Bäume des Walds〉과 상호 연관되어 있다.[38] 여기 제 2부의 이 부분에서는 하나의 사원, 가장 본래적인 의미에서의 'templum'이 문제시되고 있다. 즉 격리되어 있는 성스러운 공간이 의미되고 있는 것이다. 그 안에 동정녀의 상이 서있고 또 〈정원〉처럼 보이는 공간이 있는 것이다. 여기서는 제 1부에서도 우리가 만났던 〈진지한 영혼〉이 지배한다. 누가복음의 서두에 나오는 성령을 암시하는 서술이다. 아름다운 동정녀에게는 〈덕망의 명랑함〉이 주어져 있다. 그것이 누가복음에서는 천국적인 자들의 본성으로 기술되어있는 것이다. 우리는 제 1부에서 영상들과의 관련 안에서 천상적인 것들의 본뜸에 대해 한 시구를 기억한다.

---

[38] Wilhelm Michel, S. 542

사람은 그것을 본떠도 무방하리라.
Der Mensch darf das nachahmen.

그런데 〈덕망의 명랑〉은 제 1부의 천국적인 자들이 기꺼이 지니고 있는 〈덕망과 기쁨〉과 완전히 같은 것은 아니다. 이 〈덕망의 명랑〉은 명랑함, 쾌활은 덕망으로부터 탄생한다는 사실을 강조하려는 듯이 보이는 것이다. 횔덜린에 있어서 〈덕망 Tugend〉은 우선 〈쓸모 있음 Tüchtigkeit〉을, 정신적인 과감성을 의미한다. 한 인간으로 하여금, 〈진지한 정령〉에 복종하고 완전히 자신의 지상적 삶을 인정하도록 촉발하는 그러한 결단을 의미하고 있는 것이다.

이제 동정녀에게 어울리는 은매화는 어디에 있는가? 〈은매화는 그러나 그리스에 있다〉고 횔덜린은 — 이미 여러 곳에서 보여 주었듯이 — 가파른 비약 가운데 단언하고 있다. 이 말을 통해서 무엇을 의미하려는 것인지 우리는 예감할 수 있다.

완전한 인간성의 나라 그리스는 멀리 있으며, 역사적으로 이미 우리의 저 뒤편에 놓여있다. 그리스적인 정신은 본거지를 떠나와 식민지인 서구에서, 독일 안에서 실향의 현존을 유지하고 있을 뿐이다. 동정녀 마리아에게 조차도 그것이 도달할 수가 없어 보인다. 과연 그리스는 잃어버린 낙원으로 그려질 수 있는 것인가? 이렇게 해서 은매화는 제 2부와 제 3부를 접속시키는 구실을 하게 된다. 고대 그리스에서는 신부 치장이 아니라 축제와 승리의 치장으로서 쓰여진 은매화는 이제 그리스적인 영웅의 세계로 이어진다. 그리고 우리는 이 영웅들 가운데는 디오티마까지도 속해 있다는 사실을 간과해서는 안 된다.

이제 지금까지 해설된 제 2부분을 이렇게 번역해서 읽을 수 있겠다.

지상에 척도는 있는가? 없다. 다시 말해서 그 창조자의 세계들은 뇌우의 진행을 방해하지 않는다. 또한 한 송이 꽃도 그것이 태양 아래에서 피기 때문에 아름답다. 눈길은 자주 삶 가운데서 꽃들보다도 훨씬 더 아름답다고 할 만한 존재를 발견한다. 오! 나는 그것을 잘 알고 있다! 도대체 형상과 심장에 피 흘리는 것, 그리고 더 이상 완전히 존재하지 않는 것 그것이 신의 마음에 드는 일인가? 그러나 영혼은, 내 생각으로는, 순수하게 머물러야만 하는 것. 그렇게 해서 그렇게 많은 새들의 찬미하는 노래와 목소리들과 함께 독수리의 날개를 타고 막강함에 다다른다. 그것은 본질이다. 그것은 형상이다. 그대 아름다운 실개천, 그대는 신성의 눈길처럼, 은하수를 그처럼 맑게 흘러가면서 감동을 주는 것처럼 보인다. 나는 그대를 잘 안다. 그러나 눈으로부터는 눈물이 솟아나는구나. 어떤 명랑한 삶이 창조의 모습들 안에서 내 주위에 피어오르는 것을 나는 바라본다. 한편 내가 그 삶을 교회마당의 고독한 비둘기에 비교하는 것은 부당한 일이 아니다. 그러나 사람들의 웃음은 나로 하여금 몹시 슬프게 하는 듯이 보인다. 말하자면 나는 하나의 심장을 지니고 있다. 나는 하나의 행성이기를 원하는가? 그렇다고 생각한다. 왜냐면 행성들은 새들의 빠르기를 지니고 있기 때문에. 행성들은 불길에 닿아 피어오르며 순수에 기댄 아이들과도 같기 때문에. 더 이상 위대해지려고 소망하는 것 인간의 천성은 주제넘은 일을 행할 수는 없다. 덕망의 명랑함은 정원의 3개의 기둥들 사이로 부는 진지한 영혼으로부터 찬양받을 보답을 얻는다. 한 아름다운 동정녀는 은매화 꽃으로 머리를 치장해야만 하니, 그녀는 그 본성으로 감성으로 단순하기 때문에. 그러나 은매화는 그리스에 있다.

3) 제3 부분: 고통의 근원, 외디푸스의 하나 더 가진 눈

마지막 부분인 제 3부분의 원문은 아래와 같다.

Wenn einer in den Spiegel siehet, ein Mann, und siehet darin sein Bild, wie abgemahlt ; es gleicht dem Manne. Augen hat des Menschen Bild, hingegen Licht der Mond. Der König Oedipus hat ein Auge zuviel vieleicht. Diese Leiden dieses Mannes, sie scheinen unbeschreiblich, unaussprechlich, unausdrüklich. Wenn das Schauspiel ein solches darstellt, kommt's daher. Wie ist mir's aber, gedenk' ich deiner jezt? Wie Bäche reißt das Ende von Etwas mich dahin, welches sich wie Asien ausdehnet. Natürlich dieses Leiden, das hat Oedipus. Natürlich ist's darum. Hat auch Herkules gelitten? Wohl. Die Dioskuren in ihrer Freundschaft haben die nicht Leiden auch getragen? Nemlich wie Herkules mit Gott zu streiten, das ist Leiden. Und die Unsterblichkeit im Neide dieses Lebens, diese zu theilen, ist ein Leiden auch. Doch das ist auch ein Leiden, wenn mit Sommerfleken ist bedekt ein Mensch, mit manchen Fleken ganz überdeckt zu seyn! Das thut die schöne Sonne : nemlich die ziehet alles auf. Die Jünglinge führt die Bahn sie mit Reizen ihrer Stralen wie mit Rosen. Die Leiden scheinen so, die Oedipus getragen, als wie ein armer Mann klagt, daß ihm etwas fehle. Sohn Laios, armer Fremdling in Griechenland! Leben ist Tod, und Tod ist auch ein Leben.

은매화를 통해서 이 행의 실마리가 제시되어 있기는 하지만, 제 3부분이 앞선 제1, 제 2부분과는 매우 다른 주제를 다루고 있기 때문에, 이 「사랑스러운 푸르름 안에…」를 두고 서로 다른 시의 파편들을 자의적으로 결합시킨 것은 아닌가라고 의문을 제기하는 것도 이해할만한 일이다.[39] 이 제 3부분을 일종의 외디푸스−시 Ödipus-Gedichte로 보고 그것이 앞선 부분들

---

39) Vgl. StA. II, S. 991

과는 별개의 주제를 보이는 것이라고 생각해 볼 수도 있다.[40] 그러나 이러한 견해들은 근시안적이다. 전체의 주제는 아니라 할지라도 〈영상 Bild〉의 주제성을 모티브의 하나로 인식한 사람에게는 숨겨져 있는 연관성이 차츰 모습을 드러내기 때문이다. 이 제 3부분이 앞선 2개 부분들과 가지는 연관성은 특히 제 2부분에서 아주 특별한 위치에서 세 번에 걸쳐 나타난 적이 있는 〈눈 Auge〉이라는 단어를 통해서 확인된다.

눈길은 자주 삶 가운데서 꽃들보다도 훨씬 더 아름답다고 할만한 존재를 발견한다.

Es findet das Aug' oft im Leben Wesen, die viel schöner noch zu nennen wären als die Blumen.

그대는 신성의 눈길처럼, 은하수를 그처럼 맑게 흘러가면서 감동을 주는 것처럼 보인다.

du scheinest rührend, indem du rollest so klar, wie die Auge der Gottheit, durch die Milchstraße.

나는 그대를 잘 안다. 그러나 눈으로부터는 눈물이 솟아나는구나.
Ich kenne dich wohl, aber Thränen quillen aus dem Auge.

우리는 그 의미를 보는 행위로부터 설명할 수 있을 것이다.

제 2부분의 끝에 아름다운 동정녀를 통해서 참된 〈신성의 영상〉, 그러니까 참으로 아름다운 인간의 모습이 제시된다. 이제 제 3부분의 첫머리에 〈누군가〉 거울을 들여다보고 있다. 그 어법은 이미 제 1부분에도 나타난 바 있다. 즉 〈종 아래에서 어떤 이가 그 계단들을 내려오면 Wenn einer unter

---

40) Vgl. Eva Kocziszky, Mythenfiguren Hölderlins Spätwerk, S. 52ff.

der Gloke herabgeht〉이라고 했다면, 여기서는 〈누군가가 거울을 들여다 볼
때 Wenn einer in den Spiegel siehet〉로 표현되어 있는 것이다. 어떻든 어떤
사람, 어떤 한 사람이 — 앞서 제 1부분에서처럼 여기서도 시인 자신이 —
거울을 들여다보고, 〈마치 그려진 것처럼〉 제 자신의 영상을 바라다본다.
그가 거울 안에 그와 마주 서 있는 영상의 어떤 유사성을 찬찬히 들여다보
았을 때, 그는 바로 그것이 내 자신이구나, 내 모습이 그렇구나, 내 모습의
상태가 좋지는 않구나 하는 것을 확인하고 있을 뿐이다. 그는 자신과 마주
하고 있는 영상이 〈남자를 닮았다〉고 말하고 있다. 즉 신성을 닮은 것이 아
닐 뿐더러 정원의 아름다운 동정녀를 닮지도 않았다는 것이다. 제 자신에
대한 혐오가 그를 엄습해서 이 혐오스러운 영상을 더 이상 바라다보지 않
도록 자신의 눈을 찌르고 싶다. 인간의 눈과 달의 빛을 병치하고 있는 것이
독특하다. 달이 이제 어둠 속으로 사라져버린 태양의 빛을 잔광으로 지니
고 있지만 눈은 이마저 잃어버렸다. 그러니 내면적인 어두움이야 얼마나
큰 것이겠는가.

　　누가 거울 앞에서 눈의 빛을 빼앗기는지는 명료하게 표현되어 있지는
않다. 다만 근본적으로 여기서는 외디푸스 왕이 문제시된다. 이 지상에서
제 자신이 원인이었던, 너무도 몸서리쳐지는 일들을 보아야만했기 때문에,
자신의 눈을 더 이상 뜨고 있을 수 없었던 외디푸스 왕이 문제시되는 것이
다. 그러나 눈을 찔러 본들 무슨 소용이 있는가? 그는 그러한 전율할 행위
를 통해서도 현혹될 수 없었던, 또 다른 하나의 눈을 지녔던 것이다.

　　눈 하나가 어쩌면 더 많았는지도 모른다.
　　Ein Auge zuviel vielleicht.

　　제 3의, 정신적인 눈, 무엇이 진정 잘못된 것인지를 보았던 눈이다. 그

의 내면에는 첫 부분에서 억제되고, 극복된 것처럼 보였던 혼돈스러운 것
이 터져 나오기에 이르렀다.

　이제 〈남자의 고통〉이 이어지는 시구에서 다른 무엇보다도 더욱 세차
게 시인을 붙잡아 그것에 전념하게 만든다. 고통들은 무엇인가, 자기 죄과
에 대한 형벌로서 생각할 수 있는 것인가? 그럴 가능성은 거의 없다. 도대
체가 외디푸스는 어떻게 해서 그가 살해한 사람이 제 아비였고, 그가 결혼
한 사람이 자신의 어머니였다는 것을 알 수 있는 것인가? 휠덜린이 외디푸
스에게 투영된 것으로 바라다보고 있는 것은 바로 비극적인 고통이다. 휠
덜린은 「외디푸스에 대한 주석」에서 이렇게 말하고 있다.

> 앎이 그 제약을 일거에 무너뜨리고 취한 듯, 자신이 짊어지거나 파악할 수 있는
> 것보다 더 많이 알기를 스스로 재촉함으로써 경이롭게 분노에 찬 호기심
>
> die wunderbare zornige Neugier, weil das Wissen, wenn es seine Schranke
> durchrissen hat, wie trunken [⋯] sich selbst reizt, mehr zu wissen, als es tragen
> oder fassen kann[41]

　인간의 자기 정체성에 대한 극단적인 추구를 주제넘은 일로, 금기로 판
결하고 있는 것이다. 휠덜린은 외디푸스의 고통을 이러한 보편적인 비극적
고통으로 보고 있으며, 그 자신이 내맡겨진 것으로 느끼고 있는 고통이 이
것과 비교해서 덜하지 않는 고통이라고 말하려는 듯이 보인다. 이 고통의
엄청남에 대해서는 세 번을 강조해서 말한다. 〈글로 다 표현할 수 없는
unbeschreiblich〉, 〈말로는 다 표현할 수 없는 unaussprechlich〉, 〈표현할 수
없는 unausdrüklich〉이 그것이다. 우리는 제 1부분의 한가운데서 똑같이 표
현할 수 없는 것을 읊었던 것을 기억한다. 그러나 그것은 여기서 표현할 수

---

41) StA. V, S. 198

없는 것과는 아주 반대의 것, 성스러움, 단순함에 대해서 그것의 극치를 나타내려 했었다. 거기에서는 무엇인가 경이로워서 그것을 서술하고자하는 시도가 두려웠던 것이라면, 여기서는 엄청나게 무서운 일, 그리하여 모든 인간적인 표현수단도 어쩔 수 없음을 말하려 하는 것이다.

동시에 외디푸스의 고통을 우리들 앞에 인상 깊게 전개시키는 한편의 드라마가 있다. 이것은 1803년 횔덜린이 독일어로 번역했던 소포클레스의 비극 『외디푸스 왕』이다. 그러나 이 드라마도 〈서술하고〉, 〈언급하고〉, 〈표현하려〉하지 않는다. 다시 말하자면, 언어로서 표현해내려고 하지 않는다. 오히려 말 그대로 〈제시해 보인다 darstellen〉. 이 드라마는 관중에게 벗어날 수 없는 무게를 얹어주면서 무대 위에서 근원적인 불행을 새롭게 야기하는 것이다. 그렇기 때문에 〈연극이 그러한 것을 그려낼 때에 거기로부터 그것은 생긴다. Wenn das Schauspiel ein solches darstellt, kommts daher〉라고 횔덜린은 말하고 있는 것이다. 이 〈거기로부터 그것은 생긴다〉라는 말은 〈거기로 낚아채 간다 dahin reißen〉에 연관해서 이해될 법하다. 다시금 다음과 같은 소포클레스의 『외디푸스 왕』의 구절을 또한 떠올리게 된다.

아아, 악령이여, 그대 어디로 낚아채 가는 것인가?
Io! Dämon! wo reißest du hin?

이러한 외디푸스의 물음에 대해서 합창대는 대답한다.

말 할 수없이 무섭고, 차마 볼 수 없이 저 힘센 곳으로
In Gewaltiges, unerhört, unsichtbar.[42]

---

42) StA. V, S. 184

그러니 여기서 〈거기로 낚아채 간다〉는 말과 함께 이렇게 말하는 듯하다. 즉 외디푸스의 고통은, 그것이 무대에서 상연될 때, 분출하는 물줄기처럼 굴러 떨어지는 듯 나타나서는 많은 예민한 감각의 관중들의 정신을 빼앗아 버린다고 말이다. 여기서 과연 누가 〈감정의 정화 Katharsis〉 따위를 말할 수 있단 말인가.

이 시에서 정신병을 앓고 있었던 휠덜린이 무엇 때문에 외디푸스 왕을 새삼스럽게 상기하고 있는지 묻게 된다. 그는 자신의 고통 가운데서 외디푸스와 유사하게도 죄 없이 천국적인 무슨 앙갚음에 의해서 고통을 당하고 있음을 느끼고 있었던 것이다.[43] 그는 무엇이 〈시냇물처럼〉 그곳으로 낚아채 데려가는 지를 정확하게 말할 수가 없다. 단지 그것이 〈무엇인가의 끝〉이라는 것, 그리고 자신의 눈앞에 펼쳐지고 있는 것, 이 〈끝〉은 〈마치 아시아처럼 wie Asien〉, 〈황폐한 땅〉처럼 확장되고 있다는 것을 말할 수 있을 뿐이다. 『외디푸스 왕』에서 외디푸스의 물음 〈아아, 악령이여, 그대 어디로 낚아채 가는가?〉에 대해 합창단이 〈말할 수없이 무섭고, 볼 수 없이 저 힘센 곳으로〉라고 대답했을 때, 〈힘센 곳 Gewaltiges〉은 아시아를 일컫는다. 이것은 문명의 발원지로서 〈어머니 아시아 Mutter Asia〉가 아니라, 〈동양적인 것 Orientalisches〉, 즉 외디푸스가 내외 면에 걸쳐서 자신의 불길한 정체성, 신에 의해서 마련된 그의 운명으로서 대칭하고 있는 〈무절제성 Maßloses〉을 의미하고 있는 것이다.[44]

여기서 앞서 제2부의 시냇물에의 연관을 생각해 보는 것도 크게 비약하는 것만은 아닌 것 같다. 목가적이며 아름다운 작은 시냇물로부터 낚아채가는 시냇물로 변화되고 있는 것이다. 거기에서 〈감동적인 작은 시냇물〉은

---

43) Vgl. Eva Kocziszky, S. 59: <Der Mensch, um den es sich hier handelt, ist ja nicht bloß Oedipus, sondern auch das nachsinnende dichterrische Ich>
44) 이 책의 386쪽 이하 참고

여기서는 낚아채 가는 자극적인 시냇물이 된다. 더 이상 물이 흐르는 시내
가 아니라, 불길로 채워진 시내, 핀다르의 「퓌티아 송가」에 나오는 에트나
화산으로부터 용암이 흘러 내려 불길로 채워진 시내[45]가 되어 버린다. 세계
는 이제 시인에게 완전히 낯설고 적대적으로 되었다. 혼돈이 그를 덮쳐버
린 것이다. 영혼의 순수성을 위협하는 그 자극적인 작용에 대해서 주체는
자신의 반영을 대칭 시킨다.

> 이 고통은 당연히 외디푸스가 지니고 있는 그 고통이다.
> Natürlich dieses Leiden das Oedipus hat.

이 문구를 다른 통사론으로 읽어보면, 〈자연에 따르면 이 고통은 외디
푸스가 지니고 있는 고통이다 Der Natur gemäß ist dieses Leiden, das
Oedipus hat〉. 즉 외디푸스가 지닌 이 고통은 '자연의 법칙대로' 라는 의미
로 읽힌다. 여기서 자연은 인간의 천성을 의미한다. 횔덜린은 이 시행에서
외디푸스의 고통은 어떻게 해도 거스를 수 없는 것이라는 점, 그것은 '자연
스러운' 것으로 이해될 수밖에 없다는 것을 강조하려고 하는 듯하다. 이것
은 이 시인에게 있어서는 결코 신학적인 측면에서만 관심 있는 물음이 아
니라, 실존적인 물음이었으리라 생각된다. 외디푸스의 고통이 자연에 반하
는 것이라면, 그는 모든 선량한 신들로부터 버림을 받았을 것이라는 말이
될 것인데, 그렇다면 횔덜린은 자신의 고통을 어떻게 옳게 해석해야만 한
단 말인가? 시인은 자신의 고통 가운데서 스스로가 외디푸스와 깊은 친화
관계를 느끼고 있다는 것을 그렇게 토로하고 있는 것이다.

그러나 외디푸스만이 아니다. 곧이어 고대의 고통을 당하는 다른 영웅

---

45) Pindar, Pythische Ode I, Hölderlin의 번역 StA. V, S. 64 (Aus welchem [Ätna]
ausgespien werden / Des reinen Feuers heiligste / Aus Kammern Quellen; die Flüsse / Aber
an den Tagen einen Strom des Rauches glühend, / […])

들의 이름들도 등장한다.

> 헤라클레스도 고통하고 있는가. 그렇다. 우정어린 디오스쿠렌 역시 고통을 짊
> 어지지 않았던가?

> Hat auch Herkles gelitten? Wohl. Die Dioskuren in ihrer Freundschaft, haben die
> nicht Leiden auch getragen?

외디푸스, 헤라클레스, 디오스쿠렌 모두는 고통 받는 영웅들의 표본이
다. 헤라클레스는 고통당한다. 그는 거부된 믿음에 대한 분노로 인해서 아
폴론의 사랑을 훔치게 되고 이때 아폴론과 싸움을 벌이게 된다. '신과의 싸
움'은 이 에피소드를 넘어서 태어날 때부터 헤라 여신의 분노에 의해 쫓김
을 당하게 되는 이 영웅의 전체적인 삶을 규정하고 있는 것이다. 휠덜린의
작품에 일찍부터 등장하는 쌍둥이 디오스쿠렌은 신적인 힘에 의해서 더욱
교묘하게 고통당한다. 제우스 신은 자신의 아들 폴룩스의 청에 따라서 이
복형제인 카스토르에게 영생을 허락한다. 그러나 이들은 하루는 산 자로
다른 날은 죽은 자로 바꾸어가면서 살아야한다. 휠덜린은 호머와 핀다르의
이들에 대한 보고를 이들이 공동의 삶을 누리지 못하고 각자의 삶을 살면
서 헤어져 있어야 했다는 것으로 해석하고 있는 것이다. 디오티마에 대한
사랑의 위에 빛나고 있는 쌍둥이 별 디오스쿠렌은 그녀와의 떨어져있음에
대한 피나는 고통의 암시인 것이다.

　더 이상 신화적 연관성을 상설하는 것은 이 자리에서 걸맞은 일이 아니
다. 중요한 것은 고통에 대해서 언급하고 있다는 점이다. 특히 헤라클레스
에 대해서 언급하고 있는 방식이다. 바이프링어의 기록을 그대로 따르자
면, 〈말하자면 헤라클레스처럼 신과 다투는 일, 그것은 고통이다 Nemlich
wie Herkulus mit Gott zu streiten, das ist Leiden〉가 이탤릭체로 강조되어

있다. 무슨 이유에서인가? 그것은 거의 자명하다. 원치 않았으나 운명적으로 신과 다툰다는 것은 횔덜린에게 있어서는 생각해 볼 수 있는 것 가운데 가장 엄청난 고통이다. 그는 자신의 삶의 고난을 바로 그렇게 이해하고 있는지도 모른다. 그는 아무런 잘못도 없이 신과의 알력에 빠져들고 그가 그렇게 동경해 마지않았던 바대로 신의 영상, 신의 모습의 전달자가 더 이상은 아니라는 전율할 자각에 도달했던 것이다. 돌이켜보건대, 횔덜린은 남불의 보르도로부터 고향으로 돌아온 후 1802년 11월 친구 뵐렌도르프에게 보낸 편지에서 이미 이러한 인식을 토로하고 있다. 그는 이러한 맥락에서 〈영웅을 따라서 말하자면, 아폴로가 나를 내리쳤다고 말할 수 있으리라 wie man Helden nachspricht, kann ich wohl sagen, daß mich Apollo geschlagen〉[46]고 썼던 것이다.

가장 경건하고 신들에게 헌신하고 있는 인간의 이러한 고통을 자신의 현존에 직접적으로 연관짓는 가운데, 이 찬가의 마지막 시연은 감동적으로 읊고 있다. 횔덜린이 뵐렌도르프에게 보낸 편지에서 언급하고 있는 아폴론은 태양의 신이다. 그리고 태양에 대해서, 신적인 실존으로서의 태양에 대해서 이 찬가는 첫머리에서처럼 이제 끝에서도 다시 한번 읊고있는 것이다.

그렇지만 어느 인간이 주근깨로 뒤덮여 있다면, 많은 점들로 온통 덮여 있다면, 그것 또한 하나의 고통이다. 그것을 아름다운 태양이 만든다. 말하자면 태양은 모든 것을 감아 올린다.

Doch das ist auch ein Leiden, wenn mit Sommerfleken ist bedekt ein Mensch, mit manchen Fleken ganz überdekt zu seyn! Das thut die schöne Sonne : nemlich die ziehet alles auf.

---

46) StA. VI, S. 432

아폴로가 내려침으로 준 고통이 실제로 주근깨로 인해서 고통 받는 것과 같으리라는 것은 아니다. 이 고통이 외디푸스의 고통과 견주어질 수 있는 것도 아니다. 한층 현실적인 것은 일사병이, 그리고 그 결과로서 그의 정신착란이 문제시된다. 태양의 신이며, 시인의 신이기도 한 아폴론에 의해서 피폐하게 된 자신의 모습이 주근깨, 얼룩짐 Befleckung으로 나타난다. 〈어느 인간〉〈많은 점들로 온통 덮여 있다〉는 이 구절을 더 잘 이해하기 위해서 우리는 소포클레스의 『외디푸스 왕』의 번역 중 한 구절을 인용할 필요가 있다. 외디푸스 왕이 눈이 멀게 된 채 집으로 돌아오자 합창대가 묻는다.

> 아 그대 무서운 일을 행하셨군요! 어떻게 그대의 눈을
> 그처럼 얼룩지게 할 수 있었습니까, 어떤 악령이 그대를 그렇게 내몰았는가요?

> O der du hatst gewaltiges! wie konntest du
> Dein Auge so befleken, welcher Dämon trieb dich?

이에 대해서 눈먼 외디푸스는 대답한다.

> 아폴론이다, 아폴론이었다, 오 그대 사랑하는 자들이여,
> 그러한 불행을 가져다준 자,
> 여기 나의, 나의 고통을 가져다준 자는 아폴론이었다.

> Apollon wars, Apollon, o ihr Lieben
> Der solch Unglük vollbracht,
> Hier meine, meine Leiden.[47]

---

47) StA. II, S. 185

물론 여기서 합창대가 말하고 있는 얼룩짐은 외디푸스의 그 자신이 찌른 눈에서부터 흘러내린 피의 얼룩짐이다. 아주 가혹하게 〈피 흘리는 안구가 그의 수염을 물들였다 Und die blutigen / Augäpfel färbten ihm den Bart〉[48]고 소포클레스의 『외디푸스 왕』은 묘사하고 있다. 그런데 이 얼룩짐이 여기 이 찬가의 끝머리에서는 보다 더 심오한 의미로 다루어지고 있다. 그것은 고대의 영웅이 저질렀던 책임 있는 또는 책임 없는 죄업을 의미하고 있는 것이다. 횔덜린 자신도 헤라클레스와 디오스쿠렌의 경우처럼 전혀 다른 죄업이 문제시된다. 그리고 신적인 처벌에 대한 그의 생각이 본질적이다. 그가 고통 해야만 하는 것은, 신적인 태양이 그에게 가하고 있는 고통으로서 장미를 가지고 그러하듯 〈그 빛살의 자극을 통해서 젊은이를 궤도로 이끌어 가고 있는 Die Jünglinge führt die Bahn sie mit Reizen ihrer Stralen wie mit Rosen〉, 그러한 신적인 태양이다.

횔덜린은 이로써 〈태양을 향해 아직도 내 마음 향하고 / 태양은 내 마음의 소리 듣는 듯 da zur Sonne noch mein Herz sich wandte, / Als vernehme seine Töne sie〉[49] 했던, 아직은 태양과 반목하지 않았던 젊은 시절에 관련 짓고 있다는 것을 의심할 여지가 없다. 태양은 〈모든 것을 끌어 올린다〉고 여기서 일컫고 있는 것이다. 태양은 모든 것을 숨겨진 곳으로부터 끄집어낸다. 이것이 제2부에서 읊고 있는 〈형상과 가슴에의 피 흘림 Zu bluten an Gestalt und Herz〉인 것이다. 인간에게 결핍되어 있는 것은 그대로 결핍인 채이다. 외디푸스는 그에게 부족한 것, 결핍되어 있는 것을 비탄한다. 그러나 천국적인 자들은 〈언제나 선한〉 채로 남아있다. 태양이 인간에게 언제나 행하는 것, 횔덜린에게 태양은 〈아름다운 태양〉이기를 그만두지 않는

---

48) StA. II, S. 185
49) StA. I, S. 191

다. 참으로 그의 문학에서 〈아름다운 schön〉이라는 어휘는 드높은 어휘이다. 우리는 이 찬가에게 다시 한번 그것을 확인하게 되는 것이다.

이 찬가에는 그의 전 작품을 통해서 추적해 볼 수 있는 경건주의적인 색채가 표현되어 있다. 그는 이 찬가의 마지막 구절에서 라이오스의 아들 외디푸스, 그러나 동시에 제 자신에 대해서 이렇게 읊는다.

삶은 죽음이고, 죽음은 또한 삶이다.
Leben ist Tod, und Tod ist auch ein Leben.

따라서 이 찬가는 〈삶, 생명 Leben〉이라는 어휘로 종결된다. 신들이 한 인간에게 죽음으로 고통케 할 때에도 그 안에는 삶이 포함되어 있다. 아니 더욱 결정적으로 그리고 앞서의 더듬거리며 불확실하게 말하곤 하는 어투와는 완전히 대조적으로 확고한 어투로 죽음도 〈역시 하나의 삶〉이라고 말하고 있다. 이것을 역설로 듣는다면 그것은 횔덜린을 매우 잘못 이해하는 일이 될 것이다.

한편 시인은 외디푸스를 〈그리스의 불쌍한 이방인 armer Fremdling in Griechenland〉이라고 부르고 있다. 그는 자신의 나라에서 낯선 사람이 되었고, 고향을 떠나기에 앞서 고향은 그에게 낯선 곳이 되고 말았다. 온 지상이 여지없이 그에게 낯설게 된 것이다. 횔덜린이 그리스의 어두운 측면을 의식하게 되었다고 해도 과언은 아니다. 그러나 여기서 오로지 이러한 의미만을 끄집어내는 것으로는 충분하지 않다. 여기서는 어떤 신적 형상들이 문제시되는 것이 아니라, 우리 인간의 척도를 벗어나 있는 신성 자체가 문제시되는 것이다. 또한 인간이 〈신성의 연상〉으로서 표현되기도 한다면, 이러한 상은 단지 그 단순하고 성스럽고 순수한 모습 — 예컨대 제 2부분의 정원에 서있는 아름다운 동정녀 — 을 통해서만 인식되는 것이 아니라, 흠

결로 얼룩지고 일그러진 외디푸스의 상을 통해서도, 시인의 궁핍한 실존을 통해서도 인식되는 것이다. 이것이 시인이 찬가 「사랑스러운 푸르름 안에…」의 말미에 관철시키고자하는, 이해가 그렇게 쉽지만은 않은 인식이다. 그리고 이 궁핍의 한가운데, 〈더 이상 존재하는 것이 아니라 ganz nicht mehr zu seyn〉고 한 것 안에 새로운 역설적인 의미가 열리는 듯이 보인다. 〈죽음 또한 삶이다.〉 여기서 찬가 「파트모스」의 서두가 또한 연상되는 것은 어쩔 수 없다.

> 가까이 있으나
> 붙들기 어려워라 신은.
> 그러나 위험이 있는 곳에
> 구원도 또한 자란다.

> Nah ist
> Und schwer zu fassen der Gott.
> Wo aber Gefahr ist, wächst
> Das Rettende auch.[50]

이러한 이해를 앞에 두고 마지막 제 3부분을 한국어로 번역해서 다시 읽어보자.

누군가 거울을 들여다 볼 때, 어느 한 남자가, 그리고 그 안에서 그려진 대로의 자신의 모습을 볼 때, 그 모습은 남자를 닮았다. 인간의 모습은 눈을 가지고 있지만, 달은 빛을 가지고 있다. 외디푸스 왕은 어쩌면 하나의 눈을 더 많이 가지고 있는지도 모를 일이다. 이 남자의 이 고통은, 그것은 필설로 다하기 어렵고, 표현할 수 없을 것으로 보인다. 연극이 그러한 것을 표현해 낸다면, 그것은 그 곳으로부터 일어난다. 그러나 내가 지금 그대를 생각한다면, 나에게는 그것이

---

50) StA. II, S. 165

어떤 것인가? 마치 시냇물처럼 아시아처럼 확장되는 그 무엇으로부터 종말은
나를 낚아 채간다. 물론 이러한 고통을 외디푸스는 지니고 있다. 물론 그렇기
때문이다. 헤라클레스 역시 고통을 겪었는가? 물론이다. 디오스쿠렌도 그 우정
가운데, 이 고통을 견디지 않았던가? 말하자면 헤라클레스처럼 신과 다투는 일
그것이 고통이다. 이 삶의 시샘 속에서의 영원성, 이것을 나누는 일 역시 하나
의 고통이다. 그렇지만 어느 인간이 주근깨로 뒤덮여 있다면, 많은 점들로 온통
덮여 있다면, 그것 또한 하나의 고통이다. 그것을 아름다운 태양이 만든다. 말
하자면 태양은 모든 것을 감아올린다. 태양은 장미를 가지고 그러하듯 그 빛살
의 자극을 통해서 젊은이를 길로 이끈다. 한 불쌍한 남자가 무엇인가 결핍되어
있는 것을 비탄하는 것처럼 외디푸스가 견디었던 고통들은 그렇게 보인다. 라
이오스의 아들, 그리스의 불쌍한 이방인이여! 삶은 죽음이고 또한 죽음도 역시
하나의 삶이다.

4.

우리는 이 찬가에 대한 해석과 번역을 통해서 그 시어와 시상이 횔덜린의
시문학의 중심을 관통하고 있다는 사실과 이 찬가 자체가 신과 인간의 관
계라는 커다란 주제를 가지고 매우 면밀하게 그리고 일관성 있게 노래하고
있다는 사실을 확인하기에 이르렀다. 따라서 「사랑스러운 푸르름 안에…」
는 1805/6년에 쓴 횔덜린의 작품이라 해야 할 것이다. 뵈쉔슈타인이 이 찬
가를 두고 〈위대한 횔덜린의 시의 엄밀한 계산이 다시 한번 상응의 유희 안
에 있다 Der genaue Kalkül des großen Hölderlin-Gedichts…nach einmal im
Spiel der Korrespondenzen〉[51]고 한 것은 옳은 말이다. 시 「인간의 삶이란
무엇인가?」, 「신은 무엇인가?」가 그러한 것처럼[52] 「사랑스러운 푸르름 안

---

51) Renate Böschenstein, S. 148
52) Josefine Müllers, S. 235

에…」에도 하늘과 지상, 영원함과 시간, 일체성과 다양성, 신과 인간의 주제의식이 깊이 박혀 있음도 확인할 수 있다.

무엇보다 이 찬가의 말미에 등장하는 삶과 죽음의 일치에 대한 횔덜린의 금언적인 시구는 그가 기독교적인 세계관으로부터 떨어져 나와 동양적인 우주관으로 훌쩍 넘어가고 있음을 잘 보여준다. 이 작품은 그러한 측면에서 횔덜린 문학세계에서도 각별한 가치를 지니고 있다.

3부분으로 확연히 구분하였지만 각 부분에서의 시행 또는 시연 나누기를 포기함으로써 결과 된 산문시 형식은 전래적인 형식의 깨뜨리기로서 시 문학영역의 확장을 낳고 있다. 우리는 다시 한번 횔덜린의 의도하지 않은 현대성의 면모를 보는 것이다.

VI

슐레겔의 초월문학 개념과
횔덜린의 후기 시

슐레겔의 초월문학 개념과 휠덜린의 후기 시

1.

휠덜린 연구에서 그의 초기 낭만주의에 대한 관계가 새롭게 조명되고 있다. 발터 벤야민(1919)과 빌헬름 뵘(1928)이 이미 오래 전에 휠덜린, 프리드리히 슐레겔, 노발리스가 가지고 있는 몇몇 공통점들을 지적한 바 있었으나[1] 그후 1980년대 말에 이르기까지 휠덜린을 초기낭만주의와 밀접하게 연관시키는 체계적인 시도는 거의 없었다. 문학사가들은 휠덜린을 무엇보다도 그리스 숭배의 〈고전주의자〉로 평가하였고, 따라서 〈휠덜린과 독일 초기낭만주의〉[2]와 같은 주제는 오랫동안 휠덜린의 연구에서 변방의 위치에 놓여 있었다. 다만 문헌학자, 철학자 또는 비교문학자들인 페터 스촌디, 베른하르트 립, 디터 헨리히, 빈프리트 메닝하우스, 그리고 만프레트 프랑크 등이 휠덜린의 이론적 논문들을 당대의 이상주의적 철학의 맥락 안에 제시

---

1) Walter Benjamin, »Der Begriff der Kunstkritik in der deutschen Romantik«, in: Ders., Gesammelte Schriften, Bd. I, hrsg. v. Rolf Tiedemann und Hermann Schweppenhäuser, Frankfurt/M. 1974: S. 7-122, 특히 S. 103 및 Wilhelm Böhm, Hölderlin, 2 Bde., Halle-Saale 1928-30. S. 87ff.

2) Stephanie Roth의 학위논문의 제목. Roth, Friedrich Hölderlin und die deutsche Frühromantik, Stuttgart 1991

하고 이와 함께 초기낭만주의자들의 시학에 대한 유사성 내지 유사한 사고 구조와 연관시켜 지적해 보였던 것이 그 관계연구의 대부분이었다.[3] 이들 의 연구에서도 휠덜린의 작품자체는 고려에서 거의 제외되고 있으며, 그의 시적 작품을 초기낭만주의의 문학이론을 배경으로 해석해보려는 시도는 거의 없는 실정이다.[4]

사실 휠덜린의 문학은, 특히 그의 후기작품은 당대의 문학조류와 거의 일치하지 않기 때문에 어떤 문맥으로의 연결도 의문시될 수밖에 없는 것이 사실이다. 휠덜린의 찬가적 언어는 이상주의적인 이념의 그물을 벗어나고 있을 뿐만 아니라 그 자신의 소위 홈부르크 논고들—「시적 정신의 수행방 법」, 「음조 교체론」— 조차도 이 후기작품에 적용하는 것이 무리인 듯 보 인다. 오히려 휠덜린의 후기 텍스트들은 시문학과 이론의 비교불가능성을 표본적으로 보여주는 듯하다. 후기의 텍스트들은 오히려 〈고전주의〉 또는 〈낭만주의〉와 같은 문학사적인 카테고리나 서정적 형상체에 대한 개념설 정이 부질없음을 여지없이 증명하고 있는 것이다.

이러한 사정에도 불구하고 여기서는 휠덜린의 후기문학을 슐레겔의 소 위 초월문학 Transzendentalpoesie 개념의 관점으로부터 접근해보려고 한 다. 휠덜린을 초기낭만주의자들에게 편입시키는 문학사적 내지는 정신사 적인 추적이 아니라 — 이것은 슈테파니 로트의 의도이다 — 슐레겔 시학 의 기초에 깔려있는 해석학적인 원칙을 휠덜린의 몇몇 작품에 적용해 보려 는 것이다.

---

3) 이들의 연구서들은 참고문헌을 참조할 것.
4) 슈테파니 로트의 앞선 저술도 예외는 아니다. 그녀는 소설 『휘페리온』 이외의 휠덜린 작품을 거의 인용하지 않으며, 휠덜린과 초기 낭만주의의 공통성을 헤겔의 변증법적인 관점에서 찾고 있기 때문에, 매우 커다란 테두리만을 다루고 있다는 인상을 준다.

스촌디의 논문들에 제시되고 있는 것처럼, 슐레겔의 〈낭만적〉 시학은 횔덜린의 후기문학과 마찬가지로 쉴러의 의고전주의를 극복하고 프랑스 혁명이후 시대의 반성철학을 자기 자신에게 조명시키려는 시도로 볼 수도 있다. 이러한 극복과 계몽의 도구는 횔덜린에 있어서나 슐레겔에 있어서 다같이 시문학이며, 슐레겔에 의해서 반복해서 주제화 되었던 역사에 대한 문학의 관계도 1800년~1805년 사이 횔덜린에게 차츰 현안으로 떠올랐던 것이다. 말하자면 횔덜린이 쉴러의 의고전주의로부터 멀리 떨어질수록 그만큼 더 슐레겔의 사유와 통찰에 가까이 접근한 것으로 보인다. 슐레겔이라는 이름이 횔덜린의 글 가운데에는 한번도 언급된 적이 없으며 그가 예나의 초기낭만파에 대해 회의적인 태도를 가졌다는 사실도 이러한 추론을 부정케 하지는 못한다.

전통적인 관점에서 볼 때 슐레겔의 시학과 횔덜린의 서정시를 가까이 접근시킨다는 것 자체가 근본적으로 모순된 것이라고 주장할 수 있다. 한쪽에는 오랫동안 쉴러의 미학적 이상주의에 머물러있었던 〈경건한〉 시인이, 그리고 다른 한쪽에는 쉴러와의 논쟁을 통해서 당시의 〈무서운 아이〉로서 명성을 날렸던 〈건방진〉 비평가가 서 있기 때문이다. 횔덜린은 시인이며, 그것도 우리가 아무리 강조해도 넘치지 않을 의미에서의 〈시인〉인가 하면, 슐레겔은 작품을 쓰기는 했지만 근본적으로 비평가이자 〈어문학자〉이기를 소망했던 사람이다. 슐레겔과 횔덜린은 서로 교분이 있었던 것이 아니라, 오히려 무시하는 사이였다. 슐레겔은 횔덜린에 관해 단 한번 언급하고 있는데 그것은 쉴러의 보호 안에 있는 젊은 시인을 폄하하는 내용이다. 즉 횔덜린을 시인으로서 주목받게 만들어 준 쉴러의 「시연감 Musen-Almanach」에 대한 서평에서 슐레겔은 거기에 실린 횔덜린의 시를 부정적으로 평가했다. 평가라기보다는 평가자체를 거부하고 있다고 하겠다. 〈노이퍼 혹은 횔덜린과 같은 사람과 쉴러와 같은 사람을 같은 기준에 따라서

평가하는 것〉은 〈어울리지 않는〉 일이라는 것이다.[5]

　그런데 이처럼 교류가 없었던 두 사람 사이의 〈놀라운 유사성〉[6]은 〈사실 자체의 역사적 논리〉[7]로부터 제시되었다. 스촌디는 슐레겔과 횔덜린을 소박 및 성찰 문학 양식에 대한 쉴러의 이론에 결부시키는 가운데 그 유사성을 발견하고 있으며, 메닝하우스는 횔덜린의 〈표현의 이론〉을 문학에서의 〈정신〉과 〈문자〉사이의 관계에 대한 슐레겔과 노발리스의 고찰과 연관시키고 있다. 한편 커츠니어는 초기낭만주의자들과 횔덜린으로부터 똑같이 후기구조적인 현대의 선구자를 인식해내고 있다.[8] 로트는 〈낭만주의 이념집단〉을 제시하고 있는데, 횔덜린은 여기에 슐레겔이나 노발리스와 같은 정도로 참여하였을 뿐 아니라 오히려 초기낭만주의자들보다도 더 순수하게 이 집단을 대표한다고 주장한다.[9] 누구보다도 요헨 슈미트는 횔덜린의 문학을 명백하게도 〈초월문학〉이라는 슐레겔의 개념과 결부시켜 이렇게 확인하고 있다.

> 우리가 횔덜린을 〈시인의 시인〉이라고 불렀던 것은 틀리지 않는데, 그의 문학이 시인의 본질과 과제에 대한 부단한 성찰로 규정되기 때문이다. 역사적으로 볼·때 횔덜린은 1790년과 1800년 사이 반성철학으로부터 전개된 그리고 슐레겔에 의해 처음 언급된 〈초월문학〉, 〈그 모든 표현에서 스스로를 함께 표현하고, 동시에 도처에 문학이자 문학의 문학이어야 하는〉 그러한 〈초월문학〉을 결정적으로 대변하고 있다.[10]

---

5) KA. II, Charakteristiken und Kritiken, S. 3

6) Mennighaus, Winfried, Unendliche Verdopplung. Die frühromantische Grundlegung der Kunsttheorie im Begriff absoluter Selbstreflexion, Frankfurt /M. 1987, S. 99

7) Peter Szondi, "Das Naive ist das Sentimentalische", in; Ders. Schriften II, Frankfurt /M. 1978, S. 61

8) Alice Kuzniar, Delayed Endings, Nonclosure in Novalis and Hölderlin, Athens-London 1987

9) Stephanie Roth, S. 10-13

10) Jochen Schmidt, Hölderlin später Widerruf in der Oden ≫Chiron≪, ≫Blodigkeit≪ und ≫Ganymed≪, Tübingen 1978, S. 13

마크 그루너어트는 그의 저서 『이행의 문학』[11]을 통해서, 슈미트가 지적했으면서도 더 이상 추구하지는 않았던 문제, 즉 휠덜린의 문학에서의 슐레겔의 〈초월문학〉개념의 실현을 추적하고 있다. 이렇게 하여 휠덜린의 초기낭만주의에 대한 관계의 연구는 새로운 국면을 맞게 된 것이다.

한편 슐레겔의 초월문학에 대한 정의는 연구자들의 관심의 중점에 따라서 아주 다른 각도에서 해석되고 있다. 예컨대 벤야민은 초월문학에 대한 노발리스의 개념정의에 의존하면서 슐레겔의 초월문학이 — 〈문학의 문학 Poesie der Poesie〉으로서 — 〈낭만적 문학을 절대적 · 문학적 성찰로서 표현하고 있다〉고 해석한다.[12] 그러나 슈트로슈나이더-코어스는 슐레겔의 이로니 개념을 연구하면서 이로니를 문학내재적 범주로 증명하려고 하는 한편 문학이 〈그 모든 표현에 걸쳐 자신을 함께 표현하고, 도처에 문학이면서 문학의 문학〉이어야 한다는 그의 문학에 대한 요청을 〈탁월한 실천적 의미〉로 이해한다. 〈예술가는 자신의 작품 안에 제자신의 창작의 방식과 원칙을 의식하고 함께 표현해야한다〉[13]는 것이다. 베버는 이와는 달리 초월문학의 개념을 해석함에 있어서 미학적 측면에서의 특수한 기능과 같은 물음은 알맞은 것이 아니라고 하면서 예술의 형식적 양식의 문제가 아니라, 〈비평의 자명성〉[14]이 논의의 중심이 되어야 한다고 주장한다. 베르너 하마허는 무엇보다 〈절대적으로 자신의 근거를 밝히는 행위〉이며 〈존재하게 될, 또 존재해 온 언어형식〉[15]으로서의 초월문학의 역설적인 시민적 내

---

11) Mark Grunert, Poesie des Übergangs, Hölderlins später Dichtung im Horizont von Friedrich Schlegels Konzept der »Transzendentalpoesie«, Tübingen 1995
12) W. Benjamin, Begriff der Kunstkritik, S. 93
13) Ingrid Strohschneider-Kohrs, Die romantische Ironie in Theorie und Gestaltung, Tübingen 1977, S. 49
14) Heinz-Dieter Weber, Friedrich Schlegels »Transzendentalpoesie«. Müchen 1973, S. 20.
15) Werner Hamacher, Der Satz der Gattung, F. Schlegels poetologische Umsetzung von Fichtes unbedingtem Grundsatz, in: MLN 95(1980). S. 1168f.

지 논리적인 구조를 강조한다.

그런데 슐레겔이 〈초월적인 것 das Transzendentale〉이라는 개념을 역사적 차원까지 확대하고 그 개념을 무한성과 유한성 사이의 이행지점 또는 중립적 지점으로 파악하고 있다면 그가 〈초월적 문학〉으로서 무엇을 의도했는지가 분명해지는 것 같다.[16] 이에 따르면, 초월문학은 자기성찰을 통해서 문학의 가능성 조건들을 노출시키고 무한성으로 상승해갈 뿐만 아니라 그 자체가 문학이 아닐 뿐더러 명백히 문학일수도 없는 그 무엇을 가리켜 보이는 문학일 것이라는 것이다. 다시 말하자면 이상적 정치적 질서, 그러니까 예술을 통해서 규정되며 그렇기 때문에 베르너가 〈인간의 유토피아적인 자기실현〉[17]이라 말하고 슐레겔 자신도 〈최고의 미 das höchste Schöne〉라고 부르는 그 어떤 것과 동일한 의미를 가지는 질서라는 것이다.

이러한 문제제기를 염두에 두고 〈초월문학〉이라는 주제에 대한 슐레겔의 비망록과 단편들을 살펴 볼 것이다. 우리는 슐레겔이 「문학노트 Literary Notebooks」[이하 LN로 약칭][18]에서 〈현대문학 moderne Literature〉의 개념과 거의 동의어로 사용하고있는 광의의 초월문학과 그 유명한 「아테네움 단편 Athenäum-Fragmente」[이하 ATF로 약칭][19] 238에서의 협의의 초월문학을 구분해서 논의해 볼 것이다. 그리고 나서 상기한 논의들의 연장선에서 슐레겔의 초월문학 개념으로 집약되는 이론적인 사유와 횔덜린의 후기문학작

---

16) Vgl. Mark Grunert, Die Poesie des Übergangs, S. 71ff.

17) Weber, S. 187

18) Friedrich & Schlegel. Literary Notebooks 1797-1801, edited with introduction and commentary by Hans Eichner, London 1957에 수록되어 있으며 여기서는 이후 편집자 (Hans Eichner)가 부여한 일련 번호로만 표시하고자 함.

19) KA.II, S165-255에 수록되어 있으며 인용된 구절은 일련번호로만 표시하고자 함.

품에 나타나는 그의 시작(詩作) 태도를 비교하면서 이들의 공통된 문학관
을 추적해보려고 한다. 이렇게 하여 이들에게서 다같이 현대문학의 선구적
면모를 밝혀보려는 것이다.

2. 「문학노트」에서의 초월문학

LN 556에서는 〈초월적인〉 이라는 개념이 처음으로 문학에 대한 부가어로
등장한다.

〈절대적 문학 = 초월적 또는 사변적 문학〉
(Die absolute Poesie = transcendentale oder speculative Poesie)

그러나 여기에서는 그의 〈초월적〉이라는 개념이 오로지 관념적으로만
파악될 수 있는 절대성에 관련되어있다는 사실 외에 더 이상 아무 것도 추
론되지 않는다. 용어법상 그리고 당대의 용례로 미루어 〈절대적〉이라는 말
은 〈무조건적 unbedingt〉이라는 말과 거의 유사하므로 〈절대(적) 문학〉은
제약되거나 어떤 예술외적인 요소들에 대해서 의존적이지 않은 그러한 문
학일 듯 싶다. 그러한 문학은 무엇보다도 〈자연 Natur〉에 기댈 수밖에 없는
모방적 문학에 대해 명백히 대칭 관계에 놓이게 된다.
    LN 692–694에서 슐레겔은 이러한 〈절대적〉 내지는 〈초월적〉 문학의
전형을 발견하고 있다. 그것은 다름 아닌 단테의 『신곡 Divina Commedia』
이다. 이 작품은 바로 피안에 대한 사변을 담고 있으며, 이때 시인은 자연
이나 경험적 체험 가능성의 한계를 거의 마음에 두지 않고 있다는 것이다.
이미 「그리 연구에 대한 논고 Studium-Aufsatz」에서 〈기교적인〉, 〈미개인

의 고트식 개념〉에 이끌리고 있는 문학의 총화로서[20] 비판적으로 인용되었던 이 작품이 약 2년 뒤에 초월문학이라는 개념을 통해서 그 〈현대적〉 특성이 긍정적으로 새롭게 정의되고 있는 것이다.

> 단테의 작품은 총체적인 초월적 문학 이외 다른 것이 아니다. ― 부정적으로도 절대적으로 환상적-감상적이며, 실증적으로도 절대적으로 환상적-감상적이며, 실증적 절대적 모방적이다. (절대적 주관성 안에서의 소재 자체에서, 형식에서는 절대적 객관적이다) (LN 692)

이 단편의 내용은 명료하게 해석되지는 않지만, 그 의미를 부분적으로 재구성해 볼 수 있을 것 같다. 즉 『신곡』의 시종일관된 주제가 어떤 체험적인 경험의 저편에서 완벽하게 움직이고 있는 〈환상적인〉 무엇인 한에서 그 소재에 대한 작품의 충족된, 〈실증적인〉 절대성 연관이 중요하다. 『신곡』은 현실로부터 따온, 이 작품을 조건 짓는 대상을 지니고 있지 않다. 오히려 이 작품은 오로지 그 창작자의 환상에만 기대고 있는 것이다. 이렇게 말할 수 있는 것은 슐레겔이 쉴러의 예술이론으로부터 직접 따오고 있는 〈성찰적인 것 das Sentimentalische〉이라는 개념이 이 시절의 단편들에서는 언제나 〈환상적인 것〉이라는 개념과 직접 연관을 맺고 있기 때문이다. 어떤 작품이 성찰적이라면, 그 작품은 무엇보다도 경험적 세계에 대한 불만족감을 표현하게 된다는 점이 이러한 연관의 실마리인 것이다. 단테의 작품은 사실적 세계와의 연관에서 시인의 염세주의적인 기본 정조를 내비쳐주고 이를 통해서 정치적으로 어두운 중세의 세계, 이 작품의 생성의 역사적인 조건들을 지시해 보이는 한에서 〈부정적 절대적 negative absolut〉이라 할 것이다. 또한 단테의 『신곡』을 〈실증적 절대적 모방적 positiv absolut

---

20) KA. I. S. 233

Mimisch〉이라고 하는데, 그것은 현실성 안에 주어져 있음직한 그 무엇도 모방하지 않기 때문이다. 그것은 〈절대적 주관성〉 안에 들어있는 〈소재 자체〉이며, 저자의 상상력의 산물이다. 한편 그가 『신곡』을 〈현실에서의 절대적 객관적〉이라고 부르고 있는 것은 〈절대적 객관적인 것〉을 지시해 보이는 논리적인 시행구성, 엄밀한 구조와 능란하게 무한으로 변주되어 가고 있는 3행 시구를 보았기 때문이다.

단테에 대한 숙고는 초월문학에 대한 슐레겔의 개념이 가지는 역사적인 〈상부구조〉를 섬광처럼 해명하고 있는 LN 694에서 정점을 이룬다.

단테에게는 정치적 현재의 예언적인 어떤 견해가 들어있다.

이것은 매우 중요한 언급인데 슐레겔이 직접 언급한 적이 없는 역사와 초월적 문학 사이의 관계를 암시하고 있을 뿐만 아니라, 문학이 〈초월적〉이라고 평가받기 위해서는 본질적으로 미래지향적이어야만 한다는 사실을 나타내주고 있기 때문이다.

ATF 247에서도 단테의 『신곡』을 〈예적 시〉이며 〈초월적 문학의 유일한 체계〉라고 평가하고 있으며, 이 단테문학에 대한 핵심적 요약을 넘어서 〈예언적인 것 das Prophetische〉이라는 개념은 슐레겔의 전 노트를 통해 관련을 맺으면서 LN 1314에서는 〈지고한 것 das Höchste〉이라고까지 치켜세워 지고 있는 것이다. 이러한 연관에서 이 개념의 의미가 여기에서보다 더 명료하게 제시된 것을 다른 어디에서도 찾을 수 없다. 슐레겔의 시각에서 볼 때 단테가 〈예언적 견해〉를 통해 현재를 표현하고 있다면, 여기서 〈선지자적 예언 Prophetie〉은 단순히 점성술적인 예언행위라는 의미에서의 미래에 대한 사념이 아니라, 현재에 대한 하나의 시각, 그것을 통해서 현재

가 그처럼 환상적–감상적으로 꾸며져 그로부터 현대적 역사의 흐름의 종결
점에서의 참된 상태를 예감하게 만들어주는 그러한 시각을 〈예언적으로〉라
고 말하고 있음이 드러난다.

슐레겔은 「문학노트」의 여러 단편들에서 무엇보다도 〈성찰적〉 시인과
문학양식에 대한 쉴러의 특성화를 확장시키고 구분하려 시도하고 있다. 물
론 쉴러에 있어서도 현대적인 성찰적 시인에게는 풍자 Satire, 비가 Elegie
및 목가 Idylle라는 장르를 통해서 여러 가지 다른 방식으로 표현되는 〈이
상 Ideal〉과의 연관이 본질적이다. 어떤 경우에서건 슐레겔의 초기 노트에
서의 초월문학은 〈현대문학〉과 아주 동의어를 이루고 있는 것처럼 보인다.
이 현대문학은 슐레겔에 따르자면 단테의 『신곡』에 그 근원이 있을 뿐만 아
니라 현대 문학 예술의 모든 시대를 관통하고 있는 원형이 거기에 담겨져
있다는 것이다.

> 초월문학은 마치 밀물과 썰물처럼 물결치듯이 현대적 문학의 전체를 꿰뚫고 가
> 는 듯이 보인다.(LN 813)

3. 낭만적 문학과 초월적 문학

이처럼 「문학노트」의 단테의 『신곡』에 대한 해명을 통해서 슐레겔은 초월
문학의 체계적인 개념정의에 대해 기초를 세우고 있다. 나아가 「문학노트」
의 다른 곳에서 슐레겔은 초월문학을 〈낭만적〉 내지는 〈추상적〉 문학과 구
분하려고 시도한다.

> 초월적–낭만적–추상적이라는 것으로의 분할은 모든 작품에 해당된다. 단순히
> 문학에만 그러한 것이 아니며, [...] 내면적 구조에 해당하는 것이다(LN 890).

이러한 구분의 철학적 토대는 아주 쉽게 발견된다. 그것은 칸트의 범주
표에서 기인하는데, 거기에는 분량 Quantität이라는 항목아래 단일성
Einheit, 다수성 Vielheit 그리고 총체성 Allheit이라는 특징들이 집결되어
있다. 슐레겔의 철학적인 주요 문제는 〈무한한 단일성〉과 〈무한한 충만〉
즉 다양성의 유기적인 〈총체성〉으로의 결합이었던 만큼[21] 관심의 일치를
보이고 있다.

칸트는 『순수이성비판』에서 〈총체성〉 개념을 〈다수성이 단일성으로 고
찰되는〉 경우의 〈전체성 Totalität〉으로 규정한다. 슐레겔은 총체성을 유사
한 방식으로 〈그 자체에 완결된 그리고 통일된 다양성〉[22]으로 정의한다. 이
것은 〈하나이면서 동시에 모두인 것 hen diapheron eauton〉으로서의 미의
규정을 위한 심미적 적용으로 이해될 수 있는 것이다.

슐레겔은 이제 이 칸트의 구분을 「문학노트」에서 예술 장르의 선험적인
체계에 전용하고 있다. 칸트의 범주표를 연상시키는 LN 891에서 이러한
사실이 가장 명백하게 드러난다.

낭만적인 것을 통해서 작품은 풍만함, 보편성과 힘의 강화를 얻는다. 추상을 통
해서는 단일성, 고전성과 진보성을 얻으며, 초월적인 것을 통해서는 총체성, 전
체성, 절대성과 체계성을 얻는 것이다 [...].

이 관련으로부터 우선 〈낭만적 문학〉과 〈초월문학〉의 관계에 대한 관
점에 대해서 몇 가지 중요한 사실을 얻어낼 수 있다.

첫째 이 두 개의 문학 형식이 동일한 것은 아니라는 사실이다. 〈낭만적〉
이라는 특성은 그에게는 무엇보다도 〈모든 문학 형태의 혼합〉[23]이며, 이를

---

21) Vgl. Kant Konrad Polheim, Die Arabesk. Ansichten und Ideen aus F. Schlegels Poetik,
München-Paderborn-Wien 1986, S. 56ff. 특히 59f.
22) KA. XVIII, "Philosophische Lehrjahre 1796-1806", S. 12 u. S. 84
23) Vgl. LN 582

통해서 문학은 〈충만함〉을 얻어낸다. 그러나 이에 대한 대가로서 그가 최소한 거의 같은 관심을 기울이고 있는 〈단일성〉은 희생되는 것이다. 슐레겔의 문학 개념의 총화로서 그렇게 자주 인용되는 ATF 116의 낭만주의 문학에 대한 개념설정도 이렇게 해서 현대 문학에 대한 그의 이상의 완벽한 표상을 제시하지는 못하며, 단지 그 어떤 단면만을 보여주게 된다. 두 번째, 좁은 의미에서의 〈낭만적〉 문학은 슐레겔에 있어서 결코 〈지고한 것〉은 아니며 LN 891이 제시하는 대로 장르 위계에서는 〈초월문학〉이 〈낭만적〉 문학보다는 최소한 한 단계 위에 위치한다. 이에 대해서는 벤야민이 이미 지적한 적도 있고[24] 슐레겔의 또 다른 단편을 통해서 확인되기도 한다.

> 단테는 [...] 총체적인 초월문학을 포괄하고 있는데, 그것은 총체적인 추상성과 총체적인 낭만적 문학을 포괄하기 때문이다.(LN 840)

이 단편뿐만 아니라 ATF 116에서도 낭만적 문학은 〈보편적 · 포괄적 universal〉이며 힘의 강화로 특징 되지만, 초월문학을 특징 지워주는 이상적 〈전체성〉에는 도달하지 못하고 있는 것이다. 낭만적 시인은 제 자신을 벗어나 경험적 소재와 심미적 형식들의 다양성 안에서 해체되는 데 반해서 초월문학은 다시금 제 자신으로 되돌아갈 수 있어야만 하기 때문이다.

> 진정한 초월문학은 부분적으로는 구심적이며,
>   부분적으로는 원심적이다.(LN 812)

> [초월문학은] 무한히 성력화되고 또한 무한히 분석적이어야 한다.
>   이것은 오로지 허구 또는 대용물을 통해서 전달될 수 있다.(LN 998)

---

24) Vgl. Benjamin, Begriff der Kunstkritik, S. 93

다양성으로부터 단일성으로 되돌아가 위치하기 위해서 초월문학은 낭만적 소재들과 형식들의 경험적인 다양성으로부터 벗어나 다시금 단일성으로 접합되는 하나의 허구적인 소실점을 필요로 한다. 이것은 칸트나 피히테에서처럼 비-경험적(그리고 여러 관점에서 〈허구적인〉) 초월적 내지는 절대적 자아가 인상의 다양성을 하나의 단일성으로 요약해야 하며 또는 자아와 비-자아 사이의 잠재적으로 무한한 성찰을 종결시켜야한다는 것을 말한다. 그렇지만 슐레겔은 이러한 소실점은 오로지 〈허구 Fiction〉 또는 일종의 〈대용물 Surrogat〉을 통해서만 생성될 수 있다고 믿는다. 이것들은 〈초월적 시인〉들이 가끔은 그렇게 〈모방〉하려고 했던 〈절대적 대상〉이라는 이념을 뜻하고 있는 것이다.

4. 찬가 「라인 강」의 초월 문학적 특성

횔덜린의 「시적 정신의 수행방법」에서는 슐레겔의 이러한 초월문학에 대한 개념과 근본적으로 견해를 같이하는 시학적 내용을 찾아볼 수 있다. 시작품의 생성과정을 선험적인 범주를 통해서 서술하고 있는 이 논고는 시인이 자신의 〈창작〉에 임할 때 이미 영향력은 가지고 지배해야만 할 대상으로서 무한하고 더 이상 분할할 수 없는 일체성으로서의 〈정신 Geist〉에 대해 언급하는 것을 서두로 해서 언어자체의 본질에 대한, 특히 〈기호 Zeichen〉[25]의 존재론적인 기능에 대한 사색으로 이어지고 있다. 횔덜린이 피히테의 자의식에서 보이는 난점과 연관해서 여기서 풀어보려고 한 문제점은 이렇게 요약될 수 있다. 즉 표현되어야하지만 그 초월적인 본질 때문

---

25) Vgl. StA.IV, S. 264f.

에 직접적으로 그리고 〈그 자체로서〉는 결코 표현될 수 없는 무한히 일치적인 것, 즉 〈정신〉을 어떻게 시적 작품 안에 나타낼 수 있는가 이다. 이에 대한 횔덜린의 대답은, 어조 Ton와 정조 Stimmung의 잠재적으로 무한한 교체와 전진을 통해서만 이 〈정신〉의 본질은 근접하는 가운데 표현되고 또 〈느낄 수 있게〉 된다는 것으로 요약된다. 이것은 바로 슐레겔이 〈낭만적〉 문학에 대해서 부여하고 있는 과제에 상응하는 것이다. 그에게 있어서 낭만적 문학은 〈무한한 충만〉으로 생각되고 잠재적인 상승을 통해서 수렴하면서 〈절대적 대상〉에 접근해야만 하는 것이기 때문이다.[26]

횔덜린의 논고도 결합된 그리고 오로지 제 자신과만 일치적인 〈정신〉 — 피히테의 〈절대자아〉에 대한 직관적·대상적인 연관 — 은 소재와 형식, 재료와 내용, 개별성과 보편성 사이의 계속 새로워지는 〈대립〉들이 문학적 의식에 의해서 성찰됨으로서 대립들과 교체를 통해서 당초의 직관적으로 파악된 단일성이 표현되거나 아니면 적어도 〈느낄 수〉 있게 되어야 한다고 주장하고 있다. 자신의 숙고의 수행 가운데서 횔덜린은 결국 한 지점에 도달하게 되는데, 이 지점은 계속 진행되는 교차 가운데에서 근원적으로 〈일치적인 것〉이 이것으로부터 〈구분될 수 없는 것으로서 지양되든지〉 아니면 〈분리된 요소들이 무한성(마치 일련의 원자들의 나열)으로 떨어져 버리든지〉[27]하는 위험에 놓이는 지점이다.

여기서 횔덜린은 슐레겔의 〈낭만적〉 문학에 대한 생생한 비판을 표명하고 있을 뿐만 아니라 자신의 후기 문학이 굴복하고만, 예술 작품의 〈원자화 Atomisierung〉의 위험성을 진단해 내고 있는 것이다. 횔덜린이 이 논고를 쓰고 있었을 때, 그의 이상주의적인 기본 태도는 여전히 온전한 채였다.

---

26) Vgl. Roth, S. 181
27) StA. IV, S. 251

구분하는 사고가 일단 작동되자 필연적인 모든 대립들과 계승에도 불구하고 휠덜린은 여기서 시인들에게 그 〈과업 Geschäffte〉에서 하나의 〈무한한 관점 unendliches Gesichtspunkt〉에게 자신을 맡기기를 요구하고 있다.

> [...] 조화 이룬 전진과 교차 가운데에서 모든 것이 전진하고 후퇴하는 하나의 일체성, [...] 이렇게 해서 정신이 개별적인 순간들에서 아니라 한순간 또 다음 순간에 연속하면서 그리하여 상이한 분위기 안에, 그것이 완전히 현재화되어 있는 듯, 무한한 일체성 안에 현재화되어 머물게 되는 그러한 일체성 [...][28]

휠덜린은 이처럼 〈무한한 일체성〉의 필요성에 대해서만 슐레겔의 초월문학과 함께 나누고 있을 뿐 아니라, 〈대체물〉에 대한 슐레겔의 요청과 관련해서도 이 〈무한한 관점〉을 통해서 그 상응성을 제시하고 있는 것이다. 휠덜린은 나중에 이 관점을 〈의미 Sinn〉, 〈무한함의 현재화 die Vergegenwärtigung des Unendlichen〉 그리고 시에서의 〈신적 요소 göttlicher Moment〉라 부르고 있다. 슐레겔에서 초월문학이 〈허구〉를 통해서 무한히 가능해지는 것처럼, 휠덜린에게서는 그 반대의 방향에서 생산의 전체적인 논리가 보다 내면적인 연관, 즉 작품의 단일성을 보존해야 하는 그러한 〈관점〉의 가능성과 일치를 보이고 있다.

그러나 예술적 시점에서 이러한 시 생성의 선험적인 구성의 적용가능성이 문제된다면, 찬가 「라인 강」을 제외하고는 그 이론의 실천을 찾아볼 수 있는 작품은 거의 없다. 이미 바이스너는 이 찬가에 대한 주석에서 찬가의 말미에 휠덜린이 난외주(欄外註)로 첨가한 「찬가의 법칙」과 논고 「시적 정신의 수행방법」 사이의 밀접한 관련을 언급한 바 있다. 이 「찬가의 법칙」에 따르자면 〈두개의 첫 번째 부분들은 형식에 따라서 전진과 후퇴를 통해

---

28) StA. IV, S. 251

대칭되어 있고〉 이와는 달리 〈이어지는 두 개의 부분들은 형식에 따라서는 동일하며, 소재에 따라서는 대칭되어 있다〉는 것이고, 마지막 Triade는 〈일관해서 꿰뚫고 있는 은유를 통해서 모든 것을 균형 짓는다〉[29] 는 것이다.

〈현존하는 것을 훌륭하게 해석하는 일〉[30]을 그 과제로 삼고 있는 후기 찬가의 하나인 「라인 강」은 3개의 일종의 생애기를 해석의 동기로 삼고 있다. 첫째 라인 강의 흐름과 진행, 둘째는 『고독한 자의 산책』의 저자인 루소 그리고 마지막으로는 『향연』의 소크라테스가 그것이다. 횔덜린은 그 자신과 독자 — 이 시에서는 그 대표자로서 이 시가 헌정된 징클레어를 들 수 있을 것이다 — 에게 신의 모습을 직접적으로 그리는 것이 아니라 그 창조를 통해서 알아볼 수 있으며, 혼란과 불안의 시대에서도 〈현존하는 것〉으로 머무는, 그리고 미래에 대한 조망 가운데 인간이 의지하고 확신을 찾아낼 수 있는 근거를 통해서 그리고자 한다.

찬가 「라인 강」은 신의 간접적인 징후들을 이렇게 노래한다.

제 1 Triade에서는 강을 신화화하여, 라인 강을 〈반신〉 또는 〈신들의 아들〉이라고 부르고 있다.

제 2 Triade에서는 강의 흐름을 그 지리적인 배경아래에서 노래한다. 스위스 지역에서의 흐름은 청년기로 노래된다. 천부적인 신들의 아들, 〈젊은이〉로부터 찬가의 흐름에 따라 인간 사회의 한 〈아버지〉가 되며, 따라서 이 강의 흐름은 일종의 서정적 교양소설로, 인간역사의 형성과정으로 확장된다.[31]

---

29) StA. IV, S. 730

30) StA. II, S. 172

31) Vgl. Richard Unger, Hölderlins Major Poetry, The Dialectic of Unity, Bloomington, University of Indiana Press, 1975, S. 129 및 Nägele, Text, Geschichte und Subjektivität, S. 198ff.

이어지는 제 3 Triade까지 포함해서 9개 시연의 흐름을 통해서 라인 강의 흐름은 교양과정의 알레고리가 되고 신적인 〈자연의 책 Buch der Natur〉[32]에서는 시인에 의한 관찰과 성찰의 끊임없는 교차 가운데에서 의미가 주어지는 특별한 지리적 도형요소로 양식화된다. 이러한 교양과정은 강의 〈신적인〉 근원에 대한 또 한번의 회고적인 성찰에 이어서 제 3 Triade의 끝 부분에서 그 하나의 정점을 발견한다.

때문에 잘 나누어진 운명을
찾아낸 자는 행복하나니,
아직 그의 방랑과
달콤하게 그의 고통의
회상이 안전한 해안에서 속삭이는 곳에서
여기저기로 가까이
그는 태어날 때 신이
머물 곳으로 표시해 준
경계선에 이르도록 눈길을 돌린다.

Drum wohl ihm, welcher fand
Ein wohlbeschiedenes Schiksaal,
Wo noch der Wanderungen
Und suß der Leiden Erinnerung
Aufrauscht am sichern Gestade,
Daß da und dorthin gern
Er sehn mag bis an die Grenzen
Die bei der Geburt ihm Gott

---

32) 하만과 헤르더로부터 프리드리히 슐레겔에 이르기까지 괴테시대의 심미적 토론을 통해 드러나는 〈자연의 책〉이라는 은유에 대해서는 Bengt Algot Sorensen(Hg.), Allegorie und Symbol : Texte zur Theorie des dichterischen Bildes im 18. und frühen 19. Jahrhundert, Frankfurt /M. 1972의 S. 73f. 및 S. 101 또한 Hans Blumenberg, Die Lesbarkeit der Welt, Frankfurt /M. 1986, S. 214-232 참조

Zum Aufenthalte gezeichnet.[33]

강의 흐름에 대한 해석이 이렇게 하나의 정점에 도달하고 나서 이어지는 3개의 시연, 즉 제 4 Triade는 라인 강의 운명을, 단정적으로 말할 수는 없지만 루소의 생애기와 연상을 통해 관계 짓는다. 루소라는 인물에게서 자연과 예술의 균형을, 현세적인 자연의 정령화의 가능성을 열어 보이는 것이다. 그리하여 마지막 Triade로 가는 길목, 12연에서 13연에 이어지는 곳에 의미심장한 은유가 떠오른다. 놀랍게도 현대 역사의 임시적인 종결로서 인간과 신들의 혼례식이 노래되는 것이다.

창조하는 자, 악함보다는
선함을 더 많이 발견하면서
한낮 오늘의 대지로 몸을 굽힐 때-.

그때 인간들과 신들은 결혼 잔치를 벌리니
모든 살아있는 이들 잔치를 열도다.
또한 한동안
운명은 균형을 이룬다.

Der Bildner, Gutes mehr
Denn Böses findend,
Zur heutigen Erde der Tag sich neiget—.

Dann feiern das Brautfest Menschen und Götter,
Es feiern die Lebenden all,
Und ausgeglichen
Ist eine Weile das Schiksaal.[34]

---

33) StA. II, S. 145f.
34) StA. II, S. 147

그런데 여기서 12연의 끝에 있는 생략 부호는 매우 의미심장하다. 그 위치로 말하자면 이 지점에서 이 찬가의 자아는 역사의 사실성으로부터 벗어나 관찰의 경계를 벗어나면서 사변의 영역으로 들어서는 것이다. 그리고 현대 역사의 임시적인 종결이 〈인간들과 신들의 결혼식〉이라는 전망을 통해서 불러 내 진다. 바로 여기에, 그러니까 이 마지막 제5 Triade의 서두에, 횔덜린이 이 찬가에 대한 난외주에서 말하고 있는 대로 〈처음부터 관류하는 은유를 통해서〉 역사의 소재와 형식이 〈균형을 이루는〉 것이다. 앞서 라인 강과 루소에 대해 노래했던 모든 것은 이 결혼식이라는 유토피아적인 영상 안으로 수렴된다. 기호론의 용어를 빌어 말하자면, 라인 강의 흐름과 루소라는 인물이 자연과 역사의 책에서의 〈기호〉로서 기표 Signifikant들이었다면, 이제 〈결혼식〉은 이들에게 공통적인 기의 Signifikat라고 할 수 있다. 기표들의 의미란 말이다. 이것이 모든 것을 균형케 하는 〈은유〉이다.

찬가는 여기서 종결되지 않는다. 이 불확실하게 미래로 연결된, 그리하여 보편적인 〈균형〉의 구원사적인 연상에 머물지 않고, 찬가는 다시 한번 소크라테스를 매개로 하는 역사 속으로 퇴행한다. 혼돈된, 〈무질서한〉 현재로 되돌아가고 있는 것이다. 이렇게 해서 이 찬가는 종결된다. 개별적인 운명들의 해석이 역사철학적인 〈은유〉로 넘어가는 것이다. 〈결혼식〉은 단지 은유로서만 존재한다. 어떠한 지시대상이나 개념적 내용도 존재하지 않는 텍스트로서 놓여있는 것이다. 〈이 텍스트가 어떤 대상을 지시하기를 바란다면, 그것은 역사로부터 응징될 것이다〉[35]라고 네겔레는 말하고 있다. 그는 이 찬가를 현실성이 아직 충족시키지 못하고 있는 어떤 척도를 현실성 앞에 제시해 보이면서 현실성 안으로 곧바로 들어서고자 하는 시학적 텍스트로 해석하고 있는 것이다. 이것이야말로 슐레겔의 초월문학의 한 특징이다.

---

35) Nägele, S. 205

시의 유토피아적인 영역으로의 이행은 — 휠덜린은 〈은유〉를 무엇보다
〈이행〉, 〈전이〉, 〈회귀 Umkehrung〉[36]로 이해하고 있는 바 — 앞의 12개의
시연이 모두 이것을 향해서 진행되어 왔거니와, 이를 넘어서자 다만 〈한동
안 eine Weile〉만, 그러니까 한 개의 시연에서만 유토피아적 표상은 유지될
수 있었을 뿐, 이후 휠덜린의 찬가의 담론에서 완전히 삭제되고 있다. 마지
막 시연들로의 이행점에 이 텍스트는 인간과 신들의 〈결혼식〉이라는 허구
를 통해서, 표현할 수 없는 〈절대적 대상〉에 대한 바로 그 〈대체물〉, 그러니
까 시에게 그리고 그 안에 포함된 해석들에게 동시적으로 하나의 통일적인
〈관점 Gesichtspunkt〉을 — 즉 일종의 〈의미 Bedeutung〉를 — 부여해 주는
그러한 대체물을 형성하고 있는 것이다. 이를 통해서 비로소 이 시는 하나
의 전체로서 〈분석〉될 수 있으며 15개의 시연들은 견고한 상호의 연관성을
가지게 되는 것이다. 휠덜린의 이 찬가는 어떤 〈환상적인〉 질감을 보여주
지 않음에도 불구하고, 어떤 이상을 향한 〈성찰적인〉[37] 노력과 그것의 〈모
방적인〉 긴장을 토대로 해서, 그리고 무엇보다도 그 〈예언적인〉 제스츄어
만으로도 슐레겔의 의미에 따른 초월문학의 한 편으로서 평가될 수 있다.
즉 이 찬가는 〈현존하는 것〉의 속성으로부터 그것의 내재적인 의미를 추론
하고 이를 통해서 — 슐레겔의 의미에서 — 〈현재의 예언적인 부분〉를 보
존하고 있는 것이다. 슐레겔이 초월문학에 대해서 그것이 〈생애기적〉이거
나 〈연대기적〉이라고, 다시 말해서 점진적 · 순차적이라고 주장하고 있다
면[38] 「라인 강」도 상응하는 구성적 특성을 가지고 있다. 이 찬가는 하나의

---

36) 바이스너의 Kommentar 참조. StA. Ⅳ, S. 731
37) 쉴러의 정의에 따르자면 〈감각과 사유 사이의 일치가 [...] 오로지 이상적으로만 [존재
하는]〉 — 다시 말해서 〈이제 비로소 현실화되어야 할 사상으로서〉 존재하는 그러한 시인
이 〈성찰적 sentimentalisch〉이다. Schiller, Werke in drei Bänden, II, S. 557, "Über naive
und sentimentalische Dichtung"
38) LN 817

개별적인 삶을 추정하고 해석하는 가운데, 그 점진 법칙이 단지 라인강 뿐만 아니라 찬가 「라인 강」자체에도 그 진전, 후퇴 그리고 균형의 법칙으로 기록되어있는 역사로서의 시간의 진전을 해석하고 있는 것이다.

　대상을 표현하는 가운데 제 자신을 투영하고 있는 〈초월적인〉 예술 작품의 이러한 자기 연관성은 또다시 슐레겔의 초월문학에 대한 중요한 다른 언급으로부터 그 의미를 재음미해 볼 수 있다.

5. ATF 238에서의 초월문학 개념

　ATF 116의 〈진보적 보편문학 progressive Universalpoesie〉[39]이라는 개념 규정과 함께 ATF 238은 슐레겔의 문학개념의 총화이며 정수로 평가된다. 「문학노트」와는 달리 「아테네움 단편」은 독자들을 고려하면서 쓴 것이기 때문에 여기서는 자신의 고유한 용어법을 포기하고 당대 널리 알려진 선험 철학과 쉴러의 성찰적 문학형태의 배경아래서 초월문학을 규정하려고 한다.

---

39) 이 자리에서 우리가 사용하고 있으며, 필자 역시 지금 당장은 그대로 사용하고 있는 "진보적 보편문학" 이라는 슐레겔의 용어에 대해서 비판적으로 재검토할 필요성을 제기하고자 한다.

　지명렬 著:독일 낭만주의 총설(서울대학교출판부 2000) 85쪽에 저자는 슐레겔의 아테노임 단편 116에 나오는 progressive Universalpoesie을 '진보적 보편문학' 으로 번역하고, 각주에 universal의 사전적 의미를 첨언하고 있다. 그러나 그 각주에 소개된 사전적 의미에서도 universal은 allgemein(보편적인)의 의미보다는 umfassend(포괄적인, 총체적인)의 의미가 강한 것으로 보인다.

　Armand Nivelle는 저서 Frühromantische Dichtungstheorie(Berlin 1970)에서 universal을 시간적, 공간적 개념으로 이해하고 있다. 다시 말하자면 시간과 공간의 극복을 의미한다는 것이다. 그는 슐레겔의 "문학에서 일어나고 있는 일은 결코 일어나지 않거나 항상 일어난다. 그렇지 않으면 진정한 문학은 없다"라는 아테네움 단편 101를 들어, 진정한 문학은 모든 시간을 초월하고 이념의 영원성에 자신을 투영한다고 말하고 있다. 이것은 시

　이 ATF 238을 3개의 부분으로 나누어서 살펴볼 수 있을 것이다. 그것
은 이 단편이 3개의 화법으로 구성되어 있고, 그 화법에 따라서 초월문학에
대한 포괄적인 개념이 제시되어있기 때문이다. 이 단편의 첫 부분은 직설
법을 통해 실제로 존재하고 있는 문학의 특징을 서술하고, 두 번째 부분은
접속법을 통해 현존하는 문학이 추가적으로 채워야 할, 그러니까 초월문학
의 개념에 적합하게 되기 위해서 채워야 할 조건들을 제시하고 있다. 세 번

간의 포괄성 내지는 총체성을 뜻한다. 공간의 포괄성도 문학에는 고유한 특성이다. 문학
은 "제약받지 않은 규모, 크기"를 가지고 있다는 것이다. "모든 자연 존재는 전체의 상징
이며", 따라서 "모든 문학은 우주를 표현"해야만 한다(LN 2013)고 슐레겔은 말한다. 이러
한 문학을 슐레겔은 秘敎的 문학(esoterische Poesie)이라고도 부르고 있는데, 이러한 문학
은 인간뿐만 아니라 "세계와 자연을 포괄하려고"(die Welt und die Natur zu umfassen) 한
다는 것이다. 낭만적 문학의 가장 중요한 장르가 소설(Roman)인 것은 그것이 뛰어나게
총체적이고 포괄적인 장르이기 때문이다(Nivelle, 136-7쪽 참고). 그리고 progressiv는 퇴행
적이고 정지해 있으며 순환적인 고전적 문학에 반해서 낭만적인 문학이 가지는 진행적이
고 변화하는 특성을 지시해 보인다. 고전적 문학의 이상이 통일성이라면 낭만적문학의
이상은 전체성이라는 것이다(LN 144, 186, 293, 309). 따라서 이때의 Progressivität는 우리가
오해하고 있는 대로 개별 작품의 미완성을 의미하는 것이 아니라, 시문학 전반에 관련되
어 있다. 슐레겔은 이 개념으로서 문학적인 창조가 미완인 상태로 남겨질 것을 요구하는
것이 아니라, 문학은 인간 현존재의 영원한 구성요소이며 문학은 모든 인간의 삶이 그러
하듯 영원한 형성의 과정에 놓여 있음을 선포하고 있는 것이다.

　Raimund Belgardt는 Romantische Poesie, Begriff und Bedeutung bei Friedrich
Schlegel(The Hague, Paris 1969)에서 romantische Poesie와 progressive Universalpoesie
를 동일하게 보면서 그 본질적인 특성을 "영원히 형성되며 결코 완결될 수 없다"는 사실
에서 구하고 있다. 즉 이 문학만이 무한하며 자유롭다는 것이다. 어떤 체계에도 구속되지
않기 때문에 "전체 주변 세계의 거울이자 시대의 표상이" 될 수 있다는 것이다 (Belgardt,
25쪽 참조).

　progressive Universalpoesie은 어떤 목표를 향해서 진보하는 것도 아니고 모든 사물에
두루 미치는 특성을 자체에 이미 지닌 것도 아니다. 여기에서의 Progressivität와
Universalität는 진행성과 총체성 또는 포괄성을 의미하는 것이며 이 두 개의 개념은 불가
분의 관계를 가지고 있다. 따라서 "진보적 보편문학"이라는 역어가 거기에 내포된 슐레
겔의 이러한 의도를 충분히 반영하고 있는가, 다른 한국어 번역은 가능하지 않은가 다시
한번 생각해 볼만한 일이다.

째는 소망법으로서 앞선 부분에서의 가설적인 명제로부터 도출되는 〈현대적 시인〉에 대한 요구들이 언급되어 있는 것이다.

그 첫 부분은 이렇게 서술하고 있다.

> 그 처음이자 끝이 이상적인 것과 현실적인 것의 관계이며, 철학적인 것의 관계이며, 철학적인 인공 언어를 유추해서 말하자면 초월문학이라고도 불러야 할 문학이 존재한다. 이 문학은 풍자로서 이상적인 것과 현실적인 것의 절대적인 차이로부터 시작해서 비가로서 중간을 부유하고, 목가로서 이 양자의 절대적인 동일성으로 끝난다.

우리는 쉴러가 〈그의 감각과 사유 사이의 일치가 오로지 이상적으로만 존재하는〉 그러한 시인을 성찰적 시인이라고 칭하고, 현실과 이상 사이의 차이의 정도에 따라서 3개의 〈성찰적인〉 문학 양식을 제시했던 것을 기억한다. 풍자에서는 결핍으로서 현실이 지고한 사실성으로서의 이상에 대칭되어 있으며, 비가에서는 시인이 이상을 현실에 대칭 시킴으로써 이상의 표현이 더 많은 비중을 지니고 이 이상에 대한 만족이 지배적인 감각이 되며, 목가의 특성은 풍자적 내지 비가적 문학에 대해 소재를 제시해주었던 이상에 대한 현실의 모든 대립이 완전히 해소되고 이로써 모든 감각의 다툼도 중지되는 것이라고 쉴러는 설명하고 있다.[40]

슐레겔에 있어서는 이 3개의 성찰적 문학 양식들에서의 묘사 양태들이 역사적인 현실의 사실적인 파악에 의해서 미리 주어져 있는 것이 아니라, 사실성이 선험적으로 존재 당위의 〈이상적인〉 눈을 통해서 관찰된 것인 만큼, 슐레겔은 이러한 문학들을 모두 합쳐서 〈철학적인 인공 언어에 유추해서〉 〈초월적〉이라고 부르겠다는 것이다. 칸트나 피히테의 철학에서와 마찬

---

40) Schiller, Werke in drei Bänden, II, S. 561, 566, 584

가지로 초월문학은 사실성의 체험(또는 묘사와 표현)을 위한 주체의 구성
적인 기반활동으로 출발하고 있다. 슐레겔은 〈초월적〉이라는 표현을 전적
으로 인식론적인 의미에서 이해하고 있거니와 따라서 여느 때 이 개념과
결합된 형이상학적 내지는 역사적인 함의들은 아무런 역할을 하지 않고 있
다는 것을 말해주기도 한다.

두 번째 문장은 그러한 초월문학의 표현 양태에 대한 관점아래서 초월
성의 개념으로부터 광범위하게 영향을 미치는 결과를 끌어내고 있다.

> 비판적이지 않으며, 생산물과 더불어 생산 활동까지를 표현하지 않는, 또한 초
> 월적 사상의 체계 안에 초월적 사상의 특성을 지니지 않는 선험 철학에 대해서
> 거의 가치를 두지 않게 되는 것처럼: 초월적 문학도 그러하다.

슐레겔이 칸트를 빌어서 초월문학에 전용하고자 하고있는 〈비판적
kritisch〉이라는 술어는 칸트가 〈비판〉이라는 개념으로 의도치 않았던 것이
분명한 일종의 심미적 자질로 확장되고 있다. 칸트와는 달리 슐레겔에 있
어서는 단지 주체화만이 문제시된 것이 아니라 〈생산물〉 안에 〈생산행위〉
가, 〈사상〉 안에 〈사고행위〉가 표현되는 것, 말하자면 스피노자가 무한한
능동적 자연 natura naturans을 그 생산물인 수동적 자연 natura naturata 안
에서 확인한 것과 같은 그러한 표현이 문제시되고 있는 것이다. 슐레겔은
창조적인 활동, 〈생산행위〉와 〈사유행위〉를 〈비판적〉인 철학의 본래적인
대상으로 생각하는 가운데 심미적인 것의 영역 안으로 다리를 놓고 초월
문학에게 〈비판적으로〉 제 자신을 표현하는 문학이라는 매우 특별한 의미
를 부여하고 있는 것이다. 이 제 자신을 표현하는 문학의 특성은 이어지는
문구에 이렇게 제시되어 있다.

[...] 그리하여 그러한 문학은 현대 시인들에서의 드물지 않은 초월적 재료들과 문학 능력의 시학적 이론에 대한 예비훈련들을, 핀다르, 그리스인들의 서정적인 단편들 그리고 옛 비가들, 그리고 근대인들 가운데에서는 괴테에게서 발견되는 예술적 성찰과 아름다운 자기 반영과 결합시켜야만 할 것이며, 그 문학의 모든 표현에서 제 자신을 함께 표현하고, 어디에서도 동시에 문학이며 문학의 문학이여야만 한다.

여기서 〈그러한 문학〉이라고 말하고 있는 문학은 이상적인 것과 현실적인 것의 관계를 주제화하는 데 그치고 그 문학이 근거하고 있는 초월적인 조건들을 표현하지 않은 채 만족하고 있는, 쉴러의 성찰적 장르들로 구성되어있는 문학형식을 말한다. 슐레겔은 〈현대 시인들에게〉 칸트나 피히테에게는 결핍되어있는, 작품의 반성과 예술가의 반성, 즉 예술작품이 힘입고 있는 예술가의 활동을 이 작품 자체에 표현하기 위한 그러한 성찰을 촉구하고 있는 것이다. 이러한 수직적이라 할 수 있는 차원이 예술작품 안에 결합되었을 때에, 그러니까 문학이 단지 〈이상〉에의 무한한 접근 가운데 전진할 뿐만 아니라, 자기 성찰을 통해서 제 자신에게로 되돌아 갈 때에 비로소 쉴러의 성찰적 문학은 슐레겔의 의미에서 〈비판적〉이 되고 따라서 〈초월문학〉으로서의 가치를 지닐 수 있게 된다.

이러한 해석은 「문학노트」에서의 초월문학에 대한 개념정의들과 이 ATF 238을 직접 비교해 볼 때 한층 더 그 설득력을 얻게 된다. 우선 슐레겔은 「아테네움 단편」에서는 단테라는 이름을 전혀 언급하지 않고 이 대신 괴테와 더불어 그리스문학으로부터의 3개의 예를 새로운 〈객관적〉 문학의 선구자들로 칭하면서 초월문학에 대한 자신의 개념을 제시한다. 이에 따르자면, 초월문학은 더 이상 〈관심의 대상〉이거나 〈낭만적〉이지 않으며 오히려 〈본질적으로 현대적인 것과 본질적으로 고대적인 것의 결합〉을 겨냥하는 문학의 새로운 파라다임으로 보인다.

두 번째 단테라는 이름과 함께 초월문학의 〈절대적 대상〉에 대한 연관도 탈락되고 있는 것처럼 보이지만 그러나 그것은 단지 외면상 그럴 뿐이다. 왜냐하면 슐레겔은 〈시적 성찰〉과 〈아름다운 자기투영〉의 원리를 가지고 〈절대적인 것〉에의 연관을 자체 안으로 지양시키는 메카니즘을 발견하고 있기 때문이다. 슐레겔의 사고의 맥락에서 〈문학의 문학〉에 대한 언급은 문학이 〈무한히 분석〉될 수 있는 통로인 〈허구〉 또는 〈대체물〉이라는 공준을 대체하고 있다. 단순히 낭만적으로 내재화된 보편적 예술로서는 제시하지 못하는, 슐레겔이 오직 〈아름답고〉〈객관적인〉 그리스의 문학예술에게만 인정하고 있는 하나의 통일적인 견해가 작품 안에서의 생산행위의 〈아름다운 자기 투영〉을 통해서 구성된다. 초월문학은 그것의 대상을 — 〈절대적인 것〉, 〈신의 제국〉 혹은 쉴러의 용어법을 따라서 말한다면 〈이상〉과 같은 것들 — 단순한 〈이념〉이나 〈사상〉으로서 자신의 외부에 지니거나 과장해서 제시하는 것이 아니라, 이 대상이 작품의 성찰적인 구조 안에 실제로 표현되고 특정한 의미에서 실제로 〈현재화〉됨으로써 초월문학은 객관화되는 것이다.

슐레겔은 〈비판〉이라는 개념에 대한 자신의 심미적인 새로운 규정 — 작품 안에서의 생산행위의 자기표현 —, 즉 예술작품의 자기성찰적인 형식을 통해서 이상과 현실 사이의 차이를 없애버리고 철학이 형이상학적인 유산의 짐을 스스로 수용하는 가능성을 발견해 낸 것이다. 초월문학이 이러한 일을 할 수 있는 것은, 형이상학의 핵심인 〈신〉이 초월문학에의 엄밀한 유추를 통해서 역사 안에 스스로를 표현하고 있는 신성, 즉 공간과 시간의 내면 안으로 이미 기록되고 있는, 그리하여 슐레겔이 〈신은 그저 무한한 것이 아니라, 유한하기도 하다〉거나 〈시간과 공간은 어떻든 신성의 표지이다〉[41] 라고 말하고 있는 그러한 신성의 과정으로서 규정될 때이다. 말하자면 초

41) KA. XVIII, S. 328, 52 및 58

월문학이 스스로를 표현하면서 표현할 수 있는 것은 역사 안으로 풀어 놓여진 신성의 작용에 대한 하나의 구조적인 유추 혹은 〈알레고리〉인 것이다. 이러한 역사철학을 동시에 고려하는 연관 없이는 그에 의해서 요구되고 있는 초월문학의 〈아름다운 자기투영〉은 자신을 절대화시키는 예술가 주체성의 나르치스적인 유희에 지나지 않을 것이다.

그렇지만 이렇게 해서 〈절대적인 것〉은 예술작품의 자기 성찰적 구조 안에서 해소되거나 〈해체되지〉는 않는다. 예술이라는 현실 안에 담겨있는 〈절대적인 것〉과 역사로서의 자신의 시간적인 실현사이의 〈존재론적〉인 차이는 어떤 경우에도 존재하는 것이며, 바로 이점에서 초월문학에는 〈완전한 전달의 불가능성〉이 포함되어 있다고 할 것이다. 이 불가능성에 대해 초월문학은 역설적으로 반응한다. 〈문학의 미완결성은 필연적이다. 문학의 완결=메시아의 현현〉이라고 슐레겔은 적고 있다.[42] 문학이 자기성찰을 통해서 표현하는 것은 그렇기 때문에 〈형성되어 가고 있는 신성〉의 유추물 내지는 〈알레고리〉 이상일 수가 없다. 그러나 이러한 존재론적인 차이에도 불구하고 초월문학은 시간과 공간 안에서 〈유한하게 된〉,[43] 역사적으로 전개되는 무한성의 충실한 모사이다. 후일 슐레겔은 이것을 〈시간은 세계자체이며, 모든 형성의 총화이며, 형성되고 있는 신성이라〉[44]고 요약했다. 다른 단편에서 〈황금 시기는 문학 안에 영원히 현재화 된다〉고 말한 것은 이

---

42) LN 2090, 참고로 언급하자면, 이 미완결성은 Alice A. Kuzniar가 『Delayed Endings, Nonclosure in Novalis and Hölderlin, 1987』에서 횔덜린의 후기 문학의 특성으로 주제화하고 있는 열쇠적인 개념이기도 하다. 그는 비가 『빵과 포도주』와 찬가 『파트모스 섬』의 수정과 첨삭이 모두 고정된 문자의 위험성에 대한 시인의 인식으로부터 이루어지고 있음을 해명한다. 완결된 것을 파괴하고 해체하는 개정작업은 문학의 미완결성에 대한 필연성, 특히 신의 현현에 대한 결정적이고 고정된 표현으로부터의 빠져 나옴으로 해석된다.

43) KA. XII(Philosophische Vorlesungen 1800-1807), S. 39

44) KA. XIX(Philosophische Lehrjahre 1796-1806), S. 65, 234

러한 관점에서는 바로 앞의 단편에 반대되는 방향을 취하고 있다. 여기서 〈영원히〉라는 단어는 슐레겔의 역사사상을 배경으로 할 때 하나의 고삐로서 그 정체를 드러낸다. 다시 말해서 이 단어는 긍정적인 술어로서 사용되고 있는 것이 아니라 문학의 표현가능성이 가지는 제약을 의미하고 있는 것이다. 절대성의 활동은 예술작품의 형식 안에 〈영원히〉 갇혀져 있지만, 실제로는 〈형성되는〉 그리고 〈형성된〉 신성으로서 그 요소는 예술이 아니라 역사, 즉 시간이다. 따라서 초월적인 〈신〉이 전통적인 신학을 벗어나듯이 그 신성은 예술 안에서도 직접적인 표현을 벗어나고 만다. 그렇기 때문에 초월문학은 언제나 제 자신을 넘어서서 자신이 표현하고 있는 절대성은 이미 존재하는 것이 아니라는 사실을 반복해서 제시해야만 하는 것이다. 반어 Ironie, 알레고리 그리고 〈자기무화 Selbstannihilation〉와 같은 간접적인 언어행위들은 초월문학이 그 자신은 〈오로지〉 예술 작품일 뿐이라는 사실을 인식케 하는 예술적 수단들인 것이다.

이와 관련하여 〈자기투영 Selbstbespiegelung〉이라는 개념은 슐레겔이 요구하고 있는 초월문학의 가능한 심미적 형식에 대한 희미한 힌트를 제공한다. 이 자기투영의 개념은 그의 초기 저술에서 중요한 역할을 하고 있으며 반어 개념과 자주 겹쳐져 나타나고 있는 〈자기창조 Selbstschöpfung〉와 〈자기소멸 Selbstvernichtung〉의 범주와 밀접하게 얽혀져 있다. 초월문학의 이론과 그것의 예술적 실천 사이의 연관을 밝혀내기 위해서는 이 3개의 자기연관성 — 〈자기투영〉, 〈자기창조〉, 〈자기소멸〉 — 이 예술가의 성찰행위, 즉 생산하는 행위의 제 자신에의 관계에만 연관될 뿐 아니라, 슐레겔이 초월문학을 향해서 제시하고 있는 요구들에 따른 예술 산물의 고유성의 표지로서도 고찰되어야만 할 것이다. 왜냐면 이 예술 산물은 그것을 조건짓고 있는 성찰행위를 구성적인 요소로 자신 안에 수용하기 때문이다. 3개의 개념 모두는 한편으로는 의식규정들과 다른 한편으로는 심미적인 범주들

사이를 오가고, 이러는 사이에 이 운동이 예술가의 자기성찰과 작품의 자
기성찰이 전혀 분리될 수 없게 되기 때문에 초월문학의 경우 이 구분이 부
질없다는 사실을 착각하게 해서는 안 될 것이다. 즉 의식행위는 예술작품
에 사후적으로 표현되는 것이 아니라, 작품은 예술가의 〈거울〉 자체이며,
이 거울을 통해서 예술가는 맨 먼저 자기성찰의 유희로 진입되게 되는 것
이다. 이점에서 슐레겔과 횔덜린은 일치된 생각을 가지고 있다. 다시 말하
자면 〈비아 nicht-Ich〉없이는 어떤 자기성찰도 시작되지 않으리라는 생각
말이다. 「시적 정신의 수행방법」 가운데 소위 횔덜린-정언명령[45]은 이렇게
제시되어 있다.

> 자유로운 선택을 통해서 외적인 영역과의 조화로운 대칭 안으로 그대를 위치
> 하게 하라. 마치 그대가 그대 자신의 내부에서 자연적으로 조화로운 대칭 안에
> 존재하고 그러나 그대 내면에 그대가 머무는 동안에 알아차릴 수 없도록 존재
> 하듯이[46]

이 문장은 예술가의 작품이 〈외적인 영역〉으로서 자신의 자기의식을
맨 먼저 가능케 해주는 슐레겔의 예술가에 대한 규정과 아주 유사한 것이
다. 〈생산행위〉와 〈생산물〉은 초월문학에서 상호 제약적인 성찰의 양극으
로서 맺어져 있어서, 우리가 예술가의 의식상태와 작품의 고유성를 분리한
다면, 슐레겔의 의도를 애초부터 잘못 이해하게 될 것이다. 슐레겔이 ATF
238에서 〈아름다운 자기투영〉으로서 심미적 토론에 도입했던 것은 문학을
성립시키는 이 3개의 차원 모두에 동시에 적중되고 있는 일종의 구성이다.
자기규정, 즉 자의식으로 이어지는 성찰행위로서의 예술가-자아, 기초에

---

45) Menninghaus, Unendliche Verdopplung, S. 106
46) StA. IV, S. 256f.

놓인 시학의 주제화로서의 작품 그리고 비아(非我) 안에서의 상호투영으로서의 예술가와 작품 사이의 아름다운 자기 투영이 이에 해당하는 것이다. 바로 이러한 세 겹의 성찰 구조가 단순히 〈흥미를 끄는 문학〉으로서 당대를 풍미하는 상상적인 예술가–개념에 대칭해서 슐레겔에 의해 추구되었던 현대 문학의 자율성을 역설적으로 가능케 하고 있다. 초월 문학적인 예술가의 자아의식이 구성되는 동일한 행위 안에서 예술가–자아는 작품에 표출된다. 즉 그것은 스스로 〈창출되고〉 또한 동시에 〈소멸〉되는 것이다. 이렇게 해서 단순하게 주관적인 모든 의식이 작품에서 지양될 뿐만 아니라, 무한한 직관의 영역으로 〈초월해〉 가는 것이다. 이러한 이중적인 그러나 동일한 운동을 통해서 비로소 예술 안에 슐레겔이 LN 207에서 〈자기창조와 자기소멸의 결과 〉로서의 〈의미〉라고 부르고 있는, 예술가의 의도 또는 의식상태와는 더 이상 관계없는, 동시에 절대성 자체의 활동에 대한 미메시스를 표현하는 하나의 의미가 구성되는 것이다.

6. 「파트모스 섬」 ― 또 하나의 초월 문학적 찬가

이러한 ATF 238에서의 초월문학에 대한 슐레겔의 관점은 횔덜린의 후기 찬가 「파트모스 섬」의 구도를 통해서 그 시적 범례를 발견한다. 1803년 1월 깨끗하게 정서된 15연의 시 「파트모스 섬」이 징클레어를 통해서 홈브르크의 방백 루드비히에게 헌정되었다. 이 「파트모스 섬」은 그 창작 동기나 요한의 섬 파트모스를 시제로 삼고 있는 점에서 볼 때 분명히 기독교 신앙에 밀접하게 연관되어 있다. 슈미트는 저서 『횔덜린의 역사철학적 찬가들』에서 종교사로부터의 여러 근거를 들어 이 시에 인용된 많은 성서의 자세한 내용들을 해명하면서 이 시를 〈성령에 의한 정신성 pneumatische

Geistigkeit〉으로의 종교사적인 전환에 연관시켜 해석하고 있다.[47] 한편 슈티얼레는 일찍이 논문 「문학과 위임」에서 「파트모스 섬」의 숨겨진 주제를 — 위임과 문학적 자유 사이의 갈등, 문학적 정체성의 문제를 — 다루고 있다. 「파트모스 섬」은 문학에 대한 사회의 이념적인 위탁과 과제를 어떻게 문학적인 자기 과제로 승화시키고 있는가를 보여주고 있다는 것이다.[48] 다시 말하면 「파트모스 섬」은 요한을 매개로 해서 그리스도 찬가 Christus-Hymne[49]의 범주에 머무는 것이 아니라, 시인의 문학적 자의식과 문학적 과제 사이의 갈등을 담고 있는 것으로 보고 있는 것이다. 오펜호이저는 그의 저서 『성찰과 자유』에서 횔덜린의 현대성을 다루는 가운데, 그것은 전적으로 시인의 자기성찰과 자유에 대한 문제와 다르지 않음을 강조함으로써 「파트모스 섬」의 특징을 사상적 성찰과 시의 연결에 비중을 두고 해석하고 있다.[50] 햄린은 「파트모스 섬」의 구조적인 요소들을 시안에 나타나는 시인의 이중적 기능, 즉 시인의 자의식과 자기성찰이라는 측면에서의 기능과 찬가 「라인 강」에서도 볼 수 있는 〈진전〉과 〈후퇴〉를 통한 순환적인 구조, 그리고 Triade의 일반적인 찬가 형식을 벗어나는 구성 원리의 의미 등으로 특징 짓고, 이 안에서 시인이 요한의 모습을 시인의 대체 인물 또는 이상적 유형으로 살펴봄으로써 이 시는 성서 읽기의 알레고리이자 글쓰기의 한 범

---

47) Vgl. Jochen Schmidt, Hölderlins Geschichtsphilosophische Hymnen, ≫Friedensfeier≪, ≫Der Einzige≪, ≫Patmos≪, Darmstadt 1990, S. 186ff.

48) Karl-Heinz Stierle, Dichtung und Auftrag. Hölderlins 「Patmos」-Hymne, in: HJb. 1980/81, S. 47-68

49) 횔덜린의 찬가 「유일자」와 「평화의 축제」, 그리고 「파트모스 섬」은 몇몇 학자들에 의해서 그리스도 내지는 기독교를 그 중심테마로 삼고 있는 찬가로서 그리스도-찬가로 분류되고 있다. 예컨대 J. Richter, Hölderlins Christusmythus und die deutsche Gegenwart, München 1941 및 E. Lachmann, Hölderlins Christus-Hymne "Der Einzige", in: Wort und Wahrheit (1947) 등이 있다.

50) Stefan Offenhäuser, Reflexion und Freiheit. Zum Verhältnis von Philosophie und Poesie in Rilkes und Hölderlins Spätwerk, Frankfurt /M. 1996

례로서 스스로가 해석학적인 사유의 한 비유가 되고 있다고 주장하고 있
다.[51]

찬가 「파트모스 섬」이 시인의 자기성찰에 비중을 둔 작품이라는 것은
그 서두에 벌써 시인의 자아의식 내지는 시대의식으로 확인된다.

> 가까이 있으면서도
> 붙들기 어려워라, 신은.
> 그러나 위험이 있는 곳엔
> 구원도 따라 자란다.

> Nah ist
> Und schwer zu fassen der Gott.
> Wo aber Gefahr ist, wächst
> Das Rettende auch.[52]

이처럼 시는 〈가까이〉라는 시어로 열리고 있는데, 이 어휘에 대한 대칭
은 〈멀리〉가 아니라, 〈붙들기 어려움〉으로 제시된다. 이 붙들기 어려움은
가까움 안에서의 떨어져 있음, 그것은 휠덜린이 〈생동하는 것 das
Lebendige〉이라고 표현하고 있는 것의 본질이기도한 신성의 체험 방식이
다. 그것은 시인이 살고 있는 현재의 조건 아래에서의 신성의 체험인 것이
다. 시인이 의식하고 있는 자신의 시대는 위험의 시대이자 구원의 시대이
다. 그러한 의식은 이어지는 시구 〈가장 사랑하는 자들 / 가까이 저 멀리 멀
리 떨어진 / 산들 위에 지치고 지쳐 살고 있으니 Und die Liebsten / Nah
wohnen, ermattend auf / Getrenntesten Bergen〉을 통해서 반복한다. 이러한
의식은 시인의 소망으로 옮겨진다.

---

51) Cyrus Hamlin, hermeneutische Denkfiguren in Hölderlins ≫Patmos≪, in : Hölderlin
und Nürtingen, hrsg. v. Peter Härtling/Gerhard Kurz, Stuttgart - Weimar 1994, S. 79 - 102
52) StA. II, 165

그러니 우리에게 순결한 물길을 달라
오, 우리에게 날개를 달라, 진실 되기 그지없이
거기를 넘어가고 다시 돌아오도록.

So gieb unschuldig Wasser,
O Fittige gieb uns, treuesten Sinns
Hinüberzugehen und wiederzukehren.[53]

〈순수한 물길〉과 〈날개〉는 인간과 신적인 영역 사이의 교류를 상징한
다. 그것은 분리를 넘어서는 회상을 통해서 가능하다. 회상의 언어화, 그
가능성을 「파트모스 섬」은 노래하는 것이다. 서두에서의 이러한 언어화의
가능성에 대한 희망적 출발은 시의 진행에서 반복해서 성찰의 대상이 된
다. 어쩌면 「파트모스 섬」의 시인은 파트모스 섬을 시제(詩題)로 하면서도,
사실은 자신의 시작 행위를 반성하며, 「므네모쥔네」의 한 구절에 뼈저리게
노래하고 있는 낯선 곳에서의 언어의 상실을 끊임없이 반추한다. 「므네모
쥔네」의 한 구절은 이렇게 노래한 적이 있다.

우리는 하나의 기호, 우리는
의미도 없고 고통도 없으며, 그리고
낯선 곳에서 말을 거의 잃었네.

Ein Zeichen sind wir, deutungslos
Schmerzlos sind wir und haben fast
Die Sprache in der Fremde verloren.[54]

---

53) StA. II, S. 165
54) StA. II. S. 195

그러한 〈우리〉 가운데의 한 사람인 시인은 「파트모스 섬」에서 신에의 근접을 통해서 신을 붙잡으려고 한다. 그러자 시인은 그리스도의 모습을 통해서 신성을 자신의 언어로 모방하려는 일종의 유혹적인 모방에 빠지게 된다. 그 순간 시인은 자신의 시작 행위를 성찰한다. 그리고 그것은 이렇게 노래한다.

> 말하자면 광맥은 철을 지니고 있고
> 애트나 화산은 타오르는 송진을 지니고 있으니
> 그처럼 나도
> 하나의 동상을 지어 가지고
> 본래의 모습과 비슷하게
> 그리스도를 볼만큼 귀한 재산을 지니고 있는지도 모른다.
>
> 그러나 한 사람 제 스스로 채찍질하고
> 슬프게 말하면서, 도중에, 내 무방비 상태였을 때
> 나를 덮쳐서 놀라워하며 하나의 종복인
> 내가 신을 모방하고자 했을 때―
> 분노 가운데 명백히 내
> 천국의 주인들을 보았으니, 내 무엇이 되지 않고 오히려
> 배워야 함을.

> Zwar Eisen träget der Schacht,
> Und glühende Harze der Aetna,
> So hätt' ich Reichtum,
> Ein Bild zu bilden, und ähnlich
> Zu schaun, wie er gewesen, den Christ,
>
> Wenn aber einer spornte sich selbst,
> Und traurig redend, unterwegs, da ich wehrlos wäre

Mich überfiele, daß ich staunt' und von dem Gotte

Das Bild nachahmen möcht' ein Knecht-

Im Zorne sichtbar sah' ich einmal

Des Himmels Herrn, nicht, daß ich seyn sollt etwas, sondern

Zu lernen.[55]

광맥이 철을 지니고 애트나 화산이 불타는 송진을 지니고 있다는 비유를 통해서 시인도, 그리스도를 직접 대면했던 요한과 같이 그리스도를 형상화시킬 수 있는 창조적인 수단을 내면에 깊숙이 지니고 있는지도 모른다고 말하고 나서, 그러나 신을 형상화시키는 것이 부당하다는 것을 노래한다. 여기서 우리는 앞선 시구에 대한 작은 〈취소 Widerruf〉의 목소리를 듣는다. 역사적인 그리스도의 모습을 그리는 것이 아니라, 그리스도의 신적인 차원을 그린다는 것은 시인의 〈잘못된 사제 falscher Priester〉[56]로의 타락을 의미할 수 있다. 시인은 시를 통한 시의 현시와 그것의 불가능성에 대한 화해할 수 없는 갈등에 서있다. 절대적 진리를 찾아 나선다는 것은 인간을 파멸의 위험으로 몰고 간다. 비의적이고 도취적인 문학과는 이제 결별한 계제에 이른다. 그렇다면 신의 근접의 위험으로부터 함께 자라나는 〈구원〉은 어떻게 이해될 수 있는가. 〈내가 무엇이 되어야 할 것이 아니라 / 배워야 한다〉는 시구는 어떻게 이해되는가. 〈진실 되기 그지없이 / 거기로 넘어가고 다시 돌아오는〉 시인의 그 비상의 소망은 어떻게 이루어지는가? 시의 진행은 그러한 물음에 대한 성찰을 거치면서 종결구에 이른다.

---

55) StA. II, S. 170
56) StA. II, S. 120

그러나 아버지,

삼라만상을 다스리는 그 분이

가장 좋아하시는 것은 확고한 문자

가꾸어지고, 현존하는 것이 훌륭하게

해석되는 일. 독일의 노래 이를 따라야 하리라.

[...] der Vater aber liebt,

Der über allen waltet,

Am meisten, daß gepfleget werde

Der veste Buchstab, und bestehendes gut

Gedeutet. Dem folgt deutscher Gesang.[57]

시인은 〈현존하는 것〉을 훌륭하게 해석하는 일이라는 과제를 스스로에게 또 다시 제시하고 있다. 이 찬가의 서두 〈가까이 있으면서 / 붙들기 어려워라, 신은〉이 그러하듯 현존하는 것으로부터 그 어느 때보다도 더 멀어 보이는 신성(神性)을 이끌어낸다는 것은 시대의 모순성이다. 그런 점에서 서두와 결구는 접속된 순환을 보이고 있다. 시인은 그러나 끊임없이 모색한다. 그 모색이 독일의 노래이어야 한다는 것이다. 찬가 「파트모스 섬」에서의 신성의 모습 그리기는 실패하고 있거나, 문학의 한계를 드러내며 그러한 시도가 포기되고 취소되고 있다. 시인의 자신에 대한 성찰의 결과이다. 그러나 그 포기를 통해서 이 시가 수많은 성서의 인용과 관련된 암시들을 지니고 있는 그리스도 찬가로서보다는 〈문학의 표현 가운데 스스로를 함께 표현하면, 도처에 문학이면서 문학에 대한 문학이어야〉하는 슐레겔의 초월문학으로서 이해되는 것이다.

---

57) StA. II, S. 172

VII

후기 시에서의 현대성

후기 시에서의 현대성

— 자아의 상실과 문체 현상을 중심으로

1. 횔덜린의 현대성에 관한 논의들과 그 논점들

횔덜린의 현대성은 수용의 측면에서 볼 때 새삼스러운 논제가 아니다. 그
의 현대성은 20세기의 현대 시인들에 대한 영향으로부터 우선 설명될 수
있다. 횔덜린으로부터 많은 영향을 받은 독일 시인들은 이미 고전적 현대
시인들이 되었다. 게오르게, 릴케, 트라클, 첼란, 보브롭스키 등이 그 대표
적 시인들이다. 이들의 횔덜린 수용의 다양한 측면들은 이미 많은 연구 논
문들과 저서들에서 탐구되었고 프랑스의 20세기 시인들과의 연관도 부분
적으로 제시되었다.[1]

---

1) 이들 연구 논문과 저서들 중 몇몇만을 예를 들어보면 다음과 같다.
Adrien Finck, Modernité de Hölderlin. L'experénce des limites du language poétique, in:,
Recherches Germaniques 1 (1971), S. 40-57 / Bernhard Böschenstein, Der Lyriker Nerval,
Hölderlin und Jean Paul, in; Seminar 6 (1970), S. 190-200 / Ders., "Hölderlin in der
deutschen und französischen Dichtung des 20. Jahrhunderts", Hölderlin Jahrbuch(이하
HJb.) 1969/70, S. 60-75 / Ders, Hölderlin und Celan, in, HJb. 1982/83, S. 147-155 / Ders,
Hölderlin und Rimbaud, in: Walter Weiss u. Hans Weichselbaum(Hg.), Trakl-Studien,
Band IX, S. 455-463 / Henning Bothe, >Ein Zeichen sind wir, deutungslos<. Die
Rezeption Hölderlins von ihren Anfängen bis Stefan George, Stuttgart 1992 / Herbert
Singer, Rilke und Hölderlin, Köln 1957 / Klaus Manger, Die Königszäzur. Zu Hölderlins

문학적 실존 [2]의 표본을 보이고 있는 횔덜린의 시인상이 아마도 이들을
매료시키는 가장 중요한 요소일 것으로 생각된다. 최근 발행된 횔덜린에 바
친, 또는 그와 관련된 주제를 다룬 한 권의 헌정 시집에는 31명의 생존해 있
거나 최근에 세상을 떠난 현시대 시인들의 시작품들이 수록되어 있는 바[3]
이들은 한결같이 횔덜린의 시인상을 통해서 낯선 세계에 온몸을 드러내고
위협 당하고 있는 자신들의 모습을 바라보고 있다. 릴케의 시 「마음의 산악
에 버려졌노라 Ausgesetzt auf den Bergen des Herzens」, 첼란의 「튀빙엔 정
월 Tübingen, Jänner」에서의 비극적인 시인상에도 이들의 동질적 자화상이
표현되어 있다.

   그러나 또 다른 한편으로는 횔덜린 문학이 갖고 있는 그 〈애매성〉이 횔
덜린 수용의 역사에 결정적 역할을 했다. 20세기 초 상징주의와 표현주의
의 문학의 융성과 함께, 역시 프랑스 상징주의에 심취해 있었던 젊은 고전
문학도 헬링라트에 의해서 발행된 1800년 이후의 횔덜린 후기 시집[4]은 20
세기에서의 진정한 수용을 촉발시켰다. 헬링라트에 의해서 〈횔덜린 문학

Gegenwart in Celans Gedicht, in: HJb. 1982/83, S. 156-165 / Martin Anderle, "Das
gefährliche Idyll. Hölderlin, Trakl, Celan", in: German Quarterly 35(1962), S. 455-463 /
Ders., Hölderlin in der Lyrik Günter Eichs. In, Seminar 7(1971), S. 102-113 / Otto
Pöggeler, Hölderlin und Celan. Homburg in ihrer Lyrik, in: Bad Homburger Hölderlin
Vorträge. 1988/89, S. 65-77 / Oliver Schütz, Natur und Geschichte in Blick des Wanderers.
Zur lyrischen Situation bei Bobrowski und Hölderlin, Würzburg 1990 / Theophil Spoerri,
"Rimbaud und Hölderlin in ihrer Zuwendung zur Gegenwart", in: Universitas 10 1955, S.
493-506 / Wolfgang Babilas, Aragon und Hölderlin. HJb. 1967/68, S. 209-239 / 또한 가장
근래의 독일 동서독의 시인과 작가들의 생산적인 횔덜린 수용에 대한 연구는 Sture
Packalen, Zum Hölderlinbild in der Bundesrepublik und der DDR; Anhand ausgewählter
Beispiele der produktiven Hölderlin-Rezeption, Uppsala 1986
2) Jochen Schmidt, Hölderlin im 20. Jahrhundert, in: Gerhard Kurz u. andere(Hg.),
Hölderlin und die Moderne, Tübingen 1995, S. 107
3) Hiltrud Gnüg, An Hölderlin. Zeitgenössische Gedichte, Stuttgart 1993
4) Hölderlin Sämtliche Werke, Historisch-kristische Ausgabe, Vierter Bd., besorgt durch
Norbert v. Hellingrath, Gedichte 1800/1806, Berlin 1916

의 심장, 핵 그리고 정점)[5]이라고 평가된 1800년 이후의 시작품들은 — 특히 처음 발행된 단편들, 초고들은 — 난해성을 그 특징으로 삼고 있으며, 그 극단적인 난해성이 현대 시인들을 매료했던 것이다. 현대시 자체가 상투적으로 느껴지는 문학으로부터의 등돌림, 진부한 것으로 혐오의 대상이 된 현실성으로부터의 떨어져 나옴에서 출발했다면, 많은 20세기의 시인들은 횔덜린의 후기 시에 나타나는 비정상적인 표현들로부터 〈그에 의해 달성된 서정적 유동성의 최고의 자유의 경계〉[6]를 체험하고 횔덜린을 자신들의 표현 예술의 〈선구자이며 심지어 때 이른 완성자로서〉[7] 받아들인 것은 놀라운 일이 아니다. 헬링라트가 예언한 대로 그의 후기 시는 현대 시인들의 〈문학예술의 학교〉[8]가 된 것이다.

그러나 횔덜린의 시인상과 그 문학성에 대한 20세기 시인들의 활발한 수용과는 달리 정작 횔덜린의 후기 시가 가지고 있는 애매성 — 후고 프리드리히가 강조해서 말하고 있는 현대시의 가장 뚜렷한 징표인 〈비밀스러움과 모호성〉[9]의 문체적 현상과 그 근원에 대한 문예학적인 탐구는 거의 찾아 볼 수 없다. 이러한 현상에는 몇 가지 이유가 있다. 그것은 무엇보다도 후기 시의 창작 시기와 그의 정신착란이 진행된 시기가 일치된다는 주장과 함께 그 작품들이 소위 정신 질환의 산물로 치부되어 온 사실에서 연유된다.[10] 이해의 한계를 넘어서는 단편들은 그러한 선입감으로 관찰되었다. 특히 1804-1806년 사이, 횔덜린의 제 2차 홈부르크 체류 시기의 작품들은 거의 그러한 선고를 받아 온 것이다.

---

5) Ebd., S. XI
6) Wilhelm Dilthey, Das Erlebnis und die Dichtung, S. 315
7) Schmidt. ebd., S. 107
8) Hellingrath, ebd., S. XVIII
9) Hugo Friedrich, Die Struktur der Modernen Lyrik, Hamburg 1992(1956), S. 15
10) Dietrich Uffhausen(Hg.), Hölderlins hymnische Spätdichtung, Einleitung, S. X

그러나 횔덜린 자신이 〈아폴론으로부터 얻어맞았다〉[11]고 고백하고 있
는 프랑스에서의 경험을 안고 남 프랑스의 보르도로부터 돌아온 1802년 초
여름부터 드러난 것으로 보이는 그의 정신분열증은 정신의학자로서 정신
질환과 언어현상의 관계에 대해 지대한 관심을 가진 나브라틸이나 슈티얼
린이 제시하는 바처럼 횔덜린 문학의 〈현대성〉을 증언해주는 문체변화를
동반하고 있다.[12] 나아가 후기에서의 문학적 변화를 생애기적이라기보다
문체양식에 관련된 것으로 보고 있는 스촌디의 견해[13]를 받아드린다면 이
문체의 변화는 그것이 정신질환의 산물이라기보다는 프랑스 여행을 계기
로 횔덜린이 시작(詩作)에서 커다란 전환점을 발견했다는 사실로부터 설명
될 수 있을 것이다.

　1801년 12월 프랑스 여행을 앞두고 횔덜린은 친구 뷜렌도르프에게 보
낸 편지에서 그리스인과 서구인의 천성을 대비하고 서구인에게는 〈표현의
명료성〉이 근원적이며 천성적이라고 말하고 〈제 자신의 것을 자유롭게 구
사하는 것이 가장 어려운 일이기 때문에〉 자신의 것도 외래의 것처럼 배워
야만 한다고 쓴 바 있으며, 보르도로부터 돌아와 뉘르팅엔에 머물면서 다
시 뷜렌도르프에게 〈조국적으로 자연스럽게 본래 독창적으로〉 노래하기를
시작해야 한다고 쓰고 있다.[14] 이전과 비교해서 전혀 다른 새로운 쓰기 방
식을 횔덜린은 생각하고 있었던 것이며, 1802년 프랑스 여행으로부터의 귀
환 이후 그 새로운 쓰기 방식을 시도한 것이다. 그리하여 1801년 초고만 잡

---

11) StA. VI, S. 432

12) Navratil, Schizophrenie und Dichtkunst, München 1986. S. 129. 및 Helm Stierlin,
Lyrical Creativity and Schizophrenie Psychosis as Reflected in Friedrich Hölderlin's Fate,
in: Emery E. George edited. Friedrich Hölderlin. An Early Modern, Ann Arbor 1972,
S. 207

13) Szondi, Schriften I, Frankfurt /M. 1978, S. 291, "ehe stilkritisch denn biographisch"

14) StA. VI, S. 464

였던 많은 찬가들이 프랑스 여행 이후에 계속 쓰여졌거나 완성되었다. 소포클레스와 핀다르의 작품들 번역과 주석, 소위 〈밤의 노래들〉로 분류되는 9편의 시, 〈홈부르크 원고철〉에 실린 소위 「조국적 찬가들」을 위시한 여러 초고들, 그리고 기타 「회상」, 「티니안 섬」, 「이스터 강」, 「그리스」 등이 모두 이 시기에 쓰여진 것이다. 다시 말하면 쓰기 방식의 전환과 그 내용의 독창성의 구축이 1802년 여름 이후 그가 거칠게 저항하면서 홈부르크로부터 튀빙엔 정신병원으로 강제이송 되었던[15] 1806년 9월까지의 매우 의미 있는 활동 시기에 이루어지고 있다.

다른 한편 그간 모든 문학작품의 분석에서 형식과 내용의 이분법적인 방법, 특히 해석학적인 문학의 이해로부터 발생되는 내용 위주의 파악으로 인해 그 동안 문체적 측면에서의 변화가 소홀히 취급되어 온 것이 횔덜린 후기 문학의 현대성에 대한 문예학적 접근을 가로막아 왔던 것도 사실이다.[16] 그것은 자의적 해석을 용납하는 난해성과 함께 상승적으로 그 모호성을 더욱 확대시켜 왔던 것이다. 이제 후기 시의 애매성도 문체 현상에 대한 분석을 통해서 설명되어야 할 것이다. 사실 횔덜린 후기 시가 형식의 우위[17]라는 특징을 가지고 있다는 개관에 의견을 같이하는 사람들은 많다. 이미 휩쉬는 〈횔덜린에게 있어서 형식은 나중에 부여된 것이 결코 아니다. 형식은 창조적 과정의 시발점에 놓여 있다〉[18]고 언급한 바 있다. 시문학의 현대

---

15) Vgl. Uffhausen, "Weh! Närrisch machen sie mich". Hölderlins Internierung im Autenriethschen Klinikum. Tübingen 1806/7 als die entscheidende Wende seines Lebens. HJb. 1984/85, S. 306-365; Christoph Jamme, "Ein kranker oder gesunder Geist?". Bericht über Hölderlins Krankheit in den Jahren 1804-1806, in: Christoph Jamme und Otto Pöggeler (Hg.), Jenseits des Idealismus, Bonn 1988, S. 279ff. 특히 S. 289

16) Vgl. Mario Andreotti, Die Struktur der modernen Literatur. Neue Wege in der Textanalyse, Stuttgart 1990, S. 18

17) Uffhausen, Befestigter Gesang, in: Hölderlin und die Moderne, S. 141

18) Arthur Hübscher, Hölderlins späte Hymnen, in: Hölderlin, Späte Hymnen. Deutung und Textgestaltung, München 1942, S. 5

성이 그 어떤 내용에 의해서가 아니라 형식에 대한 관찰로서 밝혀져야 하
는 이유를 프리드리히는 〈현대시의 해석은 그 내용, 모티브, 주제에 보다는
그 발언의 테크닉에 더 오래 머무는 것이 피할 수 없는 일임을 알고 있다.
[...] 작품의 정점과 작품의 영향의 정점도 그 테크닉에 담겨 있다. 에너지는
거의 전적으로 문체 양식에 쏠려 있다〉[19]고 설명한다. 횔덜린의 후기 시의
현대성에 대해서도 프리드리히의 이 언급은 유효하다. 횔덜린의 후기 시를
논의한 몇몇의 저술과 논문 가운데서 문체적 양식의 측면을 자세히 다루고
있는 저술이나 논문은 매우 드문 가운데 횔덜린 후기 시의 문체양식과 형
식에 대한 부분적 또는 산발적인 논의가 관심을 끌게 하는 것은, 바로 이것
이 횔덜린 후기 시의 현대성에의 접근을 가능케 하는 중요한 개념들과 실
마리들을 제공해 주기 때문이다.

　　이미 헬링라트는 『횔덜린 전집』 제4권의 서문에서 〈표현력〉 즉 표현성
과 함축성, 〈더할 수 없는 축약의 잦은 등장〉의 현상을 후기 시에서 발견하
고 있다.[20] 그리고 무엇보다 헬링라트의 횔덜린 탐구에서 중요한 제시는 소
위 〈거친 구조〉라는 개념이다. 그는 자신의 학위논문 「횔덜린의 핀다르 번
역」(1910)에서 횔덜린의 핀다르의 번역에 있어서 중요한 관심은 내용이 아
니라 형식 구성과 음향 구성의 원리였으며, 그 원리를 수사학적 용어를 빌
어 말하자면 바로 〈거친 구조〉라 칭할 수 있음을 밝히고 있다.[21] 이 〈거친
구조〉 개념은 횔덜린 후기 시의 문체 양식의 이해에 중요한 시각을 제공할
뿐만 아니라, 현대 서정시의 해석에도 하나의 열쇠적 개념이 된 것은 다 아
는 사실이다.

---

19) Friedrich, ebd., S. 149
20) Hellingrath, Vorrede, XVI-XVII
21) Hölderlin-Vermächtnis, 2. Aufl., München 1944, S. 29

현대시에 대한 경전적인 저술인 프리드리히의 『현대 서정시의 구조』 (1956)가 출판되기 4년 전 파울 뵈크만은 현대시에 대한 주목할 만한 논문 「현대 서정시의 표현 방식」을 발표했다. 이 논문에는 현대시의 여러 특성과 관련해서 횔덜린의 연관성이 제시되어 있다.

뵈크만은 횔덜린의 현대성으로 보이는 여러 요소 가운데 가장 우선되는 것은 〈감정 표현으로서의 문학이 그에게서 한계에 달한〉[22]사실을 들고 있다. 그것은 체험시와는 다른 시세계의 형성을 의미할 뿐만 아니라, 〈느끼는 자아〉에 대한 의구심을 동반함으로써 현대 서정시의 특징인 서정적 자아의 상실을 이미 선취하고 있음을 의미하는 것이다. 〈현대 서정시에 나타나는 위기적 현상들〉이 자아 표현의 확신이 그 토대를 잃은 데서 기인한다면[23] 거기에는 바로 횔덜린이 맨 앞에 서 있음을 시사한다. 뵈크만은 벤의 자아상실과 그것에 연유하는 새로운 문체 현상 — 특히 어휘들의 조합을 언급하면서 언어 자체에 의탁하기 시작하는 현대 시의 커다란 경향을 언급한다. 피온테크, 트라클, 크롤로브 등의 작품을 들어 현대시의 언어 현상들을 비교적 자세히 논하고 나서 뵈크만은 횔덜린 시에서의 언어 현상을 첨언하고 있다. 횔덜린은 엄격한 송가의 운율 격식 안에서도 병렬, 전치, 파격 문장과 같은 요소를 통해서 감각적인 긴장을 만들어 내고 문장의 역동성을 얻어내고 있다는 것이다.[24] 횔덜린의 작품을 들어 상세하게 분석해 보이지는 않고 있지만, 뵈크만은 현대시의 문체와 언어 현상들을 언급하면서, 그 현상 서술의 도입부에 반복하여 횔덜린을 제시함으로써 그를 현대

22) Paul Böckmann, Die Sageweisen der modernen Lyrik, in: Der Deutschunterricht. Beiträge zu seiner Praxis und wissenschaftlichen Grundlegung, 1952, H. 2, S. 7-12. auch in: Zur Lyrik-Diskussion, Darmstadt 1974, S. 75-114. 여기는 이 책의 S. 86

23) Böckmann, ebd., S. 95

24) Böckmann, ebd., S. 111

시의 선구자로 보려는 시각을 드러낸다. 뵈크만은 이 논문에서 세계의 파편화, 이에 상응하는 조립의 기술, 개인적 존재의 분열과 세계의 분열[25] 등 프리드리히가 그 저서에서 프랑스의 시들을 위시하여 서구 현대시의 구조를 해명하려고 사용하고 있는 개념들을 이미 앞서 제시하고 있다.

한편 1963년 횔덜린 협회의 연차 대회에서 처음 발표되고 다음 해 「노이에 룬트샤우」지에 실린 아도르노의 논문 「병렬 문체 — 횔덜린의 후기 서정시에 대해서」는 횔덜린의 후기 시에 대한, 특히 문체 양식에 대한 본질적이고 광범위한 첫 번째 탐구이다. 횔덜린에 대한 논문과 저술 가운데 가장 훌륭한 논문이라고 평가되기[26]도 한 이 논문에서 아도르노는 횔덜린의 후기 시의 언어 뒤에도 어떤 설명 가능하고 일치적인 전망이 들어 있다는 하이덱거의 주장과 단언에 대해서 모든 수사적인 용어를 다 동원하여 맹공을 가하는 것으로 서두를 열고 있다. 그는 시어와 그 양식, 모든 담화의 전통과 혁명적으로 충돌하고 급진적인 실험을 행하고 있는 그러한 문체를 철학자가 도외시하고 있음을 비판하고 있다. 하이덱거가 주장하고 있는 것과는 정반대로 횔덜린의 후기 시에서의 문학적 실험은 모든 종합에 대한 대담하고 용기 있는 투쟁, 일치성이라는 모든 인위적 규범들에 대한 거부로서 파악된다는 것이다. 횔덜린의 초기 시에서의 차용된 시 형식들, 송가, 비가 그리고 소위 삼연일단 Triade의 창작 원리를 가지고 있는 핀다르식의 찬가들은 횔덜린의 후기 서정시의 처리 방식에서의 가장 필수적이고 정련된 언어의 특성과는 일치하지 않는다고 주장된다. 아도르노는 후기 시의 이러한 특징을 임의적이고 고립된 진술들의 병렬로서 서술하고 있다.[27] 아마도 아

---

25) Vgl. Böckmann, ebd., S. 95. 및 S. 100f.

26) Pierre Bertaux, F. Hölderlin, S. 390

27) Adorno, Parataxis. Gesammelte Schriften Bd. 11, Noten zur Literatur, Frankfurt /M. 1974, S. 472f.

도르노의 이 논문은 그 이전에는 독자들이 그리고 그 이후까지도 정신의학자들이 정신착란의 징후로서 읽고 있는 단편성의 원리 자체가 횔덜린의 시 문학의 가장 뛰어난 성취임을 논리적으로 주장한 첫 번째 시도일 것이다.

아도르노는 그 논문에서 횔덜린의 후기 시들을 문체적 특성, 또는 형식의 용어들을 빌어 평가하고, 역사적으로는 낭만주의적 예술과 이상주의적 사상에 대한 저항으로서 이해하고 있다. 그의 분석은 횔덜린이 아방가르드 예술의 원리로 연장되어 있음을 암시한다. 베케트의 의미 없는 〈의전적 문장〉 또는 첼란의 생략적인 암호 문장과의 연관도 암시한다.[28] 아도르노 논문은 벤야민의 논문[29]으로부터 영향을 받았고, 스촌디는 이 두 사람으로의 영향 가운데서 횔덜린 후기 시에서의 반고전주의적 경향에 대한 논문들을 썼다.[30] 그러나 횔덜린 연구에서 아도르노의 이 논문은 더 이상의 파급적 영향을 나타내지 못했다. 너무도 파격적인 것이었는지도 모른다.[31]

횔덜린의 현대성을 논제로 한 연구들도 없지 않았다. 횔덜린 탄생 200주년을 맞이하여 1970년 미시건 대학의 앤 에버 캠퍼스에서 횔덜린의 현대

---

28) Adorno, Parataxis, S. 478f.

29) Walter Benjamin, Zwei Gedichte von Friedrich Hölderlin, in: Ders, Schriften, Bd. 2, Frankfurt /M. 1955, S. 375-400

30) Peter Szondi, Hölderlins Brief an Böhlendorff vom 4. Dezember 1801. Überwindung des Klassizismus, in: Euporion 38, 1964 또한 in: Schriften I. Frankfurt /M. 1978, S. 345ff. 및 Hölderlin-Studien. Mit einem Traktat über philologische Erkenntnis. Frankfurt/M. 1967 에 게재된 논문들

31) Jochen Schmidt, Hölderlin im 20. Jahrhundert, in: Hölderlin und die Moderne, S. 113 에서 아도르노의 논문의 발표 당시를 이렇게 회고하고 있다. 〈그 연설은 그 제목 「병렬문체」를 통해서만 본래적이지 않은 것의 은어에 열중하고 있었을 뿐만 아니다. 그 연설은 횔덜린에 대해 들어맞는 것을 거의 포함하지 않고 있었다. 그러나 하이덱거의 횔덜린-해석에 대해서는 날카롭고도 적확하고 합당한 것을 깜짝 놀란 동료들에게 쏟아 부었다.〉 슈미트는 아도르노의 횔덜린 해석에 대해 〈들어맞는 것이 너무도 적다 zuwenig Zutreffendes〉고 평가하고 있다.

성에 대한 심포지움이 처음 열렸고, 10편의 논문이 발표되었다.[32] 그러나 논문들은 톤서의 「횔덜린과 현대적 감수성」[33]을 제외하고는 대부분 횔덜린의 수용과 영향, 그리고 그의 정신 분열에 관련된 것들이다. 톤서의 논문에서도 현대성의 일반적 특성을 논하는데 많은 지면을 사용하고, 횔덜린의 문학 현상에서의 현대성은 거의 언급하지 않고 있다.

1995년에 발행된, 1993/94 동계 학기 중 횔덜린 서거 150주년 기념으로 튀빙엔 대학과 횔덜린 협회가 공동으로 추진했던 연속 강의의 강의록 『횔덜린과 현대 Hölderlin und die Moderne』는 횔덜린의 수용의 역사로부터 그 현대성의 발견 과정이 다루어진 논문들과 횔덜린의 여러 측면 철학자, 교육자로서의 모습과 음악성에 대한 논문, 그리고 후기 시에서 발견되는 기하학적 시학에 대한 참신한 논문과 장소 명칭들의 사용을 통한 횔덜린과 현대시의 연관에 대한 논문 등, 새로운 시각을 제공해 주는 논문들이 게재되어 있다. 다만 후기 시에서의 문체 현상이나 다른 특성을 통한 현대성의 논의는 빠져 있다. 『횔덜린과 현대』는 횔덜린 작품의 현대성 자체를 문제 삼고 있다기보다는, 〈현대성에 대한 문제에서 그 공통된 지평을 이루는 수용사적, 시학적 그리고 작품 편집 상의 주제들〉을 다루고 있다. 〈횔덜린의 작품은 서구적 의고전주의에도 관여하고 있지만, 또한 서구적 현대에도 몫을 함께 하고 있다〉[34]는 튀빙엔 대학의 연속 강의의 전제는 그 강의들의 내용만으로는 충분히 해명되지 않는다.

비에타의 저서 『문학적 현대』[35]에서는 〈합리주의적 현대〉에 대칭 되는

---

32) 이 때 발표된 논문들은 Emerly E. George edited. Friedrich Hölderlin. An Early Modern. Ann Arbor 1972.에 수록되어 있음.

33) Hölderlin and the Modern Sensibility, in: F. Hölderlin. An Early Modern, S. 53-63

34) Hölderlin und die Moderne. 편집자의 말.

35) Silvio Vietta, Die literarische Moderne, eine problemgeschichtliche Darstellung der deutscheprachigen Literatur von Hölderlin bis Thomas Bernhard, Stuttgart 1992

〈문학적 현대〉가 휠덜린으로부터 출발되었음을 제기하고 있다. 그러나 휠덜린으로부터 클라이스트, 뷔히너 그리고 베른하르트에 이르는 문학적 현대의 지속성을 합리주의적 현대의 진행과 함께 병존하면서 이에 대해 부정적으로 대응한다는 관점에서 살핌으로서, 문학의 일반적 속성에 편입시키고 만다. 비에타의 포괄적 시대 개념은 1800년 무렵을 위기로 규정하고 있는 코젤렉의 이론[36]과 예술의 자율성의 기원을 낭만주의에서 찾고 있는 보러[37]의 이론으로부터 충분한 근거를 갖추게 되지만, 휠덜린 문학이 그 자체의 문학성을 통해서 얻어내는 현대성을 이 저서에서 읽을 수가 없다.

이처럼 휠덜린의 현대성에 대한 몇몇 연구의 결과와 그 흐름을 일별해 보고 나면 이 논문에서 다루어야 할 현대성의 모티브들과 요소들은 저절로 추출된다. 즉 휠덜린의 후기 시에서 발견되는 표현 방식들의 특징들은 이미 헬링라트, 뵈크만 그리고 아도르노에 의해서 제시된 개념들―「거친 구조」, 서정적 자아의 상실, 병렬 문체 등―의 범주를 크게 벗어나지 않는다. 이제 이러한 현대성의 모티브들이 어떻게, 그리고 얼마나 넓고 깊게 휠덜린의 후기 시에 실현되어 있으며 또 어떤 의미에서 현대적이랄 수 있는가에 대해 탐구해야 할 과제를 앞두게 된다. 그리고 그 외적 현상들―서정적 자아의 상실도 형식의 문제라 할 때―을 형식 주제적[38]으로 파악함으로써, 즉 그 형식의 생성 배경으로서의 변동된 의식을 함께 탐구해 봄으로써 그 외적 현상들의 문학적 현대성에 대한 구조적 연관성을 탐구해야 할 것이다. 그렇게 함으로써 현대 시인들의 작품들에서 재현되는 휠덜린 후기 시의 문체 현상들이 우발적인 일치가 아닌 것을 밝히고, 휠덜린의 현

36) Reinhart Koselleck, Kritik und Krise. Eine Studie zur Pathogenese der bürgerlichen Welt. 3.A., Frankfurt /M. 1979

37) Karl Heinz Bohrer, Die Kritik der Romantik, Frankfurt /M. 1989

38) Mario Andreotti, Die Struktur der modernen Literatur, S. 18

대성을 그 산발적인 제시의 수준으로부터 끌어올려 체계화해 보려고 한다.
이를 위해서 현대 시인들의 작품들로부터 횔덜린의 문체 현상이 어떻게 재
현되고 있는지를 살피는 일도 병행되어야 할 것이다.

2. 자아의 상실과 형식에로의 침전, 현대성의 근원

현대 예술의 가장 뚜렷한 특징은 주체의 상실이다. 포스트 모더니즘의 예
술 원리에서조차도 주체의 상실은 주요한 자리를 차지한다.[39] 프리드리히
는 보들레르의 작품에서 나타나는 탈 개성을 현대시의 한 현상이라고 언급
함으로써[40] 시문학에서의 현대성 논의에서도 이 주체의 상실은 주요한 요
소임을 확인하고 있다. 〈서정적 언어는 더 이상 문학과 경험적 개인의 통일
로부터 생성되는 것이 아니라는 사실〉[41]에 입각하고 있는 현대 서정시의
탈 개성화는 〈주관적 감정의 문학〉[42] 그리고 나아가 〈체험시〉로부터의 결
별을 의미하는 것이다.

또한 고전적 미학에서 가치를 갖고 있었던 질서, 연관성, 체계, 통일성,
조화, 명료성 등은 그것을 구성하는 중심적 심급으로서의 주체의 상실 내
지 포기로 인해서 더 이상 유지될 수 없는 상황에 봉착하게 되었다. 서정시
에서 소위 〈서정적 자아의 퇴위〉[43]가 전통적인 시문학으로부터 떨어져 나

---

39) Vgl. Ihab Hassan, Postmoderne heute, in: Wolfgang Welsch(Hg.), Wege aus der
Moderne, Weinheim 1988, S. 50

40) Friedrich, S. 36f.

41) Ebd., S. 36

42) Karl Otto Conrady, Moderne Lyrik und die Tradition, in: Zur Lyrik-Diskussion,
Darmstadt 1974, S. 426

43) Mario Andreotti, S. 148

와 현대시의 동력이 된 것은 그러한 이유에서이다. 폐쇄적이며 완결된 구조를 요구하는 고전적 미학이 더 이상 유효하지 않게 됨으로 문학과 예술에서 자아의 상실과 그 상실 과정은 바로 〈현대〉를 규정한다고 할 수 있다.

프리드리히가 현대 서정시의 문체 양식으로 나열하고 있는[44] 요소들 — 단편성, 일관성의 상실, 방향감각의 상실, 나열 — 은 한결같이 서정적 자아의 상실 또는 포기로 야기된 현상들이다. 프리드리히가 시문학에서의 이러한 탈 개성화는 보들레르로부터 시작된다고 단언하고 있다면, 독일에서는 〈현대적 주체의 체계와 의미의 상실〉이 표현주의의 현대성을 구성하는 중요한 현상으로 지적된다.[45] 그러나 우리는 횔덜린의 후기 시에서 이러한 자아내지는 주체의 포기를 읽어 낼 수 있다. 이러한 사실은 뵈크만이 괴테의 〈나는 언제나 내가 느끼는 바대로, 뜻하는 바대로 써 왔을 뿐이다〉라는 말에 횔덜린의 시구 〈나에게 소명은 / 드높은 자를 찬미하는 일〉[46]을 대칭시키면서 의미하고 있는 대로, 자신의 감정보다 〈더 높은 것〉으로 지향되어 있었던 그의 시작(詩作)의 자세[47]에서 이미 발견된다. 횔덜린의 문학이 가지고 있는 〈눈에 보이지 않는 신학의 걸쇠〉[48]는 이미 주체의 포기에도 걸려 있는 것이다. 횔덜린의 문학이 지향하고 있는 공공성이 그 비의성 Hermetik으로 쉽게 빠져들고만 역설적 현상[49]도 자기 부정의 시작 태도에

---

44) Vgl. Friedrich, S. 22

45) Thomas Anz, Die Modernität des literarischen Expressionismus, in: Literarische Moderne, S. 257-283. 여기는 S. 278f.

46) StA. I, S. 312

47) Böckmann, Das Sageweisen der modernen Lyrik, S. 86

48) Gisbert Lepper, Friedrich Hölderlin. Geschichtserfahrung und Utopie in seiner Lyrik, Hildesheim 1972, S. 202

49) Vgl. Nägele, Hermetik und Öffentlichkeit. Zu einigen historischen Voraussetzungen der Moderne bei Hölderlin, in: HJb. 1975/77, S. 358-386: 내겔레는 이 역설을 경건주의의 역설로 본다. "Paradox, daß er [Pietismus] einerseits die Emanzipation der Ich-Sensibilität gefördert, gleichzeitig aber Ich-Verleugnung im Zentrum hat."

서 연유한다. 후기 시에 바로 접경하고 미완의 시 「마치 축제일에서처럼…」에서 예지적 시인 poeta vates으로 자임하면서도 〈거짓된 사제〉가 될 수 있다는 두려움이 함께 노래되고 있는 것을 우리는 읽게 된다.

슬프도다.

[…] 그들 [천상의 신들]이 나를,

잘못된 사제를 살아 있는 자들 가운데 어둠 속으로 던져 버리도다

Weh mir!

[…] sie werfen mich tief unter die Lebenden

Den falschen Priester, ins Dunkel, [...][50]

이러한 예지적 시인의 자세와 잘못된 사제의 두려움 사이의 긴장으로부터 횔덜린의 자기 부정과 자아의 취소는 생겨난다. 횔덜린 문학의 본질적 속성인 시적 자아의 분열과 갈등이 후기 시에서 차츰 시적 자아의 위축과 포기로 진전되는 현상을 나타낸다. 횔덜린의 이러한 체험은 19세기와 20세기 초 여러 시인들의 작품에 반복되는 주제로 자리 잡게 된다. 랭보의 서정적 주체의 자기소외와 릴케의 시적 체험의 기본적 상황으로서의 자아의 〈부분과 대칭 부분〉으로의 분할은 횔덜린의 시적 자아가 겪었던 긴장과 다르지 않다.[51] 이러한 탈 자아, 탈 개성화는 현대적 시인의 관점에서 보자면 예술적 진화의 중요한 계기이기도 하다. 엘리옷은 〈예술가의 진보는 계속적인 자기희생, 계속적인 개성의 추방〉이며, 〈시는 개인적 감정의 발산이 아니라, 그 감정으로부터의 탈출이며, 개성의 표현이 아니라 개성으로

---

50) StA. II, S. 120

51) Vgl. Anthony Stephens, Überlegung zum lyrischen Ich, in: Theo Elm und Gerd Hemmerich Hrsg., Zur Geschichtlichkeit der Morderne. Der Befriff der literarischen Moderne in Theorie und Deutung, München 1982, S. 53-68. 특히 S. 62f.

부터의 탈피〉[52]라고 강조하고 있다. 횔덜린의 자아의 탈피가 엘리옷이 말하고 있는 자기희생과 똑같은 바탕에 놓여 있는 것은 아니라 할지라도 그 문학적 자세는 동일하며 문체 현상에도 똑같은 결과로 작용한다.

횔덜린의 시적 자아의 희생과 포기의 현상은 신적 자연에 대한 그의 교류 방식의 변화에서 가장 명백하게 나타난다. 그는 초기에 자연현상과 사물들을 명명하면서 그것들은 단지 체험적으로 인지할 뿐 아니라, 그것들에게 해석을 가하고 의미를 부여하고자 했다.

> 또한 내 허락되는 한
> 너희들 모두, 하늘의 말씀들! 자유롭게 해석하고 노래하리라
>
> [...], und frei will ich, so
> Lang ich darf, euch all ; ihr Sprachen des Himmels!
> Deuten und singen.[53]

하늘의 언어인 자연에 대한 서정적 자아의 동질성의 확신으로부터 이 말씀을 〈해석〉하겠다는 의지가 표명된다. 찬가 「라인 강」에서의 서정적 자아의 이러한 의지는 1801년에 쓴 것으로 보이는 자연현상들에 대한 태도에서 확인할 수 있다.

알프스는 〈계단〉이 있는 〈천국적인 자들의 성〉이며, 태양이 떠오르는 것은 그것이 샘을 〈방문하는 것〉이다. 서정적 자아의 이런 해석의 태도는 바로 이어서 샘물이 흐르는 소리 대신에 운명의 소리를 듣기에 이른다. 〈거기로부터 / 아무런 예측도 없이 나는 / 하나의 운명의 소리를 들었다 von da / Vernahm ich ohne Vermuthen / Ein Schiksaal.〉[54]

---

52) T.S. Eliot, Selected Essays, 3.A. London 1951 S. 17. 및 S.21
53) StA. II, S. 45, "Unter den Alpen gesungen"
54) StA. II, S. 142

이러한 서정적 자아의 자연 현상에 대한 의미 부여의 태도는 바라다 본 자연의 체험으로부터 출발해서 강물의 흐름을 역사적 운명으로 동일화시키는 해석을 수행한다.[55] 이러한 태도의 조건은 회상하고 예감하며 평가하는 강력한 주체의 자기 제시와 자기주장이다. 자연의 현상은 역사의 진행과 일치적인 의미 아래 놓이고 시적 언어는 이것에 하나의 통일성을 형성시키고 있다. 자연현상에 대한 해석을 통해서 시적 자아는 자신의 인지를 확고히 하고 그것으로부터 동일성을 획득해 내고 있는 것이다. 자연현상들은 시적 자아의 미리 구조화된 미래에의 희망에 따라서 해석되고 명명되고 있을 뿐이다. 이것은 횔덜린의 시작(詩作)을 통한 신화창조라 할만하다.[56]

그러나 찬가 「라인 강」과 같이 소위 〈강의 시〉의 하나인 「이스터 강」[57]에서는 자연을 해석하며 의미를 부여하던 서정적 자아는 자취를 감춘다. 「라인 강」에서와는 달리 서정적 자아는 〈우리들〉 안에 동반되어 나타나며, 서정적 자아가 1인칭으로 등장하는 세 번의 경우에도 그 기능은 「라인 강」에서의 서정적 자아의 것과는 비교될 수 없을 만큼 약화되어 있다.

1) 그리하여 / 그가 헤라클레스를 손님으로 초대한 일 / 나를 놀라게 하지 않도다
   So wundert / Mich nicht, daß er / Den Herkules zu Gaste geladen,[58]

---

55) Vgl. Kaspar H. Spinner, Zur Struktur des lyrischen Ichs, S. 59-74: Spinner는 여기서 횔덜린의 송가 「알프스 아래에서 노래함 Unter den Alpen gesungen」을 해석하면서 이와 동일한 결론을 보이고 있다.

56) David Constantine, Friedrich Höderlin, München 1992, S. 62: 여기에서 Constantine는 횔덜린이 이미 실존하는 질서의 해석자가 아니라, 질서를 처음으로 생성시킨다고 말한다. 〈그는 질서를 짓는 것이다. er stiftet sie [die Ordnung].〉 그런 의미에서 〈그는 신화를 창조한다 er schafft eine Mythologie〉고 말한다.

57) 창작 시기에 대해 자틀러는 1804년 가을, 우프하우젠은 1805년 가을, 바이스너는 1803년 여름으로 추정

58) StA. II, S. 190, 26-28행

2) 내가 말하는 것은, 그가 동쪽으로부터 / 오는 것이 틀림없을 것 같다는 것
그것에 대해 할 말은 많을지 모른다.

Ich mein, er müsse kommen / Vom Osten. / Vieles wäre
Zu sagen davon.[59]

3) 그러나 그는 나에게 / 너무도 인내하는 듯 보여.
Aber allzugedultig / Scheint der mir,[60]

서정적 자아로서의 일인칭 단수는 1과 3에서는 4격과 3격으로 나타나
고 2의 경우 접속법으로의 간접적 견해의 표명과, 결정적인 순간 〈거기에
대해 할 말은 많을는지 모른다〉고 갑자기 말끝을 흐리고 만다. 유보적인 자
세의 표명이다.[61]

그리고 찬가 「이스터 강」과 「라인 강」은 다같이 강의 이미지를 통한 시
인상의 투영이기도 한데, 이들이 대조적인 이미지를 가지고 있는 것 역시
서정적 자아의 반영이라고 볼 수 있다. 「라인 강」에서 강-반신-시인의 연
상을 통해서 자유롭고도 단호한 영웅적 존재로서의 시인상을 드러내 보인
다면,[62] 「이스터 강」은 수동적 시인상을 암시한다.

그리고 어찌하여 그[이스터 강]는
산들에 곧바로 매달려 있나?

---

59) StA. II, S. 191, 43-46행
60) Ebd., 58-59행
61) 똑같은 어구를 시 「파트모스 섬」에서도 읽을 수 있는 것은 우연이 아니다. 거기서는
그리스도 예수의 죽음의 의미를 새겨야 될 찰나에 이렇게 읊는다. 〈왜냐하면 모든 것은
좋기 때문에. 그러자 그는 죽었다. 그것에 대해/할 말은 많을는지 모른다 Denn alles ist
gut. Darauf starb er. Vieles wäre/Zu sagen davon.〉(StA. II, S. 167) 해석하고 의미를 구성하
는 주체의 소멸이 단문(短文)의 연속과 함께 말하지 않으려 하는 유예로 드러나는 것이다.
62) Vgl. Berhard Böschenstein, Hölderins Rheinhymne, Zürich 1968, 특히 S.36ff.

다른 라인 강은 옆쪽으로

떠나갔다. 강물들이 메마름 속으로 들어가는 것은

부질없는 일이 아니다. 그러나 왜인가?

하나의 기호 다른 무엇을 필요로 하지 않는다.

옳거나 그르거나 간에. 하여 그것은

그 마음 안에 태양과 달을 지닌다. 갈라질 수 없이,

그리고 계속 간다. 낮과 밤에도. 그리고

천국적인 것들 따뜻하게 서로를 느낀다.

[...] Und warum hängt er

An den Bergen gerad? Der andre

Der Rhein ist seitwärts

Hinweggegangen. Umsonst nicht gehn

In Troknen die Ströme. Aber wie? Ein Zeichen braucht es

Nichts anderes, schlecht und recht, damit es Sonn

Und Mond trag' im Gemüt', untrennbar,

Und fortgeh, Tag und Nacht auch, und

Die Himmlischen warm sich fühlen aneinander.[63]

근원을 떠나 한 곁을 돌아서 흘러가는 「라인 강」과는 대조적으로 「이스터 강」은 산들 곁에 그냥 머물고 있는 듯하다. 다른 강물들도 간혹 그러하듯이 이 이스터 강은 땅속으로 잦아드는 모습도 가지고 있다. 그러나 그런 대로 의미를 가진다. 그것이 무엇인가. 그 대답은 이어지는 시구 안에 그대로 담겨 있다. 이어지는 시구들은 반영을 주제로 삼고 있는 것이다.[64]

---

63) StA. II, S. 191

64) Vgl. Maria Behre, Hölderlins Stromdichtung. Zum Spannungsfeld von Naturwahrnehmung und Kunstauffassung, in: Uwe Beyer(Hg.), Neue Wege zu Hölderlin, S. 17-40. 이 중 S. 35ff.: "Der Ister": Wasserspiegel und Mythos 및 Anke Bennholdt-Thomsen: Ost-westlicher Bildungsgang: Eine Interpretatiion von Hölderlins letztem Strom-Gedicht, in: Interpretationen. Gedichte von Friedrich Hölderlin, S. 186-199. 특히 S. 197f.

지상에 존재하면서 하늘을 투영하는 수동적인 강의 이미지가 드러난
다. 그 안에는 태양과 달이 함께 투영되고, 낮과 밤을 이어가며 천체들이 〈
떨어질 수 없이〉 떠오른다. 그런 가운데 〈마음 안에〉라는 구절을 통해서 강
은 시인을 연상시킨다. 그 시인은 모든 자연을 반영하는 하나의 〈기호〉에
지나지 않는다. 라인 강이 구현하고 있는 의지와 비교한다면

> 그러나 너무도 참을성 있어
> 보인다, 나에게는, 그는
> 자유로운 자 아니다
>
> Aber allzugedultig
> Scheint der mir, nicht
> Freier

벌써 여기서 서정적 자아는 의미를 부여하는 중심적 역할을 중지하고
단순히 사물들을 투영하는 수동적 입장에 서며 자연의 사물들에게 말하는
기능을 양도하고 있음을 볼 수 있다. 「라인 강」에서 〈신화를 만드는 시인〉[65]
이 신화의 어떤 이념도 단념한 채, 순수한 자세로 이스터 강(다뉴브 강)을
바라보고 있는 것이다. 그럼으로 그 원고에 가필했던 흔적으로 읽히고 있
는 〈메마른 가운데의 강물들. 그들은 말하자면 / 언어이어야 하네 In
Troknen die Ströme. Sie sollen nemlich / Zur Sprache seyn〉[66]와 같은 시구
가 의미를 갖게 되는 것이다. 서정적 자아의 낮은 자세, 또는 그것의 포기
는 사제의 자세로서 뿐만 아니라 이제 인간의 표현이 우주의 보편적인 표

---

65) David J. Constantine, The Significance of Locality in the Poetry of Friedrich Hölderlin,
London 1979, S. 63
66) StA. II, S. 810

현력에 비추어서 매우 열등하다는 의식을 동반한다. 그리하여 자신 외의 다른 것에 기대고 그것들에게 표현의 기능을 부여하려고 한다. 시인으로서의 짐을 객관적 세계의 사물들에게 이양하려 하는 것이다.

> 많은 것들이
> 하늘을 돕는다. 시인은 이것을
> 본다. 다른 이들에게 머무는 것은
> 좋은 일이다. 왜냐면 아무도 삶을 혼자 짊어지지 않기 때문에

> [...] Manche helfen
> Dem Himmel. Dieses siehet
> Der Dichter. Gut ist es, an andern sich
> Zu halten. Denn keiner trägt das Leben allein.[67]

이제 자연 속의 사물에 위탁함도 없는 서정적 자아의 어쩔 수 없는 〈자기 억제〉[68]도 후기 시에 나타난다. 일관성을 유지하려 했던 서정적 자아가 그 진지성이 좌절되는 순간 중심적 위치로부터의 사라진다.

휠덜린 후기 시에서의 절대 자아, 주체의 포기는 그의 절대 자아에 대한 날카로운 비판으로부터도 이미 결정되어 있다. 그는 1795년 1월 초 피히테의 절대 자아에 관련해서 헤겔에게 이렇게 쓰고 있다.

> 대상없는 의식은 그러나 생각할 수 없다. [...] 절대 자아 안에서는 결코 의식을 생각할 수 없고 절대 자아로서는 어떤 의식도 나는 지니지 못한다. [...] 절대 자아는 [나에게] 무(無)일 뿐이다.

---

67) StA. II, S. 218, "Die Titanen"
68) Thomas E. Ryan, Hölderlins Silence, S. 313

[...] ein Bewußtsein ohne Object ist aber nicht denkbar, [...], also ist in dem absoluten Ich kein Bewußtsein denkbar, als absolutes Ich habe ich kein Bewußtsein. [...], also das absolute Ich ist [für mich] nichts.[69]

횔덜린의 이 언급은 피히테 철학의 체계 안에서 발견되는 무한히 사고하지만 의미 있게 채워지지 않는 주체의 공허한 회전을 비판하고 주체의 제약의 필요성을 강조하고 있으며, 다른 한편으로는 어떤 주체의 추상적 이념 때문에 개별적 요소들의 동일화가 강요되고 그것이 심미적으로 중재되어야 할 의미의 파괴로 연장될 가능성을 경고하고 있다. 문학에서 고립되어 있는 요소들의 무한성이 견딜 수 없는 일이듯이 〈죽은 또는 압살하는 일치성〉[70] 역시 견딜 수 없는 일이다.

이러한 횔덜린의 자아 개념은 벤이 언급하고 있는 〈세계는 수많은 객관적인 개별 존재로 갈라져 있고, 그것들 안에 어떠한 특별히 두드러진 지위를 지니지 않는 바로 그러한 개별 존재들처럼 자아도 하나의 개별 존재로 있는〉 현대적인 복수주의적 세계관[71]을 벌써 선취하고 있는 것이다. 또한 니이체의 관점주의도 자아를 통해서 결정되는 시각의 통일성을 포기하고 관점들을 자유롭게 해방시킨다는 의미에서 횔덜린의 생각과 뿌리를 같이하고 있다. 어떤 규범적이고 절대적인 진리 주장도 횔덜린의 자아 포기 앞에서 무력화되는 것처럼 니이체의 관점주의에서도 그러하다.

단지 일종의 관점에 따르는 시각만이 존재한다. 단지 관점에 따르는 인식만이 있을 뿐이다. 어떤 사안에 대해 우리가 더 많은 생각을 말하려고 하면 할수록,

---

69) StA. VI, S. 155, Brief Nr. 94
70) StA. IV, S. 251. 및 S. 252
71) Gottfried Benn, Das moderne Ich, in: GSW. I, Essays · Reden · Vorträge, Wiesbaden 1968, S. 18

더 많은 눈을, 서로 다른 눈을 이 동일한 사안에 투입할 수 있어야 한다.[72]

인식의 다양한 관점에서의 조망은 어떤 형이상학적 진리에게도 절대성을 부여하지 않으며 절대적 표현의 언어 행위도 인정하지 않는다. 따라서 이와 같이 니이체의 주체 비판과 이에 결부된 언어 비판을 현대문학의 출발점으로 삼는 것은[73] 당연한 일로 여겨진다. 그리하여 횔덜린이 후기 시의 한 구절에서

> 시인들 독수리에
> 머물러야 하는 법, 그리하여 그들
> 제 뜻대로 분노케 하며
> 해석하지 않기를…
>
> Weil an den Adler
> Sich halten müssen, damit sie nicht
> Mit eigenem Sinne zornig deuten
> Die Dichter [...][74]

라고 읊은 것은 — 독수리가 다만 전령으로 존재하는 것처럼 — 다만 여러 시각으로 현상들을 충실히 보고하는 자의 입장이어야 한다는 자기 제약의 명백한 의식을 드러내 주고 있다. 그는 나아가 모든 의식을 떨쳐 버리고 감각적으로 필연적인 것을 찾는 〈짐승〉에 시인을 비유한다.

---

72) Friedrich Nietzsche, Zur Generalogie der Moral. Dritte Abhandlung. Was bedeuten asketische Ideale, in: Werke, hrsg. v. Karl Schlechta, München 1966, 2. Bd., S. 861
73) Mario Andreotti, Die Struktur der modernen Literatur, S. 39f.
74) StA. II, S. 223f., "Wenn aber die Himmlische…."

그 사람 보내어져
가며 또한 찾는다, 마치 짐승처럼
필연적인 것들을

[...] Der gehet, gesandt,
Und suchet, dem Thier gleich, das
Notwendige.[...][75]

니이체와 벤의 자아의식에서보다도 더 철저한 자기포기가 표명되고 있는 것이다. 이러한 완벽한 자기희생과 자아의 포기는 그의 후기 시의 문체에 여러 양상을 띠고 표면화된다. 풍부하게 구사되던 한정적 형용사들이 급격히 감소되고 문장은 잦은 단절과 휴지를 지니게 된다. 아무 장식도 없이 〈맨살을 드러내는 현상들〉[76]이 그대로 나타난다. 거의 자취를 감춘 〈Ich〉의 자리에는 〈그렇게-존재함 So-sein〉으로 있는, 〈있는 그대로의 사물들〉이 등장하고[77] 이 사물들과 정경들이 자율적이며 자기 목적적인 상태로 놓여지게 되는 것이다. 사물과 정경들에게 그 자율성을 되돌려 준 것처럼 — 그의 산문시 「사랑스러운 푸르름 안에…」에서 〈그러나 그 영상들 너무도 단순하고, 너무도 성스러워 우리는 때때로 그것을 묘사하기 정말 두려워지네 So sehr einfältig aber die Bilder, so sehr heilig sind sie, daß man wirklich oft fürchtet, die zu beschreiben〉[78]라고 노래하는 것에서도 알 수 있는 바처럼 — 표현 형식을 지배하려는 욕구를 또한 포기한다. 언어에 대한 횔덜린의 관점이 당초의 지배적인 자세에서부터 그 반대로 돌아서고 있는

---

75) Ebd.
76) Michael Hamburger, Reason and Energy, London 1970, S. 292: Georg Trakl의 시에 대한 언급에서 사용되고 있음.
77) Constantine, The Significance of Locality, S. 135
78) StA. II, S. 372

것도 똑같은 배경에서 이해된다.

1794년 여름 친우 노이퍼에게 휠덜린은 이렇게 쓴 바 있다.

언어는 우리들의 두뇌의 기관이며, 우리들 심정의 기관이고, 우리들의 환상의, 우리들의 이념의 기호이다. 언어는 우리에게 순종해야 한다.

Die Sprache ist Organ unseres Kopfs, unseres Herzens, Zeichen unserer Phantasien, unserer Ideen; uns muß sie gehorchen[79]

그러나 베티나 폰 아르님의 『귄데로데』가운데 아르님이 귄데로데에게 보낸 한 편지에는 후기의 휠덜린이 다음과 같이 발언했음을 전하고 있다.

언어가 모든 사고를 형성한다. 왜냐하면 언어는 인간 정신보다도 더 위대하며 인간은 언어의 종이기 때문이다. 그렇기 때문에 언어가 혼자서 인간의 정신을 불러일으키지 않으면 인간 내면의 정신은 아직 완전한 정신이 아니다.

[...] die Sprache bilde alles Denken, denn sie sei größer wie der Geist im Menschengeist, der sei ein Sklave nur der Sprache, und so lange sei der Geist im Menschen noch nicht der vollkommne, als die Sprache ihn nicht allinig hervorrufe.[80]

휠덜린은 시적 자아의 의무로부터 벗어난다. 사물들에게 그 자명한 존재를 되돌려 주고 언어에게도 또한 주인으로서의 권리를 돌려준다.

결국 휠덜린의 후기 시에서의 탈 주관화, 자아의 상실은 주스만 이래로 널리 사용되는 개념인 〈서정적 자아〉[81]의 침몰로 표현될 수 있다. 이제 서

---

79) StA. VI, S. 125, Br. Nr. 83(An Neuffer)

80) StA. VII/4, Rezension. Würdigung, S. 195

81) Vgl. Margarete Susman, Das Wesen der modernen Lyrik, Stuttgart 1910: 이 저서에서 서정적 자아라는 개념이 처음으로 문예학적 용어로 도입되었다. 서정적 자아의 개념 규정에 대해서는 특히 S. 15-20

정적 자아는 언어 자체 안으로 침전된다. 작품은 〈시적 주체가 잠복해 있는 심미적 형식〉[82]이 되고, 이것은 자아의 자기 전달의 유일한 통로가 된다. 표면에서 사라진 서정적 자아는 언어의 배후에서, 그것이 만들어 낸 형식 안에서 자신의 충족의 장소를 발견하는 것이다.[83] 시인은 〈형태의 원리〉[84]로 나타나며 제약의 원리로 나타난다. 횔덜린의 후기 시에서 서정적 자아의 직접적인 의도 대신에 그 언어적 형식과 문체 양식이 보다 중요하게 대두되는 것은 이러한 배경에서이다. 서정적 자아의 침몰은 〈단순한 표현에의 의지를 넘어서는 형식 의지의 높은 비중〉[85]으로 넘어간다. 형식을 통한 확실성의 요구로서 대체된다. 그렇기 때문에 서정적 자아의 상실과 형식이 문학적 현대의 카테고리로서 병행되는 것이다. 횔덜린 후기 시에서의 자아 상실이 형식과 문체 양식으로의 시점의 이동을 요구하는 것은 이중적인 의미에서 그 현대성을 증언한다고 할 수 있다.

---

82) Peter-André Alt, Hölderlins Vermittlungen. Die Übergang des Subjekts in die Form, GRM. Bd. 38. Heft 1/2. S. 121

83) Vgl. Benjamin, Zwei Gedichte von Friedrich Hölderlin, Gesammelte Schriften II, 1. hrsg. v. Rolf Tiedemann und Hermann Schweppenhäuser, Frankfurt /M. 1977, S. 124: 벤야민은 횔덜린의 시 「시인의 용기」와 그 후기의 개정고 「수줍음」을 비교 분석하는 가운데 〈시화된 것 das Gedichtete〉이라는 개념을 사용하면서 〈시화된 것 자체의 원리는 연관의 유일 지배이다 Das Prinzip des Gedichteten überhaupt ist die Alleinherrschaft der Beziehung〉라고 말하고 있다. 이것은 주관적인 정서들을 연관의 다양한 그물 안에 침전시킨다는 전달의 사상과 의도를 지시해 보인다. 시화된 것 안에서의 연관 설정의 결과는 탈 개성화의 한 경향이기도 하다. 시화된 것은 개체로서의 시인이 자신을 소멸시키고 있는, 심미적으로 야기되는 연관의 의미를 지니고 있는 것이다. 벤야민에 따르자면 개정고를 특징짓는 보다 큰 결정은 주체의 형식 안으로의 이양을 통해서이다.

84) Benjamin, S. 125

85) Friedrich, S. 40

3. 병렬 문체. 종합의 포기.

「연결 없는 서정시 Lyrik ohne Zusammenhang」, 이것은 발첼의 『언어 예술 작품론』(1926)에 실려 있는 당시(1917년)의 서정시에 나타나는 형식적 특징에 대한 한 단상(斷想)에 붙은 제목이다. 그는 트라클의 시 「겨울에 Im Winter」를 예로 들면서 이 시는 시행마다 나름의 의미를 가지면서도 서로 연결되지는 않는 시, 어떤 결구(結句)도 끄집어 낼 수 없고 통일성을 찾으려는 어떤 관찰에도 따르지 않는 시라고 평하고 그러한 독립적인 시행의 나열을 슈피처의 〈가역적 시〉[86]의 개념과도 유사하게 〈나열의 시, 열거의 시〉(Aufzählungsgedichte)라 명명하고 있다.[87] 이 자리에서 그는 가역적(可逆的)시를 찾아낸 사람이 플라톤이나 횔덜린에게서도 비슷한 현상을 찾아 보라고 요구하는 것은 반어적이라고 말하고 있기도 하다.[88]

　발첼이 의미하는 〈나열된 시〉나 슈피처의 〈가역적 서정시〉에서 발견되는 나열의 방식은 후일 아도르노의 논문 「병렬문체」에 의해서 횔덜린이 후기 시의 문체적 특징으로 부각되었다. 특히 비판적, 이데올로기적인 요소를 지닌 의식의 표현으로 제시됨으로써 횔덜린의 후기 시 문체 양식에 대한 이해뿐만 아니라 그 현대성의 이해에도 하나의 중요한 관점을 형성하게 되었다. 앞서 횔덜린에 있어서 자아의 포기 내지 상실이 형식 안으로 잠복해 버리는 현상을 언급한 바 있지만, 우리는 그의 후기 시의 병렬 문체에서 그 현상을 직접 찾아볼 수 있는 것이다.

　횔덜린 시 「반평생」은 아도르노에 의해서 어떤 중재도 거부하는 병렬

---

86) Leo Spitzer, Umkehrbare Lyrik, in: Ders, Stilstudien 2, S. 42-49
87) Walzel, Das Wortkunstwerk, Leipzig 1926, S. 299
88) ebd. S. 300

문체의 가장 탁월한 예로서 이미 제시된 바 있다.[89] 시 「반평생」은 1804년
에 빌만스에 의해서 발행된 『1805년 시연감 Taschenbuch für das Jahr
1805』에 다른 8편의 짧은 시들과 함께 처음 발표되었다.[90] 소위 「밤의 노래
들」이라고도 불리는 이 9편의 작품 모두가 「디오티마에 대한 메농의 비탄」
의 범주에 속하는 사랑의 노래로서 그 주제는 1800년 6월 최후로 만나고
1802년 세상을 떠난 쥬제테 공타르를 위한 〈일종의 진혼곡〉[91], 〈개인적 심
리상태에 대한 통찰〉[92]이 중심을 이루는 일종의 체험시라는 점이 제기되기
는 하지만, 「반평생」이나 「디오티마에 대한 메농의 비탄」과 같은 작품이 단
지 체험시의 차원에서 초개인적인 찬가의 문턱을 넘지 못하고 있는[93] 실패
의 노래가 아니다. 가브리엘은 후기의 단편 「그리스」를 분석하는 자리에서
찬가 자체도 스촌디가 말하는 바대로 〈신들에 대한 자기 희생적 찬미〉[94]가
아니며, 오히려 소위 후기 조국적 찬가에서는 찬가적 노래의 가능성, 신에
대한 감사와 찬미의 가능성이 성찰되며 나아가서는 〈신적인 것 자체의 가
능성에 대한 성찰〉[95]이 이루어지고 있다고 주장한다. 그리고 〈개인적 시대

---

89) Adorno, Parataxis. S. 473: 반평생의 병렬적 특성에 대한 상론은 Eric L. Santner,
Paratactic Composition in Hölderlins Hälfte des Lebens. In, The German Quarterly
Volume 58, Spring 1984, Number 2. S. 165-172 참조

90) 이 중 6편은 송가 형식으로서, 과거의 작품들을 수정 개작한 것이며, 「반평생」, 「하르
트의 협곡」, 「삶의 연륜」 3편이 처음 발표된 것임. 이들 9편의 작품들은 소위 「밤의 노래」
로 불리기도 함.

91) Uffhausen, S. 221

92) Pierre Bertaux, Friedrich Hölderlin, Frankfurt /M.. 1981, S. 435: "Das Thema, nämlich
die Einsicht des Dichters in die eigene psychische Situation, ist für ihn von allerwichtigster
und zentraler Bedeutung, gehört aber überhaupt nicht zum weltanschaulichen,
überpersonlichen Themenkreis der großen Hymen als mythische Lyrik"

93) Szondi, Schriften I, Frankfurt /M. 1978, S. 313

94) Szondi, ebd.

95) Norbert Gabriel, Griechenland, S. 377

체험과 역사적 시대 체험 사이의 갈등과 대립, 그 점증하는 격차가 「밤의
노래들」의 시적 음성에서 그 특별한 자국을 남기고 있다〉고 주장한다.[96] 말
하자면 횔덜린에게는 〈회의와 의구심〉 — 또 다른 하나의 현대성[97] — 의
문학 세계가 아직 남겨져 있는 것이다. 어쩌면 이것이 횔덜린 후기 문학의
본령일는지도 모른다. 「반평생」은 개인적 체험과 역사적 시대 체험 사이의
상호 불일치로부터 형태화되었다. 이러한 변증법의 혼란으로부터 그의 형
식의 특성 — 병렬문체 — 이 발생하고 있는 것이다. 이런 의미에서 시 「반
평생」의 병렬문체는 주목할 만한 가치를 지닌다.

「반평생」은 서사화[98]라고 표현할 수도 있는 병렬적 구성의 문체를 가지
고 있다. 이 병렬적 구성은 〈보다 광범위한 구조에 걸쳐 있다.〉[99] 이 광범위
한 구조에 걸친 병렬이란 2개 시연의 대칭적 구성 또는 동일성의 나열을 의
미하는 것이다.

첫 연은 곧바로 풍요로움과 자연과의 일체를 이루는 목가적인 이미지
를 불러일으킨다. 〈노란 배 열매들〉, 〈들장미〉 그리고 〈입맞춤〉에 취해 있
는 우아한 〈백조들〉이 성숙, 나아가서는 넘치게 익어감의 감미로움을 제시
한다.

노오란 배열매와
들장미 가득하여
육지는 호수 속에 매달려 있네.
너희 사랑스러운 백조들
입맞춤에 취하여

---

96) Mark Grunert, Die Poesie des Übergangs, Tübingen 1995, S. 137
97) Robert M. Torrance, Ideal And Spleen, S. 47
98) Szondi, Schriften I, S. 392
99) Adorno, Parataxis, S. 473

성스럽게 깨어 있는 물 속에
머리를 담그네.

Mit gelben Birnen hänget
Und voll mit wilden Rosen
Das Land in den See,
Ihr holden Schwäne,
Und trunken von Küssen
Tunkt ihr das Haupt
Ins heilignüchterne Wasser.

둘째 연은 갑작스럽게도 이 성숙한 여름의 정경으로부터 떠나 — 혹은 이미 떠난 상태에서 — 허구적인 겨울로 넘어선다. 앞의 시연과는 사이를 가르는 공간적인 틈 이외에 어떤 중간적 관계도, 과정도 놓여 있지 않다. 이러한 연결의 방식이야말로 극단적으로 병렬적이라고 말해야 할 것이다. 새로운 정경에서의 존재들은, 마치 나무들이 열매와 잎들을 잃어버리듯이 여름의 정경에서의 존재들에게 동반되었던 그 감각적인 형용사들 gelb/wild/hold을 모두 잃어버리고 만다. 제2연에서의 이미지의 배열은 그 경향으로 볼 때 메마른 것, 공허함, 차가움 그리고 심지어는 죽음까지를 배태하고 있다.

슬프다, 내 어디에서
겨울이 오면, 꽃들과 어디서
햇볕과
대지의 그늘을 찾을까?
성벽은 말없이
차갑게 서 있고, 바람결에
풍향기는 덜걱거리네.

Weh mir, wo nehm' ich, wenn
Es Winter ist, die Blumen, und wo
Den Sonnenschein,
Und Schatten der Erde?
Die Mauern stehn
Sprachlos und kalt, im Winde
Klirren die Fahnen.

이처럼 이 시는 거의 전적으로 깨어진 세계에 대한 좌절된 자아의 대립되고 분열된 진술의 나열로 생각된다.[100] 결구에서 들을 수 있는 누구도 남겨져 있지 않은 상황을 시인은 풍향기의 소리를 지칭하여 제시하는 듯하다. 그러나 시인의 경험적이고 개인적 상황이 제1연, 제2연 아니면 제3연의 어떤 상황인지 우리는 알 수 없이 오로지 대립적으로 나열된 시연을 대할 수 있을 뿐이다.

이 시의 통사적인 측면에서의 상위성도 병렬적 현상으로 설명된다. 제1연의 통사는 깨질 듯한 종속문의 범위 안에서도 거의 눈에 띄지 않는, 그러나 기본적으로는 병렬적인 구조를 포함하고 있다. 이 시연은 종속문과 병렬문의 원형적인 구성 성분인 부가어적인 문법 양태 사이의 긴장을 보여준다. 첫 3행에서 이러한 긴장은 아주 분명히 나타난다. 〈Mit gelben Birnen hänget / Und voll mit wilden Rosen / Das Land in den See...〉. 주어 〈대지 das Land〉가 부사구인 〈그리고 들장미 가득하여 Und voll mit wilden

---

100) Szondi, Jochen Schmidt, Wolfgang Binder, Paul Maloney, Hans Schneider, Hans Jürgen Geerdts 등이 그 대표적인 해설자들이다. 예외적으로 이러한 대칭적 구조를 부정하고 있는 논문은 Karl Eibl, Der Blick hinter den Spiegel. Sinnbild und gedankliche Bewegung in Hölderlins "Hälfte des Lebens", in: Jahrbuch der Deutschen Schiller Gesellschaft 27, 1983, S. 222-234와 Maria Behre, Stile des Paradoxons als Weisen modernen Wirklichkeitsausdrucks in der Lyrik Hölderlins, Trakls und Celans, in: Jahrbuch für Internationale Germanistik. Jg. XXII/H. 2, 1990, S. 8-32를 들 수 있겠다.

Rosen〉의 뒤에 위치함으로써 종속적인 것처럼 보이는 이미지의 윤곽이 세워진다. 그런데 들장미의 이미지는, 그것이 하나의 정경 안에 포함되어 수면 안으로 〈매달려〉 궁형처럼 걸쳐 있는 대지의 광경에 의해서 지배되는 가운데 있기는 하지만, 첫 행의 〈들배들〉의 이미지에 비추어 상대적으로 더 많은 자율성을 지니고 있다. 이 자율성은 〈und〉 접속사에 의해서 제기된다. 그리고 〈und〉는 첫 2개의 시행을 마치 시인이 시각적인 인상의 한 목록을 취하고 있는 듯한, 따라서 일종의 리스트를 보는 듯한 느낌을 낳는다. 우리는 시인이 기억에 있는 정경을 되새기면서 그것을 하나씩 연상하면서 재조립하고 있다는 인상을 갖게 된다.

제 2연에서 [허구적인] 겨울에서의 시인의 한탄의 강도는 통사적으로 한 문장으로 구성되어 있는 첫 4행에서 병렬문을 통한 종속문의 대체로서 표현된다. 〈꽃들 die Blumen〉, 〈햇볕 den Sonnenschein〉, 〈대지의 그늘 Schatten der Erde〉은 차츰 〈내가 어디서 얻으랴 wo nehm' ich〉의 지배력으로부터 빠져나가고 있다. 그리고 〈내가 어디서 얻으랴〉는 다음 다음 행의 〈어디서 wo〉로 인해 – 잦은 문장의 단절에 의해서– 목적과 목표물들을 잃고 만다. 통사의 분열과 무력화는 이 시행들에서의 강한 악센트의 상대적인 집약에 의해서 강조되고 있다. 그것이 단일한 리듬의 진행을 깨뜨려 버린다. 〈그리고 대지의 그늘 Und Schatten der Erde〉의 단일 시행을 이루는 상대적인 독자성으로서 종속성이 해소되는 것이 암시되고 나서, 이 시에는 단지 병렬만이 남게 된다. 이 시연의 마지막 시행들에서 이미지들은 병렬화 되어서 상대적인 자율성을 언급하기보다는 차라리 〈자기 목적적〉 이미지를 언급하는 것이 더 낫겠다는 생각을 갖게 된다. 그 단절된 병렬 상태로 인해 존재들이 타존재에 대해서 침묵하기에 이른다. 그리하여 그것들은 밀폐되고 마는 것이다. 이 이미지상의 병렬의 가혹성은 첫 시연의 이미지를 지배하던 수단이 이 마지막 시행에서는 변경되어 나타나는 것으로서도 뒷받침된다. 〈존재들이 자신을 담그고 있는 부드러운 매체인 물 대신에, 차갑게 거부하는 성벽들이 말없이 차갑게 동떨어져 서 있을 뿐이다〉[101] 대상들의 어떤 융해도 더 이상 존재하지 않을 뿐만 아니라, 그 경계의 존재가 이제는 신성의 어떤 알림에 대해서도 그 대가로 치를 고립과 침묵으로의 선고로 보이는 것이다.

성벽은 말없이
차갑게 서 있고, 바람결에
풍향기는 덜걱거리네.

Die Mauern stehn
Sprachlos und kalt, im Winde
Klirren die Fahnen.

이 마지막 이미지들의 교차대구법적인 배열은, 남겨져 있는 것이란 이 인공물이 모두라는 감정을 고양시키고 있다. 이들 사물들의 실존적인 완결성은 시인을 공포로 채운다.[102]

이 시는 시론적으로 보면 휠덜린의 명징성으로의 전환을 보여준다.[103]

---

101) F. Beißner u. Jochen Schmidt(Hg.), Friedrich Hölderlin, Werke und Briefe, Frankfurt /M. 1969, Bd. I, Erläuterungen, S. [70]

102) Karl Eibl, Der Blick hinter den Spiegel, S. 228: Eibl은 Rolf Zuberbüller Hölderlins Erneuerung der Sprache aus ihrem ethymologischen Ursprüngen, Berlin 1969. S. 94의 〈hold〉에 대한 해명, 즉 hold는 〈helden=neigen〉이라는 해명을 원용하면서 이 시의 1연에서 두 마리가 아닌 여러 마리의 백조들이 서로 입맞춤하는 것이 아니라, 물 속에 비친 자신의 모습에 대고 공허하게 입맞춤하고 있다고 지적한다. 백조들이 물 속에 머리를 담그는 행위는 거울처럼 평평한 수면을 흔들리게 하고 깨뜨렸다는 것이다. 이렇게 보면 이 시는 처음부터 자기도취적이고 천국적인 미망으로부터의 각성의 묘사라고 볼 수 있다. 다만 이 경우, 이 시의 병렬은 의미의 통일로 바뀌게 된다. Maria Behre, Stile des Paradoxons, S. 24도 그대로 취하고 있다.

103) Santner, Hölderlins 'Hälfte des Lebens', S. 170

〈천국적 불꽃〉의 비상이 그 힘을 잃고 있음을 의미하는 것이다. 모든 형상의 상부에 존재하면서 그 시각으로부터 각개의 확고한 특수성들을 통찰하고 한데 융해시키던 시적 자아의 위치에서부터, 이제 시인이 아래로 내려와[104] 보다 더 가까이 사물들의 표면에 다가서는 것이다. 이러한 시인의 체험이 가지는 역설은 사물의 세계에 더 가까이 다가설수록, 그것들의 분리와 —나중의 단편적 작품들이 보여주듯이— 그것들의 단편성을 더 많이 체험하기에 이른다는 것이다. 횔덜린이 이와 같이 병렬을 통해 보여주는 것처럼 일단 잃어버린 세계의 회복에 대한 확고한 믿음의 정상으로부터 내려서자 〈한 마리의 고독한 야수 ein einsam Wild〉[105]가 되는 위험에 처한다. 위로부터의 전망 없이 시인이 이 세계의 사물들에게 자신을 순응시키는 길은 매우 다른 것이다. 더 이상 역사적 체험의 무대 위에서가 아니라, 그는 이 체험 안으로 들어서고 사방으로부터 둘러싸인다. 〈삶의 한 가운데로 옮겨지고, 그에게는 움직임 없는 현존재 이외, 용기 있는 자의 본질이기도 한 완벽한 수동성 이외, 다시 말해서 완전히 연관들에게 자신을 맡겨 버리고 마는 일 이외에 남겨진 것이라고는 아무 것도 없기에 이른다〉[106] 여기서 〈연관〉이라고 하는 것은 병치(竝置) 또는 나열을 의미하고 있다.[107] 이 수동성과 함께 그는 한층 겸허한 과제를 떠맡는다. 그것은 관계들을 발견해 내는 일, 그리고 그것에 순응하는 일이다. 이제 사물들이 자율적인 것이 되고 더 이상 어떤 사유의 체계에 종속되지 않으며, 오히려 체계를 뛰어넘고 체계를 상대화시킨다. 아니 거의 그 체계를 파괴시키게 된다. 그리하여 시들이 그 지탱을 위해서 스스로 노력을 기울이고 세계는 붕괴되고 눈부신 파편들로만 남겨진다. 시 「반평생」은 그러한 연관만 남는 병렬 문체의 한 전

---

104) Santner, ebd.
105) StA. II, S. 66
106) Benjamin, GS. II, 1, S. 125
107) Santner, S. 172

기(轉機)를 증언하고 있는 것이다. 이제 후기에 이를수록 병렬 문체의 현상은 더욱 뚜렷해지고 표면화 된다.

> 한 사람 그러나 의심의 여지없다. 그는
> 날마다 그것을 바꿀 수 있다. 그는 거의
> 법칙을 필요로 하지 않는다.
> 　그리고 이파리들이 울리고 만년설 옆에서 참나무들이
> 나부낀다. 왜냐면 천국적인 자들 모든 것을
> 다할 수는 없기 때문. 말하자면 필멸의 자들
> 먼저 심연에 다다르는 것이다.

> [...] Zweifellos
> Ist aber Einer. Der
> Kann täglich es ändern. Kaum bedarf er
> Gesez. Und es tönet das Blatt und Eichenbäume wehn dann neben
> Den Firnen. Denn nicht vermögen
> Die Himmlischen alles. Nemlich es reichen
> Die Sterblichen eh' an den Abgrund.[...][108]

여기서 시적 자아가 등장하지 않음은 물론 이미지와 사유가 그저 나열되어 있음을 볼 수 있다. 〈한 사람은 그러나 의심의 여지없다〉, 〈그는 나날이 바꿀 수 있다〉, 〈그는 거의 법칙을 필요로 하지 않는다〉, 〈이파리들이 울린다〉, 〈만년설 옆에는 참나무들이 나부끼고 있다〉, 〈천국적인 자들 모든 것을 다할 수는 없다〉, 〈필멸하는 인간들은 말하자면 심연에 먼저 가 다다른다〉 이런 단문들이 연관성 없이 나열되어있다. 회상의 망막에 스치고 지나가는 영상들의 나열인 것이다. 여섯 개의 마침표와 병렬적 접속사가 이러한 병렬을 확인해 준다.

---

108) StA. II, S. 195, "Mnemosyne", Zweite Fassung

찬가의 초고의 하나인 「그리고 삶을 함께 느끼는 일...」에서 첫 시행은 이렇게 열리고 있다.

> 그리고 반신들과 가부장들의
> 삶을 심판대 앞에 앉아
> 함께 느끼는 일

> Und mitzufühlen das Leben
> Der Halbgötter oder Patriarchen, sizend
> Zu Gericht.[109]

그것은 당연히 시인의 과제이다. 그러나 시인은

> 그러나 이 주변 도처가
> 그들과 같은 것은 아니고, 오히려 삶,
>   하나의 초점으로 집약될 때, 그림자의 반향 아래서도 쌓이며 뜨거운
> 삶이 있으니

> [...] Nicht aber überall ists
> Ihnen gleich um diese, sondern Leben, summendheißes auch von Schatten Echo
> Als in einen Brennpunct
> Versammelt. [...]

라고 읊고 나서 이 뜨거운 삶의 현상들을 나열한다. 이 현상들은 이 시의 6행 이후 마지막 25행에 이르기까지 몇몇 다른 어휘들 속에 거의 독립적으로 나열되어 나타난다. 〈밤 Nacht〉(7행), 〈낮 Tag〉(8행), 〈사냥 Jagd〉(10행), 〈집시 여인 Zigeunerin=Aegypterin〉(10행), 〈놀이하는 아이들 Knaben

---

109) StA. II, S. 249

spielen〉(15행), 〈제비들이〉 맴돌아 나는 〈교회의 탑 Thürme〉(16행) 등이 그
것이다. 이것들이 비치는 것은 시 「이스터 강」에서 강물이 그러하듯 여기
서는 〈시냇물 Bach〉이 그 역할을 하고, 그 시냇물은 〈스코틀랜드 in
Schottland〉(V. 14)에도 그리고 〈롬바르다 Lombardas〉(15행)에도 흐른다.[110]
이 나열과 산재에는 종속의 원리가 아니라 병렬의 원리가 지배적이다. 이
병렬의 구문적 경향에는 먼 곳에 떨어져 있는 나라들을 한꺼번에 포착하는
눈길도 해당된다. 따라서 병렬 구문을 통한 동시성 Simultaneität이 이 초고
의 특징을 이룬다.

　아도르노는 횔덜린의 후기 시 중 가장 훌륭한 병렬적 구조를 보인 또
다른 시구로서 「파트모스」 찬가에 나타나는 다음 시구를 들고 있다.

> 사랑스럽게
> 이 모두 그 사나이의 탄식을 반향하며 울린다. 그처럼
> 한때 이 섬 신이 사랑했던
> 예언자를 보살펴 주었다. 그 예언자 복된 청년 시절
>
> 지고한 자의 아들과 함께 떨어질 수 없도록 길을 갔었다.
> 왜냐하면 뇌우를 지니고 있는 분 그 제자의
> 순진함을 사랑하셨기에.

> [...] und liebend tönt
> Es wieder von den Klagen des Manns. So pflegte
> Sie einst des gottgeliebten,
> Des Sehers, der in seeliger Jugend war
> Gegangen mit
> Dem Sohne des Höchsten, unzertrennlich, denn

---

110) Vgl. StA. II, S. 249

Es liebte der Gewittertragende die Einfalt
Des Jüngers [...][111]

시인이 표상 안에서 도피처를 찾고 있는 자에게 가난하지만 친절하게
위안을 주는 섬을, 그곳에 머물렀던 사도 요한에 대한 이야기를 연상시키
면서 서술하고 있는 대목이다. 아도르노는 이 구절이 핀다르의 모델을 따
른 것으로 보고 있다.[112] 섬과 예언자 요한과 하나님의 아들 예수 그리스도
와 뇌우를 지닌 신 자신 중 어느 누구도 이 시구에서 더 많은 비중을 차지
하지 않는다. 핀다르가 그의 승리가에서 승리자를 직접 노래하지 않고 그
의 태생에 관련된 자연과 다른 인물들을 똑같이 노래하는 방식과 유사한
점을 지적할 수 있다. 우리는 여기서 이러한 병렬이 심지어는 신과 인간의
동등한 위치에서의 병존으로 연결될 수 있음을 간파하기에 이른다.[113]

이제 바이스너에 의해서 1947년 『횔덜린연감 Hölderlin Jahrbuch』에 처
음 소개된 횔덜린의 한 메모는 그의 병렬 원리의 한 극치를 보인다.[114]

---

111) StA. II, S. 167

112) Adorno, Parataxis, S. 474f.

113) 이 점은 횔덜린 후기시에서 종교성의 문제로 관심을 확산시켜준다. Renate
Böschenstein-Schäfer는 그녀의 논문 Die Sprache des Zeichens in Hölderlins hymnischen
Fragmenten, in: HJb. 1975-77, S. 280에서 횔덜린이 半神들에 대한 애착을 버리는 찬가의
단편에서 이 현상을 간파하고 〈우리가 유행하는 표현법을 별로 사양하지 않는다면, 횔덜
린의 후기 찬가 단편에서의 언어는 민주화되고 있다라고 말해도 좋을 것이다〉라고 언급
하고 있다. 종속적인 의미 배열의 포기와 함께 일어나는 현상일 수 있다. 이 문제는 다른
지면을 통해서 상론되어야 할 것이다.

114) 바이스너에 의하면 이 메모는 횔덜린의 두번째 홈부르크 체류 기간 1804-06에 생
성된 것으로 보는 견해는 배제되어야 한다고 하는데, 그 이유는 이 영수증에 쓴 몇몇 단
어가 슈바벤의 구어체이기 때문에 튀빙엔에서 쓰여진 것이 거의 분명하다는 것이다. (Ein
Merkzettel aus der späten Zeit, in: HJb. 1947. S. 11.) 다만 정신병원으로부터 바로 퇴원해
서 튀빙엔의 간병인 집에 입주한 1807년 3월 직후에 세탁물을 맡긴 것으로부터 이 메모
의 생성 년대를 1806년 이후로 보는 것은 그 안에 쓰여 있는 횔덜린의 홈부르크에서의 직
함인 Bübeletücarius로부터 생기는 의구심을 완전히 해소시키지는 못한다.

Tende   Strömfeld   Simonetta.

Teufen   Amyklä   Aveiro am Flusse

Fouga die Familie Alencastro den

Nahmen davon   Amlasuntha Antegon

Anathem Ardinghellus Sorbonne Cölestin

[...]

Sulaco Venafro

Sulaco Gegend

des Olympos, Weißbrun in Nieder-

ungarn, Zamora Jacca Baccho

Imperiali. Genua Larissa in Syrien.[115]

바이스너는 이 메모를 소위 홈부르크 원고철에 나타나는 병렬적인 단순한 이름들의 나열 — 예컨대 「…바티칸…」에서의 한 구절 ⟨Irrich herabgekommen / Über Tyrolo Lombarda, Loretto, wo des Pilgrims Heimath/auf dem Gotthard…⟩[116]가 보이는 것처럼 — 과 어떤 연관성이 있는 것으로 보려고 한다. 즉 이 나열로부터 바이스너는 횔덜린이 ⟨고대와 중세를 서로 화해시키고 현재의 순간과도 생동하는 연관성을 형성해 내고자⟩ 노력하고 있음을 읽어 내고 있는 것이다.[117] 바이스너는 따라서 이 병렬적 원리에 대해서 의미를 부여하고 이것이 화해의 질감을 지니는 것으로 판단하고 있다. 여기에 나열되고 있는 명칭들은 몇몇 가문의 명칭과 함께 대부분 지리적 명칭들이다. 예컨대 먼 나라에 위치하는 도시(Amyklä=Sparta의 도시명; Aveiro=Portugall의 도시명), 강(Sulaco=중남미 Honduras의 강) 그

---

115) StA. II, S. 340

116) StA. II, S. 252

117) HJb. 1947, S. 14

리고 가문(Familie d'Alencastro=Portugall의 공작 가문) 명칭 등이다. 다만 이러한 동질성 없는 명칭들의 나열이 바이스너가 의미하는 대로 〈화해〉만을 제시하지는 않는다. 휠덜린은 병렬의 두 가지 질감을 유지하고자 하고 있다. 병렬에는 전혀 화해될 수 없는 것이거나 반대로 동질성의 것들만이 집결되고, 나열되는 것은 아니다. 이 메모에도 화해라는 긍정적 기능뿐만 아니라 연결되지 않고 남겨지는 의미의 부정이라는 문제성도 제기되어 있다. 병렬적인 나열은 동질성과 비동질성 사이의 내면적인 긴장의 징후를 안고 있는 것이다. 이 메모의 연결되지 않은 낯선 지명이나 인명의 나열은 어떤 긴장과 연상으로 작용하면서 일의성을 거부하는 것으로서 병렬의 가장 명확한 효과를 거두고 있다. 그것은 심지어 20세기의 몽타주 기법의 특성을 함께 보여준다 하겠다.[118]

네겔레는 「파트모스」 찬가의 개정 작업에 대한 고찰을 통해서 후기 문체 양식의 분열적 요소가 개별적인 병렬적 부분들을 고립시키고 따라서 하나의 의미 부여에 대해서 역작용하는 현상을 지적한 바 있지만[119] 병렬을 통한 단편(斷片)과 종합사이의 긴장은 텍스트 내에서의 통사적인 차원에서 지시 관계의 상실로 결과된다. 람펑은 현대 독일 시의 구조적 특성을 살피는 가운데서 이 병렬과 유사한 현상을 반 호디스의 시 「아침에 Morgens」에서 찾는다. 예시된 그 시의 마지막 부분은 아래와 같다.

---

118) Vgl. Volker Klotz, Zitate und Montage in neuer Literatur und Kunst, in: Sprache in technischen Zeitalter, Heft 66(1976), S. 259-277: 의미 구성의 중심인 자아의 상실과 몽타주 기법의 관련에 대해서는 Böckmann, Die Sageweisen der modernen Lyrik. 특히 S. 98ff. 참조

119) Nägele, "Fragmentation und fester Buchstabe, Zu Hölderlins 'Patmos' - Überarbeitung", in: MLN, 97(1982), S. 568

남색의 불빛 안에서. 밤으로부터 거칠게. 그들의 치마폭이 말린다.

사랑을 위해 四肢는 지어졌으나

기계들과 불평스러운 노고를 향해서 간다.

감미로운 불빛을 보아라

나무들 안에 감미로운 초록빛

들어라! 참새들이 우짖는다

그리고 저기 저 밖 거친 들판 위에서

종달새들 노래 부른다.

In bleichen Licht. Wild von der Nacht. Ihre Röcke wehn.

Glieder zur Liebe geschaffen.

Hin zu Maschine und mürrischen Mühn.

Sieh in das zärtliche Licht.

In der Bäume zärtliches Grün.

Horch! Die Spatzen schrein.

Und draußen auf wilderen Feldern

Singen Lerchen.[120]

이 시구들은 거의 통사론적 내지는 논리적인 연결을 포기하고 있는 나열을 보여주는데, 서로 다르기 이를 데 없는 사건들을 공간의 통일성을 전혀 고려하지 않은 채, 그 사건들의 동시성안에서 가시화 시키려는 일종의 〈동시성의 시〉[121]의 현상을 보이고 있다. 이러한 시에서는 개별적인 대상들과 과정들이 상호 분리된 채 빠른 순서로 파악하는 새로운 인식의 방식이 표출되어 있다는 점과 동시성의 질서로서 시간적 질서들이 지양되어 있고 모든 사물들이 똑 같이 중요하고 또 동시에 아무 것도 아닌 것으로 나타나

---

120) Jakob van Hoddis, Morgens, in: Kurt Pinthus(Hg.), Menscheheitsdämmerung. Ein Dokument des Expressionismus, Berlin 1996, 1. Ausgabe 1920, S. 168

121) Hans-Georg Kemper, Vom Expressionismus zum Dadaismus, S. 28, zit. nach Lamping, Das lyrische Gedicht, S. 166

기도 한다. 연관성이 사라지고 아무런 연관도 없는 사물들이 현실의 새로운 '구축'을 위해 내맡겨진 듯이 보이며, 찰나가 그 특성을 이룬다. 시간은 연속성이 아니라 동시성으로 체험되고 공간도 그 한계를 깨뜨리고 만다. 대상들은 그 이질성을 통해서 어떤 통일적인 정조도 움트지 못하게 한다. 주체는 스스로의 동질성을 잃고 매순간 이질적 대상들과 만나는 자아로 해체되고 만다.[122] 횔덜린의 병렬적 문체에서 볼 수 있는 현상과 다를 바 없다. 특히 찬가의 초고 「그리고 삶을 함께 느끼는 일...」에서 제기되는 동시성은 이와 다르지 않다. 그러나 횔덜린의 병렬적 문체가 현대의 동시성의 시들을 훨씬 능가하는 이념적 요소를 가지고 있음을 간과해서는 안 될 것이다. 반 호디스의 시는 병렬되어 있기는 하지만, 그 병렬적 부분들은 하나의 의미로 수렴될 수 있다. 예컨대 〈Glieder zur Liebe geschaffen. / Hin zur Maschine und mürrischem Mühn〉은 〈사랑을 위해서 사지는 지어졌으나 / 기계들과 불평스러운 노고를 향해서 간다〉고 옮길 수 있고 이 때 이미 그 부분들의 독자성은 하나의 의미 아래 일치를 이룬다.[123] 그러나 횔덜린의 병렬적 문체는 이러한 동질성의 확인을 거부하고 있다. 후기 시의 병렬적 문체는 비판적 관심에서의 파라다임의 변경과 병행된다. 비동질성에 대한 관심이 동질적인 것, 의미 생산적인 해석에의 관심으로 인해서 차츰 뒤로 물러서고 있는 현상에 대한 부정적 대응이다. 따라서 그의 병렬적 문체는 어떤 의역에 의해서도 동질화되지 않는다. 해석자의 인식의 관심은 어떤 의도의 재구성에 놓이기보다는 동질성과 비동질성에 대한 원칙적인 불균형을 제시하는 개방적인 위치에 놓여야만 한다. 횔덜린의 병렬적 문체의

---

122) Vgl. Lamping, Das lyrische Gedicht, S. 166f.

123) 시 전체 옮김은 Lamping 책, '서정시. 이론과 역사',(장영태 역) 문학과 지성사, 서울 1994, 269f.에 게재되어 있는데, 약간의 의역을 통해서 본인은 그 작품의 동질적 자질을 어렵지 않게 구해 볼 수 있었음을 부기한다.

텍스트는 〈규칙을 동반하는 해석들과 객관성을 보장하고 있는 방법적 처지의 연속〉[124]을 통한 어떤 해석도 거부하고 있기 때문이다. 횔덜린의 작품의 〈불복의 기능〉― 현대 사회의 동질성 강요에 대한 비동질성으로서의 대응 ― 은 그 작품들의 병렬적 문장 구조를 통해서 수행되는 것이다.[125] 이러한 병렬 문체의 우세는 아도르노에 따르자면 종속 문장 안에 뿌리 내리고 있는 개념적, 논리적 구성에 기반한 인식의 가능성에 대해 심각한 의구심을 나타내는 형식적 대응이다.[126]

그러나 굳이 이처럼 그 병렬 문체에 대해 분석적인 해명을 가할 필요도 없이 20세기초 표현주의적 현대로부터 사물들의 독자성과 부분들의 독립을 예술에서부터 용납하고자 하는 사고로부터 그 현대성을 읽어 볼 수 있다. 1909년 작가 칼 아인슈타인은 그의 소설 『베브쿠빈 또는 기적의 애호가들 Bebuquin oder die Dilettanten des Wunders』에서 〈계속해서 통일성에 대해서, 모든 부분들의 상호 연관성에 대해서 그리고 전체에 대한 연결에 대해서 떠들어 대고 있는 몇몇 허점투성이의 철학자들에게 속지 마십시오〉[127]라고 말한 바 있다. 이것은 폐쇄적인 구조의 이상을 추구하는 고전적 미학과 해석학의 사고방식에 대한 비판을 담고 있으며, 개방적 구조, 그러니까 모든 것 위에 있는 하나의 의미 중심에 대응하는 텍스트 부분들의 탈 중심적인 자체 생명을 편들고 있는 미학적 현대를 제기하고 있는 것이다. 벤 역시 〈오늘날 사물들의 병존은 견디어 낼 수 있어야 하고 표현될 수 있어야 한다

---

124) Jochen Hörsch, Die poetologische Logik des 'Hyperion', Versuch über Hölderlins Versuch einer Subversion der Regeln des Diskurses, in: Urszenen. Literaturwissenschaft als Diskursanalyse und Diskurskritik, hrsg. v. Friedrich A. Kittler und Horst Turk, Frankfurt /M. 1977, S. 167-201. 여기는 S. 178

125) Alt, Das Problem der inneren Form. Zur Hölderlin-Rezeption Benjamins und Adornos, in: DVj. 61/3(1987), S. 550

126) Adorno, Parataxis, S. 471

127) Carl Einstein, Werke. Bd. 1, 1908-1918, Berlin 1980, S. 81

〉[128]고 말하고 있다. 병렬이 현대 예술의 중요한 구성 요소로 인식되고 있는 것이다.

휠덜린의 병렬 문체는 서정적 자아의 해체의 양식적 표현이면서 당대에 확고했던 이상주의의 일치성의 이념을 이탈하여 현대를 선취하고 있다.

4. 〈거친 구조〉와 단편화

후고 프리드리히는 그의 『현대 서정시의 구조 Die Struktur der modernen Lyrik』에서 현대시를 설명할 수 있는 시학적 용어를 나열하는 가운데, 방향 감각의 상실, 친숙한 표현의 해체, 일관성의 상실, 단편성 그리고 병렬 문체, 난시와 같은 관점, 낯설게 하기 등을 제시하고 있다.[129] 이것들은 상실이나 파괴와 같은 부정적 요소들인데 프리드리히는 이러한 부정적 개념을 통해서만 현대시를 설명할 수 있음을 강조하고 있다.

프리드리히는 현대시의 큰 맥을 잇고 있는 말라르메의 해설에 이르러 〈말해진 적이 없는 것을 말하기〉로서의 시학과 그것을 위한 문체 수단을 언급함으로써 애매성의 근원을 또 다른 측면에서 해명하고, 이것이 문체에 어떤 모습으로 나타나게 되는지를 제시한다. 말라르메에 있어서 시 쓰기는 언어의 근원적인 창조 행위를 극단적으로 쇄신시킴으로써 말하기가 언제나 〈지금까지 말해진 적이 없는 것의 말하기〉가 되도록 하는 것이었다. 그렇기 때문에 그는 시어가 단지 이해 가능한 언어의 보다 드높고 보다 성대한 수준뿐만 아니라 그것이 어떠한 정상성에 대해서도 해소되지 않는 불협

---

128) Benn, Roman des Phänotyp, in: GSW. Bd. II, S. 161
129) Friedrich, S. 22

화 자체로서 역할 하기를 소망했다는 것이다.[130] 이러한 시어에 대한 그의
기대는 몇 가지 문체 수단에 의해서 실현될 수 있었는데, 프리드리히는 절
대 부정법(不定法)으로 나타나는 동사들, 문법적으로 타당하지 않은 전치
들, 정상적인 어순의 도치 등을 들고 있다.[131] 말라르메의 문체 수단은 현대
의 독자들의 성급한 읽기를 막아서면서 어휘로 하여금 그 근원으로 되돌아
갈 수 있는 여지를 형성해 준다. 프리드리히는 이 때 이러한 일은 오직 문
장의 단편들로의 분쇄를 수단으로 할 때에만 성공된다고 말하고 있다. 〈
연결 대신 불연속성, 결합 대신 병치〉[132]가 나타난다는 것이다. 〈이것은 내
면적인 불연속성의 문체상 드러난 표지이며, 불가능성에의 경계에 놓인 언
어의 문체적 표현이다. [...] 또한 현대 미학의 한 기본 명제인 것이다〉[133] 침
묵에 다가설 수밖에 없는 말라르메의 후기 시의 현대성을 프리드리히는 이
처럼 그 문체 양식에서 읽어 내고 있는 것이다.[134]

그런데 프리드리히의 이 해명은 마치 횔덜린의 후기 시에 대한 해명처
럼 들린다. 프리드리히의 말라르메에 대한 해명처럼 상세한 것은 아니지
만, 횔덜린 후기 시의 최초 편집자인 헬링라트는 1910년 그의 학위논문 「횔
덜린의 핀다르번역」에서 고대 수사학 — 수사학자 디오니시오스 Dionysios
von Halikarnassos의 용어 — 에서 빌린 〈거친 구조 harte Fügung〉로 횔덜
린 후기 시의 문체 양식을 특징짓고 있다.

---

130) Friedrich, S. 116
131) Friedrich, S. 116
132) Friedrich, S. 117
133) Ebd.
134) Harald Weinrich 역시 말라르메가 〈의미론을 위해서 통사를 희생시키는 용기를 갖
고 있다는 점에서 그는 통사의 천재 Mallarmé ist ein syntaktisches Genie, ja, aber vor
allem insofern er den Mut hat, die Syntax der Semantik zu opfern〉라고 말한다. Weinrich,
Linguistische Bemerkungen zur modernen Lyrik, S. 34. 이와 함께 문장의 희생과 그 문장
의 체계에 의해서 생겨나고 지지되는 의미를 희생시킴으로서 어휘의 의미론적 환기
Evokation를 살려내려는 것이 현대시의 특징임을 제시한다.

거친 구조는 [...] 어휘 자체를 강조하고 청자에게 깊은 인상을 남기기 위해서
가능한 감정상의 그리고 이미지 상의 연상들을 삭제시키는 가운데 모든 것을
행한다. [...] 그리하여 무거운 어휘에서부터 무거운 어휘로 이 시 형식은 청자
를 끌어당기어, 그로 하여금 자신에게로 돌아가는 것을 용납치 않으며, 제 뜻대
로 무엇을 이해하거나 상상하거나 느끼는 것도 용납하지 않는다.[135]

그리고 이러한 문체 이상을 노발리스도 〈단지 화음을 내며 아름다운 어
휘들로 가득 차 있지만 어떤 의미도 연관성도 지니지 않는 시〉라고 부르고
있음을 상기시킨다.[136] 헬링라트의 횔덜린 후기 시에서의 〈거친 구조〉의 발
견[137]과 그것에 대한 높은 평가는 게오르게와 상징주의자들에게의 그의 접
근과 병행되었음을 상기할 때[138] 이 개념은 횔덜린 후기 시의 현대적 예술
특성을 요약하고 있다고 볼 수 있다.

---

135) Hellingrath, Hölderlin-Vermächtnis. München 1944, S. 28f.

136) Hellingrath, ebd., S. 30

137) Walter Hof는 헬링라트가 후기 찬가 문학의 문체 양식의 특성으로 사용하고 있는 용
어 〈harte Fügung〉에 대해서 거부적 태도를 취하고 있다. 호프는 횔덜린의 문체가 더듬거
리는 표현, 시도에까지는 이르고 있지만 그것이 거칠게 작용하는 것은 아니기 때문에 〈거
친 hart〉이라는 어휘는 적합치 않다는 것이다. 호프는 헬링라트가 glatt-hart의 대칭을 보
고 있는데 반해서 leicht-schwer 또는 평탄한 문체-곡선 문체 flacher Stil-Bogenstil의 대
칭이 더 알맞아 보인다고 제안한다. 다시 말해서 〈harte Fügung〉이라는 용어가 보다 광범
위하게 쓰이기 위해서는 Bogenstil과 같은 포괄적인 용어가 더 낫겠다는 의견을 갖고 있
는 것이다. Vgl. Walter Hof, Zur Frage einer späten "Wendung" oder "Umkehr"
Hölderlins, in:HJb. B. 11(1958-60), S. 131f., Anmerkung 5. Jürgen Link는 〈harte
Fügung〉을 산문의 어순으로부터 운문의 어순으로 넘어감, 즉 산문의 어순의 법칙을 깨는
운문의 낯설게 하기 효과에서 그 파괴의 빈도 수가 높은 텍스트에 적용할 수 있는 개념으
로 정의하고 있다. Literaturwissenschaftliche Grundbegriffe, 1979, S. 206. 그 요소는 행의
파괴 Enjabement, 도치 Inversion 등의 빈도 수인데, 운율을 고려하지 않고도 이러한 요소
들을 통해 그 거친 정도가 확연히 구분될 수 있음을 제시하고 있다.

138) Hennig Bothe, Ein Zeichen sind wir, deutunglos. Die Rezeption Hölderlins von ihren
Anfängen bis zu Stefan George, Stuttgart 1992, S. 98. 또한 헬링라트는 횔덜린의 시
「Diotima(Leuchtest du wie vormals nieder)」의 한 구절 〈Und mein Leben kalt und bleich /
Sehnend schon hinab sich neigte / In der Toten stummes Reich〉을 들어 〈상징주의적 시의
예 meine Beispiel symbolistischer Poesie〉라고 칭한 바도 있다. Hellingrath, Hölderlin-
Vermächtnis, S. 195

이것은 거의 프리드리히가 말라르메의 후기 시에서 발견해 낸 문체 양식과 일치한다. 〈문법적, 논리적 및 가시적인 연관성을 포기〉[139] 하는 것은 서정시의 기본적인 특성이다. 그러나 〈문장의 희생〉[140]을 전제하는 시, 〈언어로부터 시 쓰기〉[141]는 논리적 연관성의 단순한 포기를 넘어서 그 파괴에 이르는 것이다. 횔덜린 자신도 시적 효과를 위해서 과감하게 통사적인 질서를 떠나는 것이 필요하다는 것을 피력하고 있다. 그것은 〈거친 구조〉의 중심적 현상인 전치에 관한 견해이다.

우리는 문단 내에서 어휘들의 전치를 본다. 그러나 문단들 자체의 전치가 보다더 방대하고 효과적일 것임은 분명한 일이다. 논리적인 문단의 배치는 [...] 시인에게는 거의 소용되지 않는다.

Man hat Inversionen der Worte in der Periode. Größer und wirksamer muß aber dann auch die inversion der Perioden selbst seyn. Die logische Stellung der Perioden, [...], ist dem Dichter gewiß nur höchst selten brauchbar.[142]

횔덜린은 어휘들의 전치는 물론, 문단의 전치를 강조한다. 이것은 그 어휘와 시구에 대한 주의의 집중을, 재차 읽기, 새롭게 읽기, 새롭게 해석하기를 독자들에게 요구한다. 뜻이 무거워진 어휘 또는 그러한 문단에서 또 다른 그러한 어휘와 문단으로 독자를 몰아간다. 그 사이 이 어휘와 문단들은 그것이 내포하고 있는 의미들을 여러 층위에 걸쳐 펼치게 된다.

「밤의 노래」중 하나인 「수줍음」의 한 구절에서 이러한 문체 현상을 간

---

139) Staiger, Grundbegriffe der Poetik, Zürich 1963, S. 51
140) Weinrich, S. 36
141) Friedrich, S. 32
142) StA. IV, S. 233

단히 읽어 볼 수 있다.

Gut auch sind und geschickt einem zu etwas wir,[143]

통사적으로 볼 때 이 시구에서 〈wir〉의 전치(轉置) Inversion 또는 거의 그것의 도착(倒錯) Perversio현상이 두드러지게 나타난다. 이러한 주어의 전치를 통해서 〈gut〉과 〈geschickt〉가 전면에 등장하고 이 두 개의 형용사 gut 내지는 분사 geschickt의 의미는 〈einem zu etwas〉에 이르러 여러 갈래로 분할된다. 동시적으로 다른 뜻으로 해석되는 가능성을 지니게 된다. 가이어가 제시해 주는 그 가능성들을 보면[144]

우리들 시인들은
1) 선량하다/착하다. 시인들이 헌신하고 있는 신적인 것을 여운으로 남기고 있다.
2) 무엇인가를 위해 좋다. 즉 유용하다. nutzbrigend
3) 누구에겐가 무엇을 위해 유용하다, 개별적으로 유용하다
4) 신에 의해서 보내어 졌다. 즉 파견되었다 gesandt.
5) 무엇인가에 숙련되어 있다,
　　여러 경우에 걸쳐서 특정한 부분에서 재능을 갖고 있다. geschickt=begabt
6) 누구에게 무엇인가를 위해 보내어졌다.
　　어떤 개체에게 보내졌고 gesandt 또 쓸모가 있다 brauchbar

그러므로 위의 시구를 하나의 뜻으로 옮기는 것은 거의 불가능해 보인다.[145] 〈Wir sind auch gut und wir sind einem zu etwas geschickt〉라는 평탄

---

143) StA. II. S. 66. 21행
144) Ulrich Gaier, Hölderlin. Eine Einführung, S. 370f.
145) '횔덜린. 궁핍한 시대의 노래'. (장영태 역주) 혜원 세계 시인선 25. 서울 1990. 204쪽 참고. 본인은 이 구절을 평탄한 구조로 환원시켜 〈우리 누구에겐가 어떤 식으로든 유용하도록 보내어졌도다〉로 번역한 바 있다. 그 번역은 여러 번역의 가능성 중 가장 평범한 하나의 가능성을 택한 번역이었을 뿐이다.

한 구조에 비교할 때, 이 전치를 통한 시적 효과는 다의성과 애매성으로 결과 된다. 일의성과 명료성의 희생 위에 어휘들이 갖고 있는 의미의 확장과 잠재적 의미의 전개가 실현되고 있는 것이다. 위의 시 제3연에서는 이렇게 읊고 있다. 여기에는 더욱 복합적인 전치들, 즉 어휘와 문구의 전치들이 나타나 있다.

> Denn, seit Himmlischen gleich Menschen, ein einsam Wild
> Und die Himmlischen selbst führet, der Einkehr zu,
> Der Gesang und der Fürsten
> Chor, nach Arten, so waren auch
> Wir.[146]

역시 이 전치들을 그 거친 구조로부터 평탄한 구조로 정리해 해명해 보면

> 왜냐면, 그 노래 der Gesang가, 마치 천국적인 자들이 그러한 것처럼
> 1) 인간을, 한 고독한 들짐승을
> 2) 천국적인 자들 자신을
> 3) 영주들의 합창을 제 방식대로 되돌아옴에 이르게 한 이래로

라고 정리될 수 있다. 이러한 정리는 제9행의 gleich뒤에 구두점이 있음을 가정했을 때 가능해진다.[147] 구두점이 없을 경우 〈노래가 1)인간을, 한 고독한 들짐승을, 마치 천국적인 자들처럼 취급하고 2)천국적인 자 신을 제 방식에 따라 되돌아옴으로 이끌어 간 이래로〉라고 번역될 수 있다. 이 경우에는 인간들과 천국적인 자들과 들짐승이 모두 동일화되는 셈인데 그것이

---

146) StA. II, S, 66, 9-13행
147) Uffhausen(Hg.), Hölderlins Hymnische Spätdichtung, Stuttgart 1989, S. 57에는 "Denn, seit Himmlischen gleich, Menschen,⋯"으로 판독되어 있다. 그러나 이 시가 첫 번째 발표된 『Taschenbuch für das Jahr 1805』에는 구두점 없이 게재되어 있다.

가능한 것인지는 말할 수 없다. 다만 첫 번째의 설명이 우선 더 타당해 보일 뿐이다.

여기서 전치 현상 외에도 〈Einkehr〉와 〈zu〉 zuführen의 분리 전철를 전후 구두점으로 한데 묶어 zu를 마치 전치사처럼 인지케 하면서 〈Einkehr〉를 돋보이게 배치시킨 것과 〈nach Arten〉 역시 그러한 고려 아래 배치되고 있는 것이 눈에 띈다. 그 의미의 강조인 셈이다. 예컨대 Einkehr는 중요한 의미를 지닌다. 그것은 단순한 되돌아옴이 아니라, 고단한 방랑 끝에 음식점과 같은 곳에 즐기기 위해서 모습을 나타내는 것이기도 하고, 그 어원으로는 되돌아옴을 전제로 자리를 양보했던 자들의 재결합을 의미하는 단어이다. 노래가 그러한 되돌아옴으로 인도한다는 것이다.[148] 이처럼 정상적인 문장 배열에 의해서는 묻혀 버릴 수도 있는 그 어휘의 잠재적 의미가 배열에 의해서 드러나게 되는 것은 이미 바인리히가 소위 구체시의 발상을 설명하면서 인용하고 있는 말라르메의 시 단편의 한 구절

아무 것도
어쩌면
배열이 없다면
실현되지 않으리라

Rien
n'aura eu lieu
excepté
peut-être
une constellation

---

148) Vgl. Gaier, S. 367f.

로부터 그 현대성을 엿볼 수 있다.[149]

어휘의 두드러진 위치 설정과 전치의 의미화가 어떻게 의미의 다양화로 이어지는지는 다음의 예시에 잘 나타난다.

Voll Güt' ist ; keiner aber fasset
Allein Gott.[150]

이 시구는 「파트모스」의 제 1초고의 첫 구절, 이미 횔덜린 후기 시에서의 전치를 통한 거친 구조의 대표적 예시인 〈가까이 있으면 / 또한 붙들기 어려워라 신은 Nah ist / Und schwer zu fassen der Gott〉[151]의 개정 초고이다. 이 시구는 다의적으로 해석된다.

1) 신은 재화로 가득 차 있다 / 신만이 재화로 가득 차 있다
2) 그러나 아무도 신을 붙잡지 못 한다 / 그러나 아무도 홀로 신을 붙잡지 못 한다 / 그러나 아무도 신만은 붙잡지 못 한다

시구 〈Allein Gott〉가 두 개의 문구에 귀속되어, 첫 문장에서는 신이 주어로, 두 번째 문장에서는 목적어로 기능하게 되는 것이 가장 두드러진 현상이다. 문법적으로 신이 주어와 목적을 겸하고 있는 것은 신에게 내재되어 있는 절대 주체와 절대 객체의 사유적인 통일을 반영하고 있다. 단어 〈allein〉은 그것이 어디에 귀속되어 기능하는가에 따라서 의미 내용이 달라진다. 첫 번째 문장에 포함시킬 경우, 그것은 〈전적으로 ausschließlich〉의 뜻이 되지만, 두 번째 문장에 포함시키면, 〈혼자서는〉 또는 〈순전히 어떤

---

149) Weinrich. ebd., S. 43에서 인용. 독문 역은 Carl Fischer역, Stéphane Mallarmé. Sämtliche Dichtung, dtv. klassik. S. 262ff. 참조
150) StA. II, S. 179
151) StA. II, S. 165

뒤섞임 없이 rein, ohne Vermischung〉를 뜻하게 된다. 이 〈allein〉이 이처럼 두 개의 문장에 다른 뜻으로 쓰일 수 있기 때문에 배타성과 공통성, 순수와 혼합의 한층 높은 통일성이 의미되고 있는 것이다. 이 시구의 구성은, 바이스너가 〈극도로 거친 언어 구조에로의 점점 더 강렬해지는 의지〉를 〈여지 없이〉[152] 내보이고 있다고 지적한 바처럼 그 제 1초고의 거친 구조를 더 강화시켜 보이면서 한편으로는 횔덜린의 사유의 편린을 감각적으로 표현해 주고 있다.

시 「삶의 연륜」은 어휘의 위치 바꿈과 어순의 바꿈, 예기치 않은 문장 요소들의 간섭으로 그 거친 구조가 상승적으로 더욱 확대된 시로서 그 표본을 이룬다.

> 너희들 오이프라트의 도시들이여!
> 너희들 팔뮐라의 골목들이여!
> 황량한 평원 가운데의 너희들 기둥의 숲들이여,
> 너희들은 무엇이냐?
> 너희들의 수관, 너희들이
> 숨쉬는 자의 한계를 넘어갔을 때
> 천국적인 힘의 연기와
> 불길이 너희들로부터 걷어가 버렸다!
> 그러나 이제, (그 안에서 누구든 평온을 찾는)
> 구름 아래 나는 앉아있다.
> 잘 정돈된 참나무들 아래,
> 노루의 언덕 위에 나는 앉아있다. 하여
> 축복의 정령들 나에게 낯설고도 죽은 듯
> 모습을 나타낸다.

---

152) StA. II, S. 795

1) Ihr Städte des Euphrats!

2) Ihr Gassen von Palmyra!

3) Ihr Säulenwälder in der Eb'ne der Wüste,

4) Was seid ihr?

5) Euch① hat② die Kronen③,

6) Dieweil④ ihr über die Gränze

7) Der Othmenden seyd gegangen,

8) Von Himmlischen⑤ der Rauchdampf und,⑥

9) Hinweg⑦ das Feuer⑧ genommen⑨

10) Jezt aber sitz' ich unter Wolken (deren

11) Ein jedes eine Ruh' hat eigen) unter

12) Wohleinerichteten Eichen, auf

13) Der Heide als Reh's, und fremd①

14) Erscheinen② und gestorben③ mir④

15) Der Seeligen⑤ Geister.[153]

1–4행은 다른 텍스트로부터의 축약된 인용으로서 상호텍스트성의 문제를 제시한다. 이어지는 시구에서 통사적인 규칙이 얼마나 깨지고 있는지는 이것을 평탄한 구조로 역시 재배치해 봄으로써 알 수 있다. 즉 5행–9행까지는 《⑥Der Rauchdampf und ⑧das Feuer ⑤von Himmlischen ②hat ① euch③die Kronen ⑦hinweg ⑨genommen-④dieweil…》와 같이 전개될 수 있을 것이며, 13행–15행은 〈und mir④ erscheinen② Geiste⑥ der Seeligen ⑤ fremd① und gestorben③〉과 같이 전개될 것이다.[154] 따라서 1–4행은 인용을 통한 상호텍스트성과 나열, 그리고 5–9행은 극단적인 전치, 10–12행은 다시 나열과 괄호 안에 시행 묶기라는 매우 낯선 쓰기방식, 13–15행은 역시 전치 현상으로 이 시의 구조는 설명된다. 이 거친 구조는 의미의 부가

---

153) StA. II, S. 15

154) Wolfram Groddeck, Betrachtungen über das Gedicht Lebensalter, in: Reclam, S. 159 u. 162

― 잉여구조성 또는 의미 잉여[155]― 를 낳는다. 여기서 잉여 된 의미는 이 시가 주제로 삼고 있는 팔뮈라 제국의 몰락과정이 형식 구조 안에 통사적 혼란과 전치현상을 통해 그대로 재현되고 있는 사실로부터 설명될 수 있다. 시의 형식과 그 구조가 텍스트의 자체로 내포적 의미를 갖게 되는 것이다.

또한 이러한 거친 구조는 애매성을 동반한다.[156] 찬가 초고의 하나인 「... 바티칸...」은 그 자체 회복할 길 없는 언어들의 파편을 두고 〈파괴된 도시들 안에서〉[157]의 문자들이라고, 더 나아가서는 〈그러나 자주 마치 화재처럼/언어의 혼란이 일어나도다 Oft aber wie ein Brand / Entstehet Sprachverwirrung〉[158]라고 노래한다. 그리고 이어지는 마지막 시구들은 그러한 혼란자체를 체현이라도 하려는 듯이[159] 그 어떤 전래적인 표현 방식에서도 완전히 벗어나는 가운데 이렇게 읊는다.

완결된 평온. 적황색. 그리고 모래 지구의
늑골이 울린다. 신의 작품에서

---

155) Lamping, Das lyrische Gedicht, 2. A., S. 53
156) 이러한 시의 구조는 수사학적 용어로서도 설명될 수 있는데, Wolfram Groddeck는 2개의 단어가 뒤바뀌는 현상으로서의 전치 inversio, Anastrophe와 강조를 위한 어순의 바뀜 Hyperbata 그리고 이러한 수사적 표현 방식의 혼합인 문장 요소의 혼합 전치 Synchyse를 시학적 애매성 Obscuritas의 중요한 수단이라고 주장한다. Vgl. Wolfram Groddeck, Reden über Rhetorik, S. 228
157) StA. II, S. 253, 34 행
158) StA. II, S. 253, 35-36 행
159) 이스라엘의 작가 Amos Oz가 1992년 〈언어가 폭력을 당하고 왜곡되거나 뒤틀리게 되면 언제나 처참한 일이 곧이어, 시간의 길고 짧음에 관계없이, 일어난다. [...] 그렇기 때문에 나는 평생을 언어의 소방수로 자신을 생각해 왔다. Wo immer Sprach vergewaltigt wird, verdreht oder verbogen, folgt Schreckliches stets nach, ganz gleich, ob über kurz oder lang [...]. Deswegen habe ich mich mein Leben lang als Sprachfeuerwehrmann verstanden〉라고 말한 것이 연상된다. zit. nach Rolf Grimminger, Der Sturz der alten Ideale. Sprachkrise, Sprachkritik um die Jahrhundertwende, in: Literarische Moderne. Hamburg 1995, S. 169

분명한 표현의 축조 방식에서, 초록색의 한밤
그리고 정신, 지주들의 질서의, 참으로
전체의 연관에서, 중심을 합쳐
그리고 빛나는

Vollendruhe. Goldroth. Und die Rippe tönet
Des sandigen Erdballs in Gottes Werk
Ausdrüklicher Bauart, grüner Nacht
Und Geist, der Säulenordnung, wirklich
Ganzem Verhältniß, samt der Miitt,
Und glänzenden[160]

이 거친 구조의 나열에서부터는 어떤 평탄한 구조를 만들어 내는 것도
불가능해 보인다. 〈die Rippe ... Des sandigen Erdballs〉 또는 〈Geist der
Säulenordnung〉이 겨우 시도해 볼 수 있는 통사적 연결일 뿐이다. 이 경우
에도 〈Geist〉와 〈der Säulenordnung〉 사이의 구두점의 삭제는 근거를 제시
하기 쉽지 않다. 오히려 구두점의 삭제가 이 두 시어가 갖고 있는 극도의
추상성을 파괴해 버릴 수도 있다. 그리고 〈Rippe〉가 "해안선"을 의미한다
거나, 〈grüne Nacht〉가 "숲 속의 밤"을 뜻한다는 해석도[161] 이 시구를 어떤
연관된 의미로 진전시키는데 아무런 도움이 되지 못한다. 여기서는 오히려
극도로 막연한 연관성 안에 각 요소를 내버려두는 것으로 〈완결된 평온〉을
달성시키려는 듯이 보인다. 다시 말해 해체를 통한 완결된 평온이 의미될
수 있다. 이 시구를 이루고 있는 요소들이 하나의 동사 〈울리다〉 tönet를 제
외하고는 명사들— 〈Vollendruhe〉, 〈Goldroth〉, 〈Rippe〉, 〈Erdball〉,
〈Gotteswerk〉, 〈Bauart〉, 〈Nacht〉, 〈Geist〉, 〈Säulenordnung〉,

---

160) StA. II, S. 253, 45-50행
161) Vgl. Beißner의 해석, StA. II, S. 891

〈Verhältniß〉, 〈Mitte〉 —로 이루어져 있어 이들 사이의 결합과 교류는 거의 이루어지지 않고 있는 것이다. 이렇게 해서 언어형식과 진술의 사이, 어휘와 이미지 사이에 거대한 긴장이 발생한다.

벤은 이와 같은 단절되고 파편화 되는 횔덜린 후기시의 문체현상을 〈표현주의적인 발산〉으로 설명한다. 〈어휘의, 적은 수효의 어휘들의 창조적 긴장의 엄청난 축적을 통한 장진, 긴장으로부터의 어휘들의 충격 그리고 전적으로 신비적으로 감화된 어휘들이 어떤 사실적으로 해명되지 않는 암시의 힘과 함께 계속 생동하는〉 그러한 표현주의적 분산의 부분들을 횔덜린의 파편적인 서정시에서 찾아 볼 수 있다는 것이다.[162] 이것은 말라르메가 프랑스어의 통사의 체계를 깨뜨리고 어휘들을 평상적인 순서와는 무관하게 사용함으로 〈개별 어휘들의 부각〉을 통해서 〈최대한의 암시성〉을 찾았다는 것과 다르지 않은 처리 방식이다. 어휘는 독립적이 되고 문장에서 빠져 나온다. 결합체적 연관으로서는 활성화되지 않은 잠재적 어휘 의미의 방출은 〈암시적인 다의성〉과 애매성의 효과를 생성시키는 것이다.[163]

찬가적 초고의 하나인 「가장 가까운 최선」[164]도 어떤 다른 초고 못지않게 그러한 거친 구조를 가지고 있다. 쿠르츠는 이 작품을 개관하는 자리에서 〈거친 통사적 구조, 개별적 어휘들의 방임, 과감한 시행 이월, 이미지들의 복합성에 이르기까지〉 모든 상이한 언어적 목록들이 이 작품의 시적 풍

---

162) Benn, Lyrik des Expressionistischen Jahrhundert, GSW. IV, S. 383

163) Paul Hoffmann, Symbolismus, München 1987, S. 123

164) 바이스너의 StA. II에는 3개의 초고가 있는 것으로 분할되어 판독되었으나, 소위 홈부르크 원고철 Homburger Folioheft을 재검하여 Uffhausen이 편찬한 바에 따르면 이 3개의 초고뿐만 아니라, 바이스너가 소위 파편들로 따로 편집해 놓은 많은 부분들이 15절에 이른 하나의 작품으로 통합되어 있다. Dietrich Uffhausen, Friedrich Hölderlin. Hölderlins hymnische Spätdichtung bis 1806, Stuttgart 1989, S. 144-148

요을 낳고 있다고 말하고 있다.[165] 〈전대미문의 시적 매혹〉을 낳고 있는 이 시는 그 문체 특성으로서 현대성을 지시해 보인다는 것이다. 쿠르츠의 이 러한 지적을 우리는 앞선 예시들에게 그대로 적용할 수 있다.

그러나 그것은 모든 것이 혼란으로 얽혀지는 단편성을 동반한다. 가능한 연관성들은 단지 거칠고 연관성 없는 이미지들과 사유들의 파편적인 병렬로 표현된다. 그리하여 엘리옷이 그의 『황무지 The Waste Land』에서 그 서두를 〈그대는 단지 부서진 이미지들의 더미들을 알게 될 터이기 때문이니 for you know only / A hoep of broken images〉라고 읊고, 끝에 이르러 〈이 단편들을 나는 나의 황폐를 막아서기 위해 떠받쳐 왔노라 These fragments I have shored against my ruins〉[166]고 하는 단편성에의 고백을 횔덜린에게서도 찾아볼 수 있게 된다.

앞서 병렬 문체에서도 예시했던 것처럼 횔덜린 후기 시의 초고에는 연관성 없는 이미지와 사유들의 혼란된 폭포 Verwirrende Kaskaden von Bildern und Gedanken[167]와 엘리옷의 고백만큼 적나라한 횔덜린의 고백 〈그러나 많은 것들 / 간직되어야 하나니 Vieles aber ist / Zu behalten〉[168]의 그 〈많은 것들〉이 현기증을 일게 하며, 또 매혹하는 파편들의 쏟아짐으로 나타난다.

　　바다를 향해
　　사냥의 총성 쉿 소리를 낸다.

---

165) Gerhard Kurz, Das Nächste Beste, in: Interpretation. Gedichte von Hölderlin, Stuttgart 1996, S. 173
166) T.S. Eliot, Gesammelte Gedichte 1909-1962, hrsg. v. Eva Hesse, Zweisprachige Ausgabe, Suhrkamp, Frankfurt /M. 1972, S. 84 및 S. 114
167) Constantine, Hölderlin, S. 100
168) StA. II, S. 197

그러나 이짚트 여인, 가슴을 열어 놓은 채 앉아 있다
언제나 노래하면서 애씀 때문에 관절은
숲 속에서, 불 곁에서 통풍을 앓는다. 양심을 바르게 해석하면서
구름과 천체의 바다로
마치 롬바르다의 해변에서처럼 스코틀랜드에서는
한 시냇물이 소리내며 흘러간다. 소년들은
거장의 형상들 혹은 시신들의 모습 주변을 그처럼 익숙해져
진주처럼 싱싱한 삶을 농한다. 아니면 첨탑의 꼭대기 주변을
그처럼 부드러운 제비들의 지저귐이 소리 내며 맴돈다.

[...] Gegen das Meer zischt
Der Knall der Jagd. Die Aegypterin aber, offnen Busens sizt
Immer singend wegen Mühe gichtisch das Gelenk
Im Wald, am Feuer. Recht Gewissen bedeutend
Der Wolken und der Seen des Gestirns
Rauscht in Schottland wie an dem See
Lombardas dann ein Bach vorüber. Knaben spielen
Perlfrischen Lebens gewohnt so um Gestalten
Der Meister, oder der Leichen, oder es rauscht so um der Thürne Kronen
Sanfter Schwalben Geschrei.[169]

단편성을 낳고 말게 되는 통사의 파괴와 문장의 해체, 개별 어휘들의
자유로운 방임, 그리고 이미지와 사유의 파편화는 언어의 상실과 침묵의
가능성에 대한 극단적인 대응이라고 볼 수 있다.[170] 어떤 것도 연관을 가진
의미들이 아니다. 오히려 종합을 거부하는 듯이 보인다. 이 현상을 〈진술의

---

169) StA. II, S. 249, Hymnische Entwürfe. "Und mitzufühlen das Lebens", Uffhausen, S.
130. 「Den Fürsten」 8연 및 9연의 서두
170) Winfried Kudzus, Versuch einer Heilung, Hölderlins späte Lyrik, in: Riedel
Ingried(Hg.), Hölderlin ohne Mythos, Göttingen 1973, S. 22

불가능성의 경계에 놓여 있는 언어의 문체 표시〉[171]라고 밖에는 달리 표현할 수 없게 된다.

횔덜린의 이런 단편화의 경향은 특히 주제적 복합성 — 신의 도래, 신과 반신들, 예수와 고대적 반신들의 관계, 예수 그리스도와 시인의 동일화 암시 등 — 이 확연한 「파트모스」와 「유일자」의 개정고에 더 강하게 나타난다. 「파트모스」는 최초의 원고가 완결된 하나의 작품이었으나 마치 완결이 부당한 것이나 되는 것처럼 수차례에 걸쳐 수정함으로써 결국은 단편으로 와해되고, 「유일자」는 최초의 4개 시연은 그냥 둔 채 제 5연 이후를 두 차례에 걸쳐 다시 고쳐 쓰고 있는데, 이 고쳐 쓴 부분들은 극단적인 〈거친 구조〉와 단편성을 보이고 있는 것이다. 이 수정본은 논리적인 순서에 따르는 통사론에 대한 〈정교한 방해〉[172]로 나타난다. 이 두 개의 시가 그 최초 본들에 비교하여 종속적 배열의 제약 아래 있고 상대적으로 드문 그리고 미소한 생략적 경과를 가지고 있었다면 그 개정은 이러한 원래의 형태에 대한 그의 강한 불만을 의미한다. 「유일자」의 제 2초고는 단편화와 생략적인 경과[173]를 통해서 그 단층마다에 침묵의 넓은 공간을 보여준다. 이 중 한 구절은 예수 그리스도를 이렇게 읊고 있다.

> 그러나 그의 분노 불타오르네; 말하자면
> 징표가 대지를 건드네, 차츰
> 눈길로부터 와서, 마치 사다리를 타고 온 양.
> 이번에는, 여느 때처럼 변덕스럽게, 지나치게
> 한계도 없이, 하여 인간의 손
> 생동하는 것을 엄습하네, 하나의 반신을 위해

---

171) Friedrich, S. 197
172) Adorno, Parataxis, S. 471
173) Thomas E. Ryan, Hölderlins Silence, S. 310

성스러운 법칙의 초안이 알맞고도 넘치는 것
보다 더하게.

Es entbrennet aber sein Zorn ; daß nemlich
Das Zeichen die Erde berührt, allmälich
Aus Augen gekommen, als an einer Leiter.
Dißmal. Eigenwillig sonst, unmäßig
Gränzlos, daß der Menschen Hand
Anficht das Lebende, mehr auch, als sich schiket
Für einen Halbgott, heiliggesetztes übergeht
Der Entwurf.[...][174]

이러한 형태의 단편성은 현대 시문학에 부단히 나타나는 현상이다. 현
대 시문학에서의 단편성에는 내면적 불연속성과 연관성을 상실하고만 현
실 세계의 파편화가 그대로 반영되어 있다.[175] 횔덜린의 후기 시에서의 단
편성은 그의 수동성 또는 순종의 표현이라고 아도르노는 말한 바 있지
만,[176] 확정적 언어를 회피하고 미확정적 언어[177]에로 물러서는 그의 문체적
경향은 자신의 언어 능력과 표현 수단으로서의 언어 자체에 대한 깊은 회
의, 그리고 언어를 통한 과잉과 교만에 대한 두려움을 내포하고 있는 것이
다. 이런 점에서 그의 언어 의식은 호프만스탈의 「샨도스 경의 편지」에 나
타나는 현대적 언어 의식[178]과 말할 수 없는 신비적 영역에 대한 루트비히

---

174) StA. II, S. 159
175) Friedrich, S. 116 및 S. 198
176) Adorno, Parataxis. S. 475f.
177) Thomas E. Ryan, Hölderlins Silence, S. 108
178) Hugo von Hofmannsthal, Ein Brief, in: Ausgewählte Werke in 2 Bde., 2. Bd.,
Frankfurt /M. 1957, S. 337ff. 이 중 예컨대 S. 341: ⟨Mein Fall ist, in Kürze, dieser. Es ist
mir völlig die Fähigkeit abhanden gekommen, über irgend etwas zusammenhängend zu
denken oder zu sprechen⟩과 같은 구절.

비트겐슈타인의 명상을 훨씬 앞질러 보여준다. 횔덜린은 그의 후기 시를 통해서, 가장 앞서 있는 현대적 신비론자이자 언어 회의론자임을 드러내고 있는 것이다.[179]

앞의 예시에서 이미지들과 사유들의 연결 없는 도약이 그 나열의 빈틈마다 깊은 침묵의 공간을 형성하고 있음을 볼 수 있었다면, 〈형상화시키고 있는 어휘로부터 언어 안에 형성된 침묵〉[180]이라는 서구 현대문학의 한 발전 방향을 횔덜린의 후기 시의 단편성이 선취해 보이고 있다고 말할 수 있다. 후기 시의 사실적 내용의 몰락과 〈침묵의 달변〉[181]은 횔덜린을 상징주의자들과 현대 시문학 자체의 선구자로 만들어 주고 있는 것이다. 가장 운명적이고 가장 강조되어야 할 순간에서의 이 침묵의 선택은 역사적으로 볼 때 그렇게 오래 된 전통이 아니다. 시인이 자의에 따라서 침묵으로 돌아가고, 작가가 자신의 명백하게 진술되는 개성적 서술을 희생시키는 일은 새로운 사실의 하나인 것이다. 슈타이너는 이러한 새로운 표현 방식의 거장으로서 횔덜린과 — 대표적으로 시 「지옥에서의 한 때 Une Saison en Enfer」가 보여주는 것처럼 — 랭보를 들고 있다. 포기라는 사실, 즉 스스로 선택한 침묵, 그리하여 침묵의 가치를 새롭게 평가하게 된 것은 가장 근원적이고 두드러진 현대적 정신 자세의 표현이라고 그는 주장한다.[182]

---

179) Thomas E. Ryan, S. 109, "Thus Hölderlin appears as one of the earliest "modern" mystics and skeptics."
180) Heinz Politzer, Das Schweigen der Sirenen, Stuttgart 1968, S. 18
181) Adorno, Parataxis, S. 450: Heinz Politzer의 용어로는 <beredtes Schweigen> Politzer, ebd., S. 18
182) George Steiner, Der Dichter und das Schweigen, in: Ders, Sprache und Schweigen, Frankfurt /M. 1969, S. 87-89

휠덜린의 침묵은 그의 문학의 취소로서 해석되지 않는다. 오히려 어떤 의미에서는 그의 문학의 마지막 성취로서 가장 드높은 일관성으로서 해석되는 것이다. 개별적 시행 안에서 또는 그사이에 놓여 있는 침묵의 점증하는 힘은 그 특이함의 기본적 요소로 받아들여진다. 빈 공간이 현대 회화와 조각의 표현적 구성 성분이며 음향 없는 시간적 간격이 베버른의 작곡에서 본질적인 의미를 갖고 있듯이 휠덜린 문학에서의 빈 공간, 특히 후기 단편들 안에서의 그러한 공간들은 문학적 수행의 완성을 위해 불가결한 것으로 보인다.[183]

우리는 여기서 말라르메의 단편적 문체를 가리켜 〈다가오는 완성의 상징〉이며, 그것을 통해서 그 자신이 〈불가능성의 임박함〉, 〈침묵의 다가옴〉을 알고 또 그것을 원하고 있었다는 프리드리히의 지적은[184] 휠덜린에게 그대로 적용할 수 있게 된다.

나아가 휠덜린의 침묵은 시적 소명에 대한 진지성과 연관된다는 점에서 단순한 수단의 차원을 넘어서 실질적이며 필연적이다. 그리하여 매우 단편적인 시 「독일의 노래」의 초고의 말미에서 다음과 같은 구절을 발견할 수 있게 되는 것은 결코 우연이 아니다.

말할 바가 많으면 많을수록, 그만큼 더 고요하며
고요하면 할수록, 그만큼 더 표현하기에 이른다.

Je mehr Äußerung, desto stiller,
Je stiller, desto mehr Äußerung.[185]

휠덜린의 침묵에 대한 높은 평가와 함께 그가 핀다르의 번역으로부터

---

183) George Steiner, ebd., S. 88
184) Friedrich, S. 117
185) StA. II, S. 835

얻어낸 〈간결한 축약, 축약으로 들어 찬 문체〉[186]의 자기 동화는 그의 문학 자세의 현대성을 대변해 주고 있다. 생략과 단편화 그리고 더 많은 것을 표현하기 위한 침묵은 결코 우연한 것이나 정신 질환의 징후로서 해석될 일이 아니다. 그는 뵐렌도르프에게 보낸 두 번째 편지에서 〈나는 우리 시대에 이르기까지의 시인들을 주석하지 않고, 그 노래 방식 자체가 다른 성격을 띠게 되리라고 [...] 생각한다. 왜냐면, 우리는 그리스인들이래, [...] 독창적으로 노래하기를 다시 시작할 터이기 때문〉[187]이라고 선언하는 것이다.

휠덜린은 여기서 핀다르 이후 서구 문학의 전개 방향과는 단절할 것을 암시하고 있다. 그런 그의 언어적 독창성이 그에게 안겨 줄 거부와 고립을 그는 또한 충분히 인식하고 있었다. 그의 현대성은 그러한 거부와 고립의 대가를 치르면서 형성된 것이다.

5. 현대와 탈현대의 선취

우리는 지금까지 휠덜린 후기시의 문체현상으로부터 그것의 현대성을 현대시에 대한 여러 논의들에 비추어 구체적으로 살펴보았다. 이 관점에서 휠덜린의 후기시는 정신 분열의 잔재들이 쌓인 폐허의 장이 아니라 새로운 문학적 양식의 산실[188]임을 확인할 수 있었다. 신화주의자의 그늘로부터 현대주의자 휠덜린으로 우리는 그의 모습을 다르게 조명해 볼 수 있었다.

---

186) StA. IV, S. 182
187) StA. VI, S. 432 (An Böhlendorff)
188) Uffhausen, Hölderlins hymnische Spätdichtung. Einleitung, Zur Architektonik des Gesangs, S. XIV

몇 가지 사실에 걸쳐서 다시 한 번 횔덜린 후기 시의 현대성을 확인하고자 한다. 횔덜린 후기 시에 나타나는 문체 현상 — 병렬, 거친 구조, 단편성 — 의 현대성은 단지 그러한 현상이 현대 시인들의 작품들에서도 재현되고 있다는 외적 사실로부터 설명되는 것이 아니며 이러한 문체 현상을 낳고 있는 동인(動因)의 일치로부터 설명된다. 가장 중요한 일치적 동인을 우리는 자아의 상실로 보았다. 횔덜린만큼 절대 자아의 문제에 대해서 골똘하게 생각했던 시인은 그 보다 앞서 없었던 것이며 그처럼 모든 의미 형성의 중심에서부터 절대적 주체를 삭제하고 그 왕좌로부터 자아를 어떤 외적 대상들과도 동등한 위치에 세운 시인은 일찍이 없었다. 인간과 역사의 무한한 완벽성에 대한 믿음으로부터 고별한 것은 합리주의적 현대에 대한 문학적 현대의 출발을 의미한다. 그런 관점에서 횔덜린 후기 문학에서의 자아의 탈 중심화는 현대문학에 대해 큰 의미를 갖고 있다. 서정적 자아의 삭제, 개인적 체험의 영역으로부터의 탈피는 당대 시문학의 지배적인 양식인 소위 체험시와의 결별을 의미하며, 그것은 문학적 진보를 의미한다. 엘리옷의 의미에서의 그러한 문학적 진보를 우리는 횔덜린의 후기 시로 거슬러 갈 수 있음을 보았다. 이 동인으로부터 통일된 의미의 구성을 벗어나는 병렬 문체와 단편화의 경향은 생성된다. 아도르노가 병렬 문체의 동인으로 제시하는 횔덜린의 개념적 언어들에 대한 의구심과 그의 순종심은 그 의미를 개성에게 돌리고 말기 때문에, 그 현대적 의미를 과소 평가하게 된다. 횔덜린의 주체의 포기와 그것의 문체 현상으로의 반영은 수동성만으로 설명될 수 없다. 주체의 포기와 자아의 상실은 형식안으로서 스며들어 침전되는 것이다. 따라서 후기 시에서의 형식에 나타나는 현상들은 단지 외적인 것이 아니라, 내재적 형식이 된다. 지적인 것과 감각적인 것의 결합으로서의 형식이 발생한다. 헬링라트가 내용적인 것이 아니라 〈언어 흐름의 특별한 양식〉[189]으로 규정하려고 한 그러한 형식으로 나타나는 것이다. 우리는 이런 관점에서 실제 후기 시에서 실현되고 있는 이러한 내재적 형식으로서 의 횔덜린 문체 현상을 살펴보았다. 이 형식이 갖는 의미 잉여는 이미 현대 시문학의 중요한 특성이며 현대시의 모든 이론에서 형식을 강조하게 되는 원인이 된다. 횔덜린의 병렬 문체가 자신의 시대의 혼돈과 희망 상실의 표 현이며, 이상주의적인 낙관적 종합에 대한 거부를 담고 있는 내재적 형식 이라면, 현대시에서의 단편화 (斷片化) 경향이 〈모든 것이 혼란에 빠져 있 는〉[190] 현실 세계의 반영으로 볼 수 있는 것과 같은 구조인 셈이다.

우리가 살펴본 바에 따르면 횔덜린 후기 시의 거친 문체와 단편성은 규 범적 통사를 깨뜨리고 개별 어휘들로 하여금 문장 내에서 한가지만의 의미 기능을 넘어서도록 용납하고 촉구한다. 문장의 분쇄 현상은 어휘들을 그 다의성으로 이끌어 가고 이것이 형성하는 이미지들의 복합성을 만들어 낸 다. 현대시의 애매성과 그 매혹의 불일치가 여기서부터 발생하는 것이다. 개별적 어휘의 통사적 속박으로부터의 해방을 드러내고 있는 횔덜린의 후 기 시의 단편성은 언어의 무한한 잠재력을 촉발하여 그 자신의 시적 풍요 를 확대시키면서, 현대시의 중요한 문체 양식을 앞서 보여주고 있는 것이 다. 아도르노는 횔덜린 후기 시의 의미 거부적인 나열에서 〈의미 비우기〉 를 보았다면, 오히려 벤이 보고 있는 개별 어휘의 〈긴밀화〉를 통한 의미 확 충이 이 문체 양식에 대한 타당한 인식으로 생각된다.

단편성의 더 깊은 배후에는 불가능성에 경계하고 있는 언어의 양식적 표지가 걸려 있다. 더 이상 표현할 수 없는 언어의 한계, 언어가 더 이상 창 조적 진리를 파악할 수 없음을 인식하는 순간마다의 침묵의 흔적이 그 단

---

189) Hellingrath, Hölderlins Pindar-Übertragung, in: Hölderlin-Vermächtnis, München 1944, S. 53, Anm. 2
190) Friedrich, S. 199

편성에 담겨 있는 것이다. 따라서 그의 단편성은 낭만주의의 미완성에 대한 동경에서 연유하는 단편에의 경도와는 거리가 멀다. 횔덜린의 단편성은 오히려 고통의 형식이며, 따라서 〈단편의 상흔〉[191]이라는 표현이 가장 적절해 보이는 현상이다. 현대 시인들의 단편성들도 이러한 고통의 형식이다. 횔덜린은 후기에 들어서 언어의 일상적 소통의 도구로서만 기능하는 현상을 언어의 타락과 같이 보고 있다.

> 열매는 더 천해지고
> 더 일상화되어야 할까 보다. 그 때에야
> 그 열매들 인간들에게 알맞게 될 터이니.

> gemeiner muß, alltäglicher muß
> die Frucht erst werden, dann wird
> sie den Sterblichen eigen.[192]

그의 단편성과 같은 혼란된 언어의 거친 구조와 단편성이 소통의 실패에서 유래하는 것이 아니라, 언어의 소통적 기능이 언어 타락과 병행된다는 그의 언어 사상에서 기인함을 보여주는 시구이다.

횔덜린의 문체 양식 — 특히 〈거친 구조〉는 핀다르의 문체로부터 그가 얻어낸 수확의 하나이다. 그러나 그것이 단순한 모방이 아니라 자신의 시작의 태도에 가장 상응하는 문체 현상으로 받아들이고 동화시킨 것이다. 온고지신(溫故知新)의 결과인 셈이다.

이러한 고찰을 통해서 현대시의 여러 문체 현상에서 겹쳐 일어나고 있는 횔덜린 후기 시의 문체들을 양식화시켜 보았다. 횔덜린의 후기 시에 나

---

191) Nägele, Friedrich Hölderlin, Die F (V)erse des Achilles, in: L. Dellenbach u.a.(Hg.), Fragment und Totalität, Frankfurt /M. 1984, S. 200
192) StA. II, S. 322

타나는 이 현대적 문체 양식은 다만 그것이 현대를 선취하고 있을 뿐만 아니라 아직도 진행되는 탈 현대의 여러 양상을 함께 선취해 보여준다. 핫산이 「오늘의 탈 현대」에서 나열하고 있는 11개의 탈 현대의 양식적 특징들 가운데, 불확정성, 단편화, 규범의 해체, 자아의 상실, 표현 불가능성, 그리고 구성적 특성과 같은 목록들은[193] 횔덜린의 문체 양식으로부터 직접적으로, 또는 암묵적으로 발견하거나 연관지을 수 있는 요소들인 것이다. 그러나 횔덜린의 이러한 현대성의 선취는 당대 독자들의 몰이해와 고립의 대가를 치러야만 했다. 그러므로 1804/5년 사이에 쓰여진 것으로 보이는 「심연으로 부터 말하자면」의 한 구절

> 그리고 나를 읽어 달라, 오
> 너의 독일의 만개한 꽃들이여, 오 나의 심장은
> 속일 수 없는 수정이 되나니
> 거기로 빛은 스스로를 시험하리.

> und mich leset o
> Ihr Blüthen von Deutschland, o mein Herz wird
> Untrügbarer Krystal, an dem
> Das Licht sich prüfet.[194]

의 간절한 탄식과 희망, 그리고 순수에로의 단호한 결의와 자부심은 현대 시인의 한 구도적 자세를 그대로 보여준다. 결코 당대의 구미에 맞춘 어떤 예술도 시대를 이끌지 못하며, 예술가가 내용만을 통해서는 예술의 발전에 아무 것도 기여할 수 없다는 것을 횔덜린의 후기 시의 문체 양식의 고찰을 통해서 확인할 수 있다.

---

193) Vgl. Ihab Hassan, Postmoderne heute, in: Wolfgang Welsch(Hg.), Wege aus der Moderne. Schlüsseltexte der Postmoderne-Diskussion, Weinheim 1988, S. 47-56
194) Uffhausen, Hölderlins hymnische Spätdichtung. S. 147

VIII

후기 시에서의
인용과 조립

후기 시에서의 인용과 조립

병렬 문체가 상실된 주체의 형식을 통한 상실의 표현이며, 그 형식 안에서 잠재된 주관성이 드러나는 횔덜린 후기 시의 현대적 특성의 하나라면[1] 또 하나의 현상인 — 그리고 병렬 문체의 구성 요소이기도 한 — 상호텍스트성 Intertextualität은 무너진 자아의 자리에 타인의 목소리를 불러들이고 그것들로 하여금 대신 말하게 하는 숨김없는 〈무력함〉[2]의 현대적 표현 양식을 보여준다. 이는 횔덜린의 병렬 문체의 특별한 양상이다. 횔덜린 후기 시 도처에서 발견되는 인용은 단지 다른 텍스트 부분들의 인용뿐만 아니라, 비문학적 텍스트들, 과거의 인물들, 역사적 사건들, 그리고 신화적 소재들의 인용에 이르기까지 매우 광범위하다. 그의 인용은 단순한 참조점을 가리키는 외연의 차원을 넘어선다.[3] 그러나 또한 어떤 내포를 향해서 종합되

1) Th. W. Adorno, Parataxis. Zur späteren Lyrik Hölderlins, in: Noten zur Literatur (GS. Bd. 11) Frankfurt /M. 1974, S. 447-491

2) Adorno, Ästhetische Theorie. hrsg. v. Gretel Adorno und Rolf Tiedemann. Gesammelte Schrifte,. Bd. 7, Frankfurt /M. 1973. S. 232 (이하 ÄT로 요약)

3) 여기서 사용되고 있는 상호텍스트성은 텍스트간의 관계와 새로운 텍스트가 앞선 텍스트를 어떻게 가공하고 수용하고 있는가를 살피는 문학 관찰의 중심 개념이다. 이 개념은 구조주의적 패러다임으로부터 후기 구조주의적 패러다임으로의 전환과 관련하여 변화된다. 상호텍스트성은 텍스트의 일반적 측면, 즉 그 연류성을 칭하는 카테고리로 파악되며 (텍스트-이론적 접근) 또한 그 구조가 다른 텍스트 혹은 텍스트 요소들의 개입을 통해서

고 상호 결합되고 있는 것도 아니다. 병렬 문체와 마찬가지로 〈탈 중심화된 주체의 심미적 거울〉[4]로 보이는 것이다. 그렇기 때문에 우리는 또 다시 아도르노가 현대적 예술 현상인 몽타주를 논하면서 특징짓고 있는 〈부분의 비동일성〉[5]을 횔덜린의 상호텍스트성에서 발견할 수밖에 없게 된다. 횔덜린 후기 시의 애매성은 잦은 인용과 그것들의 병렬이라는 현대적 쓰기 방식의 결과로도 볼 수 있는데, 우리는 이 글에서 횔덜린 후기 시에서의 인용과 조립의 현상을 상호텍스트적인 관점에서 살펴보고 그것의 현대성에 대해서 몇 가지 주석을 붙여 볼까 한다.

유기화된 텍스트들의 특색을 나타낸다(텍스트 분석적 접근). 그리고 현존하는 문학에 대한 관념들(일회성, 완결성, 구조적 전체성, 체계성 등)을 바꾸게 하는 문학 비평적 잠재성을 펼쳐 보인다(문학 비평적−문화론적 접근) (Vgl. Renat Lachmann, Intertexturaität, in: Fischer Lexikon Literatur, S. 794-809). 상호텍스트성에서는 모든 텍스트는 의식하거나 아니거나 간에 다른 텍스트들과의 공유점을 지니고 있기 때문이다. 스타로빈스키는 이런 의미에서 〈모든 텍스트는 자신으로부터 하부 단위를 떼어 가는 것을 용납하는 하나의 종합체 〉라고 언급한다. 다만 극단적인 택스트와 극단적인 상호텍스트 역시 존재하기 어렵다. 다른 텍스트들과의 일체의 연관을 갖고 있지 않은 텍스트는 그 자율성을 완벽하게 실현하게 된다. 자기만족, 자기 동일, 자기 내포적 單子이다. 그러나 이 경우 더 이상 소통될 수 없다. 극단적인 상호텍스트는 자신의 내재적인 일관성이 완전히 해소되는 위험에 처하게 된다. 자신의 동일성을 잃어버리고 외적 참조성만을 지니고 있는 수많은 텍스트 부분들로 분할된다. 이러한 극단적인 상호텍스트 역시 소통이 가능할 것인가에 대해 의구심을 제기케 한다. 텍스트 그 자체 그리고 상호텍스트 그 자체는 현실에서는 거의 가능하지 않다. 텍스트의 점진적인 상호텍스트성으로의 참여와 상호텍스트의 텍스트성으로의 점진적인 참여가 현실성을 가진다. 증가되는 또는 감소되는 상호텍스트성은 주장될 수 있다. (Vgl. H.F. Plett, Intertextualities, in: Ders.(ed.), Intertextuality, Berlin-New York 1991, S. 6) 횔덜린의 후기 시에서의 상호텍스트성은 텍스트 이론적 접근을 통해서보다는 텍스트 분석적, 그리고 무엇보다도 문학비평적 · 문화론적 접근을 통해서 그 특성은 보다 명백히 파악될 수 있다.

4) Albrecht Wellmer, Zur Dialektik von Moderne und Postmoderne, Frankfurt /M. 1985, S. 163f.

5) Adorno, ÄT. S. 231f.

1.

횔덜린 후기 시에 나타나는 상호텍스트성은 시 「회상」에서 하나의 모델을
보인다.[6] 이 시는 인용의 폭이 다양하며, 그 하나 하나의 인용들이 막연한
암시 Allusion에는 참여하지만, 통일된 체계에 통합되지 않는다. 시 「회상」
에서의 인용의 대상들(=Allusion의 대상들)[7]은 다음과 같다.

> 제1연 핀다르의 퓌토 Pytho 찬가 제1번(61-75행)의
>> 좋은 출발과 귀환을 약속해 주는 바람
> 제2연 에우리피데스의 「박커스의 시녀들」의 서두 디오니소스의 등장과 성소
> (聖所) - 횔덜린은 오역을 통해 무화과나무로 인용하고 있으나 -그리고 자신의
> 작품 「라인 강」에서 인용하고 있는 인간과 신들의 〈결혼 잔치 Brautfest〉 그리고
> 루소의 「고독한 산책자의 몽상의 다섯 번 째 몽상에서의 쉼과 행복의 순간」
> 제3연 자신의 시 「방랑자」의 종결구,
>> 「라인 강」에서의 반신(半神) 루소의 몽환적인 꿈.
> 제4연 자신의 소설 『휘페리온』에서의 벨라르민,
>> 그와 함께 징클레어에 대한 연상.
> 제5연 가롱 강과 도르노뉴 강이 만나는 그라브 곳으로부터
>> 라파예프(1789-1834)의 출항과 인도 India로 연상되는 콜럼버스 등이다.

이 모든 인용은 바로 회상의 작업인데, 이를 통해서 시인들이 〈머무는
것〉[8]을 만들어 내는 것이다. 시 「회상」은 이 모든 회상의 소재들과 대화한
다. 왜냐하면

---

6) 이 책의 138 쪽 이하 참조
7) Udo J. Hebel, Towards a Descriptive Poetics of Allusion, in: H.F. Plett(ed.),
Intertextuality. S. 137. 여기서 Hebel은 Genette가 allusion과 quotiation을 상호텍스트의
하부 카테고리로서 동일한 차원으로 고찰하고 있음을 지적하고 있음.
8) StA. II. S. 189

영혼도 없이
죽음의 사념에 놓이는 것은
좋은 일이 아니다. 그러나
하나의 대화 있어 진심 어린 뜻을
말하고
사랑의 나날과
일어난 행위에 대해 많이 들음은 좋은 일이기 때문이다.

Nicht ist es gut,
Seellos von sterblichen
Gedanken zu seyn. Doch gut
Ist ein Gespräch und zu sagen
Des Herzens Meinung, zu hören viel
Von Tagen der Lieb'
Und Thaten, welche geschehen.[9]

바로 이 「회상」의 시 구절은 회상의 대화라는 상호텍스트성의 원리를
제시한다. 상호텍스트성의 기점에는 바흐찐의 대화성의 사상
Dialogizitätgedank이 자리하고 있거니와 이 〈他者 읽기가 이루어지는 쓰기
양식 Schreibweise, in der man anderen liest〉이 바로 상호텍스트성이기 때
문이다. 더욱이 그 안에는 〈의미 중심주의에 대한 비판 Logozentrismuskritik〉
이 담겨져 있다.[10] 시 「회상」은 다른 텍스트의 부분들이나 요소들을 받아들
이지만 그것들을 하나의 의미 통일체로 통합을 강요받지 않고 있다. 호흡
은 길지만 병렬 문체가 여기에도 그대로 적용되고 있는 것이다. 이 시의 도
처에서 발견되는 〈und〉(13회)와 〈aber〉(5회)는 병렬의 두드러진 징후를 의미

---

9) Ebd.
10) Vgl. Renate Lachmann, Intertextualität, in: Fischer Lexikon Literatur, Frankfurt /M.
1996, S. 794-809. 여기는 S. 801

한다. 그 마지막 시행들은 이렇게 읊는다.

> 그러나
> 바다는 기억을 빼앗고 또 주나니
> 사랑은 또한 부지런히 눈길을 부여잡는다
> 머무는 것은 그러나 시인들이 짓는다.

> [...] Es nehmet aber
> Und giebt Gedächtniß die See,
> Und die Lieb' auch heftet fleißig die Augen,
> Was bleibet aber, stiften die Dichter.[11]

그 정점인 마지막 시행의 잠언 Sentenz 직전까지도 병렬은 지속되고 있다. 더 나아가 이와 같은 인용을 통한 쓰기 방식은 쯔메가찌의 의미에서 〈몽타주 Montage(組立)〉의 일반적 특성과 일치하고 있다. 아주 불충분하지만, 그는 몽타주를 〈다른 텍스트 소들을 제 자신의 텍스트로 받아들이고 제 자체의 텍스트 소와 결합 내지 대결시키는 방식〉이며, 또 그 결과라고 말하고 있다.[12] 폴커 클로츠 역시 몽타주는 인용을 전제하고 있다는 점을 지적한다.[13] 인용 내지 상호텍스트성은 몽타주라는 강화된 형식을 통해서 세밀화 되거나 또는 극단화될 수 있는 것이다. 횔덜린의 후기 시에서 상호텍스트성이 강화된 몽타주, 다른 표현으로는 아방가르드의 과시적, 자극적 몽타주[14]에는 이르지 못하나, 구성과 체계를 숨기고 있는 모방적 시학의 전통

---

11) StA. II. S. 189

12) Viktor Zmegac, Montage/Collage, in: Moderne Literatur in Grundbegriffen, 1994, S. 286

13) Volker Klotz, Zitat und Montage in neuer literatur und Kunst, in: Sprache in technischen Zeitalter, Heft 66(1976), S. 259-277. 여기서는 S. 265

14) Klotz, S. 261

에서 벗어나 〈어디서 한 부분이 중단되고 새로운 부분이 시작되는지, 그들 서로가 어떻게 연결되는지, 어떻게 그것들이 개별적으로 작용하며, 또 상호간에 기능하는지〉 완전히 개방되어 있는 쓰기 방식으로서의 몽타주[15]를 적용하는 것은 무리가 없어 보인다.

2.

시 「므네모쥔네」의 제3초고 제 3연에서는 아킬레스, 아이얏스, 그리고 파트로 클로스의 죽음과 그 죽음의 장소가 열거되고 키타이론 산곁의 회상의 도시 엘레우터라이가 등장한다. 아킬레스와 파트로 클로스의 죽음은 호머의 『일리아스』로부터 인용되고 있다. 회상의 도시 엘레우터라이는 헤시오드의 『신통기(神統記) Theogonie』에서 따온 것이다. 이 도시는 회상의 여신 므네모쥔네가 지배하던 곳이며, 아폴론과 포세이돈의 딸 아이투사 사이의 아들 엘레우터를 따라 부른 명칭이다. 2세기에 쓴 파우산니아스의 그리스 여행기에는 이 도시의 폐허의 현장이 자주 언급되어 있다.[16] 아이얏스의 죽음에 대한 묘사는 특히 자세하다. 이 소포클레스의 드라마 『아이얏스』에 대한 횔덜린의 관심은 그것의 세 부분에 대한 번역으로도 확인된다.[17] 「므네모쥔네」는 이것으로부터 7행에 달해 인용하고 있다.

그리고 아이얏스는
바닷가 동굴의 곁,
스카만드로스에 가까운 시냇가에 죽어 있다.

---

15) Klotz, S. 261
16) Vgl. StA. II/2, S. 879
17) StA. V. S. 277-280

관자놀이에 한때 부는 바람,
움직이지 않는 살라미스의 확고한
습관을 따라서, 낯선 곳에서 위대한
아이약스는 죽었다.

Und Ajax liegt
An den Grotten, nahe der See
An Bächen, benachbart dem Skamandros.
Vom Genius kühn ist bei Windessausen, nach
Der heimatlichen Salamis süßer
Gewohnheit, in der Fremd'
Ajax gestorben.

마치 아이약스의 죽음으로부터 자신의 문학적 태도를 대신 표현하기라
도 하려는 듯하다. 소설 『휘페리온』의 탈리아 단편에서 처음으로 소포크레
스의 『아이약스』가 언급되었다가 「프랑크푸르트 단편」에서 보다 자세히 왜
『아이약스』가 특히 관심을 끌게 되는지를 서술하고 있다.

소포클레스의 아이약스가 내 앞에 펼쳐진 채 놓여 있었다. 우연히 나는 그것을
들여다보았고 그 영웅이 시냇물들과 바닷가의 동굴과 언덕들로부터 작별을 고
하는 문구를 만나게 되었다. − 너희들 나를 오랫동안 붙들어 두었도다, 그는 말
했다, 그러나 이제, 이제 나는 너희들과 함께 생명의 숨길을 다시는 쉬지 않게
되리라. 너희들 스카만더스의 이웃 같은 물길이여, 너희들 그처럼 다정스럽게
아르고스의 사람들을 받아 주고 있는 너희들이여, 이제 너희들 다시는 나를 보
지 못하게 되리라! — 여기에 나는 명예도 없이 누워 있노라.[18]

---

18) StA. III, S. 240

휠덜린은 여기서 광기에 빠져서 죽음에 자신을 맡기는 아이약스가 자연의 힘들을 불러 작별을 고하고 있는 드라마의 장면을 인용하고 있는 것이다. 현존의 보다 높은 연관성을 죽음 앞에서 축제적 언어로 표현하고 이 장면은 인간이 그 세계와의 유대를 인식해 내는 감동적 장면이기도 하다. 휠덜린은 『휘페리온』에서 언급한 구절에 대해 뒤늦게까지 관심을 기울이고, 드디어 「아이약스의 비탄의 노래」와 2편의 합창을 과감하게, 드라마와는 관계없이 그 자체로서도 만족할 만한 것으로 번역해 냈던 것이다. 「므네모쥔네」에서의 인용은 그러한 관심의 마지막 반향이다. 여러 인용 가운데의 이 구절의 인용은 〈소통의 측면에서의 액화되어 버린 자아의 동질성의 유동적인 유기화 형식〉[19]으로서 몽타주의 한 긍정적 측면을 보여주는 인용이라고 할 만하다. 또한 단순한 회상이 아니라, 그 인용된 텍스트의 부분의 뜻을 인식하고, 그 내포된 의미를 실현시키고 있다. 참조적 수준을 훨씬 넘어서 있는 것이다. 이것이 상호텍스트성에서 추구되는 성공적인 인용, 성공적인 암시이다.[20] 그러나 이렇게 성공적인 인용이지만 시 「므네모쥔네」의 제3초고의 전체의 구성에서 그것은 어디까지나 하나의 부분일 뿐이다. 죽음과 몰락만을 테마로 하고 있지 않기 때문이다.[21]

바로 이어지는, 이 시의 끝 구성은 이렇게 읊고 있는 것이다.

천국적인 것들은 말하자면
한 사람이 영혼을 화해하면서
추스르지 아니하면 꺼려하나니, 그 한 사람 그렇지 않을 수 없다.
그러한 자에게 비탄은 잘못이리라.

---

19) Wellmer, S. 163
20) Udo J. Hebel, Towards Descriptive Poetics of Allusion, S. 1
21) 이 책의 88쪽 이하 참조. 특히 128쪽 이하

[...] Himmlische nemlich sind
Unwillig, wenn einer nicht die Seele schonend sich
Zusammengenommen, aber es muß doch ; dem
Gleich fehlet die Trauer.

파울 뵈크만은 이 시의 문체 양식의 현상 형식 — 연관성 상실 이미지들의 격리, 어휘들의 새로운 의미 연관으로의 이동 등 — 에 대한 상론을 유보한 채 다만 〈언어의 낯설게 함은 언어들을 소통적 전달로부터 멀리하게 하며 그 언어를 현대적 실험의 서정시로 접근시키고 있는 것처럼 보인다〉[22]고 언급하고 있다. 이처럼 격리된 이미지들, 연관성의 상실은 인용에 의해서도 야기된다. 인용의 단위에서는 매우 명백한 의미가 전체 안에서는 다시 연관성을 상실하고 말기 때문이다. 뵈크만은 상론을 유보했지만, 이것이 병렬 문체와 더불어 조립된 느낌을 주는 그러한 〈낯설게 함 Verfremdung〉으로 작용한 것이다.

3.

「밤의 노래」의 하나인 시 「삶의 연륜」에서는 인용이 극단적으로 압축되어 나타난다. 그만큼 짧은 간격의 병렬이 표면화된다.

너희들 에우프라트의 도시들이여!
너희들 팔뮈라의 골목들이여!
황량한 평원 가운데의 너희들 기둥의 숲들이여.
너희들이 무엇이냐?

---

22) Paul Böckmann, Das "Spät" in Hölderlins Spätlyrik, in: HJb. 12.(1961/62), S. 220

Ihr Städte des Euphrats!

Ihr Gassen von Palmyra!

Ihr Säulewälder in der Eb'ne der Wüste,

Was seyd ihr?

이 구절에 대한 볼프람 그로데크의 해석은 상호텍스트성 연구의 전문 용어인 〈인용 대상 텍스트 Prätext〉[23]로부터 시작된다.[24] 첫3행은 프랑스의 철학자 볼네 Constantin Francois de Volney의 여행기 『폐허 혹은 제국의 혁명에 대한 고찰 Les runes, ou meditation sur les révolutions des empires(1791)』의 독일어 번역판[25]으로부터의 인용이다. 당시 많이 읽힌 이 책을 청년 횔덜린도 알고 있었던 것으로 보인다. 볼네 백작은 팔뮈라의 폐허[26]를 바라다보면서 과거와 미래를 숙고한다. 볼네 백작의 책도 횔덜린의 시에서처럼 직접적인 부름으로 시작된다.

나의 인사를 받아라, 고독한 폐허여, 성스러운 묘지들이며 침묵하고 있는 성벽들이여! 너희들은 나를 부르고 있노라, 내 기도는 너희들을 향해 있도다.[27]

그리고 이론적 서두에서 볼네 백작은 자신의 여행과 〈황무지에 놓여 있는 가까운 도시 팔뮈라를 방문하려는〉 결심을 간단히 서술하고 이어서 〈평

---

23) H.F. Plett의 인용의 문법에는 quotation text=taget text, Pre-text=source text, quotation proper의 3요소가 설정되어 있음: Intertextualities, in: Ders.(Hg.), Intertextuality. S. 8

24) Betrachtungen über das Gedicht Lebensalter, in: Interpretationen. Gedichte von Freidrich Hölderlin, hrsg. v. Gerhard Kurz, Stuttgart 1996, S. 153

25) Die Ruinen oder Betrachtungen über die Revolutionen der Reiche, 번역자 Georg Forster, 1792

26) Palmyra는 구약성서에도 등장하는 도시인데 Thadmar라는 명칭(=야자수의 도시 Palmenstadt)으로부터 유래한다. 이 도시를 황야 가운데 세운 사람은 솔로몬이다.(제왕열기 9장18절) Palmyr제국은 로마인들에 의해서 기원 후 3세기에 파괴되었다.

27) Volney, S. 3. zit. nach Groddeck, ebd.

원으로 나서자 폐허의 그 놀랍기 이를 데 없는 광경〉이 펼쳐져 있음을 묘사하고 있다. 그리고 광경을

> 그 폐허는 수없이 당당하게 꼿꼿이 서 있는, 눈길이 미치는 데까지 이르도록 대칭적으로 뻗어 있는, 우리 동물원 앞의 가로수와 같은 기둥들로 이루어져 있다.[28]

고 서술하고 있다. 볼네는 〈기둥들〉을 〈가로수〉에 인상적으로 비유하고 있다. 횔덜린은 이 부분을 〈황무지의 평원에 있는 기둥들의 숲〉으로 축약하고 있는 것이다. 그리고 무엇보다도 볼네가 폐허를 바라다보면서 이를 권력의 덧없음과 혁명들을 되새기는 토포스적인 상황으로 삼고 있는 점과 횔덜린의 정밀한 상호텍스트적인 참조가 바로 이러한 상황과 관련되어 있다는 점이 주목되는 것이다.

한편 〈에우프라트의 도시들〉은 팔뮈라처럼 구약성서에 나오는 〈창세기, 2. 14) 천국의 네 번째 강 에우프라트 곁의 도시들을 의미한다. 이 도시들은 모두 문명의 근원지, 동방을 회상시키고 있다. 역사 철학적인 내포를 지닌 지명들인 것이다. 바로 이 때문에 〈기둥들의 숲들〉과 같은 시어는 볼네로부터의 단순한 인용이 아니라, 그 안에 숨겨져 있는 정치 · 역사철학을 문학적으로 수용하고 재생산해 내고 있는 횔덜린의 상호텍스트성의 특성을 잘 표현해 주고 있다.

그리고 폐허를 바라다볼 때 생기는 장황한 파토스 Pathos를 표현의 축약과 언어의 냉철성으로 억제시키고 있는 것이다. 인공적 산물(=Kunst)인 기둥들과 자연인 숲들이 하나의 은유로 종합되어, 기둥들을 마치 종려나무 숲처럼 느끼게 한다. 더 나아가면 이 숲의 수관들 (5행die Kronen)은 코린트

---

28) Ebd., S. 8f.

식 기둥의 나뭇잎 문양의 주두(柱頭) 그리고 이로부터 정치적 권력의 징표, 즉 왕관 Königkronen으로까지 연상된다. 폐허와 황야에 놓여 있는 숲, 그 삶과 죽음의 이중성, 문명의 시작이자 그 종결의 장소라는 이중 의미가 제 4행 〈너희들이 무엇이냐? Was seyd ihr?〉에 자연히 이르게 된다. 이렇게 해서 횔덜린은 성공적인 인용과 암시[29]에 이르고 있다. 그러나 이어지는 시구들은 아무런 대답도 주어지지 않은 〈너희들 무엇이냐?〉라는 물음이 만들어 낸 수수께끼처럼 미로로 빠져들고 있다. 이어지는 시구들은 그 자체가 폐허처럼 파편화되어 전개되는 것이다. 바로 몇 행만 보아도 그 혼돈을 알 수 있다.

> 너희들의 수관, 너희들이
> 숨쉬는 자의 한계를 넘어갔을 때
> 천국적인 힘의 연기와
> 불길이 너희들로부터 걷어 가 버렸도다

> Euch hat die Kronen.
> Dieweil ihr über die Gränze
> Der Othmenden seyd gegangen,
> Vom Himmlischen der Rauchdampf und
> Hinweg das Feuer genommen;(V. 5-9)

따라서 횔덜린의 성공적인 인용은 매우 제한된 한계 내에서만 인정된다. 즉 독자의 지식과 재구성의 능력의 한계 내에서만 그러한 인용은 이해되는 것이다.[30] 이어지는 시구는 이러한 한계를 넘어서는 소통에서는 시인

29) Udo J. Hebel, Towards a Descriptive Poetries of Allusion, S. 138: "A successful allusion enriches the alluding text semantically by going beyond the level of mere denotation."
30) Heinrich F. Plett, Intertextualities, S. 150: "Litertur of this kind has a poeta doctus as its author and requires a litteratus doctus as its recipient."

자신이 이어지는 시구의 혼돈을 통해서 표현하고 있는 바처럼 의미의 혼란을 벗어나지 못하고 있다. 돌이켜보면 제1행–제3행까지의 인용과 재구성은 통합적이지 못한 것이 드러난다. 〈오이프라트의 도시들〉과 〈팔뮈라의 거리들〉 그리고 〈황야의 들판에 있는 기둥의 숲들〉이 다음의 시구에 동일한 의미의 내용으로서 연결되지도 않거니와 이미 3행의 각각도 인용 원전의 다름, 시간과 공간에 걸친 위치의 다름을 통해서 일치적인 논리적 연관성을 구성하지 않는다. 나아가 이 시의 중심에 놓여 있는 〈연기〉가 또 다시 성경으로부터 인용되며[31] 축제(신약)와 파멸(구약)이라는 이중적 의미로 인용된다. 여전히 하나의 의미를 거부하며 또한 앞서의 인용과도 병행을 이루고 있는 것이다. 이 시에서의 인용은 〈예술 외적인 소재성으로의 틈입〉, 〈순수한 예술 작품의 위기〉에 대해서 반응하는 몽타주의 성향을 강하게 드러내 보이고 있는 것이다.[32]

4.

횔덜린의 인용은 그 대상이 고대에서 현대에 이르기까지의 신화와 역사적 사건까지를 포함한다. 그리고 후기 시에 이르러서는 새로운 인용의 재료가 눈에 띄게 증가한다. 그것은 바로 위의 「삶의 연륜」 서두 인용문에서 간파할 수 있었듯이 후기 시에서 횔덜린은 이 인용에 차츰 더 많이 의존하는 경

---

31) 구약성서 요엘 3장3절 – 그리고 내가 하늘과 땅위에 기적의 표지를 주려고 한다. 피와 불과 연기가 그것이다. Und ich will Wunderzeichen geben am Himmel und auf Erden: Blut, Feuer und Rauchdampf, 신약성서 사도행전 2장19절: Und ich will Wunder tun oben im Himmel und Zeichen unter auf Erden: Blut und Feuer und Rauchdampf
32) Adorno. ÄT. S. 271

향을 보인다.[33] 공간의 명칭들은 많은 의미를 포함하고 있으며, 축약적인 강렬한 의미를 제시해 준다. 횔덜린은 이러한 사실을 잘 알고 있었으며, 신중하게 이를 활용하고 있는 것이다. 그의 초기 시에서는 전혀 나타나지 않았던 장소의 명칭들이 후기 시 특히 단편들이나 초고들에서 일종의 〈배태적 어휘〉들로 등장하는 것은 다른 텍스트로부터의 인용과 마찬가지로 시적 세계의 확장과 증대[34]를 수행하게 되지만, 그만큼 분리와 파편화로 연결될 수밖에 없다. 앞선 인용의 예시에서도 볼 수 있었던 것처럼, 횔덜린은 일종의 〈역사의 시적 전면〉[35]으로서 지명을 자유롭게 그러나 지나치지 않게[36] 인용하고 있다.

시 「그리스」 제 1초고 시의 전면(前面)에는 〈방랑자의 길들이여〉[37]로 열리는 서두처럼 도처의 정경들이 ─ 고향의 정경과 이방의 정경들이 ─ 그 방랑의 대상으로 등장한다. 특히 〈그러나 야외에서 / 길들이 여행객에겐 더욱 / 아름답게 피어나온다 Schöner aber / Blühn Reisende die Wege / im Freien〉(14-16행) 이후 그 방랑은 외지를 향하고 있다.

숲 많은 아비뇽을 곳트하르트를 넘어
말이 더듬는다, 월계수는 베르길을 에워싸 살랑이고
태양은 남성답지 못한 것은 아니게 묘지를
찾는다. 이끼 장미들은
알프스 위에서 자란다.

---

33) 횔덜린 작품에서의 공간과 장소에 대한 연구에는 David J. Constantine, The Significance of Locality in the Poetry of Friedrich Hölderlin, London 1979가 대표적이라 할 수 있다. 횔덜린의 Topographie의 현대성에 대해서는 Anke Bennholdt-Thomsen, Das topographische Verfahren bei Hölderlin und in der Lyrik nach 1945, in: Gerhard Kurz und andere (Hg.), Hölderlin und die Moderne, Tübingen 1995, S. 300-322가 있다.

34) David Constantine, Friedrich Hölderlin, Beck'sche Reihe, München 1992, S. 90

35) StA. IV, S. 437

36) David Constantine, The Significance of Locality, S. 113

37) StA. II, S. 254

Avignon waldig über den Gotthardt
Tastet das Roß, Lorbeern
Rauschen um Virgilius und daß
Die Sonne nicht
Unmänlich suchet, das Grab, Moosrosen
Wachsen
Auf den Alpen. (17-23행)

이제 방랑은 바다 건너 영국에 이른다.

정원들이 윈저성 주변에서 자란다. 드높이
런던으로부터
왕의 마차는 이끌려 간다
아름다운 정원들은 계절을 아낀다
운하에서.

Gärten wachsen um Winsor. Hoch
Ziehet, aus London,
Der Wagen des Königs.
Schöne Gärten sparen die Jahrzeit
Am Canal. (26-30행)

아비뇽, 곳트하르트, 포지리프에 있는 베르길의 무덤, 그리고 다시 알프스로 윈저성과 런던과 운하로 방랑은 지속된다. 이처럼 그 방랑의 체류점들이 시의 전면을 이루고 있는 것이다. 첫 부분 (17–23행)에서의 장소들은 매우 산발적인데 비해서 두 번째 부분 (26–30행)의 그것들은 어느 정도는 지리적으로 일치성을 가지고 있다. 그러나 첫 부분도 자세히 살펴보면 막연한 지명의 나열은 아니다. 그것들은 분명하고도 의미 있게 경계 지워진 공간을 포함하고 있다.[38] 남 프랑스인 아비뇽, 알프스인 곳트하르트 그리고 남부 이태리인 포지리프와 나폴리의 삼각 지대가 그려져 있는 것이다. 이것은 마치 서구적인 지중해 지역을 그리스적인 지중해에 대칭된 상태로 그리기라도 하려는 듯이 보인다. 그러나 이 지명들은 간접적으로 고대 그리스나 그리스의 여러 신들과 연관을 맺고 있기도 하다.

베르길은 고대 그리스로부터 고대 기독교 시대로 넘어오는 과도기의 대표적인 인물의 하나이다. 그의 제 4목가는 고대의 황금기의 재생을 희망하고 있다. 그의 무덤의 월계수는 생명의 끊어질 수 없는 계속성을 의미하고 있다.[39] 곳트하르트와 알프스도 비슷한 중재적이면서도 분리되는 기능을 하고 있다. 알프스는 독일의 남쪽에 성처럼 자리하여 천상적인 힘이 직접적으로 작용하지 않도록 역할하고 있으며[40] 곳트하르트 역시 중재의 기능을 갖고 있다. 곳트하르트는 역시 지명으로 가득 차 있는 초고 「독수리」에서 이렇게 노래되고 있다.

---

38) David Hayman, Surface Disturbance, Grave Disorders, in: TriQuarterly, 52(1981): S. 183에서 본질적으로 다른 요소들이 동등하게 등장하여 목록의 상황으로까지 진행되어 그것이 애매성을 낳기는 하지만 이 목록은 통제의 의미도 가지고 있다고 말하고 있다. 요소들의 동등성은 어느 순간 통제 기능으로 전복될 수 있다는 것이다. 나열로부터 의미화의 동기가 발견될 수도 있다는 주장이다. 이 점은 아도르노의 병렬 문제가 〈의미 비우기〉를 향한 것이라는 입장과는 다소 차이를 보인다고 하겠다. 여기서 지명들의 나열이 무의미한 것이 아니라면 그것은 Hayman의 주장을 인정하는 것이 될 것이다.

39) Norbert Gabriel, 'Griechenland'. Zu Hölderlins hymnischem Entwurf, in: Heimo Reinitzer(Hg.), Textkritik und Interpretation, Bern 1987. S. 365

40) 횔덜린에 있어서 신적인 것의 직접적인 대면은 위험한 것이다. 이 시의 7-14행을 통해서 보더라도 〈천상의 불꽃 Feuer vom Himmel〉(StA. VI, S. 426)과 같은 〈태양이 뜨겁게 타오르고 heißer/Brennt〉, 그것은 무엇인가 강제적이고 파괴적인 것으로 나타난다. 이것에 맞서는 역할은 신성의 온전한 맞이를 위해 중요하다.

곳트하르트
거기 강물들이 흘러나와
능히 헤트루리아쪽으로
그리고는 똑바른 길을 따라
또한 눈길을 넘어서
올림포스와 헤모스를 향해
거기 아토스가 그림자를 던지는 곳 지나
렘노스의 동굴을 향해 흐른다.

[...] Gotthardt,
Da wo die Flüsse, hinab,
wohl nach Hetruria seitwärts,
Und des geraden Weges
Auch über den Schnee,
Zu dem Olympos und Hämos
Wo den Schatten der Athos wirft,
Nach Höhlen in Lemnos.[41]

곳트하르트로부터 강물들의 길은 그리스 쪽으로 향하고 있다.[42] 그러면서 동시에 곳트하르트지역은 북쪽과 북서쪽으로 흐르게 되는 아레 강 Aare, 레우스 강 Reuß 그리고 테신 강 Tessin과 로다누스 강 Rohdanus=Rhein이 솟아나는 근원지이다. 곳트하르트는 강물들을 통해서 서구와 그리스, 남쪽과 북쪽을 연결시키는 장소인 것이다. 로느 Rhone와 테신 강의 근원지로서 곳트하르트는 남 프랑스 아비뇽과 이태리 그리고 베르길의 무덤을 결합시킨다. 알프스와 곳트하르트는 이렇게 해서 경과와 중재의 표지로서 어떤

---

41) StA. II, S. 229
42) Hetruria는 오늘날의 Toscana의 옛 지명 Etrurien을, 그리고 Hämos는 발칸 반도에 있는 산악을, Athos는 Chalkidike반도의 동쪽 끝에 있는 산을, Lemnos는 에게해의 Athos와 Troja사이의 섬을 말한다.

결합을 보존하고 있다. 아비뇽은 1309년에서 1377년까지 교황의 망명지이며, 카톨릭 교회에서 소위 말하는 "바빌론적 유랑"의 장소이다. 망명의 장소로서, 제 것으로부터 먼 곳의 장소로서, 오직 기억 속에서나 그것을 보호할 수 있는 그러한 먼 장소로서 횔덜린에게 있어서 아비뇽은 남 프랑스와 그 곳 주민에 대한 강렬한 인상을 던지고 있는 것이다.[43] 남 프랑스에는 신들이 떠나고 없는 세계에, 먼 곳의 시간 안에, 망명의 시대에 그리스인들과 천국적인 것에 대한 기억이 유지되고 있는 것이다. 교황의 망명지로서 그리스인에 대한 회상의 장소로서 아비뇽은 신성의 영역에서만, 오로지 기억에서만 보존될 수 있는 한 시대의 표지가 되는 것이다. 아비뇽은 또한 근대 문학의 초기를 장식하고 있는 페트라르카의 가장 오랜 체류지였다. 아비뇽은 이렇게 해서 역시 고대와 근대, 헬레니즘과 서구의 결합의 장소가 된다.

이제 장소는 남부 유럽으로부터 북부, 영국으로 옮겨간다. 장소의 범위는 좁아지고 한층 연관성을 지니게 된다. 런던, 윈저성과 운하가 그것이다. 아비뇽이 망명의 장소로서 신적인 것의 회상과 보존의 장소라면 윈저성은 왕의 세속적인 거주지이다. 곳트하르트와 운하는 보호의 기능으로 서로 연관된다. 더 이상 이 지명이 갖는 의미를 찾기가 어렵다. 영국은 횔덜린의 문학 세계에서 어떤 구체적 모습을 띠어 본 적이 없기 때문이다. 바이스너는 이 시행이 1797년 5월 뷔르템베르크의 왕세자 프리드리히와 영국의 공주 샬롯테의 결혼식을 염두에 두었는지도 모른다고 말한다.[44]

〈정원들 Gärten〉(26행), 〈아름다운 정원들 schöne Gärten〉(29행), 〈왕의 마차 Der Wagen des Königs〉(28행)와 함께 음미해 볼 때 런던, 윈저성 그리

---

43) Vgl. Brief an Böhlendorff, StA. VI, S. 432: 남 프랑스에 대한 횔덜린의 인상을 적고 있다.

44) StA. II, S. 895

고 운하는 문명 세계의 총화를 암시하고 연상시키며 이것이 남유럽의 자연
의 힘에 대칭 되어 있는 것으로 해석해 볼 수 있을 것이다. 이 방랑의 정처
들은 어떻든 논리적으로 서로 결합되어 있다기보다는 연상적으로 나열되
어 있다. 따라서 이 시 전체도 논리적인 연속성은 깨지고 있는 것이다. 이
러한 현상은 제 2초고[45] 및 제 3초고[46]에서도 마찬가지인데, 시는 앞선 시
구들과 연결됨이 없이 그 진행을 계속하고 있다. 이러한 병렬적인 구조는
인용에 의한 몽타주의 필연적인 결과인 것이다.[47]

---

45) StA. II. S. 256

46) StA. II. S. 257

47) 아도르노도 횔덜린의 고대 및 현대의 지명이나 인물들을 갑자기 등장시키는 방식은
병렬적 처리 방식과 깊은 연관을 맺고 있는 것이라고 말한다. 그는 바이스너가 시간을 흔
들어 뒤섞어 버리고 멀리 있는 것과 결합되기 어려운 것을 결합시키고 있는 횔덜린의 경
향에 주목한 사실을 들면서 이러한 논리적 담론에 대립되는 연상의 원리는 문법적 체계
의 나열을 상기시킨다고 주장한다. (Adorno, Parataxis. S. 479) 또한 Anke Bennholt-
Thomsen은 그녀의 논문 『Das topographische Verfahren bei Hölderlin und in der Lyrik
nach 1945』에서 〈장소의 신비적 효력 Aura des Ortes〉을 강조하고 있다. 횔덜린의 후기
시에 나타나는 많은 지명들이 일종의 종교적, 문화적, 역사적 내지 심미적 Aura를 지니고
있으며, 그 장소들과 연관된 어떤 개인에 대한 회상뿐만 아니라 연관된 인물이 종교나 문
화의 중요 역할자였을 경우에는 그 민족, 변천하는 문화의 역사에 대해서까지도 함축적
의미를 지니게 된다는 것이다. 일련의 서정적 〈회상의 정경 Gedächtnislandschaft〉이 펼
쳐지고 그것은 대부분 집단적 기억의 의미를 지니게 된다는 것이다. 횔덜린의 이 장소성
에 대한 회상의 작업은 2차 대전 후 서정 시인들의 비통함과 체념을 그 장소성의 회상에
서 어떤 의지를 찾으려 하는 데에 선례를 세우고 있다고 한다. Bobrowski, Celan, Eich,
Bachmann에 나타나는 장소적 처리 방식은 횔덜린의 방식과 비교 가능하고 그런 의미에
서 횔덜린의 처리 방식은 〈현대적인 방식 als modernes [Verfahren]〉으로 보고자 한다. 그
녀의 논제는 횔덜린의 지명의 나열이 다른 인용과 마찬가지로 문체에 영향을 주고 있는
것과는 다른 것이나, 그러한 처리 방식에서부터 현대성을 읽어 낸 것은 주목할 만한 일이
다. 그녀의 논리 전개에는 지명이 가지고 있는 Aura라는 매우 객관적인 서사성으로부터
시적 자아의 서술을 대신케 하는 역사 의식적 서정시의 처리 방식을 현대적인 것으로 보
고 있는 것이다.

5.

휠덜린 후기 시에 있어서 지명과 고유명사의 잦은 인용은 사물들이나 사건들의 "말하는" 힘에 대한 점증하는 의존과 그 성의 강조로 해석된다. 그러나 강조해 둘 것은 이러한 인용들이 평범한 경험주의로 축소될 수 있는 것은 아니라는 점이다. 그러한 확실한 예를 보자. 시 「파트모스」의 「추가 원고의 단편」의 한 구절에는 세례자 요한의 목베임[48]을 이렇게 인용하고 있다.

> [...] 그리고 세례자의 목
> 마치 시들지 않는 문자처럼
> 그 머물고 있는 쟁반 위에 볼 수 있었나니. 신의
> 음성들은 마치 불길과도 같도다
>
> [...] und das Haupt
> Des Täuffers gepflükt, war unverwelklicher Schrift gleich
> Sichtbar auf weilender Schüssel. Wie Feuer
> Sind Stimmen Gottes.[...][49]

세례자가 목베어 죽임을 당하고 그 목이 쟁반(접시)에 놓여진 것을 〈시들지 않는 문자〉로 직유하고 나서, 신의 음성이 불길과도 같다는 병립된 시구를 배열하고 있다. 〈불길과도 같다〉는 비유는 이 시의 최초의 완성고 제3연에서 정원을 가리켜 〈꽃으로 가득 찬 ... 조용한 불길〉[50]이라고 묘사한 것과 연관된다. 우회하고 있는 복합적인 직유는 〈세례자 요한의 베어진 목

---

48) 마태복음 14장 8-11절 / 마가복음 6장 25-28절
49) StA. II, S. 181
50) StA. II, S. 166

을 마치 꽃과도 같다. 그러나 또한 쓰여져 있는(눈에 보이는) 문자이기도
하다. 그리고 그 목소리가 침묵하고 있는 것을 넘어서서 "말하기를" 계속
하고 있다. 이것은 그러니까 불길과도 같은 것이다〉. 즉 〈조용한 불길〉과도
같다고 할 수 있다. 그러나 전체의 흐름에서 볼 때, 처음의 완성고 「파트모
스」가 예수 그리스도를 대상으로 삼아 그것을 중심적 담화로서 이끌어 가
고 있는 것을 염두에 두자면, 추가 원고의 단편에서의 〈다양한 역사적 내지
는 자연의 사건들로의 잦은 이탈〉[51]은 그때마다 이러한 중심적 흐름을 중
단시킨다. 다시 말해서 인용은 중심적·통일적 흐름의 방해와 차단 그리고
그 자체가 가지고 있는 말하는 힘의 〈간헐적인 제스츄어〉[52]라는 두 가지 역
할을 수행하고 있다. 이렇게 해서 인용이 단순한 내용의 원용이 아니라, 형
식에 접합되어 그 기능이 배가된다.

휠덜린은 자신의 예술의 진리를 펼치기 위해서는 〈비 통합적인 것의 받
아들임〉[53]이 오히려 필요하다는 현대적 예술 사상을, 자신의 시의 특성을
모친에게 해명하고 있는 한 편지에서 이미 설파하고 있다.

시인은 그가 자신의 조그마한 세계를 표현하고자 할 때, 모든 개별적인 것들이
완전하지 않으며 신이 선한 자와 악한 자, 그리고 정의로운 자와 부정한 자들에
게도 비를 내리게 하는 것과 같은 창조를 본받아야 합니다. 시인은 자주 무상한
것으로 언급되지만 전체 안에 진리와 조화로 녹아들어야 하는 진실하지 않은
것 그리고 모순 되는 것을 말해야만 합니다.[54]

무엇인가 〈진실하지 않은 것〉과 〈모순 되는 것〉을 시 안에 포함시키는

---

51) Thomas E. Ryan, Hölderlins Silence, S. 301
52) Adorno, Parataxis, S. 459
53) Wellmer, Zur Dialektik von Moderne und Postmoderne, Frankfurt /M. 1985, S. 163
54) StA. VI, Br. Nr. 185. S. 344

것이 용납될 뿐만 아니라, 마치 비온 뒤의 무지개처럼 잘못됨, 오류와 고통
이 시안에서 진리와 조화를 이루는 원천이라고 같은 편지에서 언급하고 있
는 것이다. 더 큰 진리와 조화에 이르기 위해서 시안에서의 가상적인 미와
조화를 깨뜨리는 것조차 서슴지 않는 태도를 읽을 수 있다. 자연에 유사하
게 유기화된 작품의 〈아름다운 가상〉은 허위에 이를 수 있거나 진리와 조
화에 이르기 어렵다는 사실을 간파한다.

> 시적이지 않은 것도 그것이 작품의 전체 안에서 제때 제자리에서 언급되어서
> 시적인 것으로 변화되는 시야말로 역시 최고의 시이다.[55]

〈비 시적인 것〉의 받아들임을 통해서 〈최고의 시〉가 가능하다고 하는
횔덜린의 예술관은 이질적인 것들의 인용을 허락하면서 몽타주의 필연성
을 의미하고 있는 것이다.

앞에서도 인용했듯이 몽타주의 원리란 의고전적인 날조된 유기적 통일
성[56]에 거역하는 행위인데, 그것은 이미 고전주의적 작품에도 몽타주 처리
방식이 구성적 원리로 깔려 있음에도 불구하고 그것을 숨기고자 하는 점에
서 날조된 것이라고 말할 수 있는 것이다.[57]

횔덜린은 스스로 작품을 통해서 또는 자신의 시작품에 대한 해설을 통
해서 이러한 날조된 유기적 통일성의 포기를 선언하고 있다는 점에서 현대
적이라 할 수 있다. 횔덜린의 언급은 벤과도 유사한 생각을 만나게 된다.

---

55) StA. IV, S. 234f.
56) Adorno, ÄT. S. 233
57) 아도르노는 〈모든 새로운 예술은 그 세부 구조로 볼 때 몽타주라고 불리도 될 것이다.
Der Mikrostruktur nach dürfte alle neue Kunst Montage heißen〉(ÄT. S. 233)라고 말한다.
그것은 현대의 작품들뿐이 아니라, 고전주의 시대의 작품에도 적용된다. 다만 고전주의
는 그것을 은폐하려고 한다는 것이다. Vgl. Ralph Homayr, S. 49

최고의 법칙은 배열이 된다. 사실들의 내용성은 가장자리에 머문다.[58]

고 한 잠언록에서 벤은 말하고 있으며 또한 『이중생활』에서는

그러나 그 사람이 관심을 갖고 있다면, 첫 시행은 Kursbuch에서 그리고 두 번
째 시행은 찬송가의 구절에서, 세 번째 시행은 Mikoschwitz적인 것으로부터 올
수 있다. 그렇지만 전체는 역시 한 편의 시인 것이다.[59]

그러한 벤의 「밤의 파도 Welle der Nacht」의 전반부는 인용에 의한 몽타
주를 대표적으로 보여주고 있다.

밤의 파도 – 바다양과 돌고래
히야신스의 가볍게 움직이는 짐을 지고 있는
월계 장미들과 석회석
텅 빈 이스트리아 궁궐의 주위에 흩날린다.

Welle der Nacht - Meerwidder und Delphine
mit Hyakinthos leichtbewegter Last,
die Lorbeerrosen und die Travertine
Wehn um den leeren istrischen Palast.

그림의 해석에 따르면 바다양은 괴테의 『파우스트』로부터, 히야신스는
그리스의 신화로부터, 그리고 돌고래는 히야신스와 관련해서 대영 박물관
에 있는 보석에 새겨진 소년상 옆에 한 마리의 돌고래가 있음을 인용하고
있으며, 트라베린은 암석의 한 종류이며, 텅 빈 이스트리아의 궁궐은 미라
마성을 의미하는데 이 성은 후일 멕시코의 왕이 되었고 그 〈머리띠와 자주

---

58) Benn, GW. Bd. I. Wiesbaden 1959, S. 394
59) Benn, GW, Bd. IV, S. 164, Doppelleben

색〉뿐 아니라 생명도 잃고만 막시밀리안 대공이 아드라해변의 석회암석 위에 지난 세기 중반에 세웠다는 것이다.[60] 라인홀트 그림은 이 많은 지식의 나열로부터 〈현대 서정 시인은 박식한 시인이다〉[61]라고 못 박는다. 식물, 지리 그리고 세계의 모든 지역의 역사적인 것들이 이 시에 분포되어 나타난다. 이렇게 이루어진 시는 그러나 어떤 학식을 지닌 독자들도 그 내용을 알지 못한다. 단지 나열되고 조립된 것들로부터 환기되는 힘을 느낄 수 있을 뿐이다. 억제되기는 했으나 그 흔적이 뚜렷한 파토스를 제외하고 횔덜린의 시 「삶의 연륜」의 서두는 벤의 「밤의 파도」 전반부와 다름없는 구성을 보여주고 있다. 현실성의 연관성 있는 긴밀한 이미지 대신에 자의적이고, 불분명한 암시와 필연적이지 않은 혼란된 결합이 벤에서와 마찬가지로 횔덜린에게서도 발견되는 것이다.

6.

간접적인 인용과 공공연한 조립이라는 처리 방식의 결합이 전통에는 주어지지 않았을 정도로 〈문학적 현대〉를 특징짓는 것이라면[62] 횔덜린의 후기 시는 이러한 현대성을 선취해 보이고 있다. 간접적 인용과 조립은 하나의

---

60) Reinhold Grimm, Nichts- Aber darüber Glasu, in: Reinhold Grimm (Hg.), Evokation und Montage. Drei Beiträge zum Verständnis moderner deutscher Lyrik,. Göttingen 1962, S. 34f.

61) Grimm, ebd., S. 34

62) Rolf Grimminger, Über Literatur und Kultur der Moderne, in: Ders. und andere (Hg.), Literarische Moderne, S. 32: "Man kann diese »ready mades« der Sprache offen aufeinanderprallen lassen oder auch so versteckt zitieren, daß es der Findigkeit des Lesers überlassen bleibt zu entdecken, worauf gerade angespielt wird. Das versteckte Zitieren (und seine »Intertextualtät«) ist eine ziemlich alte, das offene Montieren eine ziemlich neue Methode, beide zusammen prägen die »literarische Moderne« in einem für die Tradition nicht gegebenen Ausmaß."

텍스트 안에서 많은 목소리들 또 목소리의 파편들로 하여금 발언하는 것을
용납한다. 그렇기 때문에 그것은 다성적이고 또한 불협화를 초래한다. 다
만 〈교감〉과 〈반향〉이 이질적인 부분들을 하나의 직조와 같은 작품으로 짜
놓는다.[63] 람핑에 의해서 몽타주 기법의 특색과 성과를 잘 드러내 주는 시
로 제시된 벤의 「혼돈 Chaos」의 첫 시연은 이렇게 조립되어 있다.

혼돈 – 시간들과 구역들
기만적인 의태
무의 시간 안으로의
영겁의 대단한 돌진 —
밀레의 대리석, 트라버틴들
히포크라테스의 가상,
시체의 콜롬비네
비둘기들이 날아든다.

Chaos - Zeiten und Zonen
Bluffende Mimikry,
Großer Run der Äonen
In der Stunde des Nie -
Marmor Milets, Travertine
Hippokratischer Schein,
Leichenkolombine,
Die Tauben fliegen ein.[64]

---

63) 교감은 보들레르의 시학에서 하나의 중심적 용어이다. 보들레르의 「악의 꽃들」 – "우
울과 이상 Spleen et Idea"의 4번째 시 소네트 「교감 Correspondances」 및 「포우에 관한 주
석 Notes nouvelles sur Edgar Poe」(1857) 참조
64) Benn, GW, III, Gedichte, S. 82

이 시 「혼돈」의 해설에서 문법적 및 통사적인 결합들과 논리적인 결합을 포기하며 영상 복합과 사고 복합으로 조립되고, 단편화(斷片化)로 진행되는 몽타주의 특성을 람핑은 서술한다.[65]

벤은 개별적인 어휘들이나 대구들을 조립하고 또한 전체적인 영상 복합이나 사고의 복합을 조립하고 있다. 그리고 바로 이 때문에 본질적으로 이 시가 펼쳐주는 난해성을 불러일으키는 것이다. 그것은 몽타주가 우선 어휘 결합과 문장 결합의 일반적인 규칙들을 무효화시키고 있기 때문이다. 몽타주는 문법적 및 통사적인 결합들과 함께 논리적인 결합들을 포기한다.[66]

이러한 몽타주가 이루어진 것은 4개의 시연 모두에서 전혀 다른 영역으로부터 어휘들을 끌어 댄 결과인데, 그 영역들 상호간의 아무런 연관성도 제시되지 않은 채 그것들이 인용되고 있기 때문이다. 위의 예시한 1연에서만 해도 〈영겁〉이 신화적 영역에서 나온 것인가 하면 〈대리석〉이나 〈트라버틴〉은 지학적인 영역에 속하고 있다. 〈히포크라테스의 가상 〉이나 〈시체의 콜롬비네〉는 기성의 어휘들을 결합시켜 새로운 표현법, 신조어로 만들어 낸 것이다. 인용과 새로운 표현법의 뒤섞임이 그 〈혼돈〉을 〈보여주고〉있다.

휠덜린의 후기에 쓰여진 것으로 보이는 한 단편 「오비드의 로마에로의 귀환」은 이렇게 조립되어 있다.

---

65) Lamping, Das lyrische Gedicht, 2. Aufl., Göttiingen 1993, S. 205f.
66) Lamping, ebd., S. 205

Klima	기후
Heimath	고향
Scythen	시키타이인
Rom	로마
Tyber Völker	테베르의 사람들
Heroen	영웅들
Götter[67]	신들

바이스너는 이것이 계획된 작품의 스케치에 지나지 않는다고 평가한다.[68] 그러나 이 역시 단편으로서 엄연히 하나의 작품으로 남겨져 있다. 또는 이것이 하나의 열쇠어들의 나열이라면, 어떤 형태로 전개되든지 간에 그것의 병렬적, 조립적 특성을 버릴 수 없었을 것이다. 따라서 람핑이 벤의 시 「카오스」에 대해 덧붙인 해명이 이 시에도 적용된다. 뿐더러 앞서 예시된 후기 시의 기본적인 경향에도 같은 해명이 가능할 것이다.

7.

인용을 포함하는 상호텍스트성은 〈문화적인 대화의 단위들〉[69]로서 인용하는 텍스트의 의미 지평을 확대시키고 풍요롭게 하지만, 우리가 본 바와 같이 그 대가로 작품의 탈 중심화를 초래한다. 나아가 시 세계의 통합의 해체가 일어나고 미완결성과 애매성을 낳게 된다. 그것은 인용의 상호텍스

---

67) StA. II, S. 320
68) Ebd., S. 933
69) Vgl. Fritjof Rodi, Anspielungen: Zur Theorie der kulturellen Kommunikationseinheiten, in: Poetica 7(1975), S. 115-134

트성이 〈주체와 현대적 세계에서의 의미의 껍데기를 털어 버리고 주체의 한계 확대를 통해서 탈 중심화된 세계와 새롭게 교류하는 가능성〉[70]을 나타내는 것으로 현대 예술의 한 방향을 의미하기도 한다. 그리하여 횔덜린의 후기 문학은 일종의 대화의 그물치기[71]의 특성을 가지고 있다고 말할 수도 있다. 그러나 그 동인은 단순하지 않다. 횔덜린이 경우, 첫머리에서도 인용했듯이 〈숨김없는 무력함〉의 표출이거나 — 그런 의미에서 그 형식 자체가 진리 내용을 갖고 있다 — 아니면 〈영향을 미치는데 대한 두려움〉으로부터 나온 소극성[72]의 표현이기도 하다. 이 후자의 경우도 중심으로부터 떠난 주체라는 현대적 의식의 표현인 것이다.

---

70) Wellmer, S. 164

71) Ulrich Gaier, Hölderlin, die Moderne und die Gegenwart, in: Hölderlin und Moderne, S. 27

72) Vgl. Harold Bloom, The Anxiety of Influence: A Theory of Poetry, London.-Oxford-New York 1973

IX

소포클레스의 비극
『안티고네』에 대한
해석과 번역

소포클레스 비극 『안티고네』에 대한
해석과 번역

— 비극적인 것의 규정과 해석으로부터의 번역

1. 작품 해석과 번역

시인 휠덜린은 그리스 문학과 라틴 문학을 독일어로 번역한 번역문학자이기도 하다. 그의 번역활동은 마울브론의 수도원 학창시절(1786-1788) 호머의 『일리아스』중 첫 번째 합창과 두 번째 랩소디의 번역으로부터 시작되어, 그가 정신착란의 징후 가운데 정상적인 창작활동을 포기할 수밖에 없었던 1803년의 소포클레스 비극과 핀다르 단편(斷片)의 번역에까지 이른다.

그의 전 문학활동을 동반하고 있는 휠덜린의 번역은 그 목적과 목표에서 몇 단계의 변천을 보여준다. 호머에서부터 소포클레스의 『안티고네』중 합창 「힘센 것들은 많기도 하도다」가 번역된 1799년까지 번역은 전래적인 방식에 따라, 전후 연관으로부터 파악되는 의미를 형식에 얽매이지 않은 채 재현시키려는 것을 번역의 중요한 목표로 삼았다면, 1800년에서 1801년 말까지 이루어 진 핀다르의 번역은 아주 새로운 형식의 실험적 번역이다. 이 핀다르의 송가번역은 청각적이며, 형식을 추적하는 번역으로서[1] 개별어

---

1) Wolfgang Schadewaldt, Hölderlins Übersetzung des Sophokles, in: Über Hölderlin, Frankfurt /M. 1970, S. 238

휘에 대해 주목하고 어휘의 배열을 원문 그대로 유지하려는 노력을 드러내 보인다. 이 번역은 독자를 위한 것이 아니라 횔덜린이 자신의 후기 찬가문학의 모범으로 선택하고 있는 핀다르의 어법에 대한 일종의 자기수업으로서의 번역으로 보인다. 이 번역에서는 어휘의 위치와 리듬에서의 새로운 가능성을 실험하는 일종의 언어실험이 관심의 대상이었다.[2] 1802년과 1803년, 프랑스의 보르도로부터 귀향하여 집중적으로 매달렸던 소포클레스의 비극 『외디프스 왕』과 『안티고네』, 그리고 핀다르의 단편(Fragmente)의 번역은 해석을 동반한 마지막 단계의 번역이다. 횔덜린은 9편의 핀다르 단편 각각에 대해서는 극히 간결하고 심오한 해석을, 소포클레스의 비극 각 편에 대해서는 주해를 붙이고 있다. 이 주석들은 단순한 문구의 해설이 아니라 작품에 대한 매우 독특하고 심오한 해석을 담고 있으며, 따라서 번역을 그 해석과 밀접하게 연관시켜 살필 수밖에 없게 한다. 「주석들」에 투여되고 있는 번역자의 해석이 번역의 경향을 결정짓고 있는, 일종의 해석적 번역방법을 그의 소포클레스 비극번역이 증언해 주며, 그 번역의 목표가 작품에 대한 비판적 숙고라는 점을 보여준다.

　　횔덜린이 소포클레스 비극번역의 출판과정[3]에서 출판자 빌만스에게

---

2) Jochen Schmidt, Tragödie und Tragödietheorie. Hölderlins Sophokles-Deutung, in: HJb. 29, S. 64

3) 횔덜린에 의해 번역된 소포클레스 비극 『외디프스 왕』과 『안티고네』는 각기에 붙인 「주석들」과 함께 『소포클레스의 비극 Die Trauerspiele des Sophokles』이라는 제목 아래 2권으로 프랑크푸르트의 빌만스 출판사에 의해 1804년 오순절을 기해서 출판되었는데 횔덜린이 스스로 추진해서 생전에 발행된 작품은 소설 『휘페리온』을 제외하고는 이 번역서가 유일한 것이다. 그가 언제부터 이 비극들의 번역에 착수했는지는 알 수 없다. 다만 1802년 가을에 일차 완료되었음은 확실하다. 그 후 재검의 과정이 있었는데, 특히 『안티고네』가 그 주된 대상이었다. 이 사실은 1803년 12월 8일자 빌만스에게 보낸 편지에 나타난다. 번역에 대해서 횔덜린 자신이 언급한 편지는 1803년 12월부터 1804년 4월에 이르기까지 8통에 달하고 있으며, 이중 출판업자 빌만스에게 보낸 3통의 편지가 의미를 지니고 있다.

보낸 세 장의 편지에도 이러한 의도가 드러난다. 이 편지들에서 그는 번역 자체에 못지 않게 해석에 대한 그의 관심, 그리고 무엇보다도 이 번역을 통해서 그리스 예술이 가지고 있는 예술적 결점을 보완하겠다는 포부를 피력하고 있는 것이다.[4]

나아가 1803년 12월 8일 빌만스에게 보낸 편지에서는 원고발송이 번역과 주석의 몇몇 수정 때문에 늦어진 것을 사과하면서 특히 고치기 이전의 『안티고네』의 언어가 충분히 생동하는 것으로 보이지 않았다는 점, 그리고 「주석들」도 그리스 예술에 대한 자신의 확신들과 작품의 의미를 충분히 드러내지 못했었다는 점을 고백하고 있다. 따라서 횔덜린의 소포클레스 비극 번역은 해석적 번역일 뿐만 아니라 창조적인 번역으로도 살펴볼 수 있으리라 생각된다. 즉 추가적 형상화를 통한 문학적 번역, 〈새롭게 도달된 어휘와 의미이해의 심오한 '내면성'으로부터 창조된, 자유롭게 해석하는 문학적 번역의 형태〉[5]로서 횔덜린의 소포클레스 번역은 탐구의 대상이 된다.

횔덜린의 소포클레스 번역에서의 해석과 번역의 관계, 그리고 해석 속에서 드러나는 번역의 본래적인 동기의 탐구[6]는 그 번역이 원문에 성공적으로 접근했느냐의 여부와 차이점들의 성공적인 발견 여부 등 번역이론상의 논의를 훨씬 넘어서 횔덜린의 문학세계에 대한 포괄적인 이해에의 계기와 경로를 제공하고 있는 것이다.

이 에세이에서는 횔덜린의 소포클레스 번역, 특히 1799년 합창 「힘센 것들은 많기도 하도다」로부터 시작되어 1803년 겨울 번역이 완성된 『안티고네』와 「안티고네에 대한 주석」을 중심으로 그의 번역의 동기와 목표, 비극 또는 비극적인 것에 대한 이해, 그리고 해석이 번역의 실행에 가지는 연

---

4) Brief Nr. 241 (An Freidrich Wilmans)
5) Schadewaldt, S. 238
6) J. Schmidt, S. 64

관, 그리고 나아가 횔덜린 문학세계에 대한 이 번역작업의 의미를 살피고
자 한다.

2. 본론

1) 비극, 비극적인 것 : 신과 인간의 만남과 헤어짐

횔덜린이 「외디프스에 대한 주석」과 「안티고네에 대한 주석」에서 전개시키
고 있는 비극에 대한 관념은 번역의 기본적 방향을 알려주며[7] 그의 두 작품
에 대한 이해의 핵심을 드러내 준다.

「외디프스에 대한 주석」의 마지막 부분에서 횔덜린은 비극의 본질근거
를 이렇게 설명한다.

> 비극적인 것의 표현은 주로, 신과 인간이 짝을 짓고 무한히 자연의 힘(=신)과
> 인간의 가장 깊은 내면이 분노하는 가운데 하나가 되는 두려운 일이, 무한한 일
> 체됨은 무한한 갈림을 통해서 정화된다는 사실을 통해서 명백히 드러나는 데에
> 토대를 둔다.[8]

비극은, 횔덜린이 〈두려운 일〉이라고 부르고 있는, 신과 인간 사이의
일종의 심판 과정이다. 이 과정은 이렇게 요약될 수 있다. 신과 인간은 격
분하는 가운데 하나가 된다. 예컨대 인간 외디프스는 격정 가운데 그 자신
을 아폴론과 동일시한다. 횔덜린은 그 격정가운데서의 동일화를 〈짝을 짓
는다〉고 표현하고 있는데, 이 짝짓기는 두려운 일이며, 이 일을 바라다보는

---

7) J. Schmidt, S. 70
8) StA. V, S. 201

모두는 무엇인가 범상치 않음을 느끼게 된다. 반전은 일어난다. 무한한 하나됨은 끝에 이르러 한편에는 신이 그 위엄 가운데, 다른 한편에는 인간이 자신의 하찮음 가운데 서게 되는 무한한 갈림으로 〈정화되는〉 것이다. 이제 신과 일체가 되었던 외디프스는 신과 인간의 짝짓기라는 엄청난 일이 어떤 결말에 도달하는지 명백하게 파악한다. 그는 다 써버린 도구로서 신으로부터 내동댕이쳐져 파멸에 부딪쳤을 때, 비로소 눈을 뜨고, 신과 자신, 즉 아폴론과 자신을 동일시했던 자신의 오만을 깨닫게 되는 것이다. 그는 지금까지의 미망의 감각기관인 눈을 찌르고 나서 비로소 진리를 보게 된다. 이제 그는 진정 신은 누구이며 인간은 무엇인지를 알게 된다. 신과 인간 관계의 정화가 이루어지는 것이다.[9]

횔덜린은 그러나 외디프스가 신과 일체를 이루는 것은 오만 때문이라고 말하면서도 이 오만은 신에 의해서 촉발된 것이라고 해석한다. 외디프스는 〈이 부정(不正)으로 유혹되었다〉[10]는 것이다. 그의 오만은 그러니까 그의 자유의지에 의한 죄악이 아니라는 것이다. 신들은 그를 이 죄악으로 유혹했다. 왜냐면 어떤 인간의 몰락을 통해서 신을 망각하고 있는 시대에 그들에 대한 회상을 불러일으키기 위해서[11] 그 한 사람을 필요로 하기 때문이다. 외디프스는 그들의 눈먼 도구였으며, 그들 스스로가 이 인간을 눈멀게 만들었던 것이다. 이러한 관점에서 횔덜린은 〈신적 불충실〉을 말하기에 이른다. 이 〈신적 불충실〉은 최상으로 보존되어야 한다.[12] 왜냐면 신들이

---

9) Wolfgang Binder, Hölderlin und Sophokles. Türm-Vorträge 1992, Tübingen 1992, S. 100: 횔덜린은 다른 곳에서도 〈신을 순수하게 그리고 구분과 함께 / 보존하는 일 Gott rein und mit Unterscheidung / Bewahren〉(StA. II, S. 252)이라고 읊고 있다.
10) StA. V, S. 197
11) Vgl. Helmut Hühn, Mnemosyne. Zeit und Erinnerung in Hölderlins Denken, Stuttgart-Weimar 1997. 특히 S. 165ff. "Vergessen, Gedächtnis und Erinnerung im Kontext von Hölderlins Sophokles-Anmerkungen"
12) StA. V, S. 202

선량하고 정의로운 왕을 유혹했고 그들이 마지막에는 다 써버린 도구처럼 내동댕이쳐 버린 이 증인을 통해서 신들이 아직은 존재하며 인간을 마음대로 할 수 있다는 사실을 명백히 하고, 이를 통해 인간은 그 사실을 잊지 않게 되기 때문이다.

　「안티고네에 대한 주석」에서의 비극에 대한 본질규정도 「외디프스에 대한 주석」에서와 조금도 다르지 않다. 횔덜린은 『외디프스 왕』에서의 〈일체됨과 결별〉이라는 비극의 원형을 『안티고네』에서도 발견해 내고 있는 것이다.

> 비극적인 표현은, 외디프스에 대한 주석에서 암시된 바처럼, 직접적인 신이 인간과 전적으로 일체가 되는 것 [...], 무한한 도취가 무한히, 다시 말해서 그 반대 속에서, 그러니까 의식을 지양시키는 의식 가운데서, 성스럽게 갈라지면서 다시 평정을 되찾고 또한 신이 죽음의 모습으로 현재화된다는 사실에 기초한다.[13]

　앞서 「외디프스에 대한 주석」에서의 비극의 개념을 그대로 반복하는 것처럼 보인다. 신과 인간의 일체됨, 그리고 서로의 갈라짐이 여기서도 비극의 원인이다. 정적인 포리나이케스의 장례를 금지한 크레온이 이 금지령을 어기고 오빠의 시체를 묻은 안티고네를 향해 신문할 때 안티고네는 자신과 신을 동일시한다.

---

13) StA. V, S. 269

크레온 : 네가 어찌 감히 그러한 법을 어겼는가?

Kreon : Was wagtest du, ein solch Gesez zu brechen?

안티고네 : 그것은 나의 제우스가 그것을 나에게 알린 것이 아니었기 때문입니다.

Antigone : Darum. **M e i n** Zevs berichtete mirs nicht.[14]

안티고네의 〈나의 제우스〉라는 표현은 제우스와 자신을 동일화하는 태도의 반영이다. 안티고네는 이로 인해서 죽음으로 이끌려지고, 죽음의 신에 대한 과감하고도 심지어는 신성모독적인 저항 이후에 자신의 숙명을 받아들였을 때, 그녀는 신으로부터 떨어져 나와 자신으로 돌아간다. 횔덜린은 이때 안티고네가 〈평정을 되찾았다〉라고 말한다. 이것은 외디프스의 마음을 〈가라앉힘〉에 상응한다. 외디프스처럼 그녀는 결국 신의 위엄을 인정하고 신과 옳고 그름을 다투어서는 안 된다는 사실을 파악하기에 이르는 것이다. 그렇기 때문에 횔덜린은 이 떨어져 나옴을 〈성스러운〉 자신의 분리라고 말하고 있는 것이다.

이제 신과의 일치와 분리에 관련해서 위의 주석에서 신은 두 개의 모습으로 등장한다. 안티고네가 일치적으로 생각했던 〈직접적인 신〉이 그 하나이고, 〈죽음의 모습으로 현재화된 신〉이 다른 하나이다. 이 두 가지의 신의 모습은 본질적으로도 동일한 것이 아니다. 직접적인 신은 정신이다. 안티고네가 〈나의 제우스〉에게 의탁했을 때, 그녀는 그 정신에 붙들렸던 것이다. 이제 죽음의 모습을 띠고 대립해 서있는 현재적인 신을 그녀는 만나고 있다. 이 신은 정신이 아니다. 그것은 그녀가 당초 저항해 마지않았으나 따를 수밖에 없는 필멸이라는 가혹한 사실성인 것이다. 이로써 일체성 혹은 일치성으로부터의 결별이 결과된다.

---

14) StA. V, S. 223, 466행이하

『외디프스 왕』에서 신과 인간의 동일화를 초래하는 원인으로서의 외디
프스적인 오만대신에, 그리고 신의 부정 nefas에로의 유혹대신에 횔덜린은
『안티고네』에서 정신에의 붙들림, 그 디오니소스적인 황홀경을 떠올리고
있다. 위의 주석에서 신과의 직접적인 일체화를 〈무한한 도취〉라고 부르고
있는 것이다. 이때 도취는 환호와 매혹이 아니라, 영감, 신에 의한 충만으
로 해석된다. 그런데 이러한 도취가 〈무한하다〉는 것은 이것이 안티고네의
영혼을 가득 채우고 어떤 다른 것에게도 여지를 부여하지 않는 것을 말한
다. 그것은 타자, 외적인 것과는 전혀 무관하게 존재함을 의미한다. 모든
무한한 것은 그 자체로 존재하기 때문에 그 자체 안에 하나이자 전체이며
그것이 다른 상태로 결별해야만 한다면 그것은 단지 극단적인 결별, 즉 반
대적인 것으로의 결별일 수밖에 없다. 따라서 안티고네의 신과의 일치적인
〈무한한 도취〉는 오로지 〈무한히, 즉 반대적인 것 안으로〉 결별한다. 이제
한편에는 취소할 수 없는 죽음의 모습을 띤 신과 이 죽음을 눈으로 바라보
아야 하는 절망한 인간이 마주하게 된다. 『외디프스 왕』에서와 마찬가지로
무한한 일치가 무한히 그 반대적인 것으로 갈라지는 역전에서 〈저기에는
신이, 여기에는 내가 있다〉는 의식이 〈신과 나는 일체〉라는 의식을 지양시
키고 만다. 그러나 이러한 결별은 〈성스러운 결별〉이며, 이 결별을 통해서
참된 신과의 관계가 다시금 형성되는 것이다.

횔덜린이 소포클레스 비극에 대한 주석들에서 제시하고 있는 이와 같은
비극의 개념은 소포클레스의 비극에만 한정되어 유효한 것은 아니다. 횔덜
린은 아주 간결하게 그리스 비극을 규정하고 있는 한 편지에서 문학예술은
그 본질로나, 그 열정 그리고 그 명징성을 통해서 볼 때 일종의 〈명랑한 예
배〉이며, 〈결코 인간을 신들로 혹은 신들을 인간으로 만들거나, 순순하지
않은 우상숭배를 저질러서는 안되며, 오로지 신들과 인간들을 상호 가까이
접근시켜야 한다〉고 말하고 나서

비극이 이것을 대비적으로 보여준다. 신과 인간은 하나인 것처럼 보인다. 그리
고 이어서 인간의 모든 겸손과 오만을 불러일으키고 끝에 이르러 한편으로는
천국적인 자들의 공경과 다른 한편으로는 인간의 근본으로서의 정화된 정서를
남기는 하나의 운명을 보여주는 것이다.[15]

라고 말한다.

비극의 밑바탕에 자리하는 신과 인간의 만남은 횔덜린에게 있어서 개
별적 의미를 지니고 있는 사건이 아니다. 비극에서는 신적인 것과 개별 인
간의 영혼 사이의 관계가 우선적으로 문제되는 것이 아니라 신과 인간의
충돌이 문제시된다. 비극적인 주인공의 운명은 개인을 훨씬 넘어선다. 횔
덜린은 비극에서 어느 주인공의 개별적인 운명이 전개되는 것으로 보고 있
지 않다. 그에게는 『외디프스 왕』이나 『안티고네』에서 다같이 신적인 힘에
의해서 야기되는 세계의 변혁이 보다 더 관심의 대상이다. 비극적 주인공
은 일반적인 의미에서의 도덕적인 죄업 때문에 죽는 것이 아니라, 신적인
계시를 가능하게 만드는 도구로서 〈천국적인 불길〉에 의해서 깨뜨려지는
그릇으로서 파멸되는 것이다.

이미 「엠페도클레스에의 기초」에서 횔덜린은 인간과 자연의 내면적인
결합이 어느 한 개체 안에서 상실되지 않기 위해서는 그 개인은 사멸할 수
밖에 없음을 강조하고 있다. 여기에서의 비극개념도 소포클레스에 대한 주
석에서와 마찬가지로 생생하고 극적으로 설정되어 있다. 즉 무한히 자연의
힘과 인간의 가장 깊은 내면이 분노 가운데 — 일종의 싸움을 통해서 — 일
체가 되고 이 결합은 신이 현재화되는, 주인공의 죽음을 통해서 〈정화〉되
는 『외디프스 왕』에서의 비극의 과정이 여기서도 그대로 제시되어 있는 것
이다. 개별자의 희생을 통해서 이루어지는 인간과 자연의 결합은 어떤 개

---

15) StA. VI, S. 381, Brief Nr. 203 (An Christian Gottfried Schütz)

인에게 제약되지 않으며, 오히려 〈보다 성숙하고, 참되며, 순수하고, 보편적인〉[16] 것으로 된다. 이 감정은 인간이 경험할 수 있는 것 가운데 가장 지고한 것에 해당된다. 즉 이 양극단의 각개는 각자가 이룰 수 있는 바의 것이 되고, 〈그리고 신성은 이 양자의 한가운데에 존재 한다〉.[17] 위대한 개인이 전체를 향한 갈망을 따를 때, 그는 자신의 개체성을 파괴할 수밖에 없다. 엠페도클레스의 비극에서 이 내면적인 필연성으로 묘사되고 있는, 〈탈개성화하고 있는 개체〉[18]의 자기파괴는 동시에 철저히 역사적으로 생산적 의미를 담고 있는 상징적인 사건이다. 개인이 자신의 제약된 형식을 비극적으로 파괴시키는 가운데, 전체를 향한 일종의 상징적인 의미전달을 수행한다. 전체를 향한 이러한 중재를 모든 역사적인 삶이 필요로 하는 것인데, 개별자는 언제나 분리되고 고립된 〈실증적인 것〉, 다시 말해서 고정된 형식들, 조직들, 도그마 그리고 법칙들 안에 굳어져버릴 위험에 놓이고, 따라서 존재의 근거와 순수성이 위협받기 때문이다. 휠덜린은 이 시대에 실증화되어 버릴 위험, 따라서 경직(硬直)의 위험에 봉착하고 있는 개별적인 현존재를 바라다보면서 세계의 변화를 각성시키는 비극의 과제를 생각했던 것이다.

　세계의 변화로서의 비극의 개념은 휠덜린에 의해서 한 철학적 단편 안에 기록되고 있는 매우 면밀한 사고의 과정에서도 이론적으로 개진된 바 있다. 소포클레스 비극에 대한 그의 해석의 배경에는 단편 「소멸 가운데의 생성」이 놓여 있는 것이다. 이 글에서 비극의 핵심은 옛 세계의 해체이자 동시에 새로운 세계의 형성이며, 이는 〈조국의 몰락 혹은 이행〉[19]이기도 한

---

16) StA. IV, S. 157
17) StA. IV, S. 152
18) J. Schmidt, S. 71
19) StA. IV, S. 282

데, 이러한 이행의 어느 한 순간에 혹은 모든 시간에 〈모든 세계의 세계, 모
든 것 가운데의 모든 것〉[20]이 제시된다고 주장한다. 이것이 비극적 묘사의
목적이라는 것이다. 즉 강제적인, 파국적인 변혁의 순간에 우주를 파악하
는 일이다. 특정한 세계의 해체 가운데서 우리는 새로운 세계가 생성되는
근원인 〈연관들과 힘들의 닳지 않은 것, 닳을 수 없는 것〉[21]을 느끼게 된다.
새롭고, 생동하는 전체는 무한한 것으로부터 생성되는 것이다. 비극의 묘
사 대상인 이러한 역사적 과정은 — 횔덜린이 〈이념적 해체〉라고 부르고
있는 이 과정은 무한한 것과 유한한 것의 끊임없는 상호 얽힘이며, 〈두려우
나 신적인 꿈〉[22]이다. 이것은 무한한 것은 유한한 세계에 작용하며, 유한한
세계의 대 파멸을 통해서 가시화 되고, 구태의연한 세계 안으로 침투하며
새로운 생명을 생성시킨다는 것을 말하고 있다. 비극에서 해체는 현실에서
처럼 무력화(無力化)나 죽음으로 보이는 것이 아니라, 되살아남과 성장으
로서 나타난다. 따라서 해체하는 힘은 파멸시키는 폭력이 아니라, 사랑이
며 새로운 창조라는 것이다.

개별자의 신과의 만남과 비극적인 몰락, 그리고 그 안에 숨겨진 보편적
인 혁명의 필연성과 같은 비극적인 것에 대한 일관된 관념이 특히 「안티고
네에 대한 주석」에서의 횔덜린의 소포클레스 해석을 결정해주고 있다. 그
해석은 바로 안티고네의 번역의 배경과 그 문체적 경향에 밀접하게 관련되
고 있는 것이다.

---

20) StA. IV, S. 282
21) Ebd.
22) StA. IV, S. 283

2) 〈조국적 전환〉 : 비극과 사고방식의 혁명적 전환

앞서 본 것처럼 「안티고네에 대한 주석」에서 비극적 사건의 중심점은 신과 인간의 만남 내지는 충돌이다. 그런데 이 충돌이 일어나고 있는 형태는 『외디프스 왕』에서와는 매우 다르다. 횔덜린은 내용전개의 특성을 〈조국적 전환〉으로 해명한다. 다시 말해서 온 나라에 뻗쳐있는 변혁의 형식, 또 달리 말하자면 넓고 심오한 의미에서의 혁명의 형식을 띠며, 일종의 반란의 성격을 지닌다는 것이다. 관심의 대상인 것은 이 변혁은 모두에 의해서 〈무한한 형식〉을 통해 감각된다는 점이다. 왜냐면 일종의 〈전반적인 전환〉, 〈모든 사고방식과 형식들〉[23]에 적용되고, 각자가 이것에 의해 사로잡히며 이로부터 전율을 느끼지 않을 수 없는, 그러한 절대적인 변화가 문제시되기 때문이다.

> 사물의 모든 현상이 변화되고 언제나 여일하며, 다른 형상으로 기울어지는 자연과 필연이 거칠음으로 혹은 새로운 형상체로 넘어가게 되는 조국적 전환에서는, 그러한 변화에서는 모든 필연적인 것은 변화의 편을 들게 된다.[24]

자연적인 삶도 자기보존의 충동으로부터 새로운 형식을 추구하게 된다.

> [...] 그렇기 때문에, 그러한 변동의 가능성 가운데, 조국적 형식에 대해서 사로잡힘을 당한 자 뿐만 아니라, 중립적인 자도 시대의 정신적 힘에 의해서 애국적으로 현재화되도록 강요당할 수 있다. 무한한 형식, 즉 자신의 조국의 종교적, 정치적 그리고 도덕적 형식 가운데서 말이다.[25]

---

23) StA. V, S. 271
24) Ebd.
25) Ebd.

이 문구는 이러한 의미로 해석된다. 혁명적 행위를 실행하는 자 뿐만 아니라, 이 움직임으로부터 거리를 두고 있는 자도 역시 그 운동을 따르며, 변화를 절대적인 것으로 인식하고, 그 변화 속에서 신의 현시를 바라보도록 강요당하게 된다는 말이다.

〈조국적 전환〉은 여기서도 초월적인 근원을 지닌다. 인간들은 그 조국적 전환을 자신의 힘으로 실현시키지 않는다. 보다 더 높은 힘들이 조국적 전환을 몰아간다. 조국적 형식에 맞서 시대의 정신적인 힘에 사로잡힌 행동을 하는 자에 대해 언급할 때의 〈사로잡혀〉라는 표현이 이를 잘 말해준다. 이 비극에서는 인간이 그저 따를 수밖에 없는 〈시간의 정언적 전환〉이 문제된다.

> 조국적인 전환은 모든 표상방식들과 형식들의 전환이다. 이것들 가운데의 어떤 전적인 전환은 그러나 전적인 전환 자체처럼, 인식하는 존재로서의 인간에게는 허락되어 있지 않다.[26]

모든 표상들의 절대적인 변화 가운데서 인간은 사물들을 인식할 수 있는 어떤 가능성도 더 이상 지니지 못하는지도 모른다. 왜냐면 앞서간 상태에 대한 어떤 연관성도 더 이상 존재하지 않을 것이며 이미 알려진 사물들에 대한 비교의 가능성도 없을 것이기 때문이다. 인간이 전적인 전환을 따를 때 그는 자신의 정신적인 천성을 거슬러 행동할 뿐만 아니라, 이러한 행위를 강요받는다.

이제 역사 속에서의 인간의 입장이 제기된다. 역사적 사건에서의 인간의 입장은 「안티고네에 대한 주석」의 마지막 구절에서 주제를 이루고 있기도 하다. 격동하는 시대적 사건을 통한 거역할 길 없는 정신의 빼앗김을 돌

---

26) Ebd.

이켜 보건대, 비극적 주인공들이 역사를 규정하는 것이 아니라, 오히려 거꾸로 역사에 의해서 이들이 규정되는 결과가 발생한다. 「안티고네에 대한 주석」에서 제시되고 있는 혁명적인 변혁에 보다 더 적절히 적용해서 말하자면, 안티고네가 혁명적으로 행동하고 있는 것이 아니라, 횔덜린이 〈조국적 전환〉이라고 부르고 있는 일종의 혁명적인 시대의 운명이 그녀를 붙잡아 행동으로 몰아가고 있는 것이다.

횔덜린은 이러한 전환, 이러한 혁명을 묘사해 내고 있는 비극의 구조를 예시하고 있다.

> 이러한 현상이 비극적이라면 이것은 반작용을 통해서 일어난다. 그리고 비형식적인 것이 과도하게 형식적인 것에 점화되는 것이다.[27]

〈비형식적인 것〉 또는 반형식적인 것, 그 혁명적인 힘은 안티고네를 통해서 체현되어져, 크레온의 〈형식적인 것〉에 대해서 저항한다. 신의 의지는 그녀를 겨냥해서, 지금 여기에 전대미문의 사건을 요구하고 있다. 그녀 이외에 어느 다른 자도 충족시킬 수 없는 의무에 대한 의식, 이것이 바로 정신이 그녀를 〈붙드는〉 순간이다. 안티고네는 무조건적으로 사유하기 시작한다. 횔덜린이 이 순간을 왜 〈시간의 정신과 자연, 천국적인 것, 인간을 사로잡는 것과 그가 관심을 기울이고 있는 대상이 가장 거칠게 대립하고 있는〉[28] 순간으로 파악하고 있는지를 알 수 있다.

횔덜린은 이 순간을 드라마를 둘로 나누게 되는 〈가장 과감한 순간〉[29], 예술작품의 정점이라고 말하고 있다. 제 1부는 〈감각적 대상〉, 그러니까 장례를 둘러싼 대립, 외적이고 법적인 갈등이 중심을 이루었으나 정신이 〈가

---

27) StA. V, S. 271
28) StA. V, S. 266
29) StA. V, S. 266

장 강력하게 깨어나, 이제 이 순간 제 2부로 넘어가게〉 된다. 이 순간 신의
이름으로 야기된 안티고네와 크레온 사이의 싸움에서 그 대상은 정신에 의
해서 붙잡히고 침투 당한다. 모든 구체적, 감각적 대상에의 관심에 대칭되
는 절대적인 결단의 순간을 횔덜린은 보고 있는 것이다. 안티고네를 엄습하
는 정신에 대해 거칠음이라는 횔덜린의 독특한 해석의 카테고리가 처음으
로 나타난다. 이 거칠음은 모든 경직되고 고착된 시간의 장벽을 향해 있다.

> 비극적으로 무기력한 시간의 태만, 그것의 대상은 본래 심정에게는 흥미로운 것
> 은 아닌 바, 그러한 시간의 태만은 강하게 자극하는 시간의 정신을 가장 무절제
> 하게 뒤따른다. 또한 이 자극적인 시간의 정신은 이때 거칠게 모습을 나타내는
> 데, 한낮의 정신처럼 인간을 아껴 주었던 모습이 아니라, 영원히 살아있는 쓰여
> 져 있지 않은 거칠음의 정신, 그리고 죽음의 세계의 정신으로서 무자비하다.[30]

여기서 우선 〈시간의 정신〉은 우리들이 여러 해석의 가능성 가운데 고
려할 수 있는 〈어떤 시대의 정신상태〉는 아니다.[31] 이것은 실제적인 비극적
투쟁이 불타오르는 순간에 나태한 시간, 어떤 깊은 운동도 없이 물질적·
감각적 관심에 의해서 지배되고 있는 인간의 일상적인 삶과 그러한 삶의
평온 안으로 강제로 침입해서 정신적 싸움의 소용돌이 안으로 삶을 잡아끌
고 가는 신적인 권능을 의미한다.

횔덜린은 이제 〈시간의 태만 Zeitmatte〉을 언급함으로써 안티고네가 맞
서고 있는 다른 거대한 힘을 의미하고자 한다. 안티고네가 맞서고 있는 것
은 〈시간의 태만〉 — 〈나태한 시간〉 — 이다. 〈비극적으로 온건한
tragischmäßig〉 — 이때 〈mäßig〉는 〈gemäßigt 온건한, 완화된〉의 의미로 이

---

30) StA. V, S. 266
31) Vgl. Binder, S. 152

해되는데[32]— 시간의 태만은 자극적인 시간의 정신의 뒤를 가장 온건하지 않게 뒤따른다고 횔덜린은 말하고 있다. 안티고네가 격정적인 시간의 신에 붙잡혀있다면, 〈시간의 태만〉은 국가이성과 정치적인 계산 뒤에 숨어있는 크레온의 정신이다. 그는 모든 것을 정리정돈하며, 계획된 것이 아니고서는 무슨 일이 일어나서는 안 되는 공리주의자이다. 그의 시간에서는 계산되지 않은 것은 어떤 여지도 가질 수 없다. 그러한 시간은 활기를 잃기 마련이다. 그러한 시간은 시간의 본질을 상실한다. 시간은 예기치 않은 것, 갑작스럽게 끼어 드는 것, 기적을 가져다주는 것에 무한한 여지를 담고 있다. 그렇지 않다면 우리에게 시간은 아무런 의미를 가지지 않는다. 따라서 이 여지를 빼앗아버린 나머지의 시간은 비극적으로 무기력한 시간에 불과하다. 척도와 규칙이 모든 자유로운 정신의 활력을 빼앗고 질식시키는 한 그것은 〈온건할〉 뿐이다. 이런 측면에서 절제는 덕망이 아니라, 자유를 제압하는 계량의 독단을 의미할 뿐이다. 안티고네는 격정적인 시간의 정신과 함께 이러한 시간의 태만 안으로 침입하고 있다. 크레온의 시간의 태만은 가장 〈온건하지 않게〉 추적된다고 횔덜린은 말하고 있는 것이다. 한 공리주의자와 규칙만을 신봉하는 인간에게, 그가 가장 증오하는 자유로운 정신이 맞서 올 때, 그는 모든 정도를 잃고 포악해지고 천박하고 또 부끄러움을 모르고 무례해진다. 안티고네의 저항은 크레온으로 하여금 그의 본성을 드러내도록 촉발하고 그녀는 반대로 크레온의 태도에 의해서 자극되어 차츰 더 날카롭게 반응한다.

　　횔덜린은 안티고네의 자기존재의 정당성을 보존하려는 의식 가운데서 자기주장을 위해서 싸우는 실존이 시간의 관점에서 드러나는 것을 보고 있는 것이다. 마법적으로 위협하는 〈시간의 정신〉이 인간을 매료시킬 때, 시

---

32) Ebd.

간은 〈자극적인 시간의 정신〉으로 체험된다. 이러한 시간체험은 인간실존을 현재로부터, 현재성 안에 살고 있는 현존재의 정체로부터 떼어내는 가운데 인간실존을 동요시키는 것이다. 현재는 일종의 〈혼돈적, 무형태의, 그리고 무형식의 과도기적 영역으로〉 이해된다.[33] 횔덜린의 역사의식이 『안티고네』에의 해석에 그대로 반영되어 있음을 보여주는 대목이다.

대립된 원리 사이의 싸움으로부터 횔덜린은 — 『외디프스 왕』에서는 가능하지 않았던 — 새로운 질서의 생성을 『안티고네』에서 보고 있다. 옛 세계의 해체를 통해서, 단편 「소멸 가운데서의 생성」에서 제시되었던 바처럼, 하나의 새로운 세계가 시야에 나타나는 것이다. 횔덜린은 이 새로운 질서를 〈이성형식(理性形式)〉이라고 부르고 있다. 이 이성형식은 〈비극적 시대의 가공할 만한 뮤즈 안에서〉 형성되며, 〈대립들 속에서 표현된 것처럼, 그 거친 발생 가운데, 이후에는 인간적인 시간 안에, 신적 운명으로부터 태어난 확고한 의견으로서 유효하다〉.[34]

『안티고네』에서 형성되는 이 이성형식은 〈정치적, 즉 공화적이다〉.[35] 횔덜린의 견해로서는 『안티고네』에는 크레온에 의해서 대표되는 일종의 권위주의적인 체제로부터 공화적인 국가형태로 향해 놓여진 움직임이 엿보인다는 것이다. 그는 이 이성형식이 형식적인 원리와 반형식적인 원리를 보여주는 두 대립자 사이에 일종의 균형이 형성되는 것을 통해서 실현되어 있음을 보고 있다. 특히 이 비극 종결부분 〈크레온이 자신의 종들로부터 거의 천대받는〉[36] 장면에 이르러서는 단지 통치자의 굴욕만이 표현되어 있는 것이 아니라, 상반되는 두 개의 원리 사이의 균형의 형성이 의도되고 있다.

---

33) J. Schmidt, S. 79
34) StA. V, S. 272
35) Ebd.
36) Ebd.

안티고네에 체현되어 있는 비형식적인 것이 크레온에 체현되어 있는 형식적인 것에 좌초되었듯이 비형식적인 것에 형식적인 것이 좌초되고 마는 균형이 극적으로 실현되어 있는 것이다.[37]

이러한 극적 전개의 배후에는 작자의 의도가 숨겨져 있으며 횔덜린은 소포클레스가 이러한 형식을 선택한 것이 옳다고 덧붙이고 있다. 왜냐면 〈이것이 그의 시대의 운명이며 그의 조국의 형식이기〉[38] 때문이다. 소포클레스는 이 비극을 통해서 그 자신이 몸담고 살았던 정치적 질서의 근원과 그 형성을 묘사하고 있다고 횔덜린도 믿었던 것이다. 그러므로 횔덜린은 대립들의 균형에 머문 것이 아니라, 이 순간을 〈보다 인간적인 시대〉에로의 이행으로서 파악하고 있다.

안티고네와 크레온 사이의 〈균형〉을 횔덜린은 강조하고 있지만, 신에의 저항을 통한 신과의 관계에 있어서 두 대립자 중 한 편에 가담하고 있는 것은 분명하다. 횔덜린에게 있어서는 안티고네가 승리자이다. 그러나 그것은 우리들이 생각하는 방식대로 판결되지는 않는다. 횔덜린은 두 인물이 아이약스, 율리시즈 또는 외디프스나 그의 동포들처럼 교양과 종교적 경건성에서 대립되어 있는 것이 아니라, 〈서로가 똑같이 평형을 유지하고 있으며 단지 시간에 따라 차이가 날 뿐〉이며, 〈그리하여 한쪽은 시작했기 때문에 지게 되고, 다른 한쪽은 뒤따라오기 때문에 이기고 있다〉고 말하고 이 상황을 〈우선 심호흡을 하고 상대방과 맞붙었던 자가 지고 마는〉[39] 달리기 경주에 비유하고 있는 것이다. 여기서 〈시간에 따라 차이가 난다〉는 말은 시간의 회피할 길 없는 〈정언적인 전환〉에 대한 태도에서의 차이를 의미한다. 크레온은 이러한 전환을 인식하지도 느끼지도 못하고 있지만, 안티고

---

37) Karl Reinhardt, S. 292

38) StA. V, S. 272

39) Ebd.

네는 이 전환을 이해하고 내면적으로 이미 감동되었기 때문에, 금지령을 발령하면서 〈시작했던〉 크레온을 달리기에서 추월해버린 것이다. 폴리나이케스의 장례문제는 공개적이고, 정치적인 관심을 지닌 사건이다. 그리하여 이 비극은 휠덜린에게는 체계변혁의 상징이 되며, 또는 「소멸 가운데의 생성」에서처럼 〈조국의 이행〉에 대한 상징이 된다. 정치적 요소는 때로는 부차적인 것으로 취급되기도 하지만 휠덜린에 있어서는 비극적인 사건에서 이 요소가 하나의 능동적인 기능을 지니고 있는 것을 부인할 수 없게 된다.

따라서 조국적 전환은 조국, 즉 테에베에서의 어떤 혁명같은 구체적 현상을 의미하는 것이 아니다. 권력관계는 변화되지 않으며, 크레온은 왕인 채로 드라마는 끝난다. 여기서 조국전환은 한 민족 또는 한 폴리스 Polis에서의 보편적인 정치적·윤리적·종교적인 시대전환을 의미한다. 조국적 전환은 제자신의 것으로의, 조국적인 것으로의 전향 내지는 귀환을 의미하는 것도 아니다.[40] 휠덜린은 모든 사고방식과 형식들의 완전한 전환을 의미하려는 것이다. 그렇다면 휠덜린이 말하고 있는 〈종교적, 정치적, 도덕적〉 사고방식의 전환은 『안티고네』에 어떻게 표현되어 있는가?

크레온과 하이몬사이의 한 논쟁은 정치적 사고방식의 전환을 어렵지 않게 간파할 수 있다.

크레온 : 그렇다면 이 나라에 누군가 다른 사람이 주인이란 말인가?
Kreon : Und wohl ein anderer soll Herr seyn in dem Lande?

하이몬 : 어느 한 사람의 나라는 참된 나라가 아닙니다.
Haemon : Es ist kein rechter Ort nicht auch der eines Manns.

---

40) Klaus Düsing, Die Theorie der Tragödie bei Hölderlin und Hegel, in: Jenseits des Idealismus, Bonn 1988, S. 62f.

크레온 : 통치자의 나라라는 말이 있지 않느냐?
Kreon : Wird nicht gesagt, es sey die Stadt des Herrschers?

하이몬 : 그렇다면 그런 통치자는 황야에서나 존재할는지 모르겠습니다.
Haemon : Ein rechter Herrscher wär's allein in der Wildniß.[41]

여기서 한 전제국가의 황태자가 그 전제국가의 독재적 왜곡을 통해서 공화적 원리의 의미를 인식하고 있음이 드러난다. 하나의 이성형식이 생성되는 것이다. 전제적이고 독재적인 국가상태에서 어떻게 민주적 사상이, 어떤 사고의 혁명적인 움직임이 생성될 수 있는지 횔덜린은 보고 있다. 짐작컨대 이것이 소포클레스의 의도였을 것이다. 적어도 횔덜린은 그렇게 해석하고 있다. 비극적인 변혁이 『안티고네』 안에서는 안티고네와 크레온 두 사람 사이의 다툼 가운데서 일어나지만, 〈정언적 전환〉을 표현하고 있는 한 인물, 즉, 혁명적인 흐름을 따르도록 강요당하고 있는 〈중립적인 자〉, 횔덜린이 이미 『외디프스에 대한 주석』에서 외디프스와 비교한 바와 같이[42] 하이몬을 이 비극의 중심적인 위치에 두고 있는 것도 이 비극의 전체적인 의미해석에 연관된다.

도덕적인 사고방식의 전환은 장례금지를 둘러싸고 일어난다. 크레온은 민란의 주동자인 폴리나이케스의 장례를 금지했다. 그는 이를 통해서 소위 말하는 응징의 법칙을 지키고자 했다. 〈이에는 이, 눈에는 눈〉의 갚음의 원칙 Jus talionis은 태고의 율법이다. 그러나 적에게도 죽음의 나라에서만은 편히 쉴 권리를 주려는 인간의 윤리가 그 법칙을 무력화시킨다.

---

41) StA. V, S. 235f.
42) StA. V, S. 202

크레온 : 그 자는 나라를 망친 자이다. 그 자는 그 대가를 치르는 것이다.
Kreon : Verderbt hat der das Land ; der ist dafür gestanden.

안티고네 : 그러나 장례의 법칙을 하계가 원하고 있습니다.
Antigonae : Dennoch hat solch Gesez die Todtenwelt gern.

크레온 : 그렇지만, 악한 자가 선한 자와 똑같이 대접받을 수는 없는 법이다.
Kreon : Doch, Guten gleich sind Schlimme nicht zu nehmen.

안티고네 : 그러나 하계에는 다른 관례가 있는지 누가 알겠습니까.
Antigonae : Wer weiß, da kann doch drunt' andrer Brauch seyn.[43]

종교적 사고방식에도 전환은 일어난다. 안티고네가 크레온의 명을 어기고 오빠를 장례 지내고 나서 크레온의 추궁에 대해서 다음처럼 대답했을 때, 그녀는 태고의 율법종교를 현대적인 양심의 종교로 대체시키고 있는 것이다.

안티고네 : 나는 또한 그대의 요청이 필멸의 자(=인간)가
　　　　　　　　　저 위쪽의 쓰여져 있지 않은 법,
　　　　하늘의 견고한 법을 어겨야할 만큼,
　　　　그렇게 대단하다고는 생각하지 않는다.

Antigonae : Auch dacht' ich nicht, es sey dein Ausgebot so sehr viel,
　　　　　Daß eins, das sterben muß, die ungeschriebnen drüber,
　　　　　Die festen Sazungen im Himmel brechen sollte.[44]

---

43) StA. V, S. 226
44) StA. V, S. 223

이 새로운 형태의 종교는 자의적 종교를 뜻하는 것이 아니라, 양심
(Con-Scientia,즉 Ge-Wissen)이라는 의미에서의 신에 대한 공유된 앎이 의
미되고 있다.[45] 안티고네는 제우스의 의지를 함께 나누고 있으며, 이 제우
스는 크레온의 장례금지가 무효라고 자신과 함께 생각하고 있다는 것이다.
크레온은 제우스와 공유된 앎을 지니고 있지 않다. 그는 되갚음의 법칙을
발견했던 옛 제우스에 의존하고 있다. 그는 신을 〈규정된〉 신으로 공경할
뿐이라고 횔덜린은 말하고 있다.[46] 실증적인 신, 우리가 단순히 그의 율법
만을 알면 그뿐인 신과 나의 양심을 실존적으로 요구하고 있는 신이 대립
하고 있다. 구태의연한 신의 표상과 새로운 신의 표상이 대비되는 것이다.
이것은 종교적 표상의 전환을 겨냥하고 있다.

이처럼 삼중의 층위에 걸쳐서 횔덜린은 〈조국적 전환〉을 보았던 것이
틀림없다. 그리고 이 층위들은 모두 연관된 층위들인데, 충분한 도덕적, 그
리고 종교적인 토대 없이는 어떠한 정치적인 의식의 변화도 단순한 현혹에
지나지 않으며, 순전한 권력욕은 무정부적인 광기에 지나지 않을 것이기
때문이다. 민주적으로 사고하라는 정치적 요구는 도덕적으로도 정당한 것
이며, 비록 적이기는 하지만 죽은 자를 장사지내라는 도덕적 요청은 종교
적으로도 정당한 일이다. 제우스의 의지를 인식하지 않았다면 안티고네는
인간성의 윤리를 발견할 수 없었을 것이며, 이 모랄을 이해하지 않고서는
하이몬이 민주적 원리를 발견해 내지 못했을 것이다. 정치적 의식의 변화
는 종교적 의식의 변화로써 시작되는 연대적 변화의 종결점이다. 〈조국적
전환〉 안에서 횔덜린은 정치와 종교, 두 개의 경지를 동일한 현상으로 여길
정도로 거의 구분하지 않고 있다.

---

45) Binder, S. 165
46) StA. V, S. 268

3) 〈동양적인 것〉을 향해서

횔덜린은 그 주석을 통해서 안티고네가 혁명적으로 종교적인, 따라서 정치적인[47] 그리고 몰아적인 경지에서의 예언자적인 정신을 대변하는 것으로, 크레온은 전래적이며 보수적인 정신을 대변하는 것으로 보고 있다. 안티고네의 정신이 대담한 모험으로부터 파생한다면, 크레온의 그것은 두려움의 소산이다. 이러한 본질의 차이와 구분은 그리스적 정신과 서구적 정신의 차이에 대한 횔덜린의 독특한 관점과도 연결되며, 그리스적 정신에 대한 이해는 그의 번역의도의 배경을 이루고 있기도 하다.

횔덜린이 번역에 앞서 지니고 있었던 문제는 여느 번역자들이 늘 만나는 문제들과는 사뭇 다른 것이었다. 이와 관련해서는 횔덜린이 자신의 번역의 원칙들을 밝히고 있는, 출판업자인 빌만스에게 보낸 두 통의 편지에 나타난 그의 진술이 특히 주목을 끈다.

1803년 9월 28일 횔덜린은 빌만스에게 보낸 편지에서 이렇게 언급하고 있다.

나는 그럭저럭 임시 변통해오는데 도구가 되었던 국민의 관습과 결점 때문에 우리들에게는 낯선 그리스의 예술을, 그것이 거부했던 동양적인 것을 한층 더 드러내 보이고, 또 그것의 예술적 결함아 보일 경우에는 개선해 나감으로써, 일반적으로 독자층에게 제시되는 것보다 한층 더 생생하게 표현해 내기를 희망합니다.[48]

---

47) Vgl. Reinhardt, S. 289
48) StA. VI. S, 434, Brief Nr. 241

횔덜린은 여기서 그리스예술의 〈결점들〉에 대해서 언급하고 있다. 그 것은 소포클레스의 결점이기도 한데, 그것을 개선해 보리라고 말하고 있는 것이다. 모든 번역자들은 번역에서 제자신의 결점을 막아야한다는 생각을 갖는 것이 일반적이다. 번역자가 원전을 훼손시키는 일은 거의 금기시되는 일이기도 하다. 그런데 횔덜린은 소포클레스 개인적 결점이 아니라 보다 본질적이고 보편적인 그리스적 결점들을 언급하면서도, 이러한 그리스적 결점을 소포클레스 비극의 번역을 통해서 개선하려고 한다는 매우 대담한 포부를 피력하고 있다. 그것은 번역을 통해서 본래 이상적인 소포클레스, 그러니까 실제적인 소포클레스가 다 채우지 못하고 있는 소포클레스의 이상을 구현해 보겠다는 말로 이해된다.

언뜻 보기에 매우 오만불손한 번역자 횔덜린의 포부에는, 이 편지에서 자세히 언급되지 않은 그럴만한 사상적 근거가 있다. 그러한 사상적 근거들은 이미 수년 전부터 그가 천착해온 그리스예술과 그리스적인 특성들에 대한 그의 〈연구〉[49]에 뿌리를 두고 있다. 이에 대해서 이 편지에서도 하나의 암시가 발견된다. 그리스인의 〈예술적 결점〉은 그들이 〈동양적인 것〉을 부정했기 때문에 발생했다는 지적이 그것이다. 그리스의 문화사에서도 이미 지적된 것처럼 그리스가 그들 주변세계의 동양적인 것에 대해서 승리를 거둠으로써 그리스인을 그리스인으로, 그리고 서구적 세계의 창조자들로 만들었다고 지적되고 있다. 그 동양적인 것의 부정이라는 그들의 결점은 〈예술적 결점〉이라는 것인데, 이와 관련된 물음들은 그 해답이 그리 간단해 보이지는 않는다.

---

49) Vgl. Brief Nr. 203 (An Christian Gottfried Schütz, wohl im Winter 1799/1800): Brief Nr. 232 (An Schiller, 1. Jun. 1801) und Brief Nr. 236 (An Böhlendorff, 4. Dez. 1801): <ich habe lange daran laborirt und weiß nun, daß [...]>

1804년 4월 2일 횔덜린은 다시 빌만스에게 이렇게 썼다.

나는 철저히 중심을 벗어난 도취를 향해서 썼[번역했]다고 믿고 있으며 그렇게 해서 그리스의 단순성에 도달할 것으로 믿고 있다. 더 나아가 내가 그 시인에게는 금지되었던 것을 이 중심을 벗어난 도취를 향해서 보다 과감하게 드러내야만 할지라도, 나는 이러한 원칙에 머물기를 희망한다.[50]

횔덜린은 그가 중심을 벗어난 도취를 향해서 번역함으로써 그리스적인 단순성에 도달했다고 믿고 있다. 이 말은 이런 의미인 것 같다. 즉 그는 감성과 열정을 강화시켰다. 그러나 이를 통해서 소포클레스를 〈한층 과감하게〉 드러냈던 것이다. 과감하다는 것은 소포클레스 자신에게는 〈금지되어〉 있었던 것을 드러냈다는 의미이다.

추측컨대 동양적인 것의 강조는 그리스인들이 부정했던 것과 연관되어 있다. 다른 말로 하자면, 횔덜린은 소포클레스를 완화시킨 것이 아니라 거꾸로 소포클레스가 당시에는 피하려 했던 극단적인 것을 상승적으로 노출시키려 했다. 이 극단적인 것의 회피가 그리스인들의 결점이었는데, 그것을 2천년이 지난 지금의 번역자가 시정하려고 노력한다는 것이다. 다만 여기서 〈동양적인 것〉 그리고 〈중심을 벗어난 도취〉의 방향을 통해서 어떻게 〈그리스적인 단순성〉에 도달할 수 있는 것인지가 의문스러울 뿐이다. 왜냐면 우리는 단순성이라는 말에서는 중심을 벗어난 상태가 아니라 중심적인 상태, 소박하게 제 자신에게 머물러 있는 상태를 떠올리는 것이 당연하기 때문이다. 이에 대해서는 자세한 논의가 더 필요하다.

어떻든 확인해 둘 것은, 횔덜린이 동양적인 것, 중심을 벗어난 것에 이른 그리스적 상태를 염두에 두고 있으며, 이것을 부정한 것이 그리스인의

---

50) StA. VI, S. 439

잘못이라고 생각하고 있다는 점이다. 그는 번역을 통해서 그 초기 그리스적 상태로 소포클레스를 되돌려 반사시키고자 한다. 그러니까 소포클레스가 자신의 시대보다 몇 세기 앞서서 썼더라면, 썼음직한 원초적 소포클레스를 만들어 내겠다는 것이다.

그렇다면 어떤 것이 본질적으로 그리스적이며, 동양적인가. 그리고 횔덜린이 어떤 탐구의 과정을 통해서 이것의 비판적 수용에 도달했는가. 초기의 시작품들과 소설 『휘페리온』에서처럼 횔덜린에게도 안티케수용의 첫 단계라고 할 소박한 동일화의 단계가 없었던 것은 아니다. 그러나 일찍이 횔덜린은 짧은 에세이 「우리가 안티케를 바라보아야 할 관점」(1799)에서 매우 놀라운 사상을 전개한다. 그는 이 글에서 〈그리스인의 완벽성이 우리를 질식시킨다. 우리가 그들을 모방하게 되면, 우리는 단지 그들의 그림자 아래에서 생산하고 살게되며 우리로부터 형성될 법했던 것에 대해 환멸을 느끼게 된다. 우리가 우리 자체의 고유한 것을 발견하려 한다면, 우리는 그들로부터 해방되지 않으면 안 된다〉는 요지의 견해를 피력하고 있는 것이다.[51] 영원한 아류보다는 차라리 역사를 찾을 길은 없으나 새로운 시작이 필요하다. 무엇 때문인가는 어렵지 않게 찾아진다. 횔덜린은 보다 면밀한 탐구를 통해서, 그리스인들의 역사적인 위대성을 체득했다. 이제 그리스인들은 주체의 창조를 그렇게 쉽게 가능케 했던 이상에 더 이상 머물러 있지 않는다. 그들은 일종의 역사적 현실성이 되어버린 것이다. 그렇기 때문에 그들은 우리를 질식시키고 있는 것이다. 그리고 그 때문에 그들에게 관심을 기울이지 않는 것이 영원히 그들의 그림자 안에서 사는 것보다는 나은 일로 보인다.

이러한 저항은 과도적인 분위기의 표현이지만, 이제 자리 잡기 시작한

---

51) Vgl. StA. IV, S. 221f.

인식을 예비하기 위해서는 필연적인 것이었다. 그 인식이란 아류와 전통과
의 충돌사이에는 하나의 중간적인 통로가 존재한다는 사실에 근거한다. 이
통로는 그리스의 문자에 봉사하는 일, 즉 그리스의 문자에 매달리는 일로
부터 자신을 해방시키는 결의를 통해서 그리스적 정신의 이해를 향해 비로
소 자신을 완전히 개방하기에 이르는 길을 말한다. 1801년 횔덜린은 쉴러
에게 이렇게 쓰고 있다.

> 나는 수년 전부터 거의 중단 없이 그리스문학에 열중했습니다. 저는 일단 그러
> 한 상황에 도달했음으로 그것을 시작했을 때 택한 자유를 나에게 다시 되돌려
> 줄 때까지 이 연구를 중단하는 일은 거의 불가능했습니다. 이제 저는 젊은이들
> 로 하여금 그리스문자의 종사에서 벗어나게 하고, 그들에게 이 작가들의 위대
> 한 확정성이 그들의 영적 충만의 결과인 것을 이해시키는데 제가 유용하고 또
> 그럴 위치에 있다고 믿고 있습니다.[52]

그는 자신이 그리스문학을 시작했을 때 빼앗아 갔던 자유를 그리스문
학이 다시 되돌려줄 때까지 그리스문학을 공부했노라고 적고 있다.[53] 이러
한 정신을 얼마큼 실체화시키기 위해서 횔덜린은 그리스작가들의 〈위대한
확정성〉은 그들의 〈정신적 충만의 결과〉라는 점을 인식해 냈다고 쓰고 있
다. 이때 〈위대한 확정성〉을 그리스문학의 형식적 엄격성으로 그는 이해하
고 있다. 18세기의 문학이론은 이 엄격성을 아리스토텔레스를 배경으로 한
시적 규칙으로 보고 있는데 반해서 횔덜린은 그 위대한 확정성을 〈신적 충
만〉의 표현이자 결과로 보고 있다. 매우 역설적이지만 형식적 엄격성은 무

---

52) StA. VI/1, S. 422 (An Schiller am 2. Jun. 1801)
53) 그의 「엠페도클레스의 죽음」과 고전적 송가 및 비가는 그리스문자로부터의 새로운
자유에서 얻은, 그리고 그리스정신을 향한 자유에서 얻은 열매로 평가할 수 있을 것이다.
어떤 의미에서는 이 작품들은 독일문학사상 가장 그리스적인 것에 접근된 작품인 것이
틀림없다. Vgl. Binder, S. 65

제약적인 것을 향해 끝없이 헤매고 있는 정신의 결과라는 것이다. 그리스인들은 이 정신을 단단한 걸쇠로서 지상을 향해 되돌려 놓으려는 목적으로, 엄격하기 이를 데 없는 형식을 선택했다는 것이다. 그리스인들은 본래 규칙을 좋아했던 것은 아니며, 엄격한 형식은 그들을 전복시키려고까지 하는 넘치는 정신으로부터 자신을 구출하기 위한 수단일 뿐이다.

횔덜린은 그리스인들에 대한 이러한 이해가 의미를 지니는 것은 이것을 독일적인 것에 대한 이해와 결부시키고 있기 때문이다. 그의 그리스적인 것에 대한 고찰은 그리스와 조국, 혹은 헬레네와 헤스페리엔이라는 2개의 개념이 쌍을 이루는 가운데 나타난다. 헬레네는 동양 그 자체는 아니지만, 〈동양적인 것〉을 그 본질요소로서 자체 내에 지니고 있다. 헬레네와 헤스페리엔에 관련된 가장 주요한 횔덜린의 언급을 우리는 그의 친구 뵐렌도르프에게 보낸 한 편지와 「안티고네에 대한 주석」에서 읽을 수 있다.

뵐렌도르프에 보낸 한 편지에서 횔덜린은 〈민족적인 것을 자유롭게 활용하는 것을 배우는 것보다 더 어려운 일은 없다.〉[54]고 말하고 있다. 이때 민족적인 것은 타고난 성향이며, 후일 횔덜린은 이것을 어느 민족 또는 문화의 〈고유성 das Eigene〉이라고 말한 바 있다. 왜 자신의 고유한 것을 자유롭게 구사하는 것이 어렵다는 말인가. 우선 그리스인과 독일인을 포함하는 서구인에서 각기 고유한 것은 무엇이라고 볼 수 있는가를 살펴볼 필요가 있다. 횔덜린은 계속해서 말하고 있다. 〈그리스인들에게 천상의 불꽃이 그러하듯, 우리[서구인]에게는 표현의 명료성이 근원적이며 또한 자연스럽다.〉 〈천상의 불꽃〉은 일종의 은유이며 열정, 도취, 영감을 의미한다. 다른 말로 하면 인간에게 돌진하고 또 인간을 뿌리칠 수 있는 모든 것을 의미한다. 〈표현의 명료성〉은 유기화시키며, 수단을 확실하게 하고, 결코 자

---

54) StA. VI/1, S. 426 (An Casimir Ulrich Bölendorff am 4. Dez. 1801)

신을 잃지 않는 오성을 의미한다.[55]

그런데 문화란 자신의 고유성을 기르는 데에서 멈추지 않는다. 왜냐면 고유성이란 극단의 성향들인데, 지나치게 그것에 고착되고 침잠하면, 예컨 데 그리스인들의 경우에는 탈 경계와 자기해체를, 서구인의 경우에는 화석 화와 경직화를 초래할 것이 명백하기 때문이다. 자신의 활력을 유지하기 위해서 하나의 문화는 자신이 타고나지 않은 것을 부단히 받아들여야 한 다. 그것은 그리스적인 것이건 서구적인 것이건 마찬가지로 적용된다. 이 제 횔덜린은 그리스인에 대해서 이렇게 쓰고 있다.

호머로부터 시작해서 [그들은] 표현의 재능에서 특출하다. 왜냐면 독특한 사람 은 자신의 아폴론 제국을 위해서 서구적인 유노적 명징성을 쟁취하고 그만큼 참되게 외래적인 것을 자기화 시킬 만큼 영혼에 충만해 있었기 때문이다.[56]

---

55) 전자는 니이체가 후일 〈디오니소스적인 것 das Dionysische〉이라고 칭한 바의 것과 같고, 후자는 역시 니이체가 〈소크라테스적인 것 das Sokratische〉이라고 부르게 되는 그 러한 속성과 같다. (Vgl. F. Nietzsche, Socrates und Tragöedie, in: Sämtliche Werke. KSA. I, S. 533-549. 또한 Socrates und die griechische Tragöedie, S. 603-639) 횔덜린은 『엠페도 클레스』를 쓸 당시에 이를 〈비유기적인 것 Aorgisches〉과 〈유기적인 것 Orgisches〉의 원 리로 제시했으나, 그것을 그리스적인 혹은 서구적인 속성으로까지 나타내려지는 않았 다. 이와 관련해서 다음에 이어지는 인용에서의 신의 이름 Juno와 Apollon에 대해서도 첨언해둔다. 횔덜린의 〈유노적인 명징성〉은 대충 니이체의 소크라테스적 원리에 해당한 다. (Vgl. Nietzsche, Sokrates und die griechische Tragöedie, S. 631: "Diess ist der neue Gegensatz: das Dionysische und das Sokratische, und das Kunstwerk der griechischen Tragöedie ging an ihm zu Grunde." 또한 S. 545: "Er[Sokrates] ist der Vater der Logik, die den Charakter der reinen Wissenschaft am allerschärfsten darstellt." 그리고 천상의 불꽃, 즉 횔덜린의 아폴론은 니이체의 디오니소스와 상당한 유사성을 지닌다. 물론 횔덜린의 〈 아폴론적〉 그리고 〈유노적〉이라는 말을 니이체의 〈디오니소스적〉 또는 〈소크라테스적〉이 라는 말과 동일시하는 것은 문제가 있다. 니이체는 횔덜린의 생각을 알지 못했었기 때문 이다. 단지 기본원리들을 이들이 모두 신의 이름을 빌어 명명한 것은 흥미 있는 일이다.
56) Ebd.

호머이래, 호머를 본받아 그리스인들은 그들이 천성으로 타고난 천상의 불꽃을 붙잡아 명료하고 명징스러운 표현을 통해서 이를 대상화시키는 것을 알게 되었다. 그들이 그러한 객관화·대상화를 통해서 제 자신으로부터 스스로를 지키게 되었다는 사실을 횔덜린은 확언하고 있다. 이와는 반대로 독일인 내지 서구인들의 과제는 자유로 돌파해 들어가며 운명을 맞이할 예비적 태도인 그리스적인 열정을 배우는 것을 통해서 그들을 위협하고 있는 천성적 경직성을 억제하는 일이다. 횔덜린은 여기 암시적으로만 피력하고 있으나 문화의 상호 침투에 대한 그의 견해는 명백하다. 즉 두개의 극단으로 대칭되는 천성적인 경향이 있고, 이것이 문화로 되기 위해서는 각 천성의 소유자는 각기 이질적인 것, 즉 상대가 천성으로 지닌 것을 습득해야만 한다. 예컨대 그리스인은 서구적인 명징성을, 그리고 서구인들은 그리스적인 천상의 불꽃을 습득해야 한다. 그리스인들은 그것을 이미 행했다. 그러나 서구인들은 이제 행해야만 한다. 어떤 경우에도 문화적 성향은 교차한다. 어느 한 편에는 첫 번째의 성향이, 그리고 다른 한 쪽에는 두 번째의 성향이 교차하며, 그 반대도 성립된다는 것이다.

여기서 〈역사적인〉 결론이 도출된다. 우리는 제자신의 고유성의 대가라기보다는 오히려 외래적인 것의 대가이다. 이것을 헬레네와 헤스페리엔에 적용해보면, 그리스인들은 서술의 명료성에 있어서 능가할 수 없을 만큼 특출하다. 바로 이것을 그들은 애써 얻어야만 했기 때문이다. 심지어 서술의 명료성을 타고났지만 그 확실한 소유를 확보하지 못한 서구인을 능가한다. 반대로 〈그리스인들은 성스러운 열정에는 큰 대가가 못된다. 왜냐면 그것을 타고났기 때문〉이라고 횔덜린은 말한다. 이점에서는 오히려 서구인들이 그리스인들을 능가할 수 있다는 말이다.

이제 빌만스에게 보낸 편지에서의 횔덜린의 번역의 원칙에 대한 언급이 저절로 해명된다. 그리스인들은 〈동양적인 것을 부정했다〉고 횔덜린은 쓰고 있는 것이다. 이 동양적인 것은 〈천상의 불꽃〉에 대한 다른 이름이다. 그리고 아폴론은 횔덜린에게는 태양의 신이다. 그리스인들은 이 동양적-아폴론적인 것을 거부했다. 그들은 서구적-유노적인 명징성을 얻어내지 않으면 안되었기 때문에 그것을 부정할 수밖에 없었다는 것이다. 이 명징성에 그들은 대가가 되었지만, 그 명징성 안에 안주하고 제 자신에로의 복귀와 그 고유한 것의 자유로운 사용을 게을리 하는 유혹이 함께 했던 것이다. 이것이 〈결점〉 또는 〈예술의 결점〉이다. 예술의 결점은 말 그대로 예술이 지니고 있는 결점이다. 그리스인들은 그들의 천성을 예술로부터 되찾아 정복하는 대신에 예술 안에 그대로 머물렀다.[57] 자신의 것, 조국적인 것으로 되돌아가는 마지막 발걸음을 그리스인들은 더 이상 떼지 않았거나 거의 떼지 않았던 것이다.

번역가 횔덜린이 그들이 거부한 〈동양적인 것〉을 한층 더 드러내 보이고 그들의 〈예술결점〉을 개선하겠다고 했을 때, 그가 행할 수 있는 일은 무엇인가. 그것은 그리스인이, 그러니까 소포클레스가 더 이상 완성시킬 수 없었던 것을 그가 완성시키는 일이다. 그는 소포클레스를 원초적 소포클레스로 되돌려 놓겠다는 것이다.

이제 그의 번역이 중심을 벗어난 도취를 〈향해 gegen〉라는 것이 〈그 방향으로〉라는 것을 의미할 수밖에 없다는 사실이 명백해졌다.[58]

---

57) 횔덜린의 후기 찬가의 한 斷片에는 다음과 같은 구절이 있다: 〈말하자면 그들은 / 예술의 제국을 세우려 했네. 그러나 그때 조국적인 것은 그들에 의해 / 소홀히 되었고 가엾게도 / 그리스, 그 가장 아름다운 나라는 패망해 버렸네. Nemlich sie wollen stiften / Ein Reich der Kunst. Dabei ward aber / Das Vaterländische von ihnen / Versäumet und erbärmlich gieng / Das Griechenland, das schönste, zu Grunde.〉(StA. II, S. 228)

58) 〈gegen〉이라는 단어는 여기서 〈反해서 contra〉의 의미와는 다르게 해석된다. 즉 횔덜린이 중심을 벗어난 도취의 〈방향으로 in Richtung auf〉, 즉 소포클레스를 더 〈과감하게〉 드러내 보였다는 뜻으로 해석되어야 한다. 이와 관련하여서는 Beissner, Hölderlins Übersetzungen aus dem Griechischen, Stuttgart 1933/1961, S. 168 참조: 바이스너는 횔덜린이 주석에서 〈균형이 첫머리를 향해서〉 혹은 〈종료점을 향해서 기울어져 있다 das

이렇게 해서 〈그리스적 단순성〉에 도달한 것으로 믿었다는 것은, 다시금 그리스적 천성에 도달했음을 의미한다. 단순성이란 천성, 근원적인 것, 민족적인 것, 태생적인 것이기 때문이다.

휠덜린이 소포클레스를 동양화시킨다고 했을 때, 그는 소포클레스 자신이 달성할 수 없었던 어떤 완성의 상태로 그를 이끌고 간다는 것을 말할 뿐만 아니라, 그의 번역이 그 번역자체로서 절반을 차지하는 독일문학에 대해서도 무엇인가를 행하게 된다는 것을 의미한다. 왜냐면 그리스인이 외래적인 것으로부터 제 자신으로 돌아가는 길은 서구인이 제 자신으로부터 외래적인 것으로 가는 길이기도 하기 때문이다. 유노적인 명징성으로부터 아폴로적인 천상의 불꽃을 향해서 가는 길은 그리스인들에게는 귀로이며 서구인들에게는 떠나는 길이다. 휠덜린은 그의 번역에서 독일문학이 가야 할 길을 동시에 제시하고 있다는 말이다. 그의 번역은 그리스적인 것을 그 자체로 되돌리고 독일적인 것을 그 자신에서부터 끌어내는 시도이다. 그렇기 때문에 소포클레스의 번역은 모든 전통을 파괴시키면서 〈천상의 불꽃〉을 언어 속에 실재화시키려고 하는 후기찬가의 양식단계와 일치하고 있다.

반형식적이며 비유기적인 안티고네의 편에서 동양적인 것을 드러내려고 한 번역이 극단을 향하는 경향, 탈 실증적인 경향을 띠게 되는 것은 필연적인 일이다.

Gleichgewicht sich gegen den Anfang/das Ende neigt〉고 한 점, 그리고 「엠페도클레스의 기초」에서 〈das Besondere auf seinem Extrem gegen das Extrem des Aorgischen sich thätig immer mehr verallgemeinern,[...], das Aorgische gegen das Extrem des Besonderen sich immer mehr concentriren [...] muß〉와 같은 문구에서의 〈gegen〉이 방향을 의미하고 있다는 점을 들어서, 위의 편지에서의 뜻을 〈그러니까 번역자가 작자 소포클레스에게는 금지되었던 것을 과감하게–중심을 벗어난 도취의 방향에서 – 드러냄으로써 그리스적 단순성에 도달하기를 희망하고 있다 Indem also der Übersetzer das, was dem Dichter[Sophokles]verboten ist, kühner 'in Richtung auf die exzentrische Begeisterung' exponiert, hofft er die griechische Einfalt zu erreichen.〉고 해석하고 있다.

4) 해석과 번역 : 보다 근원적 의미의 되살림을 위해서

횔덜린의 『안티고네』 번역이, 그 자신의 다른 번역, 예컨대 핀다르의 승리가 번역이나 전통적이며 의고전주의적인 당대의 다른 번역가들의 번역과는 전혀 다르게, 원전으로부터 크게 벗어나게 된 것은 상술한 바와 같이 그 번역이 번역자 자신의 확고한 해석과 프로그램에 바탕을 두고 있기 때문이다. 『안티고네』 번역에서 번역의 형성의지로 작용하고 있는 번역자 횔덜린의 프로그램은 신과 인간의 만남과 헤어짐이라는 비극성에 대한 이념, 그리고 고대 그리스와 서구의 예술관에 대한 대칭적 성찰이다.

신과 인간의 짝짓기와 헤어짐으로서의 비극개념은 횔덜린이 비극 『외디프스 왕』을 신과 인간사이의 〈권투시합〉으로, 『안티고네』를 안티고네와 크레온, 그리고 안티고네와 직접 신이 대칭하고 있는 〈경주자들의 달리기 시합〉으로 규정하게 했다. 이러한 그의 비극관은 번역실행의 곳곳에 나타난다. 특히 신과 인간의 대립적인 구도를 드러내 보이는 것은 소포클레스적이라기보다는 횔덜린적인 사고의 반영이다.

『외디프스 왕』에서는 인간과 신의 직접적인 부딪힘, 즉 수직적인 부딪힘이 문제시되었다면, 『안티고네』에서는 우선 대립된 인물들의 수평적 부딪힘, 그리고 이들 각개의 신에 대한 거역이 문제시된다. 횔덜린은 『안티고네』의 네 번째 합창대의 노래에 대한 해설에서 이러한 신에의 거슬림을 반신적 태도라고 부르고 있다. 안티고네와 크레온 모두는 〈최고도의 비당파성〉과 함께 이 반신적 태도를 보이고 있다는 것이다.

> 한편에는 신적인 의미에서, 마치 신에 거역하는 태도를 취하면서 지고한 자의 정신을 무법칙적으로 인식할 때 반신적 태도를 특징짓는 것이 [드러난다]. 그리고 [한편] 운명 앞에서의 경건한 두려움, 따라서 고정된 신의 공경으로서, 신에 대한 공경을 인식할 때 그러한 것이 드러난다.[59]

---

59) StA. V, S. 268

안티고네의 반신적 태도는 앞의 경우이며, 크레온의 그것은 후자라고 그는 덧붙이고 있다.

휠덜린이 보기에는 크레온이 결코 신을 경시하는 사악한 전제군주가 아니다. 그는 단지 〈지나치게 형식적〉일 뿐이다. 휠덜린이 보기에 그는 테에베의 합법적 군주이며, 이 도시국가의 운명은 책임을 지고 있다. 따라서 그의 명령에 순종하지 않는 자는 법을 위배하고 국가를 무정부상태로 몰아넣는 일종의 반역자이며 악행 중 가장 큰 악행을 저지르는 것이다. 사악한 자가 선한 자와 똑같이 대접받는 일은 신의 의지에 대한 더 이상 참을 수 없는 부정인 것이다. 크레온은 그가 세운 법을 유지하는 것이 제우스를 공경하는 것이라고 믿고 있다. 왜냐면 그에게 신적인 것은 〈고정되어〉 있으며, 우리가 변함없이 따라야하는 붙박이 별이나 마찬가지이기 때문이다. 그는 그의 원초적인 시발점에 그대로 충실하게 머물고자 한다. 그리하여 아들 하이몬을 향해서 폴리나이케이스의 장례를 금지토록 한 자신의 명령을 상기시키고 있는 구절은 이렇게 번역되어 있다.

> 크레온 : 내가 나의 원초적 시발점에 충실하게 머물고 있다면,
>   내 말이 거짓인가?
> Kreon : Wenn meinem Uranfang' ich treu beistehe, lüg' ich?[60]

휠덜린은 그리스원어 arche(=Herrschaft, 지배 또는 지배의 권한)를 원초적인 시발 Uranfang이라고 옮기고 있다. 원문에 충실한 번역 〈내가 나의 지배권한을 지키는데, 그것이 잘못이란 말인가?〉를 그는 위처럼 옮기고 있는 것이다.[61] 휠덜린은 크레온으로 하여금 자신의 결정 — 전혀 최초이며 원초

---

60) StA. V, S. 236
61) Vgl. J. Schmidt, Stellenkommentar zur Antigonae, in: Hölderlin, Sämtliche Werke und Briefe, Frankfurt /M. 1994, Bd. 2, S. 1434 슈미트는 자신이 편찬한 이 전집의 주석에서 휠덜린의 원문을 벗어난 번역을 〈문자대로의 번역〉과 대조해 보인다.

가 아닌 결정을 자신의 것으로 삼으면서 그것을 자신의 명령에 연관시키기도록 번역함으로써 안티고네를 심판할 수 있는 권리를 그 원초적인 시발에 근거시키려는 인간의 반신적 기만을 폭로하고 있는 것이다. 횔덜린은 그 주석에서 〈성스러운 표현을 변동시키는 일이 필요했으며, [...] 그것에 비추어서 모든 다른 것들이 객관화되고 해명된다〉[62]고 이러한 번역의 의도를 밝히고 있기도 하다.

크레온은 신들을 자의적으로 자신의 명령에 끼워 넣었으며 이를 통해서 자신의 지배하에 두었던 것이다. 따라서 〈고정된 것으로서의 신에 대한 공경〉은 크레온이 신을 있는 그대로 공경하고 있는 것이 아니라, 신의 이름을 포고하면서 자신의 권력목적을 위해서 조작하고 있는 셈이다. 크레온은 독단적인 설정을 통해서 — 그 실증성 Positivität을 통해서 — 천국적인 자들에 대한 회상을 상실해버린 여러 사람 가운데의 하나가 된다. 그는 형식적인 신에의 공경을 통해서 실제로는 신에 반하고 있다는 것이다.

안티고네는 이와는 반대로, 신의 정신은 인간세계에 유효한 어떤 법률에 의해서도 제약되지 않음을 인식하는 가운데 역시 반신적 태도를 취한다. 크레온의 장례금지명령에 대해서 그녀는 신들의 〈쓰여져 있지 않은 법칙〉에 호소하고 있다. 그녀가 동생 이스메네와의 대화에서 오빠의 장례를 지내리라는 각오를 밝히는 구절을 횔덜린은 다음과 같이 번역하고 있다.

> 안티고네 : 기꺼이 나는 그의 곁에 누우리라, 그 사랑하는 자의 곁에,
> 내가 성스러운 일을 마치게 되면

> Antigone : Lieb werd' ich bei ihm liegen, bei dem Lieben,
> Wenn Heiliges ich vollbracht.[63]

---

62) StA. V, S. 267
63) StA. V, S. 208

우리는 여기서 원문에 충실한 번역 〈내 성스럽게 죄를 저지르게 된다면〉을 그가 위와 같이 옮기고 있는 것으로부터 『외디프스 왕』에서의 〈성스러운 배신자〉와 똑같은 변증법을 인식해 낼 수 있다. 이 번역을 통해서 안티고네는 시대의 혼돈 가운데 죽은 오빠에 대한 성스러운 의무를 충족시키도록 박차를 가하고 있는 신의 음성을 듣고 있으며, 인간 사회의 법을 깨뜨리기는 하지만 신들의 참된 의지를 따르고 있음을 확신케 된다. 그리하여 〈시대의 정언적 전환〉을 살아 움직이게 한다. 이러한 안티고네의 자세는 그녀가 의지하고 있는 〈쓰여져 있지 않은 법칙〉에 연관된다. 그녀는 자신의 개인적인 신에 대한 의식을 주장하고 있는 것이다.

이미 비극적인 것에 관련하여 앞에서도 한번 인용한 바처럼 크레온의 장례금지령의 구속력에 대한 논쟁에서 안티고네가 처음으로 제우스의 이름을 들어 항변하고 있는 구절 〈나에게 명령했던 자는 제우스가 아니었습니다 Es war ja nicht Zeus, der mir dies befehl〉를 〈나의 제우스는 그것을 나에게 알리지 않았습니다 **M e i n** Zevs berichtete mirs nicht〉[64]라고 번역함으로서 그녀의 반신적인 태도를 확연하게 드러내고자 한다. 그녀는 모든 종교의 도그마와 신앙기관을 넘어서는 직접적인 신에 대한 확신을 주장하고 있는 것이다. 〈나의 제우스〉라고 하는 — 횔덜린은 여기서 〈Mein〉을 강조해서 인쇄케 했다 — 개인적인 신의 인식을 통해서 그녀가 마치 어떤 오만을 저지르고 있는지도 모른다는 인상을 풍긴다. 횔덜린은 위에 인용한 주석에서 그녀는 〈마치 wie〉 신에 대항하고 있는 듯하다고 말한다. 그러나 안티고네는 율법종교의 보호벽 안에 앉아 〈고정된 신〉만을 경배하고 있는 크레온과는 달리 한층 참되고 인간적인 신에 대한 그녀의 새로운 인식을 맞세우면서 그 신의 대변자가 되고 있다. 안티고네는, 도그마로 고착된 당

---

64) StA. V, S. 233, 467행

대의 종교성안에 하나의 돌파구가 놓여지고, 실제적 신이 다시금 표면에
나타나야만 한다고 믿었다면, 반신적 태도라는 겉모습을 취할 수밖에 없는
것이다. 따라서 횔덜린은 이러한 반신적 태도가 〈신의 뜻에서〉 일어나고
있다고 주석 했던 것이다.

그러나 안티고네는 신과의 만남으로부터 결별하며 죽음 앞에 서게 된
다. 이 전환의 비극적 순간을 횔덜린은 그의 비극관에 근거하여 원문과 매
우 다르게 번역하고 있다. 그것은 횔덜린 자신이 그 주석에서 〈안티고네에
나타나는 가장 지극한 특징〉[65]으로서 제시하고 있는 구절이다.

안티고네는 갇히게 될 동굴로 인도되어 가는 길에, 합창과의 교차대화
에서 그녀의 신방이 죽음의 감옥이 되리라는 것, 혼례도 올리지 못하고 자
손도 없이 죽게 되리라고 비탄하면서 자신의 운명을 니오베의 운명[66]과 비
교한다.

> 나는 들었네, 그 생명이 풍부한 여인
> 프뤼거의 여인, 탄타로스의 품에 자란 여인이
> 시퓌로스 산꼭대기에서 사막처럼 변화하게 되었다는 것을.
> 울퉁불퉁하게 변하고 마치 소나무의 가지들에 가해지듯
> 서서히 바위로 빨려 들어갔음을 들었네.
> [...]
> 정말 그녀처럼 한 정신은
> 나를 침대로 이끌어가네.
> Ich habe gehört, der Wüste gleich sey worden

---

65) StA. V, S. 267
66) 니오베는 아폴론과 아르테미스 두 자녀만을 낳은 레토 대해서 자신은 7명의 남아와 7
명의 여아를 낳은 것을 가지고 우쭐대었다. 레토의 아폴론과 아르테미스는 니오베의 오
만에 대한 벌로 그녀의 아이들을 모두 화살로 쏘아 죽인다. 니오베는 고통 때문에 굳어져
바위가 되었고, 이 바위의 가장자리에서는 물이 흘러 내렸는데, 이를 끊임없이 흐르는 니
오베의 눈물이라고 말한다. 니오베 절벽은 소아시아의 해변에 있다.

Die Lebensreiche, Phrygische,

Von Tantalos im Schoose gezogen, an Sipylos Gipfel :

Hökricht sey worden die und wie eins Epheuketten

Anthut, in langsamen Fels

Zusammengezogen ; [...]

[...]. Recht der gleich

Bringt mich ein Geist zu Bette.[67]

횔덜린은 원문에 충실한 문헌적 번역과는 크게 다르게 번역하고 있다. 특히 인용의 첫 구절은 〈내 들었지, 그 프리기스의 낯선 여인이 더 할 나위 없는 고통가운데 죽었음을 Ich hörte, aufs jammervollste sei zugrundegegangen die phrygische Fremdlingin〉에 대신하여 〈그 생명이 풍부한 여인 [...] 사막처럼〉되었다고 번역했으며, 인용의 끝 구절은 〈그녀와 비슷하게 한 악령이 나를 평온함으로 이끄네 Ihr ganz ähnlich bringt mich ein Dämon zur Ruhe〉를 〈한 정신이 나를 침대로 이끈다〉고 번역하고 있다.

죽음의 길로 가면서 안티고네는 침묵하거나 울고 있는 것이 아니라, 죽음의 신에게 향해 탄식하고, 자신을 니오베로 암시한다. 〈한참 피어나는 생명을 데리고 가면서, 우리가 그것을 당할만한 일을 했는지 묻지도 않고 있다〉고 말하는 사이 안티고네는 〈정신의 성스럽고 살아있는 가능성〉[68]을 획득하고 있다고 횔덜린은 말한다. 이 순간은 인간의 내면적인 역량이 최대로 펼쳐지고, 극단으로 긴장되는 순간이다. 정신은 그 최고의 역량으로 고양되고 영웅적인 영혼의 힘은 고통을 강요한다. 안티고네는 죽음의 면전에서 자신의 엄청난 운명을 객관화시키는 가운데 니오베와 나란히 당당함의 감정을, 인간인 자신을 반신녀인 니오베와 나란히 — 그리고 합창이 경고

---

67) StA. V, S. 239
68) StA. V, S. 267

하면서 제기하고 있듯이 — 그리고 처녀인 자신을 여러 자녀의 어머니인
니오베와 나란히 둠으로써 〈고양된 조롱〉을 행하고 있는 것이다.

　횔덜린은 번역을 통해서 안티고네가 이처럼 신성을 모독적으로 만나게
한다. 본래 〈jammervoll 고통스러운〉이라는 어휘로 니오베의 몰락이 표현
된 것을 〈사막처럼 der Wüste gleich〉으로 번역하였고 〈낯선 여인
Fremdlingin〉을 〈생명이 풍요로운 여인 die Lebensreiche〉으로 바꾸어 번역
한 것이다. 횔덜린의 조롱자로서의 안티고네 해석은 소포클레스의 것에 비
해서 복합적이다. 소포클레스도 안티고네를 니오베와 비교하고 둘이 모두
신성모독 때문에 죽음으로 처벌받으며, 니오베의 바위로의 변화가 안티고
네의 바위동굴 안의 무덤에 상응하게 그려져 있지만, 횔덜린에 있어서 니
오베는 무엇보다도 인간에 맞세워져 있는 것으로 해석되는 자연에 대한 일
종의 알레고리이다. 횔덜린의 알레고리는 니오베의 운명이나 안티고네의
운명에 다같이 적용된다. 둘은 무죄한 상태로부터 신에의 접근이라는 엄청
나고 과도한 상태로 이끌려지고 거기서 세 번째 단계로 자연의 황폐화, 니
오베의 바위로의 굳어짐 혹은 안티고네의 바위동굴 안에서의 죽음에 이르
게 된다. 『안티고네』의 이 교차대화에서 드러나는 횔덜린 번역의 원문과의
차이는 이 극단적인 예시를 통해서 제시된 선언적인 경향, 즉 안티고네의
운명을 허락되지 않은 신성과의 결합에 대한 처벌로 파악하고자하는 경향
과 자연현상에 연관시키고 있는 신화의 확대 해석에 따른 결과이다. 이러
한 경향의 배후에는 횔덜린 자신의 유추적인 체험이 서있다. 다시 말해서
애당초의 무성했던 생성력이 고사(枯死)로 이어진 쓰라린 체험이 놓여있
다. 즉 프랑스에서의 아폴론과의 만남[69], 그러니까 그 자신이 비유기적인
과잉을 통해서 신성과 결합되었다가 정신적으로 또는 육체적으로 죽어야

---

69) Vgl. StA. V, S. 432, Brief Nr. 240 (An Bohlendorff, Herbst 1802)

만 했던 그러한 경험이 겹쳐져 있는 것이다. 제자신의 운명에 대한 섬뜩한
투영과 이것의 비의적 영역으로의 연장이 번역과 번역자의 관계에 대해 새
로운 관점을 열어 주고 있는 것이다. 이 교차대화의 번역에는 정신이 정경
으로, 정경은 다시 정신으로 서로 침투되고 있다. 이 역시 소포클레스적이
라기보다 횔덜린적이라고 말할 수 있다. 번역자 횔덜린의 비극관과 자의식
이 이처럼 번역실행의 동기로 작용하고 있다.

　이러한 번역의 문체적 경향은 『안티고네』 전편에 일관되게 나타나지
만, 특히 횔덜린이 일찍이 발췌 번역했다가[70] 크게 수정하여 전체번역에 넣
은 첫 번째 합창대의 노래가 대표적으로 보여주고 있다. 횔덜린이 수정 번
역한 이 막간합창은 다음과 같다.

> 몸서리쳐지는 것은 많기도 하다. 그러나
> 인간보다 더 소름끼치는 것은 없도다.
> 북녘을 향해 남풍이 불때면,
> 바다의 한 밤을 넘어
> 날개 달려 질주하는 오두막을 타고
> 그는 떠난다.
> 또한 천국적인 것의 고귀한 대지,
> 그 청렴하고 지치지 않는 대지에게
> 생채기 낸다. 애쓰는 쟁기를 가지고,
> 세월을 이어
> 말들을 몰아 그는 왕래한다.
> 또한 가볍게 꿈꾸는 새들의 세계를
> 옭아매어 그것들을 붙잡는다.
> 또한 들짐승의 무리

---

70) StA. V, S. 42

그리고 폰토스의 소금기로 생생한 자연을
촘촘한 그물로 붙잡는다.
그 노련한 인간은
또한 온갖 재간으로
산에서 밤을 지내며 헤매는
들짐승을 붙잡고
거친 갈기를 단 말의
목에 멍에를 씌우며
산에 떠도는 길들지 않은 짐승의
목에도 멍에를 씌운다.

Ungeheuer ist viel. Doch nichts

Ungeheuerer, als der Mensch.

Denn der, über die Nacht

Des Meers, wenn gegen den Winter wehet

Der Sudwind, fähret er aus

In geflügelten sausenden Häußern.

Und der Himmlischen erhabene Erde

Die unverderbliche, unermüdete

Reibet er auf ; mit dem strebenden Pfluge,

Von Jahr zu Jahr,

Treibt sein Verkehr er, mit dem Rossegeschlecht',

Und leichtträumender Vögel Welt

Bestrikt er, und jagt sie ;

Und wilder Thiere Zug,

Und des Pontos salzbelebte Natur

Mit gesponnen Nezen,

Der kundige Mann.

Und fängt mit Künsten das Wild,

Das auf Bergen übernachtet und schweift.

Und dem rauhmähnigen Rosse wirft er um

Den Naken das Joch, und dem Berge
Bewandelnden unbezähmten Stier.[71]

소포클레스의 원문 deinon을 횔덜린은 〈몸서리쳐지는 ungeheuer〉으로
번역하고 있다. 횔덜린 자신도 당초 원문에 충실하게도 〈힘센, 막강한
gewaltig〉이라고 번역한 바 있는 어휘이다.[72]

힘센 것들은 많기도 하다. 그러나 인간보다
더 힘센 것은 없도다.

Vieles gewaltige gibts. Doch nichts
Ist gewaltiger, als der Mensch.

〈힘센 gewaltig〉과 〈몸서리쳐지는 ungeheuer〉 것 사이에는 엄청난 차이
가 있다. 힘센 자로서의 인간은 항해술, 농경, 축산, 사냥과 수렵, 짐승 길
들이기와 같은 많은 생산적 활동을 통해서 자연을 지배하고 문명을 가꾸고
있다. 예컨대 도너의 원문에 충실한 번역을 통해보면[73] 인간의 이러한 활동
은 찬미의 대상일지언정 비난받을 일로 비쳐지지는 않는다. 최소한 인간활
동에 대한 평가는 중립적이다. 그러나 횔덜린의 번역은 그러한 중립적인
입장을 벗어난다. 그는 단연코 인간의 오만 Hybris을 강조해서 드러내고
있는 것이다. 이것은 횔덜린이 〈gewaltig〉 대신 〈ungeheuer〉를 택하는 순간

---

71) StA. V, S. 219
72) StA. V, S. 42; J. J. Ch. Donner도 역시 gewaltig로 번역하고 있고, 대부분의 영역 본에
서는 wonder 또는 great, strong 등으로 번역되어 있음을 볼 수 있다. Vgl. E. F. Walting,
The Penguin Classics, S. 135; F. Storr, B.A, Havard University Press, S. 341 및 Elizabeth
Wyckoff. Sophocles Ⅰ, The University of Chicago Press, S. 170
73) Vgl. F. Beissner, Hölderlins Übersetzungen aus Griechischen, S. 139: Donner를 들어
〈가장 훌륭한 문헌학적 번역자의 한 사람〉이라 평가하고 있음.

에 일어난다. 이제 나열되는 인간의 행위들은 불길하고 가증스러운 행위들로 비치기 시작한다. 인간의 표면적인 위대함의 다른 한편에는 주제넘음을 지니고, 인간의 활동에는 심상찮은 존재의 면모가 숨겨져 있다. 인간의 경이로운 재주가 몸서리쳐지는 행위로 바뀌는 극단적인 경향은 어휘 〈ungeheuer〉의 합창의 첫머리에 자리잡은 위치에서도 명백해진다. 이러한 어휘의 선택과 위치설정의 의도는 이 합창의 번역 전체에 일관되게 작용하고 있다. 땅을 가는 활동이 예컨대 도너의 번역에서는 〈파 뒤집는다 umwühlen〉인데 비해서 횔덜린은 이를 〈문질러 상처를 내다 aufreiben〉라고 번역함으로서 자유의지로 내주려하지 않는 연약한 대지의 껍질을 단단한 쟁기로 갈아 상처 내는 몸서리쳐지는 가혹행위로 비치게 한다.

도너가 인간은 〈신속한 새들의 경쾌한 무리를 그물로 잡는다〉고 번역한 자리에 횔덜린은 〈가볍게 꿈꾸는 새들의 세계를 인간은 옭아매어 붙잡는다〉고 번역하고 있다. 날쌘 새들을 꾀를 내어 잡는 인간의 능란한 솜씨가 횔덜린의 번역에서는 새들의 꿈, 자연의 꿈을 〈얽어 싸는〉 행위로 돋보이게 함으로써 순진하고 꿈꾸는 삼라만상을 속임수로 붙잡는 간악함에 ─ 단어 bestricken에는 〈농락하다〉라는 뜻도 들어있다 ─ 결부시키고 있다. 횔덜린은 또한 〈폰토스의 소금기로 생생한 자연〉이라고 해수에 살고 있는 피조물을 옮기고 있는데 이때 피조물 Physis을 〈Kreatur〉 대신 〈Natur〉로 옮김으로써 인간의 지배영역을 단순히 피조물뿐만 아니라, 조물주를 포함하는 자연[74]으로까지 확대시키고 있음을 나타내려고 한다.

횔덜린의 이러한 번역은 소포클레스가 취하고 있는 매우 중립적인 서

---

74) 횔덜린은 자연 Natur을 신들의 세계와 대등하게 보고 있다. 「외디프스에 대한 주석」에서 그는 신을 자연의 힘과 병렬시키고 있다. 앞의 각주 15) 참조. 또한 Vgl. J. Schmidt, S. 78, "Die Austauschbarkeit der Termini <Naturmacht> und <Gott> zeigt, daß das Reden von <Gott> lediglich eine Mythologisierung des Grenzenlosen, Unendlichen ist"

술태도를 깨뜨리고 그 제약을 넘어서 본래의 의도에로 되돌리고 있다. 사
실관계를 명백히 드러내는 정확한 어휘를 선택하고 이를 사용함으로써 의
미를 극단화시키고, 때로는 이중화하는 가운데 어의를 확장시키며, 때로는
애매성을 넘어서 어의를 한층 더 구체화시키고 있는 것이다. 이런 가운데
에서도 휠덜린이 소포클레스를 전체적으로 거부하고 있는 것은 아니다. 오
히려 소포클레스에게도 부여되어 있었으나 펼쳐지지 않았던 것을 그는 강
조하고 날카롭게 만들어 놓고 있을 뿐이다. 다시 말하면 소포클레스를 그
의 궤도로부터 벗어나게 하면서 한층 더 〈동양화시키고〉 있는 것이다. 이
를 통해서 소포클레스적 언어의 근원적인 충동을 재 발굴해 내고 있다. 휠
덜린은 「안티고네에 대한 주석」에서 그리스인의 성향은 〈평정을 찾는 능력
〉이라면 서구인의 경향은 〈무엇인가 정곡을 찔러 맞출 수〉 있는 것이어야
만 한다고 말하고 있는 것이다.[75]

형식과 분수를 통해서 몰아적 경지를 제어하는 그리스인의 성향에 의
해서 억제되고 있는 본원적인 것을 정곡을 찌르는 어휘를 통해서 발굴해
내어야 한다는 말이다. 앞서 본 뵐렌도르프에의 편지를 통해서 우리가 이
미 예감한 바처럼, 휠덜린은 서구적인 경향으로부터 외래적인 것으로 향해
가면서 제 자신으로의 그리스적인 것의 회귀를 이 적중하는 어휘들로 하여
금 수행케 하고 있다.

빌만스에게 보낸 편지에서의 〈보다 동양적〉이라고 말한 것을 보다 근
원적이며, 보다 강렬하며, 함축적이고, 자유롭고, 무제약적이며, 직접적이
며 디오니소스적인 것으로 이해할 수 있다면[76] 휠덜린은 번역의 적중하는

---

75) StA. V, S. 269f.
76) Vgl. Reinhardt, S. 295. 여기에 〈orientalischer〉에 상응하는 것으로 나열된 어휘들은
unsprünglicher, stäker, trüchtiger, inspirierter, freier, ungebundener, unkonventioneller,
unklassischer, unmittelbarer, dionysischer, naiver, ekstrutischer, gottnäher 등이다.

어휘들을 통해서 소포클레스를 보다 동양화시키고 있다고 말할 수 있다. 이를 통해서 그리스인들의 〈예술결점〉을 개선시키고 있다고 그 자신은 믿었다. 그는 소포클레스의 원전에서의 심미적 어휘들을 망아적인 어휘로, 자체 안에 자족하는 어휘들로부터 스스로를 벗어나는 어휘로, 아름다운 어휘, 고상한 어휘로부터 정곡을 찌르는 어휘로 과감하게 되돌림을 통해서 이를 수행하고 있는 것이다.[77]

휠덜린은 소포클레스를 고정적인 전통으로부터 자연스러운 상태로 옮기고 있다. 이러한 탈 고정화하는 『안티고네』의 번역에서 탈 신화화로 이어진다. 왜냐면 체계적 신화는 신화적인 것을 기존의 명칭, 우주와 세계생성에 대한 전설, 신들의 계보로 고착시키고 그 틀 안에 가두고 있기 때문이다. 휠덜린은 『안티고네』에 등장하는 체계적 신화의 관련들을, 신화 속의 명칭들을 보다 더 근원적인 표상에 접근시켜 새롭게 명명하는 가운데 해체시키며 새로운 신화로 전환시키고 있다. 합창의 한 구절에서 휠덜린은 제우스신을 〈시간의 아버지 Vater der Zeit〉[78]라 칭하고, 또 다른 합창의 구절에서는 〈대지의 아버지 Vater der Erde〉[79]라 부르고 있다. 휠덜린은 그 주석에서 이러한 개칭에 대해서 이렇게 언급하고 있다.

---

77) 이러한 문체적 경향은 후기 휠덜린의 한 특징을 구성하기도 한다. 본서 제 7장 「후기 시에서의 현대성」 참조. 아름다운 언어, 고전적 어휘로부터 의미가 〈장전된 어휘들 beladene Wörter〉로 나아가고 있는 휠덜린 문학의 문체변화를 상기할 만하다. 빈더 역시 『안티고네』 번역에서의 문체를 휠덜린 후기 문학의 문체변화와 견주어 언급하고 있다. Vgl. Binder, S. 133ff. 특히 134f.: "Wir verstehen jetzt besser, daß der späte Hölderlin nicht mehr das klassisch selbstgenügsame, sondern das treffende Wort sucht, das den oberflüchlichen Anblick der Dinge durchbricht und den Grund des seins zum Vorschein bringt."

78) StA. V, S. 245, 987행

79) StA. V, S. 253, 1164행

보다 확정적인 것으로 또는 보다 불확정적인 것으로 제우스신이 입에 올려지고 있는 것이 분명하다. 진지하게 말하자면, 오히려 시간의 아버지 또는 대지의 아버지라고 말해야 하는 것이다.[80]

〈보다 확정적으로〉와 〈보다 불확정적으로〉가 병렬되어 있다. 제우스라는 확정적인 이름은 사실 불확실한 것이다. 그 고정적인 이름으로서는 제우스의 본질은 숨겨지고 말기 때문이다. 더욱이 서구인들에게 제우스라는 신의 명칭은 시적 장식품이 되고 죽은 어휘가 되어 버렸다. 그 명칭으로부터는 신의 실제를 조금도 느낄 수 없다. 따라서 하이몬이 부친 크레온과의 다툼가운데 〈신들의 명예 die Ehre der Götter〉 운운한 부분을 횔덜린은 〈신의 이름 Gottes Nahmen〉으로 번역하고[81] 주석에서 시대전환의 순간에는 〈그 아래에서 지고한 것이 느껴지거나 생성되는 unter welchem das Höchste gefühlt wird oder geschiehet〉[82]만큼 성스러운 이름의 변경이 불가피했다고 서술하고 있다. 이처럼 제나름으로 필연적인 근거를 제시하는 가운데 그는 『안티고네』에 나오는 많은 신의 이름들을 바꾸어 썼던 것이다. 이리하여 사랑의 신 에로스 Eros는 〈사랑의 정령 Geist der Liebe〉 또는 〈평화의 정령 Friedensgeist〉, 박커스 Bacchus는 〈환희의 신 Freudengott〉, 군사의 신 아레스 Ares는 〈전장의 정령 Schlachtgeist〉, 그리고 하데스 Hades는 〈죽음의 신 Todesgott〉 또는 〈지옥의 신 Höllengott〉 등으로 불리고 있다.

이것들은 단지 고유명사를 보통명사화 시킨 결과에 불과한 것이 아니다. 보통명사로의 명명을 통해서 횔덜린은 이 신들의 본질에 더욱 근접하고자 한다. 제우스는 최고의 신이다. 그것은 제우스가 어떤 다른 권능보다도 시간을 지배하는 신이기 때문이다. 제우스 신이 〈시간의 아버지〉가 되

---

80) StA. V, S. 268
81) StA. V, S. 236, 774행
82) StA. V, S. 267

는 순간 그는 최고의 신일 뿐 아니라, 어떤 비교도 용납치 않는 절대성을
지니게 된다. 시간의 밖에서 존재할 수 있는 것은 아무 것도 없으며, 누구
도 자신의 아버지보다 더 나이 먹을 수 없는 일이기 때문이다. 존재하는 자
는 존재인인 한 〈시간의 아버지〉의 자식이다. 횔덜린은 제우스를 〈시간의
아버지〉, 〈대지의 아버지〉라 바꿔 부르는 가운데 단지 체계적인 신화를 깨
뜨리고만 있는 것이 아니라, 새로운 신화화를 수행하고 있다고 말할 수 있
는데, 합리적이며 과학적인 세계상 안에서는 용납되지 않는 시간의 절대성
을 〈시간의 아버지〉를 통해서 더욱 현실감 있게 표현해 내고 있기 때문이
다. 어쩌면 이것이 새로운 신화의 도래에 대한 확실한 토대가 되는지도 모
른다. 따라서 제우스를 〈시간의 아버지〉 또는 〈대지의 아버지〉라고 고쳐
쓴 것에 대해서 〈진지하게는 Im Ernst〉라는 주석을 부친 것은 각별한 의미
를 가진다. 이 주석의 숨은 뜻은 〈다가오는 신의 근접이라는 관점에서〉 또
는 〈신의 재림의 예비를 위해서〉로 이해됨직 하기 때문이다. 특히 횔덜린
은 『안티고네』의 번역에서 유독 신의 이름들을 이처럼 자유롭게 고쳐 부르
고 있는데, 이것은 그가 소포클레스의 비극 『안티고네』에는 새로운 시대의
전환, 신적인 것에 대한 새로운 이념의 싹이 숨겨져 있음을 간파하고, 신의
명칭을 바꿔 부르는 새로운 신화화를 통해서 『안티고네』에 배태되어 있는
고대문명으로부터 현대문명으로의 전환의 계기를 강화하려 했음을 말해
준다.[83] 다시 말해 횔덜린의 시대인식과 신의 개칭은 밀접하게 관련되어 있
다. 그 주석에서 〈우리는 신화를 말하자면 도처에 보다 증명 가능하게 표현
하지 않으면 안 된다〉[84]고 확언하고 있는 것이다.

---

83) Vgl. Meta Crossen, Die Tragödie als Begegnung zwischen Gott und Mensch.
Hölderlins Sophoklesdeutung, S. 186
84) StA. V, S. 268

3. 번역을 통한 시대의식의 반영

우리는 지금까지 「안티고네에 대한 주석」을 중심으로 횔덜린의 비극적인 것에 대한 심오한 사유와 이 비극이론이 『안티고네』 번역작업과 가지는 관련을 살펴보았다. 주석에 전개되고 있는 비극이론으로부터, 다시 말해서 작품에 대한 그의 해석으로부터 횔덜린의 『안티고네』 번역의 동기와 그 형태에 대한 중요한 암시들을 찾아 볼 수 있었다. 즉 비의적인 주석들의 이해가 번역의 특수한 형태들, 그리고 최소한 원문을 훨씬 벗어나는 몇몇 구절의 번역형태에 대한 이해의 전제인 것을 확인할 수 있었다.

우리가 살펴 본 바처럼, 횔덜린에게 있어서 비극의 역동성은 인간들간의 갈등에만이 아니라, 인간이 신과 맞서고, 신과 싸우며, 신과 결합되고 끝내는 신과 결별하며, 죽음 가운데에서 신의 모습을 보며 신으로부터 멀리 떨어져 있음을 인식하는 과정에 담겨져 있다. 이 비극의 바탕에 깔려있는 신과 인간의 만남은 횔덜린에 있어서 개인적인 의미를 가지는 사건이 아니다. 횔덜린이 보고있는 비극에서는 신적인 것과 인간 영혼 사이의 관계가 문제시되는 것이 아니라, 신과 인류와의 충돌이 문제시되는 것이다.

횔덜린의 미완의 비극 『엠페도클레스』에서 엠페도클레스가 죽어야만 하는 것은 인간과 자연, 즉 인간과 신적인 것의 내면적인 결합이 한 개인에서 끝날 수 없는 일이기 때문이다. 엠페도클레스에는 그가 당면하고 있는 시대의 신성의 상실에 대한 대속(代贖)의 비극이 내재되어 있는 것이다. 〈그처럼 엠페도클레스의 내면에는 그의 시대가 개성화되어 있다. [...] 그만큼 그의 파멸은 한층 더 필연적인 것이 된다.〉[85] 엠페도클레스 개인의 비극적 몰락과 보편적인 혁신의 연관은 「안티고네에 대한 주석」에서의 횔덜린

---

85) StA. IV, S. 158

의 소포클레스 해석을 그대로 규정하고 있다.

횔덜린에게서 비극의 서술의 목적은 강렬하면서 파멸적인 변환의 순간에 서 있는 세계를 파악해 내는 일이다. 특정하고 실증화된 세계의 해체가운데서 인간은 비로소 새로운 세계를 생성하는 닳지 않는 힘을 느끼는 것이기 때문이다. 이러한 역사적 과정의 서술이 비극이다. 횔덜린은 소포클레스의 비극의 해석에서 비극적인 주인공이 윤리적인 죄업 때문에가 아니라 신적 계시에 쓰이는 도구로서, 천국적인 불길을 넘치도록 담았다가 터트림으로서 죽음에 이르고 있는 것으로 보고 있다. 소포클레스의 비극을총체적 전환의 제기로 해석하고 있는 것이다.

횔덜린은 특히 『안티고네』가 『외디프스 왕』보다도 더 많은 시대변혁의싹들이 지니고 있음을 보고 있다. 안티고네에게는 마치 엠페도클레스에게그러했듯이, 〈시대가 개성화 되어〉 있었던 것이다. 「안티고네에 대한 주석」에서의 논의의 중점이 이러한 변혁에 놓여 있는 점과 자유로운 방식에 따른 번역이 주로 『안티고네』에 집중되어 있는 것[86]은 이러한 인식을 반영해준다. 안티고네의 비극적 몰락에 소위 〈조국적 전환〉, 〈시간의 나태〉와 같은 그의 현실인식을 결합시키고 있는 것도 그러하다.

횔덜린은 자신의 다른 번역들과는 달리 『안티고네』의 번역을 통해서 그가 전 생애의 문학활동을 통해서 놓치지 않고 있는 신의 재림에 대한 기대, 정신들의 순수함과 자연스러움 안에서의 새로운 세계의 도래를 드높이려한다. 자신의 시대의식을 번역 안에 반영하고 있는 것이다. 소포클레스 안에 억제된 〈천상의 불길〉을 다시 찾으려한 것도 지금, 현재가 그것을 요구하고 있기 때문이다. 「엠페도클레스의 기초」, 「소멸중의 생성」 그리고 주석들과 마찬가지로 번역에도 변혁에 대한 그의 갈망을 내비치고 있는 것이

---

86) Vgl. Schadewaldt, S. 239

다. 따라서 휠덜린의 소포클레스 비극의 번역, 특히 『안티고네』의 번역은 그의 창작활동의 부수적 산물이 아니라, 오히려 그에 의해서 정성스럽게 가꾸어진 그의 중요한 작품이라고 평가할 수 있다.[87]

이러한 현재적·문학적 번역은 원전의 〈예술의 결함〉, 즉 그리스인에 의해서 거부된 〈동양적인 것〉의 수정과 되살림을 통해서 수행된다. 그는 〈정곡을 찌르는 어휘〉들로써, 때로는 번역대본의 오류나 정확한 문법에 대한 지식의 결여에 기인한 오역의 여지에도 불구하고, 오히려 의미 있는 오역과 창조적인 오류들을 동반하는 가운데,[88] 그리스 원전의 단어들을 한층 정확하고 근원적인 의미로 재현시키고 있는 것이다. 이러한 번역은 원전에 대한 철저한 음미와 해석 — 문헌학적이라기 보다는 자신을 투영하는 비평적 읽기를 전제했을 때에만 가능한 것은 두말할 나위가 없는 일이다.

번역의 기본적인 물음의 하나인 작품의 해석과 번역의 관련은 휠덜린의 『안티고네』 번역으로부터 명백한 해답을 얻을 수 있다. 휠덜린의 번역활동의 단계가 말해주듯이 번역은 다른 문화나 전통에 대한 접근이라는 초보적 단계를 넘어서 나의 관심지평 안으로 다른 문화와 전통을 흡수하는 단계에 이르러야만 한다. 이러한 단계의 번역은 고정된 의미중심에 어휘들을 가두어 선택하는 것이 아니라, 자신의 이해를 개진할 수 있는 터전인 강렬한 예단을 용납하는 것이어야만 할 것이다. 즉 해체적 읽기가 필연적인 단계라고 할 수 있다.

번역은 번역자의 번역대상에 대한 이해를 전제한다. 그것이 아니라면 번역은 최소한 이어지는 해석을 통해서 정당화되지 않으면 안 되는 것이

---

87) Reinhardt, S. 292
88) Vgl. Schadewaldt, S. 240ff. "Art der Übersetzung: Einschränkendes"

다.[89]

그렇기 때문에 진정 훌륭한 번역은 번역자의 원전의 가치발견과 그 번역에 투여되고 있는 번역자의 번역의도를 함께 드러내 주는 것이어야 한다. 옛 작품의 번역은 현재에 대한 불만족의 표현이며, 이 불만족이 번역에 의해서 어떻게 극복되고 있느냐는 것은 미래에 대한 기대의 표현인 것이다. 니이체는 이렇게 말한다. 〈번역 — 우리는 한 시대가 가지고 있는 역사적 감각의 수준을, 이 시대가 어떻게 번역을 행사하며, 과거시대들과 과거의 서적들을 어떻게 자기 것으로 만드는가를 통해서 평가할 수 있다.〉[90]

횔덜린의 소포클레스 비극의 번역, 특히 『안티고네』의 번역은 번역자의 시대의식의 반영이라는 점에서 참된 번역의 귀감이라고 할 수 있다. 그리고 횔덜린의 『안티고네』 번역과 이에 대한 그의 해석을 통해서 우리는 번역활동이 어떤 다른 창조적인 과제 못지 않게 중요하고 절실한 과제라는 사실, 그리고 좋은 번역은 문자의 옮김이 아니라, 철저한 이해와 해석의 바탕 위에서 이룩되는 것이라는 평범하면서도 중요한 사실을 다시 한번 깨닫게 된다.

---

89) Vgl. Heidegger, »Hölderlins Hymne "Der Ister" «, in: Gesammtausgabe, Bd. 53, Frankfurt /M.. 1984, S. 74: "Wenn jede Übersetzung stets nur das Ereignis einer Auslegung, nicht etwa ihre Vorstufe ist, dann kann die Übersetzung erst auf Grund der folgenden Auslegung als berechtigt oder gar als notwendig eingesehen werden."
90) Friedrich Nietzsche, Die fröhliche Wissenschaft §83, in: Werke, hrsg. v. Karl Schlechta, München 1966, 2. Bd., S. 91

참고문헌

―― 1차 문헌 ―――――――――――――――――――――――――――――――

· Hölderlin, Friedrich, Sämtliche Werke. Stuttgarter Hölderlin-Ausgabe, hrsg. von Friedrich
    Beißner. Große Stuttgarter Ausgabe. Bd. 1-8. [Bd. 6-7. Hrsg. von Adolf Beck,
    Bd. 8. von Adolf Beck u. Ute Oelmann]. Stuttgart 1943-1985. (Zit. StA)

  Bd. I.   Gedichte bis 1800

  Bd. II. Gedichte nach 1800

  Bd. III. Hyperion

  Bd. IV. Der Tod des Empedokles. Aufsätze

  Bd. V. Übersetzungen

  Bd. VI. Briefe

  Bd. VII.Dokumente

  Bd. VIII.Nachträge. Register

· Hölderlin, Friedrich, Sämtliche Werke. Frankfurter Ausgabe, hrsg. v. D.E.Sattler u. a.,
    Frankfurt /M. 1976ff.

· Hölderlin, Friedrich, Sämtliche Werke. Historisch-kritische Ausgabe. Unter Mitarbeit von
    Friedrich Seebaß. hrsg. von Norbert von Hellingrath. Bd. 4. Gedichte 1800-
    1806. 3. Auflage, Berlin 1943 (1916)

· Hölderlin, Friedrich, "Bevestigter Gesang". Die neu zu entdeckende hymnische
    Spätdichtung bis 1806, hrsg. und textkritisch begründet von Dietrich Uffhausen.
    Stuttgart 1989. (Zit.Uffhausen)

· Benn, Gottfried, Gesammelte Werke in 4 Bde, hrsg. v. Dieter Wellershoff, Stuttgart 1989

· Schlegel, Friedrich, Kritische Ausgabe seiner Werke, hrsg. v. Behler u. a., Paderborn
    1958ff. (Zit. KA)

· Sophocles, An English Translation by F. Storr, in two volumes. Volume I. Oedipus The
    King. Oedipus at Colonus. Antigone. Harvard University Press. 1912

· Sophokles, Antigone, hrsg. und übertragen v. Wolfgang Schadewaldt, Frankfurt /M. 1974

· Sophokles, Tragödien. König Ödipus. Ödipus auf Kolonos. Antigone. übertragen von
     J.J.Ch. Donner, München, Goldmann Verlag, o.J.

—— 2차 문헌 ———

· Adorno, Theodor W., Parataxis. Zur späten Lyrik Hölderlins, in: Noten zur Literatur
     (Gesammelte Schriften. Bd. 11). Frankfurt /M. 1974, S. 447-491
· Adorno, Theodor W., Ästhetische Theorie, hrsg. v. Gretel Adorno und Rolf Tiedemann.
     Gesammelte Schriften. Bd. 7, Frankfurt /M. 1973
· Allemann, Beda, Hölderlins Friedensfeier, Pfullingen 1955
· Allemann, Beda, Hölderlin zwischen Antike und Moderne, in: HJb. 24 (1984-1985),
     S. 29-62
· Alt, Peter-André, Das Problem der inneren Form. Zur Hölderlin- Rezeption Benjamins und
     Adornos, in: DVJs. 61/3 (1987), S. 531-562
· Alt, Peter-André, Hölderlins Vermittlungen. Die Übergang des Subjekts in die Form, in:
     GRM. Bd. 38 (1988), S. 120-139
· Andersen, Jorn Erslev, Poetik und Fragment. Hölderlin-Studien, Würzburg 1997
· Andreotti, Mario, Die Struktur der modernen Literatur, 2. Aufl., Bern-Stuttgart 1990
· Anz, Thomas u. Michael Stark, Die Modernität des Expressionismus,
     Stuttgart-Weimar 1994
· Aristoteles, Poetik, übersetzt u, hrsg. v. Manfred Fuhrmann, Stuttgart1982
· Austermühl, Elke, Poetische Sprache und lyrisches Verstehen. Studien zum Begriff der
     Lyrik, Heidelberg 1981
· Bachmaier, Helmut/Horst, Thomas/Reisinger, Peter, Hölderlin. Transzendentale Reflexion
     der Poesie, Stuttgart 1979
· Bachmaier, Helmut/Rentsch, Thomas(Hg.), Poetische Autonomie? Zur Wechselwirkung
     von Dichtung und Poesie in der Epoche Goethe
     und Hölderlin, Stuttgart 1987
· Bartsch, Kurt, Die Hölderlin-Rezeption im deutschen Expressionismus, Frankfurt /M.1974

· Beck, Adolf/Paul Raabe, Hölderlin. Eine Chronik in Text und Bild, Frankfurt /M. 1970

· Behler, Ernst, F. Schlegels Theorie der Universalpoesie, in: F. Schlegel und die Kunsttheorie seiner Zeit, hrsg. v. Helmut Schanze, Darmstadt 1985, S. 194-243

· Behre, Maria, "Des dunkeln Lichtes voll". Hölderlins Mythokonzept Dionysos, München 1987

· Beißner, Friedrich, Hölderlins letzte Hymne, in: HJb. 3 (1948/49), S. 66-102.

· Beißner, Friedrich, Hölderlins Übersetzungen aus dem Griechischen, Stuttgart 1933(1961).

· Bertaux, Pierre, <···frei wie die Fittige des Himmels>, in: HJb. 1980/81, S. 69-97

· Beyer, Uwe, Mythologie und Vernunft. Vier philosophische Studien zu Friedrich Hölderlin, Tübingen 1993

· Binder, Wolfgang, Friedrich Hölderlin. «Der Winkel von Hardt», «Lebensalter», «Hälfte des Lebens», in: Schweizer Monatshefte, 45. Jg., April 1965-März 1966, S. 583-591

· Binder, Wolfgang, Hölderlin und Sophokles. Turm-Vorträge 1992, Tübingen 1992.

· Binder, Wolfgang, Hölderlins Patmos-Hymne, in: HJb. 1967/68, S. 92-127.

· Binder, Wolfgang, Sprache und Wirklichket in Hölderlins Dichtung, in: HJb, 1955-56, S. 183-200

· Blümel, Rudolf, Ein unbekanntes Gedicht von Hölderlin? (Maß der Menschheit: 'In lieblicher Bläue···'), in: Das Reich 2, 1917-1918, S. 630-638

· Bothe, Hennig, "Ein Zeichen sind wir deutungslos". Die Rezeption Hölderlins von ihren Anfängen bis zu Stefan George, Stuttgart 1992

· Bothe, Henning, Hölderlin zur Einführung, Hamburg 1994

· Buhr, Gerhard, Hölderlins Mythebegriff Untersuchung zu den Fragmenten »ÜbeReligion« und »Das Werden im Vergehen«,Frankfurt /M. 1972

· Burdorf, Dieter, Hölderlins späte Gedichtfragmente: "Unendlicher Deutung voll", Stuttgart-Weimar 1994

· Burger, Heinz Otto u. Reinhold Grimm, Evokation und Montage, Drei Beiträge zum Verständnis Moderner Deutscher Lyrik, Göttingen 1961

· Böckmann, Paul, Das "Späte" in Hölderlins späte Lyrik, in: HJb. 1962/62. S. 205-219

· Böckmann, Paul, Die Sageweisen der Modernen Lyrik, in: Der Deutschunterricht. 1953,

Heft 3, S. 28-56, auch in: Zur Lyrik-Diskussion, S. 83-114

· Böckmann, Paul, Formensprache. Studien zur Literaturästhetik und

　　Dichtungsinterpretation, Hanburg 1969

· Böckmann, Paul, Formgeschichte der deutschen Dichtung, 1. Bd., Hamburg 1949

· Böschenstein, Bernhard, Gedichte Hölderlins und ihre Kommentare, in: Probleme der

　　Kommentierung, Bonn 1975

· Böschenstein, Bernhard, Gott und Mensch in den Chorliedern der Hölderlinschen

　　"Antigone", in: Jamme, Christoph und Otto Pöggeler(Hg.), Jenseits des

　　Idealismus, Bonn 1988, S. 123-136

· Böschenstein, Bernhard, Göttliche Instanz und irdische Antwort in Hölderlins drei

　　Übersetzungsmodellen, in: HJb. 1994-1995, S. 47-63

· Böschenstein, Bernhard, Hölderlin und Rimbaud. Simultane Rezeption als Quelle

　　poetischer Innovation im Werk Georg Trakls, in: Weiss, Walter und Hans

　　Weichselbaum (Hg.), Salzburger Trakl-Symposium, S. 9-27

· Böschenstein, Bernhard, Hölderlins Rheinhymme, Zürich 1959

· Böschenstein, Bernhard, "Frucht des Gewitters". Zu Hölderlins Dionysos als Gott der

　　Revolution, Frankfurt /M. 1989

· Böschentein, Bernhard, Die Dunkelheit der deutschen Lyrik des 20. Jahrhundert. Ein

　　Vortrag, in: Der Deutschunterricht, Jg. 21. Heft 3 (1969), S. 51-66

· Böschenstein, Renate, Hölderlins Oedipus-Gedicht, in: HJb. 1990/1991, S. 131-151

· Böschenstein-Schäfer, Renate, Die Sprache des Zeichens in Hölderlins hymnischen

　　Fragmenten, in: HJb. 1975/77. S. 267-284

· Constantine, David J., Friedrich Hölderlin. München 1992

· Constantine, David J., The Singnificance of Locality in The Poetry of Friedrich Hölderlin,

　　London 1979

· Constantine, David, The Meaning of a Hölderlin Poem, Oxford German Studies 9 (1978),

　　S. 45-67

· Corßen, Meta, Die Tragödie als Begegnung zwischen Gott und Mensch. Hölderlins

　　Sophokles Deutung, in: HJb. 1948-1949, S. 139-187

· Coseriu, Eugenio, Sprache-Strukturen und Funktionen, XII Aufsätze zur allgemeinen und romanischen Sprachwissenschaft, hrsg. v. U. Petersen, Tübingen 1971

· de Man, Paul, Hölderlins Rousseaubild, in: HJb. 15 (1967/68), S. 180-208

· Den Besten, A., Ein Auge zuviel vielleicht. Bemerkungen zu einem als apokryph geltenden Hölderlin-Gedicht, in: Heinz Kimmerle(Hg.), Poesie und Philosophie in einer tragischen Kultur. Würzburg 1995, S. 81-122

· Düsing, Klaus, Die Theorie der Tragödie bei Hölderlin und Hegel, in: Jamme, Christoph und Otto Pöggeler(Hg.), Jenseits des Idealismus, Bonn 1988, S. 55-82

· Eduard, Lachmann, <··· In lieblicher Blaue> - eine späte Hymne Hölderlins, in: Dichtung und Volkstum 38, 1939, S. 356-361

· Eykman, Christoph, Denk- und Stilformen des Expressionismus, München 1974

· Frank, Manfred, Der kommende Gott. Vorlesungen über die Neue Mythologie, 1. Teil, Frankfurt /M. 1982

· Frank, Manfred, Einführung in die frühromantische Ästhetik. Vorlesungen. Frankfurt /M.1989

· Frank, Manfred, Hölderlin über den Mythos, in: HJb. 27 (1990/91), S. 1-31

· Friedrich, Hugo, Die Struktur der modernen Lyrik, Hamburg 1992 (1956)

· Furness, Raymond, The Death of Memory. An analysis of Hölderlin's hym "Mnemosyne", Publications of the English Goethe Society, New Series 40 (1970), S. 30-68

· Gabriel, Norbert, 'Griechenland'. Zu Hölderlins hymnischem Entwurf, in: Textkritik und Interpretation. Festschrift für Karl Konrad Polheim zum 60. Geburtstag, Bern 1987. S. 353-384

· Gadamer, Hans Georg, Anmerkungen zu Hölderlins "Andenken", in: Neue Wege zu Hölderlin, Würzburg 1994, S. 143-152

· Gaier, Ulrich, Der gesetzliche Kalkül. Hölderlins Dichtungslehre, Tübingen 1962.

· Gaier, Ulrich, Hölderlins vaterländischer Gesang "Andenken", in: HJb 26 (l988-l989), S. 175-201

· Gaier, Ulrich, Hölderlin. Eine Einführung. Tübingen-Basel l993

· George, Emery E. (Edt.), Friedrich Hölderlin. An Early Modern, Ann Arbor 1972

· Gnüg, Hiltrud, Entstehung und Krise lyrischer Subjektivität, Stuttgart 1983

· Grimm, Reinhold (Hg.), Zur Lyrik-Diskussiion, Darmstadt 1974

· Grimminger, Rolf und andere (Hg.), Der Sturz der alten Ideale. Sprachkrise, Sprachkritik um die Jahrhundertwende, in: Literarische Moderne, Hamburg 1995, S. 169-200

· Grimminger, Rolf und andere (Hg.), Literarische Moderne, Hamburg 1995

· Groddeck, Wolfram, Reden über Rhetorik. Zu einer Stilistik des Lesens, Basel-Frankfurt a/M.1995

· Grunert, Mark, Die Poesie des Übergangs, Hölderlins späte Dichtung im Horizont von Friedrich Schlegels Konzept der »Transzendental-poesie«, Tübingen 1995

· Hamburger, Michael, Und mich leset O / Ihr Blüthen von Deutschland. Zur Aktualität Hölderlin, in: Le pauvre Holterling. Nr. 7 (1984), S. 29-40

· Hamlin, Cyrus, Die Poetik des Gedächtnisses. Aus einem Gespräch über Hölderlins "Andenken", in: HJb. 24 (1984/85), S. 119-138

· Hamlin, Cyrus, Hermeneutische Denkfiguren in Hölderlins »Patmos«, in: Hölderlin und Nütingen, hrsg. v. Peter Härtling/ Gerhard Kurz, Stuttgart 1994, S. 79-102

· Harrison, Robin, "Das Rettende" oder "Gefahr"? Die Bedeutung des Gedächtnisses in Hölderlins Hymne "Mnemosyne", in: HJb. 24 (1984/85), S. 195-206

· Haverkamp, A.(Hg.), Theorie der Metapher, Darmstadt 1983

· Hebel, Udo J., Towards a Descriptive Poetics of Allusion, in: Plett, Heinrich F., Intertextuality. Berlin-New York 1991, S. 135-164

· Heidegger, Martin, Erläuterungen zu Hölderlins Dichtung, Frankfurt /M.1963

· Heine, Roland, Transzendentalpoesie. Studien zu F. Schlegel. Novalis und E.T.A. Hoffmann, Bonn 1974

· Henrich, Dieter, Der Gang des Andenkens. Beobachtungen und Gedanken zu Hölderlins Gedicht, Stuttgart 1986

· Henrich, Dieter, Der Grund im Bewußtsein. Untersuchungen zu Hölderlins Denken (1794-1795), Stuttgart 1992

· Henrich, Dieter, Hegel im Kontext, 4. veränd. Aufl. Frankfurt /M. 1988

· Hof, Walter, Hölderlins Stil als Ausdruck seiner geistigen Welt, Meisenheim-Glan 1956

· Hof, Walter, "Mnemosyne" und die Interpretation der letzten hymnischen Versuche Hölderlins, in: GRM 32 (1982), S. 418ff.

· Homayr, Ralph, Montage als Kunstform. Zum literarischen Werk von Kurt Schwitters,
    Opladen 1991

· Hübscher, Arthur, Hölderlins Späte Hymnen. Deutung und Textgestaltung, München1942

· Hühn, Helmut, Mnemosyne. Zeit und Erinnerung in Hölderlins Denken, Stuttgart-Weimar
    1997

· Ihwe, Jens(Hg.), Literaturwissenschaft und Linguistik. Ergebnisse und Perspektiven,
    Bd. II/2, Frankfurt /M. 1971

· Immelmann, Thomas, Der unheimlichste aller Gäste. Nihilismus und Sinndebatte in der
    Literatur von der Aufklärung zur Moderne, Bielefeld 1992

· Iser, Wolfgang(Hg.), Immanente Ästhetik - Ästhetische Reflexion. Lyrik als Paradigma der
    Moderne, München 1966

· Jakoboson, Roman, Hölderlin. Klee. Brecht. Zur Wortkunst dreier Gedichte,
    Frankfurt /M. 1976

· Jamme, Christoph u. Otto Pöggeler(Hg.), Jenseits des Idealismus. Hölderlins letzte
    Homburger Jahr (1804-1806), Bonn 1988

· Jamme, Christoph, »Ein ungelehrtes Buch«. Die philosophische Gemeinschaft zwischen
    Hölderlin und Hegel in Frankfurt 1797-1800, Bonn 1983

· Jamme, Christoph, »Jedes Lieblose ist Gewalt«. Der junge Hegel, Hölderlin und die
    Dialektik der Aufklärung, in: HJb. 23 (1982/83),S. 191-228

· Jensen, Flemming Roland, Hölderlins 'Mnemosyne' , Eine Interpretation, in: ZDP
    98 (1979), S. 201-241

· Jünger, Hans-Dieter, Mnemosyne und die Musen. Vom Sein des Erinnerns bei Hölderlin,
    Würzburg 1993

· Kalász, Claudia, Hölderlin. Die poetische Kritik instrumenteller Rationalität,München1998.

· Kayser, Wolfgang, Das sprachliche Kunstwerk, Bern 1964

· Kirchner, Werner, Höldrlin. Aufsätze zu seiner Homburger Zeit, hrsg. v. Alfred Kelletat,
    Göttingen 1967, S. 57-68

· Kling, Wilfred L., Lese(r)arbeit: Hölderlins 'Winkel von Hardt' und die Nachtgesänge, in:
    Le pauvre Holterling. Nr.4/5 (1980), S. 77-88

· Kocziszky, Eva, Mythenfiguren in Hölderlins Oedipus-Gedicht, in: HJb.

1990/91, S. 131-151

· Konrad, M., Hölderlins Philosophie im Grundriß, Bonn 1967

· Kudszus, Wintried, Sprachverlust und Sinneswandel. Zur späten und spätesten Lyrik
    Hölderlins, Stuttgart 1969

· Kudszus, Wintried, Versuch einer Heilung. Hölderlins spätere Lyrik, in: Ingrid, Riedel
    (Hg.), Hölderlin ohne Mythos, Göttingen 1973, S. 18-33

· Kurz, Gehard., »Höhere Aufklärung«. Aufklärung und Aufklärungskritik bei Hölderlin,
    in: Idealismus und Aufklärung. Kontinuität und Kritik der Aufklärung in
    Philosophie und Poesie um 1800, hrsg. v. Ch. Jamme / G. Kurz. Stuttgart 1988,
    S. 259-282

· Kurz, Gehard, Hölderlins poetische Sprache, in: Hjb. 23 (1982-1983), S. 34~53

· Kurz, Gehard, Metapher, Allegorie, Symbal, Göttingen 1993

· Kurz, Gerhard(Hg.), Interpretationen. Gedichte von Friedrich Hölderlin, Stuttgart 1996.

· Kurz, Gerhard u. andere(Hg.), Hölderlin und die Moderne. eine Bestandsaufnahme,
    Tübingen 1995

· Kurz, Gerhard, Mittelbarkeit und Vereinigung. Zum Verhältnis von Poesie, Reflexion und
    Revolution bei Hölderlin. Stuttgart 1975

· Kurz, Gerhard, Poetische Logik. Zu Hölderlins "Anmerkungen" zu "Oedipus" und
    "Antigone", in: Jamme, Christoph und Otto Pöggeler(Hg.), Jenseits des
    Idealismus, Bonn 1998, S. 103-121

· Kuzniar, Alice A., Delayed Endings. Nonclosure in Novalis and Hölderlin,
    Athens-London 1987

· Lachmann, Eduar, Hölderlins Christus-Hymne, Wien 1951

· Lachmann, Eduard, Der Versöhnende. Hölderlins Christus-Hymnen, Salzburg 1966

· Lachmann, Renat, Intertextualität, in: Fischer Lexikon Literatur, S. 794-809

· Lamping, Dieter, Das lyrische Gedicht: Definition zu Theorie und Geschichte der Gattung,
    2. Aufl., Göttingen 1993

· Landmann, Michael, Die Absolute Dichtung, Stuttgart 1963

· Lausberg, Heinrich, Elemente der literarischen Rhetorik, München 1971

· Lehmann, Jakob, Vom Wesen des modernen Gedichtes und von den Möglichkeiten der

Interpretation, in: Interpretationen Moderner Lyrik, Frankfurt /M.-Berlin-Bonn 1956

· Lenders, Winfried u. andere(Hg.), Wörterbuch zu Friedrich Hölderlin, Teil: Die Gedichte, Tübingen 1983

· Lepper, Gisbert, Friedrich Hölderlin. Geschichtserfahrung und Utopie in seiner Lyrik, Hildesheim 1972

· Link, Jürgen, Literaturwissenschartliche Grundbegriffe, München 1974

· Lohner, Edgar, Wege zum modernen Gedicht. Strukturelle Analysen, in: Studes Germaniques, 15e Anné, Numéro 4 (1960), S. 321-337

· Lotman, Jurij M., Die Struktur literarischer Texte, München 1972

· Ludwig, Hans-Werner, Arbeitsbuch. Lyrikanalyse, Tübingen 1981

· Lüders, Detlev, >Die Welt im verringerten Maasstab<. Hölderlin-Studien, Tübingen 1968, S. 94-102

· Mennighaus, Winfried, Unendliche Verdopplung. Die frühromantische Grundlegung der Kunsttheorie im Begriff absoluter Selbstreflexion, Frankfurt /M. 1987.

· Michel, Wilhelm, Das Leben Friedrich Hölderlins, Bremen 1940

· Mukařovsky, Jan, Studien zur strukturalistischen Ästhetik und Poetik, Frankfurt /M.-Berlin-Wien 1977

· Müllers, Josefine, "Lesend aber gleichsam, wie in einer Schrift" — Anmerkungen zu Hölderlins hymnischen Betrachtungen 'was ist der Menschen Leben?' und 'was ist Gott?', in: HJb. 1994-1995, S. 233-247

· Müllers, Josefine, Die Ehre der Himmlischen, Hölderlins Patmos-Hymne und die Sprachwerdung des Göttlichen, Frankfurt /M. 1997

· Navratil, Leo, Schizophrenie und Dichtkunst, München 1986

· Nägele, Rainer, Fragmentation und fester Buchstabe: Zu Hölderlins "Patmos"-Überarbeitung, in: MLN. Vol. 97 (1982), S. 356-372

· Nägele, Rainer, Hermetik und Öffentlichkeit. Zu einigen historischen Voraussetzungen der Moderne bei Hölderlin, in: HJb. 1975-77, S. 358-386

· Nägele, Rainer, Literatur und Utopie. Versuche zu Hölderlin, Heidelberg 1978

· Nägele, Rainer, Text, Geschichte und Subjektivität in Hölderlins Dichtung: »Un@ßbarer

Schrift gleich《, Stuttgart 1985

· Offenhäuser, Stefan, Reflexion und Freiheit. Zum Verhältnis von Philosophie und Poesie in Rilkes und Hölderlins Spätwerk. Frankfurt 1996, S. 168-210

· Pellegrini, Alessandro, Friedrich Hölderlin. Sein Bild in der Forschung, Berlin 1965

· Picht, G., Wahrheit, Vernunft, Verantwortung, Philosophische Studien, Stuttgart 1969

· Pindar, Siegesgesänge und Fragmente, griechisch u. deutsch. hrsg. u. übersetzt v. Oskar Werner. München O J

· Plett, Heinrich F.(Edt.), Intertextuality, Berlin-New York 1991

· Pongs, Hermann, Das Bild in der Dichtung, in 4 Bde, Zweite, verbesserte Auflage, Marburg 1927ff.

· Pöggeler, Otto, Hölderlin, Hegel und das älteste Systemprogramm, in: Das Älteste Systemprogramm. Studien zur Frühgeschichte des deutschen Idealismus, hrsg. v. R. Buhner, Bonn 1973, S. 211-259

· Reinhardt, Karl, Hölderlin und Sophokles, in: Kelletat, Alfred(Hg.), Hölderlin. Beiträge zu seinem Verständnis in unserm Jahrhundert. Tübingen 1961, S. 287-303

· Reuß, Roland, <··· Die eigene Rede des andern>, Hölderlins "Andenken" und Mnemosyne", Frankfurt /M. l990

· Rey, William H., Poesie der Antipoesie. Moderne deutsche Lyrik.Genesis, Theorie Struktur, Heidelberg 1978

· Rodi, Frithjof, Anspielungen. Zur Theorie der kulturellen Kommunikations-einheiten, in: Poetica. 7. Bd., 1975. Heft 2. S. 115-134

· Roth, Stefanie, Friedrich Hölderlin und die deutsche Frühromantik, Stuttgart 1991

· Ryan, Lawrence, Hölderlins Antigone. "wie es vom griechischen zum hesperischen gehet", in: Jamme, Christoph und Otto Pöggeler(Hg.), Jenseits des Idealismus, Bonn 1988, S. 103-121

· Ryan, Thomas E., Hölderlin's Silence, New York 1988. Santner, Eric L., Paratactic Composition in Holderlin's "Hälfte des Lebens", in: The German Quarterly, Vol. 58, No. 2, Spring 1985, S. 165-172

· Sattler, Dietrich E., "O Insel des Lichts!". Patmos und die Entstehung des Homburger Foliohefts, in: HJb. 1986/87, S. 213-225

· Saße, Günter, Sprach und Kritik. Untersuchung zur Sprachkritik der Moderne, Göttingen
    1977

· Schadewaldt, Wolfgang, Hölderlins Übersetzung des Sophokles, in: Über Hölderlin,
    Frankfurt /M. 1970, S. 237-293

· Scharfschwerdt, Jürgen, Friedrich Hölderlin. Der Dichter des "deutschen Sonderweges,
    Stuttgart 1994

· Schmidt, Jochen, Hölderlins geschichtsphlosophische Hymnen »Friedensferer«, »Der
    Einzige«, »Patmos«, Darmstadt 1990

· Schmidt, Jochen, Hölderlins letzte Hymnen. "Andenken" und "Mnemosyne", Tübingen
    1978

· Schmidt, Jochen, Hölderlins spater Widerruf in den Oden »Chiron«, »Blödigkeit« und
    »Ganymed«, Tübingen 1978

· Schmidt, Jochen, Patmos. Überblick und Kommentar zu Patmos. Hölderliri Sämtliche
    Werke, hrsg. v. J. Schmidt, Bd. I , Frankfurt 1992, S. 969-1013

· Schmidt, Jochen, Trägodie und Tragödientheorie. Hölderlins Sophokles-Deutung, in: HJb.
    `29 (1994-1995), S. 64-82

· Schottmann, Hans-Heinrich, Metapher und Vergleich in der Sprache Friedrich Hölderlins,
    Bonn 1960

· Schrader, Hans, Hölderlins Deutung des "Oedipus" und der "Antigone", Bonn 1933

· Schuhmann, Klaus(Hg.), Lyrik des 20. Jahrhunderts. Materialen zu einer Poetik,
    Hamburg 1995

· Schär, Esther, Friedrich Hölderlins «Lebensalter», in: Schweizer Monatshefte. 42
    Jg.(April 1967-März 1963), S. 497-511

· Spoerri, Theophil, Rimbaud und Hölderlin in ihrer Zuwendung zur Gegenwart, in:
    Universitas 10 Jg.(1955), Bd. 1, H. 1-6, S. 493-499

· Steiner, George, Der Dichter und das Schweigen, in: Ders, Sprache und Schweigen. Essays
    über Sprache, Literatur und das Unmenschliche, Frankfurt /M. 1969, S. 74-97

· Stempel, Wolf-Dieter(Hg.), Texte der Russischen Formalisten, Bd. II. Texte Theorie des
    Verses und der potischen Sprache, München 1972

· Stephens, Anthony, Überlegungen zum lyrischen Ich, in: Elm, Theo und Gerd Hemmerich

(Hg.), Zur Geschichtlichkeit der Moderne. Der Begriff der literarischen Moderne in Theorie und Deutung, München 1982, S. 53-67

· Stierle, Karlheinz, Dichtung und Auftrag. Hölderlins Patmos-Hymne, in: HJb. 1980/81, S. 47-68

· Stofter-Heibel, Cornelia, Metapherstudien, Versuch einer Typologie der Text- und Themafunktionen der Metaphorik, Stuttgart 1981

· Strack, F., Das Systemprogramm und kein Ende. Zu Hölderlins philosophischer Entwicklung in den Jahren 1795/96 und zu seiner Schellingkontroverse, in: Das Älteste Systemprogramm, hrsg. v. R. Bubner, Bonn 1973, S. 107-149

· Strack, F., Nachtrag zum >Systemprogramm< und zu Hölderlins Philosophie, in: HJb. 21 (1978/79), S. 67-87

· Strack, F., Ästhetik und Freiheit. Hölderlins Idee von Schönheit, Sittlichkeit und Geschichte in der Frühzeit, Tübingen 1976

· Striedter, Jurij(Hg.), Russischer Formalismus. Texte zur allgemeinen Literaturtheorie und zur Theorie der Prosa, München 1971

· Szondi, Peter, F. Schlegels Theorie der Dichtarten. Versuch einer Rekonstruktion auf Grund der Fragmente aus dem Nachlaß, in: Ders. Schriften 1. Frankfurt /M. 1978, S. 367-412. Szondi, Peter, Hölderlin-Studien, Frankfurt /M. 1967

· Text + Kritik. Sonderband, VII/96, Friedrich Hölderlin, München 1996

· Thomasberger, Andreas, Von der Poesie der Sprache. Gedanken zum mythologischen Charakter der Dichtung Hölderlins, Frankfurt /M. 1982

· Tomasberger, A., Mythos-Religion-Mythe. Hölderlins Grundlegung einer neuen Mythologie in seinem »Fragment philosophischer Briefe«, in: »Frankfurt aber ist der Nabel dieser Erde«. Das Schicksal einer Generation der Goethezeit, hrsg. v. Ch. Jamme / O. Pöggeler, Stuttgart 1983, S. 284-299

· Tomasberger, A., Von der Poesie der Sprache. Gedanken zum mythologischen Charakter der Dichtung Hölderlins, Frankfurt /M. 1982

· Torrance, Robert M., Ideal and Spleen. The Crisis of Transcendent Vision in Romantic, Symbolist, and Modern Poetry, New York & London 1987, Chapter Two. Hölderlin: Dichter in dürftiger Zeit. S. 38-92

· Turk, Horst/Klaus Nickau/Fred Lönker, Hölderlins Sophokles-Übersetzung, in: HJb.
    26 (1988-1989), S. 248-303

· Thurmair, Gregor, Einfalt und einfaches Leben. Der Motivbereich des Idyllischen im Werk
    F. Hölderlins, München 1980

· Uffhausen, Dietrich, Friedrich Hölderlin · Das Nächste Beste. Aus dem Homburger
    Folioheft S. 73-76, in: GRM. Bd. 36 (1986),S. 129-149

· Vietta, Silvio, Die literarische Moderne. Eine problemgeschichtliche Darstellung der
    deutschesprachigen Literatur von Hölderlin bis Thomas Bernhard, Stuttgart 1992

· Vöhler, Martin, Das Hervortreten des Dichter - Zur poetischen Struktur in Hölderlin
    Hymnik, in: HJb. 32 (2000/1), S. 50-68

· Walzel, Oskar, Das Wortkunstwerk, Leipzig 1926

· Warminski, Andrzei, "Patmos" : The Sense of Interpretation, in: Ders, Reading in
    Interpretation Hölderlin, Hegel, Heidegger. The University of Minnesota Press
    1987, S. 72-92

· Weber, Heinz-Dieter, Friedrich Schlegels »Transzendentalpoesie«. Müchen 1973

· Weinrich, Harald, Linguistische Bemerkungen zur modernen Lyrik, in: Akzente, 15.
    Jahrgang. Heft 1 (1968), S. 29-47

· Wellmer, Albrecht, Zur Dialektik von Moderne und Postmoderne, Frankfurt /M, 1985

· Welsch, Wolfgang(Hg.), Wege aus der Moderne. Schlüsseltexte der Postmoderne-
    Diskussion, Weinheim 1988

· Wilke, Sabine, Kritische und ideologische Momente der Parataxis: Eine Lektüre von
    Adorno, Heidegger und Hölderlin, in: MLN(ModernLanguage Notes), German
    Issue Edition, Vol. 102, No. 3, S. 627-647

· Wörterbuch Zu Friedrich Hölderlin. I. Teil: Die Gedichte, hrsg. v. Winfried Lenders/
    Helmut Schanze/Hans Schwerte, Tübingen 1983

· Zmegač, Viktor, Montage/Collage, in: Moderne Literatur in Grundbegriffen,
    Tübingen 1994

· Zuberbühler, Rolf, Hölderlins Erneuerung der Sprache aus ihren etymologischen
    Ursprüngen, Berlin 1969

· 장영태: 횔덜린. 생애와 문학 · 사상, 서울 1987
· 황윤석: 횔덜린 연구, 서울 삼영사 1983
· 천병희: 횔덜린의 핀다르 수용에 관한 연구, 서울 삼영사 1986

색인

※ ( )안에 작가 병기되어 있지않은 작춤도 모두 횔덜린의 작품임